Britt Reißmann

Scherben
kind

W0249374

Das Buch

Verena Sander, Kriminalhauptkommissarin und alleinerziehende Mutter, freut sich auf den Frühling in Stuttgart. Doch ihr neuer Fall ist arbeitsintensiver als gedacht: Verena soll die Ermittlungen in einem alten Mordfall wieder aufrollen. Ein Kind behauptet am Telefon, den Mörder des bis heute nicht identifizierten Toten zu kennen. Der Mann wurde zwei Jahre zuvor mit eingeschlagenem Schädel in einer Gartenanlage gefunden. Doch weder seinen eigenen noch den Namen des Mörders gibt das Mädchen preis, bevor das Gespräch unterbrochen wird. Während Verena sich auf die Suche nach dem Kind macht, wird ihr Kollege zu einem Suizid gerufen: Ein junges Mädchen hat sich mit einem Teppichmesser die Halsschlagader aufgeschnitten, Fremdverschulden ausgeschlossen. Verena ahnt, dass die beiden Todesfälle etwas miteinander zu tun haben. Und dass hier etwas gewaltig nicht stimmt. Was hat die junge Henriette in den Tod getrieben, und warum kann Verena das Kind nicht finden? Nach und nach kommt Verena einer an die Grenzen menschlicher Vorstellungskraft stoßenden Tragödie auf die Spur.

Über die Autorin

Britt Reißmann war Intarsienschneiderin und Sängerin. Seit 1999 arbeitet sie bei der Mordkommission Stuttgart, eine Erfahrung, die auch in ihre Krimis einfließt. Für ihren Roman *Der Traum vom Tod* wurde sie mit dem DeLiA-Literaturpreis ausgezeichnet. *Scherbenkind* ist ihr zweiter Krimi im Diana Verlag. Britt Reißmann lebt mit ihrer Familie in Stuttgart.

Britt Reißmann

Scherben kind

Kriminalroman

DIANA

Von Britt Reißmann sind im Diana Verlag erschienen:
Blutopfer
Scherbenkind

Der Verlag weist ausdrücklich darauf hin, dass im Text enthaltene externe Links vom Verlag nur bis zum Zeitpunkt der Buchveröffentlichung eingesehen werden konnten. Auf spätere Veränderungen hat der Verlag keinerlei Einfluss. Eine Haftung des Verlags ist daher ausgeschlossen.

MIX
Papier aus verantwortungsvollen Quellen
FSC® C014496
FSC www.fsc.org

Verlagsgruppe Random House FSC® N001967

Originalausgabe 09/2016
Copyright © 2016 by Diana Verlag, München,
in der Verlagsgruppe Random House GmbH,
Neumarkter Straße 28, 81673 München
Redaktion: Heike Hauf
Umschlaggestaltung: t.mutzenbach design, München
Umschlagmotive: © Shutterstock/donatas1205, Triff, Anibal Trejo
Satz: Leingärtner, Nabburg
Druck und Bindung: GGP Media GmbH, Pößneck
Printed in Germany
Alle Rechte vorbehalten
ISBN 978-3-453-35874-4

www.diana-verlag.de

Besuchen Sie uns auch auf www.herzenszeilen.de
Dieses Buch ist auch als E-Book lieferbar

»Wenn du die Wahrheit suchst, sei offen für das Unerwartete.
Denn es ist schwer zu finden und verwirrend, wenn du es findest.«

Heraklit (ca. 540–460 v. Chr.)

Für alle Überlebenden

Prolog

Gerade als das Mädchen den ersten Fuß in den Inliner schob, begann das Telefon zu klingeln. Gina darf raus, Gina darf raus, jubelte es in ihrem Kopf. Sie hatte Schlittschuh laufen wollen, aber David hatte gesagt, dass das Eis nicht mehr tragen würde. Der Frühling sei schon nahe. Und um zum Langwieser See zu gehen, wäre es heute Abend ohnehin zu spät. Dabei schien es ihr, als sei es erst gestern gewesen, als sie das letzte Mal auf den glänzenden Kufen gestanden und das Eis noch ganz prächtig getragen hatte. Sie hatten sich auf eine halbe Stunde mit den Inlinern geeinigt, auf dem schneefreien Gehweg – ein schwacher Trost. Trotzdem freute sie sich, denn das Verhandeln mit den Großen war schwierig, und Inliner waren fast so cool wie Schlittschuhe.

Das Klingeln nervte. Vielleicht war es Jan, Henriettes Freund. Gina mochte Jan. Wenn er kam und sie draußen sah, strubbelte er immer erst ihr Haar und machte Scherze mit ihr, bevor er nach Henriette verlangte. Manchmal brachte er sogar etwas Süßes mit, ganz allein für sie. Einen Augenblick lang spielte sie mit dem Gedanken ranzugehen. Sie wusste, dass sie das nicht durfte. David hatte es verboten. Doch David war nicht hier. Er kümmerte sich um die wimmernden Babys. Nervende Blagen, die niemals Ruhe gaben. Wenn sie sich konzentrierte, konnte sie sie weinen hören, von ganz weit weg.

Also klingelte es weiterhin, bis der Anrufbeantworter ansprang. Während er seinen Text abspulte, stieg sie in den zweiten Stiefel und rollte vorsichtig zum Telefon, das auf einer Kommode im Flur stand. Nach dem Piepton hörte sie ein Räuspern.

»Ich möchte mit Dolores sprechen!« Die Stimme war fremd und fordernd; sie hörte sich an, als würde jemand mit einer Erkältung die Worte durch einen dicken Wollschal pressen. Der Arme war wohl in der falschen Leitung gelandet. Wenn ihm das niemand sagte, würde er es sicher noch öfter versuchen und das ganze Band vollquatschen. Gina schaute sich um. Lauschte. Henriette war nicht in der Nähe. Niemand war in der Nähe. Vorsichtig nahm sie den Hörer ab.

»Hier gibt es keine Dolores, Sie müssen sich verwählt haben.« Gina war stolz auf ihre Wortwahl, sie hatte das bei den Großen abgelauscht. Seltsamerweise kam es hier wohl öfter vor, dass sich jemand verwählte.

»Ich möchte mit Dolores sprechen!«, wiederholte die Stimme, ohne auf Ginas Einwand einzugehen.

»Aber ich kenne keine …«

Abrupt wurde Gina zurückgerissen, der Telefonhörer glitt aus ihrer Hand und knallte auf den Boden. Sie spürte, wie jemand an ihr vorbeidrängte. Wie durch einen Schleier nahm sie wahr, wie sich dieser Jemand nach dem Hörer bückte und übernahm.

»Hier ist Dolores … Ja. Ich verstehe.«

Dann wurde es dunkel.

Dolores legte den Hörer auf. Vorsichtig, als wäre er aus Kristall. Einen Augenblick verharrte sie. Direkt neben dem Telefontisch stand ein Werkzeugkasten. Den hatte der Mann, den einige Vater, andere Dad und manche einfach das Arschloch nannten, dort abgestellt, bevor er mit seiner Frau weggefahren war. Sie wusste, dass sie darin etwas finden würde, womit sie ihren Auftrag ausführen konnte.

Beim ersten Schritt rutschten ihr die Beine weg. Erst jetzt fiel ihr auf, dass ihre Füße in Inlinern steckten. Unwillig streifte sie sie ab und schleuderte sie gegen den Flurschrank. Dann klappte sie den Werkzeugkasten auf und nahm ein Teppichmesser heraus. Prüfte seine Schneide am Daumenballen und beobachtete fasziniert, wie ein dunkler Blutstropfen aus der Wunde quoll. Zwei Stufen auf einmal nehmend lief sie die Treppe zu Henriettes Mädchenzimmer hinauf, knallte die Tür hinter sich zu und stellte sich vor den Spiegel. Sie platzierte die Klinge unterhalb des rechten Ohrs, wo eine dunkelviolette Ader durch die helle Haut schien. Von weit her hörte sie ein Schluchzen. Das musste dieses verdammte Kind sein. Sie achtete nicht darauf, war ganz und gar auf ihren Auftrag konzentriert. Warum zögerte sie?

Im halbblinden Spiegel der Kleiderschranktür sah sie sich durch Henriettes Augen. Strähniges farbloses Haar umrahmte ein Gesicht, das ihr fremd war. Die Lippen rissig, als hätte jemand darauf herumgebissen. Egal. Alles war jetzt egal.

Erneut setzte sie die Klinge an. Schüttelte das Gefühl der Hände ab, die sie zurückreißen wollten. Eine rasche Bewegung und es war vollbracht. Sie spürte keinen Schmerz. Sah den Bruchteil einer Sekunde wie eine rote Fontäne gegen den Spiegel prallte und das fremde Gesicht mit einem Schwall Purpur überschwemmte. Dann hörte sie nur noch einen vielstimmigen Aufschrei in ihrem Inneren, bevor sie in einer Blutlache zusammenbrach.

1

Am Horizont streckte der neue Tag die Fühler aus, als Verena Sander am Pragsattel aus der U15 stieg und im Eilschritt die Treppe hinauflief. Sie würde zu spät zur Frühbesprechung kommen, weil ihr Mini trotz Stoßgebeten und guten Zuredens nicht hatte anspringen wollen, es war ihm wohl außerhalb der Garage zu kalt. Die Bahn war brechend voll gewesen, was ein Wunder war, wenn man bedachte, dass man in einer Autometropole lebte. Sie hatte noch immer den Geruch von Schweiß, Parfüm und Knoblauch in der Nase sowie das Geplärr aus drei verschiedenen iPods im Ohr. Vielleicht sollte sie sich einen neuen Wagen kaufen, doch allein der Gedanke kam ihr wie ein Verrat vor. Den Mini hatte ihr Vater zwanzig Jahre lang gefahren und ihn erst schweren Herzens an Verena weitergegeben, als seine altersschwachen Augen ein Stoppschild nicht mehr vom Halteverbot unterscheiden konnten. Er hatte den Wagen mehr geliebt als seine Frau, und Verena fühlte sich verpflichtet, ihn in Ehren zu halten.

Im eisigen Fahrtwind der vorbeizischenden Autos auf der Pragstraße wartete sie ungeduldig auf das grüne Männchen der Fußgängerampel. Einmal mehr verfluchte sie die Stadtväter, die für das umstrittene Bahnhofsprojekt Stuttgart 21 die halbe Innenstadt untertunneln ließen. Wogegen für eine Unterführung oder wenigstens für eine schlichte Fußgängerbrücke am Verkehrsknotenpunkt Pragsattel kein Geld übrig gewesen war.

Im Laufschritt überquerte sie die ersten beiden Fahrspuren. Mit Glück schaffte sie es rechtzeitig bis zur Verkehrsinsel in der Mitte der B 27, um auch das zweite grüne Ampelmännchen für die dritte und vierte Fahrspur zu erwischen. Das war nicht immer der Fall. Meist musste man sich hier wiederum mehrere Minuten in Geduld üben.

Verena schlug fröstelnd den Mantelkragen hoch. Sie vermisste ihr langes Haar, das ihr im letzten Winter noch den Nacken gewärmt hatte, aber das war vor einigen Monaten einem Brandanschlag zum Opfer gefallen, bei dem sie nur knapp mit dem Leben davongekommen war. Damals hatte sie es notgedrungen zu einem kinnlangen Bob schneiden lassen und fühlte sich immer noch irgendwie nackt, solange sie ihre dunkle Mähne nicht wieder zu einem Zopf binden konnte.

Die Wiese vor der Hahnemannstraße war von Raureif überzogen, und das Dach des Wachhäuschens an der Parkplatzeinfahrt des Polizeipräsidiums glitzerte im Licht der Straßenlaternen, als wäre es glasiert wie ein Lebkuchenhaus. Seit das Tor automatisch mittels Fernbedienung öffnete, saß hier kein Wachpersonal mehr, und das kleine Gebäude, der sogenannte Pavillon, diente den Mitarbeitern für Dezernatsfeste und andere Feierlichkeiten. Hier hatte sie vor fünf Jahren im Kreise ihrer Kollegen ihren vierzigsten Geburtstag gefeiert und vor wenigen Wochen die Beförderung ihres Kollegen Roman Katz zum Hauptkommissar. Sie passierte das Drehkreuz an der Hauswache und hastete die Treppen zum Hauptgebäude hinauf. Der unfreiwillige Frühsport hatte sie inzwischen zumindest wach gemacht.

Während Verena vor dem Haupteingang des Präsidiums mit klammen Fingern in der Handtasche nach ihrem Schlüssel kramte, blickte sie hinunter auf die Stadt. Die Aussicht von hier und den umlaufenden Balkonen des ehemaligen Krankenhauses der Robert-Bosch-Stiftung, das in den Siebzigerjahren zur Behörde umfunktioniert worden war, war das Schönste am Polizeipräsidium. Auch der Blick aus den Fenstern der Nordseite über die Weinberge Richtung Burgholzhof war nicht zu verachten. Das Gebäude an sich war eher nüchtern, marode und wurde quasi dauerrenoviert. War man am Westflügel fertig, fing man am Ostflügel wieder an.

Sie ließ die Lichter im Talkessel der Schwabenmetropole, die mit denen am klaren Sternenhimmel um die Wette funkelten, hinter sich. Die Kälte stach ihr wie tausend feine Nadeln ins Gesicht, und sie sehnte sich danach, ins Warme zu kommen.

Sie durchquerte das Foyer, nahm die Abkürzung durch die Kantine und eilte die Treppen zum ersten Obergeschoss hinauf, zu den Räumen des Dezernats für Tötungsdelikte und Todesermittlungsverfahren, im Volksmund auch Mordkommission genannt.

Im Besprechungsraum empfing sie Stimmengemurmel und das Röcheln der Kaffeemaschine, die die letzten Wassertropfen in den Filter spuckte.

»Tut mir leid, Mona hat heute Morgen ihre Turnsachen nicht gefunden, da musste ich suchen helfen. Dann sprang der Mini nicht an und ich musste die Bahn nehmen. Hab ich was verpasst?« Verena schälte sich aus ihrem Mantel und warf ihn über den letzten freien Stuhl neben ihrem Ermittlungspartner Roman Katz, der geheimnisvoll schmunzelte.

»In der Tat. Aber ich erzähle es dir gern noch mal. Schließlich habe ich vor, dich zur Hauptsachbearbeiterin zu machen.« Rudolf Joost, als Chef der Mordkommission in Ehren ergraut, hatte sich an der Stirnseite des Tischs über einen Computerausdruck gebeugt. Nun hob er den Kopf und sah Verena aus seinen hellen Augen an.

»Du hast einen neuen Fall für mich?«

Da war es wieder, das leichte Kribbeln in Verenas Nacken, das sich zuverlässig immer dann einstellte, wenn sie eine neue Aufgabe zugeteilt bekam. Sie liebte die Herausforderung, das Knäuel unzähliger Fragen und Spuren zu entwirren, bis nur noch eine einzige Antwort übrig blieb.

»Neu ist nicht das richtige Wort. Eigentlich ist es ein alter Fall.«

Jetzt war Verenas Neugierde vollends geweckt. »Worum geht es denn?«

»Setz dich erst mal. Viel wissen wir noch nicht. Gestern Abend ging in der Funkleitzentrale ein anonymer Anruf ein, der eventuell auf ein ungeklärtes Tötungsdelikt hinweist. Eine junge weibliche Stimme, wir tippen auf ein Kind, rief den Polizeinotruf und sagte ohne irgendwelches Vorgeplänkel ...«, Joost nahm das Papier in die Hand und las vor: »Der Mann bei den Schrebergärten. Ich weiß, wer ihn totgemacht hat.« Er nahm die Brille ab und rieb sich die Augen. »Wir hatten in den letzten Jahren zum Glück nur einen Toten in einer Gartenanlage. Der Fall ist bis heute ungeklärt, weil das Opfer damals nicht identifiziert werden konnte. Leider war aus dem Mädchen nicht mehr herauszuholen, nicht mal ihr Name, geschweige denn eine Adresse. Die Rufnummer war die einer öffentlichen Telefonzelle am Bahnhof Feuerbach. Sie sagte nur, dass irgendjemand ihr den Mund verbieten würde. Wobei es sich aber nicht so anhörte, als ob da noch eine zweite Person in der Zelle gewesen wäre.«

»Vielleicht ist es nur ein Kind, das sich wichtigmachen will«, sagte Severin Scholl, seines Vornamens wegen in Kollegenkreisen auch Snape genannt, nach Harry Potters Zaubertranklehrer.

Sonst hatte er nicht viel mit diesem gemeinsam, außer vielleicht den kleinen Höcker auf der Nase. Ein Andenken an die Faust eines Widerständlers bei einer Verhaftung. Und statt eines Besens hatte er, wenn er unterwegs war, meist seine heiß geliebte Harley unter dem Hintern. »Wobei es schon seltsam ist, dass ein Kind, das der Stimme nach noch im Grundschulalter sein müsste, aus den Medien über diesen Mordfall Bescheid weiß.«

»Warte, ich erinnere mich nur dunkel an den Vorgang.« Verena nahm dankbar den Kaffeebecher, den Scholl zu ihr herüberschob, und wärmte ihre kalten Hände daran. »War das nicht Michas letzter Fall, als er noch bei uns war?«

Thea Engel, die Verena gegenübersaß, nickte. Die zweite Frau im Team war zehn Jahre jünger als Verena und vor einem Jahr als Oberkommissarin von der Polizeischule aus Villingen-Schwenningen gekommen. Vor ihrem Studium hatte sie bereits drei Jahre als Ermittlungspartnerin von Michael Messmer beim Dezernat gearbeitet. Mit Messmer verband sie inzwischen mehr als nur eine berufliche Beziehung.

»Micha hatte den Fall, als ich noch im Studium war«, sagte Thea. »Er hat mir davon erzählt. Der Mann lag splitternackt auf dem Zufahrtsweg einer Kleingartenanlage in Kaltental. Er konnte nicht identifiziert werden, obwohl er ein Tattoo auf dem Arm hatte. Micha war damals ziemlich frustriert. Er hasst ungelöste Mordfälle.«

»Wer tut das nicht, von den Tätern einmal abgesehen«, Verena nahm einen Schluck von ihrem Kaffee. Er hätte stärker sein können, aber wenigstens war er heiß.

»Ich habe die Mordakte schon mal rausgesucht und mich in den Ermittlungsbericht eingelesen«, sagte Joost und schlug einen schwarzen Leitz-Ordner auf. »Die Gerichtsmedizin hielt sich ziemlich bedeckt. Der Tote war um die vierzig Jahre alt, 1,85 groß, weiß, männlich. Dunkles, leicht graumeliertes Haar, etwa zwanzig Zentimeter lang – eine Länge, die bei einem Mann in diesem Alter eher selten vorkommt. Die Beschreibung passte auf keine Vermisstenmeldung. DNA lag natürlich auch keine ein. Micha vermutete, dass es ein Obdachloser war, der vielleicht in einer Gartenlaube eine Unterkunft für die Nacht suchte. Warum der Täter die Klamotten mitgenommen hat, sei mal dahingestellt. Selbst Obdachlose laufen nicht oft nackt draußen rum.«

»Vielleicht hatte sich der Täter beim Kampf verletzt und die Sachen des Opfers vollgeblutet«, vermutete Verena.

»Ja, das war auch Michas Erklärung. Die Spurenlage war katastrophal, es hatte stundenlang geregnet, und Fremd-DNA konnte an ihm nicht gefunden werden. Keine Abwehrspuren, keine Hautschuppen unter den Fingernägeln – nichts. Michas letzter Fall, bevor er das Dezernat wechselte, blieb ungelöst. Der Tote ist bis heute unser großer Unbekannter. Der Mörder natürlich auch.«

»Was war denn die Todesursache?«, fragte Verena.

»Man hat ihm den Schädel eingeschlagen, mit einem stumpfen Gegenstand. Und zwar von vorn, sodass das Gesicht kaum mehr zu erkennen war.« Thea zog ein grellpinkes Zopfgummi vom Handgelenk und band ihr Haar im Nacken zusammen. Sie färbte es in der Farbe ihres Lieblingsweins: Chiantirot. Angesichts dieser Farbkombination schmerzten Verena die Augen.

»Ich brauche die Zeugin, die angerufen hat. Ohne die kommen wir keinen Schritt weiter.«

»Gerne würde ich sie dir auf dem Silbertablett servieren, das kannst du mir glauben. Leider kann ich dir vorerst nur die Abschrift des Gesprächs geben, und die ist nicht lang. Das Band ist noch beim BeDo, wir bekommen es im Laufe des Vormittags.« Joost legte das Blatt Papier in den Leitz-Ordner und schob ihn Verena über den Tisch zu.

Beim BeDo, der Beweis- und Dokumentationssicherung, waren geduldige und nervenstarke Mitarbeiter unter anderem damit beschäftigt, Beweismaterial gerichtsverwertbar, sprich unleserliche Dokumente lesbar, unsichtbare Dinge sichtbar und unhörbare Geräusche hörbar zu machen.

Verena nahm den Vermerk aus der Akte und warf einen Blick darauf. Der Text war übersichtlich und schnell gelesen. Ein nicht identifizierter Toter, eine nicht identifizierte Zeugin und ein unbekannter Mörder – noch mehr Unbekannte kann eine Gleichung nicht haben. Und Mathe war nie ihre Stärke gewesen.

Als sie die Abschrift in ihre Mappe legte, fiel ihr noch etwas ein.

»Eine Frage noch: Wer war damals der zuständige Staatsanwalt?«

Katz zog die Stirn in Falten und presste die Lippen zusammen.

»Ich hab's befürchtet«, stöhnte Verena, stürzte den Rest ihres Kaffees auf ex herunter und knallte die Tasse auf den Tisch. Katz' Mimik konnte nur bedeuten, dass sie mal wieder unter der Leitung ihres Erzfeindes Jens Triberg ermitteln durfte, dessen liebstes Hobby es war, ihr Knüppel zwischen die Beine zu werfen. Sie wusste bis heute nicht genau, was er gegen sie hatte. Allerdings beruhte die Abneigung inzwischen auf Gegenseitigkeit.

»Es besteht wohl wenig Hoffnung, dass er den Fall abgibt, jetzt, wo es neue Spuren gibt«, sagte sie ergeben. »Na dann, auf in den Kampf!«

Der Obduktionsbericht, den sie in ihrem Büro las, während sie mechanisch eine Schale Müsli löffelte, gab nicht viel Neues her. Außer dem, was sie schon von Thea wusste, wurden eine Blinddarmnarbe und ein Stern-Tattoo über dem rechten Handgelenk erwähnt. Verena brummte zufrieden. Das waren schon mal zwei Details, die eine Identifizierung erleichtern könnten. Allerdings war fraglich, ob sie mehr erreichen würde als Messmer, als er den Fall damals bearbeitet hatte. Als neuen Ermittlungsansatz gab es nur den Anruf des unbekannten Mädchens, auf dessen Mitschnitt sie noch wartete.

Verena legte die CD mit den Tatortfotos ein und klickte sich durch die Aufnahmen. Der Tote lag auf einem asphaltierten Fahrweg, direkt an der Einbiegung zur Gartenanlage. Vom Gesicht war nicht mehr viel zu erkennen. Hier hatte die Tatwaffe, was immer es auch gewesen war, ganze Arbeit geleistet. Die Hände lagen mit den Handrücken nach oben, schmale Finger ohne Ehering. Über dem rechten Handgelenk erkannte sie den tätowierten Stern, von dem im Obduktionsbericht die Rede war. Ein Fünfzack, der mit irgendetwas ausgefüllt war, das sie nicht erkennen konnte. Oberflächlich betrachtet konnte man es für eine Schattierung halten, aber Verena hatte das untrügliche Gefühl, dass es sich um ein Symbol handelte.

Sie vergrößerte die Aufnahme und setzte ihre Brille auf. Zoomte das Foto auf zweihundert Prozent, sodass sie nur noch einen kleinen Bildausschnitt sah. Aber durch die Vergrößerung wurde das Bild unscharf. Nachdenklich zoomte sie aus dem Bild heraus und betrachtete die Finger des Leichnams, verglich die linke mit der rechten Hand, als ihr etwas auffiel. Sie lehnte sich zurück und atmete scharf ein.

Dann griff sie zum Telefon und wählte Messmers Nummer. Er meldete sich nach dem ersten Klingeln.

»Kommst du mal eben rüber?«, fragte sie, ohne sich mit einer Grußformel aufzuhalten. »Es geht um deinen ungelösten Mordfall aus der Gartenanlage. Du musst dir etwas ansehen.«

Wenn Verena an einem Fall arbeitete, gab es nur wenig, was sie davon ablenken konnte. Da musste schon mindestens ein Feueralarm oder eine Sturmflut dazwischenkommen. Oder ein Notfall, der ihre Tochter betraf. Obwohl Mona fast fünfzehn und weitgehend selbstständig war, hatte Verena noch häufig ein schlechtes Gewissen, wenn sie länger arbeiten musste. Sie hatte in der Vergangenheit wenig Zeit für ihr Kind gehabt, was ihrem Verhältnis nicht gutgetan hatte. Noch heute fühlte Verena tief in ihrem Inneren einen Schatten der alten Schuld, die eigentlich längst vergeben war.

Sie schüttelte die störenden Gedanken ab und widmete sich wieder den Tatortfotos. Der Erdboden neben dem Fahrweg sah aufgeweicht aus, es hatte in der Nacht zuvor geregnet. Dort in Reichweite des Leichnams erkannte sie eine Kuhle in der feuchten Erde, als sei etwas herausgebrochen worden. Eine Wurzel oder ein größerer Stein. Die Tatwaffe vielleicht? Sie überflog den Tatortbericht. Die Kuhle war erwähnt worden, aber einen dazugehörigen Stein hatte es offenbar nicht gegeben.

Es klopfte, und gleich darauf hörte sie Messmers Stimme.

»Du wolltest mir was zeigen?«

»Micha, schau dir das mal an!« Verena drehte, ohne den Blick vom Bildschirm zu heben, den Monitor in Messmers Richtung. »Kann es sein, dass du das damals bei der Leichenschau übersehen hast?« Sie zoomte das Foto auf die Hände des Leichnams.

Messmer runzelte die Stirn, blickte von Verena zum Bildschirm und wieder zurück. »Was meinst du?«

»Die Hände. Ich meine die Hände. Fällt dir an den Nägeln nichts auf?«

Es dauerte eine Weile, bis Messmer begriff.

»Die der linken Hand sind kurz gehalten, und die an der rechten sind länger. Meinst du das?«

Verena nickte. »Ein Musiker, würde ich sagen. Gitarrist oder Bassist. Jedenfalls ein Instrument, bei dem man mit der linken Hand die Saiten abklemmt und mit der rechten zupft. Wir können davon ausgehen, dass wir es sehr wahrscheinlich mit einem Rechtshänder zu tun haben.«

Messmer stieß die Luft durch die Zähne. »Du hast recht. Das würde auch die langen Haare erklären, wegen der ich ihn für einen Penner gehalten hab. Wieso ist mir das damals nicht aufgefallen?«

Verena lächelte und zuckte die Schultern. »Frauen achten einfach mehr auf die Hände eines Mannes. Das liegt in unserer Natur.«

Messmer hob die Augenbrauen.

»Sogar dann, wenn es sich um die Hände eines Leichnams handelt? Vielleicht solltest du lieber mal wieder nach den Händen eines lebenden Mannes schauen.«

Verena winkte ab.

»Mona und ich kommen sehr gut allein zurecht.«

»Das bezweifle ich ja gar nicht.« Messmer nahm unaufgefordert auf einer Ecke ihres Schreibtisches Platz. »Ich meine nur, so als Sahnehäubchen auf dem Leben der erfolgreichen Hauptkommissarin. So ganz ohne uns seid ihr doch nicht wirklich komplett.« Er zog den Bauch ein und brachte seinen Bizeps zur Geltung, an dem er, wie Verena wusste, lange in der Muckibude trainiert hatte.

»Hat Thea dir dein Machogehabe immer noch nicht abgewöhnt? Ich werde mal ein ernstes Wörtchen mit ihr reden müssen.«

»Thea liebt mich so, wie ich bin. Und ich weiß auch, wo ich hingehöre, bevor dir da Zweifel kommen.« Huschte da ein leichter Schatten über sein Gesicht? So empfindlich kannte sie Messmer gar nicht.

»Es geschehen noch Zeichen und Wunder.« Verena schmunzelte und beschloss, das Thema zu wechseln. »Ich hab die Akte von damals noch nicht komplett durchgearbeitet. Womit wurde er getötet? Habt ihr im Laufe der Ermittlungen noch eine Tatwaffe gefunden?«

»Leider nein. Muss der Täter mitgenommen haben. Allerdings gab es eine frische Kuhle im Grünstreifen neben dem Asphaltweg, als hätte jemand dort kurz zuvor einen ziemlich großen Stein ausgegraben. Wir haben die Einsatzhundertschaft in einem Umkreis von zweihundert Metern suchen lassen, ein entsprechender Stein wurde nicht gefunden.«

»Wenn der Stein die Tatwaffe war, kann er jetzt überall und nirgends sein. Vielleicht auch auf dem Grund des Neckars.«

»Die Tatwaffe verschwinden zu lassen, wäre für den Täter ohnehin kein Problem gewesen. Der war, der objektiven Spurenlage nach zu urteilen, sehr wahrscheinlich mit dem Auto da.«

»Er hat den Leichnam aber nicht mitgenommen, um ihn zu verstecken, sondern offen liegen gelassen«, sagte Verena mehr zu sich selbst. »Die Klamotten hat er allerdings mitgenommen – will uns da jemand auf eine falsche Spur führen? Sollen wir ein Sexualdelikt annehmen, einen Mord im Strichermilieu vielleicht?«

»Hab ich mir damals auch überlegt. Dass das Sperma an der Opferkleidung ihn verraten hätte. Aber die Obduktion ergab keine Hinweise auf Analverkehr.« Messmer seufzte. »Ich gehe eher davon aus, dass die Oberbekleidung der Spurenträger war. Vielleicht hat der Mörder sich selbst verletzt und das Opfer vollgeblutet. Dann wäre es nachvollziehbar, dass er die Sachen mitgenommen hat.«

»Und die Pkw-Spur? Du hast gesagt, der Täter war vermutlich mit dem Auto da.«

»Es gab nur eine Ölspur auf dem Asphaltweg, die Zeugenaussagen zufolge am Abend noch nicht da war. Aber das reicht natürlich nicht, um auf ein bestimmtes Fabrikat zu schließen.«

»Aber wenn er mit dem Auto da war, hätte er den Toten auch mitnehmen und ihn mitsamt dem Stein im Neckar versenken können«, überlegte Verena.

»Vielleicht war er mit 'nem Mini da, da hatte er keine Chance, einen Leichnam in den Kofferraum zu kriegen!«

»Ha, wenn du wüsstest, was ich mit meinem Mini alles transportiere!«

Sie sprach von ihren Wochenendeinkäufen, Colakästen, die Mona für ihre letzte Geburtstagsfeier bestellt hatte, dem Zelt und dem kompletten Kofferset, mit dem sie in den Urlaub gefahren waren, weil ihre Tochter meinte, den halben Hausstand mitnehmen zu müssen. Natürlich verschwieg sie sowohl den Dachgepäckträger als auch die Tatsache, dass sie regelmäßig den Kofferraum durch die gesamte Rücksitzbank erweiterte. Doch Messmers Gedanken gingen in eine komplett andere Richtung.

»Ich hab mich schon immer gefragt, wie du deine Liebhaber entsorgst. Jetzt weiß ich es endlich. Du faltest sie zusammen, bevor die Leichenstarre einsetzt, und bringst sie mit dem Mini zur Deponie, hab ich recht? Du schaffst sie beiseite, bevor wir überhaupt eine Möglichkeit haben, sie kennenzulernen. Verena Sander, die schwarze Witwe!«

Verena musste lachen. »Liebhaber? Welche Liebhaber? Du kannst dir einfach nicht vorstellen, dass man auch gut ohne Männer leben kann, oder?«

Messmer runzelte die Stirn.

»Kann ja sein, dass du keinen Sex brauchst. Aber vermisst du denn abends nicht mal jemanden, mit dem du reden kannst? Jemanden, der über vierzehn ist?«

Verena zuckte gleichmütig die Schultern. »Ach, ich hab 'ne sprechende Personenwaage. Und ein Navi namens Heinz im Auto. Warum nehmt ihr Männer euch eigentlich immer so wichtig?«

»Weil wir es sind«, antwortete Messmer prompt. »Weil eine Frau ohne Mann wie …«, er überlegte einige Sekunden lang, »… ein Bier ohne Schaum, ein Cappuccino ohne Schokostreusel, eine Pizza ohne Käse, Spaghetti ohne Parmesan, Linsen ohne Spätzle, Maultaschen ohne geröstete Zwiebeln …« Mit ausladenden Gesten schwebte Messmer durch das Büro, genauestens darauf achtend, seinen zugegebenermaßen noch immer ansehnlichen Körper optimal zur Geltung zu bringen. »Jetzt habe ich Hunger«, sagte er plötzlich und ließ die Arme sinken. Verena lachte Tränen.

»Was balzt du hier vor meiner Kollegin rum?«

Keiner von beiden hatte das Klopfen gehört, und sie schraken zusammen, als Verenas Ermittlungspartner Katz plötzlich seinen dunklen Schopf zur Tür hereinstreckte. Sie wussten nicht, wie lange er bereits vor der Tür mitgehört hatte. Offenbar schon länger.

»Ach, der will nur spielen«, lachte Verena.

»Vielleicht finden wir ja noch jemanden für dich«, sagte Messmer auf dem Weg zur Tür. Bevor er sie hinter sich zuzog, drehte er sich noch einmal um und legte noch eins nach: »Bei der Staatsanwaltschaft munkelt man, Triberg lebe in Scheidung. Wäre das nicht eine gute Partie …«

Bevor er den Satz beenden konnte, warf Verena ihr Dienstbuch nach ihm, traf aber nur noch die geschlossene Tür.

»Ich meine nur, weil er dann vielleicht zusammengeklappt im Kofferraum deines Minis den letzten Gang zur Deponie antreten würde«, hörte sie ihn von draußen kichern. »Du weißt, wie vielen du damit einen Gefallen tun würdest.«

»Triberg lässt sich scheiden?« Katz hob das Dienstbuch auf, legte es auf den Schreibtisch zurück und fläzte sich auf den Besucherstuhl, die Hände vor dem Bauch gefaltet. »Nicht, dass mich das wundert, aber ist das nicht ein Schandfleck auf seiner ansonsten so tadellos weißen Weste?« Er legte die Füße auf die Tischplatte und seine Hosenbeine rutschten hoch. Verena erhaschte einen Blick auf marineblaue Socken, auf denen Mickymaus und Donald sich einen Faustkampf lieferten.

»Stimmt«, erwiderte Verena. »Eine Scheidung passt eigentlich nicht zu seinem Image. Dann muss es schon schlimm um ihn stehen. Besser gesagt um seine Frau. Und ich bin überzeugt, dass nicht er, sondern sie die Scheidung eingereicht hat. Wer hält es mit so einem Widerling schon ein Leben lang aus?«

»Du würdest es jedenfalls keine halbe Stunde mit ihm aushalten, das ist mir klar«, lachte Katz. »Tut mir wirklich leid, dass es dich jetzt schon wieder getroffen hat, aber es entbehrt auch nicht einer gewissen Komik.« Wenn er lachte, wirkte sein sonst eher strenges Gesicht mit dem markanten Kinn viel weicher, wie das eines kleinen Jungen, der er im Geiste oft genug war.

Verena schnaubte verächtlich.

»Der Messmer hat nicht alle Latten am Zaun! Ich würde eher ins Kloster gehen, als etwas mit dem arrogantesten Staatsanwalt Stuttgarts anzufangen. Schlimm genug, dass Triberg für den Fall mit diesem unbekannten Toten zuständig ist und ich dienstlich nicht um ihn herumkomme.«

»Dein Vater würde sagen, ihr habt ein gemeinsames Karma aufzuarbeiten.« Katz grinste lausbübisch. »Unser Chef hat mir gerade was in die Hand gedrückt, deswegen bin ich eigentlich hier. Nicht dass du denkst, ich komme extra her, um dich mit deinem Lieblingsstaatsanwalt zu verkuppeln.« Er duckte sich in der Erwartung, den Aktenordner, mit dem Verena gerade ausholte, auf den Kopf zu bekommen, doch sie ließ ihn lachend sinken.

»Wenn sich jemand solche Scherze erlauben darf, dann du. Nicht aber Macho-Messmer, der glaubt, eine Frau könne ohne Mann nicht existieren.«

»Ach, Macho-Messmer ist in den letzten Jahren doch ganz zahm geworden, hab ich gehört.« Katz legte eine CD auf Verenas Schreibtisch. »Ich glaube, Thea hat das richtige Händchen für ihn.«

»Das wird sich zeigen«, murmelte Verena und nahm die CD aus der Hülle. »Das ist also der Mitschnitt dieses Anrufs«, sagte Verena. »Den höre ich mir jetzt an. Willst du dabei sein?«

Katz verzog das Gesicht. »Ich brauche noch mindestens eine halbe Stunde. Muss erst die Leichenmeldung zu meinem Suizid vom Freitag schreiben. Die Familie hat schon einen Bestatter beauftragt, und der will bis morgen die Freigabe. Die Meldung muss also heute noch an die Staatsanwaltschaft raus.«

Verena erinnerte sich. Kurz vor dem Wochenende war der tragische Suizid einer jungen Frau reingekommen, die sich am vergangenen Donnerstagabend mit dem Teppichmesser ihres Vaters die Halsschlagader geöffnet hatte, während die Eltern im Theater waren. Katz hatte die Sachbearbeitung übernommen und den gesamten Freitag damit verbracht zu überprüfen, ob kein Fremdverschulden vorliegen könnte. Denn die verzweifelten Eltern konnten sich nicht vorstellen, warum ihre Tochter das getan haben sollte. Dennoch war es ein klarer Fall von Selbsttötung.

»Eine halbe Stunde könnte ich noch warten«, sagte Verena mitten in das Klingeln von Katz' Handy hinein. Katz nahm das Gespräch an. Verena beobachtete ihn, wie er eine Weile zuhörte, dann die Stirn in Falten zog und seufzte. »Bin schon unterwegs«, sagte er und beendete das Gespräch.

»Sophie hat 'ne Reifenpanne und ist mit dem Auto liegen geblieben. Ich muss mal eben die Zwillinge von der Schule abholen, die hatten heute nur zwei Stunden Unterricht. Mist, dann muss die Leichenmeldung warten. Der Bestatter und die Angehörigen werden mir die Hölle heißmachen.«

»Soll ich die Meldung für dich schreiben?« Verena wusste, dass die Familie bei Katz an allererster Stelle stand. Sie wusste auch, dass er bei Leichenbesichtigungen alle wichtigen Details vor Ort mit dem Diktiergerät aufzeichnete oder handschriftliche Notizen machte. Es wäre sicher kein Problem, den Bericht für die Mittagspost einzutüten.

»Würdest du das für mich tun?« Sein Gesicht hellte sich auf. »Eindeutig Suizid, keine Anhaltspunkte für Fremdeinwirkung. Klare Schließverhältnisse. Ich hab alle Aufzeichnungen dazu in meinem Büro, du musst es nur ins Reine tippen und unterschreiben. Formulieren kannst du sowieso besser als ich.«

»Klar, du hast schon so viel für mich gemacht. Ich bin froh, mich mal revanchieren zu können.«

»Danke, dann hole ich jetzt erst mal die Kids ab. Hannes und Greta werden schon im Viereck springen.« Katz stand auf und stürmte mit großen Schritten aus dem Büro.

Verena sah ihm lächelnd nach. Hannes und Greta, die achtjährigen Zwillinge, waren sein Ein und Alles. In Kollegenkreisen wurden die beiden auch Hänsel und Gretel genannt, weil sie sich mit ihrem Vater vorzugsweise in Märchenzitaten unterhielten. Sie beneidete ihn darum, wie mühelos er Beruf und Familie trennen konnte. Ihr selbst gelang das selten, deshalb hatte sie eigentlich permanent ein schlechtes Gewissen, entweder ihrem Chef oder ihrer Tochter gegenüber.

Seufzend legte sie die CD wieder auf den Tisch zurück und stand auf. Die würde vorerst warten müssen. Aus Katz' Büro holte sie die Aufzeichnungen zu seiner Leichensache und fing an zu tippen.

Eine halbe Stunde später setzte sie ihre Unterschrift unter den Bericht und wollte ihn gerade ihrem Chef vorlegen, als es auf dem Flur laut wurde.

Verena schlich zur Tür, legte das Ohr an das Türblatt und lauschte. Hörte sich an wie Thea und Micha, die miteinander stritten.

»Du hättest mich ja wenigstens fragen können!« War das Micha? So wütend hatte sie ihn noch nie erlebt.

»Ich finde aber, das ist meine Entscheidung. Warum können wir nicht einfach vernünftig miteinander reden?« Das war eindeutig Theas Stimme.

»Lass gut sein, Thea. Ich bin die ganze Zeit vernünftig, aber du hältst meine Argumente eben für unvernünftig, da kann man nichts machen.« Messmers Stimme kam näher, Schritte schienen auf Verenas Büro zuzukommen. Wollte er etwa zu ihr?

Sie schaffte es gerade noch zurück hinter ihren Schreibtisch, da stand er schon in der Tür.

»Hi, Verena!« Er klang locker wie immer, doch sie konnte sehen, dass seine Kiefermuskeln angespannt waren. »Rudi hat mir gesagt, dass die Aufzeichnung mit dem Telefonat vom BeDo gekommen ist. Darf ich mal reinhören?«

»Setz dich erst mal.« Sie wies auf ihren Besucherstuhl. »Willst du darüber reden?«

Messmer fuhr herum. »Reden? Worüber sollte ich reden? Ich hab die Aufnahme doch noch gar nicht gehört.«

»Jetzt tu nicht so.« Verena grinste ihn schief an. »Ich meine nicht die Gesprächsaufzeichnung. Ich hab unfreiwillig mitgekriegt, wie ihr gerade gestritten habt, Thea und du. Vielleicht solltet ihr eure Probleme nicht unbedingt vor meinem Büro erörtern.« Messmer verdrehte die Augen zur Zimmerdecke. »Wir haben vielleicht gerade, sagen wir, eine etwas schwierige Phase. Tut mir leid, dass du das mit anhören musstest.«

»Micha, in jeder Beziehung gibt es solche Phasen, das weißt du genauso gut wie ich. Manchmal kommt man da allein nicht raus. Soll ich mal mit Thea sprechen? Vielleicht kann ich vermitteln.«

Messmer schüttelte unwirsch den Kopf. »Das ist wirklich sehr persönlich. Thea würde mich wahrscheinlich teeren und federn, wenn sie erfährt, dass ich mit dir darüber rede.«

Verena sah ihn einige Sekunden lang prüfend an. »Schon verstanden. War ja nur ein Angebot.« Sie nahm die CD mit der Telefonaufzeichnung aus der Hülle, öffnete das Laufwerk und schaltete den Lautsprecher an.

Verkehrsgeräusche waren das Erste, was Verena hörte, nachdem sich der Kollege aus der Funkleitzentrale gemeldet hatte. Wenn man genau hinhörte, konnte man noch ein schwaches Atmen wahrnehmen. Verena beobachtete den Balken, der fünfzehn Sekunden füllte, bis der Kollege aus der Zentrale nachfragte:

»Hallo? Sagen Sie mir bitte Ihren Namen und wie ich Ihnen helfen kann!«

Motorräder, Autohupen, das Heulen einer Sirene. Dann eine zaghafte Kinderstimme:

»Der Mann bei den Schrebergärten. Ich weiß, wer ihn totgemacht hat.«

Verena hielt den Atem an. Obwohl sie bereits wusste, dass das Mädchen keinen Namen preisgeben würde, wartete sie darauf. Dann sprach wieder der Kollege.

»Sagst du mir, wie du heißt und wo du wohnst?«

Keine Antwort. Idiot, dachte Verena. Hätte er nicht fragen können, wer der Mörder ist? Natürlich wusste sie, dass es Vorschrift war, Anrufer zuerst nach ihrer Identität zu fragen. Aber einmal hätte er doch eine Ausnahme machen können!

Bremsenquietschen, noch eine Sirene. Klang wie von einem Krankenwagen. Alles, nur keine Antwort.

»Oder sagst du mir, wie der Mann heißt, der den anderen getötet hat?« Na endlich. Wenigstens hatte er gecheckt, dass er es mit einem Kind zu tun hat.

Nach weiteren zehn Sekunden Schweigen am anderen Ende kam der nächste Versuch:

»Wer bist du und von wo rufst du an?«

Ein unterdrücktes Schluchzen war zu hören. Und dann leise, kaum verständlich, die Worte: »Das kann ich nicht verraten, er sagt, ich darf nicht.«

»Wer sagt, du darfst es nicht verraten?«

»Rambo!«

»Wer ist Rambo?«

Ein Knacken in der Leitung. Aufgelegt.

»Wen meint sie mit Rambo? Ich glaub nicht, dass da noch jemand war, es hörte sich nicht so an. Es war jedenfalls eine Telefonzelle, da bin ich sicher. Was meinst du?« Verena sah zu Messmer auf, der mit halb offenem Mund Löcher in die Luft starrte. Er sah aus, als würde er sie gar nicht wahrnehmen.

»Rambo, klingt doch nach Kinderfantasie, oder wie siehst du das? Hallo? Erde an Micha! Hast du mir überhaupt zugehört?«

»Ich kenne diese Stimme«, sagte er schließlich langsam. »Ich kenne nicht nur diese Stimme, sondern auch diesen Wortlaut. Dass Rambo sagt, sie darf es nicht erzählen. Dieses Mädchen hat schon mal angerufen. Ich erinnere mich nur gerade nicht, in welchem Zusammenhang. Ist schon länger her.«

»Bist du sicher?« Verena spürte, wie sich die Härchen auf ihren Armen aufrichteten. »Kein Déjà-vu? Weißt du genau, dass du da nicht was verwechselst?«

Messmer antwortete nicht. Er ging unruhig im Büro auf und ab und rieb sich seinen Dreitagebart. Plötzlich sah er auf.

»Jetzt fällt es mir wieder ein. Eine Frau von der Kinderseelsorge, die ein Notruftelefon betreut, kam mit dem Mitschnitt dieses Telefonats zu mir. Ist schon über ein Jahr her, ich glaube, ich war damals noch nicht lange bei der Sitte. Sie hatte dieses Kind in der Leitung. Das Mädchen sagte, jemand würde ihr wehtun. Nein – ›er‹ würde ihr wehtun. Dort, wo man Pipi macht. Klang alles sehr nach sexuellem Missbrauch eines Kindes. Als die Frau fragte, wer ihr dort wehtun würde, kam diese Antwort, genau dieser Satz: ›Kann ich nicht sagen, er sagt, ich darf nicht‹.«

»Hat sie auch gefragt, wer ihr das gesagt hat?«

»Natürlich. Das ist ja das Verrückte!«

»Doch nicht etwa Rambo?«

Messmer nickte mit zusammengepressten Lippen.

»Schließt du daraus, dass dieser Rambo das Mädchen missbraucht und auch den Mann umgebracht hat?«

»Man könnte es vermuten.« Er lächelte schwach. »Aber das wäre sicher zu einfach. Und es fehlt komplett der Zusammenhang. Wir haben die Telefonnummer vom Display nachverfolgt und haben die Adresse aufgesucht. Wohlhabende Familie, auf den ersten Blick intakt, siebzehnjährige Tochter, aber kein Kind, zu dem die Stimme passen könnte. Auch nicht in den Meldedateien. Nur Frank, Ursula und Selina Lohmann. Selina ist die Tochter. Ich habe sie kurz kennengelernt. Sie war definitiv nicht das Mädchen vom Telefon, eine völlig andere Stimme.«

»Mysteriös.« Mehr fiel Verena nicht dazu ein.

»Das kannst du laut sagen. Wir hatten keinen einzigen Ermittlungsansatz. Der Vorgang ruht jetzt in der Aktei.«

»Es könnte ein Kind dort wohnen, ohne gemeldet zu sein, das bei eurem Besuch nur gerade nicht zu Hause war.«

»Ja, es könnte auch ein Kind zu Besuch gewesen sein und das Telefon benutzt haben. Glaubst du, wir haben das nicht überprüft? Negativ. Mit dem Namen Rambo konnte niemand etwas anfangen. Wir hatten nichts in der Hand, wirklich nichts!«

Verena überlegte. Spielte die kurze Aufnahme noch einmal ab. Massierte sich die Nasenwurzel und sah zu Messmer auf.

»Könnte das Telefon gehackt worden sein?«

Messmer hob die Augenbrauen. »Von einem kleinen Mädchen?«

Verena seufzte.

»Ich will bei der Adresse trotzdem noch mal nachschauen. Ich fahre da heute noch mit Roman vorbei. Nach so langer Zeit haben wir endlich eine Zeugin, auch wenn sie noch ein Kind ist. Das ist zumindest eine Chance, in diesem Mordfall ein Stück weiterzukommen.«

Die Villa der Familie Lohmann lag in Halbhöhenlage im Stuttgarter Stadtteil Killesberg, eine der nobleren Wohngegenden der Stadt. Ein schmiedeeisernes Gittertor teilte die mehr als zwei Meter hohe Mauer, die das Grundstück umschloss. Hier parkte Katz den Wagen am Straßenrand.

»Das hältst du im Kopf nicht aus!« Verena stieg aus und schaute hinauf zu den beiden Überwachungskameras, die von den Torpfosten aus misstrauisch den Bereich vor der Einfahrt beäugten. »Bist du sicher, dass wir hier bei der richtigen Adresse sind? Nicht vielleicht an einem ehemaligen Nebenwohnsitz von Michael Jackson?«

»Ganz sicher. Der Mann ist Vorstandsmitglied bei Bosch. Der verdient in einer Woche wahrscheinlich so viel wie ich im ganzen Jahr.« Katz legte die Polizeikelle als Parkscheinersatz hinter die Frontscheibe und verriegelte das Auto. »Du hast uns nicht angekündigt, oder?«

Verena schüttelte den Kopf. »Ich finde es besser, wenn sie unvorbereitet sind. Sollte dieses Kind hier wohnen, soll es nicht von den Eltern manipuliert oder eingeschüchtert werden.« Sie drückte auf den Klingelknopf, neben dem in goldenen Reliefbuchstaben »Lohmann: Frank und Ursula« stand.

Es verging fast eine Minute, und Verena hatte schon die Hoffnung aufgegeben, jemanden zu Hause anzutreffen, als die Gegensprechanlage zum Leben erwachte.

»Ja, bitte?«

Ziemlich sicher hatte der Mann, zu dem die Stimme gehörte, zunächst einen Blick auf den Überwachungsmonitor geworfen und sie beide als ungefährlich eingestuft. Verena schmunzelte. Na, wenn er sich da mal nicht geirrt hatte.

»Kriminalpolizei. Wir haben ein paar Fragen an Sie. Würden Sie bitte öffnen?«

Während sie noch auf eine Reaktion warteten, glitten bereits wie von Geisterhand die Torflügel auseinander. Als wäre das Auftauchen der Polizei etwas Alltägliches in diesem Hause.

Ein heller Kiesweg, zu beiden Seiten von Buchsbäumen gesäumt, führte zur Villa. Vor der Haustür, auf einer imposanten Steintreppe, stand ein Mann in den späten Vierzigern, dessen platinblondes Haar einen auffallenden Kontrast zu seiner braun gebrannten Haut bildete, die angesichts der Jahreszeit entweder einem Südseeurlaub oder dem Sonnenstudio geschuldet sein konnte. Flankiert wurde er von zwei ausnehmend hässlichen Deutschen Doggen, die bei ihrem Anblick in ohrenbetäubendes Gekläffe ausbrachen.

Nur unter Aufbietung ihrer gesamten Willenskraft gelang es Verena, keinen Schritt zurückzuweichen. Sie hasste große Hunde – insbesondere Kampfhunde – und hatte enormen Respekt vor ihnen. Sogar Polizeihunden begegnete sie mit Vorsicht. Die beiden hier sahen aus, als würden sie sich im nächsten Moment auf die Besucher stürzen und sie in Stücke reißen wollen.

»Flotsam, Jetsam, still!« Drei Worte und eine unmissverständliche Handbewegung des Hausherrn genügten, um die Bestien in zahme Schoßhündchen zu verwandeln.

»Flotsam? Jetsam?« Irgendwo hatte sie diese seltsamen Namen schon mal gehört. Verena schaute hilfesuchend zu Katz, der ihr augenblicklich auf die Sprünge half.

»Die Muränen der Meerhexe Ursula in ›Arielle, die Meerjungfrau‹«, soufflierte er. Mit Märchen und Kinderfilmen kannte er sich mindestens ebenso gut aus wie mit der Polizeiarbeit.

Der Mann lächelte. »Meine Frau fand es witzig, die beiden nach den Haustieren ihrer Namensvetterin zu benennen. Unsere Tochter hat diesen Film früher in Endlosschleife angesehen. Manchmal tut sie es noch heute, obwohl sie schon achtzehn ist.« Er trat einen Schritt zur Seite und gab den Hunden einen Wink zu verschwinden. »Geht es um die Unterschlagung in meiner Firma?«

»Nein. Wir sind vom Dezernat für Tötungsdelikte.«

Verena registrierte ein kurzes Zögern, ein kaum merkliches Anspannen der Gesichtsmuskeln, doch Lohmann hatte sich im Griff.

»Ich bin gespannt, was ich für Sie tun kann«, sagte er verbindlich und trat zurück ins Haus. Verena und Katz folgten ihm über eine Treppe bis in den ersten Stock, wo Lohmann die Tür zum Wohnzimmer öffnete.

Sie betraten einen weißen Raum von enormen Ausmaßen. Verena schätzte, dass ihre gesamte Wohnung ungefähr so groß war wie dieses Wohnzimmer. Allerdings fand sie ihr Zuhause weitaus gemütlicher. Sie fühlte sich erschlagen von all dem Weiß: weiße Wände, weißer Teppich, eine Sitzecke aus schneeweißem Leder – die einzigen Farbtupfer in diesem Zimmer waren zwei Stechpalmen, die ihre grünen Blätter kühn in das sterile Ambiente streckten. Ohne die Pflanzen hätte Verena das Gefühl gehabt, sich in einem Operationssaal zu befinden.

»Nehmen Sie doch Platz!« Lohmann wies auf die Sitzgruppe. Seine Stimme war freundlich, doch sein Lächeln wirkte wie festgefroren.

Vorsichtig ließ Verena sich auf dem Rand der Ledercouch nieder, als hätte sie Angst, das klinisch reine Möbelstück mit Keimen zu infizieren. Katz schien ähnliche Gedanken zu haben, er blieb stehen.

»Darf ich Ihnen Kaffee anbieten?« Ohne eine Antwort abzuwarten nahm Lohmann zwei Tassen aus hauchdünnem Porzellan aus einer weißen Anrichte, auf der ein Flachbildschirm von der Größe einer halben Kinoleinwand thronte, und stellte sie vor Verena auf den Glastisch. Er ging zur hinteren Tür, die er einen Spalt öffnete.

»Ursula, mach den Herrschaften einen Kaffee, ja?«

Verena fand es unhöflich zu widersprechen, und auch Katz sah aus, als wage er nicht, nach einem Kakao zu fragen. Lohmann strahlte eine natürliche Autorität aus, und Verena ärgerte sich, dass sie sich fühlte, als hätte sie sich das Ruder aus der Hand nehmen lassen. Mit einem inneren Ruck holte sie es sich zurück.

»Herr Lohmann, wir haben Hinweise, dass von Ihrem Festnetzanschluss aus ein Kind telefoniert hat, das laut der Meldedateien nicht in diesem Haushalt wohnt.«

Lohmann lachte kurz auf. »Ach, diese alte Geschichte schon wieder! Da war doch schon mal jemand da, der meinte, es müsse hier ein Kind geben, das bei einer Telefonseelsorge angerufen habe.«

»Wir reden nicht von dem Anruf damals«, sagte Verena. »Es hat inzwischen einen weiteren gegeben.«

»Wie wollen Sie das wissen?«, bellte Lohmann. Zum ersten Mal bekam seine freundliche Fassade Risse. »Wir haben inzwischen eine Rufnummernunterdrückung.«

»Aus welchem Grund denn?« Geschickt umging Verena die Antwort auf seine Frage. Sie hatte nicht vor, ihm zu verraten, dass der Anruf aus einer öffentlichen Telefonzelle gekommen war, und mit der Aussage, dass es wieder einen Anruf gegeben hatte, auch nicht gelogen.

»Hören Sie, ich bin ein wohlhabender Mann, und ich übertreibe nicht, wenn ich sage, auch eine Person des öffentlichen Interesses. Ich vermeide inzwischen alles, was dazu führen könnte, dass meine Privatanschrift und auch die private Telefonnummer an die Öffentlichkeit gelangen. Wir stehen aus diesem Grund auch nicht im Telefonbuch. Im Übrigen glaube ich nicht, Ihnen in dieser Hinsicht Rechenschaft schuldig zu sein.« Lohmann hatte sich in Rage geredet, eine Ader an seiner rechten Schläfe pulsierte. Unwirsch drehte er sich zur Tür um, durch die gerade seine Frau ins Wohnzimmer trat. Ihr kinnlanges rot gefärbtes Haar lag wie ein Helm um ihr Gesicht – zweifellos war es mit viel Haarspray fixiert worden. Die grobmaschig gestrickte Jacke des silbergrauen Twinsets wirkte wie ein Kettenhemd. Verena überlegte, ob sie zu Hause immer in perfekt zur Kleidung passenden Pumps herumlief oder diese extra zum Kaffeeservieren angezogen hatte.

Ursula Lohmann goss Kaffee in die beiden Tassen und stellte die Kanne auf dem Glastisch ab, blieb unschlüssig stehen und schaute neugierig von Verena zu Katz und wieder zurück.

Verena beschloss, die Gelegenheit zu nutzen und die Frage noch einmal zu stellen, in der Hoffnung, von der Frau mehr zu erfahren.

»Es gibt also kein Mädchen im Vor- oder Grundschulalter bei Ihnen?«

Lohmann warf in einer ungeduldigen Geste die Hände in die Luft. »Ich sagte es schon. Natürlich nicht!«

»Und jemanden namens Rambo?«

»Rambo?« Lohmanns Mund blieb vor Verblüffung halb offen stehen. Dann begann er zu lachen.

»Sie wollen mich auf den Arm nehmen, oder? Sagen Sie schon, wo ist die versteckte Kamera?«

Verena sparte sich die Antwort. Sie beobachtete Ursula Lohmann, die ihren Mann verwirrt anstarrte.

»Gibt es hier nun einen Rambo oder nicht?«, mischte sich Katz ein.

Lohmann hielt im Lachen inne und schlug sich gegen die Stirn. »Doch, natürlich gibt es hier einen Rambo! Warten Sie einen Augenblick.«

Er drehte sich zur Anrichte, nahm eine DVD heraus und hielt sie den beiden hin. Auf dem Cover war Sylvester Stallone zu sehen, mit einem Maschinengewehr im Anschlag. »Was hat er denn ausgefressen?« Eine erneute Lachsalve, dann wurde Lohmann plötzlich ernst. »Warten Sie. Als sie jünger war, hatte unsere Tochter diese unsichtbaren Spielkameraden, mit denen sie auch gesprochen hat. Gut möglich, dass einer davon Rambo hieß. Natürlich ist er nicht bei uns gemeldet. Konnte ja nicht ahnen, dass sich mal die Polizei nach ihm erkundigt.«

Verena seufzte. So würden sie nicht weiterkommen. Sie fühlte sich unwohl in diesem Zimmer, mit diesem Mann, von dem sie nicht ernst genommen wurde, und wäre am liebsten sofort wieder gegangen. Doch es gab noch etwas zu erledigen.

»Haben Sie zufällig einen Kleingarten?«

Lohmanns Kopf fuhr nach oben. »Was glauben Sie denn? Dass der Garten vor und der hinter unserem Haus uns nicht ausreichen würde? Dass wir Zeit und Interesse hätten, noch einen Schrebergarten zu bewirtschaften? Nein, wir haben keinen Kleingarten.«

»Vielleicht kennen Sie jemanden, der einen Bezug zu einer Kleingartenanlage in Stuttgart-Kaltental hat. Denken Sie bitte genau nach«, bat Katz.

Lohmanns Antwort kam schnell. »Da muss ich nicht nachdenken. Wir geben uns nicht mit Kleingärtnern ab.«

Verena blickte zu Ursula Lohmann, die ebenfalls den Kopf schüttelte. »Nicht dass ich wüsste.«

»Vielleicht Ihre Tochter Selina?«, schob Verena nach.

»Nein, auch meine Tochter nicht«, antwortete Lohmann gereizt.

»Kennen Sie denn alle Freunde Ihrer Tochter so genau, dass Sie zuverlässig sagen können, ob sie einen Garten besitzen oder nicht?« Katz schien aufrichtig erstaunt.

»Meine Tochter hat kaum Freunde. Außer ein Mädchen aus ihrer Klasse, mit dem sie ab und zu was unternimmt. Aber meist ist sie zu Hause.«

Eine Achtzehnjährige ohne Freunde, wunderte sich Verena. Das war irgendwie schwer vorstellbar. Gerade in diesem Alter, an der Schwelle zum Erwachsensein, wenn man endlich tun und lassen konnte, was man bislang nicht durfte, probierte sich ein Mädchen doch aus. Traf sich mit Freunden in der Disco, ging ins Kino, zu Konzerten. Sie dachte an ihre eigene Tochter, die sich im letzten Jahr einer fragwürdigen Clique angeschlossen hatte. Wie sehr hätte sie sich damals gewünscht, dass ihr Kind brav zu Hause geblieben wäre, notfalls auch ohne Freunde zu haben. Aber war diese Vorstellung realistisch? Sie schaute von Lohmann zu seiner Frau, die beide völlig ausdruckslos zurückstarrten.

»Wir würden trotzdem gern mit Ihrer Tochter sprechen«, sagte sie.

Lohmann räusperte sich. »Da haben Sie Pech, die ist noch in der Schule.«

»Könnten wir uns wenigstens ihr Zimmer anschauen?«

»Ich glaube nicht, dass sie damit einverstanden wäre. Und ich glaube auch nicht, dass Sie einen Durchsuchungsbeschluss haben.«

»Haben wir nicht, und wir wollen auch nicht durchsuchen, sondern uns nur umsehen. Wir fassen auch nichts an, versprochen.« Unglaublich, gleich falle ich noch vor ihm auf die Knie, ärgerte sich Verena.

Lohmann lächelte süffisant.

»Tut mir leid, das ist die Entscheidung unserer Tochter, da kann ich Ihnen leider nicht helfen.«

»Aber natürlich dürfen Sie das Zimmer sehen«, mischte sich Ursula Lohmann ein. »Ich räume nur schnell das Geschirr weg, dann zeige ich Ihnen Sinas Reich.« Flink wie ein Wiesel drückte sie sich an ihrem Mann vorbei und griff nach den noch unberührten Kaffeetassen. »Frank, du sollst doch nicht immer so unhöflich sein! Wissen Sie, das liegt an seiner Position in der Firma. Man kriegt diesen Befehlston einfach nicht aus ihm heraus. Kommen Sie!« Sie bedeutete Verena und Katz ihr zu folgen, stellte die Tassen in der Küche ab und lief vor ihnen die Treppe zum ersten Stock hinauf.

»Sie nennen Ihre Tochter Sina?«, fragte Verena, während sie vorsichtig die halsbrecherischen Stufen hinaufstieg. Sie verjüngten sich zum gewundenen Treppengeländer hin, sodass kaum der Fußballen darauf Platz fand. Auf den breiten Enden saß eine Sammlung von Steiff-Teddybären, einer auf jeder Stufe.

Ursula Lohmann drehte sich auf dem oberen Treppenabsatz nach ihr um. »Sie nennt sich selbst so. Als sie eingeschult wurde, hat sie damit angefangen. Wie Schulkinder so sind, alle Namen werden verniedlicht oder abgekürzt. Irgendwann haben wir das übernommen. Ich glaube, inzwischen gibt es niemanden mehr, der sie bei ihrem richtigen Namen nennt, von ihrem Vater mal abgesehen.«

Das Mädchenzimmer im Obergeschoss glich einer Rumpelkammer. In Gedanken tat Verena Abbitte bei ihrer Tochter, der sie gern und oft vorhielt, sie habe in ihrem Leben noch nie so ein unordentliches Zimmer gesehen. Gleich gegenüber dem Eingang sah sie einen Kleiderschrank, dessen Tür offen stand und an der Wand anschlug. Die Klamotten darin waren wild durcheinandergeworfen, als hätte jemand in Eile ein bestimmtes Kleidungsstück gesucht. Ein Diddl-Poster und ein Kruzifix hingen einträchtig nebeneinander an der Wand; vor dem Bett lagen Fußballschuhe auf den Holzdielen, wie gerade von den Füßen geschleudert. Das Bett war ungemacht, unter dem Kopfkissen schaute die Ecke eines Taschenbuchs hervor. Neugierig hob Verena einen Kissenzipfel an. »Stimmengewirr« von Mischa Bach, der Titel sagte ihr nichts.

Die Vorhänge vor dem Fenster waren nur zur Hälfte aufgezogen. Ein Sonnenstrahl zeichnete Lichtkanten auf ein verstaubtes Klavier, über dem ein rot-weißer VfB-Schal hing.

»Ist Ihre Tochter Fußballfan?« Katz hob ein Ende des Schals an und schüttelte eine Staubwolke heraus. »Man merkt, der Verein hat Winterpause«, sagte er grinsend.

Ursula Lohmann zuckte die Achseln. »Keine Ahnung. Mein Mann war früher ein paarmal mit ihr im Stadion. Wenn sie mich so direkt fragen, ich weiß nicht viel von meiner Tochter. Sie redet eher wenig mit uns.« Sie folgte Verenas Blick auf die Fußballschuhe. »Von der Größe her könnten sie Sina passen, aber mir wäre es neu, wenn sie selbst spielen würde. Vielleicht gehören sie ihrem Freund, wobei ich nicht mal genau weiß, ob sie einen hat.«

Eine Mutter, die nicht weiß, ob ihre Tochter einen Freund hat? Verena musste sie so ungläubig angesehen haben, dass Ursula Lohmann entschuldigend die Hände hob. »Das Mädchen ist achtzehn, das ist ein Alter, in dem die Eltern längst nicht mehr ins Vertrauen gezogen werden.«

Auf einem kleinen Schreibtisch stand ein Laptop. Es juckte Verena in den Fingern, ihn hochzufahren und die Festplatte zu durchstöbern, oder die Schubladen des Schreibtischs aufzuziehen, nach Aufzeichnungen zu suchen. Das musste warten. Noch hatten sie keine Veranlassung dazu.

Ihre Augen streiften weiter durch den Raum. Unter dem Bett schauten ein paar blonde Kunsthaare hervor. Sie bückte sich und beförderte eine Barbie ans Licht. Eine ziemlich alte Barbie, mit selbst geschnittenem Pony und abgeschabter Nase. Sie hielt die Puppe Ursula Lohmann hin.

»Ihre Tochter spielt mit Barbies? Mit achtzehn Jahren?«

Abermals hob Frau Lohmann die Schultern. »Die Puppe habe ich ihr geschenkt als sie sieben war. Keine Ahnung, warum sie die aufgehoben hat.«

Verena nickte abwesend und legte die Barbie auf das ungemachte Bett. Dabei fielen ein paar blonde Strähnen von der

Puppe. Sie hielt sie gegen das Licht. Kunsthaar. Unmöglich, dass es seit zehn Jahren an der Barbie haftete. Der Pony war erst kürzlich geschnitten worden.

»Hat Ihre Tochter hin und wieder Besuch von jüngeren Kindern? Verdient sie sich vielleicht ein bisschen Geld als Babysitterin?«

»Nein. Babysitten hat sie nicht nötig. Sie bekommt ein großzügiges Taschengeld und darüber hinaus alles von uns, was sie braucht.« Ursula Lohmann sah fast ein wenig beleidigt aus.

»Natürlich«, sagte Verena nachdenklich und wandte sich zum Gehen. Hier konnte sie nicht mehr viel tun. Im Hinausgehen schloss sie instinktiv die Tür des Kleiderschranks, wie sie das in Monas Zimmer immer tat, die ihren Schrank auch ständig offen ließ – und blickte plötzlich auf ein großes, farbiges Wandposter, das bislang von der Schranktür verdeckt worden war. Es zeigte eine Band, eine Rockband oder doch eher Metal, wie auch der Name nahelegte, der in blutroten Buchstaben in der linken unteren Ecke stand: »Dark Devil«. Durch ihre eigene Tochter in der Materie halbwegs bewandert, konnte Verena zudem ungefähr vom Äußeren der Musiker auf die Stilrichtung schließen. Einer von ihnen, ein Mittvierziger mit schulterlangen Haaren, hielt eine feuerwehrrote E-Gitarre im Arm. Sie trat näher. Beugte sich nach vorn, bis sie den rechten Unterarm des Gitarristen direkt vor sich hatte, und ihr Atem stockte. Der Ärmel war etwas nach oben geschoben, und da war dieser Stern, halb verdeckt vom Bund der Lederjacke. Auch hier konnte sie erkennen, dass innerhalb des Sterns noch etwas eintätowiert war, aber das Bild war unvollständig, da mehr als die Hälfte der Tätowierung verdeckt war. Trotzdem war ihr schlagartig klar, dass sie hier dasselbe Symbol vor sich hatte wie heute Morgen auf den Tatortfotos.

Der Mann bei den Schrebergärten. Ich weiß, wer ihn totgemacht hat.

In Verenas Hirn rasten die Gedanken wie auf einem Kettenkarussell. Instinktiv versuchte sie, sich nichts anmerken zu lassen. Katz wusste noch nicht Bescheid, und Frau Lohmann sollte keinen Verdacht schöpfen. Sie musste dringend raus hier, an die frische Luft, einen klaren Kopf bekommen, in Ruhe nachdenken. Mit einem kurzen Nicken lief sie die Treppe hinunter, vorbei an Frank Lohmann, der am Treppenabsatz wartete, zum Ausgang. Katz und Ursula Lohmann folgten ihr. Als sie sich umdrehte, um sich zu verabschieden, fasste sie einen Entschluss. Sollte die Frau denken, was sie wollte, sie musste es einfach wissen. Jetzt sofort, nicht erst irgendwann, wenn sie Sina zu fassen bekamen.

»Ich nehme an, Sie haben sicher keine Ahnung, aber ich frage trotzdem: Die Band auf dem Poster im Zimmer Ihrer Tochter – wissen Sie, ob Sina die Musiker kennt? Ich meine, persönlich kennt?«

Verena hatte mit neuerlichem Achselzucken gerechnet, aber sie wurde überrascht.

»Natürlich. Sina ist Fan von denen. In dieser Besetzung gibt es sie aber nicht mehr. Der Gitarrist hat die Band schon vor anderthalb Jahren verlassen. Sina war damals auf seinem Abschiedskonzert.«

Verena verharrte reglos, eine Hand noch auf dem Türknauf, den Blick auf die Lippen der Hausherrin geheftet, die mit Jetsam und Flotsam am Fuße der Treppe stand und freundlich lächelte. Verenas Kehle war wie zugeschnürt. Während ihr Hirn noch versuchte, die Fakten zu sortieren, konnte sie den Blick nicht von Ursula Lohmann lösen. Sie war sprachlos – als hätte sie der Meerhexe gerade ihre Stimme verkauft.

Viel zu aufgewühlt, um selbst zu fahren, ließ sie Katz ans Steuer. Allmählich kehrte mit der Wahrnehmung für die Wirklichkeit auch ihre Stimme zurück.

»Der Gitarrist hat die Band vor anderthalb Jahren verlassen? Dass ich nicht lache. Der ist seit anderthalb Jahren tot! Und wir haben eine Verbindung zur Tochter des Hauses, aus dem der anonyme Anruf kam. Eine Barbie unter dem Bett. Mit frisch geschnittenem Pony. Und dann ein unsichtbarer Spielkamerad namens Rambo! Ich fress einen Besen, wenn diese Familie das Kind, das uns angerufen hat, wirklich nicht kennt!«

»Warte, warte, ich kann dir gerade nicht folgen!« Katz nahm den Fuß vom Gas und lenkte den Wagen in eine Seitenstraße, wo er am Bürgersteig hielt. »Du meinst, der Gitarrist auf diesem Poster …«

»Ist unser mysteriöser Toter, jede Wette!« In wenigen Worten erzählte sie Katz von ihrer Entdeckung auf den Tatortfotos und den Schlüssen, die sie daraus gezogen hatte.

Katz starrte sie einige Sekunden lang schweigend an.

»Die Frage ist, ob und wo diese Band noch existiert«, sagte er schließlich. »Du hast auch nie von denen gehört?«

»Nein.« Verena schüttelte den Kopf. »Das ist nun wirklich nicht meine Musik. Aber wozu gibt es Internet?«

Der Eintrag »Dark Devil« brachte mehrere Millionen Google-Treffer. Die meisten verwiesen auf eine Figur aus den Spiderman-Comics, aber auch eine dämonische Pflanze von zweifelhaft magischer Wirkung und eine Zucht Altdeutscher Schäferhunde. Verena scrollte weiter und wurde bei Wikipedia fündig.

»*Dark Devil* ist eine deutsche Metal-Band aus dem Raum Stuttgart, die 1997 gegründet wurde. Gründungsmitglieder sind Jasper Stoffers (dr), Uwe Terzenbach (b), Mirko Freund (voc),

Rolf Morlock (g) und Adrian Strobl (keyb). Stoffers wechselte bereits drei Jahre später zur englischen Rockband *Mayday* und wurde durch Sebastian Siebert ersetzt. In dieser Besetzung existierte die Band zwölf Jahre lang und spielte sechs Alben ein. Rolf Morlock verließ die Band im Jahr 2012 aufgrund persönlicher Differenzen. Über die näheren Hintergründe wurde vielfach spekuliert. Ersetzt wurde er durch Dirk Hinner, geb. 1978, das jüngste Mitglied der Band.

In die Schlagzeilen geriet die Gruppe, als ihnen Manipulation ihrer Fans durch Backward Masking vorgeworfen wurde. Kritiker behaupteten, in mehreren ihrer Titel versteckte jugendgefährdende Botschaften entdeckt zu haben, was allerdings nie bewiesen werden konnte.«

Verena rieb sich die Augen. Persönliche Differenzen. Jugendgefährdende Botschaften. Hier würde sie tiefer graben müssen. Die Bandmitglieder auftreiben und ihnen auf den Zahn fühlen. Zuerst aber suchte sie die Website der Band und klickte sich bis zu den Kontaktdaten ihrer Agentur vor. Sie fand eine Adresse in Ulm. Nicht gerade der nächste Weg. Seufzend griff sie zum Telefon.

»Bist du denn von allen guten Geistern verlassen? Erst fällst du mir in den Rücken und zeigst den Bullen das Zimmer unserer Tochter und dann erzählst du ihnen noch von diesem verdammten Konzert!« Frank Lohmann lief aufgebracht im Wohnzimmer auf und ab, während seine Frau ihm mit verständnislosem Blick folgte, vom Fenster zur Tür und wieder zurück, von links nach rechts und rechts nach links, wie bei einem Tennismatch.

»Du könntest dich hinsetzen, wenn du mit mir reden willst«, schlug sie vor. »Du machst mich schwindelig.«

»Und du machst mich wahnsinnig!« Lohmann machte keine Anstalten, sich zu setzen. »Warum konntest du nicht ein einziges Mal die Klappe halten?«

»Weil sie mich danach gefragt haben.« Ursula Lohmann nahm eine kleine Kanne vom Fensterbrett und begann die Stechpalmen zu gießen. Sie wirkte vollkommen ungerührt, was Lohmann noch mehr in Rage brachte.

»Sie hätten nicht danach gefragt, wenn du sie nicht in Selinas Zimmer geführt hättest!«

»Sie wollten es sehen, und ich habe es ihnen gezeigt. Ich weiß nicht, was daran so schlimm sein soll. Ich fand es ziemlich peinlich, wie du dich den Beamten gegenüber aufgeführt hast. Wieso hast du uns überhaupt belauscht?«

»Weil ich gern wissen möchte, was die Polizei im Zimmer meiner Tochter macht, und was meine Frau so an Familieninterna ausplaudert.«

»Familieninterna? Seit wann fällt der harmlose Besuch eines Rockkonzerts unter Familieninterna?« Sie verharrte mit der Gießkanne über dem Blumentopf. »Wieso haben die all diese Fragen gestellt? Was sollte das mit dem Kind im Grundschulalter in unserem Haushalt – wie kommen die darauf?«

»Keine Ahnung. Sie waren deswegen doch schon einmal hier und fragten nach einem kleinen Mädchen, das von unserem Haus aus telefoniert haben sollte. Irgendwas stimmt mit unserem Anschluss nicht. Ich hab mich damals schon bei der Telekom beschwert und mich um die Rufnummernunterdrückung gekümmert. Offenbar ohne Erfolg. Jetzt stehen sie ja wieder auf der Matte.«

»Warum wollten sie mit unserer Tochter sprechen? Meinst du, Sina hat etwas ausgefressen?«

»Was weiß ich denn? Ich bin tagsüber bei der Arbeit. Du bist es doch, die mitbekommen sollte, wann und wie oft sie fortgeht.«

Ursula Lohmann stellte die Kanne mit Nachdruck auf das Fensterbrett zurück und stemmte die Hände in die Hüften.

»Sina ist achtzehn, Frank. Ich kann sie nicht hier festbinden. Sie kommt und geht, wie es ihr passt, und das ist ihr gutes Recht. Ich frage auch nicht jedes Mal, was sie vorhat. Natürlich sehe ich, dass sie mal in Leggins und Laufschuhen und ein andermal in High Heels und Minirock das Haus verlässt. Da kann man sich ja denken, dass sie das eine Mal zum Laufen und das andere Mal zum Tanzen geht. Aber das soll sie auch, sie ist alt genug. Wie soll sie denn sonst einen netten Jungen kennenlernen?«

»Es gefällt mir nicht, dass sie so oft weggeht, und dass sie sich mal wie ein kleines Mädchen und mal wie eine Nutte kleidet«, beharrte Lohmann. »Ich weiß nie, mit wem ich es gerade zu tun habe.«

»Sie probiert sich eben aus, zwischen Girlie und Vamp, und das wird auch Zeit in ihrem Alter!« Endlich hob Ursula die Stimme. »Du hast ihr Leben lang dafür gesorgt, dass sie immer nur an Daddys Rockzipfel hing. Nicht mal Kindergeburtstag haben wir gefeiert. Sie durfte auch nicht mit anderen Kindern zusammen zur Schule laufen – Daddy hat sie immer hingefahren. Kontrolle rund um die Uhr. Du wolltest sie nicht mal mit einer Freundin zu einem Rockkonzert gehen lassen!«

»Sie war damals sechzehn!«

»Fast siebzehn. Und alt genug! Wenn es nach dir ginge, würdest du das Mädchen in einen goldenen Käfig sperren. Kein Wunder, dass sie so weltfremd und launisch ist!«

Lohmann schnappte nach Luft.

»Weltfremd nennst du das, wenn sie plötzlich nicht mehr weiß, was sie vor zwei Minuten gesagt hat? Wenn sie immer wieder Löcher in die Luft starrt, ohne ansprechbar zu sein und in ihrem Zimmer stundenlange Selbstgespräche führt? Nun, ich nenne es verwirrt. Das, was du launisch nennst, könnte man auch neurotisch nennen. Was mich überhaupt nicht wundert mit einer Mutter, bei der sie tun und lassen kann, was sie will.«

Ursula Lohmann winkte ab. »Das sind die letzten Ausläufer der Pubertät, das verwächst sich noch. Ich bin wirklich froh, dass du nicht den ganzen Tag zu Hause bist, um jeden ihrer Schritte zu überwachen. Man sagt ja immer, dass es die Mütter sind, die ihre Kinder ewig behüten und nicht loslassen wollen. Aber bei uns ist das andersrum. Um ehrlich zu sein, bist du die Glucke von uns beiden!«

»Wenn wir schon mal ehrlich sind, Ursula«, sagte Lohmann mit einer Schärfe in der Stimme, die ihm selbst fremd vorkam, »ist dir das Kind doch scheißegal. Alles, was dich interessiert, sind deine Hunde. Um Selina kümmerst du dich einen Dreck.«

»Flotsam und Jetsam lieben mich«, entgegnete Ursula Lohmann leise. »Im Gegensatz zum Rest der Familie.« Sie wandte sich zur Tür.

»Und ich liebe meine Tochter. Sie hat mein Leben verändert. Vorher wusste ich gar nicht, wie sehr ich zu lieben fähig bin. Deshalb werde ich nicht zulassen, dass sie in etwas hineingezogen wird, mit dem sie nichts zu tun hat. Und du wirst mir dabei nicht in die Quere kommen, hast du das verstanden?«

Seine Frau blieb ihm die Antwort schuldig. Sie war schon auf dem Weg zur Küche, um die Futternäpfe der Hunde zu füllen.

Im Kleiderschrank war es finster wie in Alices Kaninchenloch und so warm, dass dem Mädchen feine Schweißperlen den Rücken hinunterrannen. Die Knie bis an die Nasenspitze hochgezogen, hockte sie zwischen Wintermänteln, die nach süßlichem

Tabak und etwas anderem rochen, das sie nicht kannte. Sie fühlte sich sicher in der Dunkelheit, wie von der Welt abgeschlossen. Der Welt, in der sie nicht sein wollte, in die sie aber trotzdem immer wieder hinausgeworfen wurde. Hier war es warm und geborgen wie im Mutterleib, wie in einer dunklen, schützenden Höhle, in der sie keine Geräusche und keine Schmerzen erreichen konnten, und in die sie sich immer wieder zurückzog, wenn sie nicht gebraucht wurde.

Heute hatte er sie wieder herausgerufen, und sie musste seiner Stimme folgen, auch wenn sie es nicht wollte. Zurück konnte sie nicht mehr, die Tür war fest verschlossen. Es blieb nur der Kleiderschrank.

Von fern hörte sie das Knarzen der Treppe, die zum Obergeschoss führte. Sie hielt den Atem an. Lauschte den langsamen Schritten, die allmählich näher kamen. Tapp. Tapp. Tapp. Jetzt waren sie im Flur angekommen, verharrten. Sie presste ihr Gesicht in den rauen Wollstoff eines Mantels. Ein scharfer Geruch stach in ihre Nase. Mottenkugeln – jetzt fiel ihr das Wort wieder ein, obwohl sie keine Ahnung hatte, woher sie es kannte.

Wieder diese Schritte. Jetzt waren sie lauter. Langsam, bemüht, kein Geräusch zu machen, schob sie ihren Körper ganz nach hinten, presste sich an die harte Rückwand des Kleiderschranks und zog den Mantel fester vor ihr Gesicht. Wenn sie niemanden sah, würde sie auch niemand sehen. Sie musste nur ganz fest daran glauben, aber es wollte ihr nicht gelingen. Der Pelzbesatz des Ärmels kitzelte sie im Gesicht. Das Mädchen rieb sich die Nase, um nicht zu niesen, das kleinste Geräusch würde sie verraten. Sie versuchte sich abzulenken, ging in Gedanken das kleine Einmaleins durch. Hangelte sich durch die Zahlen, als könnten sie ihr Zuflucht geben. Als sie bei der Sechserreihe angekommen war, stand er vor der Zimmertür. Drei mal sechs ist achtzehn – sie spürte, wie sich die Härchen in ihrem Nacken und auf ihren Armen aufrichteten. Viermal sechs ist vierundzwanzig – sie ahnte, dass seine Hand schon auf der Klinke lag. Fünfmal sechs ist dreißig. Sechs mal sechs ist … sechs mal Sex ist … Sex mal Sex, kicherte jemand in ihrem Kopf.

Die Klinke quietschte, die Tür schabte über die aufgequollenen Dielen, sie lugte hinter dem Mantel hervor, sah das Schlüsselloch als winzigen Lichtpunkt in der Dunkelheit und fühlte ihre Hände zittern. Tapp. Tapp. Tapp. Die Schritte kamen langsam näher, in einem bedrohlich gleichmäßigen Rhythmus klackten die Absätze auf dem Parkett, wie die Schläge eines Metronoms. Der Lichtpunkt verschwand. Er stand jetzt vor dem Schrank. Fast glaubte sie, seinen Atem zu hören. Mit angstgeweiteten Augen starrte sie in die Dunkelheit, hörte wie sich der Schlüssel im Schloss bewegte. Die Tür sprang auf, eine Hand riss die Kleider und Mäntel zur Seite. Sie hörte das Kreischen der Kleiderbügel, als sie über die Metallstange schabten, und kniff vor dem grellen Licht, das ihren Zufluchtsort überflutete, die Augen zusammen. Dann hörte sie seine Stimme. Zärtlich, sanft und doch so bedrohlich.

»Da bist du ja, mein kleines Schokohäschen.«

»Woher soll ich denn wissen, was damals passiert ist? Als ich zur Band kam, war er doch längst weg!« Dirk Hinner lief aufgebracht in seiner Maisonettewohnung im Stuttgarter Westen auf und ab. Trotz seines relativ jungen Alters hatte er Geheimratsecken und die Kopfhaut schimmerte durch die kurz geschorenen Haare wie eine kreisrunde Mönchstonsur. Er trug eine John-Lennon-Brille und ein T-Shirt mit der Aufschrift: »Ich bin nicht perfekt, aber verdammt nah dran.«

»In der Band wurde doch mit Sicherheit über Morlock geredet. Irgendwas muss doch damals passiert sein, was er zum Anlass genommen hatte, auszusteigen.« Verena schaute sich demonstrativ nach einer Sitzgelegenheit um. Hinner fegte nach kurzem Zögern ein paar Musikzeitschriften vom Sofa, was Verena als Aufforderung verstand, Platz zu nehmen.

»Ich hab nicht viel Zeit, muss zu einem Termin. Aber viel sagen kann ich eh nicht. Warum fragen Sie nicht die anderen, die Rolf besser kennen?« Hinners Ton war harsch, und es war überdeutlich, dass er sie so schnell wie möglich loswerden wollte.

»Das werde ich natürlich noch tun. Aber mit einem muss ich ja anfangen. Und das sind nun mal Sie.«

Verena hatte bei der Agentur, die die Band vertrat, auf Granit gebissen. Am Telefon wollten sie prinzipiell keine persönlichen Daten ihrer Klienten herausgeben, da könne ja jeder anrufen. Ja, wenn sie vorbeikommen und sich ausweisen würde …

Verena hatte Verständnis bekundet und sich stattdessen in die Einwohnermeldedateien der Landeshauptstadt eingeloggt. So war sie an die Adressen aller Bandmitglieder gekommen, aber Hinner war der Einzige gewesen, den sie zu Hause angetroffen hatte. Nun saß sie auf der abgewetzten schwarzen Ledercouch in seinem Wohnzimmer und hatte das uralte Modell einer Gibson vor der Nase, die an der gegenüberliegenden Wand über einem verstaubten Sideboard hing. Feuerwehrrot wie Snapes Harley, der Vibratohebel ragte wie ein Gaspedal aus dem kurvenreichen Körper des Instruments, der fast schon etwas Sinnliches hatte. Der Zustand der Wohnung war am ehesten mit gepflegtem Chaos zu beschreiben. Klamottenberge häuften sich auf allen Sitzgelegenheiten. Der Aschenbecher auf dem schmierigen Couchtisch quoll von filterlosen Kippen fast über. Auf den Fensterbänken lechzten vertrocknete Grünpflanzen nach einem

Tropfen Wasser, Musikmagazine und Notenblätter lagen auf dem Boden verstreut. Einen Staubsauger schien es in diesem Haushalt gar nicht zu geben.

»Meine Freundin ist vor zwei Wochen ausgezogen«, entgegnete Hinner knapp, als müsse das als Erklärung für die Unordnung genügen. »Was wollen Sie denn noch wissen?«

»Alles, was Sie mir über Rolf Morlock erzählen können.«

»Oh, das ist schnell erledigt. Ich habe ihn nicht wirklich gut gekannt. Wie gesagt, ich bin erst zur Band gekommen, als er schon nicht mehr da war.« Hinner machte keine Anstalten, sich zu setzen, und Verena gefiel es nicht, wie er von oben auf sie herabschaute. Dennoch widerstand sie der Versuchung, wieder aufzustehen. Das hätte er vermutlich als Aufbruchssignal verstanden und sie postwendend zur Tür gebracht.

»Soll das heißen, Sie sind ihm nie begegnet?«, fragte Verena.

Hinner klopfte sich eine filterlose Zigarette aus einer zerknüllten Schachtel und zündete sie an. Er blies einen fast perfekten Rauchring in die Luft, bevor er antwortete.

»Ich hab ihn nur ein oder zweimal getroffen, zuletzt auf seinem Abschiedskonzert, da hat er mir diese Schönheit dort verkauft.« Er wies auf die feuerrote Gibson an der Wand. »Er hat sie bis zuletzt selbst gespielt.«

Verena überlegte einen Augenblick, wo sie das Instrument schon einmal gesehen hatte. Natürlich, vorhin erst auf dem Poster in Sinas Zimmer. »Sind noch die Originalsaiten drauf? Die, auf denen Morlock gespielt hat?«

»Klar, was denken Sie denn? Ich selbst bevorzuge ja Fender, hab die nur als Deko an der Wand, weil sie so rattenscharf aussieht.«

»Ich würde sie mir gern ausleihen.«

»Was?« Hinner schaute sie an, als hätte er nicht richtig gehört.

»Für einen DNA-Vergleich«, erklärte Verena. »Ich hab ja eine Menge Talente, aber Gitarre spielen gehört definitiv nicht dazu. Sie bekommen das Schmuckstück wieder, keine Sorge.«

Hinner schien etwas sagen zu wollen, entschied sich dann aber doch anders und verstaute schweigend die Gibson in einem Gitarrenkoffer aus schwarzem Leder, während Verena eine Empfangsbescheinigung ausstellte. Entweder rechnete er nicht mit einer Antwort auf die Frage, wozu der DNA-Vergleich nötig sein sollte, oder er ahnte es bereits.

»Was haben Sie denn im Anschluss von Morlocks letztem Konzert noch gemacht?«

Wenn ihn die Frage überraschte, so sah man es Hinner nicht an. »Wir haben noch gebechert, die Jungs und ich. Auf meinen Einstand sozusagen.«

»Morlock auch?«

»Nee, der ist gleich nach dem Gig gefahren. Ich glaub, das Klima war schon ein bisschen angespannt.«

»Haben die anderen vielleicht etwas Persönliches von ihm erzählt? Warum das Klima angespannt war? Oder einen Schwank aus dem Musikerleben? Irgendwelche Frotzeleien?«

Hinner schüttelte den Kopf. »Bei uns wird nicht im Nachhinein über ehemalige Mitglieder rumgewichst.« Ein neuer Rauchring verließ seinen Mund und schwebte einen Augenblick lang über seinem Kopf wie ein Heiligenschein.

Ja sicher, und wir trinken auch keinen Alkohol und schleppen keine Groupies ab, dachte Verena. Hinners Loyalität in allen Ehren, sie war sicher, dass er nicht alles sagte, was er wusste.

»Dann wissen Sie sicher auch nichts über Angehörige, oder?«

»Von Rolf? Nee, woher auch. Wie gesagt, ich hab kaum mit ihm gesprochen. Vielleicht fragen Sie mal die anderen. Ich glaube, Uwe und Adrian waren ziemlich dicke mit ihm.«

»Das werde ich auf jeden Fall tun.« Verena erhob sich und nahm den Gitarrenkoffer. Hinner drückte seine Kippe aus und begleitete sie zur Tür.

»Wie sind Sie eigentlich zur Band gekommen?«, fragte Verena, die Hand schon auf der Klinke.

»Weil die mich wollten.« Hinner schien verblüfft, als wäre es überhaupt keine Frage, dass eine namhafte Band sich um ihn reißen würde. »Ich war gerade frei, weil meine Band sich kurz zuvor aufgelöst hatte, da hat Mirko mich gefragt. Man kennt sich halt in der Branche.«

»Mirko?«, hakte Verena nach.

»Mirko Freund, der Sänger«, präzisierte Hinner und fragte mit einem Blick auf den Gitarrenkoffer in Verenas Hand: »Wann krieg ich die Gibson wieder?«

»Sobald die Untersuchungen abgeschlossen sind. Ich melde mich bei Ihnen.«

Auf der Fahrt zurück zum Präsidium dachte Verena über Dirk Hinner nach. Er hatte Morlocks Gitarre nur ungern hergegeben, obwohl sie ihm versichern konnte, dass er sie unbeschadet zurückbekommen würde. Er hatte sie sich buchstäblich vom Herzen reißen müssen. Dabei spielte er doch gar nicht darauf! Warum war sie ihm so wichtig? Uwe und Adrian – mit ihnen hatte Morlock also mehr Kontakt gehabt als zu den anderen Bandkollegen. Sie machte sich eine gedankliche Notiz. Das waren die nächsten beiden, die befragt werden mussten.

Verena wechselte vom Gaspedal zur Bremse. Vor der Wilhelma staute sich wie gewöhnlich der Verkehr bis hinauf zum Pragsattel. Am liebsten hätte sie den Kojack aufs Dach gesetzt und wäre mit Blaulicht am Stau vorbeigefahren. Es kostete sie enorme Beherrschung, es nicht zu tun. Sie fühlte sich wie unter Strom und hatte keine Ahnung warum.

Im Büro angekommen, fuhr sie den Rechner hoch und schrieb einen Untersuchungsauftrag der Gitarrensaiten für die Kriminaltechnik. Sie war sicher, dass der Tote Morlock war, wollte das aber auch beweisen können. Danach versuchte sie das Internet zu starten, um weiter zu recherchieren, aber der Ladebalken des Browsers blieb auf halber Strecke hängen. Wütend schlug sie mit der Faust auf den Tisch, suchte in ihrer Tasche vergeblich nach ihren Zigaretten, bis ihr einfiel, dass sie sie im Auto liegen lassen hatte. Sie schloss die Augen und zählte langsam bis zehn, um runterzukommen.

Als sie bei sieben angelangt war, klingelte das Telefon. Verena entfuhr ein tiefes Seufzen, als sie die Nummer auf dem Display sah. Der hatte ihr gerade noch gefehlt! Genervt nahm sie den Hörer ab.

»Guten Tag, Herr Triberg! Was kann ich für Sie tun?«

»Der Tag kann nur noch besser werden, Frau Sander. Ich habe eine Leichenmeldung von Ihnen bekommen, die in einigen Bereichen unvollständig ist. So kann ich den Leichnam auf keinen Fall freigeben.«

Verenas Handflächen begannen zu kribbeln. »Unvollständig? Wie meinen Sie das?«

»Nun, die Beschreibung des Leichnams ist unvollständig. Ich darf doch annehmen, dass Sie Ihren Job schon lange genug machen, um zu wissen, dass in Ihren Bericht eine explizite Beschreibung der Kleidung sowie der äußeren Erscheinung der Toten gehört. Dazu gehört nicht nur die Oberbekleidung, sondern auch die Unterwäsche. Ich setze voraus, dass das Mädchen bei der Leichenschau komplett ausgezogen wurde.«

»Selbstverständlich wurde es das.« Verena bemühte sich um

einen beherrschten Tonfall. »Aber das in erster Linie wegen möglicher Verletzungen am Körper, nicht um die Marke der Unterwäsche zu dokumentieren. Die hielten wir wirklich für irrelevant.«

»Sehen Sie, Frau Sander, was Sie für irrelevant halten, ist aber nicht das Maß der Dinge. Und nicht umsonst sieht das Formular der Leichenmeldung eine genaue Beschreibung der Kleidung wie auch des Körpers vor. Ich finde in Ihrem Bericht keine Angabe zu Größe, Gewicht, Körperbau, Haarlänge und Augenfarbe. Von Leichentemperatur und Wetterbedingungen ganz zu schweigen.«

»Herr Triberg!« Verena konnte nicht verhindern, dass ihre Stimme etwas lauter wurde. »Der Leichnam wurde in der Wohnung gefunden – nicht im Freien, wen interessieren da die Wetterbedingungen? Und die detaillierte Beschreibung des Körpers und der Kleidung macht Sinn, wenn der Leichnam nicht identifiziert ist. In diesem Fall haben wir die klare Aussage der Eltern, dass es sich bei der Toten um ihre Tochter handelt. Wir haben Fotos gemacht und mit dem Passbild in ihrem Personalausweis verglichen. Es handelt sich definitiv um Henriette Mehringer. Wer braucht denn eine genaue Beschreibung ihrer Kleidung oder Haarlänge?«

»Ich, Frau Sander. Ich brauche sie. Und bevor Sie fragen, warum, sage ich Ihnen, weil sie im Formular abgefragt wird.

Seit Jahren predige ich gewürzmühlenartig, dass ich mehr Sorgfalt beim Erstellen der Leichenmeldungen erwarte. Schicken Sie mir also umgehend einen neuen Bericht, anderenfalls kann ich keine Freigabe verfügen.«

»Aber die Bestattung ist schon für übermorgen vorgesehen«, schrie Verena in den Hörer, ohne vorher tief durchzuatmen und bis zehn zu zählen, wie sie es sonst in derartigen Situationen tat.

»Dann beeilen Sie sich und stellen mir die neue Meldung noch heute per Boten zu«, antwortete Triberg ungerührt. »Wie Sie das mit dem Bestatter und den Angehörigen regeln, ist wirklich nicht mein Problem.«

Noch bevor Verena etwas entgegnen konnte, was sie später garantiert bereut hätte, hatte Triberg schon aufgelegt.

Dieser Idiot! Als ob sie nichts anderes zu tun hatte. Nicht einmal die gewürzmühlenartige Predigt des Staatsanwalts brachte sie heute zum Schmunzeln, obwohl sie sich mit Katz sonst über Tribergs unfreiwillig komische Verballhornung von Sprichwörtern köstlich amüsierte. Sie suchte die Tatortfotos auf dem Server, druckte sie aus und drapierte sie vor sich auf dem Schreibtisch. Dann öffnete sie die Leichenmeldung. Scrollte sich durch den Bericht, bis sie zu der Rubrik »Bekleidet mit« kam. Warum tue ich das eigentlich, fragte sie sich resigniert. Ich hasse diesen selbstgerechten Kerl. Aber der ist so stur, dass er das Mädchen nicht zur Bestattung freigibt, wenn ich nicht einlenke. Das kann ich der Familie nicht antun, die ist schon gestraft genug.

Sie zog eine Lupe aus ihrer Schreibtischschublade und beugte sich über die Fotos, die zum Glück sehr scharf und kontrastreich waren. Am Slip war sogar der Waschzettel mit dem Markennamen zu erkennen.

Verena konnte später nicht mehr sagen, woher die diabolische Eingebung gekommen war, aber plötzlich wusste sie ganz genau, was sie schreiben würde. Energisch begann sie, auf die Tastatur einzuhämmern – jeder Anschlag war für sie ein Fausthieb in Tribergs glatt rasiertes Gesicht. Während ihr Bericht Zeile um Zeile anwuchs, schmunzelte sie, und mit jedem Wort wurde das Grinsen auf ihrem Gesicht breiter.

Es klopfte kurz und heftig, so wie nur Katz klopfen konnte. Als Verena den Kopf hob, stand er schon in ihrer Tür.

»Ich habe nach den Namen der Bandmitglieder in den Auskunftssystemen recherchiert. Einer von ihnen ist polizeibekannt, nämlich Rolf Morlock, unser Opfer.«

Verena ließ das Dokument, an dem sie gerade geschrieben hatte, in der Taskleiste verschwinden und lehnte sich zurück.

»Moment mal, wieso hatten wir dann keinen Treffer, als wir nach seinem Stern-Tattoo recherchiert haben? Normalerweise hätten wir ihn doch damit finden müssen.«

»Ja, die Treffer, die ich bekam, waren nicht mit unserem unbekannten Toten in Verbindung zu bringen. Entweder hat der ED damals gepfuscht und das Tattoo nicht aufgenommen oder Morlock hatte das Tattoo bei seiner erkennungsdienstlichen Behandlung noch nicht. Sonst hätte Micha sicher schon damals gewusst, mit wem er es zu tun hat.«

Verena nickte. Sie vermutete eher letzteres, denn Tätowierungen nicht zu fotografieren, war eine grobe Unterlassungssünde, die sie den Kollegen vom Erkennungsdienst kaum zutraute. Es sei denn, es wäre der Fehler einer unfähigen Wochenendvertretung gewesen. Aber was von beidem zutraf, war nun auch schon egal. Jetzt hatten sie ihn, besser spät als nie.

»Nun sag schon. Weswegen ist er bei uns aufgelaufen?«

»Er hat mit Minderjährigen gepoppt. Ein Vater hat ihn angezeigt, dessen Tochter sagte, dass Morlock sie vergewaltigt habe.«

Verena pfiff leise durch die Zähne. »Von wann ist denn die Anzeige?«

»Von vor etwa zwei Jahren. Etwa fünf Monate bevor er aus der Band verschwand. Und aus dem Leben«, fügte Katz theatralisch hinzu.

»Wurde er verurteilt?«

»Keine Ahnung. Bei der Schwere des Delikts wäre er jedenfalls in den Knast gewandert, wenn ihn nicht vorher jemand kaltgemacht hätte. Was ich allerdings nicht verstehe ist …«

»Dass ihn niemand gesucht hat, als es darum ging, seine Gefängnisstrafe anzutreten«, beendete Verena den Satz für ihn. »Es hätte nach ihm gefahndet werden müssen.«

»Richtig. Und es müsste auch DNA einliegen. Aber auch da hat es keinen Treffer gegeben. Die Sache sollten wir uns mal genauer ansehen.«

»Ich werde mit Micha reden. Er war damals schon bei der Unterleibstruppe und erinnert sich bestimmt an den Fall. Hast du die Personalien des Anzeigeerstatters auch schon erhoben?«

Verenas saloppe Bezeichnung des Dezernats für Sexualdelikte entlockte Katz ein Schmunzeln. »Die müssten in dem Lagebild-Eintrag stehen. Ich habe den Ausdruck in meinem Büro.«

Verena nickte. »Ich lasse mir die Akte von damals kommen. Und dann kümmern wir uns mal um den Groupie-Vater. Zeigst du mir den Eintrag mal im Rechner?«

Katz zog den Besucherstuhl herum, setzte sich neben sie und loggte sich ins Archiv des Lagebilds ein. Er tippte den Namen Morlock, Rolf in die Suchmaske und drückte Enter. Während die Seite lud, trommelte er ungeduldig mit den Fingern auf der Tischplatte. Endlich öffnete sich die Seite.

»Da haben wir ihn! Die Anzeige wurde am 22.05.2012 von einem Wilfried Auth erstattet.«

Verena druckte die Seite aus und überflog den kurzen Text.

»Weshalb ich aber eigentlich noch gekommen bin …« Katz schloss das Programm über das Schließkreuz und öffnete dann das Dokument, das Verena in der Taskleiste abgelegt hatte. »Ist das meine Leichenmeldung?«

Verena nickte und sah, wie er las und anfing zu kichern.

»Willst du die wirklich so abschicken?«

»Ich hab sie Triberg schon vorab gefaxt.« Verena hob gleichmütig die Schultern. »Meine erste Version fand er nicht detailliert genug.«

»Bin gespannt, wie er die hier findet. Aber zurück zum Thema. Ich hab vorhin rumtelefoniert und den Sänger und den Bassisten der Band erreicht. Sie hätten heute beide noch Zeit, allerdings nur bis etwa 17 Uhr, dann müssten sie zu einem Gig nach Aalen.«

Verena schaute auf die Uhr. »Hm, beide nacheinander schaffen wir wohl kaum, wenn wir das zusammen machen. Am besten, wir teilen uns auf. Welchen willst du?«

»Mir egal.« Katz zog eine Münze aus dem Geldbeutel und legte sie auf den Handrücken. »Kopf oder Zahl?«

Seit sie denken konnte, war Zeit ein unbegreifliches Ding für Sina gewesen. Mitunter zog sich eine Woche endlos lange hin. Dagegen wachte sie morgens manchmal mit dem Duft frischer Brötchen auf, die es nur am Samstag gab, obwohl gestern erst Montag gewesen war. Tage verschwanden einfach in einem schwarzen Abgrund. Mehr als einmal war es vorgekommen, dass sie eines Morgens auf ihrem Schreibtisch Zettel vorgefunden hatte, in einer ihr unbekannten Handschrift verfasst, auf denen so befremdliche Dinge standen wie: »Du musst heute die Hausaufgabe in Geografie abgeben, sie ist in deiner Schultasche«, obwohl sie sich nicht erinnern konnte, diese Hausaufgabe je geschrieben zu haben. Sie hatte keinen Schimmer von Geografie, hörte aber irgendwann auf, sich zu fragen, wer ihre Hausarbeiten eigentlich schrieb, wer so akribisch ihre Handschrift nachzuahmen versuchte, dass es keinem der Lehrer auffiel. Und warum dieser Jemand sich überhaupt die Mühe machte. Sie hatte nicht darüber nachdenken wollen, weil sie fürchtete, verrückt zu werden.

Später, als ihre Eltern ihr regelmäßig ein großzügiges Taschengeld zahlten, fing die Sache mit den Klamotten an. Manchmal fand sie Kleider in ihrem Schrank, die ihr nicht gehörten. Sie war sicher, sie nicht gekauft zu haben, zumal sie nicht im Geringsten ihrem Geschmack entsprachen und sie einige von ihnen selbst unter Strafandrohung nicht angezogen hätte. Aber ebendiese Sachen lagen Tage später in der Schmutzwäsche oder hingen im Trockenraum auf der Leine, wenn Mutter sie hinunterschickte, um die Wäsche zu holen. Wer hatte sie getragen? Und wann? Gab es vielleicht irgendjemanden, der sie in den Wahnsinn treiben wollte? Fußballschuhe lagen plötzlich in ihrem Zimmer herum. Poster klebten an ihren Wänden, die sie dort nicht aufgehängt hatte. Und in ihrer Kosmetiktasche hatte sie eines Morgens ein Männerdeo gefunden.

Als ihr solche Dinge zum ersten Mal passierten, war sie vor Angst wie gelähmt gewesen. Später nahm sie sie hin, versuchte, nicht darüber nachzudenken, die Panik zu verdrängen, dass sie keine Kontrolle über ihr Leben hatte. Als sie eines Tages ihre Mutter fragte, wer denn die albernen Teddybären so ungeschickt auf ihre Treppe gesetzt hatte, dass man kaum noch daran vorbeikam, hatte diese nur mit den Schultern gezuckt und gemeint: »Ich dachte, das wärst du gewesen.« Sina hatte die Bären weggeräumt und in eine Truhe gestopft, doch am nächsten Tag hatten sie wieder dort gesessen. Sie wiederholte das Ganze noch zwei- oder dreimal, dann gab sie es auf.

Die Eltern ahnten nichts von ihrer Qual. Sie war eine Meisterin der Schauspielerei geworden, erfand Ausreden und Erklärungen für Vorfälle, die sie sich selbst nicht erklären konnte, und war froh, wenn ihre Mutter lediglich den Kopf schüttelte und sich wieder ihren Hunden zuwandte. Den Hunden, die ihr wichtiger waren als sie. Eigentlich war Sina froh darüber, denn das Desinteresse ihrer Mutter schützte sie vor Fragen, die sie nicht hätte beantworten können.

Auch ihr Vater fragte nicht nach. Er sah sie nur manchmal lange nachdenklich an. Mit einem schmerzlich liebevollen Blick, der ihr zeigte, dass er sich um sie sorgte.

Daddy, der ihr das Baumhaus gebaut hatte. Als sie an ihrem zehnten Geburtstag aus der Hintertür in den Garten lief, um die Hunde zu füttern, war sie plötzlich gegen die Strickleiter gerannt. Verwirrt hatte sie nach oben geschaut, und während sie sich noch die Nase rieb, hatte sie es gesehen. Dort, wo sich der alte Apfelbaum in drei dicke Äste gabelte, thronte es stolz in der Krone, inmitten grüner Blätter und rosa-weißer Blüten. Die offene Dose mit dem Hundefutter fiel unbeachtet ins Gras. Jubelnd war sie die Strickleiter hinaufgeklettert, hatte sich die Knie an den roh gezimmerten Paletten aufgeschürft, als sie in ihr kleines Reich kroch, das fortan nur ihr allein gehören würde. Mit offenem Mund staunte sie über die etwas ungelenk in die Wände gesägten Fenster, die die Form von Herzen hatten. Sina presste ihre heiße Wange an die Bretterwand, sog den harzigen Duft des Kiefernholzes ein und schaute hinunter in den Garten, wo sich Flotsam und Jetsam, damals noch nicht ganz ausgewachsen, um die Futterdose balgten. Sie hob den Blick und ließ ihn über die Baumkronen weiterwandern, wo sich am Horizont im Höhenpark der neue Killesbergturm erhob. Dabei fühlte sie sich wie eine Königin, die ihr Reich inspizierte. Dann legte sie sich auf die ausrangierte Matratze, die von einer Wand bis zur anderen reichte, schaute an die Decke von der ein roter Lampion baumelte und spürte, wie ihr Herz vor Freude flatterte. Nie zuvor hatte sie sich so groß gefühlt, so erhaben und so glücklich.

Inzwischen waren acht Jahre vergangen, und das Baumhaus, so wie es damals gewesen war, gab es nicht mehr. Aber in ihrem Inneren war es noch immer ihr Zufluchtsort, der nur ihr allein gehörte, und zu dem niemand ohne ihre Erlaubnis Zutritt hatte.

Hier oben zwischen den duftenden Apfelblüten war sie Rambo zum ersten Mal begegnet. An einem Spätnachmittag im Frühling, als sie erschöpft und deprimiert auf ihrer Matratze gelegen hatte, weil sie sich in der Schule an nichts erinnern konnte, was die anderen offenbar alle schon wussten. Ihre Lehrerin hatte fassungslos und kopfschüttelnd vor ihr gestanden, vom Spott ihrer Mitschüler gar nicht zu reden. Nach dem Unterricht war sie sofort ins Baumhaus geflüchtet, vor den unbequemen Fragen ihrer Eltern und den Hausaufgaben, die sie ohnehin nicht begriff. Und im Schwebezustand zwischen Wachen und Schlafen war er auf einmal da gewesen, zunächst nur eine Ahnung, wie durch einen Schleier aus flirrendem Sonnenlicht, verschwimmend, wenn sie versuchte, ihn zu fassen. Aber er war immer wieder gekommen und bekam von Mal zu Mal mehr Kontur, bis sie eines Tages seine Stimme hörte, die ihr sagte, dass er Rambo heiße und ihr Beschützer sei. Manchmal verschwand er für längere Zeit, aber immer, wenn sie in tiefster Verzweiflung glaubte, ihn nie wiederzusehen, tauchte er wieder auf und sagte, dass er immer bei ihr sei, auch wenn sie ihn manchmal nicht wahrnahm. Und während vor den Fenstern an den knorrigen Ästen die Äpfel reiften, wurde das Baumhaus immer mehr zu ihrem eigentlichen Zuhause, einem Ort, an dem sie sich geborgen fühlte, und wo es – im Gegensatz zu ihrem Leben da draußen – Freunde gab.

Als sie Daddy, dem sie bisher immer alles anvertraut hatte, von Rambo erzählte, hatte er sie nur sehr lange nachdenklich angesehen. »Für eingebildete Freunde bist du doch schon viel zu groß, Selina!«, hatte er schließlich gesagt. Dass er sie Selina nannte, obwohl sie doch Sina hieß, war wirklich das Einzige, was sie an ihrem Vater doof gefunden hatte. Sie liebte ihn heiß und innig, und seit er ihr das Baumhaus geschenkt hatte, erst recht.

Allerdings war sie ihrem Vater gegenüber vorsichtiger geworden, seit er ihr nicht geglaubt hatte. Sie sprach nicht mehr über den Jungen, der ihr bester Freund wurde, obwohl niemand außer ihr selbst ihn sehen konnte. Ebenso wenig sprach sie über das Mädchen, das Maria hieß und sie manchmal zusammen mit Rambo besuchte, und schon gar nicht über die immer stärker werdende Gewissheit, anders zu sein als alle anderen Kinder, die sie kannte.

Verena erkannte ihn sofort, als sie das Café Planie betrat. Er saß an einem Zweiertisch am hinteren Ende des lang gestreckten Raums, gleich neben der Tür zu den Toiletten, und drehte ein Bierglas in den Händen. Schwarze Lederjacke über einem halb offenen Hemd, schmale Goldkette um den Hals. Obwohl seit der Aufnahme für das Poster in Sinas Zimmer einige Jahre vergangen waren, schien er kaum verändert. Noch immer das volle, schulterlange Haar, vielleicht war das Dunkelblond von ein paar mehr grauen Strähnen durchzogen. Beim Näherkommen sah Verena allerdings, dass die Fältchen um die Augen mehr geworden waren und auch der Dreitagebart die Furchen um die Mundwinkel nur dürftig verdeckte. Vielleicht war er aber auch für das Fotoshooting einfach gut geschminkt gewesen oder das Ergebnis retuschiert worden.

Sie reichte ihm die Hand. »Verena Sander.« Sie verzichtete auf den Zusatz Kripo Stuttgart und auch darauf, ihm ihren

Dienstausweis vorzulegen. Das hatten sie schon am Telefon geklärt.

Seine Hand war kühl und ein wenig feucht vom beschlagenen Bierglas, sein Händedruck fest.

»Uwe Terzenbach. Aber das wissen Sie ja schon.«

Sie setzte sich ihm gegenüber. Registrierte aus dem Augenwinkel, wie drei halbwüchsige Mädels am Nebentisch zu ihnen herüberschauten und dann tuschelnd die Köpfe zusammensteckten. Erst jetzt wurde ihr bewusst, dass er eine lokale Berühmtheit war. Sie verschob ihren Stuhl, um die drei Hühner nicht mehr sehen zu müssen und spürte gleich darauf ihre neidischen Blicke wie Pfeilspitzen in ihrem Rücken.

Der Kellner kam, um Verenas Bestellung aufzunehmen. Dabei ruhte sein Blick begehrlich auf Terzenbach, der so tat, als würde er es nicht bemerken.

Sie bestellte einen Cappuccino. Der Kellner notierte, nickte Verena flüchtig zu und streifte im Umdrehen Terzenbach mit einem kurzen heißen Blick. Sie beobachtete amüsiert, wie er zurück zum Tresen tänzelte und lächelte. Dieses Hinternwackeln war nicht für sie bestimmt.

»Nicht mein Typ«, sagte Terzenbach, und beide mussten lachen.

»Zu jung?«, fragte Verena.

»Vor allem zu flach oberhalb der Taille.« Wie zufällig blieb sein Blick eine Sekunde zu lange an ihrem Dekolleté hängen.

Verena schloss unwillkürlich den oberen Blusenknopf.

»Eigentlich bin ich nicht gekommen, um über die Oberweite der Kellner zu plaudern.«

»Weshalb sind Sie denn gekommen?« Auch Terzenbach wurde wieder ernst.

»Wegen Rolf Morlock. Was können Sie mir über ihn erzählen?«

»Rolf? Den habe ich eine Ewigkeit nicht mehr gesehen. Was ist denn mit ihm? Hat er was angestellt?«

Verena zögerte. »Wir haben Anlass zu der Annahme, dass er tot ist. Details kann ich Ihnen nicht verraten. Wann war denn Ihr letzter Kontakt?«

Wenn Terzenbach vom Tod seines ehemaligen Bandkollegen überrascht war, so zeigte er es nicht. Er sah Verena nur schweigend an und ließ sich mit der Antwort Zeit.

»Da muss ich nicht lange überlegen. Das war anlässlich seines Abschiedskonzerts in der Schleyerhalle. Anderthalb Jahre dürfte das her sein. Aber auch da haben wir nicht viel gesprochen. Er kam, spielte und verschwand ziemlich schnell wieder. Das Verhältnis innerhalb der Band war damals schon gestört.«

»Warum das?« Verena nahm ihren Cappuccino entgegen und nickte dem Kellner dankbar zu. Doch der hatte nur Augen für Terzenbach.

»Es hat einige Vorfälle mit Groupies gegeben. Er schleppte gern minderjährige Mädchen ab. Die Girlies beteten ihn an und er wusste das auszunutzen. Und dann kam die Anzeige eines Vaters, der davon Wind bekommen hatte, dass Rolf mit seiner kleinen Tochter rumgemacht hatte. Nur die Tatsache, dass wir zu diesem Zeitpunkt für das laufende Jahr bereits Konzertverträge hatten, hat ihn vor der Untersuchungshaft bewahrt. Uns war aber allen klar, dass er demnächst höchstwahrscheinlich eine Strafe absitzen musste. So etwas ist dem Bandklima nicht gerade zuträglich.«

»Das leuchtet mir ein«, sagte Verena. »Was mir nicht einleuchtet, ist, dass ihn nach diesem letzten Konzert offenbar kein Mensch vermisst hat.«

»Es gab nicht so viele, die ihn vermissen konnten«, erwiderte Terzenbach. »Wir gingen davon aus, dass er im Knast war. Und niemand von uns hatte große Lust, sich nach ihm zu erkundigen, ihm zu schreiben oder ihn gar zu besuchen.«

»Aber gibt es sonst keine Angehörigen?«

»Soviel ich weiß, hat er keine Geschwister. Zu seinen Eltern hatte er seit Jahren keinen Kontakt mehr, die sind Rentner und schon vor längerer Zeit nach Südfrankreich ausgewandert. Er lebte allein, hangelte sich von One-Night-Stand zu One-Night-Stand. Schleppte junge Mädchen ab. Je jünger, desto besser. Was ihm ja auch schließlich das Genick gebrochen hat.«

»Nun ja, viele glauben, das gehört zum Image einer Band wie Ihrer.«

»Wie man's nimmt. Ich persönlich überzeuge lieber durch meine Musik als meine Manneskraft. Kommt natürlich immer drauf an, wen es zu überzeugen gilt«, fügte er verschmitzt hinzu.

Die Anmache war nicht sehr originell, doch Verena fühlte ihre Ohren heiß werden. Wie gut, dass Messmer das nicht sehen konnte, er hätte bestimmt den passenden Kommentar dazu gehabt. Schnell versuchte sie das Thema zu wechseln.

»Sie haben alle Songs selbst geschrieben?«

»Ja. Bis auf ein paar Covertitel natürlich, die fast jede Band im Programm hat.«

»Wer war denn für die Texte zuständig?«

»Rolf hat viele davon geschrieben, als er noch dabei war. Ich hab auch einige beigesteuert, in Zusammenarbeit mit Mirko, unserem Sänger. Im Moment versucht sich auch Dirk daran, unser neuer Gitarrist.«

»Bei dem war ich heute schon.« Es fühlte sich gut an, wieder festen Boden unter den Füßen zu haben.

»Oh! Hat er Ihnen seine legendäre Gibson gezeigt, die er Rolf abgeknöpft hat?«

»Mehr als das. Ich habe sie sogar mitgenommen.«

Terzenbach wirkte erstaunt. »Was wollen Sie denn damit?«

»Wir hoffen, an den Saiten DNA zu finden, für eine eindeutige Identifizierung.«

»Aber es gibt doch massenhaft Fotos von Rolf, können Sie nicht ...« Er verstummte. Offenbar war ihm gerade klar geworden, dass das Gesicht des Toten für eine Identifizierung nach so langer Zeit nicht mehr im geeigneten Zustand sein konnte.

Verena sparte sich die Antwort und schüttelte nur stumm den Kopf. Dieses Thema wollte sie nicht weiter vertiefen.

»Ich frage mich, wieso Hinner die Gitarre gekauft hat, wenn er sie nur als Staubfänger an die Wand hängt und überhaupt nicht benutzt«, überlegte sie. »So ein Instrument kann doch nicht billig gewesen sein.«

»Mit Sicherheit nicht. Zumal Dirk auf Fender schwört, auf Gibson steht er eigentlich gar nicht. Mirko hat immer gefrotzelt, er habe sie als Trophäe haben wollen, die ihn immer daran erinnert, dass er den großen Rolf Morlock abgelöst hat.« Er lachte.

»Sie sagten vorhin, er schrieb auch Texte. Wie kam es eigentlich zu diesem Vorwurf des Backward Maskings?«

»Wo haben Sie denn das ausgegraben? Ich hab mich schon gefragt, worauf Sie hinauswollen, als Sie nach den Texten fragten.« Terzenbach zerpflückte einen Papieruntersetzer mit dem Logo des Café Planie, in dem sich zwei pausbäckige Putten in einem blauen Oval aneinanderschmiegten.

Verena hob entschuldigend die Schultern. »Wikipedia«, sagte sie nur.

»Oh, dann muss es natürlich stimmen. Die zuverlässigsten Quellen im Internet sind immer die, wo jeder reinschreiben kann was er will.«

Verena lachte. »Dann werten Sie meine Frage als Schuss ins Blaue.«

»Es gibt immer Neider in unserer Branche. Das letzte Album war ziemlich erfolgreich gewesen, vielleicht zu erfolgreich für den Geschmack mancher Leute. Dann kommt jemand daher und setzt das Gerücht in die Welt, wir würden jugendgefährdende Botschaften in unseren Songs verstecken und hofft, uns damit auszubremsen. So was geht immer nach hinten los. Die Leute kaufen die Alben dann erst recht, weil sie die geheimnisvollen Botschaften entschlüsseln wollen.«

Er sagte es leichthin. Vielleicht zu leichthin. Immerhin war das ein ernstes Thema. Verena beschloss, ihn ein wenig zu provozieren.

»Wenn diese Sache so verkaufsfördernd ist, warum bauen Sie dann nicht tatsächlich Geheimbotschaften in Ihre Texte ein?«

Sie war auf alles gefasst, von der Behauptung, so was nicht nötig zu haben, bis hin zu moralischer Empörung und Jugendschutz. Aber Terzenbach lachte nur und schüttelte den Kopf.

»Viel zu aufwendig. Wissen Sie, wie viel Arbeit das macht? Es ist ja nicht damit getan, einfach eine rückwärts abgespielte Tonspur in die Aufnahme zu integrieren. Da wäre beim Vorwärtshören nur Kauderwelsch zu verstehen, ungefähr so, wie wenn sich früher ein Tonband in der Mechanik des Geräts verfing. John Lennon hat das übrigens bei einigen seiner frühen Aufnahmen gemacht, aber dort war das ein Stilmittel oder ein Gag. Übrigens durch Zufall entstanden, als er ein Band versehentlich rückwärts abspielte. Er fand das wohl witzig und baute die Schnipsel rückwärts abgespielter Instrumente bei ›Tomorrow never knows‹ und ›I'm only sleeping‹ ein. Das ist allerdings offensichtliches Rückwärtsspielen und hat nichts mit Tarnen zu tun.«

»Und wie funktioniert das nicht offensichtliche?« Verena hob fragend die Augenbrauen.

»Viel komplizierter. Man darf es beim Vorwärtshören nicht

bemerken. Das heißt, will man getarnte verbale Botschaften einbauen, muss man den Song so texten, dass die Worte auch rückwärts abgespielt einen Sinn ergeben. Sie können sich vorstellen, wie schwierig das ist. Es liegt nahe anzunehmen, dass man eigentlich nur Palindrome verwenden kann, die sich dann aber vorwärts abgespielt genauso anhören müssten, aber das ist ein Irrglaube. Durch Metrum und Betonung werden Wortfolgen rückwärts abgespielt zu völlig anderen Aussagen. Man muss eine Menge Zeit und Aufwand in Kauf nehmen, um so etwas gewollt hinzukriegen.«

»Interessant.« Verena löffelte nachdenklich den restlichen Milchschaum aus ihrer Tasse. »Dafür, dass Sie dieses Backward Masking nicht praktizieren, kennen Sie sich aber verdammt gut damit aus.«

Terzenbach ließ sich nicht aus der Reserve locken. »Ich interessiere mich für Musik und bin mit Bands groß geworden, denen man das vorgeworfen hat. Ist ja auch ein interessantes Terrain. Eine Zeit lang gab es unglaublich viele Unterstellungen von versteckten Rückwärtsbotschaften, die angeblich das Unterbewusstsein der Jugendlichen negativ beeinflussen würden. Freddy Mercury soll seine Hörer in ›Another one bites the dust‹ beispielsweise zum Drogenkonsum animiert haben. Spielt man die Titelzeile rückwärts, kommt angeblich der Text ›It's fun to smoke marijuana‹ dabei heraus. Und bei Led Zeppelins ›Stairway to heaven‹ will ein kreativer DJ ganz und gar eine ganze Strophe rückwärts so verstanden haben, als würde die Band Satan anbeten.«

Verena schüttelte ungläubig den Kopf. »Eine ganze Strophe? Aber das ist doch kaum realisierbar!«

»Natürlich nicht. Ich schätze, dieses angebliche Verstehen basiert auf nichts als Einbildung. Man muss einen Titel nur lange genug in unterschiedlichen Geschwindigkeiten rückwärts abspielen und nach etwas suchen, dann wird man es auch finden. Sie haben doch als Kind sicher auch mal rücklings auf einer Wiese gelegen und den Himmel beobachtet, oder?«

Verena nickte. Sie war gespannt, worauf er hinauswollte.

»Dann wissen Sie, wie die Wolken ihre Bedeutung verändern, wie aus einem formlosen Wattebausch plötzlich ein Drachen wird, nach einer Weile sieht man ein Schaukelpferd. Ein anderer hätte in derselben Wolkenformation vielleicht einen Hund erkannt, oder ein Fahrrad. Aber nichts von dem ist wirklich. Es sind alles nur Wolken, die aus einer anderen Perspektive wieder völlig anders aussehen.«

Verena lauschte fasziniert. Sie ertappte sich bei dem Gedanken, wie es wohl wäre, mit diesem Mann auf einer Wiese zu liegen und Wolkenbilder zu deuten. Unwillig schüttelte sie den Kopf, doch Terzenbach schien es nicht bemerkt zu haben.

»Mit dem Backward Masking verhält es sich ganz ähnlich. Dabei ist das Ohr mindestens so fantasievoll wie das Auge, wenn es darum geht, aus etwas Unverständlichem etwas Verstehbares zu machen.« Terzenbach hob sein leeres Glas in die Luft und gab dem Kellner damit ein Zeichen. Keine halbe Minute später stand ein neues Bier auf dem Tisch, serviert mit einem hinreißenden Lächeln.

»Und noch einen Cappuccino für die Dame.« Terzenbach lächelte unverbindlich zurück. Dann wandte er sich wieder Verena zu.

»Erinnern Sie sich an die Agathe-Bauer-und-Anneliese-Braun-Songs von Radio FFM? Die aufkamen, als jemand bei dem Snap-Song ›I got the power‹ den Namen Agathe Bauer verstand und bei ›All the leaves are brown‹ in ›California dreaming‹ Anneliese Braun heraushörte?«

Verena musste lachen. Natürlich erinnerte sie sich. Hörer, vornehmlich solche, die kein oder nur wenig Englisch verstanden, waren vom Sender dazu aufgefordert worden, ihnen ihre »Verhörer« zuzusenden. Verena kannte die Aktion auch unter dem Namen »Oma-fiel-ins-Klo«-Songs, weil irgendwer die Textzeile »All my feelings grow« in Chris Normans »Midnight Lady« so verstanden hatte.

Die nächsten Minuten verbrachten die beiden damit, sich abwechselnd die kuriosesten Text-Verhörer vorzusingen, bis die anderen Gäste sich schon nach ihnen umdrehten. Verena kümmerte das wenig. Sie war beeindruckt, dass Terzenbach sich offenbar auch nicht um die teils genervten, teils belustigten Blicke der Cafébesucher scherte. Auch nicht um die der halbwüchsigen Mädchen vom Nebentisch, die wie Kaugummi an seinen Lippen klebten. Sie hatte lange nicht mehr so viel Spaß gehabt und wunderte sich, dass sie es in den letzten Jahren nie vermisst hatte, mit einem Mann verrückte Dinge zu tun. Wahrscheinlich war sie zu sehr auf ihre Arbeit konzentriert gewesen.

»Sie meinen also, dieses berüchtigte Backward Masking beruht auf nichts anderem als auf Hörfehlern?«, fragte sie schließlich und wischte sich die Lachtränen aus den Augenwinkeln.

Er zuckte die Schultern. »Vielleicht gibt es tatsächlich einige wenige, die so was bewusst hinbekommen haben. Ich glaube aber, dass die allermeisten Vorwürfe nichts als heiße Luft sind.«

Verena war geneigt, ihm zuzustimmen. Schon allein deshalb, weil sie nicht die geringste Lust verspürte, sich vier Metal-Alben von vorn bis hinten – oder treffender gesagt von hinten bis vorn – in verschiedenen Geschwindigkeiten anzuhören und dabei nach versteckten Botschaften zu suchen. Selbst wenn jemand durch unbewusst eingegebene Rückwärtsbotschaften zum Mörder Morlocks geworden wäre, was mit gesundem

Menschenverstand betrachtet mehr als unwahrscheinlich war, wo sollte sie anfangen zu suchen? Von allen Käufern, die jemals ein Dark-Devil-Album erstanden hatten, die DNA erheben? Sie musste lächeln, als sie sich Tribergs Reaktion auf diese Idee vorstellte. Es musste andere Wege geben.

Terzenbach sah auf die Uhr. »Ich muss langsam los, hab heute Abend noch einen Gig.« Er winkte dem Kellner, der einen Augenblick später bei Fuß stand, aber noch nicht Männchen machte. Verena nestelte das Portemonnaie aus ihrer Tasche.

»Lassen Sie das stecken, bitte! Die beiden Cappuccini gehen auf mich.« Unbeeindruckt von dem enttäuschten Blick des Kellners trank er sein Bier aus und stellte sein Glas auf das Tablett.

»Der war nicht glücklich über die gemeinsame Rechnung, und das nicht nur, weil ihm ein Trinkgeld entging«, schmunzelte Verena. »Danke für die Cappuccini!«

»Keine Ursache.« Terzenbach stand auf und reichte Verena die Hand. »Jederzeit gerne wieder, falls Sie noch Fragen haben.«

Der Nachmittag mit Uwe Terzenbach war wie im Flug vergangen, und als Verena im Breuninger-Parkhaus ins Auto stieg, war es später geworden, als sie geplant hatte. Am liebsten wäre sie sofort nach Hause gefahren, aber sie musste den Dienstwagen zurückbringen und noch einige Unterlagen aus ihrem Büro holen, die sie am Abend daheim durchsehen wollte.

Sie kam nicht umhin sich einzugestehen, dass der Musiker sie beeindruckt hatte. Er war witzig, intelligent und höflich. Eigenschaften, mit denen sie den Bassisten einer Metal-Band bislang nicht unbedingt in Verbindung gebracht hätte. Er scherte sich einen Dreck darum, was andere von ihm hielten, wenn er in einem Café plötzlich zu singen anfing. Zudem war er der Erste und Einzige, den sie kannte – außer ihrem Exmann, der aber nicht zählte, weil er Italiener war –, der den Plural von Cappuccino richtig verwendete. Sie bremste vor dem Polizeipräsidium, ohne zu wissen, wie sie dahin gekommen war. Sie konnte sich noch nicht einmal erinnern, ob sie auf der Heilbronner Straße im Feierabendstau gestanden hatte.

Das Büro von Katz war abgeschlossen. Entweder war er mit dem Sänger versackt oder schon zu Hause bei seiner Familie. Auch Theas und Scholls Zimmer waren verwaist. Als sie am Chefbüro vorbeikam, sah sie, dass drinnen noch Licht brannte. Sie steckte den Kopf durch den Türspalt, um sich zu verabschieden.

»Verena, kommst du noch mal kurz zu mir?«

Verena zögerte. Sie versuchte in Joosts Gesicht zu lesen, ob sie sich auf eine Hiobsbotschaft gefasst machen musste, aber er zeigte wie gewöhnlich ein regloses Pokerface.

»Worum geht es denn?«, fragte sie betont fröhlich, als sie die Tür hinter sich ins Schloss gezogen hatte.

Joost gab ihr mit einer Geste zu verstehen, auf der anderen Seite seines Schreibtischs Platz zu nehmen.

»Du hast Romans Leichenmeldung in der Suizidgeschichte geschrieben?«

Ergeben ließ sich Verena auf den Arme-Sünder-Stuhl sinken, wie sie ihn insgeheim nannte.

»Ja, Romans Frau war mit dem Auto liegen geblieben, er musste die Kinder holen, und die Meldung musste schnell raus, weil die Freigabe …«

»Ich weiß, ich weiß«, unterbrach sie Joost. »Aber so wird das mit einer schnellen Freigabe freilich nichts. Verena, was hat dich eigentlich geritten? Mir ist klar, dass du und Triberg in diesem Leben keine Freunde mehr werdet, aber du musst ihn doch nicht auch noch provozieren!«

Verena atmete tief durch und zählte im Rekordtempo bis zehn.

»Ich weiß ja nicht, was er dir erzählt hat, aber ursprünglich war er es, der mich provozieren wollte. Meine Leichenmeldung war seiner Ansicht nach unvollständig. Er wollte eine detailliertere Beschreibung der Toten und deren Kleidung. Bei einem klaren Suizid mit eindeutig identifiziertem Leichnam! Rudi, ehrlich, das haben wir doch noch nie gemacht. Und es wurde auch noch nie beanstandet. Bei keinem anderen Kollegen hätte er das mokiert. Jede Wette, wenn Romans Name darunter gestanden hätte …«

»Hätte er bedenkenlos die Freigabe veranlasst, ich weiß, Verena. Und das habe ich ihm auch vorgehalten.« Joost strich sich über die Stirn und sah sie aus müden Augen an. »Aber du hättest die Wogen auch plätten können, anstatt Essig ins Feuer zu gießen – das war ein Originalzitat von Triberg, bevor du glaubst, ich würde das so formulieren.«

Verena musste lächeln. Das hätte Joost nicht betonen müssen, in diesem Zitat hätte sie immer und überall Triberg erkannt.

»Hat er den Leichnam denn jetzt freigegeben oder immer noch nicht?«

»Hat er, keine Sorge. Nachdem ich mit Engelszungen auf ihn eingeredet habe. Aber er hat mir auch deinen Bericht gefaxt und gefragt, ob du ihn für bekloppt halten würdest.« Joost nahm ein Blatt Papier in die Hand und las vor:

»Die Tote trägt einen weinrot-schwarz-karierten Slip, Größe 38, und den passenden BH, Körbchengröße B, mit schwarzer Baumwollspitze der Firma H&M, vertreten mit drei Filialen in Stuttgart. Beides waschbar bei 40°C und trocknerbeständig. Sollten Sie für relevant erachten, in welcher Filiale und zu welchem Zeitpunkt die Wäsche gekauft wurde, wird um einen gesonderten Ermittlungsauftrag gebeten.« Joost schaute Verena über den Rand seiner Lesebrille streng an, doch seine Mundwinkel zuckten leicht.

Verena presste die Lippen zusammen und hob entschuldigend die Hände.

»Die Ermittlungen beim Deutschen Wetterdienst bezüglich der Witterungsverhältnisse zur Tatzeit dauern an«, las Joost weiter. »Klar ist bislang nur, dass das Sturmtief über den Azoren Stuttgart zu diesem Zeitpunkt noch nicht erreicht und das Hausdach der Familie Mehringer nicht abgedeckt hatte. Daraus kann man schlussfolgern, dass das Teppichmesser, welches die tödliche Verletzung der Geschädigten im Mädchenzimmer des Obergeschosses verursacht hat, nicht vom Himmel gefallen sein kann.«

»Na ja, ist doch wahr«, sagte Verena kleinlaut.

Jetzt konnte Joost ein breites Grinsen nicht mehr verbergen. »Soll Triberg sagen was er will, du hast dich damit jedenfalls gegen alle Eventualitäten abgesichert. Aber dass dieser Bericht eurem dienstlichen Verhältnis nicht zuträglich war, dürfte auch klar sein.«

»Ach, da gibt es eh nichts mehr zu retten.« Verena dachte an ihren letzten Fall und an die Wände, gegen die sie gelaufen war, um von Triberg die Zustimmung zur Fahndungsausschreibung nach einem Tatverdächtigen zu bekommen. »Ich habe mich schon darauf eingestellt, dass ich von ihm keine Unterstützung zu erwarten habe.«

»Wenn du ein Problem hast, komm damit zu mir.« Joost erhob sich und reichte Verena die Hand. »Ich verlange nicht von dir, dass du dir alles gefallen lassen musst. Versuch bitte nur, Triberg nicht unnötig zu provozieren.« Er begleitete sie zur Tür.

»Und falls du deinen Job hier mal an den Nagel hängen willst, weil du das Mobbing durch unseren Staatsanwalt nicht mehr erträgst, kannst du dein Geld ja immer noch mit dem Schreiben von Comedy-Romanen verdienen.«

Verena wollte eben ihr Büro abschließen und sich auf den Heimweg machen, als ihr die Kaffeemaschine im Besprechungsraum einfiel. Sie hatte diese Woche Wartungsdienst, was bedeutete, dass sie dafür verantwortlich war, das Gerät morgens aufzuheizen und abends auszuschalten, zwischendurch Wasser und Bohnen nachzufüllen und den Satzbehälter zu leeren. Beinahe hätte sie vergessen, die Maschine auszuschalten. Sie machte kehrt und beeilte sich, ihr Versäumnis nachzuholen, bevor ihr die Bahn vor der Nase wegfahren würde.

Messmer saß am Tisch, nur in Gesellschaft einer Bierflasche und fuhr zusammen, als Verena die Tür aufriss.

»Was soll der Stress, ich hätte beinahe einen Herzkasper gekriegt!«

»In fünf Minuten geht meine Bahn, du weißt doch, der Mini ist im – was machst du eigentlich hier? Unseren Bestand an Feierabendbier aufbrauchen?«

Messmer setzte wortlos die Flasche an und nahm einen kräftigen Schluck. »Ich wollte Thea abholen, aber sie ist schon weg.«

»Und jetzt findest du allein nicht nach Hause, oder was?« Verena schaute ihn aufmerksam an. Er sah erbärmlich aus. Sie beschloss, die Bahn fahren zu lassen und zog sich einen Stuhl heran. »Willst du nicht endlich sagen, was los ist?«

»Ich sagte doch schon, Thea reißt mich in Stücke, wenn ich unsere Probleme vor anderen breittrete.«

»Ich bin aber nicht einfach nur andere, sondern Hobbypsychologin und Beziehungscoach im Nebenberuf. Und obendrein eine liebe Kollegin, der euer Wohl am Herzen liegt.«

Sie betrachtete Messmer aus dem Augenwinkel und wartete.

»Andererseits muss sie es ja nicht erfahren. Ach verdammt!« Messmer stand auf und begann auf und ab zu gehen.

Verena hob langsam den Kopf und beobachtete ihn. Er war ein attraktiver Mann in ihrem Alter, das, was man beim Mann die besten Jahre nennt. Er hatte eine Scheidung hinter sich und einen achtzehnjährigen Sohn, viele Jahre bei der Mordkommission und danach beim Dezernat für Sexualdelikte gearbeitet. Nichts Menschliches war ihm fremd. Was konnte es sein, das ihn so aus der Fassung brachte? War er fremdgegangen und Thea hatte es herausgefunden? Oder hatte Thea einen anderen? Was, um Himmels willen, konnte so schlimm sein, dass Messmer, den sonst nichts aus der Ruhe brachte, aussah, wie das menschgewordene schlechte Gewissen?

»Hast du etwa …«

»Nicht was du wieder denkst«, stöhnte er. »Diesmal ist es was Ernstes.«

Na prima. Wenn Fremdgehen in Messmers Augen nichts Ernstes war, dann – Verena stockte der Atem – musste mindestens einer der beiden schwer krank sein. Sie merkte, dass ihre Handflächen kribbelten.

»Nun sag schon«, fuhr sie ihn an.

Messmer presste die Zähne aufeinander und sie sah, wie sich seine Kiefermuskeln anspannten.

»Sie will ein Baby!«

Erleichtert stieß Verena den Atem aus. Unglaublich, was dieser Mann unter etwas Ernstem verstand.

»Ein Baby. Okay. Und das regt dich so auf? Ich meine, du hast gesagt, sie will ein Baby, nicht einen Pitbull oder eine Vogelspinne mit Freigang in der Wohnung. Ihr seid erwachsene Menschen, lebt zusammen. Wo ist das Problem?«

»Das Problem ist, dass sie schon vor einem Vierteljahr die Pille abgesetzt hat, ohne mir Bescheid zu sagen. Ob sie mich vielleicht erst mal hätte fragen können, wie ich dazu stehe? Ob ich überhaupt ein Baby will?«

Verena setzte zum Reden an, doch Messmer ließ sie nicht zu Wort kommen.

»Sie sagt, sie hätte keine Zeit zu verlieren, in ihrem Alter wäre das nicht mehr so einfach mit der Fruchtbarkeit. Sie hat ja keine Ahnung, was auf sie zukommt. Durchwachte Nächte, vollgeschissene Windeln, Dreimonatskoliken, mit Brei besudelte Klamotten. Ein paar Wochen nach der Geburt kennst du dich selbst nicht mehr, läufst rum wie ein Penner mit Augenringen wie Derrick. Ich hab das alles schon mal durch. Ich dachte eigentlich, damit wäre ich fertig.«

»Und das hast du Thea gesagt?«

»Ja. Und jetzt hab ich ein schlechtes Gewissen, weil ich kein Kind mehr will. Fühl mich wie ein Unmensch.«

»Du hättest damit rechnen müssen. Irgendwann wünscht sich jede Frau ein Baby«, warf Verena vage ein. »Thea ist immerhin Mitte dreißig.«

»Thea liebt ihren Beruf. Den müsste sie für mehrere Jahre an den Nagel hängen. Wir haben niemanden, der mal eben schnell auf ein Kind aufpassen kann, wenn wir einen Einsatz haben. Theas Mutter ist weit weg in Italien. Meine Mutter lebt seit Jahren in einem Heim für Demenzkranke. Kindergärten haben Öffnungszeiten, die mit unserer Arbeitszeit wenig zu tun haben. Und selbst wenn es da jemanden gäbe, der helfen würde, wäre das nicht im Sinn der Sache. Ich meine, du müsstest doch wissen, wie das ist, wenn man sein Kind aus beruflichen Gründen nicht selbst erziehen kann.« Messmer schielte sie vorsichtig aus dem Augenwinkel an, als wüsste er ganz genau, dass er mit diesem Thema ein Minenfeld betreten hatte.

Verena seufzte. Die Jahre, die Mona bei ihrem Vater gelebt hatte, während sie selbst sich nach einer Schussverletzung mehrere Monate in der Reha und anschließend an der Polizeihochschule beim Studium für den höheren Dienst aufgehalten hatte, waren ein dunkles Kapitel in ihrem Leben. Mona war kein Wunschkind, sondern ein glücklicher Unfall gewesen, wie sie es heute nannte. Trotzdem wusste sie, dass bei einem Kinderwunsch die Vernunft außen vor blieb. Sie konnte Thea verstehen. In ihrem Alter hieß es hop oder top, da blieb nicht mehr viel Zeit für lange Entscheidungsfindungsprozesse. Und den richtigen Zeitpunkt zum Kinderkriegen gab es sowieso nie. Irgendetwas war immer gerade wichtiger.

»Es ist unwahrscheinlich, dass ihr beide gleichzeitig einen Einsatz habt«, warf sie vorsichtig ein. »Immerhin seid ihr nicht mehr beim selben Dezernat. Dann wäre zumindest immer einer von euch …«

»Denk mal an unsere Wohnverhältnisse«, unterbrach Messmer sie. »Wir leben dann in zwei Zimmern auf knapp sechzig Quadratmetern: zwei Personen, ein Baby und ein Kater.«

»Das ist kein Argument, ihr könntet eine größere Wohnung suchen.«

»Ja, könnten wir.« Messmer fingerte eine zerknüllte Schachtel Marlboro aus der Hosentasche seiner Jeans und zündete sich eine an. »Aber will ich das auch?«

»Seit wann rauchst du denn?«

»Ist vielleicht meine Art zu protestieren. Rauchen soll ja impotent machen.«

Verena musste lachen. »Jetzt krieg dich mal wieder ein.

Kinder können auch was Schönes sein und einem viel Freunde bringen.«

»Ja, wenn sie erwachsen sind.« Messmer seufzte und fuhr sich mit der Hand durch den Wildwuchs, den er auf dem Kopf hatte. Frisur konnte man das nur mit sehr viel gutem Willen nennen, aber Verena musste zugeben, dass er trotzdem, oder vielleicht gerade wegen seiner zur Schau getragenen Lässigkeit, attraktiv wirkte. Der ewige Lausbub, ein Typ wie aus der Camel-Werbung, die in den Kinos schon lange nicht mehr gezeigt werden durfte. Die personifizierte Freiheit.

»Ich nehme an, Thea hat das Auto genommen, oder?«

Messmer nickte. »Sie weiß genau, dass ich es hasse, mit den Öffentlichen zu fahren.«

»Das heißt, sie ist richtig sauer.«

Messmer nickte abermals. »Dabei finde ich, dass ich es bin, der allen Grund hat, richtig sauer zu sein. Immerhin war sie es, die mich vor vollendete Tatsachen gestellt hat.«

»Na, vollendet ist die Tatsache aber doch noch nicht?«

»Ich hoffe es.« Messmer seufzte. Er konnte einem richtig leidtun.

»Mit Mitte dreißig wird man nicht mehr so schnell schwanger. Bleib mal locker, kauf ihr einen hübschen Blumenstrauß und dann redet ihr mal in Ruhe. Vorwürfe bringen überhaupt nichts.«

»Du hast gut reden. Dein Kind ist groß und braucht keinen Babysitter mehr.«

»Das war nicht immer so«, sagte Verena. »Aber ich hab es auch irgendwie geschafft. Nicht immer vorbildlich, aber es ging.« Sie nahm Messmer die leere Bierflasche aus der Hand und stellte sie in den Leergutkasten.

»Und jetzt komm, lass uns zur Bahn gehen.«

Schon im Treppenhaus hörte Verena die Bässe wummern. Ihre Tochter war aus ihren Teenie-Idolen herausgewachsen und hörte neuerdings Rockmusik. Noch vor wenigen Monaten hätte Verena sich nicht vorstellen können, dass der Tag kommen würde, an dem sie sich Justin Bieber zurückwünschte, aber sie war eines Besseren belehrt worden. Seufzend schloss sie die Wohnungstür auf.

»Warum setzt du dir eigentlich keine Kopfhörer auf?«, schrie sie gegen den Höllenlärm an, als sie ohne Vorwarnung die Zimmertür aufriss. Das Klopfen hätte ihre Tochter ohnehin nicht gehört.

Mona tanzte selbstvergessen vor dem Spiegel ihres Kleiderschranks und zuckte zusammen, als sie ihre Mutter in der Tür stehen sah.

»Mom, du hast mich zu Tode erschreckt!«

»Zu Tode erschreckt man sich bei dieser Musik«, brüllte Verena zurück und schaltete die Stereoanlage aus. »Setz doch die Kopfhörer auf, wenn du schon so laut aufdrehen musst!«

»Warum denn, wenn du eh nicht daheim bist?«

»Weil noch andere Leute hier im Haus wohnen und ich keine Lust auf eine Räumungsklage habe.« Erschöpft ließ sich Verena auf das Bett ihrer Tochter fallen und starrte auf das riesige aus schwarzer Wolle geknüpfte Netz an der Zimmerdecke, in dem eine gigantische Plüschspinne saß, die Monas Vater seiner Tochter letzten Herbst auf dem Volksfest geschossen hatte. Die Justin-Bieber-Poster waren von den Wänden verschwunden, stattdessen hingen dort Plakate von Rockbands, die Verena nicht unterscheiden konnte, weil sie alle irgendwie gleich aussahen. Ungefähr so wie ihr Kind, das sich nur noch in schwarze Klamotten, bevorzugt Leder, hüllte und ihre Augen so dick mit Kajal umrandete, dass sie aussah, als hätte man sie geschlagen.

»Sag mal«, fragte Verena einer plötzlichen Eingebung folgend, »kennst du zufällig eine Band namens Dark Devil?«

Wenn sie beim Überlegen die Nase krauste, sah Mona unter ihrer Gothic-Maskerade aus wie ein kleines Mädchen, das sich für Halloween verkleidet hatte, aber Verena würde sich hüten, ihr das zu sagen.

»Sind das nicht die, die angeblich diese teuflischen Botschaften rückwärts einspielen?«

Verena glaubte, nicht richtig gehört zu haben. »Wo hast du das denn her?«

»Jasper hat das bei Wikipedia gelesen.« Jasper war ein Junge aus Monas Klasse, und was Jasper sagte, war für Mona Gesetz.

»Bei Wikipedia kann jeder schreiben, was er will«, erwiderte Verena harsch. »Die Hälfte von dem, was da steht, stimmt überhaupt nicht.«

Jetzt war es an Mona, verwundert zu schauen. »Okay, okay, wieso regt dich das denn so auf?«

Das fragte sich Verena allerdings auch. »Ist schon gut, meine Süße, ich bin nur ziemlich geschafft von der Arbeit und mit den Nerven am Ende.«

»Dann ist es wohl gerade der falsche Zeitpunkt dir zu verklickern, dass ich am Wochenende für ein paar Tage zu Papa ziehe. Gestern ist Karola mit dem Baby aus dem Krankenhaus gekommen.«

Irgendwie hatte Verena erfolgreich verdrängt, dass ihr Exmann vor wenigen Tagen erneut Vater geworden war. Mona konnte es natürlich nicht erwarten, ihren Halbbruder in die Arme zu schließen. Obwohl Verena schon viele Jahre von Fabio geschieden war und keinerlei romantische Gefühle mehr für ihn hegte, versetzte ihr der Gedanke an seine neue glückliche Familie einen feinen Stich der Eifersucht. Die glückliche Familie, die sie eigentlich hätte haben können, wenn damals nicht alles so gründlich schiefgelaufen wäre.

»Die brauchen aber schnell einen Babysitter!«, konnte sie sich nicht verkneifen zu bemerken.

»Jetzt sei nicht unfair, Mom! Ich soll nur bei der Namensfindung helfen, er hat nämlich noch keinen. Natürlich muss sich Karola um ihn kümmern, ich kann ihn schließlich nicht stillen.«

»Da hast du auch wieder recht«, gab Verena zu. »Weiß auch nicht, warum ich immer nur das Schlimmste von deinem Vater erwarte, irgendwie bin ich das aus der Vergangenheit noch so gewohnt.«

»Aus der Vergangenheit, du sagst es. Und die wollten wir doch ruhen lassen, erinnerst du dich?« Mona setzte einen Blick auf, der an den gestiefelten Kater in »Shrek« erinnerte. »Darf ich? Bitte!«

»Natürlich darfst du.« Verena setzte sich mit einem Ruck auf. Manchmal war ihre Tochter vernünftiger als sie selbst. »Und jetzt mache ich uns was Leckeres zu essen. Kann ja sein, dass du die nächsten Tage nur von Säuglingsnahrung leben musst, weil die vor lauter Babystress nicht zum Kochen kommen.«

2

Es war einer der letzten Wintermorgen des Jahres, als Sina nach langer Zeit wieder ganz dicht neben ihm erwachte. Er fühlte, wie sie sich aus ihrem wirren Traum schälte und versuchte, den mageren Körper zu strecken, den er nicht bereit war, ihr zu überlassen.

»Schlaf weiter«, flüsterte er und legte seine Zuneigung wie eine warme Decke um ihre Schultern. Mit einem wohligen Seufzen ließ sie sich zurückfallen und entließ ihn in den Tag. Er blinzelte und sah sich in dem engen, karg möblierten Zimmer um. Sein Blick glitt über das Kruzifix neben dem Poster zweier schlittschuhlaufender Diddl-Mäuse, das verstaubte Klavier an der Wand, das halb von einem VfB-Schal verdeckt war, und verharrte schließlich auf dem Plakat dieser schrecklichen Metal-Band.

Er richtete sich auf und sah die hochhackigen Schlangenlederpumps wie achtlos abgestreift unter dem Klavierhocker liegen. Gähnend rieb er sich den Schlaf aus den Augen, fluchte über die Spuren des verschmierten Kajals an seinen Händen und wischte sie an der Bettdecke ab. Diese kleine Nutte war schon wieder draußen gewesen!

Flüchtig nahm er wahr, wie Sina sich hinter ihm duckte und vor seinem plötzlichen Zorn den Kopf einzog. Er wusste, dass sie viele seiner Gedanken und Gefühle, die sie unbeabsichtigt mitbekam, nicht verstand und war froh, dass sie nicht jedes Mal nachfragte. Es hätte ihn in Erklärungsnot gebracht. Noch vertraute sie ihm und schien sich hinter ihm zu verstecken, wie um Schutz zu suchen vor ihrem Albtraum, den er gerade hautnah miterlebt hatte. Die weit aufgerissenen Augen, die blicklos in den Himmel starrten. Der ungläubige Ausdruck in dem blutüberströmten Gesicht, das rot verkrustete klebrige Haar, und dieses Loch in der Schädeldecke, durch das die Hirnmasse quoll wie Eiter aus einem ausgedrückten Pickel. Sie konnte das alles nur wenige Sekunden lang gesehen haben, trotzdem verfolgten sie diese Bilder noch immer nach all der langen Zeit.

Während er noch die Decke zurückschlug, drängte Sina plötzlich an ihm vorbei, sprang aus dem Bett, stolperte über die Fußballschuhe, die seit Wochen mitten im Zimmer lagen und die seither niemand weggeräumt hatte. Sie lief zum Fenster und blieb dort wie angewurzelt stehen. Er spürte ihre Panik, als sie durch die angelaufenen Scheiben in den Garten hinuntersah. Als sie das letzte Mal hinausgeschaut hatte, musste der Garten noch tief verschneit gewesen sein. Für sie war das gestern Abend gewesen. So viel konnte in einer Nacht nicht weggetaut sein, schon gar nicht, wenn das Thermometer Temperaturen um den Gefrierpunkt zeigte und die Wiese von Raureif überzogen war. Ihm wurde klar, dass sie begriff, wie lange sie weg gewesen war.

»Du hast wieder von dem Toten geträumt!« Sollte sie ruhig wissen, dass er ihren Traum mitbekommen hatte, vielleicht lenkte sie das von dem Schock über ihren Zeitverlust ab. »Lass das endlich los, es ist über ein Jahr her, lange vorbei. Und lass mich jetzt ans Waschbecken, verdammt noch mal! Ich muss zur Schule!«

»Wo war ich die ganze Zeit?«, fragte Sina, während sie sich zögernd zurückzog und ihm ihren Platz überließ. »Und wieso tauche ich jetzt plötzlich wieder auf, mitten aus einem Albtraum?«

Er blieb ihr die Antwort schuldig, ging zum Waschbecken und strich sich die Haare aus der Stirn. Griff nach der Zahnbürste und merkte erst als er sich dabei ertappte, die Zahnpasta auf die Haarbürste in seiner Hand drücken zu wollen, dass Sina schon wieder schneller gewesen war.

»Wenn du so weitermachst, kommen wir zu spät zur Schule! Aber gut, wenn du unbedingt willst, kämmen wir uns zuerst.« Er ließ sie die Bürste führen, zog dann ein Gummi vom Handgelenk und band die Haare im Nacken zu einem Zopf zusammen. »Könntest du die mal wieder ein Stück schneiden? Du kannst das besser als ich.«

Sina ignorierte die Bitte. Sie griff wieder an ihm vorbei und nahm den Kalender von der Wand, von dem jemand die erste Seite umgeklappt hatte. Siebenundzwanzig Tage waren schon abgestrichen. Es war der letzte Tag im Februar. In einer Handschrift, die weder ihre noch seine war, stand »nachmittags Reli-Test« in dem Kästchen mit dem Datum.

»Ihr habt mich geblockt, du und Maria, hab ich recht?«

Er seufzte genervt, kämpfte sich wieder nach vorn und hängte den Kalender zurück. »Du warst in der Schule am Abkacken. Hast nichts mehr auf die Reihe gekriegt. Du solltest uns dankbar sein, dass wir übernommen haben. Wo ist eigentlich das verdammte Reli-Buch? Da ist ein Arbeitsblatt drin, das wir heute brauchen.«

»Hat Maria wahrscheinlich schon eingepackt. Woher soll ich das überhaupt wissen, ich war ja die letzten Wochen nicht im Unterricht.«

»Vergiss die Frage. Was ist jetzt, schneidest du mir die Haare?«

»Nein, mir gefällt es so. Ich weiß, dass ich in der Schule abgerutscht bin. Weil ich diesen verfluchten Albtraum nicht loswerde. Nett, dass ihr mir helfen wollt, aber so geht das nicht. Kannst du nicht öfter bei mir sein? Maria kann heute zur Schule gehen. In Reli ist sie Spitze.«

»Aber am Vormittag schreiben wir Mathe. Da ist sie 'ne Null, weißt du doch. Hast du eine Idee, wo meine Hose sein könnte?« Er durchwühlte den Schrank, ging dann zur anderen Seite des Zimmers, um unter das Bett zu schauen und schob dabei unauffällig die Schlangenlederpumps außer Sichtweite.

»Was fragst du mich das? Hast du die in letzter Zeit nicht dauernd angehabt? Oder vielleicht in die Wäsche geschmissen?«

»Irgendwer muss sie weggeräumt haben. Hätte ja sein können, dass du das warst.«

»Ich war doch gar nicht draußen. Hör mal, was ist in den letzten Wochen passiert? Ich hab massig Zeit verpasst.«

»Nichts Wichtiges. Du machst dir zu viele Gedanken um diese Sache. Bräuchtest mal Erholung.«

»Mag sein, aber da ist auch noch was anderes. Du weichst mir aus.«

Mit einem Paar Socken in der Hand hielt er inne. Wieso fing sie plötzlich an, Fragen zu stellen? Das hatte sie bisher nie getan.

»Vielleicht tue ich das. Aber aus gutem Grund. Lass diesen Toten nicht dein Leben bestimmen. Schließ endlich damit ab.«

Sina seufzte. Sie schob sich wieder nach vorn, bis sie gleichauf mit ihm war.

»Um damit abzuschließen, muss ich wissen, was in dieser Nacht passiert ist. Verstehst du das nicht? Ich hab so Angst, dass ...«

»Pssst.« Er legte ihr sanft einen Finger auf den Mund. »Überlass das mir. Denk jetzt nicht mehr darüber nach. Geh wieder rein und schlaf noch ein bisschen. Die Schule übernehme ich.«

»Hallo, Verena! Du wolltest diesen alten Vorgang hier haben: Sexuelle Nötigung/Vergewaltigung zum Nachteil Annika Auth?«

Verena streckte die Hand nach dem schmalen Aktenordner aus und nickte Messmer zu. Sie überlegte kurz, ob sie ihn noch einmal auf das Problem mit Thea ansprechen sollte, beschloss aber, vorerst so zu tun, als wäre nie etwas gewesen. Wenn er mit ihr reden wollte, sollte er das von sich aus tun.

»Danke, genau den wollte ich«, sagte sie. »Und weißt du auch warum?«

»Nicht wirklich.«

Sie machte eine Kunstpause, wartete, bis sie seine volle Aufmerksamkeit hatte.

»Weil der Beschuldigte in diesem Fall unser geheimnisvoller Toter aus der Gartenanlage ist.«

Messmer blieb kurzzeitig der Mund offen stehen.

»Nee, oder? Der war tatsächlich schon mal bei uns aufgelaufen? Wie bist du auf ihn gekommen?«

»Er spielte in einer Metal-Band und die Tochter der Familie Lohmann hatte ein Poster von ihm an der Wand. Ich hab ihn an dem Stern-Tattoo auf seinem Arm erkannt. Und an den Haaren. Von seinem Gesicht war auf den Tatortfotos ja nicht viel zu sehen. Das im Zusammenhang mit dem Wissen, dass er Musiker sein könnte, hat uns auf seine Spur gebracht. Die DNA-Analyse steht noch aus, ist aber nur noch eine Formsache.«

»Nicht zu fassen«, Messmer schüttelte den Kopf. »Jetzt komme ich mir ziemlich blöd vor.«

»Du hattest keine Chance, Micha«, tröstete ihn Verena, obwohl sie nicht ganz verhehlen konnte, dass sie doch ein wenig stolz war. »Dieser Fall war schon lange durch, als du zur Unterleibstruppe kamst. Mir ist bloß schleierhaft, wieso seine DNA nicht schon vorlag.«

»Das würde mich allerdings auch interessieren.« Messmer blätterte sich hastig durch die Akte, bis er gefunden hatte, was er suchte. »Es wurde DNA genommen, aber nur zu Vergleichszwecken. Weil es aber nichts zu vergleichen gab, wurde die Probe datenschutzgemäß vernichtet. Die Anzeige ging erst Wochen nach dem angeblichen Vorfall ein, sodass an dem Mädchen keine Spuren mehr erhoben werden konnten. Der Fall wurde schließlich eingestellt.«

»Der Fall wurde eingestellt? Wieso?« Verena schaute über Messmers Schulter, während er weiterblätterte, kurz innehielt und wieder eine Seite umschlug.

»Hier haben wir's. Ein Glaubwürdigkeitsgutachten war der Grund. Das Mädchen hatte sich in Widersprüche verstrickt, als sie die Aussage chronologisch wiederholen sollte. Auf detaillierte Nachfragen konnte sie nicht spontan antworten. Weil es keine weiteren Beweise gab, wurde der Fall am 2. September 2012 eingestellt.«

»Morlocks Abschiedskonzert war am 6. September, also nur vier Tage später. Am 7. September war er tot.« Verena starrte auf den Aktenordner, ohne ihn wirklich zu sehen.

»Vielleicht ist das ein Grund, sich den Vater dieses Groupies mal genauer anzuschauen.«

»Ja, das dachte ich auch gerade. Lässt du mir die Akte hier?«

»Gerne.« Messmer stand auf und ging zur Tür. »Ich muss dann mal wieder an die Arbeit. Und du musst zur Besprechung, wie ich sehe. Die Karawane zieht schon mit ihren Kaffeebechern über den Flur.«

Verena folgte ihm und sah, wie Thea an ihnen vorbeiging und grüßte, ohne von Messmer Notiz zu nehmen.

»Sprecht ihr nicht mehr miteinander?«, fragte sie, als Thea außer Hörweite war.

»Doch, doch. Wir haben uns zu Hause einen Guten Morgen gewünscht. Viel mehr allerdings nicht.«

Verena zog die Tür hinter sich zu und schloss ihr Büro ab. »Soll ich mal mit ihr reden?«

»Ich wüsste nicht, was das bringen sollte. Die Fronten sind verhärtet. Aber nicht nur die. Hab schon überlegt, ob ich auf Kondome umsteigen soll. Bin ja auch nur ein Mann.«

Verena grinste und boxte ihm gegen die Schulter.

»Manchmal kommt man einfach nicht gegen das Schicksal an.«

»Soll heißen?«

»Soll heißen, gerade was du am stärksten zu vermeiden suchst, holt dich irgendwann ein.«

Messmer runzelte die Stirn. »Du könntest beim Orakel von Delphi anheuern, weißt du das? Du meinst also, ich soll es einfach laufen lassen?«

»Im wahrsten Sinne des Wortes. Ja.«

»Weiber!« Messmer seufzte, drehte sich um und verschwand ohne ein weiteres Wort durch die Tür zum Dezernat für Sexualdelikte.

»Es dürfte euch nicht weiter überraschen«, eröffnete Joost die Besprechung, »dass es sich bei dem Toten in der Gartenanlage tatsächlich um Rolf Morlock handelt. Der DNA-Abgleich lässt keinen Zweifel.«

»Die waren ja schnell«, staunte Katz.

»Ja, die Gitarrensaiten waren gute Spurenträger. Es war genügend Material vorhanden. Ich habe schon einen Dreizeiler an die Pressestelle gegeben, damit die Medien auch was davon haben. Den neuen Gitarristen wird's auch freuen, der kann sein Schmuckstück wiederhaben.«

Verena nickte abwesend und schlug die Akte zu, in der sie gerade noch geblättert hatte. »Micha hat mir vorhin einen Vorgang vom Frühjahr 2012 gebracht«, sagte sie. »Morlock soll damals ein Groupie vergewaltigt haben, aber das Verfahren wurde wegen begründeten Zweifeln an der Glaubwürdigkeit eingestellt. Deshalb kam seine DNA auch nicht in die Datenbank. Ich habe die Akte bisher nur flüchtig überflogen, sehe darin aber Ansatzpunkte.«

»Der zeitliche Zusammenhang ist auffällig«, gab Joost zu bedenken. »Wann wurde der Fall denn eingestellt?«

»Das ist ja das Interessante.« Verena legte eine kleine Kunstpause ein, um an ihrem Cappuccino zu nippen und die Spannung zu steigern. »Nur wenige Tage vor seinem Tod.«

Scholl pfiff leise durch die Zähne. »Wenn jemand Grund hat, sich an Morlock zu rächen, dann gehört diese Familie definitiv dazu.«

»Die Anzeige hat der Vater damals erstattet«, sagte Katz. »Den sollten wir uns mal vorknöpfen.«

Walter Ströbele meldete sich zu Wort. Er war der dienstälteste Kollege im Dezernat, weigerte sich aber standhaft, zum alten Eisen geworfen zu werden, wie er es nannte. Obwohl er schon im vergangenen Jahr seine wohlverdiente Pension hätte antreten können, hatte er seine Dienstzeit verlängert. Sein Argument, dass seine Stelle, wenn sie einmal frei werden würde, aus Einsparungsgründen mit Sicherheit nicht mehr besetzt werden würde, war nicht von der Hand zu weisen. Aber es war nicht nur die drohende Personalnot, die Ströbele bei der Stange hielt. Er liebte seinen Beruf und konnte sich ein Leben ohne ihn nicht vorstellen.

»Ich hab nachgeforscht, ob es Angehörige von Morlock gibt. Besonders viel ist nicht dabei rausgekommen, was vielleicht erklärt, dass er nach seinem Tod von niemandem vermisst wurde.« Er setzte die Brille auf und blätterte in seinem Dienstbuch.

»Die Eltern, Siegfried und Marlene Morlock, sind schon vor Jahren nach Südfrankreich ausgewandert und leben dort in einer deutschen Kolonie. Offenbar hatten sie längere Zeit keinen Kontakt zu ihrem Sohn. Dann gibt es noch eine Exfrau, von der er aber auch schon vor sechs Jahren geschieden wurde, und die jetzt in Cottbus – das ist an der polnischen Grenze – mit ihrem neuen Mann lebt. Mit ihr hab ich telefoniert und sie ist aus allen Wolken gefallen. Sie hatte seit Jahren nichts von ihrem Ex gehört, der Kontakt war abgebrochen, Kinder gibt es keine.«

»Und die Bandmitglieder?«, fragte Thea. »Haben die sich nicht gewundert, wo er abgeblieben ist?«

»Die waren froh, ihn los zu sein«, antwortete Verena. »Sagt jedenfalls der Bassist. Morlock hatte ja sein offizielles Abschiedskonzert gegeben. Damit war die Sache für sie erledigt. Außerdem wussten sie von der Vergewaltigungsanzeige und wähnten ihn im Knast.«

»Der Sänger und der Drummer sagen dasselbe«, meldete sich Katz zu Wort. »Sie hielten den Gitarristen für keinen angenehmen Zeitgenossen und wären nicht im Traum darauf gekommen, sich nach ihm zu erkundigen. Den Keyboarder haben wir noch nicht erwischt.«

»Also hat ihn tatsächlich niemand vermisst«, sagte Thea. »Fast kann er einem leidtun.«

»Na, mein Mitleid hält sich in Grenzen.« Scholl rührte das dritte Stück Zucker in seinen Kaffee, und Verena wurde allein vom Zusehen übel. »Wer mit Eltern, Exfrau und Bandkollegen bricht, kann kein reiner Sympathieträger sein.«

Verena war geneigt, ihm zuzustimmen. Das Bild, das sie sich

bislang von Morlock machen konnte, war das eines vergnügungssüchtigen und rücksichtslosen Menschen, der die Bewunderung seiner weiblichen Fans für seine Zwecke ausnutzte und seine Triebe an ihnen auslebte. Dennoch bemühte sie sich, ihre Moralvorstellungen bei den Ermittlungen außen vor zu lassen. Was auch immer er getan hatte, es rechtfertigte keinen Mord.

»Ich würde als Nächstes gern das Mädchen befragen, das auf seinem Abschiedskonzert war«, wandte sie sich an ihren Chef. »Sie dürfte eine der Personen sein, die ihn zuletzt gesehen haben. Zudem sehen wir immer noch einen Zusammenhang zwischen dem anonymen Anruf dieses Kindes und dem Haushalt der Familie Lohmann. Auch wenn dieses mysteriöse Kind wie vom Erdboden verschluckt zu sein scheint.«

»Dieses Kind, das vorgab zu wissen, wer Morlock getötet hat, könnte die Information theoretisch von Sina haben«, sagte Joost. »Hältst du die beiden für Geschwister? Micha meinte ja, der erste der beiden Anrufe kam aus diesem Haushalt.«

»Ehrlich gesagt, ich habe keine Ahnung. Das Kind ist weder dort gemeldet noch räumt die Familie seine Anwesenheit ein. Allerdings hab ich im Mädchenzimmer eine Barbiepuppe gefunden. Ich glaube kaum, dass eine Achtzehnjährige noch damit spielt. Im Zimmer gab es aber nur ein Bett, und ob es ein weiteres Kinderzimmer gibt, kann ich nicht sagen. Dafür bräuchten wir einen Durchsuchungsbeschluss für das ganze Haus.«

»Und dafür ist die Beweislage zu dürftig«, fügte Katz hinzu. »Nur weil Micha sich zu erinnern meint, dass die Kinderstimme und der Wortlaut identisch mit einem Anruf sind, der von diesem Haus aus bei der Telefonseelsorge einging? Damit kommen wir bei Triberg nicht durch, und das zu Recht. Es muss andere Wege geben.«

Verena hatte aus dem Augenwinkel beobachtet, wie Thea bei

Messmers Namen zusammengezuckt war und nahm sich vor, bei Gelegenheit das Gespräch mit ihr zu suchen, sollte Messmer sagen, was er wollte.

»Die mysteriösesten Fälle sind die spannendsten.« Joost zwinkerte Verena zu und wandte sich an die anderen: »Sonst noch Neuigkeiten?«

»Ich habe die Eltern des Opfers überprüfen lassen und herausgefunden, dass sie ein Gartengrundstück haben«, sagte Ströbele. »Und zwar nur ungefähr dreihundert Meter vom damaligen Tatort entfernt. Möglich, dass Morlock in der Tatnacht auf dem Weg dorthin war oder von dort kam.«

»Splitterfasernackt?«, fragte Thea, und alle lachten.

»Vielleicht ist er ja Schlafwandler«, schlug Katz vor. »War Vollmond in dieser Nacht? Dann könnte er auch von einem Werwolf angegriffen worden sein.«

»Du hast zu viel ›Harry Potter‹ gelesen«, zog Joost ihn auf. »Wir sollten aber die Inhaber der benachbarten Parzellen befragen, ob ihnen in der Tatnacht was aufgefallen ist und die Gartenlaube von Morlocks Eltern untersuchen, ob er dort war. Vielleicht finden wir da noch Fremd-DNA.«

»Die Nachbarn wurden schon unmittelbar nach dem Leichenfund vernommen«, sagte Verena, die die Akte inzwischen überflogen hatte. »Micha hat sämtliche Adressen zusammengetragen und einen Serienbrief an die Parzelleninhaber geschickt. Es hatte keiner etwas gesehen oder gehört. Die meisten von ihnen waren an dem Wochenende gar nicht in ihren Schrebergärten oder haben zumindest nicht dort übernachtet. Das Wetter war ja auch nicht so toll.«

»Wer hat eigentlich damals die Anzeige erstattet?«, fragte Joost.

»Der Pächter eines Schrebergartens in unmittelbarer Tatortnähe. Der hat ihn am Tag nach dem Konzert gefunden, als der Dauerregen schon alle Spuren vernichtet hatte«, sagte Verena.

»Und der erkannte ihn auch nicht?«

Verena schüttelte den Kopf. »Offen gestanden, war auch nicht mehr viel von seinem Gesicht zu sehen. Man hätte schon sehr vertraut mit ihm sein müssen, um zu erahnen, dass es sich bei dem Toten um Morlock handelte.«

»Also gut. Dann stehen heute die Vernehmung des Mädchens, die Überprüfung der Gartenlaube und die Ermittlungen in der Vergewaltigung des Groupies an. Walter, schreibst du ein Ersuchen an die französischen Behörden wegen der Überbringung der Todesnachricht an die Eltern? Sie sollen sie auch, soweit sie vernehmungsfähig sind, über ihren Sohn befragen und warum sie keinen Kontakt mehr zu ihm hatten. Du kannst doch Französisch, oder?«

»Klar, nur mit der Sprache hapert's«, frotzelte Scholl, noch bevor Ströbele nicken konnte.

»Severin, du kümmerst dich um den Durchsuchungsbeschluss für die Gartenlaube«, schnitt Joost ihm das Wort ab. »Thea könnte inzwischen in den Meldedateien die Wohnadresse von diesem Groupie-Vater abklären und einen Vernehmungstermin mit ihm vereinbaren. Dann müssen wir die Alibis aller Bandmitglieder für die Mordnacht zusammentragen. Ich gehe davon aus, dass sie sich mit dem Umtrunk nach dem Konzert alle gegenseitig eins geben, aber die Hausaufgaben müssen nun mal gemacht werden. Und ihr beide«, er wandte sich an Verena und Katz, »bringt diese Sina zur Vernehmung hierher. Holt sie meinetwegen aus dem Unterricht. Sie muss etwas wissen, das sie an dieses Kind weitergegeben hat. Vielleicht weiß sie auch, wo wir dieses mysteriöse Kind finden.«

Über den Rückspiegel beobachtete Verena das Mädchen, das im Fond des Dienstwagens saß, und überlegte, was in ihm vorgehen mochte. So ganz sicher schien sich Sina dessen selbst nicht zu sein. Ihre Augen blickten mal gleichgültig, mal trotzig und dann wieder angstgeweitet abwechselnd auf Verenas Hinterkopf, das Armaturenbrett und Katz' vorbildlich gestärkten Hemdkragen, dann wieder schienen sie sich geistesabwesend im Nirgendwo zu verlieren.

Sie waren mitten in der Biologiestunde in den Unterricht geplatzt und hatten mit wortreichen Entschuldigungen laut und deutlich vor der Klasse erklärt, dass sie Sina für eine Zeugenbefragung abholen würden. Das Wort *Zeuge* hatten sie besonders betont und zur Sicherheit noch einmal wiederholt. Dennoch hatten die Mitschüler getuschelt und Sina nachgestarrt, als wäre sie ein bereits verurteilter Schwerverbrecher, der zur Hinrichtung abgeholt wurde. Als sie das Klassenzimmer verließen, hatte Sina einen ängstlichen Eindruck auf Verena gemacht, doch wenige Minuten später war sie ungerührt in das Auto gestiegen und hatte sich lässig einen Kaugummi in den Mund geworfen. Auf Katz' Anweisung sich anzuschnallen, bekam er patzig zur Antwort, dass sie das für überflüssig halte. Als er jedoch kurz darauf seine Aufforderung wiederholte, hatte sie sofort und fast unterwürfig den Gurt geschlossen. Auf der Fahrt zum Polizeipräsidium sagte sie kein Wort.

Als Katz das Mädchen über seine Rechte und Pflichten als Zeugin belehrte, hörte Verena ihren Magen knurren. Sie hatte heute Morgen verschlafen und auf dem Weg zur Arbeit nur hastig eine Banane in der Bahn gegessen. In Gedanken machte sie eine Bestandsaufnahme der Vorräte in ihrem Büroschrank und erinnerte sich, dass ihre eiserne Reserve an Fünf-Minuten-Terrinen und Müsliriegeln die letzte Soko nicht überlebt hatte. Sie beschloss, sich einen Pfefferminztee zu gönnen, um ihren Magen zu beruhigen, und steckte den Wasserkocher ein.

Während sie darauf wartete, dass das Teewasser kochte, dachte sie über einen taktisch klugen Einstieg in die Vernehmung nach. Sina erschien ihr unsicher und durcheinander, wobei sie versuchte, eine gewisse Überlegenheit vorzutäuschen. Das musste einen Grund haben. Verena war sicher, dass Sina etwas wusste, das preiszugeben sie sich fürchtete. Sie würde zunächst versuchen müssen, das Vertrauen des Mädchens zu gewinnen, indem sie ihm ein Stück entgegenkam.

Verena brühte ihren Tee auf und wandte sich zu Sina um, die gerade das Formular der Zeugenbelehrung unterschrieb, sich dann auf ihrem Stuhl zurücklehnte und die Beine übereinanderschlug. Jetzt wirkte sie nicht mehr ängstlich, eher vorsichtig, abwartend.

»Ist es in Ordnung, wenn ich Du sage?«

Sina zuckte leicht zusammen, als sie angesprochen wurde.

»Ja, das ist mir sogar sehr recht. Ich bin es nicht gewöhnt, dass man mich siezt.«

Verena atmete unmerklich auf. Der erste Schritt war geschafft. Mit der vertraulichen Anrede hoffte sie, würde Sina freier und ungehemmter mit ihr reden können.

»Magst du auch einen Tee, Sina?«

»Nein, danke. Ich bin allergisch gegen Pfefferminze.«

Verena zog erstaunt die Brauen hoch. Noch immer war ihr der Geruch gegenwärtig, den sie vorhin im Auto deutlich wahrgenommen hatte. »Allergisch? Hast du nicht vorhin gerade einen Pfefferminzkaugummi gekaut?«

Fast wäre Verena das kaum merkliche Zögern entgangen. »Das war Spearmint. Diese Minze vertrage ich.«

»Ich hätte noch schwarzen Tee im Angebot«, wagte Verena einen neuen Versuch.

»Danke, nein, der schmeckt ja widerlich!« Sina schüttelte unwirsch den Kopf. Dann, als hätte sie selbst gemerkt, dass ihre Reaktion nicht sehr höflich war, fügte sie versöhnlich hinzu: »Ich möchte gar nichts trinken, vielen Dank.«

»Gut, dann fangen wir an.« Verena setzte sich und nippte an ihrem Tee.

»Erinnerst du dich an das Dark-Devil-Konzert in der Schleyerhalle vor anderthalb Jahren? Deine Mutter sagte, du seist dort gewesen.«

Sina nickte. Eigentlich war es nur die Andeutung eines Nickens. Ihr Gesicht war völlig ausdruckslos.

»Sie sagte auch, du bist Fan von der Band.«

»Na ja. Geht so. Früher schon, jetzt nicht mehr so sehr.«

»Immerhin hast du noch ein Poster von ihnen an deiner Zimmerwand.«

»Ja, stimmt, aber das wollte ich schon lange mal abhängen. Blöderweise hat es jemand mit Leim angeklebt.«

»Jemand?«, merkte Verena auf.

»Also, ich natürlich. Aber da war ich ein paar Jahre jünger und noch jemand ganz anderes als jetzt.«

»Wie auch immer, jedenfalls war es das letzte Konzert von Rolf Morlock, ist das richtig?«

»Von wem?«

»Von Rolf Morlock«, sagte Verena erstaunt. Sie war sicher, klar und deutlich gesprochen zu haben.

»Wer ist das?«

»Der Gitarrist! Sag mal, kennst du seinen Namen nicht?«

»Ach so, den hatte ich vergessen.« Sie sagte es gleichgültig, aber ihr Blick irrte unsicher im Büro herum.

Verena versuchte, sich ihre Verwirrung nicht anmerken zu lassen. War es möglich, dass ein Fan die Namen seiner Idole vergaß? Oder hatte Sinas Mutter maßlos übertrieben, als sie behauptete, Sina sei Fan der Band?

»Kennst du ihn persönlich? Oder hast du schon mal mit ihm gesprochen?«

Sina schüttelte den Kopf.

»An die kommt man doch gar nicht ran. Außerdem finde ich das peinlich.«

»Was findest du denn peinlich?«

»Na ja, wenn man denen hinterherrennt und sie so anhimmelt. Die bilden sich sonst noch ein, man will was von denen.« Sina rutschte unruhig auf dem Stuhl herum und schaute verstohlen zur Uhr. »Wann sind wir denn fertig?«

»Wir haben gerade angefangen. Warum hast du es denn so eilig?«

»Ich muss zurück zur Schule.«

»Du bist entschuldigt, Sina. Du musst heute nicht mehr zur Schule.«

»Doch, wir haben nachher Reli, und wir schreiben einen Test.« Die Stimme klang plötzlich sehr hell. Vor Aufregung vielleicht, vermutete Verena.

»Ach, der ist sicher nicht so wichtig, Gott wird dir bestimmt verzeihen«, versuchte Verena die Situation mit einem Scherz aufzulockern. Sina wirkte schüchtern, fast ängstlich. Und ängstliche Zeugen sind sehr sparsam mit ihren Aussagen.

»Mag sein. Aber ich möchte ihn nicht versäumen. Reli ist mein Lieblingsfach.«

»Bist du religiös, Sina?«

Sina senkte den Blick. »Ja, sehr.«

Verena stellte fest, dass sie überrascht war. Sie hatte im Haus der Familie Lohmann keinerlei Hinweis darauf gefunden. Doch, jetzt erinnerte sie sich. Ein schlichtes Holzkreuz hatte an der Wand über dem Klavier im Mädchenzimmer gehangen.

»Spielst du auch Klavier?«

»Ja, ein bisschen. Viel kann ich nicht mehr. Und auch nur, wenn ich Zeit habe. Aber meistens hab ich keine.« Sie zögerte. »Schule, Hausaufgaben und so. Sie wissen schon.«

»Und Kirche?«

»Ja, und Kirche natürlich.«

»Und wenn du zu Gott betest, dann …«

»Ich bete nicht zu Gott«, unterbrach Sina. »Ich bete zur Jungfrau Maria und zu meinen Engeln.«

Verena fühlte sich leicht überfordert. Jetzt waren sie gründlich vom Thema abgekommen. Sie fragte sich, welche Umwege diese Befragung noch nehmen würde. Aber sie wollte schließlich das Vertrauen des Mädchens gewinnen, und das setzte eine gewisse Vorarbeit voraus.

»Zu deinen Engeln? Aha. Und warum nicht direkt zu Gott?«

»Na ja, weiß auch nicht genau. Aber wenn Sie Probleme bei der Arbeit haben, gehen Sie damit doch auch zu Ihrem Abteilungsleiter und nicht zum Polizeipräsidenten, oder?«

»Da hast du natürlich recht.« Verena musste lächeln. Joost würde sich geschmeichelt fühlen, wenn er wüsste, dass er mit einem Engel verglichen worden war. Aber Sina blieb ernst.

»Kann ich vielleicht auch einen Tee haben?«, fragte sie mit einem begehrlichen Blick auf Verenas Tasse.

Verena hatte Mühe, ihre Überraschung zu überspielen. Hatte Sina nicht gerade noch gesagt, dass sie schwarzen Tee eklig finden würde? Sie beschloss, nicht darauf einzugehen, nahm wortlos eine zweite Tasse aus dem Schrank und steckte den Wasserkocher wieder ein. Als sie Katz' fragendem Blick begegnete, zuckte sie nur unmerklich die Schultern. Er sah aus, als sei er sehr froh, die Vernehmung nicht selbst führen zu müssen.

»Aber zurück zum Konzert in der Schleyerhalle. Mit wem bist du dort gewesen?«

Wieder dieses Zögern. Und ein unmerkliches Flattern der Augenlider.

»Weiß nicht mehr genau. Muss ich vergessen haben.«

Verena versuchte wieder, ihre Verwunderung zu verbergen. »Na ja, es ist schon eine Weile her. Aber denk mal nach.«

Sina runzelte die Stirn. Ihre graublauen Augen wirkten plötzlich sehr dunkel.

»Ja, jetzt erinnere ich mich wieder. Ich war mit Camilla dort. Eine Freundin aus der Schule. Na ja, eher eine ehemalige Freundin. Inzwischen machen wir eigentlich nichts mehr zusammen.« Die Stimme des Mädchens war fest und klang längst nicht mehr so hell wie vorhin. Offenbar hatte sie sich gefangen.

»Und nach dem Konzert bist du auch mit Camilla wieder nach Hause gefahren?«

Sina schüttelte den Kopf. »Nein. Wir hatten uns in dem Gedränge verloren, und draußen vor der Halle habe ich sie nicht wiedergefunden. Ich bin allein heimgefahren.«

»Und wann bist du dort angekommen?«

»Das weiß ich echt nicht mehr. Ist schon zu lange her. Ich hab nicht auf die Uhr geguckt.«

»Okay.« Verena gab sich vorerst damit zufrieden. Sie würde sich bei den Eltern danach erkundigen, vielleicht hatte sie dort mehr Glück. Obwohl sie auch daran Zweifel hatte. Die Mutter schien sich nicht sonderlich um ihre Tochter zu kümmern, und der Vater war beim letzten Besuch wenig zugänglich gewesen. Sie machte sich eine Notiz, um nicht zu vergessen, auch diese Camilla zu befragen, und wagte einen letzten Vorstoß.

»Und du hast wirklich niemanden von der Band nach dem Konzert gesehen?«

Sina schüttelte heftig den Kopf. »Nein, ich hab draußen noch eine Weile nach Camilla gesucht und bin dann zur Bahnhaltestelle. Die Musiker kommen ja auch nicht zum Hauptausgang raus, die haben ihre Autos irgendwo am Hintereingang stehen. Da tummeln sich immer ein paar Fans, aber das ist mir echt zu blöd.«

»Du hast also nicht am Künstlerausgang nach Camilla gesucht?«

»Nein, echt nicht.«

Das Wasser kochte. Verena warf einen Beutel Schwarztee in die Tasse und brühte ihn auf.

»Und was tust du sonst so, wenn du nicht gerade auf Rockkonzerte gehst? Hast du irgendwelche Hobbys? Ich hab in deinem Zimmer einen VfB-Schal gesehen.«

Sina zögerte einen Augenblick. Dann lehnte sie sich auf ihrem Stuhl zurück und streckte die Beine aus.

»Ich geh ab und zu ins Stadion, wenn der VfB spielt. Mein Vater hat mich früher mitgenommen, und ich hab das irgendwann cool gefunden. Den Schal hab ich von ihm gekriegt.«

»Man kann also sagen, du bist VfB-Fan? Ich kenne nicht viele Mädchen, die ins Stadion gehen.«

Sina zuckte die Schultern, sagte aber nichts.

»Hast du auch Kontakt zu kleineren Kindern? Verdienst du dir vielleicht ein bisschen Geld als Babysitter?«

»Nein. Ich kriege genug Taschengeld. Ich hätte auch gar nicht die Nerven, auf die kleinen Monster aufzupassen.« Sie rang sich ein Lächeln ab.

»Und in der Familie? Gibt es da ein kleines Mädchen, das ab und zu mal zu Besuch kommt?«

Sina überlegte. »Ich hab eine achtjährige Cousine, aber die war schon lange nicht mehr da. Bestimmt seit zwei oder drei Jahren nicht mehr.«

Verena machte sich eine Notiz.

»Spielt diese Cousine mit Barbies?«

Sina schaute Verena mit großen Augen an. Wie dunkel sie plötzlich waren! Sie wirkten wie tiefe Brunnen in dem blassen Gesicht.

»Ich frage nur, weil ich in deinem Zimmer auch eine Barbie gesehen habe.«

»Kann sein, dass sie die mal bei mir vergessen hat.« Es klang nicht sehr überzeugend.

»Und du hast sie zwei oder drei Jahre nicht zurückgegeben, sondern unter deinem Bett liegen lassen?«

»Ich hab keine Ahnung, wo die herkommt, echt nicht!«

»Und zu deinen Freunden gehören auch keine jüngeren Kinder?«

Sina schüttelte den Kopf und fixierte Verena aus leicht zusammengekniffenen Augen. Ein wachsamer Blick, wie durch zwei Schießscharten, hinter denen sich jemand verschanzte, der nicht erkannt werden wollte.

»Womit hast du denn so gespielt, als du klein warst?« Verena konnte dem Mädchen ansehen, wie angestrengt sie nachdachte. War diese Frage wirklich so schwer zu beantworten? Entsprechend überrascht war sie, als Sina abermals mit den Schultern zuckte.

»Ich weiß nicht mehr. Ich kann mich nicht erinnern. Wahrscheinlich mit Sachen, mit denen kleine Mädchen so spielen. Puppenhaus, Barbies und so. Aber so genau weiß ich das echt nicht mehr.«

Verena schwieg. War es möglich, dass man sich im Alter von

achtzehn Jahren nicht mehr an die eigene Kindheit erinnerte? Hatte Sina diese Jahre durch eine Art Amnesie verdrängt oder band sie ihr einen gewaltigen Bären auf?

Sie schaute das Mädchen prüfend an und bemerkte wieder dieses Innehalten und das leichte Flattern der Augenlider. Plötzlich saß Sina kerzengerade da.

»Doch, ich hatte ein paar Barbies«, hörte Verena die helle Stimme, die jetzt wieder ganz sanft war. »Die muss ich ganz vergessen haben. Und ich habe ein bisschen Klavier gespielt, ich konnte ein paar Kinderlieder auswendig, ganz ohne Noten und so.«

»Na, geht doch. Und heute? Wo triffst du dich so mit deinen Freunden?«

»Meistens im Baumhaus. Das ist hinten im Garten in einem alten Apfelbaum. Unser Vater hat es gebaut, es war ein Geburtstagsgeschenk.«

»*Unser* Vater?«, hakte Verena ein. »Bist du ganz sicher, dass du vielleicht nicht doch noch eine Schwester hast?«

Sina, die gerade nach der Teetasse greifen wollte, zuckte zurück, als hätte sie sich verbrannt.

»Habe ich *unser* gesagt? Quatsch, ich meinte natürlich mein Vater. Ich habe wahrscheinlich an das Vaterunser gedacht, wegen der Reli-Arbeit.« Sie lachte, aber das Lachen klang aufgesetzt. »Nein, ich habe keine Geschwister. Fragen Sie meine Eltern, die wissen es am besten.«

Das kann ich mir sparen, dachte Verena. Auf diese Frage hatten ihr die beiden dasselbe geantwortet. Es gab auch weder einen Meldeeintrag noch eine Geburtsurkunde auf dem Standesamt. Sie hätte ihren Mini verwettet, dass hier irgendetwas oberfaul war. An diesem Punkt würde sie heute bei Sina jedenfalls nicht mehr weiterkommen. Sie stand auf.

»Also gut. Mein Kollege fährt dich jetzt zurück zur Schule, damit du deinen Reli-Test nicht verpasst. Aber es kann sein, dass wir wieder auf dich zukommen, wenn wir noch Fragen haben.« Sie reichte dem Mädchen die Hand, schob Katz Autoschlüssel und Fahrtenbuch zu und schaute Sina nach, wie sie zur Tür ging. Sie bewegte sich langsam und vorsichtig, als würde sie über Scherben gehen. Verena atmete auf, als die Tür hinter den beiden ins Schloss fiel. Nachdenklich starrte sie auf die Tasse, die vor ihr auf dem Schreibtisch stand. Der Tee war kalt geworden. Sina hatte ihn nicht angerührt.

Nachdem Katz gegangen war, um Sina zur Schule zu fahren, saß Verena reglos an ihrem Schreibtisch und blätterte durch das Vernehmungsprotokoll. Dieses Mädchen gab ihr Rätsel auf. Sie mochte Fußball, ging zur Kirche und traf sich mit ihren Freunden in einem Baumhaus. Gleichzeitig war sie sprunghaft, fast launisch, widersprach sich und verhedderte sich in Widersprüchen. Was versuchte sie mit aller Macht zu verbergen?

Bei Sinas Unterschrift auf der letzten Seite verharrte sie, dann blätterte sie zurück zum Anfang, wo das Mädchen für die Zeugenbelehrung gesondert unterschrieben hatte. Diese hier war sorgfältig, fast in Schönschrift, genau auf der dafür vorgesehenen Linie platziert. Die Unterschrift auf der letzten Seite hingegen flüchtig, wesentlich kantiger, und ragte über das dafür vorgesehene Feld hinaus. Konnte man das wirklich nur mit der Tatsache erklären, dass sie es so eilig gehabt hatte, zurück zur Schule zu kommen? Sie blätterte zurück, legte beide Seiten nebeneinander und verglich noch einmal die Schriftzüge. Hätte sie nicht mit eigenen Augen gesehen, dass beide von Sinas Hand stammten, hätte sie geschworen, dass hier zwei verschiedene Menschen unterschrieben hatten.

Umso länger Verena darüber nachdachte, umso mehr kam sie zu der Überzeugung, dass Sina entweder von der Vernehmungssituation heillos überfordert oder psychisch beeinträchtigt war. Kein halbwegs selbstbewusster, intelligenter Mensch würde sich in einer polizeilichen Befragung dermaßen in Widersprüche verstricken, wie Sina es getan hatte. Aber ohne eine gewisse Intelligenz hätte sie es nicht aufs Gymnasium geschafft. Verena gestand sich ein, dass sie nach dieser Vernehmung mehr offene Fragen hatte als zuvor.

Sie seufzte. Auf diese Fragen würde sie heute keine Antwort mehr bekommen. Sie musste mit jemandem reden, der sich mit den unendlichen Spielarten der menschlichen Psyche besser auskannte als sie, und sie wusste auch schon, mit wem. Mechanisch griff sie nach dem Telefon. Erst jetzt wurde ihr bewusst, dass sie es schon seit einiger Zeit angestarrt hatte. Sie lächelte. Ihr Unterbewusstsein war mal wieder schneller gewesen als sie. Verena nahm den Hörer ab und wählte die Nummer ihrer Freundin Hannah, lauschte auf das Freizeichen bis sich der Anrufbeantworter einschaltete. Offenbar war Hannah noch in der Sprechstunde. Enttäuscht legte Verena den Hörer auf und sah nachdenklich aus dem Fenster.

Die Wolkendecke, die sich den ganzen Vormittag über die Stadt gebreitet hatte, war inzwischen aufgerissen und gab ein Stück blauen Himmel frei, das sich stetig vergrößerte. Die Sonne kam durch und ihre Strahlen brachen sich funkelnd in der silbernen Kuppel des Fernsehturms. Ein Wetter, das Scholl »Ausrückwetter« nannte. Bei Sonnenschein fand er immer einen Grund, außer Haus zu arbeiten.

Verena zögerte. Überlegte, was sie heute noch erledigen könnte. Ihr fiel ein, dass sie beim letzten Mal völlig vergessen hatte, Terzenbach nach seinem Alibi in der Mordnacht zu fragen. Es konnte auch nicht schaden abzuklären, ob er Sina kannte. Außerdem konnte sie nicht ganz nachvollziehen, wieso die Bandmitglieder nichts von der Einstellung des Verfahrens gegen ihren Gitarristen gewusst hatten. Immerhin war Morlock damals noch in der Band gewesen. Es war schwer vorstellbar, dass er den anderen nichts davon erzählt hatte. Und wenn sie ehrlich war, hatte sie unwiderstehliche Lust auf einen Cappuccino und einen kleinen Snack im Grand Café Planie. Das alles zusammengenommen war Grund genug für Verena, abermals zum Telefon zu greifen.

»Du sollst nicht lügen, du sollst nicht lügen. Deine Gebote in allen Ehren, aber hättest du nicht ein einziges Mal die Klappe halten können?«

Rambo hatte Maria noch nie angeschrien. Sie war ein sanfter und friedfertiger Mensch und hatte auch ein Recht darauf, selbst so behandelt zu werden, aber diesmal konnte er seinen Zorn nicht zurückhalten. »Was ist eigentlich in dich gefahren, von dem Baumhaus zu erzählen? Was, wenn sie es sehen will? Wenn sie kommt und bei uns herumschnüffelt?«

»Wir haben uns doch nichts vorzuwerfen.« Marias Stimme war kaum mehr als ein Flüstern. Er hatte sie eingeschüchtert. Das hatte er auch vorgehabt. Trotzdem tat sie ihm leid.

»Wieso bist du eigentlich noch mal rausgekommen? Sag jetzt nicht, weil du deinen verdammten Tee trinken wolltest.«

»Nein. Na ja, das auch, wobei ich ja gar nicht dazu gekommen bin.« Maria weinte jetzt fast. »Aber ich konnte einfach nicht mehr mit anhören, wie ihr euch in einem Haufen von Lügen verstrickt. Es ist unrecht zu lügen. Diese Polizistin will uns doch nichts tun. Ich glaube sogar, dass sie uns helfen würde. Ich bin sicher, wir können ihr vertrauen.«

Rambo war für einen Moment sprachlos, doch noch bevor er sich gefasst hatte, drängte jemand anderes in den Vordergrund.

»Scheiß auf dein Vertrauen in die Menschheit, dir muss doch klar sein, was passiert, wenn die rauskriegt, wo wir in dieser Nacht waren! Du warst es doch, die abgehauen ist, oder? Weil es nich in dein Weltbild passt, vor der Ehe mit 'nem Kerl in die Kiste zu springen. Und damit fing die ganze Scheiße erst an!«

»Lola, halt du dich da raus!«, wies Rambo sie zurecht. »Die ganze Scheiße fing mit dir an. Weil du unbedingt mit ihm mitfahren musstest!«

»Seid doch leise«, flehte Maria. »Was ist, wenn Sina uns hört?«

»Sie hört uns nicht. Sie schläft im Baumhaus, ist völlig fertig von der Vernehmung.« Rambo seufzte. Es geschah selten, dass es ihm nicht gelang, die Clique zu beschwichtigen, aber jetzt war so ein Moment. Er war selbst erschöpft. Er war nicht darauf vorbereitet gewesen, für Sina, die wie ein aufgeschrecktes Reh nach drinnen geflohen war, dieser Polizistin Rede und Antwort zu stehen.

»Ich bin jetzt selbst ziemlich platt. Wisst ihr eigentlich, was es für Kraft gekostet hat, Sorina zurückzuhalten, besonders als das Gespräch auf die Barbie kam? Ich würde mich auch gerne ein bisschen ausruhen, aber ich hab echt Angst, dass ihr euch zerfleischt, wenn ich euch beide allein lasse.«

»Ich werd der heiligen Maria doch kein Haar krümmen, da trifft mich am Ende noch der Fluch Gottes«, spottete Lola. »Leg dich ruhig zu deiner Sina und befummle sie ein bisschen, das baut sie sicher wieder auf.«

»Du bist echt widerlich!« Rambo wandte sich ab und wollte sich zurückziehen, als ihm etwas einfiel. Er drehte sich noch einmal um und hielt einen Augenblick inne. Da standen die beiden, die Heilige und die Hure, die eine unterwürfig, die andere aufsässig.

»Du warst letzte Nacht wieder draußen«, sagte er zu Lola, die trotzig seinem Blick standhielt. »Ich weiß, dass du es warst, denn Sina zieht weder Ledermini noch High Heels an, und Maria schon gar nicht. Wenn du nicht willst, dass wir es merken, räum wenigstens die Klamotten weg. Und putz die Schuhe, die sehen furchtbar aus. Bist du über einen Acker gelaufen?«

»Quatsch, warum sollt ich über 'nen Acker latschen? Ich war auf 'nem Konzert in Aalen, da ham mir tausend Leute aufn Füßen rumgetrampelt.«

»In Aalen? Doch nicht etwa wieder …«

»Und wenn schon! Ich fahr halt voll auf die Musik ab.«

»Und auf die Musiker, nehme ich an«, spottete Rambo.

»Ach, fick dich, das geht dich einen Scheißdreck an!« Lola wollte sich verkrümeln, doch Rambo hielt sie zurück.

»Sina muss dich kennenlernen, Lola«, sagte er. »Sie hat keine Ahnung, was in der Nacht damals passiert ist. Sie weiß, dass wir dort waren, aber nicht, wieso und wie wir hingekommen sind. Das macht sie fertig. Sag ihr wenigstens, warum du mit ihm mitgefahren bist!«

»Warum? Weil ich mit ihm vögeln wollte, ist doch klar. Meinst du, das steckt sie weg?«

Maria presste sich entsetzt die Hände auf die Ohren.

»Und? Hast du?« Rambo war auf alles gefasst. Bei Lola musste man das sein. Es hatte schon seinen guten Grund, warum er ihre Existenz bislang vor Sina geheim gehalten hatte und sogar ihre nächtlichen Ausflüge auf seine Kappe nahm.

»Kannste drauf wetten. Ich hätt ja gern mehr davon gehabt, aber dazu sind wir leider nich gekommen. Weil die da ja abhauen musste!« Sie zeigte anklagend auf Maria.

»Ich bin nur bis zur Tür gekommen«, jammerte Maria. »Dann hab ich mich erschrocken, weil die Klinke gequietscht hat. Ich glaube, es war Speedy, die losgelaufen ist. Weil die am schnellsten rennen kann.«

»Offenbar nicht schnell genug«, spottete Lola. »Irgendwie muss er uns ja eingeholt haben, sonst hättn sie ihn nich aufm Gartenweg gefunden. Verdammte Kacke, irgendwer muss sich doch erinnern können, was dann passiert ist!«

»Wer auch immer sich irgendwann erinnert«, sagte Rambo, »darf es auf keinen Fall Sina sagen. Solange wir alle keine Ahnung haben, kann wenigstens nichts zu ihr durchsickern.«

»Und wozu die ganze Heimlichtuerei?«, motzte Lola.

Rambo stöhnte. »Du raffst es nicht, oder? Wir müssen alles von ihr fernhalten, was sie aus der Bahn werfen könnte. Sina ist schließlich unsere Frontfrau, schon vergessen?«

»Wenn die Fassade in Gefahr ist, muss die Wahrheit aber ganz schön heftig sein«, sagte Lola. »Würd mich gar nich wundern, wenn jemand von uns den Typen um die Ecke gebracht hat.«

Maria schrie entsetzt auf, und Rambo nahm sie in den Arm und barg ihren Kopf an seiner Brust.

»Soll ich dir mal was sagen«, raunte er Lola zu. »Genau das ist es, wovor ich die allermeiste Angst habe.«

Da der Mini immer noch streikte, nahm Verena die U6 zum Schlossplatz. Sie war einige Minuten zu spät, hastete am Trottoir-Verkäufer vorüber und ignorierte den Flamenco-Gitarristen in der Unterführung, der ihr mit der Schuhspitze hoffnungsvoll seinen Hut vor die Füße schob. Auf der Rolltreppe drängte sie sich an Menschen mit Einkaufstaschen vorbei, während sie sich fragte, warum sie es so verdammt eilig hatte. Bislang hatte noch jeder Zeuge auf sie gewartet.

War es am Morgen noch klirrend kalt gewesen, so hatten die warmen Sonnenstrahlen am ersten Tag des meteorologischen Frühlings den Kampf gegen den Winter gewonnen. Als Verena aus den Tiefen der U-Bahn-Unterführung ans Tageslicht kam, empfing sie ein azurblauer Himmel mit weißen Schäfchenwolken und gleißendes Sonnenlicht. Es war, als würde sie auf einem anderen Kontinent aus dem Flieger steigen.

Terzenbach saß auf den Stufen des Königsbaus und rauchte.

»In der Planie ist alles voll, drinnen wie draußen«, begrüßte er sie. »Ich hab noch beim Künstlerbund vorbeigeschaut und dort drüben im Café vom Kunstgebäude«, er wies nach rechts zu dem großen gläsernen Würfel, bei dem die Stuttgarter sich uneinig waren, ob er ihr Stadtbild nun verschönerte oder verschandelte. »Überall dasselbe. Die ersten Sonnenstrahlen zeigen sich, und die Schwaben wagen sich aus ihren Löchern.«

»Man sollte doch denken, dass die Schwaben um diese Zeit noch alle beim Schaffe und Häusle baue sind«, lachte Verena und reichte Terzenbach die Hand.

»Das sollte für uns beide ja auch gelten«, erwiderte er. »Stattdessen lungern wir genauso hier rum und genießen das schöne Wetter.«

»Also, was mich betrifft, ich bin gerade bei der Arbeit, auch wenn es nicht so aussieht. Allerdings müsste ich erst mal was essen, vorher kann ich keinen klaren Gedanken fassen.«

Sie durchstreiften die Königsbaupassage und wurden in der Nähe der Rolltreppe zum Obergeschoss fündig. Verena kaufte sich ein belegtes Baguette und musste schmunzeln, als Terzenbach sich ein Panino bestellte. Er hatte tatsächlich die korrekte Einzahl benutzt.

»Gehen wir doch wieder nach draußen«, schlug er vor, nachdem sie bezahlt hatten. »Zu dieser Jahreszeit weiß man nie, wann man die Sonne das nächste Mal sieht und sollte sie jeden Augenblick genießen.«

Die wenigen freien Stühle vor dem Königsbau lagen bereits im Schatten.

»Wie wärs, wenn wir rüber auf den Rasen gehen?«, schlug Terzenbach vor und wies auf die Grünanlage vor dem Neuen Schloss, auf der schon einige Sonnenhungrige das warme Frühlingswetter genossen.

»Das gibt aber Grasflecken auf dem Hosenboden«, gab Verena zu bedenken.

»Nicht wenn wir etwas unterlegen.« Terzenbach nahm eine der roten Fleecedecken von der Lehne eines Plastikstuhls und zog Verena mit sich. »Keine Angst, die ist nur geliehen, ich bringe sie nachher zurück. Oder müssen Sie mich jetzt anzeigen, weil Sie im Dienst sind?«

Verena schüttelte lachend den Kopf. »Das ist schlimmstenfalls Diebstahl, und dafür bin ich nicht zuständig. Außerdem habe ich nichts gesehen.«

Während Terzenbach die Decke ausbreitete, überlegte Verena, wann sie das letzte Mal mit einem Mann gepicknickt hatte. Es musste viele Jahre her sein. Flüchtig kam ihr der Gedanke, dass diese Situation für eine Zeugenbefragung vielleicht nicht ganz angemessen sein könnte, doch sie schob ihn schnell beiseite. Man sollte sich das Leben so angenehm wie möglich machen, war das Credo ihres Vaters, und heute beschloss sie einfach, es anzunehmen.

»Was wollten Sie mich denn noch so Wichtiges fragen?«, holte Terzenbach sie in die Gegenwart zurück.

»Es geht um das Verfahren gegen Morlock.« Verena hatte tatsächlich für einen Moment vergessen, warum sie überhaupt hier war. »Ich hatte Sie bei unserem letzten Gespräch gar nicht nach dem Verlauf dieses letzten Konzerts gefragt. Wie lange hat es gedauert, und was haben Sie anschließend noch gemacht?«

»Puuuh!« Terzenbach blies die Backen auf. »Das soll ich nach anderthalb Jahren noch wissen? Ich denke, es muss gegen 22 Uhr vorbei gewesen sein. Danach haben wir noch was getrunken.«

»Das wissen Sie aber sicher?«

Terzenbach grinste. »Klar, wir trinken immer was nach dem Konzert. Den Bandbus muss ein Roadie heimfahren. Die würfeln untereinander, und wen es trifft, der kriegt nur Cola.«

»War Morlock bei dem Umtrunk noch dabei?«

Terzenbach überlegte kurz. »Nein, ich glaube nicht, das Verhältnis zu ihm war schon ziemlich unterkühlt. Wenn ich mich richtig erinnere, ist er sofort nach dem Gig abgehauen. Er war nicht sonderlich gut drauf. Eigentlich kein Wunder, wenn man ein Strafverfahren am Hals hat.«

»So groß war der Ärger gar nicht, es kam ja zu keiner Verurteilung. Wie kann es sein, dass Sie offenbar nicht wussten, dass das Verfahren eingestellt wurde?«

Terzenbach, der gerade sein Panino zum Mund führen wollte, hielt auf halbem Weg inne. »Es wurde eingestellt?«

»Ja. Es ist nie zu einem Prozess gekommen, aus Mangel an Beweisen. Ich kann mir schwer vorstellen, dass er niemandem davon erzählt hat.«

»Nun, das hat er tatsächlich nicht. Jedenfalls nicht uns.« Terzenbach überlegte einen Augenblick. »Ist es vielleicht möglich, dass er aus irgendeinem Grund untertauchen wollte und es ihm sogar entgegenkam, dass alle dachten, er sei im Knast?«

»Aber was könnte das für ein Grund sein?«

»Keine Ahnung. Sie sind doch die Ermittlerin. Es ist an Ihnen, ein Motiv dafür zu finden.«

»Tja, dann muss ich mir wohl mal Gedanken machen. Aber nicht jetzt.«

Terzenbach lachte. »Und deswegen sind Sie extra bis in die Stadt gefahren? Hätten Sie mich das nicht auch am Telefon fragen können?«

»Na ja, ich hatte Hunger. Das Baguette war, abgesehen von einer matschigen Banane, das Erste was ich heute gegessen habe.« Verena hoffte, dass sie mit diesem Argument durchkommen würde und biss in das Baguette, um vorerst von weiteren Antworten auf eventuelle Fangfragen verschont zu bleiben.

»Aha. Eine Kantine gibt es im Polizeipräsidium wohl nicht?«

»Doch, schon«, mümmelte Verena mit vollem Mund. Während sie kaute, überlegte sie fieberhaft, wie sie aus dieser Nummer wieder rauskäme. Aber sie musste dafür nicht einmal lügen. »Das Dumme ist nur, selbst wenn die um diese Uhrzeit noch geöffnet wäre, hätte ich jetzt noch nichts im Magen. Unsere neue Kantinenfrau ist so langsam, dass man ihr beim Brötchenschmieren die Fingernägel lackieren kann, ohne dass der Lack verschmiert, ehrlich.«

Terzenbach lachte so sehr, dass er sich an seinem Panino verschluckte und Verena ihm auf den Rücken klopfen musste.

»Nein, im Ernst, ich habe noch eine Frage. Sagt Ihnen der Name Sina Lohmann etwas?«

Terzenbach überlegte eine Zeit lang und schüttelte dann den Kopf.

»Oder auch Selina Lohmann?«

»Nein, wirklich nicht. Wer soll das sein?«

»Möglicherweise ein Groupie Ihrer Band.«

»Unsere Groupies wechseln immer wieder. Wenn überhaupt, merken wir uns nur die Vornamen für eine Weile und vergessen sie dann wieder. Meist sind es junge Mädchen, zu jung, als dass ich mich näher mit ihnen beschäftigen würde.«

»Schade, den Versuch war's wert.« Verena knüllte Papiertüte und Serviette ihres Snacks zusammen und stopfte beides in ihre Handtasche.

»Darf ich Sie jetzt mal was fragen?«, sagte er, nachdem er wieder sprechen konnte.

»Sofern es nichts mit dem Verfahren zu tun hat, gerne.«

»Hat es nicht. Was mich interessieren würde, ist, warum Sie vorhin so vielsagend gelächelt haben, als ich mein Essen bestellt habe.«

»Oh!« Verena hatte mit vielem gerechnet, aber nicht damit, dass er ihr Schmunzeln bemerkt hatte. Sie dachte kurz über eine Ausrede nach, entschloss sich aber, bei der Wahrheit zu bleiben. Was war schon dabei?

»Ich habe nur wohlwollend registriert, dass Sie das Panino, im Gegensatz zu den meisten anderen Deutschen, in der korrekten Form bestellt haben. Fast alle bestellen ein Panini, bezahlen zwei Cappuccino oder kaufen am Gemüsestand eine Zucchini. Mir fällt so was auf, weil mein Exmann Italiener ist. Können Sie Italienisch?«

»Nicht wirklich. Ich kann gerade so die Einzahl von der Mehrzahl unterscheiden. Aber es reicht zum Überleben, wenn ich im Lande bin.«

»Sind Sie oft dort?« Verena schloss die Augen und hielt das Gesicht in die Sonne. Beim Thema Italien und dem Gefühl der Wärme auf ihrer Haut bekam sie Fernweh nach ihrem Sehnsuchtsort.

»Jeden Sommer. Immer mit meiner Motorradgang. Dieses Jahr brettere ich zusammen mit den Kumpels die ligurische Ponente-Küste entlang, auf der Via Aurelia bis Monaco.«

»Sie sind in einer Motorradgang?« Verena dachte sofort an die Hells Angels und die Banditos und war überrascht, dass Terzenbach ihr so freimütig von seiner Mitgliedschaft erzählte. Doch er lachte nur.

»Nicht was Sie vielleicht denken. Wir sind nicht organisiert. Nur fünf Männer, eine ganz private Angelegenheit. Dirk Hinner, unser Gitarrist, ist übrigens auch dabei.«

»Kommen Sie gut mit ihm klar?«

Terzenbach schaute Verena prüfend an, als wolle er abschätzen, worauf sie hinauswollte. Schließlich lächelte er.

»So gut, wie ein Bassist mit einem Gitarristen nur auskommen kann.«

»Was bedeutet das im Klartext?«

»Okay, die Antwort ist ein wenig kryptisch für alle, die die Branche nicht kennen. In Musikerkreisen werden jede Menge Witze darüber gerissen, dass der Gitarrist dem Bassisten haushoch überlegen ist. Und zwar in jedem Fall, egal wie schlecht der Gitarrist und wie genial der Bassist ist. Keine Ahnung, ob das daran liegt, dass die Gitarre zwei Saiten mehr hat als der Bass. Seit es Bands gibt, muss der Bassist einstecken, bei jeder sich bietenden Gelegenheit.«

»Sie werden also gemobbt«, resümierte Verena.

»Nein, um Gottes willen«, lachte Terzenbach. »Es werden nur die meisten Witze auf meine Kosten gerissen.«

»Zum Beispiel?«

Terzenbach dachte einen Moment lang nach.

»Zum Beispiel, dass mein Name Programm ist, weil ich nur Terzen spielen kann, das ist ein ewiger Kalauer in der Band. Oder dieser: Zwei Gitarristen treffen sich nach langer Zeit wieder. Der eine von beiden trägt einen Basskoffer, fragt ihn der andere: ›Hattest du ’nen Schlaganfall?‹«

Verena lachte. »Solche Frotzeleien gibt es unter Kripo-Kollegen aber auch. Das meinte ich nicht. Ich meinte, wie kommen Sie generell miteinander klar innerhalb der Band?«

»Immerhin so gut, dass wir miteinander Motorradtouren machen. Mit seinen Erzfeinden tourt man kaum durch Italien, um seinen Freiheitsdrang auszuleben, oder?«

Verena wollte sich gar nicht vorstellen, wie fünf Männer in Italien ihren Freiheitsdrang auslebten. Oder vielleicht doch, sonst hätte sie sich die nächste Frage bestimmt verkniffen.

»Was sagt da eigentlich Ihre Frau dazu?« Sie hätte sich am liebsten auf die Zunge gebissen, so plump war das gewesen, doch Terzenbach tat, als hätte er die Frage hinter der Frage überhaupt nicht registriert und antwortete trotzdem darauf.

»Im Moment gibt es keine. Die Letzte konnte weder mit meinem Beruf noch mit meiner Freizeitgestaltung allzu viel anfangen. Zu viel unterwegs, zu wenig Zeit, zu viel Leidenschaft für Job und Motorrad und zu wenig für die Beziehung.«

»Kommt mir bekannt vor«, murmelte Verena.

Terzenbach sah sie prüfend aus dem Augenwinkel an. »Und das gehört wirklich alles zu Ihren Ermittlungen?«

»Jetzt mache ich gerade Mittagspause«, sagte Verena und schob den letzten Bissen ihres Baguettes in den Mund.

Terzenbach lachte.

»Manchmal vermisse ich die Frau schon. Ich meine, nicht gerade meine Ex im Speziellen, sondern so allgemein.«

»Ach wirklich? Ich hätte nicht gedacht, dass Sie da Notstand haben, die weiblichen Fans liegen Ihnen doch sicherlich zu Füßen. Und nicht nur die weiblichen.« Verena dachte an die tuschelnden Mädchen in der Planie und den homosexuellen Kellner, der den Musiker offenkundig angeschmachtet hatte.

»Diesen Notstand meine ich nicht. Eher den im Haushalt.

Für alleinstehende Männer ist da die Verletzungsgefahr ziemlich groß. Ich kann mit Bühnenfeuerwerk bestens umgehen. Aber wenn es darum geht, Brötchen aus dem Backofen zu nehmen …« Terzenbach hielt Verena seinen Handrücken hin, auf dem eine deutliche dunkelrote Brandnarbe zu sehen war. »Oder gar zu bügeln …« Er schob den Jackenärmel nach oben und entblößte eine großflächige vernarbte Hautstelle auf seinem Unterarm.

»Sie können einem ja richtig leidtun. Hat Ihnen noch niemand gesagt, dass man Taschentücher nicht über dem Arm bügelt?«

»Nicht? Na, jetzt weiß ich es ja. Wie gut, dass ich Sie getroffen habe! Auf den Knien geht das sicher viel besser – da hab ich übrigens auch noch keine Brandnarbe.«

»Im Ernst jetzt, woher stammt die Narbe wirklich?«

»Ein Bühnenscheinwerfer. Mindestens so heiß wie ein Bügeleisen.« Er verzog leidend das Gesicht.

»Na ja, ist ja auch fast das Gleiche.«

»Stimmt, fängt auch beides mit Bü an.«

Verena ließ sich lachend auf den Rücken fallen. Sie genoss die Sonne auf der Haut und den blauen Himmel über sich, auf dem die weißen Wolken im Vorüberziehen ihre Form änderten. Das Kumuluswölkchen dort über dem Neuen Schloss sah aus wie ein Herz.

Jetzt fange ich an zu spinnen, dachte sie.

»Ich muss zurück zur Arbeit«, sagte sie in einem lahmen Versuch, sich zur Ordnung zu rufen, machte aber keine Anstalten aufzustehen.

»Schade, ich hätte Sie jetzt gerne noch zu einem Glas Wein eingeladen.«

»Ein andermal«, antwortete Verena, noch bevor sie ihr Hirn einschalten konnte.

»Also gut, dann ein andermal. Ich nehme Sie beim Wort.«

Bin ich eigentlich total durchgeknallt, fragte sich Verena. Liege mit einem Zeugen aus dem laufenden Verfahren auf der Wiese und führe Privatgespräche, die eine bedenkliche Richtung einschlagen. Und ich amüsiere mich noch dabei. Abrupt setzte sie sich auf. »Mein Chef reißt mir den Kopf ab, wenn ich zu spät zur Besprechung komme.«

Die Besprechung hatte sie erfunden, um ihren überstürzten Aufbruch zu erklären. Was allerdings der Wahrheit entsprach, war, dass Joost ihr den Kopf abreißen würde, wenn er die Möglichkeit gehabt hätte, in diesen hineinschauen zu können. Sie nahm ihre Tasche, stand auf und verabschiedete sich so förmlich sie nur konnte.

»War nett, mit Ihnen zu plaudern«, sagte Terzenbach mit unergründlichem Lächeln. »Und falls Sie noch Fragen haben oder auch irgendwelche Haushaltstipps, Sie wissen ja, wie Sie mich erreichen.«

Als Verena die Rolltreppe zur U-Bahn-Station betrat, schaute sie noch einmal zurück. Terzenbach konnte sie in der Menschenmenge nicht mehr sehen, aber die Wolke über dem Schloss sah immer noch aus wie ein Herz, das gerade ein Flugzeug wie ein silberner Pfeil durchbohrte.

Die U7 zum Pragsattel war brechend voll, wie sonst nur im Berufsverkehr. Verena überlegte noch, ob dieser Umstand dem schönen Wetter oder irgendeiner Großveranstaltung, von der sie nichts wusste, geschuldet war, als sie schon die Antwort bekam. Am Hauptbahnhof zwängte sich eine Gruppe Rentner zur Tür herein, samt und sonders mit dem grünen Kopfbahnhof-21-Button am Revers. Die Hoffnung stirbt zuletzt, dachte Verena mit einer Spur von Zynismus. Sie selbst war ganz und gar nicht begeistert vom neuen Tiefbahnhof, hatte bei der Volksabstimmung gegen ihn gestimmt, aber auch akzeptiert, dass sie verloren hatte. Für die beinharten Demonstranten, die immer noch gegen Mauern rannten und dabei enorme Polizeiressourcen banden, hatte sie wenig Verständnis. Die Personalpolitik bei der Polizei ließ es eigentlich nicht zu, wöchentlich ein Aufgebot von Mitarbeitern für die nicht enden wollenden Demonstrationen einzusetzen; andere wichtige Aufgaben blieben dabei liegen. Ganz davon abgesehen, dass es keiner ihrer Kollegen schätzte, bespuckt, beschimpft und mit Steinen beworfen zu werden. Nichtsdestotrotz gehörte diese lästige Pflicht zu ihren Aufgaben, und eine Vielzahl von Überstunden wurde jeden Monat angehäuft, die man endlos lange vor sich herschob, weil es kaum Gelegenheit gab, sie abzubauen.

Verena griff nach der Haltestange, als der Zugführer an einem Haltesignal eine Vollbremsung hinlegte, stieß sich aber trotzdem den Kopf an der Scheibe. Geschieht mir recht, dachte sie, man kann mir gar nicht oft genug vor die Stirn schlagen. Was hab ich mir eigentlich dabei gedacht, mit einem Zeugen auf der Schlossplatzwiese zu picknicken? Ihr wurde klar, dass sie nur aus einem Grund drei Bahnstationen lang über die demonstrierenden Senioren und Stuttgart 21 nachgedacht hatte, um sich von dem Nachmittag mit Terzenbach abzulenken.

Wieder hatte sie Messmers Worte im Ohr, dass eine Frau ohne Mann wie ein Cappuccino ohne Milchschaum sei. Hatte sie diese Machoweisheit so verinnerlicht, dass sie Terzenbach jetzt nicht mehr aus dem Kopf bekam? Dass sie in Wolken, die nichts weiter als Wasserdampf waren, schon Herzen sah, wie in einem Rorschachtest? Nach der Trennung von Fabio hatte sie nur eine flüchtige Beziehung gehabt, und alles was sie daraus mitgenommen hatte, war die Überzeugung, als Single besser dran zu sein. Seitdem war sie felsenfest davon überzeugt gewesen, dass sie die Fähigkeit, sich zu verlieben, komplett verloren hatte. Wieso hatte sie plötzlich das Gefühl, dass in ihrem Magen Millionen von Ameisen kopflos hin und her rannten?

Abermals flog Verena bei einer Vollbremsung gegen die Scheibe. Immer gib's mir, dachte sie mit einem Blick nach oben, obwohl sie nicht wirklich an Gott glaubte. Mit einer Mutter, die vor dem Kaufhof den Wachtturm anpries und einem Vater, der auf dem Jakobsweg spirituelle Erleuchtung erfahren hatte, war sie von religiösem Input seit Kindesbeinen so übersättigt, dass sie den Göttern abgeschworen hatte. Sie war der Meinung, dass jemand, der glaubte, von höherer Macht gelenkt zu werden, die Verantwortung für sein Leben ablehnte. Wobei sie zugeben musste, dass der Gedanke an einen strafenden Gott, der ihren Kopf wiederholt gegen die Fensterscheibe stieß, sie amüsierte. Die Lautsprecher knackten und der Fahrer kündigte an, dass die Weiterfahrt sich verzögern würde, weil wohl jemand beim Griff nach der Haltestange aus Versehen die Notbremse erwischt hatte. Man hörte verhaltenes Gelächter von denen, die Zeit hatten und mürrisches Gemurmel von anderen, die in Eile waren.

Ein deutlicheres Zeichen einer höheren Macht hätte Verena nicht bekommen können. Ich hab schon verstanden, dachte sie. Das ist genau, was ich auch ganz dringend tun sollte: die Notbremse ziehen.

Katz fing sie bereits auf dem Dezernatsflur ab.

»Ich suche dich überall, wo warst du denn so lange?«

»Einen Zeugen befragen.« Verena spürte ihre Ohren heiß werden und lenkte das Gespräch schnell auf ein anderes Thema, bevor ihrem Teampartner einfallen könnte, unangenehme

Fragen zu stellen. »Du glaubst ja nicht, was im Bahnverkehr los ist, die Kopfbahnhof-Aktivisten machen mal wieder die Stadt unsicher.«

»Du bist mit der Bahn gefahren? Ich weiß ja, dass ich mit dem letzten verfügbaren Dienstwagen unterwegs war, aber hätte das nicht warten können, bis ich wieder da bin? Was war denn so wichtig?«

»Erzähle ich dir später.« Verenas Ohren brannten inzwischen wie zwei Chilischoten. »Jetzt muss ich erst mal aufs Klo.«

Verena rannte zur Toilette wie eine, die mehrere Stunden im Stau gestanden hatte und hoffte, dass Katz die Frage bei ihrer Rückkehr vergessen haben würde. Am Waschbecken warf sie sich mit den Händen kaltes Wasser ins Gesicht. Wieso fühlte sie sich, als hätte sie etwas Verbotenes getan? Und warum, verdammt noch mal, glühten ihre Wangen?

Mit zwei Papiertüchern aus dem Handtuchspender tupfte sie sich trocken, betrachtete prüfend ihr Gesicht und beschloss, dass sie sich wieder im Griff hatte. Mit gestrafften Schultern verließ sie den Toilettenraum. Draußen stand Katz mit Autoschlüssel und Fahrtenbuch.

»Willst du noch mal weg?«

»Wir wollen noch mal weg. Deswegen hab ich ja auf dich gewartet. Der Vater dieses angeblich vergewaltigten Groupies wohnt inzwischen in der Esslinger Altstadt. Festnetzanschluss hat er keinen, daher konnte ich uns nicht anmelden. Also lass uns ihn mal überraschen.«

Das Haus war windschief und im Fachwerkstil erbaut, wie die meisten in der Esslinger Webergasse. Verena verfluchte ihre Pumps, mit denen sie über das holperige Kopfsteinpflaster stolperte. Wäre sie nicht hier und da an einer Galerie, einem Coiffeur und einem exklusiven Modegeschäft vorbeigekommen, hätte sie geglaubt, auf einer Zeitreise im 14. Jahrhundert gelandet zu sein.

Auf ihr Klingeln tat sich lange Zeit nichts. Als sie gerade wieder gehen wollten, öffnete sich im Dachgeschoss ein Gaubenfenster. Ein grauer langhaariger Schopf erschien, der so verstrubbelt war, dass Verena sich unwillkürlich fragte, ob der Mann darunter eben erst aufgestanden oder schon schlafen gegangen war.

»Was wollen Sie?« Sehr freundlich klang das nicht. Offenbar hatten sie ihn tatsächlich geweckt.

»Kriminalpolizei«, brüllte Katz ebenso unfreundlich zurück und reckte seinen Dienstausweis nach oben, ungeachtet der Tatsache, dass der Mann am Dachfenster ihn auf diese Entfernung gar nicht erkennen konnte.

Das Fenster klappte zu und es geschah weitere fünf Minuten nichts. Verena dachte schon, Auth hätte sich wieder schlafen gelegt, als sie die Treppe knarren und Schritte näher kommen hörte. Gleich darauf öffnete sich die Haustür und derselbe Kopf tauchte auf, nur dass er aus der Nähe betrachtet noch ein wenig verwilderter aussah. Eine derbe Alkoholfahne schlug Verena entgegen, gemischt mit einem säuerlichen Schweißgeruch.

»Wilfried Auth?« Vorsorglich schob sie ganz unauffällig einen Fuß in die Tür und betete für ihre Pumps.

Der Mann nickte, als wäre ihm jedes Wort zu viel, und reichte ihr zögernd die Hand, die sich anfühlte wie ein aufgeweichtes Brötchen. Dann drehte er sich um und schlich gebückt die Treppe wieder hinauf. Verena und Katz nahmen es als Einladung und folgten ihm.

Auths Behausung – anders konnte man es nicht nennen – sah ungefähr genauso aus wie ihr Bewohner, und sie roch auch so.

Verena und Katz überwanden einen Parcours aus schmutzigen Wäschebergen und leeren Bier- und Weinbrandflaschen und nahmen auf eine flüchtige Handbewegung Auths an einem Holztisch Platz, auf dem die Speisereste mehrerer Wochen klebten.

»Wir kommen wegen des alten Verfahrens gegen Rolf Morlock«, sagte Verena. »Der Name dürfte Ihnen doch bekannt sein?«

»Nee, wer soll das sein?« Auths Gesicht war völlig ausdruckslos. Wahrscheinlich hatte er sich die letzte Gefühlsregung schon vor langer Zeit weggesoffen.

»Der Mann, der vor Jahren Ihre Tochter vergewaltigte und nicht dafür bestraft wurde«, half Katz ihm auf die Sprünge.

»Ach der!« Auths Blick flackerte auf, aber nur ganz kurz und kaum wahrnehmbar. »Ich hoffe, Gott hat ihn dafür inzwischen gerichtet, wenn die Menschen schon nicht in der Lage dazu sind.«

»Das hat er tatsächlich«, sagte Verena. »Wir wüssten gerne, ob Sie ihm dabei vielleicht ein wenig unter die Arme gegriffen haben.« Sie beobachtete den Mann scharf, war aber nicht sicher, ob er sie überhaupt verstanden hatte, denn seine Reaktion war gleich null.

»Warum sollte ich das tun?«, fragte er nach einer längeren Pause, während der sich nicht ein einziger Muskel in seinem Gesicht bewegte. »Was würde das ändern, an dem, was geschehen ist?«

»Nun ja, Vergeltung?«, schlug Katz vor.

Auth lächelte traurig. »Wer nach Rache strebt, hält seine eigenen Wunden offen.«

War es Zufall, oder hatte dieser heruntergekommene Alkoholiker gerade Francis Bacon zitiert? Vielleicht war er nicht immer so verlottert und stumpfsinnig gewesen.

»Und Ihre Wunden sind verheilt?«, fragte Verena ungläubig.

Wieder dieses traurige Lächeln.

»Alkohol ist ein gutes Heilmittel. Man spürt nichts mehr. Keine Kränkung, keinen Schmerz. Man muss nur genug davon trinken.« Er schraubte eine Flasche billigen Weinbrand auf und nahm einen kräftigen Schluck direkt aus der Pulle. Dann hielt er sie Verena und Katz hin. »Auch einen?«

Die beiden schüttelten unisono die Köpfe.

»Wissen Sie noch, was Sie am Abend des 6. September 2012 gemacht haben?«, fragte Katz.

»Soll das ein Witz sein? Gesoffen wahrscheinlich.« Auth prostete Verena mit der Weinbrandflasche zu, bevor er den nächsten Schluck nahm.

»Sie haben also kein Alibi für diesen Abend?«, fragte Verena ungerührt.

»Alibi? Brauch ich eins? Wozu überhaupt?«

»Rolf Morlock wurde in dieser Nacht ermordet«, sagte Katz scharf. »Das war wenige Tage nach der Einstellung des Verfahrens wegen Vergewaltigung an Ihrer Tochter. Und Sie, Herr Auth, hatten zumindest ein überzeugendes Motiv. Nun müssen wir nur noch wissen, ob Sie auch die Gelegenheit dazu hatten.«

»Ach, Gelegenheit macht vielleicht Diebe, aber keine Mörder. Ich mach mir doch an so einem nicht die Finger schmutzig!« Ein neuer Schluck aus der Pulle. »Und jetzt nageln Sie mich nicht darauf fest, dass ich nach anderthalb Jahren kein Alibi vorweisen kann. Wer kann das schon?« Er hatte tatsächlich vier Sätze am Stück gesagt. Vielleicht war ihm der Ernst der Lage endlich bewusst geworden.

Er hatte recht, gestand Verena sich widerwillig ein. Kaum ein Mensch konnte nach so langer Zeit nachvollziehen, was er an einem bestimmten Tag vor anderthalb Jahren gemacht hatte.

Dass er jetzt kein Alibi aus dem Hut zaubern konnte, war kein Grund, ihm einen Strick daraus zu drehen.

»Sind Sie geschieden?« Verena wechselte das Thema, weil ihr klar war, dass sie in puncto Alibi nicht weiterkommen würden.

»Kann man so sagen. Wie heißt es doch so schön? Bis dass der Tod euch scheidet.«

»Sie ist also gestorben?«

»Ja, vor fünf Jahren. Leukämie.«

»Das tut mir leid«, sagte Verena aufrichtig. »Wo ist eigentlich Ihre Tochter? Sie müsste jetzt achtzehn sein, oder? Wohnt sie noch bei Ihnen?«

Auth zögerte einen Augenblick. »Normalerweise schon«, sagte er schließlich.

»Was heißt normalerweise?« Verena unterdrückte ein Seufzen. Diesem Mann musste man jedes Wort aus der Nase ziehen.

»Wenn sie mal da ist. Eigentlich ist sie ständig auf Achse. Im Moment ist sie für ein Jahr in England. Als Au-pair.«

»Sie war also länger nicht mehr hier?«, resümierte Verena.

Auth machte mit schiefem Grinsen eine ausladende Handbewegung durch das Zimmer. »Sieht's hier so aus, als wäre in letzter Zeit eine Frau in der Wohnung gewesen?«

Verena sparte sich eine Erwiderung.

»Ich würde gern Kontakt mit ihr aufnehmen. Wann haben Sie denn zuletzt von ihr gehört?«

Auth strich mit einer nervösen Geste eine Haarsträhne aus dem Gesicht, um sich gleich darauf wieder an der Flasche festzuhalten. »Vor ihrer Abreise, glaube ich.«

»Aha, und wann war das?«

»Letzten November.«

Vor mehr als einem Vierteljahr! »Und so lange haben Sie nichts von Ihrer Tochter gehört?«

»Na ja, ich hab kein Telefon.«

»Auch kein Handy?«

»Nein, sag ich doch. Ein Handy ist schließlich auch ein Telefon.«

»Aber Sie haben doch sicherlich eine Postanschrift von ihr.« Allmählich drohte Verenas Geduldsfaden zu reißen.

»Schon. Irgendwo.« Er ließ kurzzeitig die Weinbrandpulle los, um mit einer flüchtigen Handbewegung auf das Chaos hinzuweisen. »Aber fragen Sie mich nicht, wo. Müsste ich erst suchen. Kann dauern.«

»Die suchen Sie in Ruhe, wenn wir weg sind und bringen Sie uns morgen auf der Dienststelle vorbei.«

»Ich fahre dafür doch nicht extra nach Stuttgart. Kann ich nicht auch anrufen?«

»Ich dachte, Sie haben kein Telefon.« Ein netter Versuch von Katz, aber Auth ließ sich nicht aus der Ruhe bringen.

»Es gibt ja Telefonzellen, öffentliche Fernsprecher.«

»Wir möchten Sie morgen trotzdem auf unserer Dienststelle sehen«, beharrte Verena. »Sagen wir um 13 Uhr, da müssten Sie doch ausgeschlafen haben.« Sie kritzelte die Anfahrtsbeschreibung zum Pragsattel auf die Rückseite einer Visitenkarte und reichte sie Auth.

»Was soll ich denn bloß da, verdammt noch mal?«

»Wir müssen eine förmliche Vernehmung durchführen, die Sie auch unterschreiben, und außerdem eine Speichelprobe zu Vergleichszwecken nehmen.« Verena stand auf, verzichtete aber darauf, Auth die Hand zu geben. »Bitte seien Sie pünktlich. Und nüchtern.« Und geduscht und rasiert, hätte sie am liebsten hinzugefügt, verkniff es sich aber in letzter Sekunde, weil sie fürchtete, das sei zu viel verlangt. Für solche Fälle hatte sie eine Dose Raumspray und eine Flasche Desinfektionsmittel im Schrank.

Die Sonne war untergegangen, als Verena den Dienstwagen aus der Tiefgarage fuhr. Die Uhr auf dem Armaturenbrett zeigte 18:30 Uhr. Hannahs Sprechstunde war definitiv zu Ende.

»Wär's okay für dich, wenn ich dich heimfahre? Ich brauch den Wagen heute noch und bring ihn dann morgen früh wieder ins Geschäft.«

Katz schaute sie erstaunt an. »Hast du heute noch ein Date?«

»Mehr oder weniger.« Verena lächelte geheimnisvoll. »Mit meiner besten Freundin«, fügte sie schnell hinzu, bevor Katz auf dumme Gedanken kommen konnte.

»Dann musst du mich morgen früh aber abholen, mein Auto steht auf dem Parkplatz am Pragsattel und die nächste Bahnhaltestelle ist über einen Kilometer entfernt.«

»Wenn das deine größte Sorge ist. Klar hole ich dich ab.«

»Meine größte Sorge ist eigentlich, wie du den Kilometerstand erklären willst, wenn im Fahrtenbuch nur die Strecke Stuttgart-Nord bis Esslingen eingetragen ist.«

»Ach, Rudi schluckt das schon. Ich lass mir was einfallen.« Manchmal ging ihr Katz' übertriebene Korrektheit gewaltig auf die Nerven.

»Der Typ lügt übrigens«, sagte Katz zusammenhangslos.

»Wer lügt? Auth?«

»Ja, seine Tochter ist nicht bei ihm gemeldet. Laut Meldedateien lebt er allein in der Wohnung. Aber man meldet sich doch nicht gleich an der Wohnadresse ab, weil man ein Jahr nach England geht.«

»Vielleicht doch.«

»Quatsch! Die hat nie dort gewohnt. Hast du dir diese winzige Dachgeschosswohnung mal angesehen? Das waren höchstens zwei Zimmer.«

»Warum hast du ihm das nicht vorgehalten?«

»Weil ich sehen wollte, wie weit er mit seinen Lügen geht. Und weil wir ihm im Moment nicht beweisen können, dass er nicht die Wahrheit sagt. Erinnere mich aber daran, dass ich nachschaue, wo das Mädchen jetzt gemeldet ist und – wenn überhaupt – wie lange sie bei ihm gewohnt hat. Das müsste aus der Gebäudebewohner-Historie hervorgehen. Dort müsste dann ›ins Ausland verzogen‹ stehen.«

»Und wenn sie sich aus Nachlässigkeit nicht abgemeldet hat?«

»Wäre auch möglich. Da müsste sie aber zumindest in der Wohnung ihres Vaters gemeldet sein, und das würden wir sehen.«

»Stimmt. Aber das hat Zeit bis morgen. Für heute machen wir Feierabend.«

»Richtig, du hast ja noch ein Date.« Katz grinste zweideutig, und Verena ärgerte sich, weil sie schon wieder verlegen wurde. Wenigstens hatte er nicht noch mal nachgefragt, mit wem sie den Nachmittag verbracht hatte.

»Was hältst du eigentlich von Selina Lohmann?« Die Frage war eine gute Gelegenheit, das Thema wieder auf sicheres Terrain zu bringen. »Habt ihr auf der Fahrt zur Schule noch was gesprochen?«

»Kein Wort. Das Mädchen ist mir ein Rätsel, ehrlich. Ich glaube, die ist psychisch irgendwie ein bisschen neben der Spur, oder?«

»Würde ich auch sagen. Obwohl ich es ein bisschen netter formuliert hätte.« Verena bog in die Reihenhaussiedlung ein, in der Katz wohnte. »Ich fahre nachher zu Hannah und werde sie mal fragen, ob ihr zu diesem sprunghaften Verhalten irgendein Krankheitsbild einfällt. Ohne Namen zu nennen, versteht sich.«

»Hannah? Diese Psychologin?«

»Genau die.« Verena bremste vor dem Haus der Familie Katz. »Ich hole dich morgen früh um sieben ab. Schönen Abend noch.«

Erst noch zu Hause vorbeizufahren hätte sich nicht gelohnt. Es war noch immer Rushhour und die Fahrt quer durch Stuttgart bis zum Bopser hinauf verlief im Schritttempo. Also rief sie, nachdem sie sich bei Hannah angekündigt hatte, auch Mona an, um ihr zu sagen, dass es heute später werden würde. Das war nichts Neues für ihre Tochter. Trotzdem unterließ es Verena nie, Mona genaueste Anweisungen zu geben, wo sie etwas zu essen finden würde – nämlich im Kühlschrank –, dass sie ihre Hausaufgaben machen und nicht so spät schlafen gehen sollte. Es war ein Ritual, und obwohl sie sicher war, dass Mona gar nicht mehr hinhörte, wenn sie es abspulte, tat sie es zwanghaft, als wäre ein fast fünfzehnjähriges Mädchen ohne Mutters Ratschläge nicht überlebensfähig.

Als sie in den Rottannenweg einbog, war es fast acht. Verena lächelte, als sie sah, dass Hannah die Stablaternen in ihrem Vorgarten angezündet hatte, als wollte sie die Freundin willkommen heißen.

»Wozu diese Festbeleuchtung?«, fragte sie, als Hannah ihr die Tür öffnete. »Willst du heute vielleicht draußen sitzen?«

Hannah lachte. »Nein, ich finde es nur gemütlich. Zum Draußensitzen ist es wohl noch ein bisschen frisch Anfang März.«

»Zumindest abends«, entgegnete Verena. »Heute Mittag hab ich jedenfalls schon auf der Schlossplatzwiese gepicknickt.« Kaum ausgesprochen, hätte sie die Worte am liebsten wieder zurückgenommen, denn sie ahnte Hannahs nächste Frage. Doch die blieb zu ihrer Überraschung aus. Hannah sah sie nur vielsagend an und nahm sie in den Arm.

»Komm rein, ich glaube, du hast viel zu erzählen.«

Verena liebte Hannahs Wohnzimmer, das bequeme Sofa mit den bunten Kissen und den Kamin, in dem auch heute ein heimeliges Feuer flackerte. Schon oft hatte sie hier gesessen, Wein oder Tee getrunken, und ihre Sorgen abgeladen. Manchmal hatte sie direkt ein schlechtes Gewissen deswegen, denn so praktisch es auch war, eine Psychologin zur Freundin zu haben, manchmal fürchtete Verena, Hannah auszunutzen, kostenlose Therapiestunden zu nehmen. Hannah lachte darüber und sagte, dass sie beide über nichts anderes sprechen würden als andere Freundinnen auch. Aber jetzt setzte sie ihren Therapeutenblick auf, als sie Verena den Tee hinstellte, ließ sich in einen Sessel fallen und fiel übergangslos mit der Tür ins Haus.

»Sag schon, wer ist es?«

»Wer ist was?«

»Der, der dich so zum Leuchten bringt. Der dich verlegen lächeln lässt, wenn du mir sagst, dass du auf der Schlossplatzwiese gepicknickt hast. Kurz: Wer war dein Picknickpartner?«

Verena seufzte. Sie hätte gern noch eine Gnadenfrist gehabt, um ihre Gedanken zu sortieren. Wobei ihr klar war, dass keine Gnadenfrist lang genug gewesen wäre. Also sprudelte sie los, wie es ihr in den Sinn kam.

»Ein Zeuge aus einem laufenden Verfahren. Sag nichts, ich weiß, dass es ziemlich doof ist und alles andere als professionell. Und dass ich schon wieder auf dem besten Weg bin, Privatangelegenheiten mit dem Job zu vermischen. Ich wollte das nie wieder tun, verstehst du? Nie wieder! Du weißt ja, was es mir letztes Mal gebracht hat. Und doch renne ich wieder wie ein Lemming auf die Klippen zu.«

Hannah schüttelte den Kopf und strich sich eine rotblonde Haarsträhne hinters Ohr, die ihr ins Gesicht gefallen war.

»Als ob man sich das aussuchen könnte! Wenn es einen erwischt, dann erwischt es einen eben. Sich verlieben ist eines der wenigen Dinge, auf die unsere Willenskraft keinen Einfluss hat. Da hilft weder Vernunft noch Disziplin. Das müsstest du doch eigentlich wissen.«

»Klar weiß ich das.« Verena brauchte etwas zum Festhalten und griff nach ihrer Teetasse. »Nur dass es in diesem Fall einfach nicht geht. Außerdem weiß ich gar nicht, wie er zu mir steht. Und will es auch nicht wissen.«

»Nein, das willst du natürlich nicht. Ebenso wenig wie du im Lotto gewinnen willst und dir wünschst, dass Triberg vom Blitz erschlagen wird.«

Verena musste lachen. »Ach, Hannah, wieso lerne ich alle wichtigen Leute in meinem Leben immer nur über den Job kennen? Mit dir war es doch genauso. Wenn ich dran denke, wie mich die Freundschaft zu dir fast den Kopf gekostet hat, weil du in den Mord an Ewa Salgam involviert warst! Wieso will es mir einfach nicht gelingen, Job und Privatleben zu trennen?«

»Weil es da keine Trennung gibt. Der Job ist dein Leben. Du tust ja den ganzen Tag nichts anderes, wie willst du da jemanden außerhalb der Arbeit kennenlernen?«

Natürlich hatte Hannah recht. In ihrem Beruf hatte sie ständig mit Menschen zu tun, wogegen sich die Kontakte in ihrem Privatleben überschaubar hielten. Wenn sie vom Dienst kam, war sie froh, zu Hause ihre Ruhe zu haben. Ausgehen und Leute zu treffen würde ihr nicht im Traum einfallen.

»Du liegst wie immer ganz richtig. Aber helfen kannst du mir damit auch nicht. Lass uns von etwas anderem reden.«

»Wie du willst.« Hannah lehnte sich in ihrem Sessel zurück und schlug die Beine übereinander. »Du sagtest am Telefon etwas von einer fachlichen Frage.«

»Ja, genau.« Verena war erleichtert, wieder sicheren Boden unter den Füßen zu haben. »Es geht um ein junges Mädchen, auch eine Zeugin, die in ihrer Vernehmung Verhaltensauffälligkeiten zeigte, die ich so noch nie erlebt habe. Sie verstrickt sich in Widersprüche, wirkt mal eingeschüchtert, mal trotzig, mal aggressiv, hat scheinbar keine Erinnerung an ihre Kindheit oder will nicht darüber reden.« Ohne einen Namen zu erwähnen, beschrieb Verena Sinas widersprüchliche Persönlichkeit, von der Barbie unter dem Bett, den Fußballschuhen bis hin zu den beiden unterschiedlichen Handschriften auf dem Vernehmungsprotokoll.

Hannah hörte aufmerksam zu, ohne Verena zu unterbrechen, sie nickte nur ab und zu.

»Ich kann natürlich keine Ferndiagnose stellen. Ich müsste das Mädchen schon kennenlernen und mir selbst ein Bild machen«, sagte sie, nachdem Verena geendet hatte. »Dazu müsstest du mich aber offiziell als Gutachterin bestellen. Das würde Fallkenntnis und Akteneinsicht bedeuten.«

Verena stützte den Kopf in die Hände und massierte sich mit den Fingerspitzen die Schläfen. Nichts hätte sie lieber getan, als Hannah als Gutachterin anzuheuern, nur stand das nicht in ihrer Macht.

»Ich müsste das beantragen«, sagte sie matt. »Und du ahnst sicher schon, bei wem.«

»Bei deinem Busenfreund Triberg? Oh, dann vergessen wir das wohl lieber. Immerhin war ich in deinem letzten Verfahren vorübergehend im Beschuldigtenstatus, das dürfte seinem Vertrauen in mich nicht zuträglich sein.«

»Nein, es ist mir wirklich wichtig. Und wenn Triberg sich querstellt, dann soll er mich mal kennenlernen.« Verena wusste, dass ihr Aufbegehren nichts anderes als das Singen im Keller war. Am Ende würde es wohl darauf hinauslaufen, dass jemand anderes den Antrag stellen müsste. Ihr selbst würde Triberg ihn schon aus Prinzip nicht genehmigen. Sie würde Katz, oder besser noch Joost, überzeugen müssen, dass sie einen psychologischen Gutachter brauchte. Und sie wollte nicht irgendeinen – sie wollte Hannah.

Sina kannte Rambo lange genug, um ein Gespür für seine Stimmungen zu haben. Seit er aus der Schule zurück war, strahlte er einen eiskalten Schmerz aus, der einen bitteren Geschmack in ihr zurückließ. Kalt und bitter, als würde man die Zunge an die stählerne Klinge eines Schwertes legen. Doch er schwieg. Wandte sich ab, als wollte er verschwinden, aber Sina hielt ihn zurück.

»Hiergeblieben. Sag mir was los ist!«

Als er schließlich sprach, tat er es stockend, als wenn ihn jedes einzelne Wort Überwindung kosten würde.

»Ich hab in der Schule ein bisschen gesurft, als wir etwas im Internet recherchieren sollten.«

Schweigen.

»Ja?«, half Sina nach.

»Ich war auch im Forum.«

»Ja. Und?« Sina fühlte plötzlich eine unbestimmte Angst in sich aufsteigen. Wie eine böse Vorahnung. Kälte und Bitterkeit wanderten von ihrer Zunge durch ihren ganzen Körper und breiteten sich dort aus. »Red schon! Du musst mich nicht immer schonen!«

»Henriette. Da war ein Nachruf auf Henriette. Sie hat es getan.« Er schluchzte. Ihr starker Beschützer weinte. Wandte sich ab und verschwand einfach. Es war, als würde er eine Tür hinter sich zuknallen.

Sina stand wie erstarrt. Sie musste ihre Beine zwingen, zum Schreibtisch zu gehen, ihre Hände, den Laptop hochzufahren, ihre Finger, das Passwort einzutippen. Es dauerte eine Ewigkeit, bis der Browser sich öffnete. Sie tippte zitternd die Adresse des Forums in die Kopfzeile. Des Forums, auf das sie gestoßen war, als sie in tiefster Verzweiflung nach den Stichworten »Zeitverlust« und »Blackout« gegoogelt hatte, als die Ahnung immer deutlicher wurde, dass sie nicht allein war in ihrem Kopf, dass es außer Rambo und Maria noch andere Stimmen gab, die sie manchmal hörte, ohne sie zuordnen zu können. Wie groß war damals ihre Erleichterung gewesen zu erkennen, dass es noch andere gab, denen es so ging wie ihr! Die Leute dort, allen voran Henriette, hatten ihr das Leben gerettet, ihr geholfen zu akzeptieren, anders zu sein und mit diesem Anderssein klarzukommen.

Die Seite des Forums schien schon ein halbes Jahrhundert zu laden. Bebend beobachtete sie den Balken, der sich Millimeter um Millimeter vorwärtsquälte – und plötzlich sprang die Startseite auf.

Obwohl sie vorbereitet war, traf es sie wie ein Schlag mitten ins Gesicht. Nachruf. Selbstmord. Halsschlagader aufgeschnitten, verblutet. Tot.

Tot! Tot! Tot!

Henriette, die ihr geholfen hatte, die anderen in sich zu akzeptieren, sie ermutigt hatte, sie besser kennenzulernen, ihr versichert hatte, dass sie wirklich waren. Henriette, die ihr erklärt hatte, wie man Co-Bewusstsein herstellt, sichere Orte erschuf. Es durfte einfach nicht wahr sein, dass es sie nicht mehr gab!

Wie betäubt überflog Sina die Beiträge. Las von der Fassungslosigkeit der Mitglieder. Versuchte zu begreifen, was geschehen war, die Angst abzuwehren, die unaufhaltsam in ihr aufstieg. Als sie es nicht mehr ertrug, schaltete sie den Laptop aus. Blieb sitzen, unfähig sich zu rühren, und starrte auf den schwarzen Bildschirm, bis die Tränen kamen.

Rambo lief ziellos den Eckartshaldenweg hinunter. Er überquerte gedankenverloren die U-Bahn-Gleise auf der Heilbronner Straße und wäre um ein Haar von einem Zug erfasst worden. Wo wollte er eigentlich hin?

Natürlich wusste er, dass es sinnlos war, wegzulaufen, weil Sina doch ständig bei ihm war. Auch wenn sie im Augenblick fest schlief, sich in der flaumigen Geborgenheit ihrer Kissen wie in rosa Zuckerwatte gepackt, von dem Schock über Henriettes Selbstmord erholte, fern von seinen Gedanken und seinem Wissen, zu dem sie keinen Zugang hatte, nie haben durfte. Er trug sie mit sich, wohin er auch ging. Wieso lief er also von ihr weg?

Er ahnte, dass es Sorina war, die ihn zog. Wahrscheinlich suchte sie wieder ein Telefon. Sie suchte ständig Telefone, und das war gefährlich. Beim letzten Mal hatte er sie nicht davon abhalten können, die 110 zu wählen. Erst im letzten Augenblick, als sie schon im Begriff war, alles auszuplaudern, hatte er sich an ihr vorbeidrängen und den Hörer auflegen können. Es war verdammt knapp gewesen.

Er konnte Sorina verstehen. Sie litt schon ihr ganzes Leben lang, war zum Leiden geboren, kannte nichts anderes als Demütigung und Schmerz. Aber seit sie Maria kannte, und diese ihr gesagt hatte, dass es unrecht und sogar strafbar war, was ihr geschehen war, gab es Momente, in denen sie sich wehren wollte, so leben wollte wie Sina – unschuldig, arglos, in einer vermeintlich heilen Welt. Wenn dieser Wunsch in ihr übermächtig wurde, fing sie an, Telefone zu suchen.

Rambo betrat den Pragfriedhof durch den Haupteingang und ließ sich auf eine Bank fallen. Hier lag Morlock unter der Erde, nur wenige Meter von ihm entfernt, tot, verfault und von Maden zerfressen. Rambo gestattete sich einen Augenblick hämischer Befriedigung. Doch, es war gut, dass er tot war. Auch wenn sein Tod jede Menge Probleme mit sich gebracht hatte.

Er stützte den Kopf in die Hände und fuhr sich mit den Fingern durch die viel zu langen Haare. Sinas Haare. Sie würde keine Ruhe finden, solange sie nicht wusste, wer diesen verdammten Gitarristen auf dem Gewissen hatte. Andererseits würde sie noch weniger Ruhe finden, wenn sich seine Befürchtung bestätigte. Dieser lästige, quälende Verdacht, den er immer wieder verdrängte, als unmöglich verwarf und als lächerlich bezeichnete, und der ihm doch keine Ruhe ließ. Er würde ihm nachgehen müssen, um die Möglichkeit bestenfalls ausschließen zu können, und schlimmstenfalls … den Gedanken wollte er nicht zu Ende denken.

Und er würde auf Sorina achten müssen. Sie musste damit aufhören zu behaupten, dass sie den Täter kannte. Er hoffte, dass sie sich nur wichtigmachen wollte. Eigentlich konnte sie nichts mitbekommen haben. Aber wenn doch? Vielleicht hatte Sorina einen Teil des Geschehens erlebt, der sich seinem Bewusstsein entzog. Die wichtigen Details, an die er sich nicht erinnerte. So viele Fragen, auf die er keine Antwort fand. Die Einzige, von der er es vielleicht erfahren konnte, war Sorina selbst. Aber er hatte Angst, sie danach zu fragen. Und noch mehr Angst hatte er vor der Antwort.

Die kraftlose Spätwintersonne war schon längst hinter den Bäumen verschwunden, als er auf die Uhr sah. Es wurde Zeit. Kurz vor dem Friedhofstor kreuzte ein kleiner brauner Hase seinen Weg, schlug einen Haken und hoppelte zwischen den

Gräbern davon. Er spürte eine Regung tief in seinem Inneren, die er niederkämpfte. Er musste sich konzentrieren. Ein Stück entfernt, auf der anderen Seite der Heilbronner Straße, stand eine Telefonzelle. An ihr würde er auf dem Heimweg vorbeigehen müssen. Rambo schlug einen großen Bogen um die Zelle und widerstand der Kraft, die ihn wie ein Magnet in Richtung des Telefons ziehen wollte. Sorina irrte sich. Sie durfte einfach nicht recht haben.

3

Der Schreibtisch war imposanter als sie ihn in Erinnerung hatte, und Triberg ragte hinter ihm hervor wie ein ständig seine Bedeutung wechselndes Verkehrsschild. Im Moment vermittelte es die Botschaft: Vorsicht Glatteis!

Er hatte die ganze Zeit lang nichts gesagt, hatte sich ihre Ausführungen scheinbar geduldig angehört. Sie hatte weitergesprochen, obwohl sie sicher war, dass er ihr nicht folgen konnte. Von den Widersprüchen in Sinas Vernehmung und dem Verdacht einer nachhaltigen psychischen Störung bei einer verfahrensrelevanten Zeugin. Von der Notwendigkeit, eine fähige Psychologin für ein Gutachten einzusetzen. Nur den Namen der Psychologin hatte sie noch nicht zur Sprache gebracht.

»Diese Zeugin ist die einzige Möglichkeit, an das Kind heranzukommen, das anonym anrief«, hatte sie geendet, und nun fixierte sie Triberg wie hypnotisiert und hielt den Atem an.

»Ich habe mir ja schon eine Menge von Ihnen anhören müssen, Frau Sander«, begann er. »Von haarsträubenden Praktiken der Zeugen Jehovas bis hin zu Ihrer Theorie, dass ein Vater die Frau ermordet, die seinem Kind das Leben gerettet hat. Aber das hier setzt dem Fass die Krone auf!«

Verena versuchte im Stillen bis zehn zu zählen, konnte sich aber gerade nicht mehr an die Ziffernfolge erinnern. Triberg dagegen kam erst richtig in Fahrt.

»Was versprechen Sie sich von einem Gutachten? Dass das Mädchen nicht ganz richtig im Kopf ist, wissen Sie ja nun schon. Wen interessieren die lateinischen Begriffe für diese Störung? Kostet alles nur einen Haufen Geld!«

Verena öffnete den Mund, um etwas zu sagen, doch Tribergs Gesicht wechselte auf Vorfahrtszeichen, das signalisierte: Ich bin noch dran!

»Wenn ich Sie richtig verstanden habe, dann ist dieses Mädchen im Zeugenstatus. Die Frage nach einer Schuldfähigkeit ist somit irrelevant. Wozu also ein Gutachten? Wenn Sie über diese Zeugin nicht weiterkommen, weil sie offenbar geisteskrank ist, dann versuchen Sie es auf anderem Weg«, donnerte er. »Sie werden ja wohl noch mehr Spuren haben, denen Sie nachgehen können. Wie sagt man so schön: Alle Füße laufen ins Meer!«

Verena wusste, dass sie den Punkt, an dem sie hätte umkehren können, längst überschritten hatte. Das Teufelchen in ihr regte sich zaghaft. Sie wagte einen Blick auf das Verkehrsschild, es signalisierte Einbahnstraße. Nun war eh alles egal.

»Flüsse«, sagte sie, nur mühsam beherrscht.

»Was?«

»Es heißt, alle Flüsse laufen ins Meer.« Noch während sie sprach, konnte sie beobachten, wie Triberg eine Zornesader an der Schläfe schwoll.

»Das ist mir scheißegal«, fauchte er. »Sie wissen genau, was ich meine und sind nicht in der Position, mich verbessern zu dürfen! Wenn ich für jeden Zeugen, der sich in Widersprüche verstrickt, einen psychiatrischen Gutachter beantragen müsste, hätte das Amtsgericht bald nichts anderes mehr zu tun und wir hätten kein Geld mehr für zielführende Ermittlungen.«

Verena stand plötzlich an der Tür, ohne zu wissen, wie sie dorthin gekommen war. Sie hielt die Klinke in der Hand wie einen

Rettungsanker. Hinter ihrer Stirn blinkte eine Staumeldung in Leuchtschrift wie an den Anzeigetafeln der Autobahnen: Wutstau, bitte vorsichtig fahren, behalten Sie den Fuß auf der Bremse!

»Sie hören von mir«, sagte sie leise. »So lange, bis Sie mir das Gutachten bewilligen. Und wenn ich dafür bis zum Polizeipräsidenten gehen muss.«

»Werden Sie nicht unverschämt!« Jetzt schrie er sie aus vollem Halse an. Verena war beeindruckt, dass sie es geschafft hatte, mit einem harmlosen Antrag den Staatsanwalt aus der Fassung zu bringen. »Mir ist schleierhaft, dass jemand wie Sie im Polizeidienst arbeiten darf. Sehen Sie sich bloß vor und beißen Sie nicht den Hund, der Sie füttert!«

Verena fuhr hoch, riss die Augen auf und war für einen Augenblick orientierungslos, bevor sie sich gegenüber im Spiegel ihres Schlafzimmerschranks sah. Ein verstörtes Gesicht, umrahmt von wirrem, verschwitztem Haar. Die ungleichen Augen – sie hatte ein grünes und ein braunes – waren geweitet, und rote Flecken hatten sich um ihre Nase gebildet, die sie nur bekam, wenn sie sehr, sehr aufgebracht war. Sie befreite ihre Beine aus der verdrehten Bettdecke und ließ sich erschöpft zurück in die Kissen fallen. Was für ein Albtraum!

Nein, so ging das nicht! So konnte sie unmöglich Triberg gegenüber argumentieren. Aber wie sonst? Sie kannte den Staatsanwalt seit vielen Jahren und wusste sehr genau, dass er nichts akzeptierte, was nicht in sein Weltbild passte. Zuletzt hatte sie das bei dem Mordfall an einer Ärztin im Herbst deutlich zu spüren bekommen. Wie sie diesen ewigen Kampf hasste! Und wie sie ihren Wecker hasste, der eben in diesem Augenblick anfing zu klingeln. Ob Wecker extra so stabil konstruiert wurden, damit sie allmorgendlich ihre aggressiven Schläge auf den

Ausschalter überlebten? Und ob diese Aus-Tasten absichtlich so breit waren, damit man sie auch mit geschlossenen Augen traf, und ob ihr Wecker im Notfall auch einen Zusammenprall mit der Schlafzimmerwand überstehen würde? Sie war sicher, dass sie irgendwann Gelegenheit haben würde, das auszuprobieren, vermutlich in nicht allzu ferner Zukunft.

Sie stolperte in Richtung Bad und wollte im Vorbeigehen gerade an Monas Tür bollern, als ihr einfiel, dass ihre Tochter Faschingsferien hatte. Richtig, sie wollte heute für ein paar Tage zu ihrem Vater und würde wahrscheinlich schon weg sein, wenn Verena von der Arbeit kam. Eilig schrieb sie einen Zettel und schob ihn unter Monas Frühstücksbecher. »Bis nächste Woche. Hab dich lieb! Mom.« Ein schnelles, dahingekritzeltes Herz. Die Kaffeemaschine angeschaltet, die sie am Abend schon vorbereitet hatte. Dann im Eilschritt ins Badezimmer, um den schlechten Traum von sich abzuspülen. Es funktionierte.

Unter der Dusche dachte sie an Terzenbach.

»Die Staatsanwaltschaft hat den Durchsuchungsbeschluss für die Gartenlaube gefaxt«, eröffnete Joost die Besprechung. »Als Durchsuchungszeuge stellt sich jemand vom Vorstand des Vereins zur Verfügung. Wir können also heute Vormittag loslegen.«

Bei dem Wort Staatsanwaltschaft war Verena zusammengezuckt. Sofort war ihr Albtraum wieder gegenwärtig.

»Wenn wir bis mittags wieder zurück sind, kann ich mitmachen«, sagte Katz mit einem kurzen Blick auf Verena. »Um 13 Uhr haben wir den Groupie-Vater zur Vernehmung einbestellt.«

»Das ist sicher zu schaffen.« Joost sah zur Uhr, die über der Tür an der Wand hing. »Jetzt ist es noch nicht mal acht. So groß kann dieses Gartenhäuschen ja nicht sein. Gut, dann gehst du mit Verena und Thea zur Durchsuchung. Und fragt auch Messmer, ob er Zeit hat. Er weiß am besten, wo der Leichnam lag und welchen Weg er von der Laube aus genommen haben muss. Wenn wir da drin Spuren des Mädchens finden, sind wir ein ganzes Stück weiter. Ihre Vernehmung gestern hat ja nicht viel gebracht, oder?«

Verena schüttelte den Kopf. »Nein, leider nicht. Sie hat die einfachsten Dinge nicht auf die Reihe bekommen und sich ständig widersprochen. Ich bin sicher, dass bei ihr eine psychische Störung vorliegen muss und habe gestern noch mit einer Psychologin über die Symptome gesprochen. Ich halte ein psychologisches Gutachten über Sina Lohmanns Persönlichkeit für dringend notwendig. Nicht nur, weil die Spur der anonymen Anruferin zu ihr führt. Auch für den Fall, dass wir Spuren von ihr in der Gartenlaube finden und sie unter Tatverdacht gerät, müssen wir klarstellen, ob sie überhaupt schuldfähig ist.«

»Das leuchtet ein.« Joost nickte. »Dann beantrage das bei Triberg, damit er einen Gutachter bestellen kann. Könnte natürlich sein, dass er damit warten will, bis sich ein Tatverdacht bestätigt.«

Verena biss sich auf die Lippen. Sofort lief ihr Kopfkino, das ihr die Schreckensszene der letzten Nacht bis ins Detail vorführte. Im Geist formulierte sie schon den Antrag, suchte nach Worten und Argumenten und verwarf sie wieder, weil sie wusste, dass keines davon Triberg überzeugen würde.

Als Joost die Besprechung beendete und alle zurück zu ihren Büros liefen, folgte sie ihrem Chef und passte ihn vor seiner Zimmertür ab.

»Warte mal, Rudi. Kann ich dich einen Augenblick allein sprechen?«

Joost fixierte sie mit seinen hellen Augen einige Sekunden lang schweigend. »Natürlich, komm rein«, sagte er schließlich.

»Es geht um Triberg«, begann Verena, kaum dass sie Platz genommen hatte.

»Dachte ich mir schon.« Joost lächelte sein unergründliches Lächeln. »Du hast manchmal so einen Triberg-Blick. Ich war sicher, den vorhin bei dir gesehen zu haben.«

»Triberg-Blick? Und wie sieht der aus?«

»Hm, schwer zu beschreiben.« Joost rieb sich nachdenklich das Kinn. »Einerseits verunsichert und gleichzeitig funkelt eine kalte Wut in deinen Augen, die ich sonst selten an dir sehe. Was ist los, Verena? Geht es um den Antrag für das Gutachten?«

Es war fast beängstigend, wie gut ihr Chef sie kannte!

»Ja, natürlich. Ich bin sicher, dass er sich querstellen wird, wenn ich das Gutachten beantrage. Wir haben es hier weder mit einer Aussage-gegen-Aussage-Situation noch mit einer angezeigten Vergewaltigung zu tun. Er wird also nicht einsehen, wozu das Gutachten nötig ist. Immerhin ist Sina noch Zeugin.«

»Und wenn wir abwarten, bis wir wissen, ob sie als Beschuldigte infrage kommt?«

»Ich kann nicht so lange warten. Schon wegen der Frage, wie sie in Beziehung zur anonymen Anruferin steht. Sie muss das Mädchen kennen.«

Joost nickte langsam.

»Aber das ist nicht alles«, fuhr Verena fort. »Ich möchte eine bestimmte Gutachterin, die ich kenne und der ich vertrauen kann. Und die wird er mir aus Prinzip nicht bewilligen, einfach aus dem Grund, weil ich es bin, die ihn darum bittet.«

»Hm, kannst du denn begründen, warum du ausgerechnet diese Gutachterin willst?«

»Ja. Weil sie auf traumatisierte Jugendliche spezialisiert ist und ich vermute, dass bei Sina ein frühes Kindheitstrauma vorliegen könnte – aus ihrem Elternhaus hat immerhin ein Kind eine mutmaßliche Vergewaltigung angezeigt. Außerdem kenne ich die Psychologin persönlich und weiß, dass sie fähig ist.«

»Und wer wäre das?«

Verena zögerte. Wie oft hatte sie diesen Augenblick in Gedanken durchgespielt. Als sie aus der Dusche gestiegen war, während sie ihren Kaffee getrunken hatte, und später in der Bahn, hatte sie sich Worte zurechtgelegt. Aber jetzt war ihr Hirn wie leergefegt.

»Hannah Gotthardt«, sagte sie leise.

Joost zog scharf die Luft ein.

»Sie war eine der Tatverdächtigen in deinem letzten Mordfall, wenn ich mich richtig erinnere!«

»Ja. Und?«, erwiderte Verena trotzig. »Ihre Unschuld ist bewiesen worden.«

»Das musst du mir nicht sagen. Aber für Triberg ist es mal wieder ein gefundenes Fressen. Diesem notorischen Neinsager ist jedes Argument willkommen, so unlogisch es auch sein mag.«

»Ja, ich weiß.« Verena seufzte. »Deshalb wollte ich dich ja bitten, den Antrag in deinem Namen zu stellen. Unter meinem brauche ich das gar nicht erst zu versuchen, das wäre reine Papierverschwendung.«

Joost zögerte. »Es ist ungewöhnlich, dass die Ermittlungsbehörde der Staatsanwaltschaft einen bestimmten Gutachter vorschlägt.«

»Aber nicht ungesetzlich. Argumentiere mit ihrer Berufserfahrung. Sie arbeitet seit Jahren mit Jugendlichen im Bereich der Traumabewältigung, da hat sie zwangsläufig mit Menschen in Sinas Alter zu tun. Sie weiß, wie sie ihr Vertrauen gewinnen kann. Bestellt die Staatsanwaltschaft jemand anderen, der sich mit jungen Menschen nicht auskennt und nicht an sie rankommt, werden die Kosten durch einen neuen Versuch nur noch höher.« Mit Kosten zu argumentieren, war immer gut, das hatte sie sich bei Triberg abgeschaut. Wenn man damit Geld sparen konnte, war ein Argument eigentlich schon so gut wie akzeptiert.

»Also gut.« Joost erhob sich und streckte den Rücken durch. »Mir leuchten deine Gründe ein. Ich werde es versuchen. Aber sei nicht enttäuscht, wenn es nicht klappt.«

Verena fiel ein Stein vom Herzen.

»Danke, Rudi, du bist der beste Chef, den man sich wünschen kann!« Sie musste sich zusammenreißen, ihm nicht um den Hals zu fallen.

Als sie wieder auf dem Flur stand, fühlte sie sich so leicht, dass sie hätte fliegen können. Sicher, noch hatten sie nicht gewonnen. Aber sie sah gute Chancen dafür, denn vor Joost hatte Triberg wesentlich mehr Respekt als vor ihr.

Vor allem aber war sie wirklich heilfroh, dass weder ihr Chef noch Triberg ahnte, dass Hannah Gotthardt ihre beste Freundin war.

Der Stuttgarter Stadtteil Heslach hatte mit seinem Lärm und den allgegenwärtigen Auspuffgasen nie zu Verenas bevorzugten Wohngegenden gehört. Wenn sie die ehemalige Arbeitervorstadt doch einmal auf der B 14 durchqueren musste, versuchte sie immer, sie so schnell wie möglich hinter sich zu lassen, was im allgegenwärtigen Stau vor dem Heslacher Tunnel ein frommer Wunsch war.

Doch kaum hatte sie Heslach und die dichtbefahrene Böblinger Straße mit ihren verschmutzten Häuserfassaden hinter sich gelassen und war kurz vor Kaltental rechts in Richtung Dachswald abgebogen, befand sie sich im Paradies.

Der Vorfrühling hatte hier ganze Arbeit geleistet. Die Wiesen waren schon mit sattem Grün überzogen, und an den Zweigen der Forsythienbäume wagten sich die ersten gelben Blüten ins

Licht. An der Einfahrt vom Parkplatz der Gartenanlage Teufelswiese wartete ein stämmiger Mann mit grauen Schläfen. Er trug eine Cordhose und stellte sich als Josef Pelzer vom Vorstand des Kleingartenvereins vor.

Katz stieg aus und zog sich die Hosenbeine glatt, was Verena mit einem Kopfschütteln quittierte. Sie nahm eine Packung der weißen Einweganzüge aus dem Kofferraum und warf ihm einen zu.

»Wenn du den hier anziehst, knittert sowieso wieder alles. Was wirfst du dich für die Durchsuchung einer Gartenlaube auch so in Schale?«

»Ich hab nicht geglaubt, dass wir den Beschluss so schnell bekommen.« Katz seufzte und stieg in den Papieroverall. »Und die Frisur ruiniere ich mir auch gleich wieder mit dieser blöden Kapuze!« Verena wollte gerade zu einer ironischen Antwort ansetzen, als sie ihn grinsen sah. Wenigstens konnte er sich selbst auf die Schippe nehmen.

»Wo habt ihr die Gummihandschuhe hingepackt?«, fragte Thea, während sie den Reißverschluss bis unters Kinn zog.

»Scheiße!« Katz schlug sich vor die Stirn. »Ich glaube, die hab ich vergessen.«

»Im Handschuhfach«, sagte Verena. »Da hab ich immer ein paar Tüten von den Dingern.« Thea kroch zurück ins Auto und öffnete das Handschuhfach. »Dem Namen nach gehören sie da ja auch hin«, sagte sie und kam mit vier Packungen der Größe M zurück. »Normalerweise brauche ich S, aber es wird schon gehen. Dafür dürfte für Micha die Größe M ziemlich eng werden.«

»Ach weißt du, ich kann inzwischen mit engem Gummi umgehen«, gab er lapidar zurück und erntete einen giftigen Blick von Thea. Natürlich hatte er sich Zeit genommen mitzufahren. Das hier war sein ungelöster Mordfall, allein der Ehrgeiz gebot es ihm, mit vor Ort zu kommen. Dass ein Sexualdelikt an einer Minderjährigen nicht auszuschließen war, war ein weiterer Motivationsgrund.

Verena freute sich einerseits, ihn dabeizuhaben, andererseits belastete sie sein angespanntes Verhältnis zu Thea. Zwischen den beiden brannte die Luft, das war deutlich zu spüren.

Josef Pelzer räusperte sich. »Wenn Sie dann fertig sind, zur Parzelle der Familie Morlock geht es hier entlang.« Er starrte sie an, als hätte er eine unheimliche Begegnung der dritten Art gehabt.

»Die Pächter stellen ihre Autos normalerweise hier auf dem Parkplatz ab«, fuhr er fort. »Während der Saison ist der oft überfüllt, zumal er auch von den Gästen des Waldheims genutzt wird. Deshalb fahren manche noch ein Stück weiter und stellen ihre Fahrzeuge in den Dachswaldweg, obwohl das eigentlich nicht so gern gesehen wird, weil der direkt neben der Kleingartensparte sehr schmal ist.«

»Wir haben die Halter der Fahrzeuge, die hier parkten, damals natürlich überprüft«, sagte Messmer. »Ich habe mir die Liste noch einmal angeschaut, keines der Fahrzeuge war auf Morlock zugelassen. Aber er muss mit dem Auto gekommen sein. Der fährt nach dem Konzert doch nicht mit der Bahn und läuft noch kilometerweit durch die Nacht!«

Der Dachswaldweg wurde hier tatsächlich zu einem engen Fahrweg, der sich um den gesamten Komplex Teufelswiese zog. Kurz schoss es Verena durch den Kopf, was für ein makabrer Name das für einen Leichenfundort war.

»Auf dieser Höhe muss das Auto des mutmaßlichen Täters gestanden haben.« Messmer wies auf ein Stück des Dachswaldwegs, der parallel zu den Gleisen der Gäubahnstrecke verlief. »Zumindest war hier die Ölspur.« Sie liefen den Fahrweg hinunter, von dem nach etwa fünfzig Metern rechts ein grasüberwachsener Gartenweg abging.

»Hier hat Morlock gelegen.« Messmer wies auf eine Stelle am Boden, wo ein krumm gewachsener Kirschbaum sich nicht von dem Drahtzaun, hinter dem er stand, abhalten ließ, seine Wurzeln bis auf den Weg zu strecken. »Also noch vor der Einbiegung in die eigentliche Gartenanlage. Er könnte das Auto sogar gesehen haben.«

»Und wo war die Kuhle, aus der der mutmaßliche Stein herausgebrochen wurde?«, fragte Verena.

»Hier, direkt am Wegrand.« Messmer wies auf einen schmalen Grünstreifen zwischen einem Gartenzaun und dem Asphaltweg.

»Sicher, dass Morlock aus der Gartenanlage kam und es nicht sein Auto war, das da vorn stand?«, fragte Thea.

»Sicher ist gar nichts. Aber wenn seine Eltern hier eine Parzelle haben, liegt das nahe. Er wird kaum nackt aus dem Auto ausgestiegen sein. Und wenn es seins gewesen wäre, hätte es noch dastehen müssen, als die Polizei kam. Selbst wegfahren konnte er es ja nicht mehr.«

»Aber sein Auto hätte irgendwo stehen müssen«, gab Verena zu bedenken. »Es kann doch nicht vom Erdboden verschluckt worden sein.«

»Tja, es hatte aber niemand ein halterloses Auto gesehen«, antwortete Messmer. »Wir haben das natürlich überprüft. Wenn er es hier auf so einem schmalen Fahrweg abgestellt hatte, wo niemand mehr durchkam, ist es gut möglich, dass es abgeschleppt wurde. Oder geklaut. Inzwischen ist eine Fahndung nach Morlocks Auto ausgeschrieben, aber damals wussten wir noch nicht, wonach wir fahnden sollten, da wir den Namen des Toten nicht kannten. Ich habe ihn schließlich mit hoher

Wahrscheinlichkeit für einen Obdachlosen gehalten, der in einem leer stehenden Gartenhaus Unterschlupf suchte. Das hätte jedenfalls erklärt, warum es zum Opfer kein Auto gab.«

»Vielleicht ist er auch mit jemandem mitgefahren«, sagte Thea. »Vielleicht sogar mit seinem Mörder.«

»Auch das ist eine Möglichkeit. Wir werden es hoffentlich irgendwann erfahren.«

Im Gänsemarsch bogen sie in den schmalen Gartenweg ein. Links und rechts davon reihte sich Parzelle an Parzelle, einige durch sauber geschnittene Hecken, andere nur durch niedrige Koppelzäune aus dünnem Draht voneinander getrennt. Einer der Gärten war auffällig verwildert. Auf einem kleinen Rasenstück mit von Wind und Wetter niedergedrücktem gelbem Gras vom Vorjahr stand ein knospender Kirschbaum, unter dem Freddy Geiger und Ulrich Moll von der Spurensicherung hockten und etwas in ihrem Koffer suchten.

»Wir haben schon mal angefangen«, begrüßte Geiger sie und hob die Hand zur High five. Gummihandschuh klatschte auf Gummihandschuh, Maisstärkepuder wirbelte durch die Luft. »Fotos sind im Kasten, jede Menge Fingerabdrücke auch. Die Tür war übrigens nicht abgeschlossen, aber viel zu klauen gibt's da drin auch nicht. Dafür scheinen einige niedliche Tierchen hier überwintert zu haben. Wenn ihr das Bettzeug noch sicherstellen wollt, müsst ihr euch beeilen, bevor sie es ganz aufgefressen haben.«

Nichts Gutes ahnend betrat Verena das Gartenhäuschen. Ein bestialischer Gestank schlug ihr entgegen. In dem schwachen Licht, das durch die winzigen Fenster hereinfiel, erkannte sie nicht viel mehr als die Umrisse eines altmodischen Doppelbettes mit geschnitztem Holzgiebel und zerwühlter karierter Bettwäsche. Als sie näher trat, sah sie auch den Tierkot.

Sie ging zur Tür zurück und tastete instinktiv nach einem Lichtschalter, den es natürlich nicht gab.

Moll trat hinter sie, flach durch den Mund atmend, und stellte eine Tatortlampe auf. »Hatten wir uns schon gedacht«, sagte er. »Deshalb haben wir vorgesorgt.«

»So vorausschauend waren wir nicht«, erwiderte Verena. »Sonst hätten wir auf jeden Fall Atemschutzmasken mitgebracht.« Sie hob einen Zipfel der Bettdecke an und schrak vor dem Anblick eines toten Tieres zurück. Keiner konnte sagen, ob das einst ein junger Fuchs, ein Marder oder Kaninchen gewesen war.

»Die wären jetzt gut, in der Tat«, hörte sie Katz hinter sich sagen. »Aber wer rechnet auch mit einem Leichenfund, wenn man nur zu einer Durchsuchung geht.«

»Wie sind die hier reingekommen?«, fragte Verena.

»Die Tür war nicht verschlossen, wie gesagt. Um genau zu sein, sie stand sogar spaltbreit offen, klemmte allerdings. Wahrscheinlich hat die feuchte Witterung das Türblatt und die Dielen verzogen«, sagte Moll. »Dabei hat das Vordach wohl einiges abgehalten, sonst würde hier alles unter Wasser stehen.«

»Und niemandem ist aufgefallen, dass die Laube offen stand?« Verena drehte sich langsam um sich selbst. Stock und Schimmel wohin man schaute.

»Man kann das vom Weg aus nicht sehen«, meldete sich jetzt Josef Pelzer zu Wort. »Ist ja alles zugewachsen.«

Verena nickte. Der Efeu am Spalier, das die kleine Terrasse von den Beeten trennte, hatte sich selbstständig gemacht und wucherte fröhlich vor sich hin. »Wir müssen dem Ehepaar Morlock Bescheid geben«, sagte sie.

»Ich habe mich eh gewundert, warum die den Garten nicht abgegeben haben, als sie weggezogen sind«, sagte Pelzer. »Man geht ja mit der Pacht auch gewisse Verpflichtungen ein. Sie hingen an dem Stückchen Land. Anfangs hatten sie vor, nur den Winter in Südfrankreich zu verbringen, aber dann sind sie geblieben. Pünktlich gezahlt haben sie immer, Pacht, Wasser, Mitgliedsbeitrag für den Verein, Versicherung. Für die erforderliche Gemeinschaftsarbeit haben sie finanziellen Ersatz geleistet. Nur der Garten ist mit der Zeit verwildert. Anfangs kamen sie immer zum Sommerfest, haben das Obst geerntet, Bäume und Sträucher zurückgeschnitten. Sie hatten wohl gehofft, dass ihr Sohn das später übernimmt. Aber seit anderthalb Jahren ist hier nichts mehr gemacht worden, wie Sie sehen. Wir hatten die Morlocks im letzten Herbst angeschrieben, und ihnen nahegelegt, den Garten aufzugeben. Es gibt schon jede Menge Interessenten dafür. Die Morlocks wollen im Frühjahr kommen und den Garten für die Übergabe herrichten.«

»Schau mal, Verena.« Katz hielt mit spitzen Fingern ein Bündel Kleidung in die Höhe. »Wir haben uns doch gefragt, wo seine Klamotten abgeblieben sind. Jetzt wissen wir's.«

»Sicher, dass das seine sind?«

Wortlos hängte Katz eine schwarze Männerjeans über den Bettgiebel und breitete ein Sweatshirt mit dem Bandlogo vor ihr aus – ein Teufelskopf, über dem in blutroten Buchstaben »Dark Devil« stand.

»Okay, du hast wohl recht. Jetzt musst du mir nur noch seinen überstürzten Aufbruch erklären. Offenbar hat ihn etwas aus dem Bett getrieben, das so dringend war, dass er sich nicht mal die Zeit genommen hat, sich anzuziehen. Aber was?«

Katz zuckte mit den Schultern. »Vielleicht war er auch einfach besoffen. Oder bekifft. Wollte aufs Klo und ist aus Versehen draußen gelandet.«

»Du meinst, er ist bis zum Fahrweg geschlafwandelt? Und dabei zufällig seinem Mörder direkt in die Arme gelaufen? Und welche Rolle spielt Sina dabei? Falls sie wirklich mit ihm mitgefahren …« Sie brach ab und starrte nachdenklich auf die verzogene Tür.

»Wieso stand die Laube offen?«, überlegte sie laut. »Ob jemand eingebrochen ist?«

»Möglich«, sagte Pelzer. »Obwohl es mich wundern würde. Bei Morlocks gab es nichts zu klauen. Das Wertvollste, was die da drin haben, ist ein Kofferradio aus den späten Siebzigern.«

Verena nickte. Die Einrichtung war tatsächlich sehr überschaubar. Sie drehte sich nach Thea um, die draußen mit Geiger und Moll sprach.

»Hilfst du mir mit dem Bettzeug, Thea?«

Thea steckte den Kopf zur Tür herein. »Meine Güte, hier stinkt's wie in der Hölle!«

»Das liegt an dem Schimmel, alles feucht hier drin. Und natürlich an dem Kumpel, der vor einiger Zeit den Löffel abgegeben hat.« Sie streifte sich behelfsweise zwei Überschuhe aus Zellophan über ihre Handschuhe. »Den müssen wir erst mal entsorgen, bevor wir an die Bettwäsche rankommen. Fass mal mit an, damit er nicht auseinanderfällt.«

Thea warf einen kurzen Blick auf den Tierkadaver und wurde so weiß wie der Schutzanzug, den sie trug. Ihr Gesicht stach kaum mehr von der Kapuze ab. Ohne ein Wort rannte sie nach draußen. Verena hörte sie vor der Tür würgen. Sie warf die Überschuhe auf die improvisierte Küchenzeile und lief ihr nach.

»Was ist los? Hast du noch nie eine verweste Leiche gesehen?«

Thea wischte sich mit dem Handrücken über den Mund.

»Das macht mir normalerweise nichts aus, weißt du doch. Keine Ahnung, was heute los ist. Hab wohl was Falsches gegessen.«

»Soll ich für das Tier den Bestattungsdienst mit einer Rollbahre anfordern oder kriegt ihr das heute noch hin?«, flachste

Katz im Vorbeigehen. Er tippte vielsagend auf die Uhr. »Denk dran, um 13 Uhr steht Auth zur Vernehmung auf der Matte.«

»Du könntest ja mal den Gentleman spielen und das für uns erledigen«, rief Verena. »Thea geht's grad nicht so gut, pack du doch mal das Vieh auf den Kompost.« Sie sah wohlwollend, wie Katz salutierte und mit einem Plastiksack in der Gartenhütte verschwand.

»Komm mit.« Verena führte Thea um die Hütte herum und setzte sich mit ihr auf einen flachen Steinsockel vor einen gemauerten Grill. »Was ist los? So kenne ich dich gar nicht.« Sie zögerte einen Augenblick und überlegte, ob es klüger wäre, den Mund zu halten. Ach was, sie hatte ohnehin mit Thea sprechen wollen. Sie hätte gern ihre Hände genommen, aber die steckten noch in den Einweghandschuhen, also ließ sie es sein. Stattdessen sah sie Thea prüfend an.

»Kann es vielleicht sein, dass du schwanger bist?«

Thea senkte den Kopf, doch Verena sah für den Bruchteil einer Sekunde ein kleines Lächeln um ihre Mundwinkel spielen. Unsicher, schuldbewusst und doch, ja, irgendwie glücklich.

»Kann sein, ja. Ich bin nicht sicher. Bin erst wenige Tage drüber. Ach Verena, sag es bitte niemandem. Vor allem nicht Micha!«

»Er weiß es nicht?« Sie bemühte sich redlich um einen verblüfften Gesichtsausdruck.

Natürlich wusste er es nicht. Und Verena wusste, dass er es nicht wusste. Aber sie musste das Spiel jetzt durchziehen, um nicht noch mehr Konfliktpotenzial zu streuen. Ach verdammt!

»Das ist 'ne lange Geschichte.« Thea seufzte. »Das Timing ist grad blöd, wir sollten hier fertig werden. Ich erzähle es dir später, ja?«

»Okay«, Verena erhob sich und sie gingen langsam zurück. »Du gehst da heute jedenfalls nicht mehr rein. Der Schimmel, du weißt schon. Ist nicht gut für das Kind. Du kannst hier draußen das Sicherstellungsverzeichnis ausfüllen. Ich rufe dir zu, was ich einpacke, klar?«

»Pst!«, machte Thea und deutete mit einer schwachen Kopfbewegung zum Kiesweg, auf dem Messmer gerade näher kam.

»Ich bringe euch die Beweismittelsäcke für die Bettwäsche.« Er warf Verena einen Stapel überdimensionaler Plastiktüten zu. »Betten abziehen ist doch Frauenarbeit, oder?«

Verena verdrehte die Augen und verschwand wortlos in der Laube.

»Schreib mal auf, Thea«, rief sie nach draußen. »Ein Oberbett mit Bezug, durch Tierfraß beschädigt, Kürzel des sicherstellenden Beamten MMM.«

»MMM?«, fragte Thea von draußen. »Was soll das denn heißen?«

»Was schon?«, kam die Antwort. »Mega-Macho-Messmer natürlich.«

Kurz vor 13 Uhr waren sie zurück auf der Dienststelle.

»Perfektes Timing«, freute sich Katz, als sie sich auf dem Weg in der Kantine schnell noch ein paar in Zellophan gewickelte Brötchen kauften, die vom Frühstück übrig geblieben waren. »Wir haben es geschafft, bevor Auth kommt.«

»Wenn er kommt«, versuchte Verena seinen Optimismus zu zügeln. »Ich bin da nicht so sicher, seine Begeisterung über die Vorladung hielt sich ja in Grenzen.«

Tatsächlich konnten sie ihr improvisiertes Mittagessen in aller Ruhe genießen, soweit bei Kantinenbrötchen von Genuss die Rede sein kann. Auth ließ auf sich warten. Verena beschloss, die Zeit zu nutzen und einen Dringlichkeitsantrag für das Kriminaltechnische Institut zu tippen, wo das sichergestellte Bettzeug aus der Gartenlaube schnellstmöglich auf Spuren untersucht werden sollte. Dabei fiel ihr ein, dass sie noch keine Speichelprobe von Sina erhoben hatte. Das würde sie schnellstmöglich nachholen müssen, am besten noch heute.

Es klopfte, und Thea kam herein.

»Ich sehe gar kein Vernehmungsschild an deiner Tür. Hattest du nicht einen Zeugen einbestellt?«

»Er kommt offenbar nicht. Ist jetzt schon eine halbe Stunde überfällig. Anrufen kann man ihn auch nicht, weil er kein Telefon hat. Den müssen wir wohl staatsanwaltschaftlich vorladen.«

»Hm, ärgerlich.« Thea ließ sich auf Verenas Gästestuhl fallen, als würde sie mindestens schon zwei Zentner wiegen. »Übrigens danke, dass du Micha gegenüber vorhin so diskret warst.«

Verena presste die Zähne zusammen. Sie brachte es nicht fertig, Thea in die Augen zu sehen, sondern speicherte hoch konzentriert ihre Datei ab und gab den Druckbefehl. Diskretion sah wohl etwas anders aus. In was war sie da nur hineingeraten?

»Er will kein Baby, weißt du?«

Verena zuckte zusammen, die Maus fiel ihr aus der Hand und knallte auf die Schreibtischunterlage.

»Er will keins? Woher weißt du das so genau?« Die Schauspielerei ging weiter.

»Weil er es mir gesagt hat.« Thea drehte kleine Papierkügelchen aus den Resten eines aufgerissenen Briefumschlags. »Schon vor langer Zeit. Aus dem Alter ist er raus, sagt er. Der hat gut reden, er hat ja einen Sohn. Aber ich …« Sie verstummte.

Verena wagte die Flucht nach vorn. »Hast du ihn ausgetrickst?«

Thea nickte mit gesenktem Kopf und beschäftigte sich eingehend mit den Papierkügelchen.

»Ich hab die Pille abgesetzt und es ihm erst später gesagt. Jetzt ist er ziemlich sauer auf mich.«

Verena schwieg, weil ihr einfach keine passenden Worte einfallen wollten. Sie sah Thea nur aufmerksam an und wartete, dass sie weitersprach.

»Aber ich bin auch sauer auf ihn.« Thea klang jetzt vehement und leidenschaftlich. »Warum soll ich kinderlos bleiben, nur weil er seine Gene schon weitergegeben hat? Das sehe ich einfach nicht ein! Verstehst du mich ein bisschen?«

»Total!« Das war nicht einmal gelogen. »Der Kinderwunsch ist bei den meisten Frauen genetisch angelegt, das hat die Natur nun mal so eingerichtet, schon um den Fortbestand der Menschheit zu sichern.«

»Ja, aber erzähl das mal Micha!«

Hab ich schon, hätte Verena am liebsten geantwortet, hielt aber den Mund.

»Ich verstehe ihn nicht«, sprach Thea weiter. »Er hätte doch kaum mehr Arbeit. Um das Kind würde ich mich in erster Linie kümmern. Ich bin diejenige, die nachts aufsteht, es stillt und herumträgt. Ich denke ja, dass er einfach Angst hat, dass ich nach der Schwangerschaft eine dicke, fette Mama werde.«

Verena schüttelte lächelnd den Kopf. »Ach, so schlimm verändert sich die Figur nach der Geburt nun auch wieder nicht. Klar, das Gewebe wird weicher, und so gertenschlank wie vorher werden die wenigsten wieder. Aber im Zweifelsfall gilt doch noch immer die Weisheit: Lieber Cellulitis als gar kein Profil.«

Thea lachte schallend.

»Schön, dass du wieder lachen kannst«, sagte Verena aufrichtig. »Aber sobald du sicher bist, musst du es ihm sagen, das weißt du doch?«

Thea nickte. »Ja, klar. Danke, dass du zugehört hast, das hat gutgetan. Weißt du was, ich revanchiere mich jetzt bei dir. Während du Sinas Speichelprobe holst, fahre ich mit Snape nach

Esslingen und bringe dir deinen Zeugen her. Egal ob besoffen oder nüchtern.«

»Das ist wirklich lieb von dir.« Verena lächelte. »Aber nimm diesmal bitte vorsichtshalber eine Atemschutzmaske mit, in dieser Wohnung stinkt es fast so sehr wie in der Gartenlaube.«

Theas Augen weiteten sich. »Tote Tiere?«

»Essensreste«, antwortete Verena. »Im weitesten Sinne also auch tote Tiere. Vergammeltes Fast Food, Alkohol und alter Schweiß.«

»Okay, wenn wir früher zurück sind als ihr, parken wir ihn im Polizeigewahrsam, notfalls in einer Ausnüchterungszelle.«

Sie wandte sich zur Tür, als Katz ihr förmlich die Klinke aus der Hand riss und um ein Haar mit ihr zusammengeprallt wäre.

»Meine Güte, kannst du nicht reinkommen wie ein normaler Mensch, ohne deine Kollegen über den Haufen zu rennen?«, japste Thea und presste sich unwillkürlich die Hand auf den Bauch.

Katz beachtete sie nicht. Er schwenkte einen Computerausdruck, bevor er ihn triumphierend vor Verena auf den Tisch knallte. Es handelte sich um einen Auszug des Melderegisters vom Standesamt.

Verena schaute von Katz zu dem Blatt Papier und wieder zurück. Er machte keine Anstalten, etwas zu sagen, sondern wippte abwartend auf den Fußspitzen. Also setzte Verena ihre Lesebrille auf und sah sich den Ausdruck genauer an.

»Annika Auth«, las sie, »geboren 30.07.1995 in Stuttgart, zuletzt wohnhaft Stettener Straße 20, Esslingen, verstorben am 03.09.2012.«

Verena sah erschüttert zu Katz auf, alle Farbe war aus ihrem Gesicht gewichen.

»Jetzt wissen wir zumindest, warum er säuft«, sagte sie, als sie wieder Worte fand.

Katz nickte. »Aber ansonsten haben wir mehr Fragen als zuvor. Kein guter Deal.«

Rambo saß auf der steinernen Tischtennisplatte neben der Turnhalle des Hölderlin-Gymnasiums und ließ die Beine baumeln. Er hatte den ganzen Vormittag lang überlegt, wie er es anstellen sollte, Sina von Lola zu erzählen, denn Lola machte keinerlei Anstalten, ihrerseits den Kontakt zu suchen. Sina war ihr zu langweilig, wie sie sagte, zu fad und zu prüde. Und die würde sie, Lola, ohnehin nicht verstehen.

Auf dem Pausenhof standen die Schüler in Grüppchen zusammen, lachten, redeten und rauchten. In weniger als zehn Minuten würde es zur nächsten Stunde klingeln. Jetzt war eh nicht genug Zeit und Ruhe für ein ernsthaftes Gespräch, er würde es auf später verschieben. Er fühlte sich feige, aber auch ein wenig erleichtert.

»Rambo?« Ein zaghaftes Rufen, das ihn zwang, sich umzudrehen. Sie stand direkt hinter ihm. Das war in letzter Zeit öfter passiert, wenn er an sie dachte. Und er dachte oft an sie.

»Du schleichst die ganze Zeit um etwas herum«, sagte sie. »Glaub nicht, ich merke das nicht. Willst du es mir sagen?«

Erwischt! Es passierte in letzter Zeit immer häufiger, dass sie seine Gefühle mitbekam. Manchmal sogar seine Gedanken, als ob sie Zwillinge wären. Aufschieben war zwecklos, sie würde keine Ruhe geben, bis sie wusste, worüber er sich Sorgen machte.

»Ich muss es dir sagen, damit du aufhörst zu grübeln. Dein Grübeln macht mir Kopfschmerzen. Wenn du versprichst damit aufzuhören, sage ich dir, wie wir in der Mordnacht in diese Gartenanlage gekommen sind.«

»Du weißt es?« Sina wich einen Schritt zurück. »Wie lange weißt du es schon?«

»Schon lange«, wich Rambo aus. Jetzt schnell raus damit, bevor er es sich anders überlegte, und bevor die Schulklingel ihre Zwiesprache unterbrechen würde.

»Es gibt jemanden, den du kennenlernen musst. Bisher kennst du nur Maria und mich. Aber es gibt da noch mehr.« Er brach ab. Verdammt, war das schwer!

»Wen denn? Nun sag schon!«

»Sie heißt Lola. Sie fährt total auf Dark Devil ab, hat auch das Poster in unserem Zimmer aufgehängt und ist nach dem Konzert in der Schleyerhalle mit dem Gitarristen mitgefahren. Lola ist ein Groupie im wahrsten Sinne des Wortes, also mit allem Drum und Dran, wenn du verstehst.«

Es dauerte ein paar Sekunden, doch dann sah er, dass sie verstand.

»Mit allem Drum und Dran? Heißt das, sie springt mit ihnen in die Kiste?« Sina schüttelte sich, sodass auch Rambo ein schwaches Schaudern durchfuhr.

»Ich glaub schon. Wenn sie die Gelegenheit dazu hat.«

»Und, hatte sie die in dieser Nacht?« Sina hielt den Atem an. Ihr Ekel schwappte auf Rambo über.

»Keine Ahnung, ich glaub nicht. Sie sagt zwar ja, aber vielleicht prahlt sie nur. Ich glaube, sie weiß es selbst nicht, weil sie irgendwann wieder geswitcht ist.«

»Und weiß sie, wer …« Sina sprach nicht weiter, aber Rambo wusste ohnehin, wie die Frage enden sollte.

»Nein, weiß sie nicht. Das behauptet sie jedenfalls, und ich glaube ihr. Aber es muss jemanden geben, der etwas gesehen hat. Nur, diesen Jemand scheinen wir alle noch nicht zu kennen. Auch Lola nicht, sagt sie.«

Sina überlegte eine Weile. »Lola«, sagte sie schließlich, »ist das auch die, der diese widerlichen Pumps aus rotem Lackleder gehören, die aussehen wie vom Beutezug einer Prostituierten?«

Rambo lächelte. Er hätte es nicht besser ausdrücken können. »Genau die. Sie ist halt ein bisschen … speziell.«

Sie schwiegen lange. Beobachteten Seite an Seite ein paar Spatzen, die auf dem Schulhof herumhüpften und sich um die heruntergefallenen Krümel der Vesperbrote stritten.

»Ich bin froh, dass du mir von ihr erzählt hast«, sagte Sina dann. »Jetzt wird mir klar, dass nicht ich es in einem Anfall geistiger Umnachtung war, die mit diesem Musikertypen mitgefahren ist. Und auch nicht die, die sich diese nuttigen Lederminis in den Schrank gehängt hat. Gibt es noch etwas, das du mir beichten willst? Ich meine, wenn du schon mal dabei bist, kannst du mir auch verraten, wem diese Laufschuhe gehören, die weder ich, noch du und schon gar nicht Maria jemals anziehen würden. Und die auch ganz bestimmt nicht in Lolas Kollektion passen.«

»Oh, die gehören Speedy«, entfuhr es Rambo, bevor er sich auf die Zunge beißen konnte.

Er konnte Sinas Verwirrung fast körperlich spüren. Hoffentlich überforderte er sie nicht mit seiner ungewohnten Redseligkeit. Doch nun gab es kein Zurück mehr.

»Wer verdammt noch mal ist Speedy?«

»Die am schnellsten laufen kann. Sie hat damals beim Sportfest in der Zehnten diese Goldmedaille im Hundertmeterlauf erbeutet, von der du dich schon lange fragst, wie sie in deine Schreibtischschublade kommt. Sie aufzuhängen, hat sie sich nie getraut, weil sie dich nicht verwirren wollte. Aber ab und zu holt sie sie raus und poliert sie. Sie ist ziemlich stolz darauf.«

Zum Glück wurde Rambo in diesem Moment von der Schulklingel erlöst. Das war für einen Tag schon ziemlich viel an Information gewesen. Er hoffte sehr, dass Sina damit umgehen konnte.

Verena saß an ihrem Schreibtisch, den Kopf in die Hände gestützt und dachte nach. Thea war mit Scholl nach Esslingen gefahren, um Wilfried Auth notfalls an seinen fettigen langen Haaren zum Präsidium zu schleifen. Sie hoffte, es würde ihnen gelingen.

Natürlich war ihr sofort der zeitliche Zusammenhang von Annika Auths Tod mit dem letzten Konzert von Rolf Morlock und der Einstellung des Verfahrens gegen den Gitarristen aufgefallen. Das Mädchen war einen Tag nach der Einstellungsverfügung gestorben, drei Tage später war Morlock auch tot gewesen. Das Motiv war fast zu einfach, um wahr zu sein. Gedankenverloren blätterte sie im Telefonbuch, fand was sie suchte und rief dann das Standesamt in Esslingen an.

»Sander, Kripo Stuttgart«, sagte sie, als sich die Mitarbeiterin am anderen Ende der Leitung meldete. »Ich recherchiere in einem Todesfall vom 3. September 2012. Annika Auth.« Sie buchstabierte den Namen. »Ich gehe davon aus, dass es kein natürlicher Tod war und brauche die Todesursache, die müssten Sie in Ihren Akten haben.«

Wie erwartet sagte die Standesbeamtin etwas von einem Nachweis, den sie brauche, sonst könne ja jeder anrufen. Sie bat um ein förmliches Schreiben per Fax, mit Kopf und Stempel der Polizei. Dann würde sie sehen, was sie für sie tun könne.

Genervt legte Verena den Hörer auf und fing an zu tippen. Sie war so konzentriert, dass sie nicht bemerkte, wie Joost in ihr Büro kam. Erst als er vor ihrem Schreibtisch stand, schrak sie auf.

»Heute ist der Tag der guten Nachrichten«, sagte er. »Triberg hat deinem Wunsch entsprochen – äh, natürlich hat er meinem Wunsch entsprochen und deine favorisierte Psychologin als Gutachterin genehmigt.«

Verenas Herz machte einen kleinen Freudensprung.

»Ich weiß nicht, was ich sagen soll, Rudi!«

»Sag einfach Danke. Ich will nicht verhehlen, dass es ein hartes Stück Arbeit war. Aber nachdem ich das Argument von der Kosteneinsparung brachte, wenn man gleich einen fähigen Gutachter bestellt, wurde er zugänglich.«

Verena seufzte erleichtert auf. »Du hast wirklich was gut bei mir. Wie kann ich dir das jemals danken?«

»Fass den Kerl einfach mit Samthandschuhen an und vermeide jeden Konflikt mit ihm, wenn es möglich ist.«

»Oje, du verlangst natürlich ausgerechnet das von mir, was mir am schwersten fällt. Aber gut, ich werde mich bemühen. Kann aber nicht garantieren, dass mir das gelingt.«

»Wie ist eigentlich die Durchsuchungsaktion gelaufen?« Joost setzte sich halb auf die Ecke ihres Schreibtischs.

»Gut. Davon abgesehen, dass die Hütte völlig vergammelt war. Das Bettzeug ist schon unterwegs zum LKA, ebenso ein paar benutzte Trinkgläser und ein Teelöffel aus der Laube. Und Roman schreibt eben den Durchsuchungsbericht. Jetzt brauche ich nur DNA von Sina, die hole ich nachher noch, sobald Roman fertig ist.«

»Wenn die Gläser und der Löffel Spurenträger sind, sollten wir alle speicheln lassen, die an dem Abend mit Morlock zusammen waren. Allen voran die Bandmitglieder. Die Roadies, die ganze Crew«, sagte Joost. »Ich weiß, das ist eine Menge Arbeit, aber ich verlasse mich nicht auf die Alibis, die sie sich gegenseitig geben. Vielleicht ist doch einer von ihnen mit Morlock mitgefahren, und die anderen decken ihn.«

Verena nickte langsam. Innerlich stöhnte sie auf bei dem Gedanken, Terzenbach um eine Speichelprobe bitten zu müssen und beschloss, diese Aufgabe an jemand anderen zu delegieren.

»Noch etwas. Walter war heute Vormittag bei Sinas Schule und hat die Klassenkameraden befragt. Allen voran diese Camilla, mit der sie angeblich auf dem Konzert war.«

»Und, was sagt sie?«

»Dass es Sina war, die nach dem Konzert unbedingt zur Stagedoor wollte. Sie selbst hätte kein Interesse daran gehabt, deshalb hätten sie sich unmittelbar nach dem Konzert getrennt.

Camilla sagt auch, sie sei inzwischen nicht mehr mit Sina befreundet. Mitunter würde sie Selbstgespräche führen, als sei sie nicht ganz richtig im Kopf. Sie wäre ihr zu launisch und unzuverlässig und manchmal einfach komisch. Mal wäre sie ganz heiß auf das Konzert gewesen und dann wieder hätte sie überhaupt keine Lust gehabt, und Camilla hätte bis zum Schluss nicht genau gewusst, ob Sina überhaupt mitkommen würde. An diesem Abend wäre ausgemacht gewesen, dass sie nach dem Konzert sofort heimfahren. Dann fing Sina plötzlich mit der Stagedoor an. Camilla war wohl ziemlich überrascht, weil Sina doch kurz vor dem Konzert noch so desinteressiert gewesen war, und natürlich auch sauer, dass sie allein nach Hause fahren musste.«

»Damit steht Aussage gegen Aussage.« Verena seufzte.

»Ja, nur wessen Aussage ist glaubhafter?«, fragte Joost.

Verena musste nicht antworten. Man brauchte nur Sinas Vernehmungsprotokoll zu lesen, und die Zweifel an ihrer Glaubwürdigkeit sprangen einem förmlich ins Gesicht.

»Dann ist es wohl ziemlich naheliegend anzunehmen, dass Sina wenige Stunden vor seinem Tod noch persönlichen Kontakt zu Morlock hatte, vielleicht sogar mit ihm mitgefahren ist.«

»Bevor ich es vergesse: Walter hat ein halbwegs aktuelles Foto des Mädchens aus dem Jahrbuch der Schule mitgebracht. Leg das den Zeugen aus dem Umfeld der Band vor. Vielleicht erinnert sich jemand daran, dass sie bei dem Konzert an der Stagedoor war.«

Verena nahm das Foto und steckte es hinter die Umschlagseite ihres Dienstbuchs. Ihr gefiel der Gedanke nicht, dass das Mädchen in die Nähe des Tatverdachts geraten war. Sie sah Sina als Opfer, die in etwas hineingeraten war, was sie nicht beherrschen konnte.

»Genau werden wir das wissen, wenn die Ergebnisse von der Beweismitteluntersuchung aus der Gartenlaube kommen«, sagte Joost. »Wir haben um dringende Bearbeitung gebeten und die wurde uns zugesichert. Läuft doch eigentlich alles prima im Moment.«

»Na ja, alles nicht. Wilfried Auth ist nicht zur Vernehmung erschienen. Von dem brauche ich die DNA fast noch dringender als von allen anderen.«

»Wieso? Hat sich euer Tatverdacht erhärtet?«

Verena schob ihm schweigend den Computerausdruck vom Standesamt über den Tisch. Joost las und sah Verena dann mit großen Augen an.

»Das Mädchen ist tot?«

»Ja. Und das einen Tag nach der Einstellung des Verfahrens gegen Morlock. Und drei Tage vor dem Konzert, nach dem er ermordet wurde. Eine Sechzehnjährige stirbt doch nicht so einfach und noch dazu rein zufällig in diesem Zeitfenster. Da ist doch was faul!«

Es klopfte, und Katz kam herein.

»Bist du fertig?«

»Komme sofort, ich muss nur noch ein Fax absetzen.«

Katz schnipste sich ein imaginäres Stäubchen vom Ärmel. »Thea und Snape sind unterwegs, um Auth abzuholen. Deshalb sollten wir uns beeilen, dass wir von Sina DNA bekommen, um rechtzeitig zurück zu sein.«

»Bin ja schon so weit!« Verena stand auf, um das Schreiben für das Standesamt aus dem Drucker zu holen. »Ich brauche den Dienststellenstempel, Rudi. Mir glaubt beim Esslinger Standesamt ohne schriftlichen Nachweis niemand, dass ich Polizistin bin. Ich höre mich am Telefon wohl einfach zu nett an.«

»Wenn du weiter so schleichst, sind wir aber nicht vor Thea und Snape zurück.« Verena unterdrückte ein Seufzen. Wenn sie es eilig hatten, sollte sie Katz lieber nicht ans Steuer lassen. Doch sie hatte gelobt, sich zu bessern und ihren Kontrollzwang aufzugeben, was ihr heute allerdings schwerfiel.

Statt zu antworten, tippte Katz einhändig auf dem Handy herum, das in einer Halterung am Amaturenbrett steckte.

»Wie sieht's aus bei euch, Snape?«, fragte er, nachdem sich Scholl gemeldet hatte. »Habt ihr ihn?«

»Negativ, er macht nicht auf«, kam Scholls frustrierte Stimme aus dem Lautsprecher. »Er will es anscheinend auf die harte Tour.«

»Auch gut, dann haben wir alle Zeit der Welt«, erwiderte Katz und nahm den Fuß noch ein Stück vom Gas.

»Dort drüben wohnt übrigens der Keyboarder, dieser Strobl«, sagte Verena, nachdem Katz aufgelegt hatte, und wies auf ein zweistöckiges Haus am Straßenrand. »Wenn wir schon alle Zeit der Welt haben, könnten wir doch mal schauen, ob er vielleicht zu Hause ist und bei der Gelegenheit gleich seinen Speichel abholen.«

»Soll ich anhalten?«, fragte Katz.

»Du stehst ja eh schon fast«, sagte Verena mit einem Blick auf den Tacho.

Katz sparte sich einen Kommentar und parkte den Wagen in der Einfahrt.

»Er wird vermutlich sowieso nicht zu Hause sein«, sagte Verena, als Katz auf den Klingelknopf drückte. »Ich habe schon mehrmals erfolglos versucht, ihn anzurufen.«

Noch während sie sprach, öffnete sich die Haustür. Vor ihr stand ein hochgewachsener Mittvierziger mit blond gelocktem Engelshaar. Unter einem champagnerfarbenen Bademantel, der nur nachlässig zugebunden war, schaute eine grün karierte Boxershort hervor.

»Sorry, ich hatte einen Kollegen erwartet.« Sein sinnlicher Mund verzog sich zu einem entschuldigenden Lächeln. »Wir wollten zusammen an einem Song arbeiten.«

»Wir brauchen sicher nicht lange.« Verena zückte ihren Dienstausweis und führte ihn an seinem Gesicht vorbei wie an einem Scanner. Er trat zur Seite und ließ sie ein.

»Ich kann Ihnen auch nicht mehr erzählen als die anderen. Schreckliche Geschichte, aber alles was ich weiß, haben meine Kollegen auch schon erzählt.«

»Davon würden wir uns gern selbst überzeugen«, sagte Katz lapidar und drängte an Strobl vorbei ins Haus. Verena folgte ihm.

Das Wohnzimmer war sauber, aber unaufgeräumt. Ein paar aufgerollte Kabel hingen über der Sofalehne, und in einem Sessel lag ein auseinandergenommenes elektronisches Gerät, dessen Sinn und Zweck Verena nicht erkennen konnte. Auf dem Klavier an der gegenüberliegenden Wand stand eine Batterie leerer Bierflaschen. Eine Spur abgelegter Kleidungsstücke wies den Weg zum Obergeschoss. Frauenkleider. Auf einer der oberen Stufen, genau dort, wo ein purpurroter BH lag, erschien jetzt eine brünette Langhaarige in einem schwarzen Negligé.

»Ist das Uwe?«, rief sie nach unten.

»Nein, der hat sich erst in einer halben Stunde angesagt. Geh wieder rauf, Lucinda, das hier geht dich nichts an.«

Bis dahin müssen wir unbedingt wieder verschwunden sein, dachte Verena in einem Anflug von Panik. Der Gedanke, dass dieser Vamp, der keinen Tag älter als zwanzig sein konnte, in diesem Aufzug auch Terzenbach unter die Augen trat, verknotete ihre Eingeweide. Sie wandte sich wieder an den Hünen mit dem Engelsgesicht und sah gerade noch, wie er eine Jeans und ein Sweatshirt überzog und dann außer ein paar gebrauchten Gläsern auch eine Tube Gleitgel vom Wohnzimmertisch räumte. Er bot ihnen Platz auf dem Sofa an, setzte sich in den letzten freien Sessel ihnen gegenüber, schlug lässig die Beine übereinander und legte seine schlanken Pianistenfinger gefaltet über das Knie.

Verena konnte diesen äußerlich so sanft wirkenden Mann nur schwer mit einem harten Metal-Typen in Verbindung bringen. Vielmehr wirkte er wie ein Schlagersänger auf sie, eine Mischung aus Bernd Clüver und Christian Anders, die Stars ihrer Kindheit. Vielleicht hatte ja ein Mädchen aus ihm werden sollen, und die Natur hatte es sich in letzter Minute anders überlegt. Ob er sich die Augenbrauen zupfte? Von selbst konnten die doch unmöglich so gleichmäßig wachsen? Verena rief ihre Gedanken zur Ordnung und erinnerte sich, dass man Menschen nie nach ihrem äußeren Erscheinungsbild beurteilen sollte.

»Sie haben viele Jahre zusammen mit Rolf Morlock in derselben Band gespielt, Herr Strobl. Wie würden Sie ihn beschreiben? Was war er für ein Mensch, und vor allem, welchen Stand hatte er in der Band?«

»Ich mochte ihn eigentlich, im Gegensatz zu vielen anderen.« Die grazilen Finger spielten jetzt mit einer seiner blonden Locken. »Er war sehr direkt, sprach auch unangenehme Wahrheiten aus und ließ sich nicht von Konventionen davon abhalten, zu tun, was er wollte. Das hat nicht allen gefallen, aber es vereinfachte die Zusammenarbeit mit ihm. Man wusste immer, woran man bei ihm war.«

»Wovon zum Beispiel ließ er sich nicht abhalten?« Verena schaltete ihr Diktiergerät an und legte es auf den Tisch. »Welche Konventionen scherten ihn denn nicht?«

»Na ja«, ein Lächeln umspielte die vollen Lippen, »er hatte recht viele weibliche Fans, junge weibliche Fans. Und er war ein Anhänger der freien Liebe, wenn Sie verstehen.«

Verena nickte langsam. Was hier sehr diplomatisch als freie Liebe umschrieben wurde, war nach allem, was sie bisher wussten, sehr wahrscheinlich hemmungsloser Sex mit Minderjährigen.

»Gut, dass Sie das ansprechen. Es gab da einen Vorfall mit einem minderjährigen Mädchen, von dessen Vater er wegen Vergewaltigung angezeigt wurde.«

Er lachte tatsächlich. »Fragt man die Mädels nach ihrem Alter, ist keine von denen minderjährig. Die machen sich alle älter als sie sind. Damit müssen wir leben. No risk, no fun.«

»In dem Fall hat es ihm eine Anzeige eingebracht.«

»Ja, aber er wurde freigesprochen. Solange das Mädchen einverstanden ist, geht auch Sex mit einer Sechzehnjährigen in Ordnung. Anderenfalls wären ja alle unter achtzehn noch Jungfrau, und das entspricht ja wirklich nicht den Tatsachen.« Er lachte. »Ein Glaubwürdigkeitsgutachten hat seine Unschuld bewiesen, und damit war der Fall erledigt.«

Es hat nicht seine Unschuld bewiesen, es konnte ihm nur keine Schuld nachgewiesen werden, dachte Verena. Doch sie wollte sich nicht mit Spitzfindigkeiten aufhalten, die Zeit drängte.

»Sie wussten von der Einstellung des Verfahrens?« Damit hatte sie nicht gerechnet. »Wie kommt es dann, dass kein anderer Ihrer Bandkollegen davon Kenntnis hatte?«

»Er hat es mir bei seinem Abschiedskonzert erzählt. Das war ein Gespräch unter vier Augen. Mit den anderen hatte er zu diesem Zeitpunkt nicht mehr viel am Hut.«

»Warum nicht?«

»Sagen wir mal so, nicht jeder fand das so toll, was er tat. Manch einem ging die Muffe, dass die Band in Verruf gerät. Dabei ist es in unseren Kreisen doch gang und gäbe, dass man nach dem Konzert auch mal Groupies mitnimmt. Gehört sozusagen zum Image.«

Man ist also geradezu dazu verpflichtet, dachte Verena mit einem Anflug von Sarkasmus. »Hat Morlock das auch nach seinem letzten Konzert gemacht?«

»Das hat er nach fast jedem Konzert gemacht.« Die kornblumenblauen Augen schweiften zur Wand über dem Klavier, an der in fetten Lettern ein Zitat von Frank Zappa stand: »Ohne Abweichen von der Norm ist Fortschritt nicht möglich.«

»Also auch nach diesem?«

»Ja, sicher.«

»Und Sie? Was haben Sie nach dem Konzert gemacht?«

»Ich hab mir mit den anderen die Rübe zugeschüttet. Schließlich hatten die was zu feiern. Sie waren endlich ihren Casanova los.« Er grinste. »Wissen Sie, was ich glaube? Die waren nur neidisch, weil er ihnen das ganze Frischfleisch vor der Nase wegschnappte.«

»Und Sie waren nicht neidisch?« Ein bisschen provozieren konnte jetzt nicht schaden.

»Ach, ich habe eigentlich immer bekommen, was ich wollte. Fast immer.«

Verena zog das Foto von Sina aus ihrem Dienstbuch und schob es über den Tisch.

»Kennen Sie dieses Mädchen?«

Strobl musterte zunächst das Foto und dann Verena mit einem argwöhnischen Blick.

»Keine Ahnung. Wer soll das sein?«

»Das frage ich Sie. Vielleicht sind Sie mal mit ihr losgezogen. Oder es könnte auch eine von denen sein, mit denen Rolf mal losgezogen ist? Speziell nach seinem letzten Konzert?«

»Meine Güte, das ist fast zwei Jahre her! Was sagen denn die anderen? Hat sie von denen jemand wiedererkannt?«

»Den anderen habe ich das Foto nicht gezeigt.«

»Und warum zeigen Sie es ausgerechnet mir?« Verena traf ein misstrauischer Blick unter langen Wimpern.

Weil ich das Foto nicht früher hatte, dachte Verena, doch sie verzichtete auf eine Antwort. Sie beobachtete ihn genau, doch das Engelsgesicht zeigte keine Regung. Schließlich schob er ihr das Bild zurück.

»Mag sein, dass ich sie schon mal gesehen habe, aber ich kann das nicht mit Sicherheit sagen. Wir sehen jeden Abend so viele Mädels, auch hinter der Bühne, an der Stagedoor. Manche wollen nur Autogramme, andere fahren mit, für eine Nacht, manche kommen wieder. Aber die Gesichter sind austauschbar, da bleibt selten eins hängen.«

Es klang fast zu beiläufig. Verena fragte sich, ob Lucinda hinter der Treppenbiegung heimlich mithörte, und wenn ja, was sie von seinen Worten halten würde. Vielleicht war sie auch eins dieser Groupies. Sie tauschte einen Blick mit Katz, der seine Aktentasche öffnete und ein Speichelset herausholte.

»Wenn Sie so sicher sind, dass Sie nach dem Konzert nicht mehr mit Rolf Morlock zusammen waren«, sagte er und setzte sein gewinnendstes Lächeln auf, »macht es Ihnen doch sicher nichts aus, eine Speichelprobe zu Vergleichszwecken abzugeben. Nach Abgleich mit den Tatortspuren wird sie sofort vernichtet. Gesetzt den Fall, der Abgleich verläuft negativ.« Er griff abermals in die Tasche und schob einen Belehrungsbogen und einen Kugelschreiber hinterher. »Bitte genau durchlesen und hier unterschreiben.«

Strobl war einen Augenblick sprachlos. Die Einverständniserklärung zitterte in seiner Hand, als er sie überflog. Dann schaute er auf und drehte unschlüssig den Kugelschreiber zwischen den Fingern.

»Haben die anderen denn nicht gesagt, dass ich mit ihnen gefeiert habe?«

»Das spielt keine Rolle«, antwortete Katz freundlich.

»Und machen Sie das mit jedem, ich meine …«

»Sie haben die Ehre, der Erste zu sein. Die Probe ist natürlich freiwillig, aber ich muss Ihnen sicher nicht erklären, was es für einen Eindruck macht, wenn Sie sich weigern.«

Dieses Argument verfehlte seine Wirkung selten. Auch Strobl kapitulierte. Während er unterschrieb, streifte Katz die Handschuhe über und nahm das Wattestäbchen aus der sterilen Verpackung.

Verena sah auf die Uhr und erinnerte sich, dass sie hier weg sein wollte, bevor Terzenbach vor der Tür stehen würde. Um nichts in der Welt wollte sie ihn nach seiner DNA fragen müssen. Während Katz den Teststab verpackte und die Faltschachtel beschriftete, nahm sie eine Visitenkarte aus der Tasche und legte sie auf den Tisch.

»Für den Fall, dass Sie sich doch noch erinnern, rufen Sie

mich einfach an«, sagte sie im Aufstehen und strebte zur Tür, einen völlig verblüfften Katz im Schlepptau, der im Laufen noch die Speichelprobe in die Jackentasche steckte.

»Du hattest es ja plötzlich sehr eilig«, sagte Katz, als sie wieder im Auto saßen.

Verena ging nicht darauf ein. Sie warf einen kurzen Blick in den Rückspiegel und gab vor, ihren Pony zurechtzuzupfen. In Wirklichkeit scannte sie aufmerksam die Straße, ob nicht irgendwo Terzenbach im Anmarsch war. Zu ihrer großen Erleichterung war die Luft rein.

»Ich kann mir nur schwer vorstellen, dass Morlock mehr Chancen bei den Mädchen gehabt haben soll als dieser Rauschgoldengel, den wir da eben besucht haben«, sprach Katz weiter, nachdem von Verena keine Antwort kam. »Kleine Mädels fahren doch viel eher auf solche Schönlinge ab, glaubst du nicht?«

»Das hab ich mir auch schon überlegt.« Verena nahm den Themenwechsel dankbar an. »Aber wenn er kein Interesse an so jungen Mädchen hat? Vielleicht ist er ein treusorgender Ehemann und Vater, so wie du!« Verena blinzelte zu Katz, der sie entgeistert ansah. Sie dachte an Lucinda im Negligé, die Gleitcreme und die auf der Treppe verteilte Unterwäsche und sah, dass Katz dasselbe dachte. Ihre Anspannung explodierte in einer gemeinsamen Lachsalve, und sie kicherten noch, als sie vor der Villa der Familie Lohmann hielten.

Ursula Lohmann empfing sie gemeinsam mit Flotsam und Jetsam am Treppenaufgang ihrer Villa. Das Haar trug sie heute mit Kämmen zurückgesteckt, sodass der taubeneigroße Ohrschmuck eindrucksvoll zur Geltung kam. Die Hunde rieben sich an ihren Beinen und hinterließen ihre Haare auf der offensichtlich sehr teuren Tweedhose. Mit einer einzigen Handbewegung gebot sie ihnen Einhalt, und sie ließen sofort von ihr ab.

»Mein Mann ist noch in der Firma«, sagte sie statt einer Begrüßung. Sie wirkte, als wollte sie Verena und Katz so schnell wie möglich wieder loswerden. Die beiden Hunde verstärkten diesen Eindruck noch. Einer der beiden – Verena wusste sie beim besten Willen nicht zu unterscheiden – drängte jetzt so dicht an ihre Beine, dass sie sämtliche Willenskraft aufbieten musste, um nicht einen Schritt zurückzuweichen.

»Das ist nicht schlimm«, sagte sie stattdessen. Wir sind eigentlich wegen Ihrer Tochter hier.«

Ursula Lohmanns Blick wurde misstrauisch. »Wegen Sina? Was wollen Sie denn von ihr?«

»Wir haben Grund zu der Annahme, dass sie Kontakt zu Rolf Morlock hatte, kurz bevor er ermordet wurde«, antwortete Katz.

»Rolf Morlock? Wer ist das denn, um Himmels willen?« Alle Farbe war aus Ursula Lohmanns Gesicht gewichen, was Verena mit Genugtuung registrierte. Endlich hatten sie die kühle Schönheit ein wenig aus der Fassung gebracht.

»Wenn wir reinkommen dürfen, sagen wir es Ihnen«, sagte Verena. »Hier zwischen Tür und Angel lässt sich das schlecht erklären.«

Während sie die Treppen zum Wohnzimmer im ersten Obergeschoss hinaufstiegen, gab Verena der Hausherrin einen kurzen Abriss der Ereignisse.

»Wir haben genetisches Spurenmaterial in Morlocks Gartenlaube gesichert«, beendete sie ihre Erklärungen. »Und nun wollen wir einfach ausschließen, dass Sina dort gewesen ist, indem wir eine Speichelprobe von Ihrer Tochter nehmen. Mehr wollen wir gar nicht.«

»Ach so!« Ursula Lohmann lachte erleichtert auf. »Das ist

kein Problem. Sina kann gar nicht dort gewesen sein. Wie hätte sie denn von der Schleyerhalle in Cannstatt nach Kaltental in eine Gartensparte am Ende der Welt kommen sollen, um dann wieder pünktlich zu Hause im Stuttgarter Norden zu sein? Und wozu überhaupt? Dann wäre sie die ganze Nacht unterwegs gewesen. Nein, das können Sie vergessen. Sie saß ja morgens ausgeschlafen am Frühstückstisch. Aber wenn Sie die Probe unbedingt haben wollen, soll es nicht an mir scheitern.« Sie wandte sich zur Treppe, die zum Mädchenzimmer führte, und auf der immer noch die Steiff-Teddybären saßen.

Oben angekommen, klopfte Ursula Lohmann an die Zimmertür ihrer Tochter, an der ein »Please do not disturb«-Schild aus irgendeinem noblen Hotel hing.

»Sina? Die Polizei will mit dir sprechen!« Ohne eine Antwort abzuwarten, trat sie in das Zimmer ihrer Tochter. Sina, die am Schreibtisch saß und irgendetwas schrieb, fuhr herum und starrte sie an wie ein Reh das Scheinwerferlicht.

»Gar nichts Schlimmes, Herzchen, die Frau möchte nur ein bisschen Spucke von dir.«

»Was?« Sina blickte hilflos zwischen ihrer Mutter, Verena und Katz hin und her.

»Wir müssen ausschließen, dass du in der Nacht nach dem Dark-Devil-Konzert noch mit Rolf Morlock zusammen warst«, erklärte Verena.

»Aber ich hab doch gesagt, dass ich nicht mit zur Stagedoor gegangen bin!«

»Camilla sagt aber etwas anderes«, sagte Katz streng.

Für einen Moment war Sina sprachlos. »Und wem glauben Sie jetzt?«, fragte sie dann leise.

»Dem, dessen DNA im Abgleich mit unseren Beweismitteln negativ ist«, antwortete Verena.

»Welche Beweismittel?« Sina war plötzlich fahl im Gesicht. Verena sah sie stumm an.

»Wenn du mit der Speichelprobe einverstanden bist, sind wir ganz schnell wieder weg«, sagte Katz. »Wenn nicht, kommen wir mit einem staatsanwaltschaftlichen Beschluss für eine Blutprobe wieder. Das pikst dann ein bisschen.«

»Tu, was sie dir sagen, Schätzchen«, sagte Ursula Lohmann. »Es ist doch nicht schlimm und tut nicht weh.« Sie gab Verena mit einem Kopfnicken zu verstehen, dass Sina kooperieren würde. Die Mutter war also schon mal einverstanden. Blieb zu hoffen, dass die Tochter es auch war, sonst würden sie eine Menge Zeit verlieren.

Als Verena sich zum Ausfüllen des Belehrungsformulars an Sinas Schreibtisch setzte, fiel ihr Blick auf den Zettel, der dort lag. Ob der es war, den Sina vorhin geschrieben hatte? Sie überflog die wenigen Zeilen, die in einer Handschrift verfasst waren, die Verena vage an die Unterschrift vom Vernehmungsprotokoll oder von der Zeugenbelehrung erinnerte: »Lola, wir müssen reden. Bitte komm zu meinem Baumhaus. Du weißt, wie du mich findest. Ich hingegen finde dich nicht.«

Wieder das Baumhaus! Während sie Sinas Name und Geburtsdatum auf das Formular eintrug, fragte sie wie beiläufig: »Wer ist eigentlich Lola?«

Aus dem Augenwinkel beobachtete sie, wie Sina von leichenblass zu puterrot wechselte und ihre Lippen bebten. Einige Sekunden war Stille.

»Eine Freundin«, sagte sie dann so leise, dass es kaum zu verstehen war.

»Ich wusste nicht, dass du noch mehr Freunde neben Camilla hast«, sagte Verena. »Woher kennst du denn die Lola? Auch aus der Schule?«

Sina schüttelte heftig den Kopf. »Nein, von früher. Wir haben uns lange nicht gesehen und ich dachte, es wäre nett, sie mal wiederzutreffen.«

»Wo wohnt sie denn?«

Sina presste die Lippen zusammen und verschränkte die Arme fest vor der Brust. »Keine Ahnung, wo sie jetzt ist.«

»Ich möchte nicht neugierig sein, aber ich würde wirklich gern wissen, wie du Lola diese Nachricht zukommen lassen willst, wenn du nicht weißt, wo sie sich aufhält.«

»Ich weiß noch nicht, aber mir wird schon was einfallen. Muss ich hier unterschreiben?« Sie nahm die Einverständniserklärung zur Speichelprobeentnahme und studierte sie scheinbar hoch konzentriert, doch Verena war klar, dass das Mädchen einfach keine Fragen mehr beantworten wollte. Sie kapitulierte.

»Ja, hier unten, wo dein Name steht.« Sina unterschrieb das Formular in einer Schrift, die der, mit der die Nachricht an Lola verfasst war, sehr ähnlich war. Einen Moment lang fragte sich Verena, ob die meisten Menschen nicht manchmal voneinander abweichende Unterschriften haben und ob sie sich die verschiedenen Signaturen auf den Vernehmungsformularen vielleicht nur eingebildet hatte.

»Dann wünsche ich dir eine schöne Zeit mit deinen Freunden im Baumhaus«, sagte Verena. »Jetzt, wo es endlich Frühling wird, ist es bestimmt sehr schön dort oben. Du musst jetzt nur einmal kurz den Mund aufmachen.« Während Sina wie hypnotisiert nickte, streifte Verena die Einweghandschuhe über und nahm das Wattestäbchen aus der Faltschachtel. Damit strich sie Sina schnell über Zunge und die Innenseite der Wangen, steckte es in das dafür vorgesehene Plastikröhrchen und verschloss es luftdicht.

»Das war's schon. War doch gar nicht schlimm, oder?«

Sina schüttelte nur stumm den Kopf. Zu mehr schien sie gerade nicht in der Lage zu sein.

»Ich würde gern noch einmal mit Sina reden, aber auf der Dienststelle«, sagte Verena zu der Mutter des Mädchens, als diese sie zur Tür brachte. »Und ich möchte dies in Anwesenheit einer Psychologin tun, weil Sina sich in ihrer ersten Vernehmung mehrfach widersprochen hat.«

»Oh, das tut sie immerzu«, lachte Ursula Lohmann. »Sie ist ein bisschen launisch, müssen Sie wissen. Will jetzt dies und nachher jenes. Weiß morgen nicht mehr, was sie heute gesagt hat. Das ist wohl so in der Pubertät. Ganz normal bei ihr. Aber machen Sie nur. Rufen Sie einfach an, wenn Sie einen Termin vereinbaren wollen.«

»Danke. Nur noch eine Frage: Kennen Sie zufällig diese Lola, die eine Freundin Ihrer Tochter sein soll?«

»Nein, aber ich kenne ohnehin keinen von Sinas Freunden mit Namen. Sie bringt nicht oft welche mit, verstehen Sie? Um genau zu sein, eigentlich nie.« Ursula Lohmann reichte ihnen die Hand zum Abschied und verschwand im Haus, gefolgt von Flotsam und Jetsam wie von zwei treuen Schatten.

»Das ist also ganz normal bei ihr.« Verena schüttelte den Kopf. »Wie ignorant kann eine Mutter eigentlich sein? Ich habe ein einziges Mal mit Sina gesprochen und sofort festgestellt, dass mit ihr etwas nicht stimmt.«

Katz zuckte die Schultern. »Wir sind es gewohnt, unsere Zeugen genau zu beobachten und zu analysieren, um herauszufinden, ob sie die Wahrheit sagen. Diese Mutter hingegen scheint sich nicht sonderlich für ihre Tochter zu interessieren. Ich bin gerade unschlüssig, ob das vielleicht nicht sogar ein Glücksfall für Sina ist. Ich würde ungern ständig von dieser Frau und ihren Hunden überwacht werden wollen.«

Sie liefen den Kiesweg zur Einfahrt hinunter und waren schon fast am Tor angelangt, als Verena etwas einfiel. Abrupt blieb sie stehen.

»Warte, ich würde gerne noch kurz in den Garten hinter dem Haus gehen. Ich will mir dieses Baumhaus einmal anschauen.«

»Wie du willst. Ich warte im Auto auf dich.«

Zügig lief Verena den Weg zurück und bog um die Hausecke.

Eine Obstbaumwiese erstreckte sich über die gesamte Rückseite der Villa und endete an einer efeubewachsenen Mauer, etwa fünfzig Meter hinter dem Haus. Ein Kinderparadies! Oder Hundeparadies, wenn man es so sehen wollte. Rechter Hand, mit der Mauer als Rückwand, befand sich der Zwinger der beiden Doggen.

Verena legte den Kopf in den Nacken und ließ ihren Blick über die Kronen der Bäume schweifen, an denen sich zaghaft die ersten Knospen öffneten. Hier musste doch irgendwo Sinas Baumhaus sein. Ich kann es nicht übersehen haben, dachte Verena und setzte zu einer zweiten Rundschau an. So klein kann es nicht sein, wenn sie sich mit Freunden darin trifft. Und warum sollte sie bei diesem Detail lügen?

Dann sah sie es. Oder besser gesagt, die Reste davon. Ein paar morsche Bretter mit rostigen Nägeln hingen von einem der Apfelbäume. Das Einzige, was noch nahezu erhalten war, war die stabile Bodenplattform, die zwischen drei sich gabelnden Ästen befestigt war. Eine abgerissene Strickleiter aus zerfasertem Seil hing davon herunter und bewegte sich leicht im Wind.

Verena schaute sich die gespenstische Szene einige Sekunden lang an. Dann klappte sie den Mund wieder zu und ging langsam und nachdenklich zum Auto.

»Warum hast du das gemacht, in drei Teufels Namen?« Lola war außer sich vor Wut.

Maria zog erschrocken den Kopf ein. »Du sollst nicht vom Teufel reden! Was sollte ich denn tun? Sina hat sich sofort wieder nach drinnen geflüchtet, als die Frage nach dem Zettel kam. Dabei hat sie ihn selbst geschrieben, um mit dir Kontakt aufzunehmen, weil du dir ja zu fein dazu bist! Aber das konnte sie natürlich nicht zugeben.«

»Ja, die kann genauso wenig überzeugend schwindeln wie du! Du bist so 'n scheißbraves Mädchen, echt jetzt, zum Kotzen! Machst immer genau das, was du sollst, auch wenn's keiner von uns anderen will. Jetzt ham die unser DNA-Muster und es ist nur 'ne beschissene Frage der Zeit, bis sie wissen, dass wir in der verfickten Gartenlaube waren!«

»Jetzt halt aber mal die Luft an, Lola!«, mischte Rambo sich ein. »Verfickt ist diese Laube ja einzig und allein wegen dir. Und die DNA hätten sie irgendwann sowieso bekommen. Hätte Maria sie nicht freiwillig abgegeben, hätten sie irgendwann einen Beschluss der Staatsanwaltschaft gebracht. Jetzt sitzen wir natürlich schön in der Scheiße. Keine Ahnung, wie wir da jemals wieder rauskommen. Kein Wort davon zu Sina, verstanden? Die ist heute sowieso schon überfordert, lasst sie einfach in Ruhe.«

»Ich red ja eh nich mit der!« Lola lachte hämisch. »Und in ihr dämliches Baumhaus geh ich auch nich. Soll sie zu mir kommen, wenn sie was von mir will.«

»Du weißt genau, dass sie die Mauer zu dir nicht einreißen kann. Nicht von ihrer Seite. Die Barriere ist zu stark.«

»Na, dann lässt sie's eben bleiben. Ich brauch die nich.«

Mit diesen Worten drehte sich Lola um und stolzierte davon.

»Sie mag mich nicht«, sagte Maria weinerlich. »Dabei habe ich ihr überhaupt nichts getan. Aber weißt du was, ich mag sie auch nicht. Du glaubst vielleicht, ich weiß das nicht, aber ich kriege ziemlich viel mit von dem, was sie tut. Der ist nichts heilig, gar nichts. Wenn Sina wüsste, dass sie immer noch zu diesen Konzerten fährt …«

»Das muss sie ja nicht erfahren, Maria. Sie hat jetzt echt genug um die Ohren.«

»Warum tut Lola das, Rambo? Warum geht sie immer noch zu dieser Band?«

»Vielleicht weil sie glaubt, dass sie von denen akzeptiert wird. Wenn sie sonst schon niemand mag. Vielleicht fühlt sie sich bestätigt, wenn einer der berühmten Musiker sie mitnimmt, um mit ihr die Nacht zu verbringen. Das ist ja die einzige Art von Zuwendung, die sie kennt. Vielleicht ist das besser als gar keine.«

»Glaubst du, sie wäre anders, wenn wir sie mehr mögen würden?«

»Keine Ahnung, ob sie sich noch ändern kann.« Rambo seufzte. »Es liegt wohl in ihrer Natur. Vielleicht ist es sogar besser, dass Lola keinen Kontakt zu Sina will. So kann sie sich wenigstens nicht verplappern. Sina würde sie auch nicht mögen, da bin ich sicher. Gestern hat sie versucht, das Dark-Devil-Poster von der Wand zu reißen, aber Lola hat es festgeklebt. Man müsste neu tapezieren, um das wegzukriegen.«

»Oder was drüberkleben. Einen Kunstdruck von der Sixtinischen Madonna zum Beispiel.« Maria lächelte spitzbübisch, und auch Rambo musste lachen. Lola würde einen Anfall kriegen, wenn sie das sähe!

Bei dem Gedanken, wie es nun weitergehen würde, wurde er wieder ernst.

»Was machen wir denn, wenn wir ins Gefängnis müssen?« Maria fasste seine Befürchtungen in Worte.

Wenn er doch nur wüsste, wo dieser verdammte Stein geblieben war. Er war sicher, ihn angefasst zu haben. Aber was hatte er damit gemacht? Wenn die Polizei ihn gefunden hatte und der DNA-Vergleich – nein, er wollte nicht darüber nachdenken.

»Keine Ahnung«, wich er Marias fragendem Blick aus. »Wir müssen Sina da irgendwie raushalten, notfalls muss sie eben, solange es dauert, drinbleiben. Und wir anderen teilen die Strafe einfach zwischen uns auf. Dann ist es nicht so lange für jeden Einzelnen von uns.« Er versuchte ein schiefes Lächeln.

»Ich finde, dass Lola die Strafe allein absitzen sollte, schließlich hat sie uns das alles eingebrockt«, sagte Maria trotzig.

Rambo lächelte ihr aufmunternd zu. »Wir machen uns viel zu sehr 'nen Kopf. Nur weil die Polizei jetzt unsere DNA hat, heißt das doch noch lange nicht, dass wir eingesperrt werden.«

»Sicher?«, fragte Maria hoffnungsvoll.

Rambo antwortete nicht. Er konnte Maria einfach nicht anlügen.

»So, Sinas Speichel hätten wir, der von Strobl ist auch im Kasten.« Verena zog den Reißverschluss ihrer Jacke auf und legte Fahrtenbuch und Autoschlüssel auf Joosts Schreibtisch.

»Walter hat die Proben vom Gitarristen und vom Sänger«, sagte Joost. »Und Micha hat die vom Bassisten und vom Drummer eingesammelt. Damit hätten wir die Musiker alle beieinander. Allerdings konnte keiner der Knaben mit Sinas Foto etwas anfangen.«

»Strobl auch nicht, aber wenigstens haben wir die Speichelproben. Jetzt fehlt uns nur noch die von Wilfried Auth.«

»Hm, da sieht es leider nicht so gut aus«, entgegnete Joost. »Ich würde dir gern was anderes sagen, aber er hat nicht aufgemacht.«

»Ja, ich hab schon gehört, aber Triberg wird schon was einfallen, da bin ich sicher.«

»Ich schwöre, wir haben fast die Tür eingeschlagen.« Thea stand plötzlich hinter ihr und hob bedauernd die Hände. »Dann haben wir eine Klingelrunde bei den Nachbarn eingelegt. Hat aber nicht viel gebracht. Die meisten hatten ihn wochenlang nicht gesehen und gehen ihm sowieso aus dem Weg. Der müffelt immer so, hat ein kleiner Junge gesagt, und seine Mutter meinte, sie hätte jedes Mal Angst, wenn sie ihm im Hausflur begegnen würde, dass irgendwelches Ungeziefer auf ihre Kinder überspringt.«

»Ja, dann meinen wir denselben«, seufzte Verena. »Schade. Dann eben mit Gewalt. Ist ein Fax vom Standesamt Esslingen für mich gekommen?«

Joost schüttelte den Kopf. »Nein, angerufen hat auch keiner. Das muss wohl bis morgen früh warten, jetzt erreichst du dort niemanden mehr, die machen pünktlich Feierabend im Gegensatz zu uns.«

Morgen, alles erst morgen. Wäre Verena ein Pferd, hätte sie ungeduldig mit den Hufen gescharrt. Jetzt, wo der Fall richtig ins Rollen kam, fühlte sie sich von solchen bürokratischen Verzögerungen ausgebremst und frustriert. Sie seufzte.

»Okay, dann schreibe ich jetzt noch schnell den Untersuchungsantrag für Sinas Speichelprobe und lege sie in die Post. Und dann mach ich Feierabend. Mir reicht's für heute.«

»Und ich …«, begann Katz.

»Du hängst dich ans Telefon und singst Triberg die staatsanwaltschaftliche Vorladung rein, auf dich hört er eher als auf mich.« Verena schlug die Augen auf und klimperte mit den Wimpern. »Bitte!«

»Genau das wollte ich gerade vorschlagen, Gentleman, der ich bin.« Katz warf Verena eine Kusshand zu und verschwand in seinem Büro.

Als Verena endlich ihre Wohnungstür aufschloss, hatte sie vorher nahezu eine Stunde in der überfüllten U-Bahn verbracht, die wegen eines Personenschadens am Gleis liegen geblieben war. Wie gejagt war sie zu Hause die Treppe hinaufgerannt, und ihr erster Weg hatte zur Toilette geführt, dann unter die Dusche und schließlich zum Kühlschrank, der nicht mehr viel hergab. Ihr fiel ein, dass sie das Einkaufen verschoben hatte, weil Mona die nächsten Tage nicht da sein würde und gab sich mit einem Spiegelei auf einer Scheibe Vollkornbrot zufrieden, die sich an den Rändern schon wölbte. Ein Glas Tomatensaft zum Essen und sie hatte das beruhigende Gefühl, sich halbwegs gesund zu ernähren. Sie nahm den Teller mit an den Schreibtisch und fuhr den Computer hoch. Einen Augenblick zögerte sie, schimpfte sich eine unverbesserliche Stalkerin und tippte dann doch Terzenbachs Namen in die Google-Suchmaske ein. Wie erwartet bekam sie eine reiche Auswahl an Treffern, ganz oben auf der Liste sein Facebook-Profil. Sie folgte dem Link und starrte auf die mageren Infos und ein aus früheren Zeiten stammendes Profilbild seiner Privatseite. Sie müsste ihm eine Freundschaftsanfrage schicken, um mehr zu sehen. Nein, das ginge entschieden zu weit!

Sie rief die Facebook-Seite seiner Band auf, die öffentlich war. Sie fand Bandfotos, Kurzvideos von Konzertauftritten und Termine. In der linken Spalte bei den Fan-Beiträgen hatte jemand einen Nachruf auf Rolf Morlock gepostet. Es war nahezu der originale Wortlaut, den Joost an die Pressestelle gegeben hatte und der tags zuvor in der *Bild*-Zeitung erschienen war.

Verena schob sich den letzten Happen Brot in den Mund und schaute sich die Kommentare an.

Marvin Goll: Dachte ich mir doch, dass der nicht freiwillig gegangen ist!

Sabri Na: Oh nein, Rolf war immer mein Lieblingsdevil!

Daniel Hansen: Was willst du damit sagen @Marvin Goll? Dass die ihren eigenen Gitarristen plattmachen?

Marvin Goll: Hinner ist eh der bessere Gitarrist –

Daniel Hansen: Quatsch, Hinner ist Scheiße! Der hätte in seiner Schulband bleiben sollen.

Mikey Metal: Hinner hat Rolf bestimmt umgelegt, um an seine Gitarre zu kommen. Der hat mal in 'nem Interview gesagt, dass die jetzt an seiner Wand hängt. Wie so'n Geweih von 'nem Hirsch, den jemand geschossen hat.

Jonas Jenner: Wer hat dir denn ins Gehirn gekackt, das hätten die anderen ja wohl gemerkt.

Sabri Na: Und dann hätten sie ihn bestimmt nicht in die Band geholt. Ich find Hinner hässlich. Dem wachsen mehr Haare aus den Ohren als aufm Kopf.

Jonas Jenner: Jetzt reißt euch mal zusammen, ist euch eigentlich klar, dass die Band hier mitliest?

Verena seufzte und schloss das Browserfenster. Manchmal war sie ziemlich froh darüber, nicht reich und berühmt zu sein.

Während sie das benutzte Geschirr in die Küche räumte, klingelte das Telefon. Sie registrierte die Nummer ihres Exmanns auf dem Display und seufzte erneut. Doch es war ihre Tochter, die sich meldete.

»Hallo, Mona, schön, dass du anrufst. Na, wie ist denn das neue Baby?«

»Hm, im Moment sieht er noch aus wie ein geschrumpfter Opa: faltig, kahl und zahnlos. Ich hoffe, das wird noch.«

»Mit Sicherheit.« Verena lachte. »Und wie heißt er nun?«

»Oh, das ist eine längere Geschichte. Nonno besteht darauf, dass er nach ihm benannt wird, das wäre in Italien so üblich, und Papa traut sich wohl nicht, seinen Vater zu enttäuschen.

Also heißt er jetzt erst mal Bruno. Papa wollte seinen Sohn aber eigentlich Ronaldo nennen, weil er will, dass er ein berühmter Fußballer wird, also ist Ronaldo der zweite Name. Und Karola findet beide Namen blöd und hat auch noch Manuel durchgeboxt. Also heißt mein Bruder jetzt Bruno Ronaldo Manuel Zanolo.«

»Ist doch ein sehr klangvoller Name«, schmunzelte Verena. »Aber jetzt krieg ich direkt ein schlechtes Gewissen, weil ich dir nur einen einzigen Vornamen gegeben habe.«

»Ach nö, lass mal, da bin ich richtig froh drüber. Ich nenne meinen Bruder übrigens Jasper. Den Namen find ich cool. Und auf einen mehr oder weniger kommt es nun auch nicht mehr an, oder?«

»Bestimmt nicht«, versicherte Verena. Und jetzt kümmere dich mal wieder um deinen geschrumpften Opa. Ich höre ihn schon zetern.«

»Mach ich. Bye, Mom!«

»Tschüss, Liebes«, flüsterte Verena, schaffte es aber nicht, den Hörer vom Ohr zu nehmen.

»Mona? Bist du noch da?«

»Jaaa?«

»Ich hab dich lieb, mein Schatz. Musste ich dir jetzt einfach mal sagen.«

Schweigen am anderen Ende. Dann hörte sie, wie Mona sich räusperte.

»Mom? Ist irgendwas?«

»Nichts Besonderes. Ich hatte nur gerade das Bedürfnis, dich mal richtig fest in den Arm zu nehmen.«

»Aha. Kann es sein, dass du ’nen Kerl brauchst?«

Ein kleiner Schmetterling entfaltete seine Flügel in Verenas Magengrube. Sie hatte sich eben mit übermenschlicher Kraft von der Facebook-Seite losgerissen und sich fest vorgenommen, heute nicht mehr an ihn zu denken, doch die herausfordernde Frage ihrer Tochter, mehr im Scherz gestellt, rief ihn wieder auf den Plan.

Brauchte sie tatsächlich einen Mann? Sie hatte so viele Jahre allein gelebt und nichts vermisst. Wirklich nicht? Jetzt, wo es wieder jemanden gab, der sich in ihre Gedanken schlich und ihren Unterleib zum Zittern brachte, kamen ihr Zweifel. Aber brauchen und lieben waren doch zwei Paar Schuhe. Jemanden lieben, obwohl man ihn nicht braucht, das war es doch, worauf es ankam, oder? Das war doch viel ehrlicher als alles, was so gemeinhin als Liebe bezeichnet wurde und doch nur getarnte Abhängigkeit war.

»Mom? Bist du noch dran?« Monas Stimme holte sie in die Wirklichkeit zurück. Hatte sie einen Augenblick lang nicht zugehört?

»Ja, Liebes, was hattest du gesagt?«

»Ob du einen Kerl brauchst!«

Verena lächelte.

»Nein, ich brauche dich. Und ich bin wahnsinnig froh, dass ich dich habe.«

Und dass du nur für ein paar Tage bei deinem Vater bist, und nicht für immer, fügte sie in Gedanken hinzu, nachdem sie aufgelegt hatte.

Nach dem Telefonat mit Mona blieb Verena am Schreibtisch sitzen und dachte über ihre Tochter nach. Was hatte sie nur für ein Glück gehabt! Noch vor wenigen Monaten hatte Mona einer fragwürdigen Clique krimineller Jugendlicher angehört, und es hatte lange gedauert, bis ihre Tochter einsah, dass sie sich auf falsche Freunde eingelassen hatte. Es hätte auch anders ausgehen können, das war Verena durchaus bewusst. Vielleicht hatte Sina nicht so viel Glück gehabt. Wo war dieses Mädchen nur hineingeraten? Verena hatte das untrügliche Gefühl, dass der Schlüssel zu dieser Frage diese mysteriöse Lola war. Ob Sina womöglich deshalb nicht über sie sprechen wollte, weil Lola etwas angestellt, eine Schuld auf sich geladen hatte, für die Sina mitverantwortlich war und fürchtete, bestraft zu werden? Ob sie sich ihretwegen in dieses Netz von Lügen verstrickte? Umso länger Verena darüber nachdachte, desto sicherer wurde sie, dass ihr vieles klarer werden würde, wenn sie Lola fände. Nur wie sollte sie das anstellen? Über Sina war kaum an sie heranzukommen. Blieben die Klassenkameraden und ihre Familie, wobei sie die Mutter auch schon von der Liste streichen konnte.

Verena nahm einen Zettel und legte sich eine To-do-Liste an. »Hannah anrufen!«, schrieb sie ganz oben hin. Darunter: »Standesamt Esslingen zusammenstauchen!«

Und schließlich: »Herausfinden, wer Lola ist und was Sina mit ihr klären will. Mit Frank Lohmann reden!«

Sie musste nicht auf die Uhr schauen, um zu wissen, dass es für das Standesamt definitiv zu spät war. Aber um einen Termin mit Lohmann zu vereinbaren, war es noch früh genug. Sicher war er inzwischen zu Hause, und nachdem, was seine Frau gesagt hatte, durfte Verena ja jederzeit anrufen. Sie wollte gerade zum Telefon greifen, als es an der Wohnungstür klingelte. Verena legte die Liste zurück auf den Schreibtisch und ging öffnen.

Draußen stand Terzenbach mit einer Flasche Rotwein in der Hand.

»Un Barolo«, sagte er, ohne sich mit einer Begrüßung aufzuhalten und streckte ihr die Flasche entgegen. Hinter seinem Rücken holte er die zweite hervor:

»Due Baroli, war das jetzt richtig?«

Verena war viel zu verwirrt, um ihm zu antworten, geschweige denn ihm Baroli oder vielmehr Paroli zu bieten. Sie nahm ihm wie ferngesteuert die Flaschen ab und lehnte sich gegen die Wohnungstür, weil sie ihren Knien nicht mehr traute.

»Was … was machen Sie denn hier?«, fragte sie, nachdem sie sich wieder sortiert hatte.

»Dein Versprechen einfordern natürlich. Du hattest gesagt, ein andermal. Und das andermal ist heute, habe ich beschlossen.«

»Moment, Moment.« Verena versuchte, ihre Stimme in den Griff zu bekommen, tat es aber schnell als hoffnungslos ab. »Du stehst ohne Ankündigung vor meiner Tür und gibst noch im Hausflur eine Runde italienische Grammatik für Anfänger. Woher wusstest du, dass ich Barolo mag?« Sie hatte das Du genauso selbstverständlich übernommen, wie er es aufgebracht hatte, und es fühlte sich merkwürdig normal an.

»Ich wollte eigentlich Chianti kaufen, aber der Name hat mich überfordert, weil der eigentlich schon in der Mehrzahl steht. Darf ich reinkommen?«

Verena trat zur Seite, noch bevor ihr Verstand sie daran hindern konnte. Sie wollte sagen, dass sowohl Chianti als auch Barolo Weinbaugebiete sind, für die es keine Mehrzahl gibt, war aber sicher, dass er das selbst wusste. Nur, was sollte sie sonst sagen?

»Woher hast du meine Adresse?«

»Aus dem Telefonbuch.«

Einen Augenblick lang erwog Verena, wie Lohmann ihre private Nummer künftig geheim zu halten. Sie war von der Situation eindeutig überfordert. Es war ganz und gar unmöglich, dass sie mit einem Zeugen in ihrer Wohnung Wein trank.

»Ich halte das wirklich für keine gute Idee«, sagte sie lahm.

Terzenbach hatte inzwischen seine Jacke ausgezogen und an die Garderobe gehängt, als wäre er hier zu Hause. Dann drehte er sich zu ihr um. Sein Gesicht war nur wenige Zentimeter von ihrem entfernt. Sie wollte ihn wegschieben, aber sie hatte in jeder Hand eine Weinflasche.

»Ich bin froh, dass du dich nicht wehren kannst, ohne den guten Tropfen fallen zu lassen«, sagte er und küsste sie.

Wenn ich ihm jetzt die Flaschen auf den Kopf schlage, würde das sicher als Notwehr durchgehen, dachte Verena flüchtig, stellte sie aber auf dem Garderobentisch ab, um die Hände freizubekommen, damit sie durch die Ärmel ihrer Bluse passten, die Terzenbach ihr gerade von den Schultern streifte. Ein kleines Tier regte sich in ihr, von dem sie geglaubt hatte, dass es längst tot sei. Verschüttet unter den Trümmern ihrer Ehe, erstickt am Schmutz, mit dem sie und Fabio sich beworfen hatten. Jetzt kroch es ans Tageslicht, als müsse es um jeden Preis zeigen, dass es noch am Leben war, und dieses Gefühl fühlte sich seltsam vertraut an. Und faszinierend aufregend.

»Wir könnten den Wein erst atmen lassen«, sagte Terzenbach, als er von ihr abließ.

»Du könntest mich erst mal atmen lassen«, entgegnete Verena. Rock und Bluse lagen inzwischen auf dem Boden.

»Atmen wird völlig überbewertet, jedenfalls beim Wein.« Terzenbach stieß die Tür auf, hinter der er das Schlafzimmer vermutete.

»Ich habe mein Bett nicht gemacht«, keuchte sie in einem halbherzigen Versuch der Gegenwehr, der selbst in ihren Ohren albern klang.

»Das hätte sich auch nicht gelohnt«, flüsterte Terzenbach, als er sie zum Bett trug. Er legte sie auf die zerwühlte Daunendecke, in der noch der Albtraum der letzten Nacht nistete, und begann, jeden Zentimeter ihres Körpers zu küssen. Wider jede Vernunft genoss sie es unbeschreiblich. Wie sehr sie diese Zärtlichkeiten in den letzten Jahren vermisst hatte! Zweifel und Zurückhaltung lösten sich zusammen mit der Erinnerung an den Albtraum aus den Kissen und verschwanden durch das gekippte Fenster. Kleine Blitze zuckten durch ihren Körper und setzten sie von Kopf bis Fuß unter Strom. Und als er hart und unnachgiebig in sie eindrang, dachte sie einen winzigen Augenblick lang daran, dass nicht nur ihre Tochter, sondern auch der verdammte Messmer wieder einmal recht behalten hatten.

Die Abendglocken riefen sie heraus. Maria schaute sich um und versuchte sich zu orientieren. Das Letzte, woran sie sich erinnerte, waren Lolas verletzende Worte und der Streit wegen dieser DNA-Probe. Maria hasste es zu streiten. Und sie verabscheute Lola. Sie hatte sich an ihren sicheren Ort zurückgezogen und versucht, die Panik zu unterdrücken. Es war ihr nicht gelungen. Noch immer presste die Angst ihr Herz zusammen, wenn sie daran dachte, dass sie vielleicht ins Gefängnis mussten, ohne überhaupt zu wissen, was passiert war.

Jetzt saß sie plötzlich auf einer Steinbank neben einem steinernen Brunnen, in den eine Eidechse Wasser spie. Über ihr ausladende Äste, an deren Zweigen sich das erste Grün entfaltete. Vor sich auf der Straße sah sie die Schienen der Stadtbahn, die im Licht der Straßenlaternen glänzten, und als sie den Kopf nach rechts wandte, erkannte sie eine Haltestelle. »Bubenbad, IB Jugendgästehaus« stand an dem Wartehäuschen. Sie hatte eine vage Ahnung, wo sie sich befand, aber keine Idee, wie sie hierhergekommen war.

Nicht, dass ihr so etwas zum ersten Mal passierte. Meistens war es allerdings die Schule, wo sie sich unvermittelt wiederfand, häufig in der Reli-Stunde. Eigentlich immer, wenn sie einen Test schreiben mussten. Auch der Musikunterricht war ihr Job, und das auch nur, weil sie vor vielen Jahren, als sie noch sehr klein war, einmal Klavierunterricht bekommen hatte.

Maria spürte, dass ihre Füße schmerzten, als würden sie in einem Schraubstock klemmen. Sie streckte sie von sich und sah, dass sie Lolas hochhackige rote Pumps trug. Dazu schwarze Nahtstrümpfe und einen Ledermini. Na großartig! Die Dame hatte sie hierhergebracht, warum auch immer, dann irgendwann die Lust verloren und sich vom Acker gemacht. Nun war es an ihr, in diesem nuttigen Outfit nach Hause zu finden.

Maria seufzte. Lauschte den letzten Tönen der Abendglocken und betete still um Beistand. Sie wollte nicht wütend sein und war es doch immer und immer wieder, sobald Lola ihr in die Quere kam.

Von fern sah sie die U15 auf die Hauptstraße einbiegen. Maria wusste, dass sie mit dieser Bahn bis zum Pragfriedhof fahren konnte. Von dort aus könnte sie nach Hause laufen. Sie verfluchte die halsbrecherischen Pumps, als sie mit schmerzenden Füßen zur Haltestelle rannte, gab dem Fahrer ein Handzeichen und schlüpfte durch die Tür, die sich gerade wieder schließen wollte. Erschöpft ließ sie sich auf den mit blau gemustertem Velours bezogenen Sitz fallen. Als die Bahn losfuhr war das Angelusläuten verstummt.

4

Völlig aufgelöst und wieder einmal zu spät, platzte Verena am nächsten Morgen in die Frühbesprechung. Sie hatte den Weg von der Bahn zum Präsidium im Laufschritt zurückgelegt und war zum Glück viel zu kurzatmig, um sofort eine Entschuldigung hervorzubringen, sie hatte ohnehin keine parat, denn die Wahrheit konnte sie unmöglich sagen. Das Haar hing ihr wirr in die Stirn, als müsse es ein Kainsmal verbergen, das klar und deutlich dort prangte: Schaut her, ich habe mit einem Zeugen aus dem laufenden Verfahren geschlafen!

»Hab verpennt«, murmelte sie undeutlich, weil ihr nichts Besseres einfiel, und stellte ihren Becher unter die Kaffeemaschine. Solange das Mahlwerk kreischte, würde niemand eine weitere Erklärung von ihr erwarten, und als sie sich endlich auf ihren Platz setzte, war Joost schon zum nächsten Thema übergegangen.

»Triberg hat mir zugesichert, dass die staatsanwaltschaftliche Ladung an Auth heute noch rausgeht. Wir müssen damit leben, dass auch die Staatsanwaltschaft zuerst eine Vorladung schicken muss, bevor sie einen Vorführbefehl verfügt. Dass wir damit noch mehr Zeit verlieren, ist einfach ärgerlich.«

»Der Mann hat offensichtlich gelogen«, sagte Verena. »Er hat behauptet, seine Tochter wäre als Au-pair in England, obwohl sie seit zwei Jahren tot ist!«

»Das macht ihn aber nicht gleich zum Beschuldigten«, sagte Scholl. »Auch hier gilt zunächst die Unschuldsvermutung. Vielleicht hat es ihn psychisch so mitgenommen, dass er ihren Tod verdrängt hat. Dass er neben der Spur läuft, ist ja offensichtlich.«

»Apropos neben der Spur«, sagte Verena an Ströbele gewandt. »Rudi hat mir erzählt, dass du in Sinas Schule warst und die Mitschüler befragt hast. Wir haben hier eine Aussage-gegen-Aussage-Situation. Camilla sagt, Sina wollte zur Stagedoor, Sina bestreitet es. Wie haben die Mitschüler Sina denn so vom Wesen her beschrieben?«

»Launisch, unberechenbar, unzuverlässig. Mal direkt unterwürfig, dann wieder aufmüpfig. Alles in allem nicht sehr beliebt.«

»Kann ich mir vorstellen.« Verena war nicht sonderlich überrascht. »Und die Lehrer?«

»Ich habe mit ihrer Klassenlehrerin gesprochen. Sie sagte, dass Sinas Leistungen extrem schwanken. In ihrem Notenspiegel findet man so ziemlich alles zwischen Einsern und Fünfern, sogar im selben Fach. Im letzten Schuljahr habe sie einen länger anhaltenden Leistungseinbruch gehabt, aber seit einigen Wochen läuft es wieder ganz ordentlich.«

»Hat inzwischen das Standesamt Esslingen etwas von sich hören lassen?«, fragte Verena.

»Im Fax war nichts«, sagte Thea. »Was aber auch nicht verwunderlich ist. Die fangen doch eh nie vor 9 Uhr an.«

»Denkste, wochentags ab 7:30 Uhr, ich hab mich kundig gemacht. Schade, dass ich mir den Namen der Dame nicht notiert habe, die könnte sich frisch machen!« Verena sah auf die Uhr. Jetzt war es 8:15 Uhr, wenn sie nach der Besprechung sofort beim Standesamt nachhakte, würde sie es sogar schaffen, Hannah noch vor ihrer Sprechstunde zu erreichen, die erst um neun begann.

Gestern Abend war sie natürlich nicht mehr zum Telefonieren gekommen. Um ehrlich zu sein, sie hatte es nicht mal mehr in die Nähe ihres Schreibtisches geschafft. Nicht einmal in die Nähe des Wohnzimmers, geschweige denn des Telefons. Wie eine Siebzehnjährige hatte sie sich gefühlt, die ihr erstes aufregendes Abenteuer als Frau erlebt.

Heute Morgen hatten sie sich übernächtigt am Frühstückstisch gegenübergesessen, komplizenhaft schmunzelnd und mit einem Hauch schlechtem Gewissen, wie zwei Gauner nach einer erfolgreichen nächtlichen Raubtour.

Der Abschied war flüchtig gewesen, weil sie nach einem Blick auf die Uhr hektisch aufgesprungen war, wohl wissend, dass sie ohnehin zu spät zum Dienst kommen würde. Keine Verabredung, kein Versprechen für ein nächstes Mal. Mehr als ein One-Night-Stand durfte es auch nicht werden. Ein kleiner schmerzhafter Stich in ihrer Magengrube, aber den war es wert gewesen.

Verena schrak aus ihren Gedanken, als Katz seinen Kaffeebecher auf den Tisch knallte. Irgendwann würde sie ihm so einen Filzuntersetzer schenken, den man beim Würfeln verwendete.

»Mir hat das mit Morlocks verschwundenem Auto keine Ruhe gelassen«, sagte er gerade. »Ist ja gut möglich und auch wahrscheinlich, dass es gestohlen wurde, aber es muss doch irgendwann mal aufgetaucht sein.«

»Vielleicht ist es in der Schrottpresse gelandet«, sagte Ströbele.

»Eine S-Klasse?«, erboste sich Scholl. »Obendrein ein Jahreswagen«, legte er noch eine Spur entrüsteter nach.

»Hat das jetzt wirklich Snape gesagt?« Katz schaute ungläubig in die Runde. »Ich dachte immer, für jemanden, der Harley fährt, ist eine S-Klasse das reinste Spießer-Auto!«

»Er könnte es nach Polen verkauft haben«, gab Verena zu bedenken. »Falsche Kennzeichen dran und weg ist das Ding. Alles ein Kinderspiel innerhalb der EU.«

»Ja, nur sind wir jetzt wieder bei der Frage: Wer ist dieser ominöse Er.« Joost klopfte permanent mit dem Kugelschreiber auf die Tischplatte, eine dumme Angewohnheit, der er instinktiv frönte, wenn er nachdachte. Verena beschloss, noch einen zweiten Filzuntersetzer zu kaufen.

»Das Auto könnte uns vielleicht ein Stück weiterbringen. Aber nur vielleicht«, sagte sie. »Und solange wir das nicht finden – und ich glaube kaum, dass es nach so langer Zeit noch mal auftaucht –, machen wir einfach mit dem weiter, was wir haben. Ich für meinen Teil kümmere mich jetzt um das psychologische Gutachten für Sina Lohmann, und dann wird mich die Dame im Standesamt Esslingen mal richtig kennenlernen.«

Wie auf Stichwort lief das Faxgerät an. Thea, die am nächsten dran saß, zog das Papier heraus und las.

»Mit der musst du dich nicht mehr anlegen, Verena«, sagte sie. »Verwende deine Energie lieber darauf herauszufinden, wie und warum Annika Auth Suizid begangen hat.«

»Suizid durch Sprung aus großer Höhe. Mehr habe ich beim Standesamt nicht erfahren. Die Polizeidienststelle, bei der ich daraufhin angerufen habe, hat in ihrem Leichenbuch nachgeschaut und das bestätigt, aber mehr konnten die mir in der Geschäftsstelle auch nicht sagen.«

Während Verena mit Hannah telefoniert und sie gebeten hatte, Sinas nächster Vernehmung als Gutachterin beizuwohnen, hatte Katz versucht, Erkundigungen zum Selbstmord Annika Auths einzuholen. Jetzt wickelte er einen Schokoriegel aus, für den er in letzter Zeit eine Schwäche entwickelt hatte, und biss hinein.

»Sie konnten mir gerade noch sagen, wer damals der Sachbearbeiter war. Aber der konnte sich natürlich ebenso wenig erinnern. Kam mir noch ziemlich blöd, so nach dem Motto: ›Wisst ihr eigentlich, wie viele Suizide wir seitdem hatten?‹«

»Die Aktei dürfte die Rapportmeldung noch haben«, erinnerte ihn Verena. »Die Laufzeit von zwei Jahren ist noch nicht ganz vorbei.«

»Was glaubst du, was ich angefordert habe?« Katz schob die zweite Hälfte des Riegels in den Mund und kaute genüsslich. »Als nach zwei Stunden immer noch kein Fax da war, habe ich wieder angerufen. Das Hühnchen in der Geschäftsstelle meinte, sie hätte sie in die Post gegeben.«

»Also haben wir sie nicht vor morgen«, resümierte Verena. »Wie sagt doch der Dalai Lama so schön: ›Alles kommt zu dem, der warten kann.‹«

»Der Dalai Lama hat gut reden. Der muss keinen Mordfall lösen.«

»Der Vater«, sagte Verena, »der wird es wissen. Leider will der nicht mit uns reden.«

»Ich würde mich am liebsten vor seiner Tür postieren und warten, bis er das Haus verlässt. Ihn dann schnappen und herbringen. Irgendwann muss er doch mal auf die Straße gehen. Den Müll runterbringen oder so.«

»Wie lange willst du da warten? Bis Weihnachten? Sah die Wohnung etwa aus, als hätte er im letzten halben Jahr einmal den Müll runtergebracht?« Seufzend knüllte Verena Katz' Schokoriegelverpackung zusammen und warf sie in den Papierkorb.

»Dann eben bis er zum Schnapsladen geht.« Katz wickelte einen zweiten Riegel aus.

»Du wirst fett, wenn du so weitermachst«, warnte ihn Verena.

»Nervennahrung«, mümmelte Katz. »Mir ist klar, dass Auth nicht mitkommen muss, solange wir keine Anordnung vom

Staatsanwalt haben. Wenn er der nicht Folge leistet, können wir ihn abholen.«

»Er hat ein Motiv und kein Alibi, außerdem hat er nachweislich gelogen, damit könnten wir einen Anfangsverdacht begründen«, sagte Verena. »Aber wenn wir ihn als Beschuldigten belehren, muss er keine Angaben machen, ach verdammt!«

»Die macht er sowieso nicht. Und wenn, dann lügt er.«

»Euer Optimismus ist wirklich beispielhaft!« Joost war hereingekommen, ohne dass sie es gemerkt hatten. »Es ist nur eine Frage der Zeit, bis wir Auth hier haben. Gestern Abend hatte er schon die staatsanwaltschaftliche Vorladung im Kasten. Wenn er sich heute im Laufe des Tages nicht meldet, wird er geholt. Notfalls gehen wir mit dem Schlüsseldienst oder der Feuerwehr in die Wohnung. Ist er eigentlich vorbestraft?«

»Einmal wegen Körperverletzung, aber das ist schon fünf Jahre her«, sagte Katz. »Damals haben sie noch in Stuttgart gewohnt. Er hat dem Freund seiner Tochter eine gescheuert, weil er sie geküsst hat, und der Vater hat Anzeige erstattet. Harmlose Sache, der Junge war sechzehn, das Mädchen knapp vierzehn. Auth ist mit einer Geldstrafe davongekommen.«

Joost nickte nachdenklich. »Scheint ein ziemlich strenger Vater zu sein. Wundert mich, dass er das Mädchen mit sechzehn zu diesem Konzert hat gehen lassen. Aber weshalb ich eigentlich hier bin: Frank Lohmann sitzt im Besucherzimmer. Er ist ziemlich aufgelöst und behauptet, jemand hätte die Hunde seiner Frau vergiftet.«

»Meine Frau hatte einen Nervenzusammenbruch«, begrüßte er Verena und Katz, noch bevor diese die Tür hinter sich geschlossen hatten. »Ich musste den Notarzt rufen, der hat ihr eine Beruhigungsspritze gegeben.«

»Jetzt setzen Sie sich erst mal, Herr Lohmann«, sagte Verena. »Und dann erzählen Sie von Anfang an. Wann ist das passiert, und vor allem, woher wissen Sie so genau, dass die Hunde vergiftet worden sind?«

»Weil irgendjemand Fleischwurst über die Mauer geworfen hat, verdammt noch mal! Die Reste lagen noch auf dem Rasen. Wir geben den Hunden niemals Fleischwurst.« Er rang sichtlich um Fassung. »Mein Gott, ich weiß natürlich nicht mit Sicherheit, womit die präpariert war. Rattengift, Pflanzenschutzmittel, keine Ahnung. Fakt ist, dass kein Hund der Welt – und erst recht keine Deutsche Dogge – an normaler Fleischwurst stirbt!«

»Da haben Sie sicher recht.« Verena dachte nach, versuchte ihre Worte sorgfältig abzuwägen. »Verstehen Sie mich nicht falsch, aber mich wundert, dass Sie damit zu uns kommen. Normalerweise erstattet man Anzeigen dieser Art beim zuständigen Polizeirevier.«

Lohmann schaute sie verblüfft an. »Anzeigen dieser Art? Ist das hier die Mordkommission oder nicht? Und sind die Hunde ermordet worden, oder wie nennen Sie es, wenn jemand mit präparierter Fleischwurst vergiftet wird?«

»Würde es sich bei den Opfern um Menschen handeln, wären Sie hier auch vollkommen richtig«, kam Katz Verena zu Hilfe. »Aber es gibt da einen feinen aber wichtigen Unterschied. Ich meine, Sie beerdigen die Tiere ja auch nicht auf dem Pragfriedhof.«

Lohmann schwieg. Er presste die Lippen zusammen und knetete seine Finger.

»Haben Sie einen Verdacht, wer das getan haben könnte und warum?«, fragte Verena.

Lohmann schüttelte den Kopf.

Abermals versuchte Verena, ihre Worte sorgfältig abzuwägen. Sie vermutete, dass er sehr wohl wusste, dass die Tötung eines

Tieres kein Fall für ihr Dezernat war, und war sich sicher, dass da noch mehr war, das er aber zurückhielt.

»Halten Sie es für Zufall, dass wir Ihre Tochter in einem Ermittlungsverfahren wegen Mordes befragen und zur selben Zeit jemand Ihre Hunde vergiftet? Könnte das vielleicht als eine Art Warnung zu verstehen sein?«

»Meine Tochter hat nichts mit diesem Mord zu tun!« Lohmann war aufgesprungen und ballte die Fäuste. »Das Mädchen war nur zufällig bei diesem Rockkonzert. Von Rechts wegen müssten Sie jeden überprüfen, der an diesem Abend in der Schleyerhalle war.«

»Sicher gab es noch andere Konzertbesucher neben Ihrer Tochter«, sagte Katz. »Aber die Spur der anonymen Anruferin, die vorgab zu wissen, wer den Mann ermordet hat, führt nun mal zu Ihnen.«

»Wie ich schon sagte, ich habe keine Ahnung, wie Sie darauf kommen. Wir drehen uns im Kreis.«

Verena war klar, dass sie sich auf hauchdünnem Eis bewegte, aber wenn sie Lohmann schon einmal dahatte, wollte sie die Gelegenheit auch nutzen.

»Wo wir schon mal bei Sina sind, würde ich Ihnen gern noch einige Fragen zu Ihrer Tochter stellen.«

Lohmann nahm wieder Platz, lehnte sich zurück und verschränkte die Arme. »Was wollen Sie denn wissen?«

»Als ich mit Sina gesprochen habe, konnte sie sich nicht an ihre Kindheit erinnern. Sie wusste nichts mehr von der Zeit, als sie klein war, nicht einmal, womit sie gespielt hatte.«

»Ist das nicht normal, dass man sich an seine frühe Kinderzeit nicht mehr erinnert?«, fragte Lohmann verblüfft. »Ich könnte Ihnen auch nicht mehr viel von meiner erzählen.«

»Mag sein, dass man nicht mehr sehr viel weiß«, sagte Verena.

»Aber es gibt doch bei jedem von uns zumindest Fragmente der Erinnerung, kleine Episoden, so unbedeutend sie auch sein mögen. Bei Sina aber war da gar nichts.«

Lohmann zuckte die Achseln. »Vielleicht war sie einfach eingeschüchtert. Man wird schließlich nicht jeden Tag von der Polizei befragt. Da lässt einen die Erinnerung schon mal im Stich.«

»Möglich. Vielleicht können Sie uns aber etwas darüber erzählen. Wie war Sina als Kind? War sie schüchtern, aufgeweckt, womit hat sie sich beschäftigt? Erzählen Sie einfach drauflos, alles was Ihnen einfällt.«

Lohmanns Gesicht wurde weich. »Sie war einfach zauberhaft! Das schönste Kind der Welt. Wahrscheinlich behauptet das jeder Vater von seiner Tochter, aber ich habe das jedenfalls so empfunden.«

Verena staunte, welcher Wandel sich von einer Minute auf die andere in Lohmann vollzogen hatte. Eben war er noch barsch und abweisend gewesen, und plötzlich saß sie einem stolzen Vater gegenüber, der nicht genug von seinem Kind schwärmen konnte. Sie beschloss, vorerst keine detaillierten Fragen zu stellen, sondern ihn einfach reden zu lassen. Erfahrungsgemäß erfuhr sie auf diese Weise am meisten.

»Ihre Geburt hat mein Leben verändert«, redete Lohmann weiter. »Es ist schwer zu beschreiben, und wahrscheinlich wird es niemand glauben, der es nicht selbst erlebt hat, wie sich von einem Tag auf den anderen die Prioritäten verschieben. Freundschaften gingen in die Brüche, weil ich neben der Arbeit für niemanden mehr Zeit hatte außer für meine kleine Familie. Aber das war mir egal.«

»Und Ihre Frau? Wie kam sie mit Sina zurecht?« Verena vermutete, dass Sinas Mutter wohl eher ein Gegengewicht zu der großen Zuneigung des Vaters dargestellt hatte.

»Ursula hatte nach der Geburt eine Wochenbettdepression. Kommt ja manchmal vor. Also habe ich Urlaub genommen und mich die ersten Wochen um Selina gekümmert. Vielleicht ist unser Verhältnis deshalb so eng. Ursula konnte das nie aufholen. Sie hat die Distanz zu unserer Tochter nie richtig überwunden. Die beiden sind sich auch so gar nicht ähnlich. Man könnte meinen, sie stammen aus verschiedenen Welten.«

»Wie war Sinas Verhältnis zu anderen Kindern? Hatte sie viele Freunde im Kindergarten?«

»Kindergarten? Sie ging nicht in den Kindergarten. Wir waren in der glücklichen Lage, darauf nicht angewiesen zu sein. Ursula war ja zu Hause, und wir hatten die ersten Jahre auch eine Nanny. Und dann schafften wir auch die Hunde an, da hatte sie genug Gesellschaft.«

Hunde als Geschwister, dachte Verena. Das ist freilich ein angemessener Ersatz. Ob die Lage für Sina so glücklich gewesen war wie für ihre Eltern, wagte sie zu bezweifeln.

»Was hat sie sonst so als Kleinkind gemacht, außer mit den Hunden und der Nanny zu spielen?«, fragte Katz.

Lohmann dachte nach. »Sie hat eine Zeit lang Klavierstunden bekommen, musikalische Früherziehung nannte sich das. Ein oder zweimal die Woche. Ursula war der Meinung, dass ein Mädchen ein Instrument lernen müsse und hat sie immer zu einem Lehrer gefahren.«

»Wie alt war Sina damals?«, fragte Verena.

»Lassen Sie mich überlegen, so vier oder fünf vielleicht. Während der Schulzeit verlief das dann im Sande. Das Klavier steht jetzt eigentlich nur noch als Staubfänger in ihrem Zimmer.«

»Erinnern Sie sich, wie der Lehrer hieß?« Mit sehr viel Glück erinnerte sich dieser vielleicht noch an das Mädchen und konnte sagen, ob Sina damals schon diese Verhaltensauffälligkeiten gehabt hatte. Die Chancen standen nach all den Jahren nicht sehr gut, das war Verena durchaus bewusst. Doch in ihrer Situation musste sie nach jedem Strohhalm greifen.

Lohmann schaute Verena verwundert an.

»Ich habe wirklich keine Ahnung. Ich habe diesen Lehrer nie gesehen. Der Unterricht war vormittags, und es war Ursulas Aufgabe, unsere Tochter dorthin zu bringen. Dieser Unterricht war schließlich ihre Idee, sie hat auch die Suchanzeige aufgegeben und den Lehrer bezahlt. Das ist alles so lange her. Vielleicht weiß meine Frau den Namen noch.«

»Fragen Sie sie bitte danach.«

»Ich kann es versuchen«, seufzte Lohmann. »Obwohl ich glaube, dass Ursula jetzt andere Sorgen hat.«

Natürlich, das Ableben zweier naher Angehöriger, dachte Verena mit einer Spur von Sarkasmus. Das genießt im Moment natürlich höchste Priorität.

»Sonst hatte Sina keine Außenkontakte?«

Lohmann zuckte die Schultern. »Keine Ahnung, mir fällt im Moment nichts weiter ein.«

»Aber sie muss doch die Gesellschaft anderer Kinder vermisst haben«, gab Katz zu bedenken.

»Ich glaube nicht. Später, als Selina schon in der Schule war, kam ab und zu mal eine Freundin, die aber immer mal wieder wechselte. Ich glaube, unsere Tochter war einfach zu wählerisch.« Er lächelte.

»Können Sie sich an ein Mädchen namens Lola erinnern? Das muss ein Mädchen aus ihrer jüngeren Vergangenheit sein, zu dem sie vielleicht heute noch Kontakt hat«, fragte Verena.

»Ich habe keine Ahnung.« Lohmann schien aufrichtig überrascht. »Vielleicht jemand aus ihrer Klasse?«

»Nein«, sagte Katz, »das haben wir schon überprüft.«

Lohmann hob bedauernd die Schultern. »Dann kann ich Ihnen auch nicht helfen.«

Es ist zum Kopf-an-die-Wand-schlagen, dachte Verena. Sina noch einmal nach Lola zu fragen, war wenig Erfolg versprechend. Ihre Angaben waren noch weniger zuverlässig als der Wetterbericht.

»Und innerhalb der Familie? Gab es da noch Kontakte?«

»Ihre Cousine kam eine Zeit lang regelmäßig zu Besuch. Die Schwester meiner Frau arbeitete damals im Außendienst und war viel unterwegs. Mein Schwager war dann mit dem Kind häufig bei uns. Allerdings ist Janine vier Jahre jünger als Selina. So viel hatten die beiden auch nicht gemeinsam. Meistens spielten sie mit Barbiepuppen, das mochten sie beide, die Große wie die Kleine.«

Vier Jahre jünger, das hieß, das Mädchen war heute vierzehn, so alt wie ihre eigene Tochter. Nein, Verena war sicher, dass eine Vierzehnjährige unmöglich die anonyme Anruferin gewesen sein konnte.

»Darf ich fragen, warum Sie das alles wissen wollen? Mit dem Tod unserer Hunde hat das ja ganz sicher nichts zu tun.«

Ach ja, die Hunde, erinnerte sich Verena. Er wollte ja etwas von ihr, nämlich die Aufklärung ihrer Vergiftung. Deshalb war er wahrscheinlich auch plötzlich so kooperativ.

»Reine Routine«, sagte sie leichthin. »Wir überprüfen einfach nur Ihr familiäres Umfeld, weil, wie ich schon sagte, der anonyme Anruf in dem Mordfall, den wir bearbeiten, zu Ihnen führt.«

»Nun, ich bin eigentlich wegen eines anderen Mordfalls hier«, antwortete Lohmann etwas säuerlich. »Den an unseren Hunden.«

»Wie ich schon sagte, dieses Delikt fällt eigentlich nicht in unseren Zuständigkeitsbereich«, entgegnete Verena zuckersüß.

»Aber ich komme Ihnen gern entgegen, wenn Sie mir auch ein Stück entgegenkommen.« Es mochte Erpressung sein, das war Verena durchaus bewusst, aber der Zweck heiligte die Mittel, und wie es aussah, schien Lohmann sich in sein Schicksal zu fügen.

»Zurück zu Sina. Hatte sie nicht zu irgendeiner Zeit eine beste Freundin? Wenigstens vorübergehend? Und fällt Ihnen wirklich kein Name ein? Bitte überlegen Sie noch mal genau.«

Lohmann schien einen Augenblick lang nachzudenken, schüttelte dann aber den Kopf.

»Nicht dass ich wüsste. Ich kann mich an keine erinnern. Aber sie hatte als Kind diese unsichtbaren Spielkameraden. Manchmal führte sie Selbstgespräche mit verstellten Stimmen. Mitunter war ich sicher, sie sieht da wirklich jemanden. Kann sein, dass das davon kam, dass sie ziemlich viel allein war. Aber wir haben es einfach nicht fertiggebracht, sie in einen Kindergarten zu geben. Wenn ich nur daran denke: Da holt man sich alle Krankheiten, die Gott zu bieten hat, Masern, Mumps, Windpocken, dreimal im Jahr Läuse, man zofft sich mit Gleichaltrigen, kriegt von Älteren Sandschaufeln auf den Kopf und muss sich von den Erzieherinnen anschnauzen lassen …« Frank Lohmann schien während seiner Kindergartenzeit keine allzu guten Erfahrungen gesammelt zu haben. »Ich wollte sie von alldem fernhalten. Eigentlich wollte ich sie vor allem beschützen, was ihr schaden konnte. Können Sie das verstehen? Dass man den Gedanken, jemand könnte seinem Kind wehtun, einfach nicht ertragen kann?«

Verena musste lächeln. Und wie sie das verstehen konnte! Allerdings hatte sie bisher immer geglaubt, dass diese Eigenschaft den Müttern vorbehalten sei. Beruhigend zu wissen, dass es auch Väter gab, die so dachten. Auch wenn sie gehörig über das Ziel hinausschossen, wie das bei Frank Lohmann eindeutig der Fall zu sein schien.

»Aber eine Lola war auch da nicht dabei?«, wagte sie einen letzten Versuch.

»Nicht dass ich wüsste, mit Namen dürfen Sie mir nach so langer Zeit nicht mehr kommen.« Lohmann hob entschuldigend die Hände.

»In Ordnung, Herr Lohmann«, sagte sie in einem Anflug plötzlicher Sympathie für diesen Mann. »Wenn Sie uns die Reste dieser Fleischwurst vorbeibringen, werde ich sie ausnahmsweise zur Untersuchung an unser Labor weiterreichen.«

»Die habe ich schon dabei«, sagte er, klappte seinen Aktenkoffer auf und stellte eine Tupperdose mit den Wurstresten auf den Tisch.

»Prima.« Verena zog ein Sicherstellungsformular aus der Schreibtischschublade und füllte es aus. »Bitte nur noch hier unterschreiben, und dann gehen Sie nach Hause zu Ihrer Frau. Ich glaube, die braucht jetzt dringend Trost.«

»Unsichtbare Spielkameraden. Was blieb dem Kind auch anderes übrig, wenn es kaum unter Menschen kam?« Verena heftete das Vernehmungsprotokoll in die Fallakte und klappte schwungvoll den Deckel zu. »Wenn er ein so enges Verhältnis zu ihr hat, wie er vorgibt, muss auch ihm irgendwann aufgefallen sein, dass Sina sich widersprüchlich verhält. Aber welcher Vater, der sein Kind so abgöttisch liebt, gesteht sich das schon ein? Er hakt es als ein wenig absonderlich ab und schiebt es darauf, dass sie als Kind wenig mit Gleichaltrigen zu tun hatte.«

»Ich frage mich«, sagte Katz, »ob Sina nicht gerade deshalb so seltsam geworden ist, weil sie so überbehütet aufgewachsen ist. Kinder brauchen Gleichaltrige, um sich altersgemäß zu entwickeln. Kein Kindergarten. Ein Vater, der sie von allem, was ihr schaden könnte, fernhalten will – keine festen Freundschaften, kaum Kontakt zur Außenwelt, bis auf ein bisschen Klavierunterricht. Das Mädchen ist vermutlich sozial verwahrlost, weil sie gar keine Erfahrung im Umgang mit Freunden machen durfte. Sie fantasiert sich welche zusammen, von denen sie sich dann einbildet, sie in ihrem Baumhaus zu treffen. Ein Baumhaus, das seit Jahren verfallen ist!« Er sah Verena zweifelnd an. »Erhoffst du dir eigentlich wirklich etwas von diesem Klavierlehrer, falls wir ihn jemals finden sollten?«

Verena seufzte. »Ich habe keine Ahnung, Roman. Ich glaube, ich bin einfach verzweifelt und feure Schüsse ins Blaue ab. Du hältst es also für möglich, dass es diese Lola gar nicht gibt? Dass Sina sich diese Freundin nur einbildet?«

Katz lachte trocken auf. »Ich halte im Moment so ziemlich alles für möglich. Was wahrscheinlich heißt, dass ich keinen wirklichen Durchblick mehr habe.«

Verena dachte eine Weile nach. »Wir können diese Spur nicht einfach fallen lassen, auch wenn diese Freundin nicht real sein sollte. Walter hat ja die Namensliste der Klassenkameraden überprüft und wir wissen, dass keine Lola dabei war. Aber vielleicht ist diese Lola ja nicht in ihrer Klasse. Vielleicht nicht einmal in ihrer Klassenstufe. Worauf ich hinauswill ist …« Sie zögerte und schaute Katz mit treuen Augen an.

»Worauf du hinauswillst ist, dass ich die grob geschätzt vierhundert Schüler des Hölderlin-Gymnasiums auf ihre Vornamen überprüfen soll, hab ich recht?«

Verena warf ihm eine Kusshand zu.

»Sei froh, dass Sina nicht aufs Heidehof-Gymnasium geht, dort wären es mehr als doppelt so viele! Komm schon, Roman, du magst doch Kinder.«

»Zu Befehl, Chefin«, Katz stöhnte und machte sich eine Notiz. »Auch wenn ich nicht viel Hoffnung habe, aber du bist der Boss.«

Verena verdrehte die Augen. Fing das schon wieder an! Dass er sie mit Chefin ansprach, war ein Relikt aus der Zeit, als er noch einen Dienstgrad unter ihr gestanden hatte. Seit er selbst zum Hauptkommissar befördert worden war, hatte er dieses Wort bislang nie wieder verwendet.

»Du sollst mich nicht Chefin …« Sie drehte sich zu ihm um und sah, dass Katz grinste. »Du sollst mich nicht verarschen!«, verbesserte sie sich, und beide lachten.

»Zielte deine Frage vorhin darauf ab, dass diese Cousine vielleicht unsere anonyme Anruferin sein könnte? Vielleicht war sie ja vor zwei Jahren bei Lohmanns zu Besuch und hat von deren Apparat aus bei der Telefonseelsorge angerufen.«

»Und vor ein paar Tagen noch mal von einem Fernsprecher am Bahnhof Feuerbach? Glaub ich nicht. Die Stimme war auch jünger als vierzehn. Wir haben leider überhaupt nichts in der Hand, außer Michas Aussage, dass er sicher ist, beide Anruferinnen wären identisch.«

Katz war gerade losgefahren, um Sina von der Schule abzuholen, als das Telefon klingelte. Doch als Verena abnahm, hörte sie nur das Freizeichen. In ihrer Tasche klingelte es unvermindert weiter. Das Handy! War sie gedanklich schon so sehr von dem Fall beansprucht, dass sie die Klingeltöne nicht mehr unterscheiden konnte? Hastig wühlte sie sich durch ihre Handtasche. Das konnte nur Mona sein, sie war nahezu die Einzige, die sie auf dem Handy anrief, weil sie immer wieder vergaß, sich ihre Büronummer abzuspeichern. Endlich hatte sie es gefunden.

»Was gibt's denn, Süße?«

»Wenn schon, dann Süßer, bitte«, meldete sich Terzenbach.

Verena war einen Moment lang sprachlos.

»Äh, wie … warum … woher hast du meine Nummer?«

»Aus deinem Handy. Es lag so einladend auf deinem Schreibtisch herum. Ich hab nur ganz kurz reingeschaut, um mir deinen Kontakt einzuspeichern, Ehrenwort!«

Verena schaute zu ihrer Bürotür, die nur angelehnt war, stand auf und drückte sie zu, bevor sie sich wieder setzte.

»Ach Uwe, es ist nicht sehr klug, was wir tun. Ich komme in Teufels Küche, wenn das rauskommt.«

»In Teufels Küche ist es jedenfalls wärmer und gemütlicher als auf einer nasskalten Wolke. Komm schon, es wird niemand erfahren, solange du es nicht erzählst.«

Verena seufzte. »Mein Karma ist, dass so was immer rauskommt, egal wie verschwiegen ich bin. Versteh doch, das kann mich meinen Job kosten.«

»Davon hast du dich gestern Abend aber nicht abhalten lassen.«

»Ja, und das war sehr, sehr dumm.«

»Aber auch sehr, sehr schön, oder?«

»Ja.« Sie schwieg lange und Terzenbach schwieg mit ihr.

»Ich möchte dich wiedersehen«, sagte er schließlich, als sie schon fürchtete, er habe aufgelegt.

»Das geht nicht«, sagte sie nach mehreren Anlaufversuchen. Verdammt, tat das weh!

»Du willst nicht?«

»Ich kann nicht!« Wann hatte sie sich zum letzten Mal so verzweifelt angehört?

»Dein letztes Wort?«

Verena atmete schwer, während sie nach einem Ausweg suchte.

»Hör zu, lass uns nur so lange pausieren, bis dieser verdammte

Fall abgeschlossen ist, okay? Wenn wir es dann immer noch wollen …«

»Natürlich wollen wir es dann noch! Also, ich kann natürlich nur für mich sprechen …«

»Du weißt ja nicht, wie schwer mir das fällt!«

»Ich kann es mir denken.« Er klang, als ob er lächelte. »Dann beeil dich mal ein bisschen mit dem Ermitteln und ruf mich an, wenn du den Mörder hast. Meine Nummer hast du ja.«

»Uwe?«

Er hatte aufgelegt.

Verena hielt ihr Handy noch eine Weile gedankenversunken in der Hand, bis sie es schließlich zurück in ihre Tasche gleiten ließ. Wann war ihr das letzte Mal etwas so schwergefallen? Die Versuchung nachzugeben, war so groß gewesen, dass sie übermenschliche Kräfte hatte mobilisieren müssen, um seinem Werben zu widerstehen. Eigentlich hatte sie vorgehabt, ihm den Laufpass zu geben. Ihr war klar, dass sie die Regeln brach und sie konnte es sich kein weiteres Mal leisten. Die Fehler, die sie in ihrem letzten Fall gemacht hatte, lasteten noch schwer auf ihren Schultern.

Es gab Tage, an denen sie ihren Job verfluchte, der ihr im vergangenen Jahr um ein Haar die Zuneigung ihrer Tochter gekostet hatte. Jetzt stand sie im Begriff, einen Mann zu verlieren, in den sie sich entgegen jeder Vernunft unsterblich verliebt hatte. Sie war ganz und gar nicht sicher, dass er warten würde, bis die Ermittlungen abgeschlossen waren. Das konnte Wochen dauern, und in dieser Zeit konnte er jede Frau haben, die er wollte. Er musste nur mit dem Finger schnipsen und die Mädchen würden sich ihm reihenweise an den Hals werfen. Bildete sie sich wirklich ein, dass sie, eine arbeitswütige Frau im mittleren Alter, nicht mehr für ihn war als ein willkommenes Abenteuer zwischendurch, eine Eroberung, mit der er sein Ego für kurze Zeit auf Hochglanz bringen konnte? Er konnte sich brüsten, eine Kommissarin geknackt zu haben, die dieser Versuchung eigentlich niemals hätte nachgeben dürfen.

Verenas Handflächen kribbelten, als stünden sie unter Strom. Sie wusste nicht, wie lange sie nun schon wie gehetzt in ihrem Büro auf und ab lief, als Joost plötzlich in der Tür stand. Sie hatte sein Klopfen nicht gehört. Abrupt blieb sie stehen.

»Setz dich mal lieber.« Er schaute an ihr vorbei, griff nach dem gravierten Plastikschild mit der Aufschrift »Vernehmung, bitte nicht stören!« und hängte es von außen an die Zimmertür.

Verena ließ sich auf ihren Bürostuhl fallen. Sie kannte diesen Blick ihres Chefs, der nichts Gutes verhieß. Triberg war der Erste, der ihr einfiel. Was ist ihm jetzt schon wieder sauer aufgestoßen?

Joost nahm ihr gegenüber auf dem Besucherstuhl Platz und faltete die Hände auf dem Tisch.

»Ich habe eben einen anonymen Anruf bekommen.«

»Wieder dieses Kind?«, war Verenas erster Gedanke, den sie spontan aussprach. Aber warum suchte Joost dann das Gespräch unter vier Augen und thematisierte es nicht bei einer Soko-Besprechung?

»Nein. Kein Kind. Eine erwachsene Person.«

Vager ging es kaum. Ihr Chef suchte sichtlich nach den richtigen Worten.

»Ja?«, half sie nach.

»Verena, ich weiß nicht, was ich davon halten soll. Aber jemand hat dich zusammen mit einem Zeugen auf dem Schlossplatz gesehen. Einem Zeugen aus dem laufenden Verfahren. Bei … einer Art Picknick. Und es habe ganz und gar nicht dienstlich ausgesehen.«

Verena stockte der Atem. Das durfte ganz einfach nicht wahr sein! Es war bestimmt nur ein furchtbarer Albtraum. Sie versuchte verzweifelt aufzuwachen, aber diesmal funktionierte es nicht.

»Wer?«, stieß sie hervor. Zu vollständigen Sätzen war sie gerade nicht in der Lage.

»Wenn ich wüsste wer, hätte ich nicht anonym gesagt. Aber du streitest es nicht ab, wie ich sehe.«

»Ich habe mich mit Terzenbach zu einer dienstlichen Befragung am Schlossplatz getroffen«, sagte sie, und ihr Mund war staubtrocken dabei. »Wir wollten in ein Café gehen, aber es war alles voll und wir hatten weder Lust noch Zeit, lange zu suchen, also haben wir uns ein Baguette geholt und uns auf die Wiese gesetzt. Mehr war da nicht!«

Es war wie ein Déjà-vu. Ein ähnliches Kreuzverhör hatte sie vor einigen Monaten schon einmal erlebt, nur war das in Joosts Büro gewesen. Damals hätte sie um ein Haar ihren Fall abgeben müssen. Nicht wegen eines Mannes, sondern wegen eines halbwüchsigen Jungen, der Triberg Informationen in die Hände gespielt hatte. Inzwischen hätte sie wissen müssen, dass kleine Sünden sofort bestraft werden, dennoch hatte sie wieder den Fehler gemacht, Persönliches mit Dienstlichem zu vermischen. Und postwendend die Quittung dafür bekommen.

»Ihr hättet auf einer Decke gelegen und …«

»Die Decke hatte er von einem Freiluftcafé ausgeliehen, weil das Gras noch feucht war«, fuhr Verena dazwischen. »Und wir haben nicht gelegen, sondern gesessen.« Hatten sie das wirklich die ganze Zeit? Hatte sie sich nicht irgendwann entspannt auf den Rücken fallen lassen? Verdammt, wer war dieser verfluchte Spanner, der sie genau in diesem Moment beobachtet hatte?

»Ich war noch nicht fertig«, sagte Joost, sichtlich bemüht, ruhig zu bleiben. »Ich musste mir außerdem anhören, dass du diesen Mann geküsst hättest! Oder war das deine ganz spezielle Art, seine DNA zu erheben?«

Für einen Moment war Verena sprachlos. Dann lachte sie hysterisch auf.

»Glaub mir, Rudi, daran würde ich mich erinnern. Ich küsse nämlich nicht täglich wildfremde Männer, die mir bei meinem Job über den Weg laufen. Traust du mir das wirklich zu?«

»Ich gebe nur weiter, was ich gehört habe«, entgegnete Joost. Sein Gesicht war völlig ausdruckslos. Verena wäre jede Wette eingegangen, dass ihn diese unbewegte Mine alle Kraft kostete, die er aufbringen konnte. Sie überlegte fieberhaft. Niemand wusste von diesem Treffen, sie hatte noch nicht einmal einen Vermerk darüber geschrieben. Und sie hatte niemandem davon erzählt außer – außer Hannah. Aber es war doch ganz ausgeschlossen, dass Hannah … schließlich war sie ihre Freundin! Auch dieses Misstrauen war ihr bestens bekannt, und es hatte sie beinahe schon einmal ihre Freundschaft gekostet, aber diesmal ließ sie es gar nicht erst an die Oberfläche kommen. Undenkbar. Ganz und gar unmöglich!

»Ich kann natürlich nicht das Gegenteil beweisen«, sagte Verena, so sachlich sie nur konnte. »Aber an dieser Geschichte ist nichts dran! Irgendwer will mir mal wieder eins auswischen. Ich habe nur keine Idee, wer Grund dazu hätte. War der Anrufer ein Mann oder eine Frau?«

»Was spielt das für eine Rolle? Ihr wurdet gesehen, so viel ist klar. Und das gibt kein gutes Bild der Polizei in der Öffentlichkeit ab, das muss ich dir sicher nicht erklären.«

Verena war wie betäubt. Sie konnte einfach nicht glauben, dass ihr das schon wieder passierte. Wie oft konnte das noch gut gehen, bis ihre Alleingänge nicht mehr tragbar waren und sie ihren Hut nehmen durfte? Im Geist sah sie sich schon mit Mona und einem kleinen Gaskocher unter der Cannstatter König-Karl-Brücke campieren, während Briefe von Fabios Anwalt zu Papierschiffchen gefaltet vorbeischwammen. Jetzt bloß kein Selbstmitleid. Die *Bild*-Zeitung, die immer mal wieder einen Artikel über die Arbeit der Mordkommission brachte, hatte sie erst kürzlich in der Serie »Stuttgarts starke Frauen« vorgestellt, und jetzt hatte sie Gelegenheit zu beweisen, dass sie eine war. Erst als Joost ihr eigenes Päckchen Kleenex über den Tisch schob, wurde ihr bewusst, dass das, was sie an der Wange kitzelte, eine Träne war. Unwillig wischte sie sie weg.

»Kannst du nicht über die Verbindungsdaten herausfinden …«

»Dazu müsste ich ein Verfahren eröffnen«, unterbrach sie Joost, »und den Antrag bei der Staatsanwaltschaft stellen. Ich glaube nicht, dass du das wirklich willst.«

Verena biss sich auf die Lippen. Wie verwirrt musste sie sein, dass sie daran nicht gedacht hatte?

»Wenn du schon wieder befangen sein solltest, Verena«, sagte Joost und atmete schwer, bevor er weitersprach, »darf ich dich in diesem Fall nicht weiterermitteln lassen. Dir muss klar sein, dass ich diesen Fehler nicht ein zweites Mal machen kann!«

»Aber was kann ich denn dafür, wenn jemand solche Lügen über mich verbreitet?«, rief Verena verzweifelt.

Joost blieb ihr eine Antwort schuldig und stand auf. Aus seinem Blick sprachen tiefes Mitleid, aber auch eine deutliche Spur Misstrauen. Zu Recht. Natürlich zu Recht. Er kannte sie seit Jahren und traute ihr eine Menge zu. In jeder Hinsicht.

Bevor er ging, schob er die Kleenex-Box noch ein Stück weiter zu ihr hin. Dann zog er die Tür leise hinter sich zu. Das Vernehmungsschild ließ er hängen.

Hannah sah aus, als hätte sie ihre Garderobe in einer Kleiderkiste auf dem Dachboden gefunden. Sie trug eine grell gemusterte Tunika zu einer Jeans, deren weiter Schlag mit bunten Blumen bestickt war. Mit dem türkisfarbenen Tuch, das sie in die rotblonden Locken gebunden hatte, wirkte sie wie ein Relikt aus Woodstock-Zeiten. Nur die Plateau-Clogs fehlten, ansonsten wäre das Bild komplett gewesen.

Verena sparte sich einen Kommentar, sie hatte sich daran gewöhnt, dass Hannah in den letzten Monaten ihre Identitätssuche zunehmend über ihre Kleidung ausdrückte. Stattdessen schloss sie ihre Freundin in die Arme.

»Ich bin so froh, dass du kommen konntest. Wie geht es dir?«

»Danke, es muss.« Hannah sah sich in dem karg möblierten Büro um, und Verena folgte ihrem Blick. Der Pressspanschreibtisch aus den späten Achtzigern, von dessen Ecke das Furnier abplatzte, der Aktenschrank, dessen Tür nicht mehr richtig schloss, aus demselben Jahrzehnt. Drei nicht zusammenpassende Stühle, deren ergonomische Eigenschaften infrage gestellt werden mussten. Einzig die drei Orchideen auf dem Fensterbrett, die Verena in den letzten Jahren von ihren Kollegen zum Geburtstag geschenkt bekommen hatte, und das Foto von Mona neben dem Computermonitor gaben dem Raum eine persönliche Note. »Jedenfalls geht es mir wesentlich besser als vergangenes Jahr, als ich das letzte Mal hier war.«

»Das vergessen wir am besten ganz schnell wieder. Setz dich. Du hast die Wahl zwischen einem ordinären Holzstuhl, einem durchgesessenen Polstermöbel und einem Bürodrehstuhl, dessen Sitzfläche nach vorn kippt, wenn du dich nicht millimetergenau hinsetzt.«

»Den Stuhl mit dem durchgesessenen Polster kenne ich noch vom letzten Mal, an den habe ich keine guten Erinnerungen.

Ich nehme den Holzstuhl, der sieht solide aus.« Sie lachte, brach aber ab, als sie Verena genauer ansah.

»Ich sollte besser fragen, wie es dir geht. Du hast geheult, oder?«

»Scheiße, sieht man das immer noch?« Verena hatte sich in der vergangenen Viertelstunde die Böden zweier Joghurtbecher aus dem Dezernatskühlschrank auf die Augen gepresst und den Lidstrich nachgezogen, doch Hannah konnte sie offenbar nichts vormachen.

»Deine Augen sind rot. Willst du mir nicht erzählen, was los ist?«

Verena zögerte. Jeden Moment konnte Katz mit Sina hier auftauchen, und sie fürchtete, wieder die Fassung zu verlieren, wenn sie sich auf das Thema Terzenbach einließ. Andererseits hatte sie das dringende Bedürfnis, sich jemandem anzuvertrauen. Und nun, wo Hannah schon mal da war …

»Ich hab dir doch von dem Picknick im Schlossgarten erzählt.«

Hannah seufzte. »Ich hätte wissen müssen, dass ein Kerl dahintersteckt!«

»Nein, nicht was du denkst. Irgendjemand muss uns gesehen haben. Und hat das meinem Chef gesteckt. Anonym am Telefon.«

Hannah schüttelte langsam den Kopf. »Das kann ich nicht glauben!«

»Ich auch nicht. Als mein Chef mir das vorhielt, war ich wie paralysiert. So muss sich die Jungfrau Maria gefühlt haben, als sie feststellte, dass sie schwanger war.«

»Nur dass die wenigstens durch einen Engel vorgewarnt wurde. Aber wer soll da zufällig vorbeigekommen sein, der euch beide kennt? Da kann es doch nicht so viele geben! War der Anrufer ein Mann oder eine Frau?«

»Das hat er mir nicht verraten«, sagte Verena zerknirscht.

»Wem außer mir hast du noch davon erzählt?«

»Das ist es ja. Niemandem.« Sie wollte jetzt nicht darüber nachdenken, was das bedeuten konnte, es kitzelte schon wieder gefährlich in ihren Tränendrüsen.

Hannah dachte einen Moment nach, bevor ihr die Bedeutung von Verenas Worten aufging.

»Du glaubst doch jetzt aber nicht, dass ich …«

»Nein! Nein, das darfst du nicht mal denken.«

»Dann hat er es vielleicht jemandem erzählt!«

Verena presste sich die Handballen auf die Augen. Jetzt hatte Hannah ausgesprochen, woran sie um nichts in der Welt hatte denken wollen. Die Möglichkeit, dass Terzenbach mit seinen Eroberungen vor seinen Kumpels angab, war in ihrem Weltbild nicht vorgesehen. Und doch war es die einzig logische Erklärung, die sie hatte. Er musste es herumerzählt und – was das Schlimmste war – noch einen Kuss dazu gedichtet haben, der zu diesem Zeitpunkt noch Zukunftsmusik gewesen war. Was er sicher nicht eingeplant hatte, war, dass jemand diese Geschichte gegen sie verwenden würde. Jemand, der offenbar Interesse daran hatte, dass sie von den Ermittlungen abgezogen wurde, schlimmstenfalls ihren Job verlor. Aber wer um alles in der Welt konnte das sein? Das Kribbeln in den Tränenkanälen wurde stärker. Sie kapitulierte und zog ein Kleenex aus der Box.

»Du musst mit ihm reden«, sagte Hannah leise. »Er allein weiß, wem er es weitergetratscht hat. Auch Männer müssen sich offenbar mal einem Freund anvertrauen. In diesem Fall ziemlich sicher einem falschen Freund.«

»Ich weiß nicht, was das bringen soll, außer dass ich mich zum Affen mache. Außerdem traue ich mich einfach nicht, ihn noch einmal anzurufen.«

»Aber es ist doch wichtig zu wissen, wer ein Interesse daran haben könnte, dir zu schaden. Das wirklich Schlimme ist ja nicht, dass dein Lover geplaudert hat, sondern dass es offenbar jemanden gibt, der das ausnutzt, um dich kleinzukriegen.«

Verena schniefte und warf das Papiertaschentuch mit Schwung in den Mülleimer.

»Ich bin ein bisschen paranoid geworden, Hannah. Irgendwo da draußen scheint es jemanden zu geben, der alles über mich weiß. Ich werde ganz sicher keinen Kontakt mehr zu Uwe aufnehmen. Wenn das wieder rauskommt, bin ich geliefert.«

Hannah antwortete nicht. Sie nahm Verena nur wortlos in den Arm.

»Wir sollten zum eigentlichen Thema kommen«, schlug Verena tapfer vor und löste sich aus der Umarmung. »Roman kann jeden Moment mit Sina hier sein, und vorher muss ich dir einiges zu ihr sagen. Noch ist sie im Zeugenstatus, aber es kann sein, dass das nicht mehr lange so sein wird.«

»Besteht denn ein Tatverdacht gegen sie?«

»Wir können es nicht ausschließen. Sie war am Abend vor dem Mord sehr wahrscheinlich mit dem Opfer zusammen, auch wenn sie es in ihrer ersten Vernehmung bestritten hat. Aber wir haben eine Zeugenaussage, die das belegt. Und dann ist da noch die Aussage dieser jungen anonymen Anruferin, die behauptet zu wissen, wer den Mord begangen hat.«

»Was hat sie mit dem Mädchen zu tun?«

»Wir haben Grund zu der Annahme, dass dieses Kind mit Sina in Verbindung steht, ein früherer Anruf von ihm kam vom Anschluss der Familie Lohmann, also aus dem Haus, in dem Sina wohnt. Die Stimme war definitiv die eines viel jüngeren Kindes, aber Sina hat keine kleine Schwester und die Familie bestreitet, dass es andere Kinder in ihrem Haushalt gibt. Die Geschichte ist kompliziert, aber als Gutachterin bekommst du natürlich Akteneinsicht und wirst dir selbst ein Bild von den Ermittlungen machen können.«

Hannah hatte aufmerksam zugehört und nickte ruhig.

»Und du möchtest von mir wissen, ob bei Sina eine psychische Störung vorliegt, oder ob sie einfach nur lügt.«

»Ganz genau.«

»Was dann auch eine Frage der Schuldfähigkeit wäre.«

»Daran hatte ich auch gedacht.«

»Habt ihr noch andere Indizien, die das Mädchen als Täterin infrage kommen lassen?«

»Bisher nicht. Allerdings haben wir ihre DNA, um sie mit Spuren in der Nähe des Tatorts abzugleichen. Das Ergebnis ist aber noch nicht da.«

»Ich verstehe.« Hannah überlegte einen Augenblick, bevor sie weitersprach. »Wenn ich zu dem Schluss komme, dass das Mädchen nicht schuldfähig ist, kann ich das natürlich in meinem Gutachten attestieren. Das heißt aber noch lange nicht, dass das vor Gericht auch anerkannt wird.«

»Ich habe mir nie eingebildet, dass dieser Fall einfach wird.« Verena lachte nervös. »Vielleicht kommt es ja gar nicht so weit. Wenn Sinas DNA im Abgleich mit den Tatortspuren negativ ist ...«

Sie wurde von einem Klopfen an der Zimmertür unterbrochen. Es war Katz, der Sina hereinführte.

»Wenn du mich brauchst, ich bin in meinem Büro«, sagte er knapp und zog die Tür hinter sich zu.

Sina wählte den Stuhl mit der durchgesessenen Polsterung. Ein scheuer Blick zu Hannah, während sie sich setzte. Verena stellte die beiden einander vor und Hannah reichte Sina die Hand. »Ich bin hier, weil ich dir helfen will, dich zu erinnern«, sagte sie.

Sina öffnete den Mund, als wollte sie etwas sagen, klappte ihn dann aber wieder zu und schwieg.

»Wir werden die Befragung zusammen durchführen«, sagte Verena. »Ich werde anfangen, und wenn Frau Gotthardt Zwischenfragen stellt, beantwortest du die bitte auch. Möchtest du etwas trinken?«

»Ein Wasser bitte.« Es war fast ein Flüstern.

Verena nahm ein frisches Glas aus dem Schrank und schenkte ein. »Ich hab leider nur stilles.«

»Kein Problem«, hauchte Sina, nahm ihr das Glas ab und hielt sich daran fest, ohne zu trinken.

»Vorab muss ich noch einmal die Belehrung wiederholen, auch wenn du sie schon kennst. Du musst mit deinen Antworten auf unsere Fragen weder dich selbst noch deine Familie belasten. Das heißt, dass du nicht antworten musst, wenn wir solche Fragen stellen. Wenn du aber etwas sagst, muss das die Wahrheit sein, verstanden?«

Sina nickte.

»Okay, ich fange noch mal beim Abend des Konzerts an. Du hast behauptet, danach nicht an der Stagedoor gewesen zu sein, sondern Camilla gesucht zu haben und – als du sie nicht gefunden hast – allein nach Hause gefahren zu sein. Camilla sagt aber etwas anderes, nämlich, dass du sehr wohl vorhattest, zum Bühnenausgang zu gehen und sie diejenige war, die ohne dich heimgefahren ist. Was stimmt denn nun?«

Sina sah Verena mit großen Augen an und hielt ihrem Blick stand. »Ich war nicht an der Stagedoor«, sagte sie leise, aber bestimmt.

Verena tauschte einen kurzen Blick mit Hannah und sah, dass Hannah fast unmerklich nickte. Sie glaubte ihr.

»Was hast du dann nach dem Konzert getan?«

Schweigen. Die Wanduhr tickte laut eine halbe Minute weg.

»Ich … ich weiß es nicht mehr«, sagte Sina schließlich.

»Was ist denn das Letzte, woran du dich erinnerst?«, schaltete sich Hannah ein.

»Dass ich draußen vor der Halle stand und mich nach Camilla umgesehen habe. Ich hatte sie im Gedränge verloren.«

»Und dann?«

»Dann weiß ich nur noch, dass ich irgendwann zu Hause war.« Sina schaute zwischen Verena und Hannah hindurch und fixierte irgendeinen Punkt an der Pinnwand hinter ihnen. Der Wasserspiegel in ihrem Glas zitterte fast unmerklich.

»Wie bist du dorthin gekommen?«, fragte Hannah.

»Mit der Bahn, glaube ich.«

»Du glaubst, aber du weißt es nicht sicher?«

Sina schüttelte den Kopf.

»Hast du öfter solche … Gedächtnislücken?«

Kaum wahrnehmbares Schulterzucken. »Es ist schon so lange her.«

Verena beschloss, sie nicht weiter in die Enge zu treiben, bevor sie ganz dichtmachen würde. Sie suchte nach etwas Unverfänglicherem.

»Was magst du denn so an der Band?«, fragte sie.

Sinas Augen wurden enger. Sie war auf der Hut.

»Ach, ich finde die eigentlich gar nicht so toll. Sind mir zu laut.«

»Warum warst du dann bei dem Konzert?«

»Camilla wollte unbedingt hin. Sie wollte aber nicht allein gehen, also hat sie gebettelt, dass ich mitkomme.« Die Antwort kam wie auswendig gelernt.

»Aber du hast immerhin noch dieses Poster an deiner Wand. Und deine Mutter sagte, du seist Fan von ihnen gewesen.«

»Ach, was geht das die Alte an!« Von einem Augenblick auf den anderen hatte Sina ein wütendes Funkeln in den Augen, das Verena noch nie bei ihr gesehen hatte. »Woher will die wissen, wen wir mögen und wen nich? Die kümmert sich doch ’nen Scheißdreck drum, was wir tun oder lassen!« Sie knallte das Glas so heftig auf den Tisch, dass das Wasser überschwappte.

»Wir?«, fragte Hannah mit hochgezogenen Augenbrauen.

Das Zögern war so kurz, dass es kaum wahrnehmbar war.

»Mein Vater und ich!« Sie schleuderte die Worte über den Tisch wie etwas Ekliges, das man angewidert von sich wirft.

»Die kümmert sich doch nur um ihre beschissnen Köter. Wenigstens sind die jetzt verreckt! Was geht es Sie überhaupt an, ob wir an der bekackten Stagedoor waren oder nich? Ist doch meine Privatsache. Bin schließlich als Zeugin hier, oder etwa nich?«

»Und Zeugen müssen die Wahrheit sagen. Das hast du gerade erst bei der Belehrung gehört. Und du hast auch gesagt, dass du sie verstanden hast.« Verena ließ sich äußerlich nicht aus der Ruhe bringen, aber innerlich stand sie unter Strom. Das hier war nicht die Sina, die sie kannte. Sie schaute kurz zu Hannah, doch deren Gesicht war völlig reglos.

»Gar nichts muss ich sagen! Ich kenne meine Rechte, verdammte Scheiße! Und Sie, Sie wolln uns nur einschüchtern.«

»Uns?«, fragte Hannah.

»Ach, ficken Sie sich doch selbst!«

Die Hand griff nach dem Wasserglas und stieß es um.

»Entschuldigung!« Ein unterwürfiger Blick unter flatternden Wimpern, in denen plötzlich Tränen schimmerten. »Tut mir sehr leid, wirklich. Ich weiß gar nicht, wie ich das wiedergutmachen kann.«

Die Entschuldigung galt nicht nur dem umgeworfenen Glas. Sina hatte sich wieder im Griff.

Verena riss Papiertücher von einer Rolle und wischte mit betont ruhigen Bewegungen ihren Schreibtisch ab.

»Lassen Sie, das kann ich doch machen!« Mit hochrotem Kopf zog Sina ein Taschentuch aus ihrer Hose. Es war ein großes kariertes Männertaschentuch. Als sie es bemerkte, wurde ihr Gesicht noch eine Spur röter und sie stopfte es schnell zurück.

So viel zum unverfänglichen Thema, dachte Verena. Das war ja gründlich nach hinten losgegangen.

»Jetzt beruhige dich erst mal. Das kann doch jedem passieren.« Den unflätigen Gefühlsausbruch, der dem Unfall mit dem Wasserglas vorausgegangen war, erwähnte sie mit keinem Wort.

»Was haltet ihr von einer kleinen Pause?«, schlug Hannah vor. »Sina könnte sich im Besucherzimmer ein wenig sammeln und vielleicht einen Tee trinken. Und ich hätte nichts gegen eine Tasse Kaffee einzuwenden.«

Verena verstand. Sie hatte auch Redebedarf. Sie nahm den Telefonhörer ab und wählte Theas Nummer.

»Könntest du meiner Zeugin im Besucherzimmer ein wenig Gesellschaft leisten? So zehn Minuten vielleicht? Prima, danke, Thea.«

»Wenn sie nicht eine oscarreife Schauspielerin ist, dann bin ich ziemlich sicher, womit wir es hier zu tun haben«, sagte Hannah, als Verena mit dem Kaffee zurück war. »Hast du schon mal was von einer dissoziativen Identitätsstörung gehört?«

»Kannst du das auch auf Deutsch sagen? Ich habe heute meinen *Pschyrembel* zum Nachschlagen nicht dabei.«

Hannah lachte. »Entschuldige. Mediziner sind einfach furchtbar. Kannst du mit dem Begriff multiple Persönlichkeit mehr anfangen?«

Natürlich hatte Verena die Bezeichnung schon gehört. Sie

brachte die Worte Persönlichkeitsspaltung und Stimmenhören damit in Verbindung, viel mehr aber auch nicht.

»Ist das so etwas wie Schizophrenie?«

»Nein, nein, ganz anders. Obwohl sehr viele das verwechseln, Laien wie auch Mediziner. Du glaubst gar nicht, wie viele Fehldiagnosen es auf diesem Gebiet gibt. Das liegt wohl am Stimmenhören, was aber auch so ziemlich das Einzige ist, das beide Diagnosen gemeinsam haben.«

»Und was sind die Unterschiede?« Verena wusste, dass sie mit dieser Frage vermutlich eine Lawine lostrat und hoffte, dass Thea genügend Zeit hatte, um bei Sina zu bleiben, solange sie mit Hannah sprach.

»Ein wichtiger Unterschied ist, dass bei Schizophrenen die Stimmen von außen kommen, wogegen Multiple sie in ihrem Inneren wahrnehmen. Das bedeutet, dass das Stimmenhören bei Schizophrenen auf Halluzinationen beruht, bei Multiplen hingegen gehören diese Stimmen zu real existierenden Personen.«

Verena verschluckte sich am Kaffee und musste husten. »Willst du mich auf den Arm nehmen? Real existierend? Und wo sollen diese Personen bitte sein?«

Hannah lächelte. »Das ist die Gretchenfrage, meine Liebe. Wir könnten uns genauso gut fragen, wo die Seele eines Menschen ist. Im Menschen drin? Um ihn herum? Oder in einer anderen Dimension? Vielleicht im Gehirn? Wer weiß das schon? Trotzdem bestreitest du doch nicht die Existenz der Seele, auch wenn du sie nicht genau orten kannst, oder?«

»Kommt darauf an. Wie definierst du denn Seele?«

»Alles, was dich ausmacht, deine Gedanken, Gefühle, Fähigkeiten, Erfahrungen, Erinnerungen. Man könnte sagen, Verena minus Körper ist gleich Seele.«

Verena hatte schon befürchtet, dass das Gespräch eine philosophische Wendung nehmen würde. »Und was passiert mit den Gedanken, Gefühlen, Erfahrungen und Erinnerungen bei Multiplen?«

»Sie werden geteilt«, sagte Hannah. »Sie werden auf andere Personen – oder Seelen – übertragen, die eigens dazu geschaffen werden, die Last mitzutragen, wenn ein Mensch mit einem Erlebnis überfordert ist. Diese Seelensplitter können von verschiedenem Geschlecht und Alter sein, je nachdem, wie es die Situation erfordert, in der sie entstehen. So passiert es, dass die Person, die das Trauma erfahren hat, später nichts mehr davon weiß, weil dieses Trauma jetzt zu jemand anderem gehört. Auf diese Weise entstehen immer wieder neue Personen mit ganz unterschiedlichen Erfahrungen und Erinnerungen. Und sie alle leben im selben Körper.«

Verena schaute ihre Freundin schockiert an. Sie war sicher, dass Hannah von dem, was sie sagte, überzeugt war. Über berufliche Dinge scherzte sie nie. Dennoch war das, was sie hier hörte, unglaublich, unvorstellbar für sie.

Hannah hielt dem Blick stand und eine Weile schwiegen beide.

»Du glaubst mir nicht«, stellte Hannah nach einer Weile nüchtern fest.

»Das ist es nicht. Ich kann es mir nur schwer vorstellen. Erzähl mir mehr. Wie passiert so etwas und warum? Was kann die Last so schwer machen, dass eine Seele allein sie nicht tragen kann?«

»Gewalt, Missbrauch, Demütigung, Todesangst. Extreme Vernachlässigung oder Sadismus. Das alles in frühester Kindheit. Rund achtzig Prozent der Täter kommen aus dem privaten Umfeld des Kindes. Fachleute gehen davon aus, dass die erste Abspaltung vor dem fünften Lebensjahr erfolgen muss, noch bevor die Persönlichkeitsbildung ausgereift ist.«

»Hast du schon mal mit Multiplen gearbeitet?«

»Ja.«

Verena wartete darauf, dass sie weitersprechen würde, doch Hannah schwieg. Vermutlich war ihr Verstummen der Schweigepflicht geschuldet, Verena wusste selbst, wie schnell man versehentlich etwas preisgab, das man eigentlich für sich behalten sollte. Ein Picknick auf dem Schlossplatz beispielsweise. Verdammt, schon wieder waren ihre Gedanken auf Abwege geraten. Sie rief sich zur Ordnung und nahm das Thema wieder auf.

»Und du hältst es für möglich, dass Sina sich wegen irgendwelcher Traumata, die sie erlitten hat, nicht an ihre Kindheit erinnert? Dass die zu einer Amnesie führten?«

»Ich glaube eher, dass die Traumata zu einer anderen Person gehören. Sehr wahrscheinlich kann sich Sina an diese Zeit deshalb nicht erinnern, weil sie damals noch nicht existierte. Vielleicht ist sie erst später auf den Plan getreten, als sie schon sechs oder sieben war. Weil der chaotische Haufen beispielsweise zum Zeitpunkt der Einschulung jemanden brauchte, der eine halbwegs normale Fassade abgeben konnte, ohne Erinnerung an die erlebten Traumata.«

Verena dachte lange nach. Konnte man im Alter von fünf, sechs oder sieben Jahren geboren werden, ohne je ein Baby oder Kleinkind gewesen zu sein? Unvorstellbar.

»Hannah?«, fragte sie schließlich, während sie noch überlegte, wie sie die folgende Frage formulieren sollte. »Was geschieht dann mit der ursprünglichen Kinderseele? Diejenige, welche zuerst im Körper war und irgendwann Personen abspaltete? Was ist jetzt mit dem Mädchen, das ursprünglich Selina hieß?«

»Die gibt es vermutlich in dieser Form nicht mehr«, sagte Hannah. »Sie hat das Trauma nicht überlebt, ist dabei zerbrochen. Ich spreche hierbei von Seelenmord. Leider gibt es dafür noch keinen Straftatbestand, solange der Körper weiterlebt.« Sie stand auf und ging zum Fenster, sah lange hinaus in die Weinberge, bevor sie weitersprach. »Bekannt werden doch immer nur die Schicksale der Kinder, deren Körper tot aufgefunden werden. Wer beachtet schon die, die überlebt haben, innerlich aber trotzdem gestorben sind?«

Verena konnte von ihrem Platz aus nur Hannahs Rücken sehen, doch am leichten Beben der Schultern fiel ihr auf, dass ihre Freundin berührt war. Von ihren eigenen Worten? Von der Erinnerung an die Arbeit mit einem multiplen Patienten? Sie hätte zu gern mehr darüber gewusst, aber ihr drohte von all den neuen Informationen jetzt schon der Kopf zu platzen. Zudem weigerte sich ihr logisches Denken zu akzeptieren, was sie hörte. Und doch erklärten Hannahs Ausführungen ziemlich genau Sinas Verhaltensauffälligkeiten, von den widersprüchlichen Angaben bei der Vernehmung bis hin zu den unterschiedlichen Handschriften auf dem Vernehmungsprotokoll.

»Glaubst du, Sina kennt die anderen in sich gar nicht?«

Hannah zuckte die Schultern.

»Kommt darauf an, ob sie sich mit ihrem Vielesein arrangiert hat. Wenn es ihr bewusst ist, wird sie einige ihrer Alternativpersonen kennen, aber sehr wahrscheinlich nicht alle. Und wenn sie nicht schon viele Jahre in Therapie ist, müsste noch ein ziemliches Chaos in ihr herrschen. Jedenfalls zeigt sie genau das Verhalten, das ich von Multiplen kenne. Ist dir aufgefallen, wie ihre Stimme sich veränderte, als sie switchte? Wie ihr Gesicht Kontur bekam und die Augen funkelten? Keine Spur mehr von dem blassen, unscheinbaren Mädchen, das sie eine Minute zuvor noch gewesen war.«

»Ja, ein völlig anderes Temperament. Sie war da emotional am ganz anderen Ende der Skala. Kaum vorstellbar, wie introvertiert sie vorher war, und wie schüchtern und unsicher sie unsere Fragen nach dem Konzert beantwortet hat.«

»Ich würde nicht einmal darauf wetten, dass sie selbst auf dem Konzert war«, sagte Hannah. »Ich tippe eher auf diese unflätige junge Dame, die sich so furchtbar über unsere neugierigen Fragen aufgeregt hat. Schade, dass wir sie nur kurz kennenlernen durften. Ich würde ihr nämlich durchaus zutrauen, dass sie es war, die das Kommando übernahm, nachdem Sina ihre Freundin Camilla nicht mehr gefunden hatte, und zur Stagedoor ging.«

»Ohne dass Sina davon weiß?«

»Exakt. Sina könnte die ganze Zeit über einen Blackout gehabt haben und erst wieder da gewesen sein, als sie nach Hause kam. In der Zwischenzeit war diese Hysterikerin aktiv und hat wer weiß was getan, von dem nur sie allein eine Ahnung hat.«

Verena nickte, ohne wirklich zu verstehen. Sie überlegte, ob sie vielleicht gerade diese Lola kennengelernt hatte, zu der Sina offenbar den Kontakt suchte und die sie in ihr Baumhaus bestellt hatte. Es war einfach zu verrückt. Das Baumhaus war auch so ein Mysterium. Warum hatte Sina behauptet, sich dort mit ihren Freunden zu treffen, wenn doch kaum noch etwas davon übrig war?

Hannah trank von dem Kaffee, den Thea ihr mitgebracht hatte, als sie Sina abholte. »Worüber denkst du nach?«, fragte sie.

»Ich überlege, warum Sina bei einer Sache gelogen hat, die es gar nicht wert war, zu lügen. Das war in ihrer letzten Vernehmung und es ergibt keinen Sinn.«

»Vielleicht hat sie nicht gelogen. Was macht dich so sicher?«

Verena erzählte von dem Baumhaus, von dem Sina vorgegeben hatte, sich dort mit ihren Freunden zu treffen, und von der Entdeckung, die sie im Garten der Lohmanns gemacht hatte.

»Die morsche Strickleiter hält keinem Fuß mehr stand«, schloss sie. »Und von dem Haus selbst ist nur noch die Bodenplatte übrig und ein paar modrige Bretter mit rostigen Nägeln. Dort oben war seit Jahren keiner mehr.«

»Ich wäre mir nicht so sicher, dass sie gelogen hat«, sagte Hannah. »Vielleicht hat dieses Baumhaus ihr einmal viel bedeutet. Es könnte ein Zufluchtsort, eine Art Schutzhütte für sie gewesen sein. Später kann sie es so, wie sie es in Erinnerung hatte, in ihre innere Welt mitgenommen und als ihren sicheren Ort quasi wiederaufgebaut haben.«

»Innere Welt? Sicherer Ort? Da gibt es wohl eine Menge, das du mir noch erklären musst.«

»Ja, aber nicht jetzt. Die Zeit haben wir hier nicht. Nur so viel: Die innere Welt ist für Multis ebenso real wie für uns die Umwelt. Dort halten sie sich auf, wenn sie nicht draußen sind. Sie gestalten sie nach ihren Wünschen und Vorstellungen. Und der sichere Ort ist ihre ganz persönliche Zuflucht, zu der nur Zutritt bekommt, wer die Erlaubnis hat. Wenn sie sich dort mit Freunden trifft, gehe ich davon aus, dass sie damit andere Innenpersonen meint.«

»Sie wollte sich dort mit einer Lola treffen, mit der sie etwas zu klären hatte«, sagte Verena. »Meinst du, dass das diese Katastrophen-Diva ist, die wir vorhin kennenlernen durften?«

Hannah lachte leise. »Katastrophen-Diva trifft es ziemlich genau. Und ja, ich kann mir vorstellen, dass es mit ihr jede Menge Klärungsbedarf gibt.«

»Die Reaktion auf die Mutter war interessant«, sagte Verena.

»Mir ist auch aufgefallen, dass dieser Ausbund an Tobsucht offenbar durch die Erwähnung der Mutter hervorgerufen wurde. Als wäre es ein sehr, sehr starkes Reizwort für sie.«

Verena sagte nichts. Sie war in Gedanken versunken.

»Worüber denkst du nach?

»Irgendwas hat Sina vorhin gesagt, das wichtig war. Also nicht Sina, sondern dieses andere unhöfliche Mädchen in ihr.«

»Was denn?«

»Wenn es mir doch nur einfallen würde. Irgendwas im Zusammenhang mit der Mutter.« Sie ließ sich die Aussage noch einmal durch den Kopf gehen, und plötzlich ging hinter ihrer Stirn ein Licht an. Woher wusste dieses schreckliche Mädchen in Sina, dass die Hunde tot waren? Sina war doch den ganzen Vormittag über in der Schule gewesen! Konnte es sein, dass sie, genauer gesagt dieser Ausbund an Unfreundlichkeit, Flotsam und Jetsam am Morgen vor der Schule die vergiftete Fleischwurst gegeben hatte? Sie würde Lohmann fragen müssen, wann die beiden gestorben waren.

»Heute Morgen wurden die beiden Hunde ihrer Mutter offenbar vergiftet«, sagte sie. »Ich habe mich gerade gefragt, wie diese impertinente Person in Sina das wissen konnte, wo sie doch die ganze Zeit in der Schule war.«

Hannah pfiff leise durch die Zähne. »In der Tat, wie schon gesagt. Ein nettes Mädchen.«

»War das Lola?«

Sina hatte sich mit Rambo in ihr Baumhaus zurückgezogen und die Strickleiter eingeholt. Außer ihm wollte sie jetzt niemanden sehen, nicht einmal Maria. Die unterhielt sich gerade nett mit dieser jungen rothaarigen Kommissarin im Besucherzimmer, trank Tee, aß Schokokekse und versuchte sich in höflicher Konversation.

»Tut mir echt leid, dass du sie ausgerechnet so kennenlernen musstest. Die stand so unter Strom, dass ich sie nicht zurückhalten konnte. Ich wollte sie wieder reinziehen, aber sie war so in Fahrt, dass ich sie nicht erreicht habe. Und als ich sie endlich zu fassen bekam, hat sie dabei das Wasser umgeschmissen.«

»Ach, das Wasserglas war nichts im Vergleich zu dem, wie sie sich aufgeführt hat. Ist sie … ist sie immer so?«

Rambo atmete tief ein und stieß dann in einem langen Zug die Luft aus.

»Na ja, ziemlich oft. Also meistens.«

»Ich mag sie nicht.«

»Niemand von uns mag sie. Also niemand von denen, die ich kenne. Wenn es noch mehr von ihrer Sorte geben sollte … oh, ich will es gar nicht wissen. Aber weißt du, auch sie will überleben. Sie tut das nur auf ihre Weise. Vielleicht weil sie überzeugt ist, dass man mit Schwäche und Gefügigsein nicht überleben kann. Sie gehört zu uns, ob uns das gefällt oder nicht.«

»Das Schlimmste ist, dass die jetzt denken, ich selbst habe mich so aufgeführt.«

Rambo rollte langsam die rote Schleife, mit der Sina ihr Haar zurückgebunden hatte, um seinen Finger, wobei er aus dem Fenster sah. Obwohl draußen gerade erst der Frühling begonnen hatte, hingen an dem Zweig des Apfelbaums, den er von hier aus sehen konnte, pralle rote Äpfel. Bei Sina war immer Sommer. Als er die Schleife ebenso langsam wieder abgewickelt hatte, beschloss er, es ihr zu sagen.

»Ich denk nicht, dass sie glauben, dass du es warst. Sina, diese Psychologin war doch nicht umsonst da. Die ahnen, was mit uns los ist. Lola hat zweimal in der Mehrzahl von uns gesprochen. Und die Psychologin hat das gemerkt, auch wenn Lola ziemlich schnell eine Ausrede nachgeschoben hat.«

»Du hast die ganze Zeit zugehört?«

»Ja, ich war von Anfang an Co-Pilot.« Er nahm sie in den Arm und streichelte ihre Wange.

»Das ist lieb von dir. Du bist immer so lieb zu mir. Danke! Aber darüber, dass du mir einfach so ein Herrentaschentuch untergeschoben hast, müssen wir noch mal ein ernstes Wörtchen reden. Das war saupeinlich!«

Rambo lachte.

»Rambo?«

»Hmm?«

»Wenn diese Psychologin weiß, was mit uns los ist, werden die uns wegsperren?«

Er fragte nicht, ob sie den Knast oder die Psychiatrie meinte. Unter dem Strich war das auch egal.

»Glaub ich nicht. Und wenn? Wir igeln uns einfach hier ein. Hier haben wir es doch schön und ruhig. Soll Lola die ganze Zeit draußen bleiben. Die hat uns den ganzen Mist schließlich eingebrockt, findet Maria.«

Sina seufzte. »Mit ihr hast du also auch schon drüber gesprochen. Wenn das mal alles so einfach wäre!«

»Mach dir keine Sorgen. Ich bin immer bei dir, egal was passiert. Und solange wir uns haben …« Er hielt inne und lauschte. »Du, ich glaube, Maria ist aufgestanden. Wir müssen wieder raus.«

»Rambo?«

»Hmm?«

»Könntest du das nicht allein machen? Ich bin so müde. Und ich schäme mich so. Du kannst das sowieso viel besser als ich. Vielleicht kann Maria dich unterstützen. Manche Dinge weiß sie einfach besser.«

Er seufzte. »Also gut, aber ich bin heute auch nicht mehr so frisch und hoch konzentriert.«

»Lass bitte Lola nicht noch mal raus, okay?«

Er grinste schief. »Nur über meine Leiche!«

Rambo wählte den wackeligen Drehstuhl, der neben dem von Hannah stand. Von hier aus musste er ihr beim Antworten nicht in die Augen sehen. Sie schaute kurz zu ihm hinüber und lächelte ihn an. Dann rührte sie weiter in ihrer Kaffeetasse.

»Alles wieder in Ordnung bei dir?«, fragte Verena. »Können wir weitermachen?«

»Klar, alles okay. Und noch mal sorry, wegen vorhin. Weiß auch nicht, was mich geritten hat.«

»Schwamm drüber. Ich hab dir ein neues Wasser hingestellt.«

»Danke.«

»Frau Gotthardt hat zunächst einige Fragen an dich, Sina.« Verena lehnte sich zurück und schlug die Beine übereinander. »Versuch so gut es geht, darauf zu antworten. Und denk dran, dass du dich oder deine Familie nicht belasten musst.«

»Alles klar.«

Hannah trank einen Schluck Kaffee und setzte die Tasse behutsam außerhalb von Sinas Reichweite ab. Dann rückte sie ihren Stuhl ein Stück herum, sodass sie das Mädchen im Blick hatte.

»Was ist deine früheste Kindheitserinnerung? Du darfst gern eine Weile überlegen, wir haben es nicht eilig.«

Sinas Brauen zogen sich zusammen, als sie nachdachte. Ihr Gesicht schien härter als am Anfang der Vernehmung, das Kinn markanter und die Nase vorspringender. Verena fragte sich, ob das daran lag, dass sie Sina jetzt von einer anderen Position aus sah, nämlich im Halbprofil, oder ob sie einer anderen ihrer Persönlichkeiten gegenübersaß, und wenn ja, welcher. Da war noch etwas, das sie irritierte, außer der Stimme, die plötzlich rauer und fester war. Richtig, die vorhin noch hellen Augen waren jetzt so dunkel wie schwarze Kiesel. Verena beschloss, sich über nichts mehr zu wundern und dieses Phänomen einfach so hinzunehmen. Vorurteilslos zuzuhören, soweit das möglich war.

»Ich glaube, das erste, woran ich mich erinnere, sind die Hunde«, sagte Sina. »Ich durfte sie immer füttern. Nein, ich musste. Eigentlich hatte ich ein bisschen Angst vor ihnen. Sie waren damals noch jung, aber ich war selbst noch klein und fand sie riesig. Einmal haben sie mich angesprungen, einfach aus Spieltrieb, oder weil sie an das Futter wollten. Ich bin umgefallen, und als sie über mir waren, dachte ich echt, jetzt fressen sie mich. Wie der Wolf das Rotkäppchen.«

»Hattest du Angst?«, fragte Hannah.

»Klar hatte ich Schiss. Aber dann kam Mutter und hat sie zurückgepfiffen.«

»Was hat sie noch getan?«

»Mich ausgeschimpft.«

»Warum das?«

»Keine Ahnung! Weil ich mich so angestellt hab, wahrscheinlich. Schwäche zeigen war immer ein No-Go für sie. Sie fand das peinlich.«

»Wie alt warst du damals?«

»Puuuh, da muss ich schätzen. Ich glaub, ich war gerade in die Schule gekommen, vielleicht so sechs oder sieben.«

Verena rechnete nach. Wie hoch war die durchschnittliche Lebenserwartung eines Hundes? Zehn bis fünfzehn Jahre? Wenn Sina die Wahrheit sagte, musste das vor ungefähr elf oder zwölf Jahren gewesen sein. Sie musste Lohmann nach dem Alter der Hunde fragen und machte sich eine Notiz in ihrem Dienstbuch.

»Fällt dir irgendetwas ein, das noch länger her ist als der Vorfall mit den Hunden? Irgendetwas aus der Zeit, als die Hunde noch nicht da waren?«

»Die waren irgendwie schon immer da.«

Hannah starrte nachdenklich vor sich hin, bevor sie die nächste Frage formulierte.

»Wie heißt du gleich noch? Ich habe deinen Namen vergessen.«

Ein misstrauischer Blick zwischen dichten Wimpern. »Sina, wieso?«

»Also Sina, womit hast du am liebsten gespielt, als du klein warst?«

Sina überlegte lange. »Ich glaube mit Puppen und so.«

»Du glaubst?«

»Ehrlich gesagt, kann ich mich an Spiele gar nicht so richtig erinnern.«

»Hast du auch Klavier gespielt?«, fragte Verena.

»Klavier?« Sina blinzelte verwirrt.

»Ich frage, weil in deinem Zimmer ein Klavier steht.«

»Oh, stimmt, aber damit fange ich schon lange nichts mehr an.«

»Hattest du mal Klavierunterricht?«

»Nö.«

»Wirklich nicht?«, fragte Verena zweifelnd.

»Ach doch, natürlich.« Sinas Stimme klang plötzlich heller und auch das Gesicht war wieder weich. »Aber da war ich wirklich noch ziemlich klein. Ich glaube, so vier oder fünf.«

»Wie hieß deine Klavierlehrerin? Oder hattest du einen Lehrer?«

»Einen Lehrer. Aber wie der hieß? Da muss ich überlegen. Ich glaube, seinen Nachnamen habe ich gar nicht gekannt. Ich sollte ihn immer Adi nennen.«

»Dann war er wohl noch ziemlich jung?« Verenas Stift kritzelte »Adi« in ihr Notizbuch und schwebte dann abwartend über den Seiten.

»Für mich war er alt. Aber ich war ja damals noch ganz klein.«

Verena seufzte. Was hatte sie erwartet? Für eine Vierjährige war ein Dreißigjähriger schon uralt.

»Warum hast du denn mit dem Unterricht aufgehört?«

Schulterzucken. Augen, die unruhig im Zimmer umherirrten und vermieden, sie anzusehen. Als Sina das Gesicht zum Fenster wandte, fielen Verena wieder diskrete Sommersprossen um ihre Nase auf.

»Wolltest du nicht mehr hingehen?«

»Nein.«

»Warum nicht?«

»Ich kam dann in die Schule und hatte anderes zu tun. Und in meiner Freizeit wollte ich lieber spielen.«

Verena, die eben noch mitgeschrieben hatte, hob den Kopf.

»Aha, was hast du denn so gespielt?«

»Na ja, mit Puppen und so.«

Verena seufzte. Sie drehten sich im Kreis. Sie bemerkte einen fragenden Blick von Hannah und gab ihr mit einem Kopfnicken zu verstehen, dass sie weitermachen solle.

»Noch mal zurück zum Klavierunterricht. Weißt du noch, was du dort gespielt hast?«

Sina dachte einen Augenblick lang nach. »Zuerst Tonleitern. Das war ziemlich langweilig. Und dann irgendwann Kinderlieder.«

»Was für Kinderlieder? Erinnerst du dich an ein besonderes?«

Sina schaute zur Zimmerdecke, während sie überlegte.

»Hoppe, hoppe Reiter«, sagte sie dann.

Als sie Verena wieder anschaute, war ihre Haut makellos wie die eines Kleinkindes und die Augen sehr groß und sehr hell. Ebenso hell wie die Stimme, die plötzlich zu singen begann:

»Hoppe, hoppe Reiter,
wenn er fällt dann schreit er.
Fällt er in den Graben,
fressen ihn die Raben …«

Verena war wie vom Donner gerührt. Unfähig, etwas zu sagen, legte sie Hannah die Hand auf den Arm. Allein diese Geste kostete sie all ihre Kraft.

Hannah reagierte sofort.

»Was hast du noch gespielt?«

»Doktor.« Die Augen waren groß und starr, das Gesicht ernsthaft.

»Mit wem?«

»Mit dem Mann.«

»Wie heißt du?«

»Sorina.«

Verena zuckte zusammen. Festhalten, dachte sie, schnell festhalten und etwas fragen. Aber ihr fiel in ihrer Verwirrung keine kindgerechte Formulierung für die wichtigsten Fragen ein.

»Was genau hast du da gespielt, Sorina?«, fragte Hannah indessen unbeirrt weiter. »Und mit wem hast du das gespielt?«

»Doktor gespielt mit ...«

»Mit wem?«

»Mit meinen Puppen!«

Sie war verschwunden. Stattdessen saß dort wieder die Jugendliche, der plötzlich Tränenbäche über das sommersprossige Gesicht liefen. Es war dieselbe, die vorhin vom Klavierunterricht erzählt und mit einem zweideutigen Kinderlied dieses kleine Mädchen herausgerufen hatte: Verenas anonyme Zeugin.

»Wir hatten sie, verdammt noch mal! Wohin ist sie so plötzlich verschwunden?« Verzweifelt lief Verena in ihrem Büro auf und ab. Nach Sorinas so überraschendem wie kurzem Intermezzo war Sina, oder wer immer sie gerade wieder gewesen war, auf ihrem Stuhl zusammengesunken und hatte weinend darum gebeten, nach Hause zu dürfen, weil sie nicht mehr könne. Verena hatte diesem Wunsch noch nie so widerwillig nachgegeben, aber die Vorschriften bestanden darauf, Vernehmungen sofort abzubrechen, wenn der Zeuge oder Beschuldigte sich nicht mehr dazu in der Lage fühlte.

»Die anderen haben sie vermutlich wieder reingezogen«, sagte Hannah. »Sie war im Begriff, etwas zu verraten, was offenbar nicht ans Licht kommen darf.«

»Rambo hat ihr den Mund verboten«, murmelte Verena.

»Was? Wer ist Rambo?«

»Das muss auch einer von Sinas Innenleuten sein. Das Mädchen sagte so was am Telefon, dass Rambo sie am Sprechen hindern würde.« Hatte sie Hannahs Erklärungen zum Innenleben einer multiplen Persönlichkeit vorhin noch ungläubig gegenübergestanden, so hatte sie in den letzten Minuten eine praxisnahe Lektion erhalten, die sie von diesem Phänomen absolut überzeugt hatte. Plötzlich schien Sinas seltsames Verhalten logisch und nachvollziehbar. Das Unheimlichste war die Erkenntnis, dass sowohl der mysteriöse Rambo wie auch die anonyme Anruferin, nach der sie seit Tagen suchten, Sina selbst – besser gesagt, Teilpersönlichkeiten von ihr sein mussten.

»Scheint eine Art Aufpasser zu sein, dieser Rambo«, sagte Hannah und trank ihren kalt gewordenen Kaffee aus. »Aber wenn er das ist, macht er seinen Job nicht besonders gewissenhaft.«

»Ich glaube, das hier ist für alle eine Ausnahmesituation. Für Sinas Clique, wenn wir sie so nennen wollen, wie auch für mich. Da sind Unfälle wie diese heute wohl vorprogrammiert.«

Hannah nickte. »Jetzt, wo sich die Kleine einmal gezeigt hat, besteht Hoffnung, dass sie auch wiederkommt. Von ihr könnten wir sicher eine Menge erfahren. Hoppe, hoppe Reiter mit dem Klavierlehrer. Und Doktorspiele mit wer weiß wem. Oder auch mit dem Klavierlehrer? Vielleicht solltest du dich nach einem Adi umschauen, der vor dreizehn, vierzehn Jahren kleinen Mädchen Klavierspielen beigebracht hat.«

»Da passt man mal eine Sekunde lang nicht auf!« Rambo hatte den Kopf in die Hände gestützt, die dunklen Locken quollen durch seine Finger, dass er aussah, als hätte er kurze Zöpfe. Maria und Lola saßen vor ihm und sahen ihn an. Die eine zerknirscht, die andere provokant.

»Ja, das sagen die Kerle immer!« Lola lachte laut über ihren eigenen Witz. Doch Rambo zeigte keinen Sinn für ihren schlüpfrigen Humor.

»Ich bin heute auch geschafft«, schimpfte er. »Hab eine Minute nicht aufgepasst, da flutscht sie an mir vorbei, wegen so einem dämlichen Kinderlied!«

»Mach dir nichts draus, ich hab auch Mist gebaut«, versuchte Maria ihn zu trösten. »Ich war mit der Erinnerung an den Klavierunterricht völlig überfordert, das war auch nicht gerade eine Intelligenzleistung. Danach war ich so verwirrt, dass ich auch nicht auf Sorina geachtet habe. Und als das Kind schon in den Brunnen gefallen war, breche ich auch noch heulend zusammen.«

»Na gut, dann ham wir heute eben alle Scheiße gebaut.« Lola grinste breit. »Bin ich wenigstens nicht das einzige schwarze Schaf. Aber das Gör hättste wirklich nich rauslassen müssen, jetzt ham wir die Bullen endgültig am Hals.«

»Ich hatte einen harten Tag heute, verdammt«, schrie Rambo sie an. »Wer hat denn die Arbeitsblätter für den Matheunterricht in weniger als einer Stunde allein fertig machen müssen, weil die Damen ihr Hirn zu Hause vergessen hatten? Und wer ist in der Turnhalle im Affentempo die Kletterstange hoch und runter, um unsere Sportnote rauszuhauen, während Speedy sich mit einem gezerrten Knöchel rausgeredet hat?«

»Dafür ham wir ja 'nen Kerl in der Truppe«, feixte Lola. Sei mal 'n bisschen mehr Gentleman!«

»Ich bin froh, dass Sina das alles nicht mitbekommen hat«, seufzte Rambo, Lolas Bemerkung geflissentlich ignorierend. »Kein Wort zu ihr von Sorina, verstanden?«

»Natürlich nicht«, sagte Maria. »Ich hätte dieses Kinderlied nicht erwähnen dürfen. Ich glaube, das war es, was sie rausgelockt hat.«

»Weil du ja alle Fragen immer wahrheitsgemäß beantworten musst, denn man darf vor Gott ja nicht lügen«, äffte Lola sie nach.

»Mit der Wahrheit kommt man einfach am weitesten«, verteidigte sich Maria.

»Hat man heute deutlich gemerkt«, blaffte Lola. »Und wieso darf Sina dann nichts von Sorina wissen, wenn wir schon alle so kotzehrlich sein solln?«

»Hört auf zu streiten!« Rambo rieb sich die müden Augen. »Ich musste Maria rausschicken, weil ich von dem ganzen Klavierunterricht keine Ahnung hatte. Hab ja nicht ahnen können, was passiert. Sonst hätte ich einfach irgendwas erfunden.«

»Ich glaube, wir können ihnen vertrauen«, sagte Maria. »Dieser Polizistin und der Psychologin, meine ich.«

»Vertrauen«, höhnte Lola. »Wenn ich das Wort schon höre, könnt ich kotzen! Inzwischen müsst ihr doch gerafft ham, was passiert, wenn man jemand vertraut.« Sie drehte sich auf dem Absatz ihrer High Heels um und stöckelte davon.

»Ich weiß, was du meinst«, sagte Rambo, als Lola außer Hörweite war. »Und ich finde ja auch, dass es allmählich Zeit wird, jemanden ins Vertrauen zu ziehen. Allein schaffen wir das nicht. Und viel ist eh nicht mehr zu retten.«

»Glaubst du, dass sie uns helfen kann?« Marias Blick war voller vorsichtiger Hoffnung.

»Ich glaub echt, dass sie helfen kann, uns zu erinnern«, sagte Rambo. »Da sind noch so viele offene Fragen. Wir müssen wissen, was in dieser Nacht los war. Und wer den Typen umgebracht hat. Zuerst würde ich aber wirklich gern wissen, warum du in Tränen ausgebrochen bist, als du von deinem Klavierunterricht erzählt hast.«

»Wo steht denn dein Auto? Auch auf dieser Buckelpiste da unten, die sie öffentlichen Parkplatz nennen?« Hannah suchte in ihrer Jackentasche nach dem Autoschlüssel, fluchte und fand ihn schließlich in der Gesäßtasche ihrer Jeans. »Geistige Umnachtung. Eine Berufskrankheit bei Psychologen«, lachte sie.

»Ich muss zur Bahn«, entgegnete Verena. »Mein Mini ist derzeit nicht so gut drauf, da gönne ich ihm mal ein paar Tage Erholung und nehme die Öffentlichen.«

»Quatsch, ich fahr dich nach Hause.«

»Übers Bubenbad zum Bopser? Das ist aber ein ordentlicher Umweg.«

»Keine Widerrede, der Tank ist voll. Und wir könnten noch ein bisschen schwätzen.«

Verena war schnell überzeugt. Die Sonne stand nur noch fingerbreit über der Hügelkette, auf der sich Funk- und Fernsehturm stolz in den Himmel streckten, als sie die Stufen zum Parkplatz des Polizeipräsidiums hinunterliefen. Buckelpiste war noch eine schmeichelhafte Bezeichnung für das Stück notdürftig begradigten Bodens, der neben Erdhügeln und Kuhlen jede Menge Steine und Geröll aufwies.

»Jedes Mal, wenn ich hier parke, hab ich Angst, dass mein

Mini in so ein Bodenloch fällt und nicht wieder rauskommt«, sagte Verena.

Hannah lachte.

»Warum parkst du ihn nicht innerhalb eures Areals?«

»Kein Platz. Auf das Gelände des Präsidiums passen gerade mal unsere Dienstwagen. Und wir haben wirklich nicht sonderlich viele.«

Sie stiegen in Hannahs blauen Opel und fuhren aus der Parklücke. Steine knallten gegen das Bodenblech. Als sie auf die Hauptstraße einbogen, atmete Hannah hörbar auf.

»Wie ist das mit dem Bewusstsein bei Multiplen?«, ließ Verena die Frage frei, die ihr schon die ganze Zeit auf der Zunge lag. »Wenn jetzt einer von ihnen im Körper ist, wo sind dann die anderen? Ist es wirklich möglich, dass sie nichts von dem mitbekommen, was der, der draußen ist, gerade tut?«

»Das kann so sein, muss aber nicht. Oftmals hat man drinnen einen kompletten Blackout für das, was draußen passiert. Dann ist man wie im Koma, und wenn man wieder zu Bewusstsein kommt, weiß man nicht, dass Zeit vergangen ist, geschweige denn, was inzwischen passiert ist.« Die Ampel an der Pragkreuzung sprang auf Grün und Hannah fädelte sich in die Fahrspur in Richtung Heilbronner Straße ein. »Manchmal erlebt man die Zeit innen bewusst, aber wie eine andere Wirklichkeit. Auch dann weiß man nicht, wie viel Zeit inzwischen draußen verstrichen ist. Als wäre man im Feenland gewesen. Man kann aber auch in der Nähe der Außenperson bleiben und miterleben, was draußen passiert, notfalls sogar eingreifen. Man nennt das Co-Bewusstsein, aber um das zu beherrschen, muss man einander schon sehr gut kennen.«

»Das ist absolut verrückt«, stieß Verena hervor.

»Zugegeben. Aber das macht es nicht unwirklicher. Da wir

gerade im Auto sitzen, kann ich es vielleicht so erklären«, erwiderte Hannah und reihte sich am Pragfriedhof in den Stau einer Trauergesellschaft ein. »Stell dir vor, das Auto ist der menschliche Körper. Ich bin die Frontperson und habe das Steuer in der Hand, agiere und reagiere auf das, was auf der Straße passiert. Du bist Beifahrer und bekommst alles mit, was ich tue, könntest notfalls auch ins Steuer greifen, wenn ich Fehler mache. Um es noch etwas komplizierter zu machen, können auch Fahrgäste auf der Rückbank sitzen, die uns nur über die Schulter schauen, aber nicht eingreifen können. Und manchmal sitzt auch nur eine Einzelperson im Auto und muss alles allein regeln.«

»Und wo sind dann die anderen? Im Kofferraum?« Verena fühlte sich wie in einem skurrilen Film.

»Gar kein schlechter Vergleich.« Hannah nickte. »Ja, so könnte man es ausdrücken. Wobei die sich oft nicht mal bewusst sind, dass es ein Kofferraum ist. Sie könnten es auch für eine Dunkelzelle, einen Schrank oder einen Überseekoffer halten.«

Verena antwortete nicht. Ihr Kopf war voll und ganz damit beschäftigt, bislang Unvorstellbares zu sortieren und zu akzeptieren. Ihr wurde klar, wie falsch ihre Vorstellungen in dieser Richtung bisher gewesen waren. Multiple waren für sie immer so etwas wie Schizophrene gewesen. Sie existierten außerhalb ihrer Welt und waren ihr so fern wie Fabeltiere.

»Ich hatte keine Ahnung, was diese Krankheit wirklich bedeutet«, sagte sie schließlich.

»Ich würde es nicht als Krankheit bezeichnen«, sagte Hannah. »Krankheiten kann man mit Medikamenten behandeln, wie z. B. auch Schizophrenie, aber MPS spricht auf keine Medikamente an.«

»Wenn es keine Krankheit ist, wie nennst du es dann?«

Hannah überlegte einen Augenblick, bevor sie antwortete.

»Für mich ist es eine absolut geniale Überlebensstrategie.«

Theoretisch machte es für Verena absolut Sinn: Überleben, indem man die Last auf mehrere Schultern verteilte. Praktisch überstieg es allerdings nach wie vor ihr Vorstellungsvermögen.

»Hannah? Du sagtest vorhin, dass du schon mit Multiplen gearbeitet hast. Könntest du dir vorstellen, nach Abschluss des Verfahrens, und nur wenn Sina es auch will, sie als Patientin zu übernehmen?«

Hannah antwortete nicht gleich, und Verena glaubte schon, sie habe ihre Frage gar nicht gehört. Der Stau am Pragfriedhof löste sich auf und Hannah stieg wieder aufs Gas.

»Nein«, sagte sie schließlich. »Nein, ich möchte Sina nicht übernehmen. Ich möchte überhaupt nicht mehr mit Multiplen arbeiten.«

Verena schaute Hannah erschrocken an. Das hatte sie nicht erwartet.

»Aber warum denn nicht? Gerade du müsstest dich doch mit Menschen, die nicht der Norm entsprechen, solidarisch fühlen!«

Hannah ließ sich mit der Antwort wiederum Zeit. Sie passierten den Hauptbahnhof und den Teil des Schlossgartens, der hier wie eine Mondlandschaft aussah. Wo vormals alten Platanen wuchsen, standen nun Kräne und Baumaschinen, als wären sie von Außerirdischen dort abgestellt worden. Erst als sie in die Olgastraße einbogen, gab Hannah ein leises Seufzen von sich.

»Das tue ich auch. Aber die Arbeit mit Multiplen ist schwer und braucht viel Zeit. Sie ist überhaupt nicht mit der Therapie einer gewöhnlichen Neurose zu vergleichen.«

»Die Hannah, die ich kenne«, sagte Verena langsam und überlegte sich gewissenhaft jedes Wort, »schreckt vor keiner Herausforderung zurück. Sie ist engagiert und mitfühlend und solidarisiert sich mit denen, die anders sind, gerade weil sie selbst nicht zur gesellschaftlichen Norm gehört. Was du mir hier erzählst, überzeugt mich nicht. Ich mag mich mit den Symptomen des Multiplen-Persönlichkeits-Syndroms nicht auskennen, aber diese hier sind mir sehr vertraut. Ich nenne sie das gotthardtsche Ausweichsyndrom.«

Hannah lachte leise. »Ich vermute, du kannst es nicht mehr hören, aber ich darf dir keine Einzelheiten erzählen. Nimm es einfach so hin – es ist meine Entscheidung. Du musst nur so viel wissen: Wenn ich bei dieser Arbeit einen Fehler mache, kann das verheerende Folgen haben. Und ich habe Fehler gemacht. Ich möchte das einfach nicht mehr. Akzeptiere es bitte, ja?«

Verena nickte nur. Sie ahnte, dass jetzt jede weitere Frage zu viel war, suchte nach einem neuen Thema, aber ihr wollte beim besten Willen keines einfallen. Ihre Gedanken kreisten ausschließlich um die verheerenden Folgen, von denen Hannah gesprochen hatte. Da sie nicht näher darauf eingehen wollte, blieb Verena viel Raum für Spekulationen. Sie schwiegen, bis Hannah vor Verenas Haus hielt.

»Ich werde ein vorläufiges Gutachten erstellen«, sagte Hannah, als Verena den Sicherheitsgurt löste. »Aber auch wenn ich mir mit der Diagnose sicher bin, kann ich sie nicht mit diesem einen Gespräch begründen. Wenn du sie wieder einbestellst, ruf mich einfach an, ja?«

Verena nickte nur. Sie hätte gern etwas gesagt, aber in ihrem Kopf wollten sich keine Worte formen. Sie stieg aus und winkte Hannah zum Abschied zu, sah ihr nach, wie sie davonfuhr. Es roch nach Frühling. Nicht mehr lange und die Blüten der Kastanien am Albrecht-Goes-Platz würden explodieren. Sie atmete die frische Abendluft ein, streckte den Rücken durch und legte den Kopf in den verspannten Nacken. Ein wolkenloser Himmel, in dem die ersten Sterne sichtbar wurden, spannte sich über die Stadt. Er hätte wunderschön sein können, aber zwischen den funkelnden Sternen hing irgendetwas Bedrohliches, das ihr Verstand nicht zu fassen bekam.

Erst als Verena den Kühlschrank öffnete, fiel ihr ein, dass sie auf dem Heimweg eigentlich hatte einkaufen wollen. Leise fluchend schlug sie die Tür wieder zu. Während sie den Computer hochfuhr, hatte sie einen Toast mit der letzten Scheibe Käse in die Mikrowelle geschoben. Sie beschloss, dass jetzt der perfekte Zeitpunkt war, um ihre Frühjahrsdiät zu starten. Sie würde die nächsten Tage ohnehin keinen Appetit haben, und wenn doch, musste sie nur an Terzenbach denken und ihr Hals wäre wieder wie zugeschnürt.

Sie nahm ihren Imbiss mit an den Rechner, nagte an ihrem Käsetoast und starrte auf die Eingabemaske von Google. Wovon hatte Hannah vorhin gesprochen? Innere Welt? Sicherer Ort? Sie leckte sich den geschmolzenen Käse von den Fingern und tippte die Worte in Verbindung mit dem Begriff »multiple Persönlichkeit« in die Suchmaschine ein. Sie war überrascht, wie viele Treffer sie bekam.

Wie gebannt las sie, dass Multiple innere Landschaften bewohnen, die sie nach ihren eigenen Wünschen und Vorstellungen formen. Innerhalb dieser Landschaften kann sich jede Persönlichkeit ihren sicheren Ort schaffen, der ihrer Vorstellung von Geborgenheit und Vertrautheit entspricht, und zu dem ohne Erlaubnis niemand Zutritt hat. Vor diesem Hintergrund machte die Sache mit dem Baumhaus absolut Sinn. Verena hatte in ihrer Faszination das Kauen vergessen, legte ihr Brot auf den Tellerrand und klickte sich durch eine Vielzahl von Webseiten, las von inneren Orten, an denen die Innenpersonen einander begegnen konnten, von inneren Bildern, die sie voneinander hatten, ganz individuellen Gestalten, als die sie sich auch selbst wahrnahmen und die nichts mit dem äußeren Erscheinungsbild des Körpers zu tun hatten. Sie las von persönlichen Eigenarten, die ein jeder von ihnen aufwies, und erfuhr, dass es nicht ungewöhnlich war, wenn einer von ihnen eine Brille brauchte, wenn er draußen war, obwohl die anderen gestochen scharf sahen. Manch einer konnte Allergien gegen Lebensmittel haben, die andere problemlos essen konnten, obgleich es doch denselben Körper betraf. Verena erinnerte sich an Sinas Aussage, gegen Pfefferminze allergisch zu sein, obwohl sie im Auto einen Minzkaugummi gekaut hatte. Jetzt begriff sie, dass sie es da offenbar mit zwei verschiedenen Personen zu tun gehabt hatte. Verena schwankte zwischen Faszination und Unglauben. Doch nur so ergab alles einen Sinn, was sie an Sina beobachtet hatte. Dennoch – hätte sie all diese Informationen nicht in so vielen verschiedenen Quellen gefunden, hätte nicht Hannah selbst davon gesprochen und hätte sie Sina nicht leibhaftig erlebt, wäre sie überzeugt gewesen, dass irgendein krankes Hirn seine Fantasien online gestellt hatte, um andere zu verarschen.

Die Uhr zeigte fast Mitternacht und ihre Augen brannten, doch Verena konnte nicht aufhören. Ein Link führte zum nächsten, immer tiefer tauchte sie in die Materie ein. Vieles von dem, was sie las, blieb nach wie vor unvorstellbar für sie. Sie ließ es unbewertet vorüberziehen, wohl wissend, dass sie ihre Auffassungsgabe gerade stark überstrapazierte.

Sie hatte längst aufgehört, auf die Uhr zu schauen, als sie auf ein Selbsthilfeforum für Betroffene dissoziativer Störungen und deren Angehörige stieß.

Wie getrieben, überflog sie einige Beiträge, die ohne Insiderwissen schwer zu verstehen waren. Immer wieder tauchten Begriffe auf, die sie nicht kannte oder mit denen sie in diesem Zusammenhang nichts anfangen konnte. Mitunter waren manche Buchstaben in Worten durch Kreuze ersetzt worden, wie beim Galgenraten. Sie las von Fuguen, Hologrammen, Flashbacks, Programmierung. Das wenigste davon verstand sie. Und Missbrauch. Immer wieder Missbrauch und Gewalt. Vernachlässigung, Sadismus, sexuelle Gewalt, rituelle Gewalt. Sie las, bis die Worte an ihrem Hirn abprallten und keinen Zugang mehr zu ihm fanden.

Und dann sah sie ihn. Einen Nachruf auf eine Henriette, die sich vor wenigen Tagen das Leben genommen hatte. Ihr Atem setzte aus, als sie die Worte »Teppichmesser« und »Halsschlagader« las. Als sie nach der Maus griff, um weiterzuscrollen, bemerkte sie, dass ihre Hand zitterte.

Die Täter haben es geschafft, sie auszuschalten, las Verena. *Aber in diesem Forum und in unseren Herzen wird sie immer einen Platz haben.*

Die Täter? Da hatte der User, der den Beitrag verfasst hatte, wohl etwas durcheinandergebracht. Weiter oben schrieb er von einem Suizid, und laut Roman war es auch eindeutig einer gewesen, sie hatte ja selbst die Leichenmeldung getippt. Was faselte dieser Mensch dann von Tätern, die es geschafft hatten, das Mädchen auszuschalten?

Verena scrollte weiter nach unten und las sich durch die Kondolenzbeiträge. Dann verharrte der Mauszeiger auf einem der letzten Kommentare.

Was Henriette für uns getan hat, lässt sich nicht in Worten ausdrücken. Sie half uns, ein wenig Ordnung in unser Chaos zu bringen, dafür werden wir immer dankbar sein. In ewiger Erinnerung, Sina und Rambo.

Verena stand auf und lief minutenlang in ihrem Wohnzimmer auf und ab, ohne einen klaren Gedanken fassen zu können. Dass Henriette Mehringer, deren Suizid zunächst wie ein tragischer aber klarer Routinefall ausgesehen hatte, auch multipel gewesen sein sollte, hatte sie in einen Schockzustand versetzt. Dass Sina und Henriette sich offenbar kannten, zumindest virtuell, setzte dem Ganzen die Krone auf. War das Zufall? Gab es einen Zusammenhang zwischen den beiden Fällen? Und wenn ja, welchen? Henriette Mehringer konnte sie nicht mehr fragen. Sinas Aussagen waren mit Vorsicht zu genießen. Wer also würde ihr hier weiterhelfen können?

Sie ging zurück zum Rechner und rief die Impressumseite des Forums auf. Auf der Rückseite ihrer To-do-Liste, die noch immer auf dem Schreibtisch lag und inzwischen abgearbeitet war, notierte sie sich die Daten des Forenbetreibers. Sie musste in Erfahrung bringen, wer diesen Nachruf ins Netz gestellt hatte. Über die Rücktaste rief sie ihn nochmals auf und las ihn erneut.

Sie machte einen Screenshot und druckte die Seite aus. Speicherte sich den Link des Forums ab. Wunderte sich, dass ihre Kiefergelenke schmerzten und stellte fest, dass sie offenbar die ganze Zeit die Zähne fest zusammengebissen hatte.

Der letzte Rest ihres Käsetoasts war längst kalt und hart geworden, als sie den Rechner endlich ausschaltete. Ihr Kopf drohte zu platzen, zu viel an neuen Informationen forderte darin Raum. Wie betäubt und ohne den Umweg über das Badezimmer zu nehmen, wankte sie zu ihrem Bett und hoffte, frei von Albträumen noch ein paar Stunden schlafen zu können.

5

Nachdem Verena ausführlich von Sinas Vernehmung und Hannahs Diagnose erzählt hatte, herrschte sekundenlang tiefes Schweigen am Besprechungstisch. Es war so still, dass man eine Fliege hätte pupsen hören können, wie Mona es formuliert hätte, und Verena wunderte sich, dass sie in diesem Augenblick an ihre Tochter dachte. Sie vermisste sie und fragte sich, wie sie die Jahre, die Mona bei ihrem Vater gelebt hatte, eigentlich durchgehalten hatte.

»Ich versuche gerade zu begreifen, was die Konsequenzen wären, wenn das Mädchen selbst oder eine ihrer Innenpersonen den Mord begangen hätte.« Ströbele war der Erste, der die Worte wiederfand.

»Nicht schuldfähig wahrscheinlich«, vermutete Katz. »Es ist doch total verrückt, dass ein Mädchen bei der Polizei anruft und Hinweise auf einen Mörder geben will, der sie eigentlich selbst ist, oder? Kein normaler Mensch würde das tun.«

»Es war nicht sie selbst«, berichtigte Verena und war sich völlig bewusst, wie irre sich ihre Erklärung anhörte. »Es war eine andere Person, die in ihrem Körper wohnt.«

»Die Tatsache, dass Rambo sie am Sprechen hindert, entlastet ihn nicht gerade«, sagte Scholl. »Für mich leidet das Mädchen unter einer hochgradig psychischen Störung und ist damit eindeutig schuldunfähig.«

»Wenn das so einfach wäre«, seufzte Verena. »Es kommt immer darauf an, was das Gericht mit dem Phänomen der multiplen Persönlichkeit anfangen kann. Aber es kommt noch dicker: Ich habe gestern Abend noch in dieser Sache recherchiert und bin dabei auf ein Selbsthilfeforum von Betroffenen gestoßen, in dem sowohl Sina als auch – und jetzt bitte festhalten – Henriette Mehringer – angemeldet sind. Der Name sagt euch doch allen was? Romans Suizidfall mit dem Teppichmesser von letzter Woche.«

Verena schaute von einem zum anderen und konnte förmlich sehen, wie die Rädchen hinter der Stirn ihrer Kollegen mühsam versuchten, ineinanderzugreifen.

»Das ist ja der Hammer!«, sagte Thea schließlich.

»Jemand hatte dort einen Nachruf auf Henriette gepostet, den Sina und eine ihrer Teilpersönlichkeiten, wie ich vermute, kommentiert haben.« Verena zog den Ausdruck des Screenshots aus ihrer Tasche und ließ ihn rumgehen. Mit einem Anflug von Genugtuung betrachtete sie die ungläubigen Gesichter ihrer Kollegen. Genauso hatte sie gestern Abend wahrscheinlich auch ausgesehen.

»Er hat hier die Worte Suizid und Täter in einem Zug gebraucht«, Thea war die Erste, der es aufgefallen war.

Verena nickte. »Das ist mir auch aufgefallen. Und irgendwie schließt ja das eine das andere aus, nicht wahr?«

»Das versteh ich nicht«, gab Thea zu.

»Wenn man davon ausgeht, dass alle, oder wenigstens fast alle, die in diesem Forum schreiben, multipel sind, könnte man diesen Widerspruch vielleicht damit erklären«, sagte Scholl. »Vielleicht haben zwei verschiedene Personen diesen Beitrag verfasst, die den Tod des Mädchens aus verschiedenen Blickwinkeln sehen.«

»Wäre auch eine Möglichkeit«, sagte Verena. Sie dachte daran, wie oft Sina sich in der gestrigen Vernehmung widersprochen hatte, warum sollte das den Verfassern dieser Forenbeiträge nicht auch passieren?

»Wir wissen ja, dass Angehörige oder andere Menschen, die einem Suizidenten nahestehen, dessen Selbstmord oftmals nicht wahrhaben wollen und alles Mögliche dafür verantwortlich machen, nur nicht den freien Willen des Betreffenden«, sagte Katz.

Verena nickte. Auch sie hatte schon Fälle bearbeitet, in denen sie heiß mit den Angehörigen des Toten diskutiert hatte, die einfach nicht akzeptieren konnten, dass kein anderer diesen umgebracht, sondern einzig und allein er selbst den Freitod gewählt hatte.

»Trotzdem liest sich dieser Beitrag für mich so, als hätte der Verfasser ganz genau gewusst, was er schreibt. Als würde eine Logik dahinterstecken, die wir nur einfach nicht begreifen. Und deshalb versuche ich nachher, den Forenbetreiber zu erreichen und ihn zu bitten, den Kontakt zu dem Mitglied herzustellen, das diesen Nachruf geschrieben hat«, sagte sie.

»Ja, das ist zwingend notwendig«, sagte Joost. »Treibe diesen unbekannten Verfasser auf und frage ihn selbst. Schlimmstenfalls muss Roman seine Leichensache eben noch mal aufrollen. Aber gut, dass du gestern noch im Internet recherchiert hast, sonst wären wir womöglich nie auf diese Spur gekommen!«

Verena nickte ihrem Chef dankbar zu. Sein Lob nahm sie als Zeichen, dass sie vielleicht doch noch eine Chance bei ihm hatte. Nach dieser anonymen Verleumdung hätte es sie auch nicht gewundert, wenn er kein Wort mehr mit ihr gesprochen hätte.

»Du bist aber nicht die Einzige, die gestern Abend noch recherchiert hat«, sagte Katz, als wollte er auch ein Stück vom Kuchen abhaben, den Joost gerade verteilte. »Ich habe nämlich auch was rausgefunden, obwohl ich deutlich vor Mitternacht im Bett war.«

»Erzähl«, sagte Verena. »Ich bin gespannt, ob du mich toppen kannst.«

»Na ja, eigentlich habe ich zuerst hier im Haus beim Erkennungsdienst recherchiert. Damals, als wir Morlock noch nicht identifiziert hatten, konnte ich ja nicht nach seinem Namen suchen, sondern nur nach dem Begriff *Stern* in der Rubrik Tätowierungen. Dabei hab ich ihn nicht gefunden. Das hat mir keine Ruhe gelassen, weil ich ja wusste, dass es für Katalogbegriffe manchmal verschiedene Bezeichnungen gibt. Man kann beispielsweise nach *Ornament* suchen und wird nichts finden, wenn das Tattoo als *Tribal* eingegeben ist, wobei beides fast dasselbe ist. Also habe ich unter Tattoos noch mal mit seinem Namen recherchiert.«

»Und hast du was gefunden?«, fragte Verena in seine Kunstpause hinein, denn sie wusste, dass er auf diese Frage wartete und wollte ihn nicht enttäuschen.

»Aber sicher. Und die hatten das Tattoo sogar fotografiert!«

»Das verstehe ich nicht«, sagte Thea. »Dann hättest du doch in der POLAS-Datenbank darauf stoßen müssen.«

»Das Problem war, dass dort beim Ausdrucken immer nur das Porträtfoto mitkommt. Man muss tiefer graben, um auf weitere Bilder zu stoßen. Das hab ich nicht gemacht, weil ich davon ausgegangen bin, dass er das Stern-Tattoo zum Zeitpunkt seiner ED-Behandlung noch nicht hatte, schließlich hab ich ja bei der Suche nach dem Stern keinen Treffer bekommen. Die Kollegen beim ED hatten das Motiv aber als *Pentagramm* eingegeben. Ist nur ein anderes Wort für einen fünfzackigen Stern. Deshalb hat das System mir das nicht ausgespuckt.«

Verena schlug sich vor die Stirn. Das wäre beinahe schiefgegangen. Seit Jahren gab es in den polizeilichen Datensystemen Fotos von Morlocks Tätowierung, nach denen sie so verzweifelt gesucht hatten. Und nur wegen eines nicht identischen Suchbegriffs wäre ihnen diese Spur fast entgangen.

»Hast du die Bilder jetzt ausgedruckt?«, fragte sie.

»Natürlich. Allerdings liegen die in meinem Büro. Ich bringe sie dir nachher vorbei.«

»Erinnerst du dich, welches Motiv in dem Pentagramm zu sehen war? Mit irgendwas war das gefüllt, aber ich konnte weder auf den Tatortbildern noch auf dem Poster in Sinas Zimmer erkennen, was das war.«

»Tja, auf den ED-Fotos hast du es groß und deutlich im Zoom. Es ist ein Ziegenkopf.«

»Ein Ziegenkopf?«, echote Verena. Sie hätte alles Mögliche vermutet, aber nicht das.

»Ein Ziegenkopf, richtig«, sagte Katz. »Und damit komme ich zu meiner anschließenden Internetrecherche. Mich hat das Motiv nämlich genauso verwirrt wie dich. Hatte noch nie in meinem Leben einen Stern mit einer Ziege drin gesehen.«

»Ist es nun ein Stern oder ein Pentagramm?«, fragte Thea.

»Wo ist der Unterschied?« Ströbele zog fragend die buschigen Augenbrauen hoch. »Solange beides fünf Zacken hat, ist es doch dasselbe.«

»Irrtum. Das Pentagramm erkennt man daran, dass sämtliche Linien durchgezogen sind, wie beim Kinderspiel mit dem Haus vom Nikolaus.«

»Haus vom Nikolaus?« Ströbele sah ziemlich verwirrt aus.

»Das ist das Haus vom Nikolaus und nebenan vom Weihnachtsmann«, deklamierte Katz den Kinderreim.

»Klar, dass du das aus dem Effeff kannst«, lachte Verena. »Man kann beliebig viele Häuser nebeneinander zeichnen, ohne den

Stift abzusetzen«, erklärte sie Ströbele. »Ich hab das als Kind auch gelernt. Man muss nur alle Linien in einer bestimmten Reihenfolge durchziehen.«

»Wie beim Pentagramm«, brachte Thea die Diskussion wieder zum eigentlichen Thema zurück.

»Okay, aber was bedeutet jetzt das Pentagramm, genauer gesagt, das Pentagramm mit dem Ziegenkopf?«

»Das Pentagramm ist ursprünglich ein magisches Schutzsymbol«, erklärte Katz. »Seit dem späten Mittelalter wird es allerdings auch als Symbol des Bösen angesehen. Ob es jetzt das Gute oder Böse symbolisiert, hängt von der Richtung ab, in die seine Zacken zeigen.«

»Und in welche Richtung zeigen die, wenn es auf einen Arm tätowiert ist?«, fragte Verena halb belustigt und halb verzweifelt. »Hängt das nicht ganz davon ab, von wo aus man den Arm betrachtet? Wenn Morlock es selbst anschaut ist die Richtung der Zacken doch eine komplett andere, als wenn andere es sehen. Wenn er den Arm dabei anwinkelt, wird es noch komplizierter.«

»Tja, das ist nicht so leicht zu beurteilen. Man könnte es aber daran festmachen, in welche Richtung der Ziegenkopf zeigt.« Katz schlug sein Notizbuch auf und blätterte ein paar Seiten um. »Das Pentagramm mit Ziegenkopf nennt sich das Siegel des Baphomet«, las er vor. »Bei Wikipedia habe ich folgenden Eintrag dazu gefunden: *In den Achtzigerjahren war dieses Zeichen als Symbol in der Metal-Szene – insbesondere im Black- und Death-Metal – und für das Böse oder den Satanismus beliebt.*«

In Verenas Kopf tobte ein Wirbelsturm, in dem wie in einer Zentrifuge immer wieder dieselben Worte kreisten: Metal-Szene, Backward-Masking, satanische Botschaften, Siegel des Baphomet …

»Morlock gehörte den Satanisten an?«, flüsterte sie.

»Möglich«, sagte Katz. »Ebenso gut kann es aber auch sein, dass er das Zeichen nur trug, weil es in der Metal-Szene so populär war. Beweisen lässt sich damit gar nichts.«

»Man könnte aber in diese Richtung ermitteln«, sagte Joost. »Welche Bedeutung das allerdings für unseren Fall hat, lässt sich jetzt noch nicht absehen. Hat die Vernehmung von Sina Lohmann gestern noch irgendwelche Hinweise ergeben?«

Verena musste sich zwingen, ihre Gedanken von der satanischen Symbolik loszureißen. Beinahe hätte sie vergessen, die Sache mit dem Klavierlehrer anzusprechen.

»Ihr habt ja sicher alle das Vernehmungsprotokoll gelesen«, sagte sie. »Und mit Sicherheit seid ihr auch über diesen Klavierlehrer gestolpert, der Adi heißen soll.«

»Hört sich an wie ein Spitzname«, sagte Thea.

»Ich hab mal nach der Herkunft des Namens gegoogelt. Laut Vornamenregister ist das eine Kurzform von Männernamen, die mit Adal- oder Adel- beginnen.«

»Adelbert oder Adalbert?«, fragte Thea ungläubig. »Wer heißt denn heute noch so?«

»Wir wissen nicht, wie alt er ist.« Verena stützte den Kopf in die Hände. »Er könnte auch Adolfo heißen und Italiener sein. Ich gehe aber von einem jungen Mann aus, weil Ältere sich eher selten von Kindern mit Vornamen anreden lassen.«

»Es könnte auch gar nichts mit dem wirklichen Namen zu tun haben, sondern ein Spitzname sein, weil der Typ beispielsweise immer Adidas-Schuhe trägt«, gab Ströbele zu bedenken. »Wo soll man da anfangen zu suchen?«

»Ich habe gestern noch Ursula Lohmann angerufen«, sagte Katz. »War nicht ganz einfach mit ihr zu reden. Mit den Barbituraten, die sie offenbar intus hatte, hätte man eine Kleinstadt einschläfern können. Natürlich konnte sie sich nach so vielen

Jahren nicht an den Namen des Lehrers erinnern. Kontoauszüge von damals habe sie nicht mehr, und die würden auch nichts bringen, sie habe immer bar bezahlt. Sie wusste nur noch, dass er in einem Altbau im Stuttgarter Süden gewohnt hat.«

»Sehr hilfreich! Im Stuttgarter Süden gibt es so gut wie nur Altbauten«, stöhnte Scholl. »Vielleicht kann man sie noch mal fragen, wenn sie wieder klar im Kopf ist.«

»Bei dieser Spur müssen wir Micha einbeziehen, dieser mögliche Missbrauch fällt in seinen Bereich«, sagte Joost. »Schickt ihm das Vernehmungsprotokoll des Mädchens, das vorläufige psychologische Gutachten und die Daten der zu überprüfenden Personen aus ihrem persönlichen Umfeld, soweit wir sie haben.«

»Die halten sich in überschaubaren Grenzen«, seufzte Verena. »Der Vater, ein Onkel, ein mysteriöser Klavierlehrer. Zu weiteren Männern hatte das Mädchen in früher Kindheit angeblich keinen Kontakt.«

»Wie sieht es mit Lehrern in der Grundschule aus?«, fragte Thea.

»Sina wurde im Alter von sieben Jahren eingeschult. Das ist laut Fachleuten schon zu spät für das Ausbilden von multiplen Persönlichkeiten. Die erste Abspaltung muss in den ersten fünf bis sechs Lebensjahren erfolgt sein, weil danach die Identitätsentwicklung abgeschlossen ist. Das heißt, wir müssen nach Kontaktpersonen in Sinas Vorschulalter suchen.«

»Darum kann Micha sich kümmern«, sagte Joost. »Wir holen als Nächstes erst mal den Herrn Auth in Esslingen ab, der sich auf unsere staatsanwaltschaftliche Vorladung bis dato nicht gemeldet hat. Wenn er heute ein Geständnis ablegt, könnten wir uns eine Menge Arbeit sparen.«

Das wäre zu schön, um wahr zu sein, dachte Verena. Damit wäre Sina unschuldig und sie müsste sich keine Gedanken mehr über Pentagramme und esoterische Symbole machen. Der Fall wäre in trockenen Tüchern, und sie könnte vielleicht ein paar Tage freinehmen und Terzenbach wiedersehen. Leider wusste sie aus Erfahrung, dass eine Fallaufklärung sich nur selten an den Wünschen der Ermittler orientierte.

»Und ich habe auch noch etwas für euch«, sprach Joost weiter. »Zum einen kam Antwort auf unser Ersuchen aus Frankreich. Die französische Polizei hat den Eltern unseres Opfers die Todesnachricht überbracht und teilte uns mit, dass Morlocks am Wochenende nach Stuttgart kommen, um ihr Gartengrundstück aufzulösen. Ich habe einen Vernehmungstermin für Montagnachmittag vereinbart.«

»Sehr gut«, sagte Verena. »Und zum anderen?«

»Ein Zeuge, der Rolf Morlock von früher kennt, hat sich gemeldet. Er wird am Dienstag aus England eingeflogen. Aber er will Zeugenschutz, ich muss also bei Triberg noch beantragen, dass seine Personalien nicht in der Akte auftauchen.«

»Jetzt bin ich aber neugierig«, sagten Katz und Verena wie aus einem Munde.

»Wer ist denn der Typ?«, wollte auch Scholl wissen.

»Mister Jasper Stoffers«, antwortete Joost.

»Der erste Drummer? Aber der ist doch schon vor zwölf Jahren ausgestiegen!«

»Richtig. Und lebt seitdem in England. Er sagt, er hat über Facebook von Rolfs Tod erfahren und hätte Informationen, die für uns interessant sein könnten. Am Telefon wollte er nicht näher darauf eingehen.«

»Was kann der wissen, was für uns wichtig sein könnte?«, rätselte Thea. »Er hat Morlock zehn Jahre vor seinem Tod das letzte Mal gesehen.«

Joost zuckte die Schultern. »Wir werden es erfahren.«

»Kommst du mit?«, fragte Thea Verena draußen auf dem Flur.

»Nach Esslingen? Nein, ich werde inzwischen ein paar Telefonate führen und mich auf die Vernehmung vorbereiten. Und wenn ich es heute noch schaffe, möchte ich gerne mal mit den Eltern dieser Henriette Mehringer reden, aber erst nach der Vernehmung.« Sie sah Thea nachdenklich an. »Vielleicht solltest du dich auch lieber drücken. Nur für den Fall, dass er Widerstand leistet. Wie geht's dir überhaupt?«

Theas Mund verzog sich zu einem Lächeln. »Die Brüste spannen«, sagte sie. »Ich bekomme allmählich eine Vorstellung davon, wie sich eine Milchkuh fühlt.«

Verena schmunzelte. »Sicher, dass da nicht ein bisschen Einbildung dabei ist?«

Theas Lächeln wurde noch breiter. »Ich hab gestern einen Test gemacht. Willst du Patentante werden?«

»Oh, wirklich? Gratuliere!« Verena freute sich aufrichtig für Thea. »Was sagt Micha denn dazu?«

Schulterzucken und verhaltenes Seufzen. »Er weiß es noch nicht.«

Verena sah sie kopfschüttelnd an.

»Wann willst du es ihm sagen? Wenn die Wehen einsetzen?«

»Ich warte noch auf den richtigen Moment. Mir ist klar, dass das wie eine Ausrede klingt. Na gut, es ist eine. Ach Verena, ich weiß nicht, wie ich es ihm sagen soll!«

Verena überlegte. Vor diesem Problem hatte sie vor fünfzehn Jahren auch einmal gestanden. Mona hatte sich angemeldet, als sie kaum zwei Monate mit Fabio zusammen war und war alles andere als geplant gewesen. Sie erinnerte sich gut an den Widerstreit ihrer Gefühle und die Angst, ihm die Schwangerschaft zu gestehen.

»Als ich merkte, dass ich mit Mona schwanger war, bin ich morgens auf dem Weg zum Dienst bei Fabio vorbeigegangen und habe heimlich den Duftbaum an seinem Rückspiegel – lach nicht, er fuhr damals das Auto seines Vaters – gegen einen Schnuller ausgetauscht. Dann hab ich die Beine unter den Arm genommen und bin abgehauen. Dachte, bis zum Abend wird er sich schon wieder beruhigt haben.«

»Und, hatte er?«

»Im Gegenteil. An dem Tag hat sein Vater das Auto benutzt, was ich natürlich nicht wusste. Der hat Schnappatmung bekommen und schrammte knapp am Herzinfarkt vorbei.«

Thea lachte. »Herrlich, wie du es immer wieder schaffst, mich aufzumuntern. Aber am Ende habt ihr das doch ganz gut hingekriegt als Eltern wider Willen.«

»Na ja, mehr oder weniger. Aber es geht immer irgendwie. Fabio vergöttert seine Tochter inzwischen. Und Micha wird das auch tun, ganz sicher.«

Thea seufzte. »Bei mir klappt das nicht mit dem Schnuller am Rückspiegel. Wir fahren immer zusammen zum Dienst. Aber mir wird schon irgendwas einfallen.«

»Bist du so weit, Thea?« Scholl kam den Flur entlang, die Mappe mit Fahrzeugpapieren und Autoschlüssel in der Hand. »Wir müssen noch den Staatsanwalt abholen, und du weißt, wie der es mag, wenn man unpünktlich ist.«

»Triberg fährt mit?«, fragte Verena erschrocken.

»Ja, und er will auch bei der Vernehmung dabei sein, wusstest du das nicht? – Du wusstest es nicht«, beantwortete Thea die Frage selbst, als sie Verenas entsetztes Gesicht sah. »Frag mich nicht warum, entweder hat er sich auf Auth als Täter eingeschossen oder er will uns auf die Finger schauen, wahrscheinlich Letzteres.«

»Er will *mir* auf die Finger schauen«, fluchte Verena. »Und unter Garantie meinen Fragenkatalog durcheinanderbringen. Oh Mann, den brauche ich heute wie einen Pickel auf der Nase!«

»Tja, und gegen den hilft nicht mal Clearasil, sonst hätte ich längst den Drogeriemarkt leer gekauft und mit dem Zeug einen Bannkreis um mein Büro gezogen.« Thea hob die Hand zum Abschied und zog mit Scholl von dannen.

Nachdenklich schloss Verena ihr Büro auf. Gegen Tribergs Anwesenheit konnte sie nichts tun, er hatte das Recht, Vernehmungen beizuwohnen, solchen, die auf staatsanwaltschaftlichen Beschluss stattfanden, erst recht. Sie würde sich nicht aus der Ruhe bringen lassen und sich einfach vorstellen, er wäre gar nicht da.

Wen sollte sie jetzt zuerst anrufen? Verenas Hand schwebte über dem Telefon und zögerte kurz. Dann tippte sie die Nummer des Forenbetreibers ein.

Er meldete sich mit Jan Weber. Im Hintergrund waren Verkehrsgeräusche zu hören und das typische Rauschen, das Telefongespräche untermalt, die im Auto über eine Freisprecheinrichtung geführt werden.

»Verena Sander von der Kripo Stuttgart«, erwiderte sie etwas lauter als gewöhnlich. »Ich nehme an, ich störe Sie gerade und würde auch sofort auflegen, wenn es nicht wichtig wäre.«

Kurzes Schweigen am anderen Ende. Dann ein Räuspern und die Worte: »Na ja, ich bin gerade auf der Autobahn. Aber die Kripo … das hört sich immer wichtig an. Worum geht es denn?«

»Sie haben ein Internetforum namens *Multimeeting*. Zumindest steht dort Ihre Telefonnummer im Impressum. In diesem Forum gibt es einen Nachruf auf eine Henriette, geschrieben vor drei Tagen. Ich wüsste gern, wer der Verfasser dieses Beitrags ist.«

Wieder Schweigen am anderen Ende. Nach einer gefühlten Ewigkeit, als Verena gerade noch einmal nachfragen wollte, antwortete Weber endlich.

»Ich nehme die nächste Ausfahrt zu einem Rastplatz. Über diese Sache kann ich nicht so nebenher beim Autofahren reden. Geben Sie mir Ihre Telefonnummer, dann rufe ich Sie in ein paar Minuten zurück.«

Verena diktierte ihm ihre Büronummer, aber Weber unterbrach sie. »Nein, geben Sie mir die Nummer Ihrer Zentrale, ich lasse mich dann weiterverbinden. Fragen Sie jetzt bitte nicht warum, ich erkläre Ihnen das später.« Er wiederholte die Nummer und ließ sie sich nochmals bestätigen. Dann hörte Verena nur noch ein Klicken in der Leitung.

Nach etwas mehr als fünf Minuten, in denen Verena sich fragte, was das wohl zu bedeuten hatte, ohne sich einen Reim darauf machen zu können, klingelte ihr Telefon. Die Zentrale war dran, die einen Herrn Weber in der Leitung hatte. Sie ließ durchstellen und meldete sich erneut.

»Ich bin also tatsächlich bei der Polizei rausgekommen«, hörte sie ihn sagen.

»Das sagte ich Ihnen bereits. Sind Sie so misstrauisch?«

»Man kann nicht misstrauisch genug sein. Aber nehmen Sie es nicht persönlich, das ist eine reine Vorsichtsmaßnahme.« Er lachte, aber das Lachen klang nicht fröhlich.

»Gibt es einen bestimmten Grund für Ihr Misstrauen?«

»Natürlich gibt es den, aber den zu erklären, würde jetzt zu weit führen. Sie wollten wissen, wer der Verfasser des Nachrufs ist. Da die meisten unserer Mitglieder unter einem anonymen Nick bei uns registriert sind und ich größtenteils auch nur die

E-Mail-Adresse von ihnen habe, denn mehr ist für eine Anmeldung nicht nötig, könnten Sie diese Information normalerweise nur mittels Beschluss direkt vom Provider bekommen.«

»Normalerweise heißt?«

»Normalerweise heißt, dass Sie in diesem Fall Glück haben, da ich selbst diesen Beitrag verfasst habe.«

Verena stieß die Luft aus und hob die Augen zum Himmel. Danke, lieber Gott, egal ob es dich gibt oder nicht. Danke. Man muss auch mal Glück haben. Die nächste Frage kam fast ohne ihr Zutun über ihre Lippen.

»Wann und durch wen haben Sie denn von Henriettes Tod erfahren?«

Die Antwort kam prompt.

»Sozusagen wenige Stunden später durch ihre Eltern. Henriette und ich waren seit zwei Jahren ein Paar.«

Nach dem Gespräch mit Jan Weber saß Verena noch minutenlang da und starrte auf den Hörer in ihrer Hand, ohne ihn wirklich wahrzunehmen. Erst als ihr das Tuten des Freizeichens auf die Nerven ging, legte sie auf.

Gerade als sie die Nachricht verdaut hatte, dass der Forenbetreiber der Freund des Opfers war, hatte dieser gesagt, dass er von einem öffentlichen Fernsprecher aus anrufen würde und nicht mehr viel Kleingeld habe. Er wäre gerade beruflich unterwegs nach Frankfurt und würde erst spätabends zurück nach Böblingen kommen, wo er wohne. Sie hatte es gerade noch geschafft, ihm ihr Beileid auszusprechen, dann hatten sie in aller Eile einen Termin für den nächsten Tag vereinbart. Jan Weber hatte ihr zugesichert, am nächsten Vormittag zum Präsidium zu kommen, bevor die Verbindung abbrach.

Jetzt im Nachhinein fielen ihr Fragen ein, die sie in der Eile nicht hatte stellen können. Warum rief er von einem öffentlichen Telefon aus an, wo er doch ein Handy im Auto hatte? War der Akku plötzlich leer gewesen oder hatte er Angst, abgehört zu werden? Wenn ja, von wem und weshalb? Überhaupt schien ihr die Sache mit dem Rückruf über die Zentrale sehr mysteriös. Als müsse er sich vergewissern, dass der Anruf wirklich von der Kriminalpolizei kam und sich nicht jemand anderes als Polizistin ausgab. Wer sollte so etwas tun? Litt der Mann unter Verfolgungswahn oder war der Tod Henriette Mehringers tatsächlich alles andere als ein Suizid gewesen?

Sie loggte sich ins polizeiliche Auskunftssystem POLAS ein und suchte nach dem Namen Jan Weber. Es gab einige Treffer, aber niemanden, der annähernd in seinem Alter war und in Böblingen wohnte. Offenbar war der junge Mann polizeilich noch nicht in Erscheinung getreten. Sie trat ans Fenster und dachte nach. Beobachtete einen ausgewachsenen Hasen, der arglos im Weinberg herumhoppelte und nicht bemerkte, dass ein Habicht über ihm kreiste. Unwillkürlich hielt sie den Atem an, bis der Habicht schließlich abdrehte. Wahrscheinlich war ihm das Beutetier zu groß.

Verena verspürte eine leichte Übelkeit. Seit dem Telefonat mit Jan Weber stand sie wie unter Strom. Irgendetwas beunruhigte sie zutiefst, aber sie wusste nicht genau was. Es war wie eine Ahnung, die sie nicht zu fassen bekam. Ihre Intuition sagte ihr, dass irgendetwas hinter Henriettes Tod stecken könnte, das möglicherweise einige Nummern größer war als alles, was sie bisher bearbeitet oder womit sie gerechnet hatte, und musste sich eingestehen, dass sie Angst hatte. Dennoch war sie fest entschlossen, diese Spur mit aller Beharrlichkeit weiterzuverfolgen, was immer auch dabei herauskommen sollte. Sie war kein Habicht, der einfach abdrehte, wenn ihm die Beute zu groß war.

Nichts im Todesfall Henriette Mehringers hatte auf Fremdeinwirkung hingedeutet. Keine Spuren auf ein Kampfgeschehen. Die Wohnungstür war zugezogen, aber nicht abgeschlossen gewesen, doch das war kein Verdachtsmoment. Wer schließt schon die Tür ab, wenn er zu Hause ist? Das Haus war ordentlich und aufgeräumt gewesen, abgesehen von ein paar Inlinern, die mitten im Flur lagen. Wer sollte einen Grund gehabt haben, das Mädchen umzubringen und einen Suizid vorzutäuschen?

Verena sah ein, dass sie mit ihren Grübeleien keinen Schritt weiterkommen würde. Sie musste sich gedulden, bis sie morgen mit Jan Weber reden konnte. Aber Geduld war keine ihrer Stärken.

Sie fuhr aus ihren Gedanken, als es klopfte und Joost in der Tür erschien.

»Jede Menge Neuigkeiten für einen einzigen Tag, findest du nicht auch?«, fragte er und griff nach dem Vernehmungsschild, um es nach draußen zu hängen.

Verena machte sich auf das Schlimmste gefasst.

»Hast du inzwischen mal nachgedacht, wer der anonyme Anrufer sein und was er bezwecken könnte?«, fuhr er fort.

»Ich habe seit gestern über sehr vieles nachgedacht«, sagte Verena ausweichend und versuchte abzuschätzen, was jetzt kommen würde. Noch so eine Hiobsbotschaft wie gestern würde sie endgültig niederstrecken. Sie riskierte einen Vorstoß.

»Es wäre vielleicht leichter für mich, wenn du mir verraten würdest, ob es eine Frau oder ein Mann war, der angerufen hat. Das würde den Kreis der Verdächtigen schon erheblich reduzieren.«

»So viele hast du auf dem Plan, die dir eins auswischen wollen? Verena, dann bist du wahrlich nicht zu beneiden.«

Gratuliere zu der Erkenntnis, hätte sie beinahe gesagt. Abgesehen von Hiob fiel ihr spontan niemand ein, der Grund haben könnte, auf sie neidisch zu sein.

»Verrate es mir. Bitte!«, sagte sie stattdessen.

»Es war ein Mann. Und er hat mich nicht direkt angewählt, sondern sich über die Zentrale durchstellen lassen und den Chef der Mordkommission verlangt. Das nur für den Fall, dass du Triberg in Verdacht hast – er war es nicht!«

»Aber er muss mich kennen! Und er muss wissen, dass Terzenbach ein Zeuge ist. Wer kann da schon infrage kommen?«

»Die Band?«, schlug Joost vor. Er hatte sich also auch schon seine Gedanken gemacht.

Konnte es einer der Bandkollegen sein, dem Uwe etwas erzählt hatte? Oder einer, den sie noch gar nicht auf dem Plan hatte? Es juckte sie in den Fingern, ihn anzurufen und mit dem Vorwurf zu konfrontieren, aber abgesehen davon, dass ihr Stolz ihr das verbot, wäre es auch viel zu gefährlich. Die Erfahrung, dass scheinbar jede ihrer Verfehlungen postwendend auf dem Schreibtisch ihres Chefs landete, hatte sie so paranoid werden lassen, dass sie nicht einmal mehr wagte, an Terzenbach zu denken.

Konnte er wirklich so dumm gewesen sein, mit ihr anzugeben und sie vor seinen Bandkollegen derart zu kompromittieren? Das passte einfach nicht zu dem Bild, das sie von ihm hatte. Aber wie gut kannte sie ihn schon?

»Gibt es vielleicht einen Beschuldigten aus einem alten Verfahren, den du geschnappt hast und der jetzt aus dem Knast gekommen ist?«, fragte Joost. »Der dürfte dich kennen, und Terzenbach ist ja aus den Medien bekannt. Vielleicht ist es so ein Idiot, der eine späte Rache will?«

Verena überlegte fieberhaft, doch ihr wollte niemand einfallen. Sie hatte jetzt auch weder Zeit noch Lust, ihre Altfälle durchzugehen.

Plötzlich setzte ihr Herz für einen Schlag aus.

»Wann sind wir eigentlich an die Presse gegangen? Damit, dass der Tote der Gitarrist von Dark Devil war, meine ich«, fragte sie atemlos.

»Gleich nachdem er eindeutig identifiziert war«, erwiderte Joost. »Als das DNA-Ergebnis vom Abgleich mit den Gitarrensaiten kam.«

»Also am Dienstagmorgen.« Verena überlegte fieberhaft. »Ich war ja ein paarmal in den Medien zu sehen. Zuletzt vor ein paar Wochen in dieser Serie der *Bild*-Zeitung über ›Stuttgarts starke Frauen‹, erinnerst du dich? Da wollte sich vielleicht nur jemand wichtigmachen, der mich in der Zeitung gesehen und daraus geschlossen hat, dass ich nun in unserem aktuellen Fall innerhalb der Band ermittle. Rudi, das könnte jeder sein, der die *Bild*-Zeitung liest und Dark Devil kennt – von einem durchgeknallten Fan bis – ja bis zu einem schwulen Kellner.« Beinahe musste sie lachen. Aber das hier war ganz und gar nicht lustig.

Joost schien das ganz genauso zu sehen. »Diese Sache kann dir beruflich das Genick brechen, wenn dieser Kerl, wer immer es ist und was immer er für ein Motiv hat, das weiterverbreitet. Natürlich können wir es unter Gerücht verbuchen. Solange er kein Foto bringt, auf dem du wild mit diesem Typen rumknutschst und es dann womöglich noch der Staatsanwaltschaft vorlegt …«

»Das kann er gar nicht! Weil wir lediglich dort gesessen, geredet und etwas gegessen haben. Und weil ich niemals mitten auf dem Schlossplatz mit diesem Zeugen rumgeknutscht habe!« Verenas Empörung war echt, denn sie musste nicht mal lügen. Dass sie es kurze Zeit später in ihrem Schlafzimmer getan hatte, durfte Joost nie erfahren.

Jetzt seufzte er und breitete ratlos die Arme aus.

»Kannst du mir mal sagen, warum du immerzu in derart kompromittierende Situationen gerätst?«

»Muss wohl mein Karma sein«, antwortete Verena so unschuldig wie sie nur konnte.

»Nein, es ist die Tatsache, dass du immer noch zu viele Alleingänge machst. Hättest du Roman mitgenommen, wäre das alles nicht passiert!«

»Roman war unterwegs. Er musste Sina zurück zur Schule bringen.«

»Dann hättest du so lange warten können, bis er zurück gewesen wäre! Oder jemand anderes mitnehmen.« Joost verstummte. Offenbar war ihm gerade klar geworden, dass es bei der derzeitigen Personalsituation nicht immer ganz einfach war, im Doppelpack auszurücken.

»Es war doch nur ein Zeuge, Rudi«, sagte Verena leise. »Und ich brauchte die Information schnell. Wer konnte denn ahnen, dass da draußen jemand mit so einer blühenden Fantasie rumläuft, der wohl gern Sensationsreporter geworden wäre?«

Joost seufzte tief. Dann legte er Verena eine Hand auf die Schulter.

»Keine Alleingänge mehr, ist das klar?«

»Klar«, hauchte Verena und beobachtete erleichtert, wie Joost mit gebeugtem Rücken ihr Büro verließ. Sie wollte aufstehen, um das Vernehmungsschild reinzuholen, aber ihre Knie zitterten so sehr, dass sie sich wieder setzen musste.

Verdammt, das war gerade noch mal gut gegangen.

Nachdem Verena eine Zeit lang über die Möglichkeit nachgedacht hatte, dass Terzenbach gar nicht geplaudert haben musste, sondern praktisch jeder, der ein wenig sensationshungrig war, diese Beobachtung gemeldet haben könnte, beschloss sie, das

Grübeln für heute sein zu lassen. Sie würde ohnehin zu keiner Antwort kommen und brauchte ihre Konzentration für wichtigere Dinge. Entschlossen wandte sie sich dem nächsten Punkt auf ihrer Liste zu. In ihrem Postfach hatte sie heute Morgen das Untersuchungsergebnis vom Labor gefunden. Sie griff wieder nach dem Telefon und wählte nach einem Blick auf die Uhr Lohmanns Büronummer. Ein Kollege meldete sich und sagte, dass Frank Lohmann heute freigenommen hätte. Sie bedankte sich, legte auf und wählte erneut.

»Guten Morgen, Herr Lohmann, Verena Sander hier. Wie geht es denn Ihrer Frau?«

»Schlecht«, sagte Lohmann knapp. »Sie hat die ganze Nacht geschrien und angefangen, sich die Haare auszureißen. Ich habe sie gerade in die Klinik gebracht. Nach Cannstatt, ins Zentrum für seelische Gesundheit. Man könnte auch Klapse dazu sagen.«

»Das tut mir leid. Ich hatte gehofft, dass sie den ersten Schock überwunden hat. Dann haben Sie sie wohl nicht nach dem Namen von Sinas Klavierlehrer gefragt?« Verena wollte nichts unversucht lassen. Vielleicht war Ursula Lohmann ihrem Mann gegenüber ja auskunftsfreudiger als zu Katz.

»Ich habe es versucht. Aber sie sagte, sie wisse es nicht mehr. Sie ist gerade auch viel zu depressiv und die meiste Zeit sediert. Vielleicht fällt es ihr später wieder ein. Warum ist das so wichtig?«

»Eine reine Routineüberprüfung.« Ihr war klar, dass das nicht sehr überzeugend klang, aber den wirklichen Grund konnte sie Lohmann jetzt unmöglich verraten. Zum Glück wechselte er schon das Thema.

»Wissen Sie inzwischen, was in der Fleischwurst war?«

»Ja, heute Morgen kam das Ergebnis, und das ist auch ein Grund, warum ich anrufe. Die Todesursache Ihrer Hunde war ganz richtig eine Vergiftung, und zwar durch Aconitin. Das ist ein toxisches Alkaloid im blauen Eisenhut.«

»Eisenhut?« Lohmann klang verwirrt. »Aber der blüht doch jetzt gar nicht.«

»Genau das finde ich auch bemerkenswert«, sagte Verena. »Aber es handelte sich nicht um frische Blüten oder Blätter, sondern um Teile der getrockneten Wurzel, die in der Fleischwurst versteckt waren. Die Wurzel ist das Giftigste an der Pflanze mit der höchsten Aconitinkonzentration. Schon wenige Gramm davon sind für einen ausgewachsenen Hund tödlich.«

»Wer tut denn so etwas?«, fragte Lohmann gepresst.

»Ich hoffe, wir finden es heraus«, antwortete Verena vage, wohl wissend, dass die Chancen dafür gering waren. »Aber ich habe auch noch eine Frage an Sie: Wusste Sina vom Tod der Hunde? Waren die beiden schon tot, bevor sie zur Schule ging?«

Lohmann schien kurz zu überlegen.

»Nein«, sagte er schließlich. »Sie hat gegen sieben Uhr das Haus verlassen. Wenn die Hunde da schon tot vor der Mauer gelegen hätten, wäre sie zurückgekommen. Warten Sie, jetzt fällt es mir wieder ein. Nein, ich habe sie ja während der Hofpause auf dem Handy angerufen und sie danach gefragt.«

»Wonach gefragt?«, fragte Verena.

»Ob sie die Hunde gesehen hat, als sie ging. Sie sagte nein.«

»Haben Sie ihr bei diesem Telefonat auch gesagt, dass die beiden tot sind?«

»Ja, natürlich.«

»Und wie hat sie reagiert?«

»Überrascht, aber nicht sonderlich betroffen. Sie hing nicht so sehr an den beiden. Ist wohl auch verständlich, wenn ein Kind im Stellenwert der Mutter erst nach zwei Doggen kommt, oder? Aber natürlich tat es ihr leid.«

Verena war sich da nicht so sicher. Kam darauf an, wen er am Telefon hatte, dachte sie. Wenn es die junge Dame war, die bei der Vernehmung das Wasserglas umgeworfen hatte, würde sich deren Bedauern sicher in Grenzen halten. Sie hielt es nicht einmal für ausgeschlossen, dass diese aggressive Teilpersönlichkeit Sinas die Hunde selbst vergiftet hatte. Blieb nur die Frage, wie sie an die getrocknete Wurzel des blauen Eisenhuts gekommen sein sollte.

Sein Duft eilte ihm voraus. Noch bevor Wilfried Auth von Katz und Scholl flankiert das Zimmer betrat, roch Verena seine Ankunft anhand der Alkoholfahne. Sein Anblick war wie ein Déjà-vu. Das Haar war genauso verstrubbelt wie bei ihrem Besuch vor einigen Tagen und hatte inzwischen ganz sicher weder Kamm noch Shampoo gesehen. Auch das Hemd, das er trug, war dasselbe wie beim letzten Mal, nur dass inzwischen noch ein paar Flecken hinzugekommen waren. Verena fragte sich, ob er in diesen Klamotten vielleicht auch schlief.

»Wir haben ihn beim Frühstück überrascht«, sagte Katz.

»Das übrigens aus einer Flasche Mariacron bestand«, fügte Scholl hinzu.

»Und einem Glas Bier«, ergänzte Triberg, der hinter ihnen in der Tür erschienen war, wie immer korrekt gekleidet und auf die Vollständigkeit des Sachverhalts bedacht.

»Sind Sie imstande, einer Vernehmung zu folgen, Herr Auth?«, fragte Verena. Sie war gereizt. Nicht nur wegen Tribergs Anwesenheit. Wenn Auth so betrunken war, dass er sich zu einer polizeilichen Befragung nicht in der Lage fühlte, wäre alles umsonst gewesen.

»Natürlich, kein Problem. Ich hatte ja gerade erst angefangen, als die plötzlich in meiner Wohnung standen.« Ein missbilligender Blick streifte Scholl und Katz. Den Blickkontakt zum Staatsanwalt mied er hingegen.

»Hätten Sie auf unser Klingeln geöffnet, hätten wir nicht den Schlüsseldienst holen müssen«, entgegnete Triberg. Er sah Verena mit zusammengezogenen Brauen an, als würde er ihr die Schuld dafür geben, dass durch den Einsatz des Schlüsseldienstes zusätzliche Kosten entstanden waren.

Scholl führte Auth zu dem hölzernen Besucherstuhl auf der anderen Seite des Tisches und ließ ihn Platz nehmen. Mit leisem Bedauern sah Verena, dass Katz indessen für den Staatsanwalt einen der wenigen intakten Bürostühle hereinrollte. Es wäre ihr eine Genugtuung gewesen, Triberg mit ihrem kaputten Drehstuhl zusammenbrechen zu sehen.

»Ich habe Sie bei unserer letzten Begegnung schon über Ihre Rechte und Pflichten als Zeuge belehrt«, sagte sie an Auth gewandt. »Das gilt auch für die heutige Vernehmung. Sie müssen nichts sagen, was Sie selbst belastet, aber was Sie sagen, muss der Wahrheit entsprechen. Haben Sie das verstanden?«

Auth nickte. »Logisch, bin ja nicht doof.«

Mit Unbehagen beobachtete sie, wie Triberg direkt neben ihr Platz nahm, dort, wo normalerweise Katz bei ihren Vernehmungen saß, nicht ohne vorher ein paar imaginäre Stäubchen von der Sitzfläche zu klopfen. Jetzt fuhr er mit dem Finger über eine Ecke ihres Schreibtisches, wo seit Langem das Furnier abgeplatzt war. Er öffnete den Mund, als wolle er etwas sagen, doch Verena kam ihm zuvor, bevor er sie zurechtweisen konnte.

»Außerdem haben Sie gegenüber Ihrer Tochter ein Zeugnisverweigerungsrecht. Sollte Annika also etwas Unrechtes getan haben, müssen Sie auch dazu keine Angaben machen.« Normalerweise belehrte sie Zeugen nur über deren Zeugnisverweigerungsrecht, wenn der Angehörige im Beschuldigtenstatus war, heute aber wollte sie um jeden Preis vermeiden, dass Triberg ihr auch nur die kleinste Nachlässigkeit nachweisen konnte. Auch wenn es auf Kosten der Logik ging, denn Annika war längst tot und begraben. Doch sie dachte mit Schaudern an den Anpfiff wegen ihrer Leichenmeldung und das, worum Joost sie gebeten hatte.

»Was soll Annika denn Unrechtes getan haben?«, kam auch prompt die erwartete Reaktion von Auth. »Sie war es ja wohl, der Unrecht getan wurde!« Er sah aufgebracht aus und atmete schwer.

Verena hatte sehr wohl registriert, dass Auth in der Vergangenheit von seiner Tochter gesprochen hatte.

»Beruhigen Sie sich, Herr Auth«, sagte sie. »Ich habe ihr gar nichts unterstellt und habe das auch gar nicht vor. Diese Belehrung ist eine reine Formalität.« Sie streifte Triberg mit einem unauffälligen Blick, doch dessen Gesicht war wie in Stein gemeißelt. Es ist wie beim Mikado, dachte sie. Solange sich nichts bewegt, darf ich weitermachen.

»Sagen Sie uns doch bitte, wo Ihre Tochter sich derzeit aufhält.«

»Hab ich Ihnen doch schon gesagt«, knurrte er. »Sie ist in England, als Au-pair-Mädchen.«

»Nein, das ist sie nicht«, sagte Verena ruhig. »In diesem Punkt haben Sie mich angelogen. Warum tun Sie das?«

Auth schwieg, sah Verena jedoch mit verengten Augen misstrauisch an.

»Ich weise Sie nochmals auf Ihre Wahrheitspflicht hin«, sagte sie, noch immer mit so ruhiger Stimme, wie es ihr in Anwesenheit Tribergs nur möglich war. »Als Zeuge dürfen Sie keine Lügen erzählen, sonst könnten Sie sich strafbar machen.«

Auth schaute trotzig von Verena zum Staatsanwalt und wieder zurück. Noch immer kam kein Wort über seine Lippen. Er saß völlig reglos da, nur zwei Finger seiner rechten Hand zupften am Saum seines linken Jackenärmels.

»Ich würde Ihnen raten zu reden«, mischte sich Triberg jetzt ein. »Wir wissen, dass Sie lügen. Sie scheinen sich des Ernstes der Lage nicht bewusst zu sein, aber das Schwert des Dionysos schwebt schon über Ihrem Kopf.«

In ihrem Rücken nahm Verena ein verhaltenes Grunzen wahr, an dem sie merkte, dass Katz hinter ihr stand. Kurz überlegte sie, ob sie der Schreibkraft vor dem Abtippen der Tonbandaufzeichnung nahelegen sollte, die Bemerkung des Staatsanwalts in der Abschrift wegzulassen, entschied sich aber in einem Anflug von Schadenfreude dagegen. Die Justizangestellten und der Richter sollten schließlich auch ihren Spaß haben.

Auth lachte nicht. Entweder war der Fauxpas des Staatsanwalts an ihm vorbeigegangen oder ihm war der Ernst der Lage bewusst. Am Spiel seiner Gesichtsmuskeln sah sie, dass er mit sich kämpfte.

»Sie ist tot«, presste er schließlich hervor.

Verena nickte erleichtert. Endlich waren sie ein Stück weiter. »Wie ist sie gestorben?«

Auth ließ den Kopf hängen und verbarg sein Gesicht hinter einem Vorhang fettiger langer Haare. Dann blickte er auf und Verena erkannte seine Verzweiflung. Tränen standen in seinen vom Alkohol geröteten Augen.

»Sie hat sich in der Psychiatrie im Bürgerhospital aus dem dritten Stock ins Treppenhaus gestürzt.«

Verena atmete unhörbar auf. Jetzt hatte sie ihn. Nach diesem Eingeständnis, das Auth vielleicht mehr sich selbst als der Polizei gegenüber abgelegt hatte, würde sie alles Weitere auch erfahren.

»Erzählen Sie uns, warum sie das getan hat«, forderte Verena ihn auf und kämpfte das Mitleid nieder, das in ihr aufstieg. Wenn sie mehr erfahren wollte, kam sie nicht darum herum, den Finger in die Wunde zu legen.

»Weil dieses Schwein sie geschwängert hat«, brach es aus ihm heraus. »Sie hatte eine Spätabtreibung in Holland.«

Verena hatte alle Mühe, sich ihre Bestürzung nicht anmerken zu lassen. Das Mädchen war damals fünfzehn gewesen!

»Warum um Gottes willen haben Sie das damals nicht gesagt? Man hätte anhand eines Gentests beim Embryo nachweisen können, dass Morlock der Vater war!«

Auth schüttelte den Kopf und zog die Nase hoch.

»Weil es illegal war, verdammt noch mal! Annika hatte die Schwangerschaft zu lange verdrängt, sie war über die zwanzigste Woche. Da ging nichts mehr in Deutschland. Sie hätte sich also nach deutschem Recht strafbar gemacht.«

Das hätte sie in der Tat. Was für eine vertrackte Situation! Verena dachte an ihre eigene Tochter, die in drei Wochen fünfzehn werden würde. Mona sollte bloß nicht mit dem Wunsch zu ihr kommen, ohne ihre Begleitung zu einem Rockkonzert gehen zu wollen. Notfalls würde Verena sich Wachs in die Ohren gießen, um den Abend zu überstehen, aber sie würde keinen Schritt von Monas Seite weichen.

»Bei dem Eingriff wurde ihre Gebärmutter verletzt«, erzählte Auth weiter. »Sie wäre beinahe verblutet. Anschließend sagte man ihr, dass sie sehr wahrscheinlich niemals Kinder bekommen könne.«

»Und deshalb kam sie in die Psychiatrie«, schlussfolgerte Verena.

»Ja.« Auths Stimme war nur noch ein heiseres Flüstern. »Und weil sie nie verkraftet hat, das Baby abgetrieben zu haben. Sie sah ihre Unfruchtbarkeit als Strafe dafür an. Danach hat sie mehrmals versucht, sich die Pulsadern aufzuschneiden, deshalb sah ich keinen anderen Ausweg, als sie einweisen zu lassen, damit sie sich nichts antut. Aber sie hat es ja trotzdem geschafft.« Jetzt weinte er, die Hände im Schoß zu Fäusten geballt.

Verena schob ihm zaghaft ihre Kleenex-Box über den Tisch, doch er bemerkte es nicht.

»Dieses Schwein hat unser Leben zerstört«, keuchte Auth und wischte sich mit dem speckigen Ärmel seines Hemdes die Tränen vom Gesicht. »Ich habe alles versucht, um ihn zur Strecke zu bringen, bin dabei bankrottgegangen. Ich habe die Wohnung aufgegeben und bin in eine kleinere gezogen. Ich musste das Auto verkaufen, um die Abtreibung und die Anwaltskosten bezahlen zu können. Am Ende war doch alles umsonst gewesen. Nichts von dem, was ich getan habe oder noch hätte tun können, hätte mir mein Kind zurückgebracht.«

Eine Weile herrschte betretenes Schweigen im Zimmer, das nur ab und zu von Auths leisem Schluchzen unterbrochen wurde. Schließlich räusperte sich Triberg.

»Und Sie hatten keine Rachegefühle gegenüber Rolf Morlock?«, fragte er.

Auth sah ihn an, als habe er den Verstand verloren.

»Nein, wieso denn, er war doch so ein netter Mensch.« Doch er merkte sehr schnell, dass sein Sarkasmus an Triberg verschwendet war.

»Natürlich hatte ich die! Ich weiß nicht, in wie vielen schlaflosen Nächten ich mir die grausamsten Foltermethoden für ihn ausgedacht habe. Aber glauben Sie mir, ich habe nichts davon wahrgemacht.«

»Das kann ich Ihnen eben nicht so einfach glauben«, sagte Triberg kühl. »Sie hatten sehr gute Gründe, sich an Morlock zu rächen. Nach dem Tod Ihrer Tochter umso mehr. Der zeitliche Zusammenhang zwischen der Einstellung des Verfahrens, Annikas Suizid und dem Tod des Musikers kann kaum als Zufall bezeichnet werden. Deshalb werden wir jetzt eine DNA-Probe von Ihnen nehmen. Und damit wir uns richtig verstehen: Ich habe dafür eine richterliche Anordnung, das heißt, sie ist jetzt nicht mehr freiwillig.«

Während der Polizeiarzt die Blutprobe von Auth entnahm, saßen Verena, Triberg und Joost im Chefbüro und diskutierten den Sachstand.

»Ich traue ihm die Tat durchaus zu«, sagte Verena. »Ich habe selbst eine Tochter in dem Alter und kann mich gut in die Situation hineinversetzen. Deshalb tut es mir immer sehr leid, wenn Opfer zu Tätern werden, und in diesem Fall ganz besonders.«

»Mitleid ist hier völlig fehl am Platz«, unterbrach Triberg sie. »Dieser Mann bewegt sich am Rande des Tatverdachts. Von seiner Tochter kann er gewusst haben, wohin Morlock die Mädels nach den Konzerten abschleppt, oder er ist ihm von der Schleyerhalle aus gefolgt. Es würde mich gar nicht wundern, wenn wir einen DNA-Treffer bekommen. Bis es so weit ist, bin ich dringend für eine Durchsuchung seiner Wohnung und aller eventueller Nebenräume, zu denen er Zutritt hat. Dachboden, Keller, Garage und so weiter. Menschen, die aus Rache töten, behalten oft Trophäen zurück, und sei es nur in Form von Zeitungsberichten über das Verbrechen. Vielleicht finden wir sogar etwas, das ihn überführt. Ich werde beim Amtsgericht einen entsprechenden Beschluss erwirken. Am besten noch heute.«

Sieh mal einer an, dachte Verena. Wie schnell Triberg einen Beschluss erwirkt, wenn es seine eigene Idee ist. Wenn das doch mit meinen Ideen nur halb so einfach wäre! Natürlich verschwieg sie wohlweislich, dass ihr selbst schon der Gedanke gekommen war. Im Gegenteil – sie war heilfroh, ihn nicht als Erste geäußert zu haben.

»Gut, wenn Sie das heute noch schaffen, können wir morgen früh durchsuchen«, sagte Joost. »Und wenn wir ihn so lange in Gewahrsam behalten, hat er auch keine Möglichkeit, eventuelles Beweismaterial beiseitezuschaffen. Allerdings muss die Sache wirklich schnell über die Bühne gehen, weil wir ihn ja nicht länger als bis morgen Abend festhalten können.«

»Er kriegt eine nette Ausnüchterungszelle und kann sich dort mal richtig erholen«, sagte Triberg. »Sollten wir entsprechende Beweismittel finden, können wir ihn gleich im Anschluss dem Haftrichter vorführen. Wenn nicht, müssen wir ihn halt wieder laufen lassen.«

Wir, dachte Verena, er redet die ganze Zeit in der Wir-Form. Als ob er sich bei einer Durchsuchung die Finger schmutzig machen würde. Die Drecksarbeit machen andere, und er steckt sich nachher den Orden an die Brust. Erleichtert sah sie, wie Triberg sich erhob und Joost die perfekt manikürte Hand reichte. Ihr selbst nickte er nur knapp zu, bevor er sich zum Gehen wandte. Sie atmete auf, als die Tür hinter ihm zufiel.

»Dieser Wilfried Auth, glaubst du, dass er es war?«, fragte Joost, als sie allein waren.

Verena zuckte die Schultern. »Verzweifelte Menschen sind zu vielem fähig, und Hass ist ein starkes Motiv. Aber ich habe keine Ahnung. Ich habe wirklich keine Ahnung.«

Auf dem Weg nach Birkach zuckelte Verena gemächlich hinter der Buslinie 65 her, denn der Gegenverkehr machte ein Überholen unmöglich. Sie beschloss, das Beste daraus zu machen und genoss die Landschaft. Auf den Wiesen und an den Zweigen der Bäume, die die Landstraße säumten, zeigte sich das erste Grün, und einige fleißige schwäbische Hausfrauen waren bereits eifrig beim Frühjahrsputz. Fensterscheiben wurden gewienert, Vorgärten geharkt und Gehwege gefegt. Manch einer mochte es bieder nennen, für Verena strahlte es eine Art Geborgenheit aus, die sie an ihre Kindheit erinnerte, auch wenn das damals, wie sie heute wusste, eine falsche Geborgenheit gewesen war.

Die Familie Mehringer wohnte in einem schmucken Reihenhäuschen am Ortsende von Birkach. Eine Hecke aus Kirschlorbeer säumte den Plattenweg, der zur Haustür führte, wo ein Willkommenskranz aus Seidenblumen hing. Auf dem Fensterbrett im Parterre sonnte sich eine rotgetigerte Katze, unbeeindruckt von den beiden Spatzen, die sich in einem Vogelhäuschen direkt vor ihrer Nase um die Reste eines vom Winter übrig gebliebenen Meisenknödels stritten. Angesichts dieser Vorstadtidylle war es schwer vorstellbar, welche Tragödie sich einige Tage zuvor hier ereignet hatte.

Annemarie Mehringer öffnete mit einer weiteren Katze auf dem Arm. Sie trug ein anthrazitfarbenes Hauskleid, das über und über mit Katzenhaaren bedeckt war.

»Sind Sie die Polizistin, die angerufen hat?«, fragte sie und trat, als Verena nickte, einen Schritt in die Wohnung zurück. »Kommen Sie rein. Mein Mann ist noch beim Pfarrer wegen der Beisetzung. Ich habe Tee gekocht, wenn das für Sie in Ordnung ist?« Die Katze sprang von ihrem Arm und verschwand durch einen Türspalt.

»Das ist sehr in Ordnung, danke«, antwortete Verena, während sie in einem der plüschigen Wohnzimmersessel Platz nahm. »Ich kann Ihnen gar nicht sagen, wie leid mir das alles tut.«

Der Tee war stark und so bitter wie Annemarie Mehringers Gesichtsausdruck.

»Danke«, presste die Frau hervor. »Aber was wollen Sie denn noch wissen? Ich dachte, der Fall wäre abgeschlossen. Es war doch ein klarer Selbstmord, oder?« Es klang für Verenas Empfinden fast zu selbstverständlich.

»Unsere Ermittlungen haben das ergeben, ja«, sagte Verena vage. »Ich wüsste nur gern noch etwas über das Motiv. Und ob Henriette früher schon einmal versucht hat, sich das Leben zu nehmen. Aber zunächst einmal würde mich interessieren, wie Henriette zu Ihnen kam und warum. Sie war ja damals schon relativ groß, und soviel ich weiß, ist es eher ungewöhnlich, dass vierzehnjährige Mädchen noch adoptiert werden.«

Annemarie Mehringer lächelte traurig.

»Eigentlich hatten wir gar nicht vor, in unserem Alter noch ein Kind zu adoptieren. Wir waren schon Mitte vierzig, als Henriette zu uns kam, und hatten uns mit unserer Kinderlosigkeit abgefunden. Manches soll eben nicht sein.«

»Und wie kam es dann dazu?«

»Wir waren mit ihren Eltern befreundet gewesen. Mein Mann war mit Jettes Vater zusammen im Internat, und als sie geboren wurde, sind wir ihre Paten geworden. Klar habe ich mich gefreut, wenigstens ein Patenkind zu haben. Als Jette klein war, haben sie uns oft besucht, und ich mochte sie damals schon sehr. Aus irgendeinem Grund hing sie auch an uns. Später zogen sie ans andere Ende der Stadt, nach Kornwestheim, da brach der Kontakt dann ab, was ich sehr schade fand.«

»Warum brach der Kontakt denn ab? Das ist doch keine unüberwindbare Strecke.«

Annemarie Mehringer hob ratlos die Hände.

»Ich weiß es nicht. Sie reagierten einfach nicht mehr auf

unsere Kontaktversuche. Wenn ich anrief, hörte ich nur Ausflüchte, dass es gerade nicht günstig wäre und solche Sachen. Nur Jette schrieb ab und zu mal eine Karte, um sich zu bedanken, wenn ich ihr an Weihnachten und zum Geburtstag kleine Geschenke schickte. Aber das war eben nur zweimal im Jahr. Ansonsten hatten wir viele Jahre, bevor sie zu uns kam, überhaupt keinen Kontakt mehr. Aber dann, vor ungefähr sechs Jahren, passierte dieser Verkehrsunfall.« Sie verstummte.

»Bitte erzählen Sie weiter!« Verena betrachtete die kleine, gedrungene Frau, die ihre Hände im Schoß knetete. Raue, gerötete Hände, an deren rechtem Ringfinger der Ehering ins Fleisch einschnitt.

»Wir hatten keine Ahnung, wer sollte uns auch informieren? Aber eines Tages stand Jette vor unserer Tür. Ich habe sie kaum erkannt. Nicht nur, weil sie seit unserer letzten Begegnung viel älter geworden war, sondern weil sie aussah wie ein Straßenkind. Verwahrlost und ausgehungert, schmutzig, mit aufgeschürften Knien und einem gebrochenen Handgelenk. Sie hatte im Fond des VW-Busses gesessen, als der Unfall geschah. Ihre Eltern waren sofort tot gewesen. Ihr selbst war kaum etwas passiert.

Noch bevor die Polizei am Unfallort eintraf, war sie weggelaufen. Hatte ihre Eltern, für die sie nichts mehr tun konnte, zurückgelassen, sich querfeldein zum nächsten Bahnhof durchgeschlagen und einen Zug nach Stuttgart genommen. Als blinder Passagier in der Toilettenkabine, denn sie hatte ja kein Geld.«

»Was hat sie denn erzählt, was passiert ist?«

»Zunächst gar nichts. Die ersten Tage hat sie kaum gesprochen. Wir führten es auf den Schock zurück. Von dem Unfall haben wir erst nach und nach erfahren. Dann kam auch die Polizei zu uns, die natürlich nach Jette gesucht hatte. Wir erfuhren, dass sehr wahrscheinlich jemand die Radmuttern manipuliert hatte, aber der Schuldige wurde nie gefunden. Da es keine Angehörigen mehr gab und Jette nicht ins Heim wollte, durften wir sie adoptieren.«

Verena schaute Annemarie Mehringer nachdenklich an. Die Trauer hatte ihr rundliches Gesicht, das ohne eine Spur Schminke war, fahl gemacht. Mit dem vollständig ergrauten Haar und den tiefen Falten, die sich von der Nase bis zu den Mundwinkeln zogen, sah sie älter aus als Anfang fünfzig.

»Hat Henriette vorher schon einmal versucht, sich umzubringen?«, fragte sie.

Die Frau nickte prompt, als hätte sie schon auf diese Frage gewartet. »Ja, sogar mehrmals. Zuerst mit Schlaftabletten, da haben wir sie aber rechtzeitig gefunden. Dann fing sie an, sich zu ritzen, hat es aber nicht geschafft, sich die Pulsadern aufzuschneiden, wahrscheinlich hat irgendetwas sie zurückgehalten. Einmal hat mein Mann sie erwischt, als sie gerade aus dem Dachfenster springen wollte. Sie hat ihn angeschrien und beschimpft, weil er sie zurückgehalten hatte. Manfred sagte, er hat sie gar nicht wiedererkannt, sie habe sich gebärdet, als sei sie gar nicht sie selbst.«

»Das ist ja furchtbar«, sagte Verena erschüttert. »Sie müssen in dauernder Angst gelebt haben.«

»Ja, haben wir. Wir hatten sie schon recht bald nach der Adoption in Therapie gegeben. Uns war klar, dass sie von dem Unfall ein schweres Trauma davongetragen hatte. Und dass wir allein ihr nicht helfen konnten. Es hat lange gedauert, aber mit der Zeit wurde es besser. Besonders, als sie dann Jan kennenlernte. Ab da ging es richtig bergauf mit ihr.«

Verena schaute nachdenklich aus dem Fenster. Von hier aus konnte sie das Vogelhaus sehen, wo zwei Meisen gerade die Spatzen verscheuchten und sich über die Futterreste hermachten.

Sie überlegte, ob sie Frau Mehringer auf Henriettes psychische Störung ansprechen sollte. Selbst wenn sie es unvorbereitet traf, was konnte diese Frau nach dem Tod ihrer Adoptivtochter noch erschüttern?

»Wussten Sie, dass Henriette multipel war?«

Annemarie Mehringer schaute verwirrt auf. »Sie war was?«

»Eine multiple Persönlichkeit. Zumindest war sie in einem Selbsthilfeforum für Betroffene mit multipler Persönlichkeitsstörung angemeldet und dort auch aktiv. Sie wussten das nicht?«

»Sie meinen, Jette war – sie war eine gespaltene Persönlichkeit?«

»Man hat das früher so genannt, glaube ich. Aber das beschreibt es nur unzureichend.« Verena erklärte Annemarie Mehringer in Kurzform, was sie darüber wusste.

Die Frau schluckte. Sie setzte mehrmals zum Sprechen an, bevor sie schließlich stumm den Kopf schüttelte.

»Ihnen ist nie etwas aufgefallen?«

»Uns ist natürlich aufgefallen, dass sie nicht war wie andere Mädchen in ihrem Alter«, sagte Annemarie Mehringer schließlich. »Mal war sie anhänglich und verhielt sich wie ein kleines Kind, mal abgeklärt und höflich wie eine fremde junge Frau, dann verhielt sie sich wieder völlig abweisend und fast feindselig. In ihrem Zimmer fanden wir einmal Zeichnungen mit schrecklichen Darstellungen: schwarze Schattengestalten, die ein Kind bedrängten. Sie sahen aus wie von einer Fünfjährigen gemalt. Natürlich tickte sie nicht wie andere, sie trug schließlich eine gewaltige Last mit sich herum. Wir führten das auf den plötzlichen Unfalltod ihrer Eltern zurück. Kann man von so einem Schock denn multipel werden?«

Verena zuckte die Schultern. »Ich verstehe zu wenig davon, um das beurteilen zu können.« Sie griff nach ihrer Teetasse und trank einen winzigen Schluck der bitteren Flüssigkeit, die inzwischen fast kalt war.

»Jetzt, wo Sie es sagen, finde ich es nicht sehr verwunderlich«, sprach Frau Mehringer weiter. »Sie war oft launisch und ziemlich vergesslich. Und sie hatte so viele Gesichter. Wir wussten schon, dass ihr Verhalten nicht ganz normal war. Aber sie selbst hat uns nie gesagt, woran sie litt, und Therapeuten haben ja eine Schweigepflicht, auch Angehörigen gegenüber.«

»Kannten Sie ihren Freund gut?«

»Jan? Ja, er war oft hier. Ein sehr netter junger Mann. Jette hing sehr an ihm. Wie ich schon sagte, seit die beiden zusammen waren, schien es mit ihr bergauf zu gehen. Die Suizidversuche hörten auf, und der Albtraum schien vorbei zu sein. Wir hatten das alles fast vergessen, als wir an diesem Abend ins Theater gefahren sind.«

Annemarie Mehringer blickte auf und Verena sah, dass Tränen in ihren Augen standen. »Ich mache mir jetzt solche Vorwürfe. Aber man kann so ein Mädchen ja nicht rund um die Uhr behüten, nicht wahr? Mein Verstand weiß, dass ich keine Schuld habe, aber diesen Theaterabend kann ich mir wahrscheinlich nie verzeihen!«

Verena konnte sich später nicht mehr erinnern, wie sie zurück zum Pragsattel gekommen war. Hatte sie wirklich selbst am Steuer gesessen? Musste sie wohl, denn schließlich war sie allein zu Annemarie Mehringer gefahren, weil Katz Wilfried Auth zum Erkennungsdienst begleitet und anschließend in den Polizeigewahrsam eingeliefert hatte und die anderen unterwegs waren, um Speichelproben der restlichen Bandmitglieder und ihrer Crew einzusammeln. Ihre Gedanken jedenfalls waren weder auf der Straße noch bei irgendwelchen Stopp- oder Vorfahrtsschildern gewesen, sondern waren um Henriette Mehringer gekreist und um deren leibliche Eltern, die bei diesem Verkehrsunfall ums Leben gekommen waren. Wenn es stimmte, dass jemand die Radmuttern gelöst hatte, wer konnte das gewesen sein und warum? Und gab es einen Zusammenhang zu Sina, mit der sie im selben Selbsthilfeforum angemeldet war und die sie ganz offensichtlich auch gekannt hatte? Der tragische Tod ihrer Eltern konnte kaum der Auslöser dafür gewesen sein, dass Henriette multipel wurde. Das Mädchen war damals immerhin schon vierzehn gewesen, und wenn es stimmte, was Verena von Hannah und durch ihre Internetrecherchen erfahren hatte, passiert eine Persönlichkeitsspaltung selten nach der Grundschulreife. Es musste also aller Wahrscheinlichkeit nach etwas in Henriettes früher Kindheit passiert sein, das ein schweres Trauma hervorgerufen hatte. Vielleicht etwas Ähnliches wie bei Sina?

Sie ging ins Internet und öffnete die Seite des Multimeeting-Forums. Vielleicht konnte sie alte Beiträge von Henriette finden, durch die sie etwas mehr von dem Mädchen erfahren konnte. Doch so sehr sie sich auch durch die Threads der letzten Wochen scrollte, einen Beitrag, der von einer Henriette geschrieben war, konnte sie nicht finden. Möglicherweise war sie nicht unter ihrem realen Namen im Forum angemeldet. Vielleicht unter einem Nick oder dem Namen einer ihrer Innenpersonen.

Sie schloss das Forum und öffnete die Dark-Devil-Facebook-Seite, um zu schauen, ob sie neue Spekulationen der Fans zum Tod von Rolf Morlock finden würde. Doch es gab keine aktuellen Beiträge. Nach dem Hinweis von Jonas Jenner, dass die Band hier mitlesen würde, traute sich wohl niemand mehr, mit wilden Verdächtigungen um sich zu werfen.

Fast ohne ihr Zutun bewegte sich die Maus auf den Link zu den Fotos, die die Band eingestellt hatte. Ihr Unterbewusstsein schien sich selbstständig gemacht zu haben.

Sie fand Schnappschüsse von Konzerten ebenso wie professionelle Aufnahmen aus einem Fotostudio. Bei einem Solobild von Terzenbach, das ihn mit offenem Hemd und in einer engen Lederhose zeigte, hielt sie inne. Das Foto musste einige Jahre alt sein, die Fältchen um seine Augen fehlten und sein Haar zeigte noch keine Spur von Grau. Sie schalt sich eine Stalkerin, ein unmögliches, geiles Luder, aber trotzdem kam sie nicht umhin, sich in jede Pore seines Körpers zu vertiefen. Er sah gut aus, das kleine Prickeln in ihrem Unterbauch ließ sich nicht mehr ignorieren. Ihr Blick wanderte von der hohen Stirn über die gerade Nase und den sinnlichen, fast weiblich geschwungenen Mund. Ihre Augen liebkosten seine leicht behaarte Brust, glitten hinunter bis zu seinem Gürtel, in den die kräftigen aber zärtlichen Hände eingehakt waren. Er wirkte so selbstsicher und souverän. In diesem Moment hätte sie alles dafür gegeben zu wissen, ob er es wirklich nötig gehabt hatte, ihr Date auf der Schlossplatzwiese auszuplaudern.

Seit Joost sie mit dem anonymen Anruf konfrontiert hatte, verschwendete sie viel Energie darauf, jeden Gedanken an diese Möglichkeit zu verdrängen. Redete sich ein, dass jemand, der sie beide aus den Medien kannte, sich hatte wichtigmachen wollen, aber wie weit sie die Zweifel auch von sich stieß, sie kehrten immer wieder zuverlässig wie ein Bumerang zurück. Sie würde erst Ruhe finden, wenn sie mit ihm darüber gesprochen hatte. Aber das durfte sie nicht, verdammt. Bis zum Abschluss des Verfahrens musste sie jede Kontaktaufnahme vermeiden. Wie sollte sie das nur durchhalten? Ihr Unterbewusstsein jedenfalls schien sich um diese Frage einen Dreck zu scheren, denn plötzlich hatte sie den Hörer am Ohr und seine Nummer stand auf ihrem Display. Ihre Hand musste sich selbstständig gemacht und sie eingetippt haben.

Verena hielt die Luft an und starrte auf das Telefon, während ein Teil von ihr wünschte, er möge nicht rangehen. Doch er meldete sich nach dem zweiten Klingeln. Ungefähr eine Sekunde bevor Verena den Hörer auf das Telefon knallte.

War sie eigentlich von allen guten Geistern verlassen? Hatte sie wirklich nur kurz seine Stimme hören und sofort auflegen, oder ihn tatsächlich mit diesem anonymen Anrufer konfrontieren wollen? Was fiel ihr ein, ihn überhaupt anzurufen, wo sie doch wusste, dass jeder weitere persönliche Kontakt zu ihm sie ihren Job kosten konnte? Wie hatte sie nur zulassen können, dass derart die Hormone mit ihr durchgingen? Es fehlte nicht viel und sie hätte ihre Stirn auf die Tischplatte geschlagen.

Das Telefon klingelte. Zerstreut nahm sie ab.

»Hast du mich gerade angerufen?«

Terzenbach!

»Nein!« Es klang selbst in ihren Ohren wie ein Ja.

»Ganz sicher nicht? Mir war so, als hätte ich deine Büronummer auf meinem Display gesehen, kurz bevor die Verbindung abbrach.«

Verdammt, sie hatte vergessen, die Rufnummer zu unterdrücken! Aber wie sie es genoss, seine Stimme zu hören. Und wie verzweifelt sie nach einer Ausrede suchte. Wo war die völlig logische Erklärung, mit der sie jetzt hier wieder rauskam?

»Kann sein, dass ich mich verwählt habe.« Hm, das war allerdings eine Erklärung, die selbst ein Vorschulkind besser hingekriegt hätte.

»Das war dein Unterbewusstsein«, sagte Terzenbach. »Das wollte mich schon die ganze Zeit anrufen, und jetzt hat es einen

Augenblick deiner Zerstreuung genutzt und meine Nummer gewählt.«

»So könnte es gewesen sein«, gab Verena zu. »Ich muss mich aber hiermit ganz klar von meinem Unterbewusstsein distanzieren. Wir beide sind nicht immer einer Meinung, weißt du?«

»Ich weiß. Du solltest dein Unterbewusstsein ein bisschen besser erziehen. Nein, warte, andersrum. Dein Unterbewusstsein sollte sich dich mal ordentlich zur Brust nehmen!«

Verena seufzte und presste den Hörer ein wenig fester ans Ohr, weil draußen auf dem Flur die Räder vom Putzwagen der Reinigungskraft vorbeiquietschten und sie keinen einzigen Atemzug ihres Gesprächspartners verpassen wollte. Eigentlich. Uneigentlich wollte sie gar nicht mit ihm reden. Sollte sie nicht mit ihm reden. Durfte sie nicht ... Ach verdammt!

»Gestern waren übrigens Kollegen von dir bei mir, um meine Speichelprobe zu holen. Warum bist du nicht selbst gekommen? Wir hätten auf sehr viel angenehmere Weise unseren Speichel tauschen können.«

Sie hörte ein Lächeln in seiner Stimme, aber auch die leise Spur eines Vorwurfs.

»Das ist reine Routine, wir machen das bei jedem, der an dem Abend mit Rolf ...«

»Du musst dich nicht rechtfertigen, Verena. Ich verstehe das. Ihr macht nur euren Job.«

Verena stieß erleichtert die Luft aus. Wie gut ihr sein Verständnis tat! Erst jetzt wurde ihr bewusst, wie viel Angst sie gehabt hatte, dass er diesen Test falsch verstehen könnte.

»Hör mal, Uwe ...«

»Ja?«

Sie hörte ihn atmen, öffnete den Mund und schloss ihn wieder. Beinahe wäre sie der Versuchung erlegen, ihn auf den heimlichen Mitwisser ihrer Affäre anzusprechen, doch ein letzter Funken Vernunft gewann die Oberhand. Sie musste dieses Gespräch sofort beenden. Das gute Gefühl, das sie gerade hatte, nicht kaputt machen. Sie wollte jetzt keine verlegenen Ausreden hören und schon gar keine Lügen. Wie ein Kind hielt sie sich an der Möglichkeit fest, dass ein sensationsgieriger Unbekannter, der sie beide aus den Medien kannte, der anonyme Anrufer gewesen war. Kein Musikerkollege, vor dem er in geselliger Runde mit seiner neuesten Eroberung geprahlt hatte. Ein Teil von ihr wusste, dass sie naiv war und Terzenbach durch eine rosarote Brille sah, und sie begriff zum ersten Mal, wie recht der Volksmund hatte, wenn er behauptete, dass Liebe blind mache.

»Was wolltest du sagen?«, hakte er nach.

»Vieles«, sagte Verena. »Aber ich lasse es lieber. Einer muss ja halbwegs vernünftig sein.«

Sie hörte sein zentnerschweres Seufzen.

»Wann habt ihr nur endlich diesen Fall gelöst? Hier lagern ein paar Flaschen Barolo, die sehnsüchtig darauf warten, getrunken zu werden.«

»Wein wird besser, wenn er lagert«, sagte Verena. »Hör mal, wir sollten dieses Gespräch beenden. Man kann es wirklich nicht als dienstlich bezeichnen.« Im Geiste sah sie schon Joost in ihr Büro platzen und sie beim privaten Telefonat mit dem Zeugen erwischen, von dem sie geschworen hatte, nur dienstlich mit ihm zu tun zu haben.

»Wie du willst. Aber du versprichst, dich zu melden, wenn das alles vorbei ist, ja?«

»Ja. Aber bis dahin … machs gut.«

»Verena? Ich vermisse dich.«

»Ich vermisse dich auch«, flüsterte sie, nachdem sie den Hörer aufgelegt hatte.

Ja, sie vermisste ihn. Sie vermisste ihn so sehr, dass sie ihn für den Rest des Nachmittags nicht mehr aus dem Kopf bekam. Als sie nach Feierabend mit der Bahn am Stau vorbei nach Hause fuhr, suchte sie im Verkehrschaos auf der Pragstraße nach seinem Wagen, obwohl er in einem ganz anderen Stadtteil wohnte und hier genau genommen nichts verloren hatte. Allerdings hatte er auch überraschend bei ihr vor der Tür gestanden und sie ebenso überraschend vorhin angerufen. Als sie ihre Wohnung betrat und die Jacke an die Garderobe hängte, dachte sie daran, wie er sie genau hier an die Wand gedrückt hatte, zwei Weinflaschen in der Hand, mit denen sie sich nicht wehren konnte. Oder wollte. Ihr war klar, dass sie Terzenbach erst seit ein paar Tagen kannte, dass sie nichts über seine Herkunft und seine Vergangenheit wusste, und wenn sie vernünftig war und kein Disziplinarverfahren riskieren wollte, den Kontakt sofort abbrechen sollte. Doch sie brachte es nicht über sich. Im Gegenteil – die Versuchung war groß, ihn über das Internet zu stalken, alles in Erfahrung zu bringen, was dort über ihn geschrieben stand, auch wenn sie wusste, dass die Hälfte von dem, was die Medien sagten, erstunken und erlogen war.

Verena seufzte und zündete sich eine Zigarette an. Mona hasste es, wenn sie in der Wohnung rauchte, aber sie war bis zum Ende der Woche bei ihrem Vater. Trotzdem hatte Verena ein schlechtes Gewissen.

Sie trat ans Fenster, öffnete es einen Spalt und blies den Rauch in die kühle Abendluft. Von dem griechischen Restaurant an der Ecke drang Sirtakimusik bis zu ihr herüber. Am Ausgang des Biergartens, über dem in großen Buchstaben »ILYSIA« stand, bewegte sich ein Schatten. Verena hielt den Atem an, bis sie von Weitem die Glut einer Zigarette aufglimmen sah. Sicher nur ein Gast, der nach draußen gegangen war, um zu rauchen.

Das Telefon klingelte. Verena drückte die Kippe in dem kleinen Zinnaschenbecher aus, der zu diesem Zweck auf dem Fensterbrett stand, und ging ran.

»Ich glaube, ich hab Scheiße gebaut«, sagte Thea, ohne sich mit einer Begrüßung aufzuhalten.

»Schieß los!« Verena ließ sich in einen Sessel fallen.

»Ich hab den Schwangerschaftstest auf dem Klo deponiert, sodass Micha ihn findet und denken muss, ich hätte ihn versehentlich dort liegen lassen, verstehst du?«

»Weiter.«

»Na ja, irgendwann ist er aufs Klo gegangen. Und als er wieder rauskam, sagte er, er muss noch mal kurz weg und hat die Wohnung verlassen, ehe ich fragen konnte, wohin er will und wann er wiederkommt.« Thea klang aufgeregt, man konnte es mit ein wenig gutem Willen auch als helle Panik bezeichnen.

»Ach Thea, vielleicht hat das gar nichts miteinander zu tun, womöglich hat er den Test gar nicht gesehen.«

»Ich hab natürlich auf dem Klo nachgeschaut, als er weg war. Der Teststab war auch verschwunden.«

»Und jetzt?«

»Ich hab keine Ahnung, was er vorhat. Vielleicht ist er total schockiert. Was, wenn er sich etwas antut?«

Verena seufzte. Vielleicht war es doch keine so gute Idee gewesen, Thea von dem Schnuller am Rückspiegel von Fabios Auto zu erzählen.

»Jetzt beruhige dich mal. Er tut sich ganz gewiss nichts an. Wahrscheinlich braucht er jetzt einfach einen Schnaps und sitzt in der nächsten Kneipe. Oder will mit einem Kumpel reden. Ich könnte mir auch vorstellen, dass er jetzt ein paar Minuten für sich allein braucht, um seine Gedanken zu sortieren.«

»Meinst du?«, fragte Thea zaghaft.

»Ich bin völlig sicher. Spätestens in ein paar Stunden ist er wieder da.« Bestenfalls holt er einen Blumenstrauß an der Tanke, dachte Verena, aber das sprach sie nicht aus, um Thea keine falschen Hoffnungen zu machen.

»Wer weiß, vielleicht hat er auch keine Ahnung, wie er den Test deuten soll und lässt sich das Ergebnis von seiner Exfrau erklären.« Thea kicherte leise. Wunderbar, sie hörte sich schon viel besser an.

»Wie auch immer, alles wird gut«, sagte Verena. »Und ich bin stolz auf dich, dass du es ihm verklickert hast.«

Was sind wir Weiber nur für bekloppte Geschöpfe, dachte sie, nachdem sie aufgelegt hatte. Das Leben könnte so einfach sein, wenn man nicht ständig von Ängsten und anderen Emotionen gesteuert werden würde. Andererseits wäre es dann wohl auch ziemlich langweilig. Sie lächelte, als sie in die Küche ging, um sich ein Glas Wein zu holen.

6

Verena hatte Jan Weber erst für zehn Uhr einbestellt und gestattete sich den Luxus, auszuschlafen und erst gegen neun Uhr ins Präsidium zu kommen. Vor der Tür zum Besprechungszimmer standen Joost und Messmer und unterhielten sich angeregt.

»Ich soll also die komplette Familie Lohmann überprüfen«, sagte Messmer gerade. »Die werden Luftsprünge machen, wenn ich schon wieder bei denen auf der Matte stehe. Warum fragen wir Sina eigentlich nicht selbst, ob sie jemand sexuell missbraucht hat, und wenn ja, wer?«

»Weil Sina sehr wahrscheinlich gar nichts davon weiß«, sagte Verena. Messmer fuhr herum.

»Wovon soll Sina nichts wissen?«

»Von dem Missbrauch!«

»Willst du mich verarschen?« Messmer sah aus, als wisse er nicht genau, wie er Verenas Worte deuten sollte. »Sina soll nichts von dem Missbrauch an ihr selbst wissen?«

»Ja. Weil es Sina selbst möglicherweise erst gibt, seit sie eingeschult wurde. Vorher hat eine andere ihr Leben gelebt. Ich habe keine Ahnung, wer.« In kurzen Sätzen gab sie Hannahs Vermutungen an Messmer weiter, wobei sie ihn scharf beobachtete. Sie konnte nicht erkennen, ob er ihr glaubte, oder ob er vielleicht der Meinung war, dass der Sexentzug schon ihr Hirn aufgeweicht hatte.

»Hör mal, was ist hier eigentlich los?«, fragte er schließlich mit einem Anflug von Verzweiflung in der Stimme. »Ich habe gestern Abend noch das psychologische Gutachten gelesen, aber nicht wirklich verstanden. Und Thea erzählt mir, dass die anonyme Anruferin, nach der ich schon seit letztem Jahr suche, Sina selbst gewesen sei, aber ich konnte ihr nicht ganz folgen. Die Stimme war die eines kleinen Mädchens, und zwar beide Male. Außerdem verwendet Lohmanns Tochter nie und nimmer das Wort ›totgemacht‹. Sie ist Gymnasiastin!«

Verena seufzte. Männer waren manchmal wirklich schwer von Begriff.

»Micha, du weißt doch inzwischen aus dem Gutachten, dass dieses Mädchen eine multiple Persönlichkeit ist.«

»Ja, aber deswegen spricht sie doch nicht mit einer Kinderstimme und kindlicher Ausdrucksweise!«

»Eben doch! Weil ihre verschiedenen Persönlichkeitsanteile auch verschiedene Altersstufen haben.«

Jetzt starrt er mich an wie Triberg in meinem Albtraum, dachte Verena. Als wäre ich nicht ganz richtig im Kopf.

»Und eine dieser Innenpersonen, nämlich das Kind, das offenbar die traumatischen Erfahrungen gemacht hat, hat auch die anonyme Anzeige erstattet«, fügte sie hinzu. »Ohne dass Sina selbst davon wusste.«

»Das glaube ich einfach nicht«, flüsterte er.

»Glaub es oder nicht. Fakt ist, dass eine Grundvoraussetzung für das Ausbilden einer multiplen Persönlichkeit traumatische Erfahrungen in früher Kindheit sind, vor allem Gewalt, sexueller Missbrauch. Das fällt in dein Fachgebiet. Wir suchen Morlocks Mörder und ihr den Täter, der mit einem kleinen Kind so lange rumgemacht hat, bis es multipel wurde. Kann sein, dass es derselbe ist. Muss aber nicht.«

»Sorry, wenn ich dir nicht ganz folgen kann. Ich fühle mich gerade ein wenig wie im falschen Film. Aber so verrückt es klingt, es ist die einzige plausible Erklärung für den anonymen Anruf, der aus Lohmanns Haus kam.« Messmer fuhr sich mit den Fingern durch die Haare, um sie nach hinten zu streichen, aber bei jedem Kopfschütteln fielen sie ihm wieder in die Stirn. Und er schüttelte oft den Kopf. Eigentlich bei fast jedem ihrer Worte.

»Ja, theoretisch würde das alles erklären«, wiederholte er. »Aber praktisch … praktisch ist das der krasseste Fall, der mir, solange ich bei der Sitte bin, untergekommen ist. Wenn wir jetzt noch rausfinden, wer dieser geheimnisvolle Rambo ist, der die Kleine am Sprechen gehindert hat, dann …«

»Oh, das ist sehr wahrscheinlich eine weitere ihrer abgespaltenen Persönlichkeiten«, unterbrach ihn Verena.

»Warte, warte! Du willst mir allen Ernstes weismachen, das Mädchen beherbergt in sich nicht nur kleine Kinder, sondern auch Personen des anderen Geschlechts?«

»So sieht es aus.«

»Hör mal, Verena«, sagte Messmer behutsam, und er hörte sich an, als würde er zu einem kleinen Kind sprechen. »Bist du ganz sicher, dass du nicht ein klitzekleines bisschen überarbeitet bist?«

»Das bin ich zweifellos, aber das ändert nichts an den Tatsachen.«

Messmer schwieg lange, während Verena und Joost einen bedeutungsschweren Blick tauschten. Schließlich kapitulierte er mit einem Schulterzucken.

»Okay, ich fasse zusammen: Dann weiß eben nicht Sina selbst von dem Missbrauch, aber irgendjemand von ihren Innenleuten, der vor ihr da war.«

»Genau, aber aus irgendeinem Grund redet derjenige nicht.« Verena betrachtete Messmer verstohlen. Er wirkte nicht wie jemand, der am Vorabend erst erfahren hatte, dass er Vater werden würde. Hatte er den Teststab vielleicht gar nicht als solchen erkannt und achtlos weggeworfen? Oder waren Männer einfach die besseren Schauspieler?

»Jemand muss es aber wissen und jemand muss auch ein Interesse daran haben, dass es ans Licht kommt«, sagte er jetzt. »Wenigstens einer von Sinas Leuten muss doch den Durchblick haben – Oh Gott, ich glaube einfach nicht, dass ich das alles sage!«

»Sogar du bist eben lernfähig und kannst Dinge akzeptieren, die du dein Leben lang für unmöglich gehalten hast«, sagte Verena. »Das macht dich mir direkt sympathisch.«

»Danke für die Blumen! Dass ihr von dem Klavierlehrer nur den Vornamen habt, ist natürlich auch ein bisschen dürftig. In meiner Pädophilenkartei ist auch kein Klavierlehrer registriert, der vor vierzehn Jahren kleine Mädchen unterrichtet hat.« Messmer wechselte das Standbein und hakte die Daumen in die Gürtelschlaufen seiner Jeans. »Was natürlich nichts heißen muss. Er muss ja nicht mal Lehrer sein. Kleinen Kindern privaten Klavierunterricht geben darf jeder, der den Flohwalzer geradeaus spielen kann. Dazu braucht man kein Zertifikat.«

Verena seufzte. Die Einzige, die ihnen hier weiterhelfen konnte war Sorina. Und ausgerechnet die bekamen sie nicht zu fassen.

»Wo sind eigentlich die anderen alle?«, fragte sie. Es war so verdächtig still im Dezernat.

»Die sind gesammelt nach Esslingen gefahren und durchsuchen Auths Wohnung«, antwortete Joost. »Der Beschluss ist heute Morgen gekommen.«

Verena beschränkte sich auf ein mysteriöses Lächeln, doch Joost verstand auch so.

»Tja, Staatsanwalt müsste man sein, da hat man den Beschluss, noch bevor der Stempel auf dem Antrag trocken ist.« Er zwinkerte Verena zu. »Vielleicht liegt er ja richtig mit seiner Vermutung. Weißt ja, ein blindes Huhn legt auch mal ein Ei.«

Jan Weber war vielleicht Mitte zwanzig, groß und schlaksig, mit sandfarbenem kurz geschnittenem Haar. Der Händedruck, mit dem er Verena begrüßte, war fest, doch als er dann auf dem hölzernen Besucherstuhl saß, gebeugt und mit hängenden Schultern, wirkte er plötzlich gar nicht mehr so jung und sorglos, wie man es auf den ersten Blick hätte denken können.

»Ich freue mich wirklich, dass Sie gekommen sind, Herr Weber«, sagte Verena. »Und es tut mir wahnsinnig leid, was passiert ist. Was Henriettes Motiv sich umzubringen betrifft, tappen wir völlig im Dunkeln, vielleicht können Sie uns da ein Stück weiterhelfen.« Sie war angespannt und voller Adrenalin, fühlte sich wie ein Pferd kurz vor dem Rennen. Webers merkwürdiges Verhalten am Telefon hatte sie den ganzen gestrigen Abend beschäftigt, ohne dass ihr auch nur die geringste Idee gekommen war, was es damit auf sich haben könnte. Dennoch wollte sie nicht sofort mit der Tür ins Haus fallen, auch wenn es ihr schwerfiel. Sie zwang sich, mit ihren Fragen am Anfang zu beginnen, um sich zunächst ein Bild von dem jungen Mann zu machen.

Jan Weber zögerte. Er wollte etwas sagen, klappte den Mund aber wieder zu und fuhr sich mit der Hand durch die kurzen Haare.

»Das ist nicht ganz einfach zu erklären, denn eigentlich ist das Motiv irrelevant. Klar, es war ein Suizid und es war auch keiner. Ich weiß wirklich nicht, wie ich es Ihnen begreiflich machen soll.«

»Dann stellen wir das Problem einfach noch etwas zurück«, schlug Verena vor. Sie schraubte betont ruhig eine Wasserflasche auf und goss Weber und sich selbst ein. »Erzählen Sie mir doch zunächst ganz einfach mal, wie Sie und Henriette zusammengekommen sind. Wie haben Sie sich kennengelernt?«

»Das war vor etwas über zwei Jahren.« Weber lächelte kaum merklich bei der Erinnerung. »Ich studiere Psychologie und jobbe nebenher in einem kleinen Schreibwarenladen im Bohnenviertel. Eines Tages kam Henriette herein und wollte einen Schreibblock kaufen. Während ich mich zum Regal umdrehte, um den Block zu suchen, hörte ich, wie hinter mir jemand in dem Bonbonglas kramte, das dort für Kinder auf dem Tresen steht. Und eine helle Kinderstimme – es war wirklich eine Kinderstimme, ich schwöre – sagte: ›Oh bitte, kann ich einen haben?‹ Ich dachte, inzwischen wäre ein Kind in den Laden gekommen und wunderte mich, weil ich gar keine Türglocke gehört hatte. Ich drehte mich zum Ladentisch um, aber da stand nur Henriette und hielt mir strahlend eine ganze Handvoll Bonbons hin. Ich war so verdattert, dass ich nur nicken konnte. Sie rief mit dieser Kinderstimme ›Danke! Vielen Dank!‹ und hüpfte – ja, sie hüpfte wirklich – zur Tür. Ich rief ihr hinterher, was denn nun mit dem Schreibblock wäre, ob sie den nicht mitnehmen wolle. Da drehte sie sich in der Tür um, grinste breit und rief: ›Aber ich kann doch gar nicht schreiben!‹ Und weg war sie.« Er lächelte, ganz in die Erinnerung vertieft, bevor er weitersprach.

»Sie können sich vorstellen, wie verwirrt ich war. Ich glaube, ich habe minutenlang hinter dem Ladentisch gestanden und ihr durch das Schaufenster nachgestarrt, bis sie aus meinem Blickfeld verschwunden war. Nach ein paar Minuten kam sie zurück. Sie sah mich schuldbewusst an und fragte verlegen, ob sie jetzt doch den Schreibblock haben könnte. Ihre Stimme klang wieder ganz normal wie die einer jungen Frau. Als sie bezahlen wollte, merkte sie, dass sie das Geld vergessen hatte. Mann, war ihr das peinlich! Ich hab ihr den Block schließlich geschenkt, mit der Frage, ob sie im Gegenzug mit mir ausgehen würde. So kam es zu unserer ersten Verabredung.«

»Das ist der seltsamste Beginn einer Liebesgeschichte, den ich je gehört habe«, sagte Verena.

»Das kann man wohl sagen. Ich gebe zu, dass ich anfangs einfach neugierig war. Mir war klar, dass da etwas nicht stimmte. Im Studium hatte ich natürlich schon von multiplen Persönlichkeiten gehört, war aber selbst noch nie einer begegnet. Bei Henriette hatte ich sofort den Verdacht und wollte ihm auf den Grund gehen. Aber dann trafen wir uns wieder und wieder, sie fasste Vertrauen und erzählte mir von sich. Nein, richtig muss es heißen, sie erzählten mir von sich. Aber Henriette war es, in die ich mich zu verlieben begann. Doch für Gina – das war das kleine Mädchen in ihr, das so scharf auf meine Bonbons war – habe ich seither immer ein paar Süßigkeiten mitgebracht, wenn ich Henriette besuchen kam.«

Verena nickte. Hätte Weber ihr das alles noch vor einer Woche erzählt, hätte sie kein Wort davon geglaubt. Inzwischen, und nach allem, was sie mit Sina erlebt, was Hannah ihr erzählt und sie selbst im Internet recherchiert hatte, schien ihr die Episode, die sie gerade gehört hatte, geradezu normal zu sein.

»Haben Sie das Forum wegen ihr ins Leben gerufen?«, fragte Verena.

Jan Weber nickte. »Ja, ich fand es wichtig, dass sie sich mit anderen Betroffenen austauschen konnte, das Gefühl bekam, mit ihren Problemen nicht allein zu sein. Ich konnte ihr zuhören und ihr Trost spenden, aber wirklich nachempfinden konnte ich diesen Horror nicht. Das kann man wohl nur, wenn man es selbst erlebt hat. Also gründete ich das Forum. Ich war erstaunt, wie viele Betroffene sich binnen kurzer Zeit anmeldeten. Ich hatte keine Ahnung, dass es so viele von ihnen gibt. Sie leben im

Verborgenen, versuchen ihren Makel so gut es geht zu verstecken und nach außen eine perfekte Fassade aufrechtzuerhalten, und reden nicht über das Grauen, das sie erlebt haben. Aber man braucht den Austausch mit anderen, um sein Anderssein akzeptieren zu können.«

»Sie sprachen gerade von Horror«, hakte Verena nach. »Was ist in Henriettes Kindheit geschehen? Was hat dazu geführt, dass sie multipel wurde? Wenn Sie Psychologie studieren, wissen Sie ja sicher, dass kein Mensch so auf die Welt kommt.«

»Natürlich«, sagte er. »Aber ich bin nicht sicher, ob Sie mir das glauben werden, denn die meisten Menschen denken in diesem Fall an das Naheliegendste – Gewalterfahrungen im familiären Umfeld. Das, was Henriette passierte, ist eher wenig bekannt und wird noch immer weitgehend totgeschwiegen, weil wohl einfach nicht sein kann, was nicht sein darf. Sie war ein Opfer rituellen Missbrauchs.«

Etwas regte sich in Verenas Unterbewusstsein. Diesen Begriff hatte sie schon einmal gehört oder gelesen. Vermutlich bei ihrer Internetrecherche.

»Erklären Sie mir, was das genau bedeutet«, bat sie.

»Eine Form organisierter Kriminalität, meist unter dem Deckmantel von Glaubensgemeinschaften«, sagte Jan Weber. »In Henriettes Fall war es eine Sekte, die sich Satan verschrieben hatte. Sie praktizieren zeremonielle Rituale, die sich durch sexuelle Gewalt und Sadismus auszeichnen und erzeugen schon bei kleinen Kindern extreme Angst und Schuldgefühle, um sie gefügig und hörig zu machen.«

»Wie tun sie das?« Verena hörte, dass ihre Stimme bebte. Sie wusste, dass sie das fragen musste, war aber nicht sicher, ob sie es wirklich wissen wollte.

»Ich schildere Ihnen ein Beispiel, das mir Henriette erzählt hat«, sagte Jan Weber. »Die Kinder durften mit jungen Tieren spielen, niedliche Hunde und Katzen. Sie durften mit ihnen schmusen und sie schließlich auch füttern. Kurze Zeit später, als die Kinder noch dabei waren, starben die Tiere auf qualvolle Weise. Die Kinder mussten dabei zusehen. Aber damit nicht genug: Die Männer kamen und schlugen und bestraften sie. Sie gaben ihnen die Schuld.«

»Sie hatten das Futter präpariert?«, fragte Verena erschüttert.

Weber nickte. »Natürlich. Schuldgefühle sind ein prima Druckmittel.«

»Wissen Sie, womit es präpariert wurde?« Beim Thema vergiftetes Futter war Verena hellhörig geworden.

»Das wusste Henriette auch nicht. Es muss ein schnell wirkendes Gift gewesen sein, denn die Tiere sollten sterben, solange die Kinder noch bei ihnen waren. Sie krampften und wanden sich unter Schmerzen und verendeten schließlich elendig. Und dann kamen die Männer zu den Kindern, die eh schon unter Schock standen, und sagten, dass sie jetzt Mörder wären. Aber dass sie niemandem etwas verraten würden, wenn sie ihnen immer und ewig gehorchten.«

»Und dann bekamen sie alles von ihnen, was sie wollten«, flüsterte Verena. »Während die Kinder fortan in Angst und Schrecken lebten und in Abscheu vor sich selbst.« Die bloße Vorstellung schnürte ihr die Kehle zu und trieb ihr die Tränen in die Augen.

»Genau das. Diese Schweine lebten ihre wildesten Fantasien an ihnen aus. Sadistische Praktiken, die kaum eine erwachsene Frau mitgemacht hätte. Ich möchte gar nicht im Detail schildern, was Henriette mir alles erzählt hat, aber orale und anale Massenvergewaltigung zählte noch zu den harmloseren Dingen. Und das alles unter der Drohung: Wenn du jemals einem

Menschen davon erzählst, wirst du sterben. Weil ich dann allen verraten würde, dass du Tiere getötet hast, und darauf steht die Todesstrafe. Einem kleinen Kind kann man alles weismachen.«

Verena schluckte. Sie war nicht sicher, ob sie noch mehr hören wollte, aber sie musste weiterfragen.

»Wie, um alles in der Welt, ist sie denn an diese Sekte geraten? Sie war ja noch ganz klein, wenn ich Sie richtig verstanden habe.«

»Durch ihre Eltern. Wie die zu der Sekte gekommen sind, weiß ich nicht, das konnte mir Henriette auch nicht sagen, sie war damals noch zu jung. Aber es ist so, dass die Sekte auch Anspruch auf die Kinder ihrer Mitglieder erhebt. Kleine Mädchen werden schon sehr jung in einer Initiation Satan geweiht. Sie wollen gar nicht wissen, was dabei abgeht, aber es fließt Blut und jede Menge andere Körpersäfte. Diese Menschen – eigentlich widerstrebt mir dieses Wort in dem Zusammenhang – leben nach der Devise Aleister Crowleys: ›Tue, was du willst, soll sein das ganze Gesetz‹. Henriettes Eltern haben mehrmals den Absprung versucht, sind aber durch Drohungen und Erpressungen immer wieder gefügig gemacht worden. Als Henriette vierzehn war, wollten sie mit ihr ins Ausland fliehen, um dem Einfluss der Sekte zu entkommen. Natürlich ist etwas durchgesickert – vielleicht durch eine täterloyale Persönlichkeit in ihr, vielleicht durch ein Kontrollprogramm – jedenfalls gab es diesen Unfall. Ich bin sicher, die hatten die Radmuttern am VW-Bus manipuliert.«

»Hatte Henriette selbst diesen Verdacht? Und wenn ja, warum hat sie keine Anzeige erstattet?«

»Sie war damals vierzehn und völlig verstört vor Angst. Außerdem kannte sie diese Leute nicht. Sie hatte sie ja immer nur maskiert und mit schwarzen Kapuzen gesehen. Sie wusste nicht einmal, wo sich dieses Sektenquartier befand, nur, dass es ein Raum ohne Fenster war – vermutlich ein Keller – die Wände mit schwarzen Tüchern verhangen und heiß wie die Hölle von Unmengen brennender Kerzen. Sie fuhr zusammen mit ihren Eltern in einem VW-Bus dorthin, dessen Fenster schwarz angestrichen waren, damit sie den Weg nicht verfolgen konnte.«

»Konnte sie sich an gar nichts erinnern, nicht mal, wie lange sie gefahren sind?«

»Nein, aber manchmal hielten sie während der Fahrt kurz an, wahrscheinlich an einer Ampelkreuzung, und dann konnte sie durch das Schiebedach eine Schlange sehen.«

»Eine Schlange?«

»Ja. Die hing über ihr im Himmel. An einem Ast.«

»Das ist seltsam. Sie sind doch sicher nicht durch den Dschungel gefahren.«

»Natürlich nicht. Sie war ein Kind. Vielleicht hat ihr die Fantasie einen Streich gespielt. Multis haben ja mitunter eine sehr unkonventionelle Wahrnehmung. Aber sie hat die Schlange nicht nur einmal gesehen, sondern häufiger.«

Verena griff nach dem Wasser, das inzwischen schal geworden war und sah, während sie trank, dass das Glas in ihrer Hand zitterte. Dieser Fall fing an, sie zu überfordern. Sie prüfte die Tonbandkassette, die sich gleichmäßig im Gerät drehte, unbeeindruckt von den Worten, die sie aufzeichnete. Gleich würde sie das Band umdrehen müssen.

»Sie sagten etwas von einem Kontrollprogramm, durch das die Täter von dem Fluchtplan erfahren haben könnten«, sagte sie dann. »Was hat es damit auf sich? Wie werden solche Programme erzeugt?«

»Durch Konditionierung in frühester Kindheit. Unter Folter und Drogen werden den Kindern Überzeugungen und Befehle eingegeben, die später bei Bedarf durch einen einfachen Code abrufbar sind. Wie mit dem Läuten der Glocke bei den pawlowschen Hunden. Man kann solche Programme an Innenpersonen anhängen oder auch nur die programmierten Anteile selbst einschleusen.« Er hob hilflos die Hände. »Das muss alles sehr verwirrend für Sie sein.«

Verena nickte. »Muss ich mir das wie eine Art Hypnose vorstellen?«

»Im weitesten Sinne, ja. Nur dass diese Hypnose unter grausamster Folter durchgeführt wird und sich der Todesangst bedient. Die Kinder werden von klein auf konditioniert. So unglaublich es klingt, die Täter zielen darauf ab, dass die Kleinen unter dem Trauma dissoziieren, sie legen es praktisch darauf an, dass sie multipel werden. Das hört sich furchtbar an, ich weiß. Und das ist es auch. Sie machen sich verschiedene Teilpersönlichkeiten zu Diensten. Es gibt in jeder multiplen Persönlichkeit Anteile, die sich mit dem Täter identifizieren, und sie wissen darum. Es ist ein Leichtes für sie, diese Anteile gefügig zu machen, bis sie ihnen alles erzählen, was sie wollen, ohne dass die Primärpersönlichkeit davon weiß. Henriette wusste bis zum Schluss nicht, wer von ihrer Truppe sie verraten hatte, aber sie ahnte, dass es auch Programme in ihr gab. Und sie lebte bis zum Schluss in Angst, dass jemand diese Programme auslösen könnte, bevor es ihrer Therapeutin gelingen würde, sie aufzuspüren und zu eliminieren.«

»Das meinten Sie also, als Sie in Ihrem Nachruf schrieben, die Täter hätten es geschafft! Sie meinten, sie haben eine Art Suizidprogramm bei ihr ausgelöst, das schon jahrelang in ihr angelegt war?«

»Genau das meine ich. Sie hatte eine sehr fähige Therapeutin, die sie weit vorangebracht hat. Kurz vor ihrem Tod waren sie gerade dabei zu versuchen, die Programme zu isolieren und zu löschen. Kann sein, dass der Verräter in ihr auch das den Tätern zugetragen hat. Und die haben dann als letzte Möglichkeit die Notbremse gezogen.«

»Stopp!« Verena war das alles zu viel. Ihr Kopf war zum Bersten voll von Informationen, die sie nicht glauben konnte. Was fantasierte dieser Junge da überhaupt? So etwas konnte doch gar nicht möglich sein. Litt er unter Paranoia? Hatte er vielleicht einen Hirntumor? Oder war er schizophren? Dabei hätte sie zu Beginn der Vernehmung wetten können, dass er völlig normal und geistig gesund zu sein schien. Aber um in dieser Sache weiterzukommen, musste sie ihn bis zu Ende anhören, auch wenn das, was sie hörte, ihr Gänsehaut bereitete.

»Was hat die Tat letztlich ausgelöst?«, fragte sie, um Fassung bemüht.

»Programme werden durch ein Codewort oder andere Trigger ausgelöst«, sagte Weber. »Das kann alles Mögliche sein, Worte, Gesten, Farben, Musik. In Henriettes Fall war es ein Telefonanruf. Ich habe die Aufzeichnung aus dem Anrufbeantworter dabei.«

»Ich möchte mit Dolores sprechen«, hörte Verena, ohne dass sich jemand zuvor mit Namen gemeldet hatte. Die Stimme war dumpf und offenbar absichtlich verzerrt. Der Satz wurde nach einer Pause noch einmal wiederholt, im selben Tonfall und exakt derselben Wortwahl. Dann brach das Band ab.

»Jemand hat abgenommen«, sagte Jan Weber. »Und da ihre Eltern zu dem Zeitpunkt nicht zu Hause waren, kann es nur Henriette oder eine ihrer Innenpersonen gewesen sein. Danach ist es passiert. Ich wette, dass Dolores das Codewort war, das den Suizid ausgelöst hat.«

Im Büro war es totenstill. Neben dem Ticken der Wanduhr hörte man nur ab und zu den Schrei eines Habichts, der auf Beutesuche über die Weinberge flog. Verena rang um Worte.

Ihr war klar, dass das alles unglaublich klang, und doch sagte ihr irgendetwas tief in ihr drin, dass Jan Weber die Wahrheit sprach.

»Das alles hört sich an, als wäre es einem billigen Horrorfilm oder einem Science-Fiction entnommen«, sagte sie schließlich.

Weber nickte. »Ich wünschte, es wäre so. Dass man den Film einfach abschalten könnte, über die unrealistische Darstellung lachen und zur Tagesordnung übergehen. Die Wirklichkeit sieht aber anders aus. Wer einmal mit diesen Leuten zu tun hatte, kann nicht mehr einfach zur Tagesordnung übergehen. Nie wieder.«

Verena schwieg lange. Es gab keine Worte, die hätten ausdrücken können, was sie nach dieser Enthüllung empfand. Jedes Wort, das sie hätte sagen können, wäre platt und unzureichend gewesen und ihrer Fassungslosigkeit nicht gerecht geworden.

Jan Weber schwieg mit ihr. Er wandte den Blick nicht von ihr ab, als erwarte er eine Reaktion der Ungläubigkeit oder schlimmer, eine Zurechtweisung, Vorwürfe, dass er lügen und sich das alles nur ausdenken würde. Es war, als würde die Welt den Atem anhalten.

»Warum um Gottes willen haben Sie nicht die Polizei verständigt?«, fragte Verena schließlich. »Man hätte Ermittlungen einleiten müssen. Warum sind Sie nicht früher zu uns gekommen?«

Jan Weber lächelte traurig.

»Hätten Sie mir denn geglaubt?«, fragte er schlicht.

Verena konnte nichts erwidern. Damals sicher nicht, dachte sie. Aber nachdem ich weiß, was Morlocks Tätowierung bedeuten könnte, glaube ich es so sehr, dass ich Angst bekomme.

»Eine Frage noch«, sagte sie schließlich. »Unter welchem Nick war Henriette im Forum angemeldet?«

»Hydra«, erwiderte Weber. »Sie nannte sich Hydra. Sie wusste um die vielen Köpfe des Ungeheuers in sich, und dass sie den

Kampf auf Dauer nicht gewinnen würde. Irgendwo wuchs immer wieder einer nach, mit dem sie nicht rechnen konnte. Und einer davon hat sie schließlich auch besiegt.«

Nachdem Jan Weber gegangen war, saß Verena lange an ihrem Schreibtisch und starrte vor sich hin. Weber hatte Weblinks für sie aufgeschrieben, die nun vor ihr auf dem Tisch lagen, aber sie brachte es nicht über sich, eine dieser Seiten aufzurufen. Für heute war sie bereits überfordert mit den Informationen, die er ihr gegeben hatte. Sie war sicher, noch sehr viel Input zu diesem Thema im Internet zu finden, aber sie fühlte sich außerstande, sich vorerst noch mehr davon zuzumuten.

Nachdem sie sich die Aufzeichnung der Vernehmung noch einmal angehört und sich Notizen dazu gemacht hatte, gab sie das Band zum Schreiben. Die Angestellte, die das abtippen musste, tat ihr jetzt schon leid. Zurück in ihrem Büro griff sie nach dem Telefon.

»Bist du gerade in der Sprechstunde?«, fragte sie, nachdem Hannah sich gemeldet hatte.

»Nein, der nächste Patient kommt erst in einer halben Stunde. Was gibt es denn?«

Verena hatte sich ihre Worte sorgfältig zurechtgelegt, aber jetzt konnte sie sich kaum daran erinnern. Also redete sie einfach drauflos.

»Ich weiß, dass die Schweigepflicht über den Tod hinaus besteht, aber sie kann nach dem mutmaßlichen Willen des Betreffenden eingeschränkt sein, nicht wahr?«

»Worauf willst du hinaus?« Hannahs Stimme klang rau.

»Unter mutmaßlichem Willen verstehe ich auch das Interesse an der Aufklärung eines Verbrechens an dem Patienten, für den die Schweigepflicht gilt, du doch auch, oder?«

»Verena, sprich nicht in Rätseln! Was willst du?«

»Ich spreche nicht in Rätseln, du weißt genau, was ich meine. Henriette Mehringer. Sie war deine Patientin, nicht wahr? Du warst diejenige, die gegen die Köpfe der Hydra gekämpft und verloren hat. Und deshalb willst du keine Multiplen mehr behandeln.«

Das Schweigen am anderen Ende sagte mehr als Worte es vermocht hätten. Sie hatte mit dem Schuss ins Blaue einen Volltreffer gelandet. Dann hörte sie Hannah schwer atmen.

»Lass uns nicht am Telefon darüber reden, ja? Komm heute Abend bei mir vorbei. Am besten ohne Auto. Du wirst was Stärkeres zu trinken brauchen.«

Verena fand Joost an der Kaffeemaschine im Besprechungszimmer, wo er gerade mit einem Handschäumer Milch für den Cappuccino aufschlug.

»Jetzt hast du deinen Boss bei niederen Arbeiten erwischt, für die er definitiv überqualifiziert ist, aber das Fußvolk ist ja noch bei der Durchsuchung von Auths Wohnung«, lachte er, doch das Lachen verging ihm, als er in Verenas Augen sah. »Was hat er denn erzählt? Ist er wirklich so paranoid, wie es bei eurem Telefonat den Anschein hatte?«

»Ich wünschte, es wäre eine Paranoia«, sagte Verena dumpf. »Aber ich fürchte, er hat allen Grund, vorsichtig zu sein.« Dann erzählte sie ihrem Chef so gut sie sich erinnerte, was sie von Jan Weber erfahren hatte.

Als sie fertig war, war der Kaffee kalt geworden und der Milchschaum zusammengefallen.

»Ich habe schon von so etwas gehört«, sagte Joost leise. »Aber das war nicht hier in Deutschland, sondern weit weg in Amerika. Ein Psychologe namens Hammond hat in den Neunzigerjahren eine Rede dazu veröffentlicht, die unter dem Namen *Greenbaum Speech* bekannt wurde. Man kann es für Spinnereien eines durchgeknallten Psychiaters halten, aber Hammond ist ein geschätzter und anerkannter Therapeut. Angeblich bekam er daraufhin Todesdrohungen aus Täterkreisen.«

Verena blieb der Mund offen stehen. »Du hast dich mit diesen Dingen schon beschäftigt? Auch vor diesem Fall?«

»Was meinst du, warum ich mich so vehement bei Triberg dafür eingesetzt habe, dass du diese Gutachterin bekommst?« Joost lächelte schwach. »Im Gegensatz zu ihm weiß ich, dass multiple Persönlichkeiten eine Tatsache sind, ebenso wie rituelle Gewalt in Sekten. Auch wenn viele das noch für Einbildungen von Paranoikern halten.«

»Aber woher weißt du das alles?« Verena hatte immer geglaubt, ihren Chef gut zu kennen. Sie kannte nicht nur seine Zigarillomarke und seine liebsten Opernarien, sondern konnte auch seine Reaktionen und Entscheidungen meist gut voraussehen. Jetzt war sie allerdings platt.

»Du weißt vielleicht viel von mir, aber nicht alles.« Joost stellte seine Tasse zum Aufwärmen in die Mikrowelle und drehte den Zeitschalter auf eine Minute. »Als ich jung war, träumte ich davon, Profiler zu werden. Und zwar nicht irgendwo, sondern beim FBI.«

Verena musste lachen. »Und wie kam es, dass du dich dann doch für uns entschieden hast?«

Die Mikrowelle machte pling, und Joost nahm die Tasse heraus. »Nun ja, die Realität kam dem Traum in die Quere. Ich bin aber nach der Polizeischule immerhin für ein Jahr in die Staaten gegangen und habe dort einige Kurse über forensische Psychologie belegt. Damals habe ich viel über Mind Control gelernt und auch von der sogenannten *Greenbaum Speech* gehört.

Man kann davon halten, was man will. Aber wenn man diesen Job wie wir schon einige Jahre gemacht hat, ist man in dieser Zeit schon so vielen gestörten Menschen begegnet, dass einem nichts mehr abwegig erscheint.« Joost schlug neuen Milchschaum und löffelte ihn auf den aufgewärmten Cappuccino.

»Und ich hab die ganze Zeit gedacht, ich müsste Überzeugungsarbeit bei dir leisten. Ich hatte ja keine Ahnung!«

»Nun stell mich mal nicht mit Triberg auf eine Stufe«, schmunzelte Joost. »Das sind Dinge, die man nicht gern an die große Glocke hängt. Wer wird schon gerne für verrückt gehalten? Natürlich fällt es schwer, das alles zu glauben. Man hört es und denkt, wie schrecklich! Und man verdrängt es, weil der Gedanke, dass es so etwas gibt, und die Machtlosigkeit, nicht dagegen vorgehen zu können, nicht auszuhalten sind. Irgendwann vergisst man es wieder. Weil es zu verstörend ist, sich damit auseinanderzusetzen. Zum Glück betrifft es einen nicht selbst. Zum Glück sind es nicht die eigenen Kinder, die da gequält werden. Und irgendwann mag man es gar nicht mehr glauben. Bis so was wie das hier passiert.«

»Warum werden diese Kranken nicht erwischt?«, fragte Verena. »Warum fliegen diese Machenschaften nicht irgendwann auf? Kann es sein, dass derartige Sekten über Jahre, Jahrzehnte im Verborgenen die unvorstellbarsten Gräueltaten begehen, ohne dass etwas davon ans Licht kommt? Warum redet keiner der Betroffenen?«

»Weil sie Todesangst haben«, antwortete Joost. »Weil sie ein Leben lang überwacht und manipuliert werden. Anders kann ich mir das nicht vorstellen.«

Verena nickte. Sie konnte sich das eigentlich überhaupt nicht vorstellen. Nein, sie wollte es sich nicht vorstellen. In mehr als zwei Jahrzehnten Polizeiarbeit war sie mit den verschiedensten

Grausamkeiten in Berührung gekommen, doch das hier schien alles zu übertreffen, was sie je erlebt hatte.

»Ich sehe natürlich den Zusammenhang zu Sina«, sagte sie. »Auch sie ist multipel, und sie steht in Verbindung zum Mord an einem Mann, der ein satanisches Symbol auf den Arm tätowiert hatte. Da liegt ein Haufen kleiner Schnipsel direkt vor unserer Nase. Ich kann die Puzzleteile nur noch nicht zusammensetzen.«

Joost sah sie lange an und sie hielt seinem Blick stand.

»Du siehst völlig erledigt aus«, sagte er schließlich. »Willst du nicht doch einen Kaffee? Ich habe auch Brezeln besorgt, für die ausgehungerten Kollegen, wenn sie von der Durchsuchung kommen. Nimm dir doch eine.«

Verena schüttelte den Kopf. »Danke, ich kann jetzt nichts essen, mir ist immer noch schlecht. Bin gespannt, ob die anderen was gefunden haben.«

»Wir haben inzwischen Speichelproben von allen Musikern und den meisten Crewmitgliedern. Ist alles auf dem Weg ins Labor. Wenn einer von denen nach dem Konzert nicht mit der Band, sondern mit Morlock in seiner Gartenlaube gefeiert haben sollte, erfahren wir das. Wen ich mir aber absolut nicht mit Morlock in dem Gartenhaus vorstellen kann«, sagte Joost, »ist Wilfried Auth. Warum hätte er den reinlassen sollen?«

Auf dem Flur wurden Schritte laut, die Tür flog auf und der Durchsuchungstrupp platzte zur Tür herein, um sich wie ein Heuschreckenschwarm über die Tüte mit Laugenbrezeln herzumachen.

»Auth schwört, dass er es nicht war«, sagte Verena. »Und ich weiß wirklich nicht, ob ich ihm glauben soll. Nach allem, was ich heute gehört habe, umso weniger.«

»Glaub ihm nicht«, murmelte Scholl, beim Sprechen Krümel spuckend. »Du hast allen Grund, es nicht zu tun.«

»Wieso?«, fragte Verena verwirrt. Frustriert sah sie, wie Scholl ein weiteres Mal abbiss und ihre Ungeduld sichtlich genoss. Sie hätte ihn würgen können, bis er den Brezelbrei ausspuckte. Endlich schluckte er vernehmlich und räusperte sich, wobei er Verena fest ins Auge fasste, als wollte er kein Detail ihrer Reaktion versäumen.

»Weil das bisher unauffindbare Auto von Morlock bei Auth in der Garage steht!«

Noch so eine Vernehmung stehe ich nicht durch, dachte Verena. Sie stand im Vorraum der Toilettenanlage und ließ sich kaltes Wasser über die Handgelenke laufen. Ihr war immer noch schlecht und hinter ihren Schläfen dröhnte es, als wäre jemand in ihrem Kopf mit einem Presslufthammer zugange. Trotzdem brachte sie es nicht über sich, die anstehende Nachvernehmung Wilfried Auths, der eben von Katz und Scholl aus dem Polizeigewahrsam geholt wurde, an einen ihrer Kollegen abzugeben. Sie wusste, dass es ihre größte Schwäche war, alles selbst machen zu müssen, kam aber wieder einmal nicht dagegen an.

Verena suchte die Taschen ihrer Jeans nach einer Kopfschmerztablette ab und fand schließlich eine im Münztäschchen vorne rechts. Sie drückte sie aus dem Blister, ließ Wasser in die hohlen Hände laufen und spülte sie damit herunter. Die Viertelstunde, bis sie wirken würde, musste sie irgendwie überstehen. Aus dem Spiegel über dem Waschbecken blickte sie ihr müdes Gesicht an. Unter ihren verschiedenfarbigen Augen hatten sich dunkle Schatten breitgemacht. Sie würde auf dem Heimweg einen Concealer kaufen, falls sie daran dachte. Und wenn die Geschäfte dann noch geöffnet hatten. Aber für wen eigentlich? Für wen wollte sie schön sein? Nach gefühlten endlosen Stunden gönnte sie sich endlich wieder einen Gedanken an Terzenbach. Doch sie durfte ihm nicht nachgeben, bevor der Fall aufgeklärt war. Die Anschaffung eines Concealers wäre also verlorene Liebesmüh.

Lass ihn jetzt einfach ein Geständnis ablegen, dachte sie, als sie zurück zum Büro ging, wo schon das Schild mit der Aufschrift »Vernehmung, bitte nicht stören« an der Tür hing. Lass ihn gestehen und mich den Fall in trockene Tücher bringen. Aber sie ahnte, dass es so einfach nicht werden würde. Was Jan Weber ihr heute erzählt hatte, konnte sie nicht mehr ignorieren. Auch wenn Henriette Mehringer streng genommen Katz' Fall war, konnte sie einen Zusammenhang nicht ausschließen.

Als sie die Tür öffnete, schlug ihr abgestandene Luft entgegen. Sie ging an Wilfried Auth vorbei, der mit hängenden Schultern auf dem Holzstuhl saß, und öffnete das Fenster. Eine Brise Frühlingsluft stieg ihr in die Nase wie eine Verheißung aus einer anderen Welt. Sehnsüchtig schaute sie hinaus in die Weinberge, die sich bis zum neuen Robert-Bosch-Krankenhaus hinaufzogen. Sie sah ein Paar mit Trekkingstöcken und Rucksäcken den schmalen Wanderweg entlanglaufen, die Gesichter in die Sonne halten, und wünschte sich einen Augenblick lang dort hinaus, weit weg von Mord und Totschlag, Missbrauch und Manipulation.

Verena setzte sich hinter ihren Schreibtisch und sah den Mann, der ihr gegenübersaß, schweigend an. Es war keine Taktik, um ihn zu verunsichern, ihr fiel einfach keine passende Eröffnung für diese Vernehmung ein. Morlocks Auto in Auths Garage war mehr als ein deutliches Indiz, es war sozusagen schon der unterschriebene Haftbefehl, oder wie Triberg es formulieren würde, das Schwert des Dionysos, das auf ihn hinabsauste.

Es gab Augenblicke, in denen sich Verena wünschte, ein Roboter zu sein. Eine Ermittlungsmaschine, in die man die Fakten eingab und die den Täter ausspuckte, ohne jeden Skrupel, ohne jede Emotion. Dies war einer dieser Augenblicke. Sie hatte es so satt! Das Mitleid mit den Opfern, die zu Tätern wurden, die Enttäuschung, wenn sie sich wieder und wieder geirrt hatte, die verletzte Eitelkeit, die Triberg immer und immer wieder in ihr kitzelte, wenn er ihr mehr als deutlich zeigte, für wie unfähig er sie hielt. Sie hatte es so satt! Hätte sie mal auf ihre Mutter gehört und wäre Lehrerin geworden.

Ihre Augen ruhten auf dem gebeugten, ungepflegten Mann, der nach der Nacht im Polizeigewahrsam noch gebeugter und ungepflegter aussah als am Vortag. Er hatte die Arme um den mageren Körper geschlungen und die Knie fest zusammengepresst, was ihn noch kleiner und unscheinbarer wirken ließ. Sollte er wirklich ein Mörder sein? Irgendetwas in Verena weigerte sich, daran zu glauben, aber sie wusste, dass ihr Instinkt sie schon einige Male getrogen hatte.

Als sie nach Minuten noch immer keine Anstalten machte, das Verhör zu beginnen, ergriff Katz die Initiative.

»Es ist an der Zeit, es mit der Wahrheit zu versuchen, Herr Auth«, sagte er. »Erklären Sie uns bitte, wie Rolf Morlocks Auto, mit dem er in der Tatnacht zum Gartenhaus seiner Eltern fuhr, in Ihre Garage gekommen ist.«

In Auths Gesicht kämpften unterschiedliche Gefühle um die Vorherrschaft: Verwirrung, Angst, Erstaunen, Schmerz. Nur eines konnte Verena nicht erkennen, irgendeinen Funken von Hoffnung.

»Sie werden es mir nicht glauben«, stammelte er schließlich.

»Erzählen Sie es uns trotzdem«, sagte Verena ruhig.

Auth ließ sich Zeit. Er saß nur da und schüttelte hin und wieder den Kopf. Katz sah demonstrativ zur Uhr. Als das Schweigen so massiv geworden war, dass man es hätte in Scheiben schneiden können, riss ihm der Geduldsfaden.

»Herr Auth, warum haben Sie Rolf Morlock getötet?«

Wilfried Auths Kopf fuhr nach oben, Katz traf ein Blick tiefster Verzweiflung.

»Ich habe ihn nicht getötet, ich schwöre es. Und Sie können meine DNA hin und her wenden wie Sie wollen, Sie werden keine Spuren von mir an ihm finden. Ich habe ihn nicht einmal angerührt.«

»Nicht angerührt«, wiederholte Verena. »Das heißt, Sie hätten ihn anrühren können, das sagt mir Ihre Wortwahl. Sie waren also an diesem Abend mit ihm zusammen.«

Auth presste die Lippen zusammen.

»Man muss einen Menschen nicht zwangsläufig anrühren, um ihn zu töten«, sagte Katz. »Man kann ihm zum Beispiel auch einen schweren Stein an den Kopf werfen.«

»Ich habe ihn nicht umgebracht«, schrie Auth, um nach einer Pause, in der man eine Stecknadel hätte fallen hören können, mit gesenkter Stimme weiterzusprechen. »Aber ich hatte es vor. Bei Gott, ich wollte ihn töten. Einfach, damit dieser Schmerz aufhört. Damit der Gerechtigkeit wenigstens ein winziges Stück Genüge getan wird!«

Verena atmete tief durch.

»Jetzt noch mal von Anfang an«, sagte sie. »Erklären Sie, was Sie an diesem Abend gemacht haben, und wie Rolf Morlocks Fahrzeug schließlich in Ihre Garage gekommen ist.«

»Das ist eine lange Geschichte.«

»Wir haben Zeit.« Verena lehnte sich zurück und schlug die Beine übereinander. Draußen auf dem Flur quietschten die Räder des Postwagens, der täglich um diese Zeit seine Runde machte. Auf dem Hof kläffte ein Polizeihund. Auth seufzte und begann mit stockender Stimme zu erzählen.

»Ich war auf diesem Konzert. Aus dem Internet wusste ich,

dass es sein letztes sein sollte. Er wollte die Band danach verlassen. Es war die einzige und letzte Möglichkeit, ihn zu treffen. Mein Plan war zu warten, bis er nach der Vorstellung rauskommt und ihm zu folgen.«

»Wie wollten Sie ihm folgen?«, fragte Katz. »Waren Sie mit dem Auto da?«

Auth schüttelte den Kopf. »Nein, ich hatte damals schon kein Auto mehr. Das hatte ich längst verkauft, um den Anwalt bezahlen zu können. In der Garage stand nur noch mein Fahrrad. Alt aber fahrtüchtig. Also bin ich damit zur Schleyerhalle geradelt. Ich hab das Rad in der Nähe des Künstlerausgangs abgestellt. Hatte es nicht mal angeschlossen, um schneller zu sein. So eine alte Rostmühle klaut eh niemand, dachte ich.«

»Warten Sie, Sie wollten mit einem alten, klapprigen Fahrrad einen Mercedes der S-Klasse verfolgen?« Verena musste sich zurückhalten, um nicht zu lachen.

»Lachen Sie ruhig.« Auth hatte das Zucken ihrer Mundwinkel offenbar bemerkt. »In der Not greift man nach dem letzten Strohhalm. Notfalls auch nach einem rostigen Fahrrad.«

»Okay, wie ging es dann weiter?« Verena beschloss, sich die Geschichte erst einmal komplett anzuhören, bevor sie entschied, ob sie ihm glaubte.

»Ich stand also zwischen all den Fans und Groupies am Hinterausgang. Es war ein wahnsinniges Gedränge. Morlock kam als Erster raus, zusammen mit einem jungen Mädchen. So eine hübsche Blonde, die ihn anhimmelte. Er beachtete die anderen gar nicht, hatte nur Augen für die Kleine an seiner Seite, die ungefähr so alt war wie meine Annika. Er führte sie zum Auto und ließ sie einsteigen.«

Verena schob ihm Sinas Foto über den Tisch. »War es dieses Mädchen?«

Auth griff danach und sah es lange an. Schließlich nickte er.

»Ich bin nicht hundertprozentig sicher, aber ja, so ungefähr hat sie ausgesehen. Hat er sie etwa auch …?«

»Wie ging es dann weiter?«, unterbrach ihn Verena.

»Ich bin zu meinem Fahrrad gerannt. Mir war klar, wo er mit ihr hinwill. Annika hatte es mir genau beschrieben und ich hatte mir die Lage schon hundertmal bei Google Earth angesehen. Mein Plan war, ihn auf frischer Tat zu ertappen. Ihn zur Rechenschaft zu ziehen und die Seele dieses Mädchens zu retten, bevor ihm dasselbe passieren würde wie das, was meiner Tochter passiert war.«

»Was heißt bei Ihnen, zur Rechenschaft ziehen?«, warf Katz ein. »Beschimpfen? Drohen? Schlagen? Töten?«

»Herrgott, ich wusste es nicht!«, schlug Auth zurück. »Ich war einfach verzweifelt. Das zeigt ja schon, dass ich mit dem Fahrrad einen Mercedes verfolgen wollte! Ich kann mich nicht mal erinnern, ob ich mir überhaupt Gedanken gemacht habe, wie ich das anstellen will. In so einer Situation plant man nicht alles genauestens durch, verstehen Sie das nicht? Ich hatte jedenfalls keine Waffe dabei. Ich besitze ja gar keine.«

»Schon in Ordnung«, beschwichtigte ihn Verena. »Erzählen Sie weiter.«

»Als der Mercedes mit Morlock und dem Kind durch das Tor fuhr, merkte ich, dass ich einen Platten hatte. Irgendein Witzbold hatte mir die Ventile rausgedreht. Also bin ich zur S-Bahn-Haltestelle gegangen. Da waren Morlock und seine Begleiterin natürlich schon über alle Berge.«

»Und Sie sind tatsächlich mit der Bahn nach Kaltental gefahren?«, fragte Verena ungläubig.

»Ich musste. Ich konnte in diesem Moment nicht einfach unverrichteter Dinge nach Hause fahren. Ich musste ihm einfach folgen. Es hätte mehr als ein kaputter Reifen dazwischenkommen müssen, um mich davon abzuhalten.«

»Wann waren Sie denn in Kaltental?«, fragte Katz.

»Keine Ahnung. Zeit spielte in dieser Nacht keine Rolle. Ich bin an der Haltestelle Österfeld ausgestiegen. Und dann bin ich noch ungefähr eine halbe Stunde lang gelaufen, bis ich diese Gartensparte gefunden hatte. Erst dort fiel mir ein, dass ich gar nicht wusste, welche von den vielen Lauben die von Morlock ist. Aber ich dachte, vielleicht hat er Licht brennen und ich sehe das von außen. Oder ich höre irgendwelche Geräusche. Also bin ich losmarschiert.

Und da lag er dann im fahlen Licht einer Laterne. Mitten auf dem Weg, wie Gott ihn erschaffen hat. Ich hab ihn an seinem Stern-Tattoo erkannt, vom Gesicht war ja nicht mehr viel zu sehen. Zuerst habe ich mich fürchterlich erschrocken. Dann wurde mir klar, dass noch andere Leute gute Gründe haben müssen, dieses Schwein auszuschalten und einer von ihnen mir zuvorgekommen war. Sie glauben nicht, was für eine Genugtuung das war. Ich habe mir nicht mal an ihm die Finger schmutzig machen müssen!«

Verena tauschte einen kurzen Blick mit Katz. Der spinnt, oder?, sagten seine Augen. Irgendwie konnte sie Katz verstehen. Für sie selbst klang diese Geschichte auch alles andere als überzeugend.

»Hat es Sie wirklich voll und ganz befriedigt, dass er schon tot war?«, fragte Verena zweifelnd. »Hätten Sie das nicht doch viel lieber selbst erledigt? Ihm dabei vielleicht noch ein paar saftige Worte mit auf den Weg gegeben?«

Auth zuckte die Schultern. »Sicher«, sagte er. »Aber es war zu spät. Er hatte seine Strafe bekommen, das war das Wichtigste. Außerdem habe ich mir eine Trophäe mitgenommen.«

»Das Auto«, sagte Katz.

»Genau. Mir war klar, dass die letzte Bahn schon weg ist und ich bis in die Morgenstunden würde ausharren müssen. Und dann sah ich diese Protzkarre am Dachswaldweg stehen. Die war nicht mal abgeschlossen, so eilig muss er es gehabt haben, das Mädchen aufzureißen. Ein Schlüssel steckte natürlich nicht, aber ich weiß, wie man Autos kurzschließt, das ist ja kein Geheimnis. So war ich früher zu Hause, als ich dachte. Meine Garage stand ja leer, weil ich das Auto schon vor Jahren verkauft hatte, um die Anwaltskosten bezahlen zu können. Passt ja, hab ich gedacht, dann ist das Ding auch gleich weg von der Straße.«

»Sie haben das Auto seitdem nicht mehr gefahren, oder?«

»Nee, ich war ja jeden Tag besoffen. Außerdem wäre mir das zu heiß gewesen, selbst wenn ich den Schlüssel gehabt hätte. Was, wenn jemand das Kennzeichen erkannt hätte? Ich brauche auch kein Auto. Für mich war es eine Trophäe, und die war wertvoller als jeder fahrbare Untersatz.«

Verena dachte nach. Auth war zwar versoffen, aber nicht dumm, und ihm war klar gewesen, dass bei einer Durchsuchung auch Morlocks Auto gefunden werden würde. Er hatte die ganze Nacht in der Zelle in Polizeigewahrsam verbracht. Zeit genug, sich diese abenteuerliche Geschichte auszudenken. Sie konnte vielleicht wahr sein, klang aber zu verrückt, als dass man sie ihm hätte glauben können.

»Ich bin nicht sicher, ob der Haftrichter Ihnen diese Räuberpistole abnehmen wird«, sagte nun auch Katz.

»Dann ist es eben so«, erwiderte Auth gleichmütig. »Ich habe Ihnen die Wahrheit gesagt, mehr kann ich nicht tun. Jetzt muss ich einfach auf Gott vertrauen.« Ohne es noch einmal durchzulesen, unterschrieb er sein Vernehmungsprotokoll und ließ sich zurück in den Polizeigewahrsam bringen, mit einer Gelassenheit von einem, der nichts mehr zu verlieren hat.

Die Straßenlaternen funkelten wie Glühwürmchen durch die Kronen der Bäume, die den Bopserwaldweg säumten, als Verena von der U-Bahn-Haltestelle zum Rottannenweg lief. Es hatte geregnet und die Luft war so frisch und würzig, dass sie am liebsten nur noch ein- und nie wieder ausgeatmet hätte. Was schwierig war, denn sie war schon nach wenigen Minuten außer Atem und wünschte sich den Fahrersitz ihres Minis unter den Hintern. Die Stuttgarter Halbhöhenlage, wo Hannah wohnte, war eine Herausforderung für untrainierte Fußgänger. Als sie bei Hannahs Haus ankam, war sie schweißgebadet.

»Ich hab Merlot oder Chianti«, empfing Hannah sie. »Wonach ist dir?«

»Erst mal nach einer Sauerstoffflasche, um ehrlich zu sein.« Verena presste die Hände in die Flanke, um ihr Seitenstechen loszuwerden, das sie auf den letzten Metern begleitet hatte.

Hannah verzog den Mund zu etwas, das wahrscheinlich ein Lächeln sein sollte, doch es erreichte ihre Augen nicht.

»Wie bist du draufgekommen?«, fragte sie, als Verena ihr ins Haus folgte.

Verena war klar, dass hier nicht von ihrem Seitenstechen die Rede war, doch sie brauchte einen Moment, um umzuschalten. »Gib mir erst mal einen Merlot.«

Während Hannah den Wein entkorkte und die Gläser aus dem Schrank nahm, überlegte sie, wie sie anfangen sollte. Sie ahnte, dass dieses Thema auch Hannah fordern würde. Hannah, die zwar immer ein offenes Ohr für sie hatte und ihr jederzeit bereitwillig Rat und Verständnis entgegenbrachte, jedoch sehr zurückhaltend war, wenn es darum ging, selbst etwas preiszugeben, und das nicht nur in Bereichen, die unter die Schweigepflicht fielen. Auch was Hannahs eigene Sorgen, Ängste und Probleme betraf, blieb das, was der Volksmund das Eingemachte nannte, meist lichtgeschützt und luftdicht verschlossen im Keller. Doch heute war Verena fest entschlossen, die Kellertür zu öffnen, und wenn dafür ein Brecheisen nötig sein würde.

Hannah schenkte ein und wartete, bis Verena einen Schluck getrunken und das Glas abgestellt hatte.

»Also sag schon, wie bist du draufgekommen?«

»Ich habe mit Jan Weber gesprochen.«

»Oh, dann war es natürlich nicht schwer. Wie viel hat er dir erzählt?«

»Genug, um mir Angst zu machen.«

Hannah antwortete nicht. Aber ihr Blick sprach mehr als alle Worte.

»Ich war auch bei ihrer Adoptivmutter«, sprach Verena weiter. »Und ich weiß genug, um darauf zu schließen, dass Henriette bei dir in Therapie war. Dass du mir nichts davon gesagt hast, verstehe ich. Aber sie ist tot, und ich gehe davon aus, dass ihr viel daran liegen würde, dieses Verbrechen aufzuklären. Dabei könntest du mir helfen.«

Hannah stand auf, ging zum Fenster, zupfte den Vorhang gerade. Eine Weile stand sie unschlüssig im Raum und starrte durch Verena hindurch. Dann nahm sie eines der bunten Sofakissen und knautschte es in den Händen, bevor sie es zurück aufs Sofa warf. Verena musste nicht Psychoanalytikerin sein, um zu sehen, dass Hannah nicht mit dem Kissen, sondern mit sich selbst kämpfte.

»Halten wir es doch so, du sagst mir, was du über die Sache weißt«, schlug Hannah schließlich vor. »Dann kann ich dir anschließend erzählen, was du noch wissen musst.«

»Das ist ein guter Deal.« Verena sah ihre Freundin dankbar an. Dann begann sie zu berichten, was sie in den letzten Tagen an Fakten über Henriette Mehringer zusammengetragen hatte.

Sie erzählte auch, was Jan Weber ihr am Morgen an Details berichtet hatte. Hannah hatte als psychologische Gutachterin Akteneinsicht, damit konnte Verena die lästige Schweigepflicht umgehen. Als sie fertig war, stellte sie fest, dass sie ihr Weinglas inzwischen zum zweiten Mal geleert hatte.

»Wie konnten sie sie finden?«, schloss Verena ihren Bericht. »Sie war in eine andere Stadt gezogen, war adoptiert worden und hatte einen anderen Namen angenommen. Ich verstehe nicht, wie sie ihr auf die Spur gekommen sind.«

Hannah überlegte lange, bevor sie antwortete.

»Ich kann es nicht genau sagen«, sagte sie schließlich. »Diese Leute haben ihre Mittel und Wege. Vielleicht haben sie im privaten Umfeld ihrer Eltern recherchiert und sind dabei irgendwann auf die Mehringers gestoßen. Ich halte es aber auch für möglich, dass Henriette selbst ihnen geholfen hat.«

Verena presste ihre Hände an die Schläfen. Jan Weber hatte das auch vermutet, aber sie hatte es nicht so recht glauben können. Doch jetzt, wo Hannah dasselbe sagte, begriff sie, dass es jenseits des Unvorstellbaren noch etwas gab, dem sie sich nicht verschließen durfte.

»Erklär mir das genauer«, bat sie.

»Eine von ihren Innenpersonen, die vielleicht weder ich noch Henriette selbst kannten. Mir ist klar, wie verrückt das klingt, aber in den meisten Multiplen gibt es täterloyale Persönlichkeiten, die es völlig in Ordnung finden, was diese Schweine tun, und oft auch noch mit ihnen in Kontakt stehen. Mitunter sind es auch Kontrollprogramme, die die Täter ihnen eingepflanzt haben, und die sie über alles Wichtige, zum Beispiel auch den Stand der Psychotherapie, auf dem Laufenden halten. Henriette selbst hat die Verräter in sich nicht wirklich gekannt, und doch wusste sie, dass es sie gibt. Dass sie im Verborgenen auf ihre

Chance warten. Einige hatten es in der Vergangenheit schon fast geschafft. Ich nehme an, Frau Mehringer hat dir auch von den vorausgegangenen Suizidversuchen erzählt.«

Verena starrte die Freundin schweigend an. Seit Sinas Vernehmung wusste sie aus eigener Erfahrung, welch unterschiedliche Ziele die verschiedenen Persönlichkeiten in ihr verfolgten. Dass es aber so weit ging, dass eine von ihnen mit den Tätern kooperieren könnte, hatte sie nicht für möglich gehalten.

»Das ist alles zu viel für mein Vorstellungsvermögen«, seufzte sie. »Jan hat etwas Ähnliches erzählt, aber ich konnte ihm nicht ganz folgen. Als er von der Sache mit der Programmierung anfing, dachte ich, er ist ein bisschen paranoid. Jetzt fängst du auch damit an.«

»Man kann paranoid werden, wenn man immerzu auf der Hut sein muss«, sagte Hannah. »Aber man kann wirklich nicht vorsichtig genug sein. Diese Leute sind hochgefährlich. Und die Programme, die sie ihren Opfern einbauen, sind Zeitbomben, deren Entschärfung extrem riskant ist.«

Verena griff nach der Flasche und goss ihr Glas ein drittes Mal voll, obwohl sie die Wirkung des Weins schon spüren konnte. Hannah hatte recht gehabt, als sie sagte, sie werde bei diesem Gespräch etwas Stärkeres zu trinken brauchen. Jetzt war sie froh, nicht mit dem Auto da zu sein. Sie wollte auch Hannah nachschenken, doch deren Glas war unberührt.

»Wie hast du denn gemerkt, dass es in Henriette solche Programme gibt?«, fragte sie.

»Als die Therapie ins Stocken geriet. Wir kamen einfach nicht weiter. Ich hatte das Gefühl, dass da noch etwas ist, auch Henriette selbst spürte eine unbestimmte Gefahr, die aber niemand von ihnen benennen konnte. Einige von ihnen fühlten sich mitunter wie fremdgesteuert, manipuliert und bedroht, ohne genau erklären zu können, wodurch. Ich konnte sie aber auch nicht dazu bringen, sich dieser Bedrohung zu nähern. Dieser Widerstand kann ein Schutzmechanismus sein. Die betroffenen Persönlichkeitsanteile wehren sich dann instinktiv gegen einen Auslöser und natürlich auch gegen die traumatischen Erinnerungen, die mit der Programmierung einhergingen und durch ein Anrühren unweigerlich wieder ins Bewusstsein gespült worden wären.«

»Kann man denn einen Menschen programmieren wie einen Computer?«, fragte Verena und nahm einen kräftigen Schluck. »Wie soll das denn gehen?«

Hannah sah ihre Freundin unverwandt an.

»Mit Angst«, sagte sie leise. »Mit Todesangst.«

Das Schweigen schien eine Ewigkeit anzudauern. Verena hatte zunächst nach Worten gesucht, nach weiterführenden Fragen, doch schließlich gab sie es auf. Sie wollte keine Details mehr hören. Die grauenhaften Dinge, die sie heute Morgen von Jan Weber und jetzt von Hannah gehört hatte, waren genug für einen Tag. Sie fühlte, dass ihre Firewall in den Grundfesten erschüttert war und zu bröckeln begann.

»Du hast keine Schuld an dem, was passiert ist«, sagte sie schließlich, als sie die Stille nicht mehr aushielt. »Du hast getan, was du konntest. Kein Bombenentschärfer könnte seine Arbeit tun, wenn er ständig befürchten würde, einen falschen Handgriff zu machen.«

»Da hast du natürlich recht«, antwortete Hannah. »Aber wenn ihm erst mal so ein Ding um die Ohren geflogen ist, dann kannst du sicher sein, dass er keine Bombe mehr anrührt.«

Hannah hatte darauf bestanden, Verena bis hinunter zur Bahn-Haltestelle zu begleiten und zu Fuß wieder zurückzugehen, weil sie dringend frische Luft brauchte.«

Die Nacht war sternenklar und kalt. Verena fröstelte, als sie vor die Tür traten. Jetzt spürte sie den Wein in jeder Faser ihres Körpers. Besonders im Kopf.

»Du hast doch kaum was getrunken, im Gegensatz zu mir«, Verenas Zunge gab sich redlich Mühe, den Alkohol zu ignorieren, was ihr aber nicht ganz gelang. Sie war ein wenig betrunken, aber nicht betrunken genug, um vergessen zu können, was Hannah ihr erzählt hatte. Sie wünschte, sie hätte nicht so viel nachgefragt und musste an Joosts Worte denken. *Man hört es und denkt, wie schrecklich! Und man verdrängt es, weil der Gedanke, dass es so etwas gibt, und die Machtlosigkeit, nicht dagegen vorgehen zu können, nicht auszuhalten sind.*

War das der Grund, warum solche Unmenschen nicht erwischt wurden? Weil niemand die Kraft und den Mut hatte, sich mit dieser grausamen Realität auseinanderzusetzen? Weil es einfacher war, einen Missstand zu bestreiten oder bestenfalls totzuschweigen, als ihn zu bekämpfen? Missstand – was für eine erbärmliche Untertreibung!

Hannah konnte das alles einfach nicht verdrängen. Sie war zu dicht herangekommen an dieses unsagbare Grauen, als dass sie jetzt noch die Augen davor hätte verschließen können. Sie hatte den Kampf aufgenommen, und sie hatte ihn verloren.

Nur das Klacken ihrer Absätze auf dem Asphalt des Bopserwegs durchschnitt das Schweigen zwischen ihnen. Als Verena die Stille so unerträglich fand, dass sie gerade wieder zum Reden ansetzen wollte, blieb Hannah plötzlich stehen.

»Siehst du die Stadt dort unten?« Sie wies auf das Stuttgarter Zentrum, das unter ihnen im Talkessel lag. Eine dunkle Ansammlung von schlafenden Häusern, durch die sich die Straßen wie Leuchtschnüre zogen. Wie brennende Lunten, die vielleicht irgendwann das Pulverfass erreichen und es in die Luft jagen, wenn man nur lange genug hinschaut. Verenas Blick wanderte zu dem flackernden Lichtermeer, wo die hell erleuchteten Bahngleise zusammenliefen. Auf dem Turm der alten Bahnhofsruine drehte sich der Mercedesstern und funkelte im Mondlicht. Das Wohlstandssymbol der Stadt. Darunter, fest verankert auf seinem Fundament, der standhafte Rest des Bonatzbaus, vormals ein Wahrzeichen, inzwischen ein Trugbild an Beständigkeit. Seine Nord- und Südflügel waren bereits abgerissen worden.

Nichts ist für die Ewigkeit, dachte Verena. Es gibt keine Beständigkeit, genauso wenig wie es Sicherheit gibt. Sie schaute zu Hannah, die sichtlich nach Worten suchte.

»Unter jedem dieser Dächer leben Schicksale, die wir nicht kennen«, sagte sie schließlich. »Nur deshalb scheint uns diese Stadt so friedlich und heimisch. Nur solange wir nicht genau hinschauen und uns nicht mit diesen fremden Leben auseinandersetzen. Sobald wir das tun, fühlen wir uns verantwortlich. Wir wollen helfen, die heile Welt wiederherstellen, begreifen aber, dass es sie nicht gibt. Und ab diesem Zeitpunkt fühlen wir uns nicht mehr sicher.« Sie machte eine abwehrende Handbewegung. »Ach, ich rede Unsinn. Verstehst du trotzdem, was ich meine?«

Verena nickte. Sie verstand es nur zu gut, begegnete sie doch in ihrem Beruf tagtäglich solchen Schicksalen. Sie hatte im Lauf der Jahre einen Schutzwall um sich hochgezogen, um das fremde Leid von sich fernzuhalten.

»Du bist diesem Leid zu nahegekommen und hast dich verantwortlich gefühlt, nicht wahr? Und jetzt fühlst du dich schuldig, weil du Henriettes Tod nicht verhindern konntest. Aber es ist nicht deine Schuld!«

»Schuld ist ein großes Wort.« Hannah riss im Vorbeigehen eine Gerte von einer jungen Weide, die über einen Zaun wuchs, und schlug damit auf ihre Handfläche. Es mochte eine Geste der Verlegenheit sein, doch Verena erschien es wie eine Selbstgeißelung.

»Fakt ist doch, dass ich versagt habe. Ich habe mir zu viel vorgenommen, ich hätte die Geister ruhen lassen sollen. Tausendmal habe ich mich gefragt, ob das alles auch passiert wäre, hätte ich nicht nach den programmierten Anteilen in ihr gesucht. Vielleicht hätten die Täter dann keinen Anlass gesehen, die Notbremse zu ziehen.«

»Mit der Notbremse meinst du Dolores?« Verena griff nach der Weidenrute, weil sie nicht mehr mit ansehen konnte, wie die Gerte unbarmherzig auf Hannahs Hand schlug. Doch Hannah entwand sie ihr und ließ sie stattdessen beim Gehen gegen ihren Oberschenkel prallen.

»Ja. Dolores. Das war ja wohl das Codewort für den Auslöser.«

»Ist diese Dolores eine reale Person?«

»Ich weiß es nicht. Ich habe sie ja nicht gefunden und hatte keine Ahnung von ihrer Existenz, bis Jan zu mir kam und mir die Aufzeichnung des Anrufbeantworters abspielte. Kann sein, sie ist eine Person, an die das Programm angehängt wurde. Ich nehme aber eher an, dass sie extra für dieses Programm erschaffen wurde.«

Auch wenn sie stocknüchtern gewesen wäre, hätte Verena Hannahs Ausführungen jetzt nicht mehr ganz folgen können. »Aber wenn diese Dolores eine Person war, hing sie dann gar nicht am Leben?«

Hannah lachte bitter auf. »Wie soll jemand an etwas hängen, von dem er keine Ahnung hat? Dolores war wie ein Roboter. Sie bekam nichts oder nur sehr wenig von Henriettes Leben mit, konnte nur das denken und fühlen, was in ihr angelegt war.«

»Zerstörung«, sagte Verena leise.

»Ja, Zerstörung. Wenn ich mit meiner Vermutung richtig liege, dann war sie nur dazu erschaffen worden, auf Abruf einen Auftrag auszuführen. In diesem Fall den Auftrag zu töten. Man könnte es Auftragskiller nennen, nur dass dem Killer nicht bewusst war, dass er mit der Ausführung dieses Auftrags auch sich selbst eliminiert.«

»Du hattest keine Chance«, sagte Verena.

»Doch. Ich hatte eine Chance. Sie waren nur schneller.« Wieder hieb die Gerte in Hannahs Hand.

»Willst du deshalb keine Multiplen mehr betreuen?«

Hannah seufzte. »Ich weiß, was ich kann, und ich weiß inzwischen, wo meine Grenzen sind. Die Therapie von multiplen Persönlichkeiten liegt jenseits meiner Grenzen, das habe ich jetzt endlich begriffen.«

Eine Motte flog so heftig gegen das grelle Glas einer Straßenlaterne, dass sie benommen zu Boden taumelte. Verena musste an Ikarus denken.

»Natürlich macht man keine Fehler, solange man nichts riskiert«, sagte sie. »Wer nichts wagt, dem kann auch nichts passieren. Er kann aber auch nichts gewinnen. Und wer etwas ändern will, muss eben ein Risiko eingehen. In diesem Fall ist es fehlgeschlagen. Das nächste Mal könnte es ein Erfolg werden.«

»Es wird kein nächstes Mal geben«, sagte Hannah müde.

»Sina und ihre Leute brauchen deine Hilfe.« Verena wollte und konnte jetzt einfach nicht aufgeben. »Sie kennen dich, haben sich dir gegenüber schon geöffnet, und du hast im Vergleich mit den meisten anderen Therapeuten viel mehr Erfahrung in diesem Bereich.«

»Ja, katastrophale Erfahrung«, entgegnete Hannah zynisch. »Wer garantiert mir, dass so etwas nicht wieder passiert?«

»Niemand«, sagte Verena leise. »Aber wenn es funktioniert, würde es Sina sehr helfen. Und dir auch.«

»Und wenn Sina es war? Oder einer aus Sinas Truppe?«

Verena seufzte. Diese Möglichkeit bestand nach wie vor. Dass Wilfried Auth in Untersuchungshaft saß, musste nicht bedeuten, dass er auch verurteilt wurde. Auch Sina war an diesem Abend mit Morlock zusammen gewesen.

»Ich glaube einfach nicht, dass sie es war«, begehrte sie auf. »Vielleicht will ich es nicht glauben. Aber meine Intuition sagt mir, dass dieses schmale, schüchterne Mädchen nicht mal eben so einen baumstarken Kerl wie Morlock umgelegt haben kann.«

»Sie ist nicht nur das schmale, schüchterne Mädchen, vergiss das nicht. Sie kann Personen beherbergen, die ein Vielfaches stärker sind als sie.« Hannah warf die Weidenrute endlich über den nächsten Gartenzaun.

»Ja, ich weiß. An diesen Gedanken muss ich mich erst noch gewöhnen. Aber du musst auch endlich begreifen, dass nicht du Henriette getötet hast, sondern die Schweine, die verhindern wollten, dass in der Therapie die Wahrheit über sie ans Licht kommt. Und aufhören, dir die Schuld dafür zu geben. Ich glaube, es wäre in Henriettes Sinn, wenn du Sina helfen würdest.«

Auf den letzten Metern bis zur U-Bahn-Haltestelle schwiegen sie. Nur ihre Schuhe klackten rhythmisch auf dem Asphalt. Sie gingen im Gleichschritt, ihre Hände berührten sich hin und wieder beim Laufen und Verena hatte das Gefühl, dass Hannah etwas entspannter wirkte.

Als sie den Bahnsteig erreichten, fuhr die U15 gerade ein.

»Danke für deinen Zuspruch«, sagte Hannah zum Abschied und nahm Verena in die Arme. »Ich werde darüber nachdenken.«

7

Den größten Teil des Sonntags verbrachte Verena daheim am Computer mit der Recherche zu Themen wie: täteridentifizierte Persönlichkeiten, Programmierung und Mind Control. Die Zeit, die sie investiert hatte, würde ihr niemand bezahlen, aber Mona war ohnehin nicht da und draußen hatte es Bindfäden geregnet. Die Thematik war so umfangreich, dass sie nicht einmal dazu gekommen war, an Terzenbach zu denken, was vielleicht überhaupt das Beste daran gewesen war. Doch auch, wenn Verena nun zu wissen glaubte, wie diese Leute vorgingen, um Kinder gefügig zu machen, wirklich begreifen konnte sie es immer noch nicht. Nach dieser intensiven Beschäftigung mit einer Welt, die sie nicht in ihren schlimmsten Träumen für möglich gehalten hätte, genoss sie es geradezu, wieder in den alltäglichen Wahnsinn ihres Dezernats einzutauchen.

Das Stimmengewirr am Besprechungstisch, das Röcheln der Kaffeemaschine, bevor sie die letzten Wassertropfen in den Filter spuckte, Theas helles Auflachen über einen Witz von Scholl, den Verena nicht verstanden hatte, Joosts obligatorisches Klopfen mit dem Kugelschreiber auf der Tischplatte, um für Aufmerksamkeit zu sorgen – das alles hatte Verena nicht auf das vorbereiten können, was dann kam.

»Wir haben das DNA-Ergebnis aus der Gartenlaube«, begann Joost, als alle am Tisch saßen und das Gemurmel sich gelegt hatte. Es war plötzlich totenstill im Besprechungszimmer. Als ob die Welt stillstände. Als ob die Zeit eingefroren wäre. Alle hielten den Atem an. Erst als Verena schlucken musste, nahm sie wahr, dass sich in diesem Raum doch etwas bewegte. Wenigstens ihr Kehlkopf.

»Sina Lohmann war im Gartenhaus der Familie Morlock«, sagte Joost schließlich erbarmungslos. »Das hat die kriminaltechnische Untersuchung der sichergestellten Bettwäsche eindeutig ergeben.«

Verena schloss die Augen. Sie hatte es die ganze Zeit über geahnt, aber nicht wahrhaben wollen. Auch wenn es nicht Sina gewesen war, die sich von Morlock abschleppen ließ, so stand ihre DNA ebenso für jeden anderen Bewohner ihres Körpers. Konnte man sie denn für eine Tat bestrafen, die sie gar nicht selbst begangen hatte? Verena zwang sich zur Ruhe. Noch war gar nichts bewiesen. Nur dass sie in dem Gartenhaus gewesen waren. Morlocks Leichnam war hingegen außerhalb der Anlage an der Einfahrt gefunden worden. Dort hätte ihn jeder andere umbringen können. Nur dass der Starkregen sämtliche Spuren vernichtet hatte. Verena schluckte abermals.

»Und Auth?«, hauchte sie. Sie war nicht sicher, ob ihre Stimme den Weg bis zum Tischende, an dem Joost saß, geschafft hatte, vielleicht hatte er ihr auch nur von den Lippen abgelesen oder ihre Gedanken erraten. Jedenfalls schüttelte er den Kopf.

»Das Ergebnis ist noch nicht da. Es wimmelt natürlich noch von anderen Spuren in der Laube, aber das war auch zu erwarten. Außer der von Rolf Morlock konnte aber bisher keine weitere identifiziert werden. Es wird wohl ein paar Tage dauern, bis die anderen Ergebnisse kommen, die haben gerade ziemlich viel zu tun.«

»Wo ist das Mädchen jetzt?«, fragte Ströbele.

»Vermutlich schon in der Schule«, antwortete Katz mit einem Blick zur Wanduhr.

»Holt sie her«, sagte Verena gepresst. »Ich telefoniere inzwischen mit Han… mit der Psychologin, ich brauche sie für die Vernehmung.«

Hannah hatte ihre Vormittagstermine ohne zu zögern abgesagt. Bereits eine gute halbe Stunde nach Verenas Anruf nahm sie an der Pforte ihren Besucherausweis entgegen.

»So schnell sieht man sich wieder«, sagte sie schlicht und umarmte Verena, die sie an der Hauswache abholte und sehr froh war, dass Hannah so schnell gekommen war.

Katz hingegen ließ auf sich warten. Er war zusammen mit Thea zu Sinas Schule gefahren, hatte sich nur kurz telefonisch gemeldet und gesagt, dass Sinas Klasse gerade einen Test in Vorbereitung auf das Abitur schreiben würde, bei dem er nicht stören wollte. So warteten sie: Katz und Thea in Sinas Gymnasium, Verena und Hannah in Verenas Büro.

»Ich habe Angst«, gestand Verena, als sie Hannah Kaffee in einen angeschlagenen Henkelbecher goss.

»Was ist mit deiner Firewall?«, fragte Hannah.

»Außer Betrieb«, entgegnete Verena und verbrannte sich den Mund am heißen Kaffee. »Wie wird das Urteil lauten, wenn sich herausstellt, dass sie schuldig sind? Wird deine Diagnose irgendeinen Einfluss auf den Richterspruch haben?«

»Kommt drauf an, wie aufgeschlossen das Gericht meiner Diagnose gegenübersteht«, sagte Hannah. »Natürlich werde ich ein Gutachten erstellen. Nur wie das Gericht dann entscheidet, steht nicht in meiner Macht.«

»Können wir denn überhaupt etwas tun?«, fragte Verena.

»Wir können versuchen, die Hintergründe aufzudecken und

die Wahrheit ans Licht zu bringen. Vielleicht war es niemand von ihnen. Vielleicht hat jemand von ihnen den Täter gesehen. Wir müssen versuchen, jeden, den wir erreichen können, zu dieser Nacht zu befragen. Und wenn es ein Geständnis gibt«, Hannah lächelte bitter, »dann ist es eben so.«

Verena nickte schweigend und hob ihren Blick zur Wanduhr, wo der Zeiger gerade auf Viertel nach zehn sprang. Einige Minuten lang hing jeder seinen Gedanken nach.

»Wenn Opfer zu Tätern werden und nach der gültigen Rechtsprechung bestraft werden müssen, stellt das unseren Sinn für Gerechtigkeit auf den Kopf, nicht wahr?«, sagte Hannah leise.

Verena konnte nur nicken. Ihr blieb nichts weiter übrig als zu warten und zu hoffen. Und zu versuchen, innerlich einen Schritt zurückzugehen, sich zu erinnern, dass sie hier ihre Arbeit tat, nicht mehr und nicht weniger. Dass das Schicksal fremder Menschen nicht ihr eigenes war, egal ob diese missbraucht, gequält oder zum Mörder geworden waren. Und nicht daran zu denken, dass Schuld etwas war, das verschiedene Gesichter haben konnte, je nachdem, von welcher Seite man sie ansah.

Als Sina schließlich von Thea und Katz hereingeführt wurde, hatten Verena und Hannah bereits zwei Tassen Kaffee getrunken und eine Packung Reiswaffeln aus Verenas Soko-Vorräten aufgegessen. Verena sah ihr an, dass sie Bescheid wusste. Vermutlich hatten Thea und Katz schon unterwegs mit ihr gesprochen. Sina setzte sich mit wackeligen Knien und starrte auf die Hände in ihrem Schoß.

»Sina, ich nehme an, dass dir klar ist, warum du hier bist. Wir wissen inzwischen, dass du in Morlocks Gartenlaube warst. Du weißt, was das bedeutet?«

»Logisch. Das heißt, dass die Kacke jetzt am Dampfen ist«, sagte Lola an Sina vorbei.

»Ich möchte auch gleich klarstellen, dass wir keine Feinde sind, sondern ebenso wie du die Wahrheit herausfinden wollen«, sagte Verena, ohne auf Lolas schnippischen Ton einzugehen. »Das willst du doch auch, oder? Die Wahrheit herausfinden?«

Sina oder wer auch immer zuckte die Achseln und griff nach dem Wasserglas, das Verena ihr hinschob, ohne jedoch zu trinken.

»Wir wissen alle, die wir hier sitzen, dass in deinem Kopf, in deinem Körper, mehr als eine Person wohnen«, sagte Hannah behutsam. Verena sah, wie Sina zusammenzuckte. Der Wasserspiegel im Glas zitterte. Hannah wartete, bis das Mädchen sich wieder gefangen hatte, bevor sie weitersprach.

»Das ist okay, wir kommen damit klar. Wir möchten euch nur bitten, dass derjenige, der gerade spricht, sich vorstellt, seinen Namen nennt, damit wir wissen, mit wem wir es zu tun haben. Kriegen wir das hin?«

Sina zögerte. Es war, als ob sie einen Moment lang nach innen lauschte. Dann nickte sie schwach.

»Ich glaube schon. Wir wollen es versuchen.«

»Ich muss euch neu belehren, weil ihr jetzt tatverdächtig seid«, sagte Verena. »Das bedeutet, dass ihr die Wahl habt zu reden oder zu schweigen oder einen Anwalt zu verlangen. Diese Belehrung muss jeder von euch verstanden haben, bevor ihr euch entscheidet.«

Eine Minute verstrich, bevor Sina antwortete.

»Wir haben keine Wahl«, flüsterte sie schließlich.

»Wer sagt das?«

»Rambo. Und er hat recht.«

Verena nickte knapp, rollte mit ihrem Stuhl ein Stück nach hinten und lehnte sich zurück. Das Zeichen für Hannah zu übernehmen.

»Ich weiß, es ist viel verlangt, mir zu vertrauen«, begann Hannah. »Aber wie du schon richtig erkannt hast – ihr habt keine Alternative. Entweder ihr vertraut mir, oder wir werden nie erfahren, was in dieser Nacht passiert ist. Ihr wollt es auch wissen, nicht wahr?«

Sina nickte verhalten. Als ob sie nicht ganz sicher war, ob sie die Wahrheit wirklich wissen wollte, ihr aber kein Ausweg blieb. Sie mussten herausfinden, was vorgefallen war, nach diesem verdammten Konzert, an das sie sich offensichtlich nur noch bruchstückhaft erinnern konnte. Verena war inzwischen fast sicher, dass Lola es gewesen war, die das Konzert auf keinen Fall hatte verpassen wollen und sich durchgesetzt hatte.

»Versucht euch zu erinnern«, sagte Hannah. »Ihr müsst jetzt zusammenarbeiten. Irgendjemand muss wissen, wer den Mann getötet hat. Ihr wart alle dabei.« Sie sah Verena an und atmete tief ein, bevor sie sich wieder an Sina wandte. »Ich frage euch jetzt: Gibt es jemanden, der weiß, was damals geschehen ist? Dann erzählt es jetzt. Aber der Reihe nach.«

Sinas Atem ging flach. Sie regte sich nicht, aber hinter ihren Augen begann es zu flimmern.

Als Maria erwachte, konnte sie sich nicht orientieren. Ein senkrechter Lichtspalt, wie durch geschlossene Fensterläden, warf ein diffuses Licht ins Zimmer. Mit klopfendem Herzen wartete sie, bis ihre Augen sich an die Dunkelheit gewöhnt hatten. Atmete langsam und gleichmäßig, um ihren Herzschlag zu beruhigen. Versuchte sich zu erinnern. Aber in ihrem Inneren herrschte nur tiefe Dunkelheit, während ihre Umgebung allmählich Konturen annahm. Der Bettgiebel zu ihren Füßen war altmodisch geschwungen, die Bettwäsche kariert wie die ihrer Großmutter. Aber sie war hier nicht bei ihrer Großmutter, dort roch es nicht so muffig, nach alten Socken, kaltem Rauch und Alkohol. Dort lag auch kein Berg unordentlich hingeworfener Kleidung vor dem Bett. Vergeblich suchten ihre Augen die Wände nach einem Kruzifix ab. Dabei streiften ihre Augen die andere Bettseite und den Mann, der neben ihr lag. Erst jetzt hörte sie sein leises Schnarchen.

Sie wusste nicht, wer reflexartig die Beine aus dem Bett geschwungen hatte, sie selbst konnte es nicht gewesen sein, sie war wie gelähmt vor Entsetzen. Der Lattenrost quietschte, als sie aufstand, und während jemand anderes für sie zur Tür schlich, hörte sie ein kurzes, lautes Aufschnarchen, ein Röcheln in ihrem Rücken. Wach jetzt bloß nicht auf, betete sie. Lieber Gott, mach, dass er nicht aufwacht. Sie wagte nicht, sich umzudrehen. Nur weg hier. Nur weg. Erst jetzt sah sie, dass sie nichts als ein Unterhemd trug. Schnell las sie den Slip vom Boden auf und schlüpfte hinein. Lolas Slip. Ein Tanga. Maria hasste das Gefühl der Schnur in der Pofalte. Sie hasste auch Lola. In diesem Augenblick mehr als je zuvor.

Die Türklinke war aus Metall und so kalt, dass sie glaubte, sie würde an ihrer Handfläche festfrieren. Millimeter für Millimeter drückte sie sie herunter, ihre Knie zitterten so sehr, dass sie sicher war, keinen Schritt mehr gehen zu können.

Das Ächzen der Bettfedern traf sie wie ein Pistolenschuss zwischen die Schulterblätter.

»Was tust du da?«, donnerte eine Stimme in ihrem Rücken. »Du wirst doch jetzt nicht abhauen wollen!«

Lola träumte. Eingehüllt in ihre sündige dunkelrote Seidenbettwäsche, erschöpft vom besten Sex ihres Lebens. Weidwund zwischen den Beinen, während sein Schrot immer noch in ihrem Unterleib prickelte. Eigentlich hatte nicht er sie, sondern sie ihn gejagt. Oder ihn sich geangelt. Und erwischt. Jetzt hing er an ihrem Haken. Er hatte ihr Abenteuer versprochen, die sie ihr Leben lang nicht mehr vergessen würde. Sie war nicht scharf darauf, seine Ehefrau zu werden. Ehefrauen sind langweilig, wirklich interessant sind doch nur die Geliebten. Über die wird in der Yellowpress berichtet, sie sind auf den heimlichen Fotos der Paparazzi zu sehen, unscharf und geheimnisvoll, mit verrutschtem Slip und bloßen Brüsten, sich an karibischen Stränden und auf dem Deck von Yachten räkelnd. Sie lächelte im Schlaf bei dem Gedanken an die Lebensziele der anderen. Sina, deren größtes Glück es war, von ihrem Vater geliebt und bewundert zu werden. Maria, die ihr Leben dafür wegwarf, Gott zu dienen. Rambo, dem ein gutes Abi und ein stinknormales, unauffälliges Leben hinter einer gut verputzten Fassade wichtiger war als die Individualität jedes Einzelnen – all das war doch nichts gegen den Status der Geliebten eines berühmten Musikers!

Wie von fern nahm sie durch ihre Träume eine Erschütterung wahr. Hörte eine Tür knarren, einen Schrei. Unwillig schüttelte sie diese Eindrücke ab. Sollten die anderen doch machen, was sie wollten. Lola zog im Halbschlaf die seidenen Laken um ihre Schultern, drehte sich um und versank in ihren Träumen von einem herrlich sündigen Leben.

Speedy rannte. Sie war zum Laufen geboren worden, hatte bislang jeden abgehängt, im Sportunterricht sogar die Schnellsten hinter sich gelassen. Doch heute rannte sie um ihr Leben. Lauf!, hatte jemand geschrien, und Speedy war aus dem Startblock geschnellt, ohne eigenes Zutun, wie eine Feder, die ein anderer losgelassen hatte.

Der Kies auf dem Gartenweg spritzte in alle Richtungen, flog wie ein Kugelhagel um ihre Ohren. Das Gartentor sprang aus den Angeln, als sie es aufstieß, sie kümmerte sich nicht darum. Sie stolperte über ein Grasbüschel, das zwischen den ausgefahrenen Autospuren wuchs, fiel auf die Knie, raffte sich wieder auf, rannte weiter.

Hinter sich hörte sie den Kies knirschen. Rolf musste aufgewacht sein und folgte ihr. Dabei hatte Maria die Tür so leise geöffnet, wie sie konnte, aber die Scharniere waren offenbar lange nicht geölt worden und hatten gequietscht.

Speedy lief schneller. Die Luft stach eisig in ihren Lungen, als sie versuchte, die letzten Kräfte zu mobilisieren. Sie musste ihn abhängen. Versuchte sich zu orientieren. Aus welcher Richtung waren sie gekommen? Sie wusste es nicht, sie war ja nicht dabei gewesen.

Gehetzt lief sie weiter, bis sie eine schmale Asphaltstraße erreichte, an deren Ende sie die Abblendlichter eines Autos sah. Die Hoffnung schoss wie ein Adrenalinstoß in ihre Adern. Dort war jemand, der ihnen helfen konnte. Sie hielt darauf zu, während die Schritte in ihrem Rücken lauter wurden. Er holte auf.

Noch hundert Meter. Achtzig? Wie aus dem Nichts tauchte am Wegrand dieser dürre Baum vor ihr auf. Sie sah die Wurzel, die den Asphalt durchbrach, zu spät, stürzte, und bevor sie sich aufrichten konnte, war er über ihr.

Speedy schloss die Augen, zog sich zurück und übergab an jemanden, der stärker war als sie.

Rambo keuchte. Seine Hände suchten im Dunkel den Boden ab. Ein Ast, ein Stein, irgendwas, womit er sich wehren konnte. Wo war eine Waffe, wenn man eine brauchte? Ohne hatte er keine Chance. Er spürte das Gewicht dieses verdammten Typen auf seinem Rücken, er war größer und kräftiger als er selbst.

Wenn er sich doch umdrehen und ihm das Knie in die Eier stoßen könnte!

Da war ein Stein auf dem Grasstreifen neben dem Asphaltweg. Er reckte sich danach, umschloss ihn mit seinen Fingern, doch er steckte fest im Boden. Fieberhaft begann er zu graben, während er heißen Atem in seinem Nacken spürte, der widerlich nach Alkohol stank, fühlte, wie ihm eine Hand derb in den Slip griff und ihn mit einem Ruck zerriss. Spürte, wie dieser Typ gewaltsam von hinten in ihn eindrang und seine keuchende Stimme hörte. »Ich war noch längst nicht mit dir fertig, du kleine Schlampe!« Und während Schmerz und Ekel ihm den Hals zuschnürten, dachte er – oder jemand, dessen Gedanken er so deutlich wahrnahm wie seine eigenen: töten. Ich möchte ihn töten!

Rambos Finger kratzten im Boden, bis seine Hand erschlaffte. Der Stein saß noch immer bombenfest im Erdreich. Es hatte alles keinen Sinn. Er, der starke Beschützer, hatte auf ganzer Linie versagt. Ließ sich demütigen von einem perversen Pädophilen, der es in Wahrheit auf Sina abgesehen hatte. Oder besser gesagt auf Sorina, die er für Sina hielt. Wenigstens das konnte er ihr abnehmen. Töten. Ich will ihn töten, hämmerte es noch immer in seinem Kopf. Und ich würde es tun, wenn ich nicht so ein verdammter Schwächling wäre.

Rambo hatte kaum die Schritte wahrgenommen, die schnell näher kamen. Registrierte sie erst, als jemand direkt vor ihm stand. Sah plötzlich vor sich einen Fuß in braunen Camel-Boots, der brutal gegen den Stein trat, den er vergeblich versucht hatte auszugraben, und der aus der Erde brach, als hätte es nur noch diesen einen heftigen Tritt gebraucht, um ihn zu lösen. Rambo vermochte nicht, den Kopf zu heben, weil der Typ ihn gewaltsam zu Boden drückte. Blind tastete er nach dem Stein und versuchte, seine Finger darum zu schließen. Er hörte den Fremden keuchen, dann flossen Farben durch seinen Kopf, jemand drängte an ihm vorbei und Rambo verschwand im Inneren.

Sorina schrie. Sie wusste, dass nicht Sina, sondern sie gemeint war. Das hier war ihr Part. Sie ergab sich demütig dem Schmerz, der in ihrem Körper explodierte und sie ganz ausfüllte. Er war ihr vertraut. Dieser Schmerz war ihr Daseinszweck. Die Lichtkegel der Scheinwerfer, die kurz in ihrem Blickfeld aufgetaucht waren, flossen zu der Deckenlampe in dem Schlafzimmer zusammen, in dem der dunkle Kleiderschrank stand. Da war er wieder, dieser Mann, schwitzend und keuchend warf er sie herum, drückte ihr Gesicht in das Kissen, das ihre Schreie erstickte. Es ist die Bestimmung aller Schokohäschen, vernascht zu werden, hatte er gesagt. So wehrte sie sich nicht, als er sie verschlang, in dem festen Glauben, dass auch Schokoladenhasen Schmerzen ertragen mussten, wenn jemand seine Zähne in sie schlug. Einatmen, ausatmen, überleben, das war ihr Mantra, solange es dauerte. Doch jetzt konnte sie kaum noch atmen. Als sie glaubte, an ihren Tränen gleich ersticken zu müssen, spürte sie, wie starke Hände sie hochhoben und wegtrugen. Verschwommen sah sie einen nackten Mann am Boden liegen und begriff, dass er tot war. Doch sie hatte wieder einmal überlebt. Sie wusste, dass ihr Job erledigt war und verschwand.

Sina klammerte sich an den Arm, der sie davontrug. Ihr Kinn lag auf einer Schulter, ihr langes Haar fiel über einen unter ihrer Last gebeugten Rücken. Sie sah weder ein Gesicht noch wusste sie, wo sie war und wer sie trug. Über die Schulter hinweg sah sie den nackten Mann unter einem dürren Baum auf dem spärlich beleuchteten Weg liegen, sein Gesicht war voller Blut. Er bewegte sich nicht mehr.

Das Bild verschwamm vor ihren Augen und wurde zu den Gesichtern der beiden Frauen, der Polizistin und der Psychologin, die sie schweigend und sichtlich erschüttert anstarrten.

»Warst du die ganze Zeit da, Sina?«, fragte die Psychologin schließlich. »Hast du mit angehört, was die anderen erzählt haben?«

Sina konnte nur nicken. Mit einem Schlag war ihr klar geworden, dass Rambo brutal vergewaltigt worden war. Das Kind, das die ganze Zeit in ihr schrie, hörte sie zum ersten Mal. Erst jetzt bekam sie eine Ahnung davon, dass sie noch längst nicht alle ihre Innenpersonen kannte. Maria tat ihr leid. Sie musste den Schock ihres Lebens bekommen haben, sich ohne Vorwarnung in dem fremden Bett wiedergefunden zu haben. Speedy, die sie alle retten wollte und doch versagt hatte. Rambo, der die kompakte Wut dieses Typs abbekommen hatte. Und Lola hatte offenbar die ganze Zeit selbstgefällig gepennt. Lola – ihr hatten sie den ganzen Schlamassel zu verdanken! Und dieses kleine Mädchen! Wer war nur dieses Kind? Und was hatte sie erlebt?

»Wer hat dich weggetragen, Sina?«, fragte Hannah sanft. »Wer hat dich zum Auto gebracht und was geschah dann?«

»Ich … ich weiß es nicht.« Sinas Stimme war kaum mehr als ein Flüstern. »Ich kann mich wirklich nicht erinnern. Wahrscheinlich bin ich gleich wieder abgetaucht und jemand anderes hat übernommen.«

»Wer hat übernommen?«, schaltete sich Verena ein. »Wer von euch war das Mädchen, das bei der Polizei angerufen und gesagt hat, sie wisse, wer der Mörder ist?«

Sie bekam keine Antwort. Sina, oder wer auch immer sie

gerade war, starrte sie mit großen Augen an. »Die Polizei angerufen?«, flüsterte sie.

»Ja. Jemand von euch hat eine Vergewaltigung angezeigt. Und vorgegeben, Rolf Morlocks Mörder zu kennen. Weißt du kein Detail mehr? Die Haarfarbe des Mannes? Es war doch ein Mann? Eine Frau kann kaum ein sechzehnjähriges Mädchen so leicht davontragen.«

Sina schüttelte stumm den Kopf.

»Oder die Farbe der Jacke? Ein Muster vielleicht? Du hast doch über seine Schulter geschaut.«

»Ich kann mich wirklich nicht erinnern. Wenn ich daran zurückdenke, sehe ich nur den Toten daliegen. Und das viele Blut in seinem Gesicht.« Sinas Lider flatterten leicht.

»Er war da. Er hat mir wieder wehgetan«, sagte jemand an ihr vorbei. Es war wieder diese Kinderstimme, die Verena das erste Mal auf dem Mitschnitt des anonymen Anrufs gehört hatte.

»Wer bist du?«, schaltete sich Hannah dazwischen. »Warte, bleib!«, rief sie, als sie sah, dass Sinas Augen wieder unruhig wurden. »Bleib, und sag uns, wer du bist.«

»Sorina«, kam es fast unhörbar aus Sinas Mund.

»Und du weißt, wer den Mann getötet hat, nicht wahr?«

Sorina antwortete nicht. Ihre Augen schwammen in Tränen.

»Du warst es doch, die uns angerufen hat, stimmt's?«, fragte Verena.

Das Kind nickte. Zusammengesunken und mit hängenden Schultern saß es vor ihr, klein und schutzlos wirkend, als wäre Sinas Körper das abgelegte Kleid einer großen Schwester, das Sorina viel zu früh auftragen musste, ohne dass es ihr passte. Ihr Blick war an Verena vorbei auf Hannah gerichtet. Eine Träne löste sich aus ihrem Augenwinkel und zog eine glänzende Spur über ihre linke Wange bis zum Kinn hinab.

»Er ist ein böser Mann. Er hat uns immer wehgetan. Dort auch wieder. Und ich glaube, dass er es gewesen ist, der den Mann auf dem Gartenweg …«

»Warte! Wer ist ein böser Mann?«, fragte Verena atemlos. »Wer hat euch wehgetan?«

»Ich weiß nicht, wie er heißt. Aber er nennt mich Schokohäschen.«

Sina saß jetzt wieder kerzengerade. »Ich habe keine Ahnung, wer das gerade war«, sagte sie verwirrt. »Ich kenne sie nicht, ehrlich.«

»Sie ist verschwunden.« Hannah seufzte. »Dabei hatten wir sie gerade erst gefunden. Wahrscheinlich hat sie Angst, bestraft zu werden, weil sie gelogen hat. Ach verdammt!«

Verena schüttelte den Kopf. »Ich denke nicht, dass sie Angst vor uns hat. Sie hat schon Schlimmeres erlebt, als für eine Lüge ausgeschimpft zu werden. Ich glaube eher«, sagte sie mit gesenkter Stimme, »dass Rambo sie am Sprechen gehindert hat.«

»Das ergibt keinen Sinn«, stöhnte Verena. »Glaubt man den anderen, dann war es Morlock, der Sina verfolgt und vergewaltigt hat. Daraufhin hat ein anderer ihn erschlagen. Vielleicht der mit den braunen Camel-Boots, den Rambo gesehen haben will. Von dem wir aber auch nicht zuverlässig wissen, ob es ihn wirklich gibt; vielleicht hat Rambo ihn erfunden, um sie alle zu entlasten. Sorina hingegen sagt, dass der Täter, der Morlock erschlagen hat, der Vergewaltiger ist. Aber das geht doch gar nicht, wenn der mit Morlock identisch ist! Wir haben hier zwei sich widersprechende Aussagen. Und das von ein und derselben Person – oberflächlich gesehen.« Sie lächelte gequält.

Sie saßen zu zweit in Verenas Büro und tranken Kaffee, während Thea und Katz Sina zum Polizeigewahrsam brachten. Ihre verwirrende Aussage hatte nicht gerade dazu beigetragen, sie zu entlasten, im Gegenteil, sie hatten nun sogar ein Geständnis, dass das Mädchen in der Tatnacht in Morlocks Gartenlaube gewesen war.

Hannah massierte sich die Schläfen und schien angestrengt nachzudenken.

»Ich kann mir nur vorstellen, dass diese Kleine die Vorgeschichte dieses Abends überhaupt nicht mitbekommen hat«, sagte sie schließlich. »Sehr wahrscheinlich ist sie ein traumatisiertes Kind, das immer, wenn das Trauma aktiviert wird – beispielsweise durch einen Flashback wie die Vergewaltigung in dieser Nacht – nach vorn kommt, um ihre Aufgabe zu übernehmen. Bei einem Flashback erlebt sie immer wieder dieselbe Situation, in der ihr Trauma entstanden ist, und deshalb ist in ihrer Vorstellung der Täter immer derselbe – nämlich der, der Sina – also damals noch Selina – bereits als kleines Kind missbrauchte, weshalb sie Sorina abspaltete. Kannst du mir folgen?«

Verena schüttelte nur stumm den Kopf.

»Das ist ihr böser Mann. Der böse Mann, den sie vielleicht für alles Böse verantwortlich macht, das sie erlebt. Weil sie ihm von klein auf zu Diensten sein musste, wegen dem sie schon den ersten Hilferuf abgesetzt hatte, der damals bei der Seelsorge einging.«

»Von klein auf?«, fragte Verena verwirrt. »Aber sie ist doch noch immer klein!«

»Richtig. Sorina wird nicht älter, sie ist in diesem Zustand eingefroren. Sie erlebt das Trauma immer wieder, wann immer es durch einen Flashback aktiviert wird. Und ab und zu setzt sie einen Hilferuf ab, wenn es ihr möglich ist, wahrscheinlich oft nachdem sie getriggert wurde.«

»Und du meinst, dass sie glaubt, dass Morlocks Mörder ihr

Vergewaltiger war, weil sie zu diesem Zeitpunkt wieder missbraucht wurde und deshalb einen Flashback erlebte?«

Hannah hob in einer verzweifelten Geste die Hände.

»Es klingt verrückt, ich weiß. Aber genau das meine ich. Anders kann ich es mir nicht erklären.«

»Hältst du es für möglich, dass Sina es selbst gewesen ist? Ich meine, jemand von Sinas Leuten?«

»Möglich ist das durchaus. Rambo erinnert sich ja, den Stein ausgegraben, oder es zumindest versucht zu haben, bevor seine Erinnerung abbricht. Vielleicht hat er es noch geschafft, ihn zu werfen. Oder diejenige, die ihn abgelöst hat.«

»Sorina?«

Hannah seufzte. »Verlass dich nicht auf die Reihenfolge. In solch einer Stresssituation den genauen Wechsel nachzuvollziehen ist ein Ding der Unmöglichkeit. Wir wissen ja nicht einmal, ob wir alle gehört haben, die an diesem Abend dabei waren.«

Verena schwieg nachdenklich.

»Oder vielleicht war der mit den Camel-Boots ja tatsächlich der Urheber ihres Traumas, der dann auch Morlock getötet hat«, sagte sie schließlich. »Der verständlicherweise stinksauer war, dass Morlock ihm sein Spielzeug weggenommen hatte.«

»Auch möglich«, räumte Hannah ein und griff nach ihrer Kaffeetasse. »Wäre gut zu wissen, wer dieser Typ ist.«

»Und warum Rambo ums Verrecken nicht will, dass wir das erfahren«, fügte Verena hinzu.

Die Zelle im Polizeigewahrsam war so schmal, dass Sina sich, auf der Kante der Pritsche sitzend, mit den Füßen an der gegenüberliegenden Wand abstützen konnte. Offenbar hatten das vor ihr schon andere getan, denn auf dem hellgrauen Putz war eine Vielzahl von sich überlagernden Schuhabdrücken zu sehen, über die irgendein unverbesserlicher Optimist in blauer Schrift die Worte »Catch me if you can« gekritzelt hatte. Sie stand auf und schaute durch das kleine vergitterte Fenster in den Regen. Ein winziges Stück Himmel, über das dunkle Wolken trieben, mehr konnte sie nicht sehen.

»Es tut mir leid«, hörte sie Rambos Stimme in ihrem Kopf.

Sina schwieg.

»Bist du sauer?«

Sauer war das falsche Wort. Sie war verletzt, fühlte sich betrogen. Nach dem Gespräch auf dem Schulhof hatte sie geglaubt, er habe jetzt keine Geheimnisse mehr vor ihr.

»Warum hast du mir nie was von diesem Kind erzählt? Wie lange kennst du sie schon? Wer ist sie? Wieso hat sie die Bullen angerufen? Und warum, verdammt noch mal, erfahre ich das alles erst heute?«

Rambo schluckte. Er spürte ihre Kränkung wie eine Aura, die auf ihn übergriff und ihm das Atmen erschwerte. Was hatte er erwartet? Er hätte wissen müssen, dass es eines Tages so kommen würde. Die Konfrontation mit Sorina war unausweichlich gewesen. Dieses Kind kämpfte sich ins Leben, für das es gar nicht vorgesehen war. Den Willen tausendmal gebrochen und immer wieder gekittet, das zarte Pflänzchen immer wieder zertreten, und doch spross jedes Mal wieder ein frischer Keimling nach. Rambo kam nicht umhin, Sorina für ihre Kraft zu bewundern. Kraft konnte auch der Verzweiflung entspringen, und Verzweiflung hatte Sorina schon mehr als genug erfahren müssen. So erleichtert er auch war, dass Sorina nicht ihn belastet hatte, er konnte sich auf ihre Wahrnehmung nicht verlassen. Ihre Wirklichkeit war eine andere, eine Endlosfilmschleife der Qual, die zuverlässig jedes Mal, wenn jemand den Projektor aktivierte, über ihre innere Leinwand lief.

»Du kennst sie anscheinend gut«, zischte Sina. »Das heißt, du kennst sie schon lange. Wie lange verbirgst du sie vor mir? Woher glaubst du zu wissen, was zu viel für mich ist? Weißt du, was zu viel für mich ist? Heute und hier unvorbereitet von alldem überrollt zu werden und zu begreifen, dass du hinter meinem Rücken …« Sie brach in Tränen aus.

Rambo griff nach ihr, wollte sie an sich ziehen, doch sie wich ihm aus.

»Was weißt du noch, was du mir nicht sagst?«, schluchzte sie auf. »Und wie viele Mitwisser hältst du noch in Schach, wie viel verheimlichst du noch vor mir? Verdammt, ich hab geglaubt, wir wären Freunde!«

»Das sind wir«, sagte Rambo. »Mehr als das. Und gerade weil du mir wichtiger bist als alles andere auf der Welt, gerade deshalb habe ich dir nichts von Sorina erzählt.«

Sina schwieg. Sie spürte seine Verwirrung, seine Angst, seinen Schmerz durch jede Pore. Sie sollte ihm einfach vertrauen. Schließlich war er immer für sie da, versuchte Probleme so gut es ging von ihr fernzuhalten. Aber wollte sie das denn überhaupt? Der Preis für ein weitgehend sorgloses Leben war Unwissenheit.

»Wie machen wir jetzt weiter? Selbst wenn einer von uns weiß, wer Morlock getötet hat und wir das herausfinden, heißt das noch lange nicht, dass die Bullen uns das glauben. Die wissen, dass wir in dem Gartenhaus waren. Das ist doch für die Beweis genug!«

»Lass uns nicht hier sprechen. Wir müssen mit den anderen reden, am besten im Baumhaus, dort sind wir ungestört. Und Lola muss endlich Farbe bekennen. Sie hat noch nicht alles gesagt, was sie weiß. Was ist mit all den anderen Abenden, an denen sie sich fortgeschlichen hat? Wo ist sie gewesen? Sie hat noch immer Kontakt zur Band. Und wir wissen immer noch nicht, was sie dort macht.«

»Was soll sie schon machen? Anbiedern wird sie sich. Begrapschen lassen. Vielleicht auch mehr.« Sina hielt mit ihrer Meinung über Lola nicht hinterm Berg. »Natürlich ist es widerlich, denn es ist unser aller Körper, um den es hier geht. Aber für mich ist im Moment etwas anderes wichtiger. Ich möchte zuallererst wissen, was mit diesem Kind ist.«

»Wenn ihr einverstanden seid, werde ich so lange im Körper bleiben«, sagte Maria. »Ich hab keine Lust, mich mit Lola herumzuärgern. Ich brauche Zeit zum Nachdenken. Seit Sorina dieses Kinderlied gesungen hat, bekomme ich Bruchstücke von Erinnerungen in meinen Kopf, die uns helfen könnten, die Wahrheit zusammenzupuzzeln.«

Das Baumhaus hatte sich verändert seit dem letzten Zusammentreffen. Die Vorhänge hatten einen vergilbten Ton angenommen und waren zerschlissen. Auch die Matratze, auf der sie sich niederließen, war härter als sonst. Sina hatte ihre innere Zuflucht sichtlich vernachlässigt. Das Holzdach war morsch und bröckelte wie die Mauer, die Sina von Sorina trennte. Die Fenster, durch die man die Apfelbäume sehen konnte, waren trüb, die Äpfel an den Ästen braun und verschrumpelt. Auch die Sonne vor dem Fenster war verschwunden und es nieselte. Regenwasser sickerte durch das Dach, so wie auch eine Ahnung in Sinas Bewusstsein sickerte. Eine Ahnung von dem, was Rambo um jeden Preis von ihr fernhalten wollte.

Er setzte sich neben Sina und wollte den Arm um sie legen, doch sie wich ihm aus.

»Erzähl mir von Sorina.« Es war keine Bitte, eher eine Forderung. Rambo hatte sie noch nie so unnachgiebig erlebt.

»Später«, wich er aus. Er musste unbedingt Zeit gewinnen. »Du bist noch nicht bereit für sie.«

»Wann bitte soll ich bereit sein, wenn nicht jetzt?«, schrie Sina. »Wie lange sollen wir noch warten? Bis wir vor dem Kadi stehen und der uns ins Gefängnis schickt? Sorina weiß doch etwas! Sie soll es sagen. Damit wir wenigstens wissen, ob wir zu recht oder unrecht eingesperrt werden.«

»Ich glaube nicht, dass sie etwas weiß«, sagte Rambo leise. »Ich glaube auch nicht, dass der Mann, der sie missbraucht hat, der Mörder ist.«

»Warum fragen wir sie nicht einfach?« Sinas Augen funkelten im Dämmerlicht, das den kleinen Raum erfüllte. Es war ein bedrohliches Funkeln. Wahrscheinlich hasste sie ihn in diesem Moment.

»Weil sie nicht hier ist.«

Sina seufzte. »Okay, wo ist sie?«

»Ganz tief unten in der Dunkelheit«, flüsterte Rambo. »Dort, wo wir alle waren, bevor wir unseren sicheren Ort gefunden hatten.«

»Was tut sie da?«

»Weinen. Und Rachepläne schmieden, glaube ich.«

»Warum?«

»Um am Leben zu bleiben.«

»Hilft das denn? Das Weinen und Rachepläneschmieden? Um am Leben zu bleiben, meine ich.«

Rambo zuckte die Schultern. »Ich denke schon. Wenn man die Tränen zurückhält, erstickt man daran. Im Umkehrschluss heißt das doch, dass man überlebt, wenn man sie fließen lässt, oder?«

»Und die Rache?«

»Die ist ihr Ziel. Solange man ein Ziel hat, muss man am Leben bleiben.« Er fürchtete ihre nächste Frage, doch sie war unvermeidlich.

»An wem will sie sich rächen, und wofür?«

»An dem, der sie missbraucht hat. Lange vor deiner Zeit.«

»Und wer ist das?«

Rambo schwieg.

»Du willst es mir nicht sagen.«

»Herrgott noch mal, wir haben keine Ahnung! Kapierst du das nicht? Ich war selber nicht dabei, und die anderen waren zu klein, um sich zu erinnern.«

»Sorina erinnert sich aber offenbar«, gab Sina giftig zurück. »Wie wäre es, wenn wir sie einfach fragen!«

»Sie vermischt die Gegenwart mit ihren Erinnerungen. Sina, glaub mir bitte, ohne Hilfe schaffen wir das nicht.«

Er glaubte sogar, dass Sorina nur die Spitze des Eisbergs war. Dass es hinter ihr noch mehr verletzte und entwürdigte Seelen gab, die sich nur noch nie gezeigt hatten. Manchmal spürte er ihre Anwesenheit wie ein fernes Echo, das er nur erahnen konnte, und doch war er sicher, dass sie da waren. Aber davon würde er Sina nichts sagen.

»Was heißt ohne Hilfe? Wer soll uns denn helfen? Jetzt, wo nicht mal mehr Henriette da ist!« Sina weinte fast. Sie sah sehr klein und sehr verletzlich aus.

»Außer dieser Psychologin fällt mir da auch niemand ein«, sagte Rambo. »Aber vielleicht wäre sie eine Option.«

»Psychologin? Du meinst diese rothaarige Frau, die bei der Vernehmung dabei war? Woher willst du wissen, dass sie uns helfen will?«

»Na ja, es ist ihr Beruf. Ich glaube, dass sie es könnte. Wir müssen es nur wollen, und zwar alle.«

»Pahh, haltet mir den Psycho-Scheiß vom Hals!« Es war das Erste, was Lola zur Diskussion beisteuerte. Erst jetzt fiel Sina auf, dass sie überhaupt dabei war.

»Dann kläre du uns doch auf, was hier passiert«, fauchte Sina sie an. »Deinetwegen sitzen wir doch schließlich in dieser Zelle! Warum gehst du überhaupt immer noch zu dieser Band? Das tust du doch, oder?«

»Und wenn schon«, entgegnete Lola trotzig. »Was geht euch das an?«

»Viel.« Rambo versuchte, in dem Zickenkrieg ruhig und gelassen zu bleiben. »Schließlich hast du den ganzen Schlamassel eingerührt, wegen dem wir hier sind.«

»Ich find die halt geil! Mehr isses nich.«

»Hast du damals auch gesagt, und dann bist du mit Morlock losgezogen. Was daraus geworden ist, baden wir jetzt aus. Alle zusammen.« Rambo machte keinen Hehl daraus, dass er ihr nicht vertraute.

»Auf wen fährst du inzwischen ab?«, mischte Sina sich ein. »Jetzt wo der Gitarrist tot ist, hast du dir doch bestimmt ein neues Opfer auserkoren. Wen hast du im Visier? Den Keyboarder? Den Sänger? Oder vielleicht den Bassisten?«

Lola grinste über das ganze Gesicht.

»Du stellst dem Bassisten nach!« Rambo war aufgesprungen und baute sich vor Lola auf. Da sie ihre High Heels trug, war er kaum größer als sie und konnte nicht auf sie herabschauen, was er sehr bedauerte. Aber er verachtete sie. Ein Gefühl, das er sich eigentlich nicht leisten konnte, wenn er seinen Plan durchziehen wollte.

»Und wenn?«, fragte Lola spöttisch. »Leider liegt ihr falsch, es is 'n anderer. Aber Uwe wär auch 'ne Option. Er sieht scharf aus, is 'n ganzer Kerl im Gegensatz zu dir.« Sie grinste. »Leider hat er offenbar keinen Bock auf mich und macht jetzt mit der Polizistin rum.«

»Du spinnst!«, entfuhr es Sina.

»Wenn ich's doch sage! Ich hab ihn selbst gesehen, wie er in ihr Haus ging. Sie wohnt da oben am Bubenbad.«

»Das hast du dir doch ausgedacht«, sagte Rambo zweifelnd. »Wie kommst du denn zum Bubenbad, das ist doch am anderen Ende der Stadt und gar nicht unser Revier.«

Lola grinste ihn frech an. Was weißt du schon, sagte ihr Blick.

»Camilla wohnt auch dort, direkt neben der Konditorei Hummel. Ich war aufm Weg zu ihr, weil wir verabredet warn. Wir wollten ins Kino. Als ich aus der Bahn stieg, hab ich ihn gesehen.«

»Ich denke, ihr habt keinen Kontakt mehr, Camilla und du?« Rambo glaubte ihr kein Wort.

»Das hat sie nur behauptet, weil sie nichts mit den Bullen zu tun ham will. Sie hat Schiss, dass sie vor Gericht aussagen muss, wenn sie das zugibt. Klar, ham wir Kontakt. Jedenfalls fuhr sein dicker Daimler vor, als ich aufm Weg zu ihr war, und parkte in der Gerokstraße. Uwe is ausgestiegen und in Richtung Gänsheidestraße gegangen. Und ich hinterher. Nich weit vom Albrecht-Goes-Platz isser in 'ner Haustür verschwunden. Na ja, ich hab geguckt, wer da wohnt. Und da stand ihr Name aufm Klingelschild.«

Erwartungsvoll schaute Lola von Sina zu Rambo und wieder zurück. Aber beide starrten sie nur schweigend an.

»Ich hab Camilla 'ne SMS geschrieben, dass mir was dazwischengekommen ist und sie nich auf mich warten soll. Ich kann euch mein Handy zeigen, wenn ihr mir nich glaubt.«

»Du lügst«, warf Sina ein. »Im Postausgang waren keine SMS an Camilla. Ich habe ihn mir angeschaut, bevor ich ihn gelöscht habe.«

»Ich hab ja auch *mein* Handy gesagt.« Lolas Grinsen wurde noch breiter. »Ich hab natürlich ein eigenes. Und muss nich mal die Rechnung dafür bezahlen.«

Rambo schluckte. Er konnte sich gut vorstellen, dass einer dieser verdammten Musiker Lolas Handyrechnung zahlte.

»Okay, du hast ihn also beschattet und er ist ins Haus der Polizistin gegangen«, sagte er schließlich. »Und dann?«

»Dann hab ich mich auf die Steinbank neben dem Eidechsenbrunnen am Goes-Platz gehockt. Gefühlte Stunden. Hab die Tür im Auge behalten, aber er is nich wieder rausgekommen. Is wohl über Nacht geblieben. Dieses Arschloch! Vor Wut hab ich die Spatzen mit Steinen beworfen.«

»Du hast Tiere gequält? Hast du sie noch alle?«, meldete sich Maria plötzlich von draußen.

»Maria, wolltest du nicht im Körper bleiben?«, ermahnte sie Rambo.

»Ich bin im Körper! Aber ihr schreit ja so, dass ich mithören muss. Hau ihr eine runter von mir, ja?«

»Sie lügt«, sagte Rambo ruhig. »Sicher will sie sich wieder mal nur wichtigmachen.«

»Nein, sie sagt die Wahrheit«, antwortete Maria. »Ich hab mich vor Kurzem plötzlich auf einer Bank am Albrecht-Goes-Platz wiedergefunden. Hatte keine Ahnung, wie ich da hingekommen bin. Es war abends, die Laternen waren schon an und irgendwo haben Glocken geläutet. Es ist ziemlich sicher, dass Lola uns dorthin gebracht hat, denn ich hatte ihre Klamotten an. Wahrscheinlich hatte sie nach der Enttäuschung keine Lust mehr, selbst heimzufahren.«

Rambo brauchte einen Augenblick, um sich zu sammeln. Einen Sack Flöhe hüten war leichter, als diesen Haufen zusammenzuhalten.

»Egal«, sagte er schließlich. »Was die Polizistin mit Terzenbach anstellt, geht uns nichts an. Aber wir müssen jetzt wirklich zusammenarbeiten. Sonst haben wir keine Chance.«

Der Boden war steinhart und von kleinen Wurzeln durchzogen, doch Lohmann arbeitete wie ein Besessener. Wieder und wieder stieß er den Spaten in die Erde, in der Nähe des Hundezwingers, unter dem Apfelbaum, in dem die kärglichen Überreste von Sinas Baumhaus in Gestalt von morschen Planken mit rostigen Nägeln hingen. Relikte einer Zeit, in der noch alles gut gewesen war. Aus frischen, noch harzig riechenden Brettern waren dagegen die beiden Särge, an denen er die halbe Nacht gearbeitet hatte. Die Köpfe der Nägel glänzten silbern in dem hellen Holz. Dennoch war der Anblick noch bedrückender als der des Baumhauses. Vergänglichkeit, wohin man sah.

Lohmann stöhnte, während er Schaufel und Schaufel voller Erde hinter sich warf. Die harte Arbeit half ihm nicht nur, seinen Körper wieder zu spüren, von dem er die letzten Stunden geglaubt hatte, er wäre schon tot. Sie gab ihm auch das Gefühl, etwas tun zu können, obwohl er in einem winzigen Winkel seines Bewusstseins ganz genau wusste, dass dem nicht so war. Er konnte nichts tun. Nichts, um Sina zurückzuholen.

Nachdem die Polizei angerufen hatte, um ihm zu sagen, dass sie sein Mädchen in Gewahrsam genommen hatten, hatte er ohne jedes Zeitgefühl neben dem Telefon gesessen, und die Worte »Wir haben am Tatort ihre DNA gesichert, Irrtum ausgeschlossen«, hallten in seinen Ohren wider wie ein Echo, das nie mehr aufhören wollte.

Zum Teufel mit der Tatortspur! Und wenn sie hundertmal dort gewesen war in dieser verfluchten Nacht, sie war es nicht gewesen, sie hatte Morlock nicht getötet! Sein kleines Mädchen war zu so einer Tat gar nicht fähig! Er wusste es, so sicher wie er wusste, dass er sie wie nichts anderes auf der Welt liebte, und sich vom ersten Tag ihres Lebens geschworen hatte, alles Böse von ihr fernzuhalten. Doch er hatte versagt.

War es die Strafe dafür, dass er Sina hatte für sich allein haben wollen? Sie mit niemandem teilen wollte, nicht einmal mit ihrer Mutter? Hatte er sich jemals zuvor eingestanden, dass er eigentlich froh gewesen war, als Ursula sich mit aller Hingabe ihren Hunden zu widmen begann? Oder war es die Strafe für seine Jugendsünden, dass dieses unvergleichliche Mädchen ihm jetzt genommen wurde? Die Erinnerung traf ihn unvorbereitet, die Bilder, die ihn überfluteten, raubten ihm fast den Atem. Die grazile, zauberhafte Fee, die ihn aus dem Fenster ihres Baumhauses anstrahlte, ihre Zahnlücken entblößend, mit vor Freude geröteten Wangen und wirrem Blondhaar, das sich aus den Zopfschleifen löste. Die mit den Hunden über den Rasen tollte, immer wieder stehen blieb, um sich die Kniestrümpfe hochzuziehen, die nach wenigen Schritten wieder ihre dünnen Beinchen herunterrutschten. Der kleine, feste Po mit dem rosafarbenen Rüschenslip, der jedes Mal unter dem Röckchen hervorlugte, wenn sie sich dabei bückte. Warum war sie so schnell groß geworden? Warum entzog sie sich ihm immer öfter? Warum schaute sie ihn manchmal so seltsam an, als ob sie sich zu erinnern versuchte, wer er eigentlich war? Und warum hatte sie bloß irgendwann damit angefangen, sich zu schminken, High Heels zu tragen und auf diese gottverdammten Rockkonzerte zu gehen?

Lohmann betrachtete die Schwielen an seinen Händen, die diese schwere körperliche Arbeit nicht gewohnt waren. Die Handflächen kribbelten, aber es kribbelte auch in seinem Nacken und zwischen seinen Schulterblättern, und dieses Kribbeln kam nicht vom Schweiß, der ihm den Rücken hinunterrann. Es kam von dem Gefühl, beobachtet zu werden.

Die Angst ballte sich zuerst im Magen, kroch dann langsam die Luftröhre hinauf und machte seine Kehle eng. Einen Augenblick lang versuchte er sie zu ignorieren, einfach weiterzuarbeiten, vielleicht würde dieses beklemmende Gefühl dann von allein verschwinden. Doch es funktionierte nicht. Mit einem Ruck drehte er sich um.

Er saß auf der Gartenmauer oberhalb des Zwingers und ließ die Beine baumeln.

»Adi?« Es war lediglich sein Mund, der lautlos den Namen formte, kein Ton kam über seine Lippen.

»Was willst du von mir?«, sagte er schließlich, als seine Stimme ihm wieder gehorchte.

»Das wollte ich dich fragen.« Er sprang von der Mauer und landete wenige Meter von Lohmann entfernt. Die Daumen lässig in die Gürtelschlaufen seiner Jeans gehakt, schlenderte er auf ihn zu.

»Wie kommst du darauf, dass ich etwas von dir will?«, krächzte Lohmann.

»Wieso kommen die Bullen zu mir und legen mir ein Foto von Selina vor? Wie kommen die darauf, dass ich sie kennen müsste?«

»Ich habe nie deinen Namen genannt«, sagte Lohmann, während er weiterschaufelte. Dabei konnte er wunderbar vermeiden, in diese kalten Augen zu sehen.

»Wieso legen sie ausgerechnet mir ihr Bild vor und fragen mich nach ihr aus? Kann es sein, dass deine Frau ihre Klappe nicht halten konnte?« Er stellte lässig einen Fuß auf einen der Hundesärge, die aussahen, als wären sie für kleine Kinder gemacht. Kinder, die es nicht wert waren, in einem ordentlichen Sarg auf einem richtigen Friedhof bestattet zu werden. Die man heimlich im Garten verbuddeln musste, als hätte es sie nie gegeben. Damit bloß keine Erinnerung an sie blieb.

»Lass Ursula aus dem Spiel«, keuchte Lohmann. »Ich habe überhaupt keine Ahnung, wovon du sprichst.«

»Aha. Hast du nicht? Und wie kommen die dann dazu, mich nach dem Mädchen zu löchern?« Er trat so nah an Lohmann heran, dass dieser seinen Atem im Gesicht spüren konnte. Einen hässlichen Atem, der nach Tod und Verwesung roch. Wie der Atem eines leibhaftigen Teufels. Lohmann wusste, dass er sich das nur einbildete. Aber da war sie wieder, die Versuchung. Er könnte einfach den Spaten heben und ihn mit einem einzigen Schlag auf den Kopf aus seinem Leben löschen. Ganz beiläufig, mitten im Gespräch, wie Anthony Perkins in »Psycho«, als er nach der Frage »Möchtest du wirklich kein Sandwich mehr, Mutter?« dieses Problem, ohne die Antwort abzuwarten, ein für alle Mal mit einem einzigen Schaufelhieb aus der Welt schaffte. Ein Grab mehr oder weniger im Garten würde keinen Unterschied machen. Aber damit wäre es nicht ausgestanden, so viel war ihm klar.

»Wen begräbst du da eigentlich?«, fragte der Teufel und trat mit der Schuhspitze gegen einen der Särge.

»Die Hunde«, presste Lohmann hervor. Er hatte das untrügliche Gefühl, dass diese Frage nur eine rhetorische war.

»Ach so, die Hunde. Na ja. Sie waren ja auch nicht mehr die Jüngsten, nicht wahr? Seltsam nur, dass beide gleichzeitig gestorben sind, oder?«

»Ja, seltsam«, sagte Lohmann. Das Atmen fiel ihm schwer, als ob jemand ein dickes Seil um seinen Brustkorb geschlungen hatte und es mit jedem weiteren Wort fester zog.

»Und seltsam, dass die Bullen mich plötzlich nach deiner Tochter ausfragen. Als würden sie glauben, dass ich sie sehr gut kennen müsste. Und wieso wollten sie eine Speichelprobe von mir haben? Könnte es sein, dass sie glauben, ich wäre ihr zu nahegekommen?«

»Das musst du dir einbilden«, sagte Lohmann, und jedes

Wort war eine enorme Anstrengung. »Offenbar war sie die Letzte, die Rolf lebend gesehen hat, aber sie hat Erinnerungslücken. Die Polizei versucht nun zu rekonstruieren, was nach diesem Konzert los war. Deshalb haben sie jeden, der an dem Abend dabei war, getestet und nach ihr gefragt – auch dich, obwohl du kaum mit ihr zu tun hattest.«

»Ja, das ist die Ironie an der Sache.« Einen Augenblick lang schien es Lohmann, als hätte dieses Lächeln mehr Zähne als ein Hai.

»Was zum Teufel willst du damit sagen?«

Das Haifischlächeln verschwand.

»Dass ich sehr wohl mit ihr zu tun hatte, und zwar regelmäßig. Und als Rolf an seinem letzten Abend mit ihr losgezogen ist, hat mich das auch angepisst, weißt du? Mann, war ich sauer! Dass er ausgerechnet sie in seine Pimperhütte abschleppen musste, hat den Bogen überspannt, findest du nicht auch? Klar findest du das, ich seh's in deinen Augen. Der Zorn ist immer noch da.«

Lohmann stand wie erstarrt. Bildete dieser Widerling sich ein, ein Anrecht auf Selina zu haben? Und woher kannte er sie überhaupt so gut? Worauf wollte er hinaus, wenn er sagte, er habe regelmäßig mit ihr zu tun gehabt?

»Aber ich hatte auch allen Grund, sauer zu sein, weißt du? Immerhin ist mir das nun schon zum zweiten Mal passiert, dass mir jemand mein Mädchen vor der Nase weggeschnappt hat.« Eine Zigarette verschwand zwischen den Haifischzähnen, ein Streichholz fiel achtlos auf den Boden. Er nahm einen tiefen Zug, bevor er weitersprach und Lohmann dabei den Rauch mitten ins Gesicht blies.

»Verrückt, wie schnell die Kinder groß werden und eigene Wege gehen, nicht wahr? So sehr man sie auch behütet, irgendwann hat man keinen Einfluss mehr. Sie machen, was sie wollen und das Schicksal nimmt seinen Lauf. Weißt du denn, was Sina so alles gemacht hat und wo sie gewesen ist, wenn du bei der Arbeit warst?«

Lohmann wollte es nicht mehr wissen. Er hatte genug gehört, mehr würde er nicht ertragen. Konnte der Typ nicht endlich aufhören zu reden und permanent zu grinsen? Halt endlich dein Maul, wollte er rufen, aber seine Zunge klebte am Gaumen fest und kein Wort kam über seine Lippen. So konnte er den Todesstoß nicht abwehren, als er schließlich kam.

»Nun, ich bin ihr öfter begegnet, als dir vermutlich lieb gewesen wäre. Und ich muss schon sagen, aus der kleinen Selina ist eine richtige junge Frau geworden. Ja, wirklich, für das Sieben-Monats-Kind, für das du sie hältst, hat sie sich doch prächtig entwickelt, oder?«

Lohmann stieß die Luft aus, die er ohne sich dessen bewusst zu sein, während der letzten Worte angehalten hatte. Er sah, wie der leibhaftige Teufel auf das Dach des Hundezwingers sprang, sich von dort aus über die Mauer schwang und auf der anderen Seite verschwand. Er stützte sich auf die Schaufel, weil ihm die Beine zu versagen drohten. Wischte sich mit dem Hemdsärmel über das Gesicht und spürte, dass es nass vom Schweiß war, obwohl man an diesem Tag keine Spur des nahenden Frühlings spüren konnte. Im Gegenteil, ihm war eiskalt. Ob vom kühlen Wetter oder der Angst, die unerbittlich von ihm Besitz ergriff, war schwer zu sagen.

Lohmann arbeitete mechanisch weiter, bis das Loch im Boden groß genug für die beiden Särge war. Er schaffte es nicht, sie hineinzuheben, also stemmte er sich dagegen und schob sie über den Rand der Grube, bis sie hart auf dem Grund aufschlugen. Er versuchte nicht an Sina zu denken, aber es gelang ihm nicht. Vor seinem geistigen Auge saß sie in einer Gefängniszelle, mit angstgeweiteten Augen, ohne dass sie verstand, was ihr geschah. Während er die Grabstelle zuschaufelte und dem dumpfen Geräusch lauschte, mit dem die Erde auf den hölzernen Sargdeckeln aufschlug, hatte er das Gefühl, sein ganzes Leben und mit ihm die letzten Fünkchen Freude, Glück und Hoffnung zu begraben. Sein Entsetzen ließ sich nicht mit Erde zuschütten. Es war das einzige, das blieb.

Als er fertig war, war er bis auf die Haut nassgeschwitzt. Eine Windböe strich durch den Garten und ließ ihn erschaudern. Er würde sich schlimm erkälten, aber das war völlig bedeutungslos. Alles war bedeutungslos. Die Schaufel fiel ins Gras und blieb achtlos liegen.

Er blickte nicht mehr zurück, als er mit gebeugtem Rücken ins Haus ging.

Verena brütete über Sinas Aussage, als wollte sie sie auswendig lernen und schrak zusammen, als plötzlich Katz vor ihr stand.

»Hör mal, ich habe mir das Vernehmungsprotokoll von Henriettes Freund noch mal durchgelesen und bin an einem Detail hängen geblieben, das ein Hinweis für die Lage dieses Sektenquartiers sein könnte.«

Verena legte die Akte beiseite. »Welches Detail?«

»Die Schlange«, sagte Katz. »Die Schlange am Himmel, die Henriette durch das Dachfenster des VW-Busses gesehen haben will.«

»Ich habe sie für ein Fantasieprodukt gehalten. Wo hängt schon eine Schlange am Himmel, außer vielleicht im Dschungel?«

»Bist du nie mit deiner Tochter nach Ludwigsburg zum Märchengarten gefahren?« Katz sah sie ungläubig an und Verena bekam sofort ein schlechtes Gewissen. Als Mona sich noch für Märchen interessierte, waren derartige Ausflüge Fabios Job gewesen.

»Nein, bin ich tatsächlich nicht. Welcher Märchengarten?«

Katz schnalzte mit der Zunge. »Das glaube ich jetzt nicht. Der Märchengarten im Blühenden Barock ist Pflichtprogramm für jedes Kind: Der Rapunzelturm, von dem auf Zuruf der Zopf runterfällt, das Lebkuchenhaus, aus dem die Hexe schaut, wenn man an der Klinke rüttelt! Und der Riese, der hinter seinen Burgzinnen auftaucht, wenn man ihn beim Schlafen stört: ›Ich bin der Riese Goliath und habe jetzt dein Klopfen satt …‹«

»Jetzt hör auf, mir ein schlechtes Gewissen zu machen«, unterbrach ihn Verena. »Ich weiß, dass ich bei Mona viel versäumt habe. Erklär mir lieber, wo es da eine Schlange gibt!«

»Auf dem Weg dorthin fährst du in Ludwigsburg über die Sternkreuzung auf der B 27. Dort steht ein über zwanzig Meter hoher Stahlträger, von dem ein Ast über die Straße ragt, an dem eine zwölf Meter lange Schlange hängt. Eine Skulptur von einem holländischen Künstler. Hast du die nie gesehen?«

Verena schüttelte den Kopf. »Ich bin eher selten in dieser Gegend.«

»Oder wenigstens davon gehört? Anfang der Neunzigerjahre, als das Kunstwerk aufgestellt wurde, gab es einen ziemlichen Bürgeraufstand, weil wegen der Plastik eine Abbiegespur gesperrt werden musste. Jedenfalls kann man diese Schlange mit Sicherheit am Himmel hängen sehen, wenn man durch das Dachfenster eines VW-Busses schaut.«

Einen Moment lang starrte Verena Katz mit offenem Mund an.

»Sie mussten also durch Ludwigsburg fahren«, sagte sie schließlich.

»Genau. Damit hätten wir schon mal eine grobe Richtung. Das ist nicht viel, aber besser als nichts.«

Bevor Verena etwas erwidern konnte, klingelte das Telefon und die Hauswache meldete die Ankunft von Rolf Morlocks Eltern.

Siegfried und Marlene Morlock waren trotz der frühen Jahreszeit leicht sonnengebräunt, wie man es von Rentnern, die ihren Alterswohnsitz in den Süden verlegt haben, erwarten konnte. Sie hielten sich an den Händen, als sie auf der anderen Seite von Verenas Schreibtisch Platz nahmen, und ließen einander erst los, als Verena sie bat, die Belehrung zum Zeugnisverweigerungsrecht zu unterschreiben, nur um gleich darauf wieder tastend nach der Hand des anderen zu suchen. Sie nahmen Verenas Beileidsbekundungen zum Tod ihres Sohnes ohne sichtbare Gemütsregung entgegen und sahen sich verlegen in dem kleinen Büro um.

»Es ist nicht so, dass Rolfs Tod uns überrascht«, sagte Siegfried Morlock schließlich. »Wir haben schon immer geahnt, dass es einmal ein schlimmes Ende mit ihm nimmt. So schlimm, also dass er ermordet wird, hätten wir es uns allerdings nicht vorgestellt.«

»Wie lange haben Sie Ihren Sohn denn nicht mehr gesehen?«, fragte Verena.

Er runzelte die Stirn. »Seit ungefähr zwei Jahren. Wir haben unseren Alterssitz nach Südfrankreich verlegt, um möglichst viele Kilometer zwischen ihn und uns zu bringen. Anfangs sind wir noch regelmäßig nach Deutschland gekommen und haben ab und zu auch unseren Sohn besucht. Aber wir konnten nichts miteinander anfangen, verstanden uns einfach nicht. Es war, als würden wir von verschiedenen Planeten stammen. Dann bekam er die Anzeige wegen der Vergewaltigung dieses Mädchens, das noch nicht einmal volljährig war. Damals haben wir uns entschlossen, nicht mehr herzukommen. Wir hätten keinem unserer alten Freunde mehr in die Augen sehen können. Es war eine zu große Schande.«

»Dass das niemand gemerkt hat, dass er unser Gartenhaus als Liebesnest für minderjährige Fans missbraucht!«, stieß seine Frau hervor und presste sich die Hand auf den Mund. Diese Blöße vor dem Gartenvorstand schien ihr mehr zuzusetzen als der Tod ihres Sohnes.

»Nun, er kam wohl immer erst spätnachts dorthin«, sagte Verena. »Zu einer Zeit, wo die anderen Pächter und auch die Leute vom Vorstand normalerweise nicht da sind. Kaum jemand hat ihn je zu Gesicht bekommen. Aber, um noch einmal auf Ihre Worte von vorhin zurückzukommen, warum hat Sie sein Tod nicht überrascht?«

»Er war schon als Kind ein Querschläger«, übernahm Siegfried Morlock wieder das Wort. »Wissen Sie, Frau Kommissarin, wir sind anständige und gottesfürchtige Leute. In diesem Sinne wollten wir auch unseren Sohn erziehen. Wir hätten es ja gern gesehen, wenn er Ministrant geworden wäre, aber er hat sich viel mehr fürs Fußballspielen und diese furchtbare Rockmusik interessiert.«

»Ist das denn nicht normal bei Kindern?«, fragte Verena.

»Vielleicht. Aber wir hatten auch Jungen in der Gemeinde, die stolz darauf waren, das Weihrauchfass zu tragen und den Messwein zu reichen. Aber Rolf und sein Freund waren das ganze Gegenteil von fromm, das können Sie mir glauben, Frau Kommissarin. Es blieb ja nicht beim reinen Interesse für Fußball und Rockmusik. Sie fingen an, den Gottesdienst zu stören, indem sie beim Singen der Kirchenlieder unkeusche Texte sangen und sich köstlich darüber amüsierten, dem Pfarrer eine tote Maus in den Klingelbeutel zu werfen. Wir haben uns so geschämt!«

Harmlose Jungenstreiche, dachte Verena, aber sie behielt ihre Gedanken für sich. All das war jedenfalls noch längst kein Grund, jemandem nach dem Leben zu trachten.

»Irgendwann war er beim besten Willen nicht mehr dazu zu bewegen, zur Kirche zu gehen. Er schloss sich falschen Freunden an, die alle diese Mordmusik hörten, die alles andere als orthodox war. Als er sechzehn war, haben wir ihn erwischt, wie er mit seinem Freund auf unserem Hof eine junge Katze …« Marlene Morlocks Stimme brach und sie schlug sich die Hände vors Gesicht. Verena schob diskret ihre Kleenex-Box über den Tisch.

»Er hat sie verbrannt«, sagte Siegfried Morlock, während seine Frau sich die Augen trocknete. »Auf einer Art Opfertisch, den sie gebaut hatten, umringt von Altarkerzen, die, wie sich später herausstellte, aus der Kirche gestohlen waren.«

Verena zog scharf die Luft ein. Sie wollte etwas sagen, doch er sprach schon weiter.

»Sie fingen an, nur noch schwarze Klamotten zu tragen, die Schule wurde zur Nebensache. Und eines Abends erwischte sie unser Pfarrer, wie sie auf dem Friedhof Grabkreuze aus dem Boden gerissen, umgekehrt wieder hineingesteckt und satanische Parolen auf Grabsteine geschmiert hatten. Über einige Gräber hatten sie Blut gegossen. Tierblut, wie sich herausstellte. Sie kamen damals mit einer Bewährungsstrafe davon. Was sie aber nicht davon abhielt, sich einige Jahre später, das war noch bevor er diese Band gründete, einer dubiosen Gemeinschaft anzuschließen, die schwarze Messen auf Friedhöfen zelebrierte.«

»Das hat sich in der Nachbarschaft herumgesprochen, und bald waren wir nur noch die Eltern von dem Teufelsanbeter.« Marlene Morlock zog sich ein frisches Kleenex aus der Schachtel und putzte sich die Nase.

»Sie reden die ganze Zeit in der Mehrzahl«, sagte Verena

äußerlich ruhig, doch sie spürte ihr Herz bis in den Hals hinauf schlagen. »Wissen Sie, wer damals noch dabei war?«

»Wir haben uns mit diesen Unmenschen natürlich nicht abgegeben«, presste die Frau hervor. »Darum kann ich Ihnen leider keine Namen nennen.«

»Aber der Freund von Rolf, mit dem er auf dem Friedhof die Kreuze umgedreht und das Tierblut vergossen hat, wissen Sie noch, wie der hieß?«

»Natürlich«, sagte Siegfried Morlock. »Das war der Junge einer unbescholtenen Familie aus der Kirchengemeinde. Er hieß Frank Lohmann.«

»Jetzt ist es Viertel nach fünf«, sagte Verena, nachdem die Morlocks gegangen waren. »Um diese Zeit müsste er zu Hause sein. Ich finde, wir sollten uns nicht anmelden.«

»Das wäre in der Tat unklug.« Katz zog seine Jacke von der Stuhllehne und schlüpfte in die Ärmel. »Hast du ein Speichelset dabei? Er kannte Morlock seit frühester Jugend und hat kein Wort gesagt. Bin gespannt, wie er das erklären will.«

Trotz Feierabendverkehr brauchten sie keine Viertelstunde, bis Katz am Straßenrand vor Lohmanns Villa parkte. Die gesamte Fahrt über hatten sie geschwiegen. Verena hatte über die Worte nachgedacht, mit denen sie Lohmann mit ihrem Wissen konfrontieren wollte. Sie wollte ihn möglichst kalt erwischen, ihn aus der Fassung bringen, damit er gar nicht erst auf die Idee kommen würde, sich eine Lügengeschichte auszudenken.

»Er ist nicht zu Hause«, stellte sie ernüchtert fest, nachdem sie mehrmals geklingelt hatten, ohne dass die Gegensprechanlage auch nur einen Mucks tat.

»Wahrscheinlich arbeitet er wieder«, überlegte Katz. »Dann müssen wir eben nach Feuerbach weiterfahren und ihn bei

Bosch überraschen.« In einem Anflug von Frustration trat er gegen das Tor, das zu Verenas großer Überraschung ein Stück weit aufsprang. Es war nur angelehnt gewesen.

»Es ist nicht abgeschlossen! Verstehen wir das als Einladung?« Ohne eine Antwort abzuwarten, lief sie los.

Es war gespenstisch ruhig, nur der Kies knirschte unter ihren Füßen. Fast erwartete Verena, jeden Augenblick aus dem Nichts von einer der Doggen angesprungen zu werden, bis ihr einfiel, dass die beiden nicht mehr da waren. Aus irgendeinem Grund beruhigte sie das eher weniger. Instinktiv glitt ihre Hand zum Holster.

Auf der Außentreppe lagen Erdklümpchen, als wäre jemand über einen Acker gelaufen und hätte vergessen, die Schuhe abzustreifen. Auch die Haustür war nur angelehnt. Was ging hier vor? Sie hasteten die Treppe zum Wohnzimmer hinauf, auf der weitere vereinzelte Erdkrumen lagen.

Das erste, was sie von Lohmann sahen, waren seine Füße. Sie schwebten etwa einen halben Meter über dem blanken Ahornparkett. Dunkelbraune Erde haftete an seinen Schuhen und war in kleinen Krumen auf den Boden gerieselt. Vielleicht war er draußen im Garten gewesen und hatte sich nicht mehr die Mühe gemacht, an der Tür die Schuhe abzutreten, geschweige denn sie auszuziehen. Seine Augen waren offen und starrten blicklos durch Verena hindurch. Der Kopf war zur Seite gefallen, und am Hals schnitt das Autoabschleppseil tief in die Haut ein. Das Seilende war mehrfach um den massiven Deckenhaken geschlungen, an dem vormals der schwere Kristalllüster gehangen hatte. Der lag jetzt achtlos in einer Ecke des Wohnzimmers. Das Licht vom Treppenhaus, das durch die offene Tür hereinfiel, brach sich in den geschliffenen Stäben und malte kleine Regenbögen auf das Parkett.

Als Verena näher trat, sah sie sofort, dass sie nichts mehr für Lohmann tun konnte. In seinen Händen hatte sich bereits das absinkende Blut gestaut und sie blauviolett verfärbt. Langsam ging sie um den Leichnam herum. Das Seil lag symmetrisch um den Hals, der Knoten in der Mitte des Nackens zugezogen. Lohmann hatte ganze Arbeit geleistet. Lohmann oder vielleicht auch jemand anderes.

»Nichts anfassen«, sagte sie geistesgegenwärtig, als Katz einen Schritt auf den Toten zuging. »Es ist möglich, dass der Suizid vorgetäuscht ist.«

Katz blieb mitten in der Bewegung stehen.

»Du hast recht, die Schließverhältnisse lassen keinen klaren Suizid zu. Ich sehe auch nirgends einen Abschiedsbrief.«

»Für wen auch? Seine Frau ist in der Psychiatrie und die Tochter in Polizeigewahrsam.«

»Für uns. Was immer er auch wusste, er nimmt es mit ins Grab.«

Verena zog ihr Smartphone hervor und machte Aufnahmen vom Leichnam und der Wohnung, während Katz mit der Dienststelle und der Gerichtsmedizin telefonierte. Geiger und Moll würden nachher alles professionell ablichten, aber ihr war wichtig, den ersten Eindruck festzuhalten. Dann ging sie hinaus, um eine Zigarette zu rauchen und im Garten auf das Eintreffen der Spurensicherung zu warten.

Eine halbe Stunde später wimmelte es in der Villa wie in einem Ameisenhaufen. Kriminaltechniker, die sich in ihren Einwegoveralls kaum von der weißen Einrichtung des Wohnzimmers abhoben, wuselten durcheinander und bestäubten die Türklinken, den Hocker, der als Aufstiegshilfe gedient haben könnte sowie den Kronleuchter mit schwarzem Magnetpulver. Geiger, der die Kapuze seines Papieranzugs so fest zusammengezogen hatte, dass kaum mehr als Augen und Nasenspitze hervorschauten, tänzelte zwischen den anderen herum und fotografierte Leichnam und Zimmer aus allen nur denkbaren Perspektiven. Katz half Professor Krach, dem Obduzenten der Gerichtsmedizin, den Toten abzuhängen und auf dem Boden abzulegen, um ihn für eine erste Leichenschau zu entkleiden, als Moll zu ihnen herüberkam.

»Ich hab hier was, das lag unter dem umgefallenen Hocker.« Er hielt einen zusammengefalteten Zettel zwischen Daumen und Zeigefinger und versuchte, ihn mit der anderen Hand auseinanderzufalten, was sich mit den Gummihandschuhen ziemlich schwierig gestaltete.

Verena schaute ihm über die Schulter und wartete ungeduldig, bis er ihn aufgeklappt und geglättet hatte. Es waren nur wenige, flüchtig hingekritzelte Sätze, und Verena hätte nicht beschwören können, ob die Handschrift mit der auf Lohmanns Vernehmungsprotokoll identisch war:

»Bitte lassen Sie mein Kind frei. Sie ist unschuldig. Ich habe Morlock getötet. Der Schlüssel wird Sie zur Wahrheit führen.«

Verena und Moll sahen sich an, ohne dass einer von ihnen Worte fand.

»Welcher Schlüssel?«, fragte Verena schließlich.

»Vermutlich dieser hier.« Professor Krach legte die Schere beiseite, mit der er eben noch die Kleidung des Toten aufgeschnitten hatte und hielt einen kleinen Schlüssel nach oben, der an einer silbernen Kette baumelte. »Er hat ihn um den Hals getragen.«

Verena trat näher. »Sieht aus wie von einem Bankschließfach.«

»Er hätte ruhig noch dazuschreiben können, um welche Bank es sich handelt«, brach Katz das darauffolgende Schweigen.

»Er weiß, dass nur die Polizei diese Auskunft bekommt«, sagte Verena mit belegter Stimme.

»Glaubst du, er hat für uns das Tor und die Haustür offen gelassen? Damit wir ihn schnell finden?«

»Ich glaube vor allem, dass er Sina da raushauen will. Und dass ihm schon deshalb daran gelegen war, dass wir ihn schnell finden. Vielleicht nimmt er die Schuld nur auf sich, damit wir sie laufen lassen.«

»Und hängt sich auf?«

Verena zuckte die Schultern. »Vielleicht als zusätzliches Schuldeingeständnis. Vielleicht, weil er Angst vor dem Gefängnis hat. Vielleicht aber auch, weil er uns den Tathergang nicht schlüssig schildern kann. Weil er nicht dabei war.«

»Vorausgesetzt, es war wirklich ein Suizid. Es besteht immer noch die Möglichkeit, dass jemand ihm den Mord an Morlock unterschieben wollte. Diese paar Zeilen auf dem Zettel beweisen gar nichts. Jeder, der ihn lange genug kannte, konnte seine Handschrift fälschen.«

»Wir müssen ein grafologisches Gutachten beantragen«, seufzte Verena. »Es sei denn, wir finden in diesem Bankschließfach, oder wohin auch immer der Schlüssel führt, einen eindeutigen Beweis für seine Schuld.«

»Wir werden es frühestens morgen erfahren«, sagte Katz mit einem Blick auf die Uhr. »Heute werden wir keine Bank und kein Schließfach mehr finden.«

Verena nickte. Sie hatte sich zwingen müssen, den Verdacht auszusprechen, Lohmann habe seinen Selbstmord inszeniert, um seine Tochter freizubekommen. Es war eine naheliegende Möglichkeit, die sie einkalkulieren mussten, auch wenn sie wünschte, dass Sina unschuldig war. Übergroße Vaterliebe war zu vielem fähig, machte das Ego unbedeutend. Verena wollte sich gar nicht vorstellen, wie Sina auf den Tod ihres Vaters reagieren würde. Sie seufzte schwer, während sie hinauslief, um an der Straße auf den Leichenwagen zu warten, und wünschte, alles wäre so einfach, wie Lohmann es in wenigen Sätzen aufgeschrieben hatte.

»Wie konnten Sie nur zulassen, dass der Mann sich das Leben nimmt?«

Triberg war außer sich. Verena hatte den sicheren Eindruck, dass er ihr die Schuld dafür gab, nun keine Tätervernehmung mehr zu bekommen. Kein mündliches Geständnis mit einer sauberen Unterschrift darunter, mit der man vor Gericht eindeutig die Schuld belegen konnte. Keine detaillierte Schilderung des Tathergangs. Stuttgarts ehrgeizigster Staatsanwalt fühlte sich um die lückenlose Aufklärung seines Mordfalls betrogen.

»Er hat mich nicht um Erlaubnis gefragt, Herr Triberg«, sagte Verena mühsam beherrscht. Sie saß hinter ihrem Schreibtisch, von sehr viel Kaffee notdürftig wachgehalten, und versuchte Tribergs flackerndem Blick standzuhalten. Es war lächerlich, einfach lächerlich. Wie hätte sie denn Lohmanns Tod verhindern sollen?

»Es hat doch sichere Anzeichen gegeben, dass mit dem Mann irgendetwas nicht stimmt«, schnauzte Triberg. »Spätestens als die Hunde vergiftet wurden, hätten Sie stutzig werden müssen, dass er da mit drinhängt. Stattdessen rennen Sie mal wieder den falschen Spuren nach!«

»Wenn wir von Anfang an wüssten, welche der Spuren die des Täters sind, könnten wir uns eine Menge Arbeit ersparen«, sagte Verena in einem verzweifelten Versuch, ruhig zu bleiben, doch Triberg wischte ihren Einwand mit einer knappen Handbewegung beiseite.

»Er hat Morlock seit seiner Kindheit gekannt! Warum hat er Ihnen das verschwiegen, wenn er keinen Dreck am Stecken hatte?«

»Deshalb haben wir uns sofort auf den Weg zu ihm gemacht, nachdem wir es erfahren hatten«, fiel Verena ihm ins Wort.

»Sind Sie mit Sondersignal gefahren? Haben Sie ihn sofort abgeschnitten und wiederbelebt, als Sie ihn gefunden haben? Nein, Sie hielten es für angebracht, zuerst Fotos zu machen und die Spurensicherung zu informieren, anstatt ihn da runterzuholen. Seine Aussage ist unverzichtbar für die Fallaufklärung, und die werden wir jetzt nie mehr bekommen!«

Während Verena langsam bis zehn zählte, suchte sie nach vernünftigen Argumenten. Ihr war klar, dass Triberg ein Ventil für seine Enttäuschung brauchte und sie ein willkommener Blitzableiter war. Vermutlich wusste er selbst, wie haltlos seine Vorwürfe waren und genoss es einfach, dass sie sich immer wieder rechtfertigte.

»Ich verstehe, dass es für Sie frustrierend ist, den mutmaßlichen Täter nicht mehr anhören zu können. Das ist es für mich auch. Aber glauben Sie mir, Herr Triberg, ich habe genügend Erfahrung, um zu sehen, wann ein Mensch tot ist und nicht mehr wiederbelebt werden kann. Der Blutkreislauf war längst zum Erliegen gekommen, seine Hände waren dunkelviolett. Da war nichts mehr zu machen. Ich hätte eher Spuren vernichtet, wenn ich es versucht hätte.«

»Sie haben sich wie ein Paparazzi hingestellt und Fotos geschossen, anstatt überhaupt zu versuchen, den Mann zu retten«, tobte Triberg, ohne ihre Argumente überhaupt zur Kenntnis zu nehmen.

Paparazzo, die Einzahl heißt Paparazzo, dachte Verena zwanghaft und verdrängte den Gedanken an Terzenbach, der ihr beim italienischen Numerus zwangsläufig in den Sinn kam. Doch sie wagte nicht, Triberg zu unterbrechen, der noch längst nicht fertig war.

»Haben Sie seinen Puls geprüft? Haben Sie ihn heruntergenommen und die Reanimation wenigstens versucht, wie es Ihre Pflicht gewesen wäre, bevor Sie wie eine Sensationsreporterin Fotos schießen?«

Jetzt konnte Verena nicht mehr an sich halten. Pflicht! Was wusste der schon von ihren Pflichten? Die Sensationsreporterin gab ihr jedoch den Rest.

»Nein, aber ich habe ihn höflichst gebeten, nicht so sehr zu zappeln, weil sonst die Bilder unscharf werden«, schrie sie den Staatsanwalt an. »Wie ich Ihnen schon sagte, er war tot, mausetot! Wenn Sie mir nicht zutrauen, das beurteilen zu können, dann rücken Sie das nächste Mal gefälligst selbst aus, wenn so ein Anruf kommt.« Sprachs und stürmte aus dem Büro, Joost direkt in die Arme.

»Hat er dich wieder so weit?« Joost hielt Verena auf Armlänge von sich und schaute sie prüfend an. Sie senkte die Augen.

»Ich hab mich einfach nicht mehr im Griff, Rudi. Es war ein langer Tag und er treibt mich zum Äußersten.«

»Ich hab mitgehört, die Wände sind dünn genug bei eurer Lautstärke. Er ist unter Erfolgsdruck und will endlich einen Täter an die Medien melden.« Er lächelte entschuldigend. »Geh nach Hause, ich rede mit ihm.«

Verena sah ihren Chef dankbar an und folgte ihm zurück ins Büro, um ihre Sachen zu holen.

»Der Respekt der Kollegin lässt sehr zu wünschen übrig«, beschwerte sich Triberg, als er Joost sah.

»Nun, Ihr Respekt gegenüber der Kompetenz der Kollegin aber auch«, entgegnete Joost ruhig, während Verena nach Jacke und Tasche griff und Katz und Joost zunickte. Tribergs Blick mied sie. Als sie ging und die Tür hinter sich zuzog, nahm sie nur noch aus dem Augenwinkel wahr, wie Joost auf ihrem Stuhl Platz nahm. Vor der Tür hielt sie noch einen Augenblick inne. Wie erwartet machte Triberg genau dort weiter, wo er aufgehört hatte.

»Sie hätte ihn abschneiden und wiederbeleben müssen, wir hätten den Mann für eine Vernehmung gebraucht«, ereiferte er sich erneut.

Sie hörte Joost laut und vernehmlich seufzen.

»Ein Mensch, der schon so deutliche Todeszeichen aufweist, kann nicht mehr auf Fragen antworten, selbst wenn man ihn wie durch ein Wunder wieder zum Atmen bringen würde. Es ist für uns ebenso unbefriedigend wie für Sie, Herr Triberg, dass der mutmaßliche Täter nicht mehr zur Rechenschaft gezogen werden kann. Aber wir müssen den Tatsachen nun mal ins Auge sehen.«

»Gut und schön«, hörte sie Triberg einlenken. Joost schien bei ihm deutlich bessere Karten zu haben als sie selbst. »Leider verzögert das die Ermittlungen wieder um mehrere Tage. Aber da kann man wohl nichts machen. Gottes Mühlen wurden schließlich auch nicht an einem Tag erbaut.«

Verena grinste, warf die Tasche über die Schulter und machte sich auf den Heimweg.

8

Er lehnte entspannt an der Motorhaube seiner anthrazitfarbenen Luxuskarosse, mit verschränkten Armen und lässig gekreuzten Beinen. Sein Lächeln war hinreißend, und Verena musste sich kurz am Zaun festhalten, weil ihr die Knie weich wurden vor Schreck. Sie hatte schlecht geschlafen und glaubte zu halluzinieren, doch nachdem sie ausgiebig geblinzelt hatte, stand er immer noch da. Nur hatte er jetzt die *Bild*-Zeitung entfaltet und hielt sie in ihre Richtung. Die Schlagzeile konnte sie sogar auf die Entfernung von mehreren Metern lesen: *Zwei Jahre alter Mordfall geklärt – Bosch-Vorstandsmitglied richtet sich selbst.*

»Warum muss ich das aus der Zeitung erfahren und nicht von dir?« Seine Stimme war liebenswürdig, und doch schwang ein kaum wahrnehmbarer Vorwurf darin.

»Weil es gestern Abend spät war und ich total kaputt.« Verena staunte, wie normal sie sich anhörte. Dabei war ihr, als ob gar nicht sie selbst es war, die hier sprach. Ihr innerer Autopilot hatte bei Terzenbachs Anblick automatisch das Steuer übernommen, doch nun wartete er auf neue Befehle. Zögernd stand sie am Straßenrand, unfähig sich zu bewegen oder irgendeine Reaktion zu zeigen, während in ihr ein Krieg tobte.

»Was ist los, Verena? Der Fall ist gelöst, du darfst mich wieder kennen. Ich dachte, ich fahre dich zum Dienst und du erzählst mir unterwegs alles.«

»Der Fall ist nicht gelöst, Uwe. Ich weiß nicht, woher diese Schmierfinken die Information haben. Die Schuld des Mannes ist noch gar nicht nachgewiesen.« Sie hatte keine Ahnung, wer die Information von Lohmanns Suizid an die Presse weitergegeben hatte. Sie traute es aber durchaus auch Triberg zu, der sich im Erfolgsdruck hatte dazu hinreißen lassen.

»Hier steht aber, er hat ein schriftliches Geständnis hinterlassen«, schmollte Terzenbach. »Gib zu, der Fall ist gelöst. Und jetzt steig ein!« Galant öffnete er die Beifahrertür, doch Verena rührte sich noch immer nicht.

»Es stehen noch Untersuchungsergebnisse aus, die die Beteiligung anderer belegen könnten«, sagte sie vage und log dabei nicht einmal.

»Steig ein, dann können wir darüber reden. Hier auf offener Straße und auf diese Entfernung kommt das nicht so gut, denke ich.«

»Ich kann nicht mit dir darüber reden, verstehst du das denn nicht?«

»Aber wenn der Fall doch abgeschlossen ist? Immerhin gibt es ein Geständnis.«

»Abgeschlossen ist der Fall, wenn der Täter verurteilt ist oder wenn das Verfahren eingestellt wurde, angenommen wegen Todes des Beschuldigten. Im Moment sind wir noch weit davon entfernt.«

»Aber das sind doch nur Formalitäten.«

»An die ich mich trotzdem halten muss. Uwe, allein, dass ich hier mit dir spreche, könnte mir das Genick brechen, wenn es rauskommt. Ich werde ganz sicher meinen Job nicht noch mehr aufs Spiel setzen, indem ich meine Schweigepflicht breche.«

Terzenbach seufzte. »Dann sprechen wir eben nicht über den Fall. Aber ich verstehe nicht, was daran so schlimm sein soll, wenn wir hier miteinander reden. Ich meine, es ist ein ganz normales Gespräch. Wir könnten uns zufällig getroffen haben.«

»So wie am Schlossplatz, ja?«

»Am Schlossplatz?« Terzenbachs Gesicht war ein einziges Fragezeichen.

Verena zögerte. Er sah völlig ahnungslos aus. Trotzdem, sie musste es einfach wissen.

»Das ist eine längere Geschichte.«

»Willst du nicht doch einsteigen? Ich fahre dich zur Arbeit und du erzählst mir, was los ist, okay?«

Er sah sie an. Mit flehenden Augen, die *Bild*-Zeitung in der einen Hand, während die andere immer noch die Autotür aufhielt. Wie sehr hatte sie auf diesen Augenblick gewartet, und nun fühlte sich alles so ganz anders an, als sie es sich vorgestellt hatte.

Langsam ging sie zum Auto, wich seiner Berührung aus und schob sich auf den Beifahrersitz.

Sekunden später war er neben ihr, zog die Tür hinter sich zu und beugte sich zu ihr herüber. Sein Gesicht nur Zentimeter von ihrem entfernt. Verena hielt den Atem an.

»Willst du mir nun endlich sagen, was du hast?«

Verena schluckte. Der effektivste Weg zur Konfliktlösung ist die Konfrontation. Das hatte sie von Hannah gelernt. Also dann los.

»Wem hast du von unserem Treffen am Schlossplatz erzählt?«, fragte sie mit einer Stimme, die ihr selbst fremd vorkam. »Dass wir dort auf einer Decke gesessen und gepicknickt haben. Und von einem Kuss, den es zu diesem Zeitpunkt definitiv noch nicht gegeben hat!«

Terzenbach rückte von ihr ab, ohne den Blick von ihr zu wenden, und schüttelte den Kopf. »Niemandem. Ich schwöre. Warum sollte ich das tun?«

Verena schluckte schwer. »Ich weiß es nicht. Aber Fakt ist, dass jemand davon weiß. Jemand, der uns angeblich gesehen hat, der nichts Besseres zu tun hatte, als anonym meinen Chef anzurufen und ihm zu erzählen, ich hätte auf der Schlossplatzwiese mit einem Zeugen herumgeschäkert.«

Aus dem Augenwinkel beobachtete sie Terzenbach, der sich abgewandt hatte und schweigend den Wagen startete. Sein Gesicht war völlig reglos.

»Du glaubst allen Ernstes, ich hätte es nötig damit anzugeben, dass ich eine Kommissarin aufgerissen habe? Und das zu einem Zeitpunkt, wo noch gar nichts zwischen uns war? Verena, du enttäuschst mich.«

»Ich möchte das nicht glauben«, sagte Verena leise. »Und das Letzte, was ich will, ist, dich mit meinem Misstrauen zu verletzen. Aber Fakt ist, dass es durchgesickert ist und jemand es gemeldet hat. Jemand, der mich offenbar in Schwierigkeiten bringen will. Und der uns beide kennt.«

»Der Schlossplatz war voll von Menschen an diesem Tag«, sagte Terzenbach. »Jeder kann mich erkannt haben, ich bin oft genug in den Medien. Wie ist es mit dir? Warst du in letzter Zeit mal in der Zeitung?«

Verena dachte an das Porträt in der *Bild*, in dem man sie in der Serie »Stuttgarts starke Frauen« vorgestellt hatte. Sie nickte.

»Na also. Irgendein Idiot fand das interessant, und weil er gerade keine Kamera dabeihatte, um ein Foto an die Klatschpresse zu verkaufen, hat er es deinem Chef verklickert.«

Das war auch ihre Theorie, an der sie sich festhielt, und die man nicht von der Hand weisen konnte.

Vielleicht sehe ich Gespenster, dachte Verena. Oh bitte, lieber Gott, mach, dass ich Gespenster sehe.

»Ich weiß so wenig von dir«, sagte sie. »Ich kenne dich erst seit so kurzer Zeit. Wie soll ich wissen, ob ich dir vertrauen kann?«

Er nahm die rechte Hand vom Steuer und legte sie in ihren Nacken. »Das ist dein persönliches Risiko. Solange du uns keine Chance gibst, einander besser kennenzulernen, musst du damit leben.«

»Ich will dich besser kennenlernen, Uwe«, sagte Verena, als sie den Eugensplatz passierten. »Sobald ich meinen Job damit nicht mehr in Gefahr bringe, ja? Dann möchte ich alles von dir wissen, deine Vorzüge, Schwächen und auch deine dunklen Geheimnisse. Dann werde ich entscheiden, ob ich damit leben kann.«

Terzenbach lachte leise. »Willst du ein umfassendes Geständnis all meiner Jugendsünden? Eine Liste aller Groupies, die ich mal für einen One-Night-Stand abgeschleppt habe? Mein Gott, ich bin kein Heiliger, aber im Vergleich zu manchen Musikerkollegen bin ich geradezu ein Musterbeispiel an Tugend. Wenn du es genau wissen willst – und das sage ich dir privat, nicht der Polizistin –, ist ab und zu ein wenig kiffen die größte meiner Sünden.« Er streifte sie mit einem gequälten Blick, bevor er sich wieder auf die Straße konzentrierte. »Ich hoffe, du wirst mich deshalb nicht anzeigen.«

Verena schüttelte den Kopf. Wenn es wirklich nur das wäre! Sie kannte ihn einfach zu wenig, um seine Diskretion einschätzen zu können.

»Ist nicht mein Fachgebiet, und außerdem bin ich nicht im Dienst«, erwiderte sie. Sie sah ein schwaches Lächeln auf seinen Lippen und erinnerte sich, dass sie genau diese Worte schon einmal gebraucht hatte, als er von der Außenbestuhlung des Cafés im Königsbau die Fleecedecke für ihr Picknick mitgenommen hatte.

»Ich muss noch kurz tanken«, antwortete er knapp und fuhr bei der Tankstelle beim Stöckach rechts ab. »Dauert nur fünf Minuten.«

Sie sah ihm nach, wie er nach drinnen ging, um zu zahlen, starrte auf seinen festen Hintern, den die Jeans wie eine zweite Haut umschloss. Ich kenne alles, was unter dieser Hose ist, unter der Lederjacke und unter dem Hemd, das du trägst, dachte Verena. Aber was in deinem Kopf vorgeht, weiß ich nicht. Was ist es, das den Menschen Uwe Terzenbach ausmacht? Und wie kann es sein, dass ich mich nur aufgrund einer äußeren Hülle und einer Prise Humor so unsterblich in einen Mann verliebe, den ich gar nicht wirklich kenne?

Es würde nicht schaden, Rudi Bescheid zu geben, dass sie etwas später kommen würde. Sie holte ihr Handy hervor und wählte die Nummer ihres Chefs.

»Ich bin noch unterwegs und werde die Frühbesprechung wohl nicht schaffen«, meldete sie sich mit dem Anflug eines schlechten Gewissens, doch Joost reagierte völlig entspannt.

»Kein Problem, Verena, die Besprechung wird heute ohnehin auf den Mittag verlegt. Im Moment sind alle draußen und klappern die Banken ab, wegen des Schließfachschlüssels. Du hast alle Zeit der Welt.«

Die Verbindung brach ab, bevor sie etwas erwidern konnte. Mist, Akku leer! Verena hasste es, nicht erreichbar zu sein. Nicht nur der Kollegen wegen, vor allem wenn Mona außer Haus war. Sie wusste nicht, wie sie hatte überleben können, als sie noch nicht zu jeder Tages- und Nachtzeit, wo auch immer, telefonisch erreichbar war.

Ob Terzenbach ein Handyladekabel für den Zigarettenanzünder im Auto hatte? Das lag nahe, bei dieser Luxuskarosse fehlte es doch bestimmt an nichts. Eine entsprechende Halterung am Armaturenbrett ließ darauf schließen, dass er sein Smartphone wahrscheinlich auch als Navi benutzte. Das musste ja schließlich auch irgendwie geladen werden.

Von Terzenbach war noch immer nichts zu sehen. Verena öffnete das Handschuhfach und fand ihre Vermutung bestätigt. Als sie das Ladekabel herausnahm, fielen ihr einige kleine Plastiktütchen ins Auge, die dahinter lagen, nicht größer als fünf Zentimeter im Quadrat. Gefüllt mit einer braunen pulvrigen Substanz. Ein bisschen kiffen sei die größte seiner Sünden, hatte er gesagt. Verena hatte einige Jahre beim Drogendezernat gearbeitet, aber Gras hatte sie anders in Erinnerung. Das hier war zu braun, zu pulvrig. Es erinnerte sie entfernt an gestrecktes Heroin, aber welcher private Konsument hatte davon gleich mehrere Tüten im Handschuhfach? Sie betete, dass sie sich irrte. Wieder dachte sie daran, wie wenig sie ihn kannte. Kurz entschlossen ließ sie eins der Tütchen in ihrer Handtasche verschwinden. Dann stopfte sie das Ladekabel wieder in das Handschuhfach und knallte die Klappe zu. Das Handy war ihr jetzt plötzlich egal. Wen kümmerte es schon, wenn sie mal eine Stunde nicht erreichbar war? Viel wichtiger schien ihr in diesem Moment, ob Terzenbach ein Drücker oder vielleicht sogar ein Dealer war. Er machte so gar nicht den Eindruck eines Junkies.

»Kann weitergehen!« Terzenbach schob sich auf den Fahrersitz und Verena umklammerte instinktiv ihre Handtasche. Sie hatte gar nicht gemerkt, dass er zurückgekommen war.

»Hoffentlich kommst du noch pünktlich zum Dienst.« Er ließ den Motor an und ordnete sich in den Verkehrsstrom auf der Neckarstraße ein.

»Kein Problem, ich hab schon angerufen und gesagt, dass es ein bisschen später wird.« Mehr fiel ihr gerade nicht ein. Schweigend passierten sie die Mineralbäder und die König-Karl-

Brücke, unter der die Schiffe der Weißen Flotte auf dem Neckar schaukelten.

»Ich bin ab morgen für ein paar Tage nicht in Stuttgart, ich muss mich um das Haus meiner Eltern kümmern«, sagte er schließlich. »Wenn ich zurück bin, melde ich mich bei dir, okay?«

»Okay«, hauchte Verena. »Du kannst mich übrigens am Wilhelmsplatz rauslassen, ich fahre die letzten Stationen mit der Bahn. Kommt nicht so gut, wenn ein Kollege sieht, dass du mich vor dem Präsidium absetzt.«

»Wie du willst. Dort vorn wird's gleich rot, da kannst du rausspringen.«

An der Ampel trat er auf die Bremse, während Verena mit einer Hand den Sicherheitsgurt löste und mit der anderen die Tür öffnete.

»Machs gut«, sagte sie mit einem letzten Blick auf Terzenbach und war froh, dass keine Zeit für einen Abschiedskuss blieb. Obwohl ein Teil von ihr sich nichts mehr als das wünschte, sie hätte es nicht über sich gebracht.

»Ich ruf dich an«, waren seine letzten Worte, bevor die Beifahrertür zuschlug.

Als das Auto aus ihrem Blickfeld verschwunden war, strich sie sich das Haar aus der Stirn und atmete auf. Die Abgase an Cannstatts Verkehrsknotenpunkt brachten sie in die Wirklichkeit zurück. Zu ihrer Linken fuhr gerade die U13 in Richtung Pragsattel ein. Sie hätte sie vielleicht noch erreichen können, wenn sie gerannt wäre, aber sie nahm es als ein Zeichen und ließ sie fahren. Auf eine halbe Stunde kam es jetzt auch nicht mehr an.

Die Linie 1 war gerade raus, also legte sie die eine Station bis zur Taubenheimstraße zu Fuß zurück. Die Bewegung tat ihr gut, und ihr Kopf wurde allmählich wieder frei. An der Pforte des Landeskriminalamts zeigte sie ihren Dienstausweis und wurde problemlos durchgelassen.

Verenas ehemaliger Ermittlungspartner Harald Koch arbeitete in der Abteilung 4 bei der Ermittlungsgruppe für Betäubungsmittelkriminalität. Wie Koch von der Mordkommission zu den Drogenfahndern gekommen war, konnte sie nur mutmaßen, vielleicht weil sein extremer Kaffeekonsum im weitesten Sinne auch an Drogenmissbrauch grenzte und er sich mit den Junkies in irgendeiner Form verbunden fühlte. Als sie sein Büro betrat, verschwand seine lange Nase gerade in einem dampfenden Becher, den er aber bei ihrem Anblick gleich wieder sinken ließ.

»Verena! Was verschafft mir die Ehre?« Beim Aufstehen verschüttete er vor Aufregung Kaffee auf seine ewig zerknitterte Bundfaltenjeans.

»Nicht so förmlich, Harald, ich bin immer noch die Alte«, sagte sie, und nachdem sie ausgiebig seine Hand geschüttelt hatte, zog sie ihn heran und umarmte ihn kurz, aber herzlich.

»Ich will natürlich was von dir.« Die Zeit drängte.

»Alles, wenn ich kann.« Sein Lächeln war gewinnend wie eh und je.

Verena öffnete ihre Handtasche und zog das Tütchen mit dem braunen Pulver heraus. »Du bekommst ein Jahresabo für Starbucks, wenn du mir das hier so schnell wie möglich durchs Labor schickst.«

Koch musterte zunächst das Tütchen und dann Verena.

»Wenn es dir so viel wert ist und du nicht den Dienstweg dafür nutzt, gibt es bestimmt kein offizielles Ermittlungsverfahren dazu, hab ich recht?«

»Richtig geraten. Es ist rein privat.«

»Ich stell dir keine Fragen und werde tun, was ich kann.« Er nahm das Tütchen an sich und hielt es unter seine Schreibtischlampe. Verena trat hinter ihn und sah sich die Substanz erstmals genauer an.

»Was glaubst du, was es ist? Marihuana hab ich eher grün in Erinnerung.«

»Nur das aus privatem Anbau. Das von Großhändlern wird wie Tabak verarbeitet und ist deshalb braun.«

»Du gehst also davon aus, dass es ein Betäubungsmittel ist?«

Koch sah sie über den Rand seiner Lesebrille hinweg prüfend an. Glaubte er, sie hätte das Zeug bei ihrer Tochter gefunden? Sollte er ruhig, sie hatte jahrelang mit ihm zusammengearbeitet und ihn als zuverlässig und verschwiegen kennengelernt.

»Ich würde mich da nicht festlegen. Möglich, dass es sehr fein zerriebene Marihuanapollen sind. Könnte aber auch gestrecktes Heroin sein, das ist auch braun. Genau kann ich dir das aber aus der Mütze nicht sagen. Versprechen kann ich dir nur, dass es kein Kaffee ist. Das ist die Droge, mit der ich mich am besten auskenne.« Er grinste. »Bis wann brauchst du das Ergebnis?«

»Bis gestern.« Verena seufzte. »Na ja, so schnell es eben geht.«

»Guck nicht so besorgt, vielleicht ist es ja nur Blumenerde.« Er hatte auch schon mal bessere Witze gemacht.

»Sicher, in Drei-Gramm-Tütchen.« Sie schaute zur Uhr. Gleich halb neun. Jetzt sollte sie aber allmählich mal im Dienst erscheinen.

Koch hatte ihren Blick bemerkt. »Du hast es eilig, also machen wir es kurz: Ich geb mein Bestes und ruf dich gleich an, sobald ich was weiß. Und du musst dafür nicht so tief in die Tasche greifen. Ein Rabattgutschein für Starbucks tut es auch.«

Beim Supermarkt am Wilhelmsplatz deckte sich Verena mit einem gigantischen Vorrat an Schokoriegeln ein, um ihrem ehrenamtlichen Job als Nervennahrungsbeauftragte des Dezernats gerecht zu werden. Wenn die Kollegen von ihrer Ermittlungstour bei den Stuttgarter Banken zurück waren, würden sie diese Geste gewiss zu schätzen wissen. Die U13 zum Pragsattel war brechend voll, was Verena daran erinnerte, dass die meisten Bürojobs um neun Uhr begannen. Das Bahnfahren schlug ihr langsam aufs Gemüt. Angewidert betrachtete sie das nach Bier stinkende Rinnsal, das ihr zwischen den Füßen hindurchlief. Die dazugehörige Flasche rollte einige Abteile weiter zwischen den Sitzen hin und her, sobald die Bahn bremste oder sich in eine Kurve legte. Da war wohl einem Penner das Frühstück aus der Hand gefallen. Verena seufzte und rettete sich auf Zehenspitzen ins Trockene. Wenn die Soko vorbei war, würde sie endlich den Mini in die Werkstatt bringen.

Als die Bahn in den Tunnel beim Pragsattel einfuhr, atmete sie auf. Die zweihundert Meter bis zum Polizeipräsidium legte sie im Laufschritt zurück, als käme es jetzt noch auf ein paar Minuten an. Sie drückte sich durchs Drehkreuz und hastete die Treppen hinauf, als gelte es, einen flüchtigen Verbrecher zu jagen. Oder vor den hartnäckigen Gedanken an Terzenbach davonzulaufen, die sie verfolgten, seit sie aus seinem Auto gestiegen war.

Verena fand Joost in seinem Büro, wo er ein Zigarillo rauchte. Aus dem Radio klang leise Opernmusik.

»Du bist so kurzatmig, Verena«, empfing er sie. »Ich hatte doch gesagt, du kannst dir Zeit lassen. Die Trupps sind alle noch draußen.«

»Ja, sorry, dass das Gespräch vorhin abgebrochen ist, mein Akku ist leer, ich muss mal eben das Handy laden.«

»Apropos Telefon …«, Joost drückte den Zigarillo im Aschenbecher aus, der die Nachbildung eines Totenkopfs mit abgetrenntem Schädeldach darstellte. »Deine Psychologin hat vorhin angerufen und nach dir verlangt. Ich hab ihr einen Rückruf versprochen, sobald du da bist.«

»Mach ich gleich, danke, Rudi.«

»Und halte dich ab heute Mittag frei, in gut zwei Stunden landet unser mysteriöser Zeuge. Snape holt ihn vom Flughafen ab.«

»Ich werde dran denken. Verspricht ja ein spannender Tag zu werden.«

Verena machte einen Umweg über das Besprechungszimmer und schüttete die Schokoriegel aus der Tüte direkt in die obligatorische Holzschüssel, die schon so viele Sonderkommissionen miterlebt hatte. Dann ging sie in ihr Büro, schloss ihr Handy an die Steckdose an und griff zum Telefon.

»Du hast Glück, dass mein erster Patient sich verspätet, sonst wäre ich jetzt schon in der Sprechstunde«, meldete sich Hannah. »Wieso kommst du heute erst so spät ins Büro?«

Verena ließ sich auf ihren Schreibtischstuhl sinken und lehnte sich zurück.

»Lange Geschichte. Erzähl ich dir ein andermal. Was gibt es denn so Wichtiges, dass du mich schon zu nachtschlafender Zeit sprechen willst?«

»Ich habe mich entschieden«, sagte Hannah knapp.

»Entschieden? Wozu?«

»Sinas Therapie zu übernehmen. Vorausgesetzt, sie will es. Und vorausgesetzt, sie kommt nicht in Untersuchungshaft. Aber so wie es aussieht, habt ihr ja seit gestern ein Geständnis. Kommt Sina jetzt frei?«

»Ich wünschte, es wäre so einfach!« Verena fiel auf, dass sie das Telefonkabel um ihren Finger gewickelt hatte und streifte es ab, bevor es ihr das Blut abschnürte. »Leider ist es so, dass das schriftliche Geständnis nur aus drei Sätzen besteht und wir den Toten nicht mehr befragen können. Aber das eigentlich Komplizierte ist, dass es sich bei ihm um Sinas Vater handelt.«

Am anderen Ende hörte sie Hannah scharf ausatmen.

»Das hat mir die Zeitung natürlich nicht verraten. Mist! War das nachdem er von Sinas Festnahme erfahren hat?«

»Ja, leider.«

»Und nun glaubst du, er hat es getan, um sie zu rehabilitieren?«

»Könnte doch sein, oder?«

»Weiß Sina schon, dass …«

»Nein, ich glaube nicht. Sie bekommt im Polizeigewahrsam keine Zeitung zu Gesicht. Heute hätte sie dem Haftrichter vorgeführt werden sollen, aber ich nehme an, der Staatsanwalt setzt sie nach dem neuesten Entwicklungsstand nachher auf freien Fuß.«

»Jemand muss vorher mit ihr reden. Sie darf das nicht aus den Medien erfahren!«

»Ja, ich weiß. Aber ich suche noch nach den richtigen Worten. Und ich kann sie jetzt auch nicht einfach so nach Hause lassen. Der Vater ist tot, die Mutter in der Psychiatrie.«

»Soll ich kommen und mich um sie kümmern?«

Verena atmete erleichtert auf.

»Das wäre großartig, aber dein Patient …«

»Der ist jetzt schon seit mehr als einer Viertelstunde überfällig, da kann ich den Termin verfallen lassen und ihm in Rechnung stellen. Man muss auch Prioritäten setzen.« Verena konnte Hannahs Lächeln fast durch den Telefonhörer sehen.

»Hannah?«

»Ja?«

»Darf ich fragen, woher dein plötzlicher Sinneswandel kommt?«

»Na ja, ich habe nachgedacht. Über das, was du über Schuld gesagt hast. Seitdem fühle ich mich nicht mehr so verantwortlich für Henriettes Tod. Aber selbst wenn ich Schuld trage, könnte ich etwas wiedergutmachen, indem ich Sina und ihren Leuten helfe.«

»Das klingt logisch. Danke, Hannah, ich freue mich sehr!«

»Keine Ursache, ich helfe mir ja auch selbst damit. Bin gleich auf dem Weg.«

Es klang wie das Winseln eines Tieres, das in eine Falle geraten war. Ein hoher, klagender Ton, der ihr ins Herz schnitt.

Verena stand vor der Zellentür im Polizeigewahrsam und biss sich auf die Fingerknöchel. Hannah hatte sie gebeten, vorerst draußen zu warten, bis sie sie hereinrufen würde. Um Sina den Tod ihres Vaters beizubringen, wollte sie mit ihr allein sein.

Das künstliche Licht aus den milchigen Neonröhren warf ihre Silhouette als einen gespenstischen Schatten auf den nackten Steinboden. Unzählige arme Sünder waren hier schon vorbeigeführt worden, um in diesem Zellentrakt eine Nacht zu verbringen, bevor sie am nächsten Tag dem Haftrichter vorgeführt wurden. Die Atmosphäre glich der eines Gefängnisses, das es streng genommen auch war. Eine Art Übergangsknast.

Neben Verena stand eine Beamtin vom Polizeigewahrsam, wippte auf den Fußballen und knetete einen Schlüsselbund in der Hand. »Sagen Sie mir einfach, wenn ich aufschließen soll«, hatte sie gesagt und Verena hatte genickt. Das war nun fast eine Viertelstunde her. Gerade als sie überlegte, ob sie nicht einfach anklopfen sollte, hörte sie einen dumpfen Schlag, gleich darauf folgte ein zweiter.

Verena fuhr zu der Schließerin herum, die sofort reagierte. Schlüssel klapperten, natürlich fand sie auf Anhieb nicht den richtigen, und Verena fluchte. Den hätte sie doch wirklich schon vorher bereithalten können! Indessen krachte es drinnen ein drittes Mal, dann hörte sie Hannahs Stimme, die etwas Unverständliches sagte. Endlich sprang die Zellentür auf.

Hannah kniete vor der schmalen Pritsche und hielt Sina fest umklammert, die ihre Hand gegen die Stirn presste.

»Hilf mir mal, sie zu fixieren! Zur Eigensicherung«, fügte sie hinzu, als sie Verenas fragenden Blick sah.

»Nicht nötig«, sagte das Mädchen leise. Verena fiel sofort auf, dass es nicht Sinas Stimme war. Rambo hatte übernommen.

Sie ließ sich neben Hannah auf die Knie fallen und berührte Rambo an der Schulter.

»Geht es dir gut?«

Er nahm die Hand von der Stirn und lächelte schief. Eine rötliche Schwellung kam zum Vorschein, die Vorstufe zu einer prächtigen Beule.

»Ein Eisbeutel wäre jetzt klasse«, sagte er verlegen.

»Ich schau mal, was ich tun kann«, sagte die Wachhabende und verschwand.

»Sina hat ihren Kopf gegen die Wand geschlagen, ehe ich sie daran hindern konnte«, erklärte Hannah.« Bevor ich sie zu fassen bekam noch ein zweites Mal. Und dann hat sie sich losgerissen und es ein drittes Mal geschafft, bevor Rambo dazwischenkam. Ein Wunder, dass sie keinen Schädelbruch hat.«

Hättest du mich dabei sein lassen, wäre das nicht passiert. Die Worte lagen Verena auf der Zunge, doch sie sprach sie nicht aus. Sie war so froh, dass Hannah nachgegeben und sich zu Sinas Therapie entschlossen hatte, da wollte sie ihr jetzt auf keinen Fall Vorwürfe machen.

»Wo ist Sina jetzt?«

»Sie ist drinnen. Maria kümmert sich um sie.« Rambo griff dankbar nach dem Kühlakku, den die Beamtin hereinreichte, und presste ihn gegen die Stirn. »Und wie geht es jetzt weiter?«

»Ihr könnt jetzt nicht nach Hause, das ist euch doch klar?«

»Aber wohin sollen wir denn? In den richtigen Knast? Oder bleiben wir hier?«

»Nein, das geht auch nicht. Länger als einen Tag können wir euch nicht festhalten, und zum Haftrichter müsst ihr nicht mehr.«

»Echt jetzt?« Rambo schaute misstrauisch hinter dem Kühlakku hervor. Zweifelnd, als würde er ihr noch immer nicht ganz glauben.

»Aber wenn wir nicht eingesperrt werden und auch nicht nach Hause können, wohin sollen wir dann?«

»Wir finden eine Lösung«, sagte Verena. »Vorerst werden wir einen Platz im Betreuten Wohnen für euch organisieren. Vielleicht im Weraheim. Wir können euch jetzt nicht allein lassen. Am Ende fällt Sina noch Schlimmeres ein, als ihren Kopf gegen die Wand zu schlagen.«

Rambo nickte, aber begeistert sah er nicht aus. »Ich kapiere nur nicht, warum Sie uns plötzlich laufen lassen?«

»Du hast es noch nicht gesagt?«, flüsterte Verena Hannah zu.

»Ich bin noch nicht dazu gekommen.«

»Was denn noch?«, fragte Rambo alarmiert. »Kommt es etwa noch dicker?«

Verena stand auf, klopfte sich den Staub von den Knien und setzte sich neben Rambo auf die Pritsche. Die Matratze war alt und von Stockflecken überzogen. Eine Sprungfeder, die sich selbstständig gemacht hatte, drückte gegen Verenas Oberschenkel.

»Euer Vater hat uns eine Nachricht hinterlassen«, sagte Verena leise. »Eine Art Geständnis.«

Rambo reagierte sofort.

»Er ist es gewesen, der ihn erschlagen hat. Er war der Mann, von dem ich nur die Füße gesehen habe.« Es war keine Frage, sondern eine Feststellung, und er sah für einen Moment sehr erleichtert aus, aber keineswegs überrascht. Verena ließ ihn nicht aus den Augen, doch er hatte sich schon wieder hinter einer undurchdringbaren Maske verschanzt.

»Du hast es gewusst, oder?«, fragte Verena.« Du wolltest euren Vater nicht verraten, weil Sina es nicht verkraftet hätte, wenn er ins Gefängnis gekommen wäre. Deshalb hast du Sorina am Sprechen gehindert. Du dachtest, sie hätte den Mord beobachtet und wollte euren Vater belasten.«

Rambo schüttelte den Kopf und lächelte traurig seine Hände an.

»Nein. Ich hatte nur einen vagen Verdacht. Dieses Arschloch hatte ja meinen Kopf auf den Boden gedrückt und so konnte ich nur diese Schuhe sehen. Ich wusste, dass unser Vater auch solche Camel Boots hat. Aber wie sollte er dorthin gekommen sein? Solche Schuhe gibt es ja auch nicht nur einmal auf der Welt. Manchmal dachte ich sogar, ich hab mir das nur eingebildet. Sina meinte zwar, es hätte uns jemand weggetragen, aber ich war da schon wieder abgetaucht. Ich hab nicht die geringste Ahnung, wie wir heimgekommen sind.« Er hob den Kopf und schaute Verena offen ins Gesicht. »Kann sein, dass ich mir manchmal eingeredet hab, dass ich Sorina deshalb ausgebremst habe. Damit Sina nicht erleben muss, dass ihr geliebter Daddy unseretwegen eingesperrt wird. Aber um ehrlich zu sein, war meine allergrößte Angst, dass ich selbst den Stein geworfen hab und Sorina das wusste.«

Verena starrte ihn schweigend an, bis er ihrem Blick auswich.

»Ich weiß noch, wie ich versucht hab, den Stein auszugraben. Ich erinnere mich auch, wie er sich anfühlte, aber ich hab keinen Plan, ob ich damit zugeschlagen habe. Wir sind in diesem Moment einfach zu schnell geswitcht. Als ob jeder so schnell wie möglich da wegwollte. In dem Moment hätte ich ihn töten können, wenn ich den Stein erwischt hätte und nicht abgelöst worden wäre. Und ich wusste einfach nicht mehr, ob ich …« Er verstummte und schaute unsicher an Verena vorbei. In seinen dunklen Augen flackerte Angst.

Sie konnte nur ahnen, was in ihm vorging. Auch sie selbst hatte schon daran gedacht, dass Lohmann sich für sein Kind geopfert haben könnte. Möglicherweise war es tatsächlich so gewesen. Sie würden es nie mit Sicherheit wissen. Verena ertappte sich bei dem Gedanken, dass sie damit ganz gut leben konnte. Sie lächelte Rambo aufmunternd zu.

»Ich bin sicher, dass es euer Vater war, der euch beschützen wollte«, sagte sie mit aller Überzeugung, die sie aufbringen konnte. »Sieh mal, du hattest nur eine Hand frei und lagst mit dem Gesicht am Boden. Ich denke, du wärst gar nicht fähig gewesen, in dieser Lage rückwärts über deine Schulter hinweg so einen Volltreffer zu landen! Wir haben sein schriftliches Geständnis, Rambo. Das zählt vor Gericht mehr als alle Eventualitäten und Vermutungen.«

Rambo nickte zaghaft, aber Verena konnte sehen, dass diese Unsicherheit ihm für den Rest seines Lebens zu schaffen machen würde.

»Nun weiß ich wenigstens, warum du Sorina nicht zu Wort kommen lassen wolltest, als sie anrief und sagte, dass sie den Mörder von Morlock kennen würde«, sagte sie. »Was ich aber immer noch nicht verstehe: Warum hast du sie auch bei diesem

Anruf vor anderthalb Jahren ausgebremst, als sie der Polizei klarmachen wollte, dass sie missbraucht wird. Wolltet ihr denn nie wissen, was in eurer Kindheit passiert ist und wer es war? Hat denn Sina nie danach gefragt?«

Rambo nahm dankbar ein neues Kühlkissen von Hannah entgegen und presste es sich gegen die Stirn.

»Sina weiß natürlich theoretisch, dass wir Missbrauchsopfer sind. Sie hat ja das Forum gefunden und gelernt, dass man nicht einfach so multipel wird. Das ist schließlich kein Virus, mit dem man sich anstecken kann. Aber das war alles vor ihrer Zeit, sie lässt es nicht wirklich an sich heran, und das ist auch gut so. Ich versuche, traumatische Flashbacks von ihr fernzuhalten. Wie eine Art Torwart. Ich wehre die Gedanken und Erinnerungen der anderen an den Missbrauch ab, damit sie Sina nicht treffen. Ab und zu knallt mal einer an die Latte, und ja – dieser Abend nach dem Konzert mit dem verdammten Gitarristen ging voll ins Netz. Und das hat Sina komplett aus der Bahn geworfen. Wir hatten keine Ahnung, was konkret passiert war. Es hätte unser Vater sein können oder auch ich. Oder jeder andere von uns. Und da kam uns plötzlich Sorina in die Quere und wollte die Polizei anrufen, weil der ganze Mist sie wahrscheinlich getriggert hatte. Sie können sich vorstellen, dass ich zu dem Zeitpunkt nichts weniger brauchen konnte als die Bullen im Haus.«

»Erinnert sich wirklich keiner von euch, was damals geschehen ist? Ich meine, ihr müsst noch sehr klein gewesen sein, noch nicht mal in der Schule. Dieser Mann, der kleine Mädchen quält, muss doch bestraft werden!«

Rambo schwieg so lange, dass Verena schon vermutete, er würde eine innere Konferenz abhalten. Schließlich zuckte er die Schultern.

»Das war auch vor meiner Zeit. Maria hatte mal einen Flashback, irgendwas mit einem Kleiderschrank, in dem sie sich versteckt hatte. Genaueres weiß sie nicht mehr, echt nicht. Ich glaube, immer wenn es ernst wurde, musste Sorina übernehmen. Wenn es jemand weiß, dann sie.«

»Und sie ist eine recht unzuverlässige Zeugin«, gab Hannah zu bedenken. »Erinnere dich an ihre wirre Aussage bei der Vernehmung. In ihrer Wahrnehmung vermischen sich Wirklichkeit und Erinnerung an frühere Traumata. Die Wahrheit freizulegen wird eine Weile dauern. Wir müssen tief graben, und zwar nicht mit dem Bagger, sondern vorsichtig wie ein Archäologe mit Spitzkelle und Pinsel.«

Rambo sah Hannah dankbar an. »Danke, dass Sie sich solche Mühe mit uns geben. Ich weiß, das ist nicht immer ganz einfach.«

»Einfach ist langweilig.« Hannah lächelte. »Ich möchte euch einen Vorschlag machen. Ich würde euch gerne helfen, euch zu koordinieren. Einander besser kennenzulernen und zu kooperieren. Damit es möglichst keine Blackouts und Zeitverluste mehr gibt. Damit ihr ein weitgehend normales Leben führen könnt. Aber ihr solltet alle damit einverstanden sein.«

Sie hatte kaum ausgesprochen, als Rambo spontan nickte.

»Wir haben schon darüber geredet. Also Maria und ich. So wie jetzt kann es nicht weitergehen. Das Forum ist gut und schön, wir haben dort viel gelernt, aber jetzt kommen wir damit auch nicht mehr weiter. Wir brauchen Hilfe.«

Hannah sah überrascht aus, als sei sie von dieser schnellen Zustimmung völlig überrumpelt worden.

»Und ihr seid sicher, dass ihr alle mitarbeiten wollt?«

Rambo lächelte. »Sina dürfte kein Problem sein. Lola sträubt sich noch, aber die kriegen wir rum. Fakt ist doch, dass es uns in letzter Zeit richtig scheiße ging. Wir haben erlebt, was dabei rauskommen kann, wenn einer nicht weiß, was der andere macht. Keiner weiß, wann Lola das nächste Mal Mist baut, wenn wir nicht aufpassen. Die ist 'ne Zeitbombe, für die wir alle verantwortlich sind. Außerdem muss Sorina geholfen werden. Um nur einige Baustellen zu nennen.«

»Ich will euch bei alldem helfen«, sagte Hannah. »Wir werden Zeit brauchen, aber wir werden es schaffen. Ganz sicher. Zuallererst müssen wir herausfinden, was bei diesem Klavierlehrer geschehen ist.« Sie wandte sich an Verena. »Wir brauchen allerdings einen Antrag auf Kostenübernahme der Krankenkasse. Sina müsste über die Eltern versichert sein. Also – jetzt gibt es ja nur noch die Mutter. Könntest du dich darum kümmern? Ich bleibe so lange hier und erkläre Rambo, was auf sie zukommt und was es für Möglichkeiten gibt.«

Zentrum für seelische Gesundheit war die Bezeichnung für Stuttgarts Psychiatrie im Krankenhaus Bad Cannstatt. Verena fiel das angenehme, helle Ambiente des Glasbaus mit seinen Lichthöfen und Dachterrassen auf, und sie registrierte den wohltuenden Unterschied zur alten Psychiatrie im Bürgerhospital. Eine angemessenere Umgebung für die luxusverwöhnte Frau Lohmann, die sich hier aufhielt, um das Ableben ihrer beiden Doggen zu überwinden.

Der Arzt, der Ursula Lohmann behandelte, hatte ihnen eingeschärft, seine Patientin mit nichts zu konfrontieren, das sie aufregen könnte, vor allem mit keiner Silbe den Tod ihres Mannes zu erwähnen. »Sie ist noch nicht mal über ihre Hunde hinweg. Einen solchen Zusammenbruch haben wir normalerweise am ehesten bei Müttern, die ihre Kinder verlieren. Beim Tod von Tieren habe ich so etwas offen gestanden noch nicht erlebt.«

»Die Hunde waren ihre Kinder«, sagte Verena. »Oder jedenfalls das, was für andere Mütter ihre Kinder sind.«

»Ich möchte mir gar nicht vorstellen, was passiert, wenn sie vom Tod ihres Mannes erfährt«, erwiderte der Arzt.

Der wird sie vermutlich nicht annähernd so erschüttern wie der von Flotsam und Jetsam, dachte Verena in einem Anfall von Zynismus und kam sich sehr böse vor.

Frau Lohmann saß in einem Aufenthaltsraum, in dem sich außer einer Küchenzeile mit Kirschholzdekor noch ein Tisch mit einigen Holzstühlen befand, wie sie auch in Monas Klassenzimmer standen. Auf einem dieser Stühle saß Ursula Lohmann mit unbewegter Miene. Sie hob nicht einmal den Kopf, als Verena und Katz eintraten.

»Ach, Sie sind es«, antwortete sie nur auf deren Gruß. »Ich hatte gehofft, es wäre Frank. Wann kommt er endlich und holt mich hier raus?«

Verena fühlte einen leichten Stich in der Magengrube.

»Er hat im Moment viel zu tun«, kam Katz ihr zu Hilfe. »Ihr Mann kommt sicher bald, er muss sich nur gerade um so vieles kümmern.« Er schaute Frau Lohmann dabei nicht an, sondern richtete seinen Blick zur Zimmerdecke, als wollte er den Allmächtigen für diese fromme Lüge um Verzeihung bitten.

»Er kümmert sich sicher um Flotsam und Jetsams Bestattung.« Die eisblauen Augen füllten sich mit Tränen und wurden mit einem Kleenex aus einer der allgegenwärtigen Papierboxen sorgsam weggetupft. Als sie sich gefasst hatte, wandte sich Ursula Lohmann wieder an Verena.

»Weshalb sind Sie gekommen?«

»Es geht um Sina, Frau Lohmann«, sagte Verena. »Sie möchte gern eine Psychotherapie machen. Da Ihre Tochter über Sie und Ihren Mann privat versichert ist, müssten Sie die Kostenübernahme bei Ihrer Krankenkasse veranlassen.« Verena machte sich schon auf die Frage gefasst, warum das nicht Frank übernehmen konnte, aber die Frau schien gar nicht auf die Idee zu kommen, diese Aufgabe an ihren Mann zu delegieren. Stattdessen fragte sie, ob Sina denn auch so unter dem Tod der Hunde leiden würde, dass sie eine Therapie bräuchte. Ursula Lohmann hatte offensichtlich nicht den Hauch einer Ahnung von der Befindlichkeit ihrer Tochter, und Verena war sicher, dass sie das auch nicht sonderlich interessierte. Deshalb verzichtete sie auf eine Antwort.

»Sina hat schon alles ausgefüllt, Sie müssten es nur noch unterschreiben.« Verena schob das Antragsformular über den Tisch, das Ursula Lohmann nur flüchtig überflog, bevor sie ihre Unterschrift daruntersetzte. Sie fragte weder, weshalb Sina in Therapie wollte, noch wieso sie nicht selbst kam, um die Unterschrift einzuholen. Einerseits war Verena froh, dass es so leicht und schnell über die Bühne gegangen war, andererseits erschreckte sie das Desinteresse dieser Mutter über alle Maßen. Ihr fiel etwas ein, was sie sich im Unterbewusstsein schon sehr lange gefragt haben musste, und das jetzt mit Macht an die Oberfläche drängte.

»Darf ich Sie noch etwas Persönliches fragen, Frau Lohmann?«

Ursula Lohmann nickte schwach.

»Bei unserer ersten Begegnung habe ich Sie über Ihre Tochter ausgefragt. Sie konnten mir so gut wie nichts davon beantworten, weil Teenager ja in ihrer eigenen Welt leben und wenig mit ihren Eltern teilen, wie Sie sagten.«

Ursula Lohmann nickte abermals.

»Aber eine Frage konnten Sie mir aus dem Stand beantworten. Nämlich dass Sina Dark-Devil-Fan und auf dem Abschiedskonzert des Gitarristen war. Und nun frage ich mich die ganze

Zeit, wieso Sie ausgerechnet dieses Detail noch wussten, obwohl es länger als zwei Jahre her ist.«

»Es stimmt, dass Teenager wenig mit ihren Eltern teilen«, sagte Ursula Lohmann müde. »Aber wenn sie etwas von ihnen wollen, müssen sie nun mal mit ihnen reden. Sina brauchte von uns die Erlaubnis, um zu dem Konzert zu gehen. Sie war damals erst sechzehn.«

»Ich verstehe.« Verena verstand tatsächlich nur zu gut. Bei der Vorstellung, dass Mona in ein oder zwei Jahren zu Rockkonzerten gehen würde, wurde ihr übel. Schnell verdrängte sie die Gedanken an fliegende Flaschen und niedergetrampelte und von Sanitätern aus der Menge gezogene Mädchen.

»Frank war strikt dagegen, dass sie dorthin ging«, sprach Ursula Lohmann weiter. »Aber ich finde, dass Kinder selbstständig werden müssen, und das habe ich ihm auch gesagt. Wir haben uns furchtbar in die Haare gekriegt. Er hat sie immer überbehütet! Wäre am liebsten keinen Schritt von ihrer Seite gewichen. Affenliebe nenne ich so was! Er warf mir vor, dass unsere Tochter mir egal sei, nur weil ich das Kind nicht so krankhaft vergöttere wie er.«

»Aber Sie haben sich durchgesetzt.«

»Ja. Es gab ja auch kein vernünftiges Argument, ihr das Konzert zu verbieten. Frank war stinksauer. Wir haben den ganzen Abend gestritten und irgendwann hat er wütend das Haus verlassen.«

»Wissen Sie, wo er hingegangen ist?«, fragte Verena.

»Keine Ahnung, wahrscheinlich in die Kneipe. Ich bin dann schlafen gegangen. Am nächsten Morgen war er ja wieder da. Und Sina auch. Viel Lärm um nichts. Ist doch alles gut gegangen!«

Zurück auf der Dienststelle fand Verena ihren Chef im Gespräch mit einem hageren Mann mittleren Alters. Er hatte dünnes graublondes Haar und im linken Ohr trug er einen Tunnel, durch den in der Tat ein Zug hätte fahren können. Sie standen vor der Tür ihres Büros und diskutierten angeregt. Als Verena näher kam, schaute Joost auf.

»Da kommt sie ja«, rief er. »Darf ich vorstellen – Verena Sander, Sachbearbeiterin dieses Falls – Mister Stoffers, frisch eingeflogen aus Liverpool.«

Stoffers strahlte sie an und zeigte eine Reihe makellos weißer Jacketkronen. »Ich hoffe sehr, Ihnen weiterhelfen zu können«, sagte er in fast perfektem Deutsch, mit nur leichtem Akzent.

»Sie sprechen unsere Sprache noch immer sehr gut, obwohl Sie schon so lange wieder in Ihrer alten Heimat leben«, wunderte sich Verena. »Üben Sie heimlich?«

Stoffers lachte. »Meine Frau ist Deutsche, und wir erziehen unsere Kinder zweisprachig. Und ja, offen gestanden lese ich auch deutsche Internetseiten, um mich auf dem Laufenden zu halten. So habe ich auch von Rolfs Tod erfahren.«

»Ich habe Mister Stoffers Vertraulichkeit nach dem Zeugenschutzgesetz zugesichert«, sagte Joost. »Seine Personalien kommen nicht in die Akte, und als ladungsfähige Anschrift nehmen wir die Adresse seines Anwalts, achte da bitte drauf.«

Verena nickte und fragte sich, mit welchen brisanten Informationen Stoffers wohl würde aufwarten können, dass er durch seine Aussage um das Wohl seiner Familie fürchtete. »Wo ist eigentlich Roman?«

»Der sitzt schon drin und bereitet das Vernehmungsprotokoll vor.« Joost hob die Hand zum Gruß und verschwand in seinem Büro.

»Mister Stoffers, ich bin Ihnen wirklich sehr dankbar, dass Sie sich bei uns gemeldet haben«, sagte Verena, als sie einander gegenüber an ihrem Schreibtisch saßen. »Was ist denn der Grund dafür? Immerhin haben Sie die Band vor zwölf Jahren verlassen und seither keinen Kontakt mehr zum Opfer gehabt. Oder irre ich mich da?«

»Nein, da haben Sie schon recht. Aber ich glaube, dass Rolfs Vorgeschichte etwas mit seinem Tod zu tun haben könnte.«

»Schießen Sie los«, sagte Verena. Ihre Handflächen begannen zu kribbeln.

»Ich fange am besten ganz von Anfang an. Rolf und ich waren am Gymnasium in derselben Klasse und später in einer Clique, die aus dieser Klasse hervorging. Ich kenne ihn also schon sehr lange. Wir trafen uns zum Musikhören und gründeten schließlich unsere erste Band, aus der später Dark Devil wurde. Mit dieser Band wurden wir recht schnell regional bekannt und hatten auch einige Fans. Einen davon schleppte Rolf eines Tages mit in die Clique. Ich war nicht sonderlich begeistert, weil er ziemlich schräg war.«

»Inwiefern schräg?«, hakte Verena nach.

Stoffers lächelte und antwortete mit einer Gegenfrage.

»Kennen Sie Harry Potter?«

»Natürlich. Ich habe eine vierzehnjährige Tochter.« Und einen Kollegen, der im Dezernat als Snape bekannt ist, fügte sie in Gedanken hinzu.

»Okay, dann kennen Sie auch Colin Creevey. Dieser durchgeknallte Fan, der ständig mit der Kamera rumläuft und Fotos von Harry macht. So ungefähr müssen Sie sich diesen Freund von Rolf auch vorstellen. Und er war weiß Gott durchgeknallt. Irgendwann bekam ich mit, dass sie sich auf Friedhöfen zu schwarzen Messen trafen, Gräber schändeten und Tieropfer darbrachten.«

»Erinnern Sie sich an den Namen dieses Freundes?«, fragte Verena, obwohl sie ihn dank Morlocks Eltern schon wusste.

»Natürlich. Er hieß Frank Lohmann. Kam im Vergleich zu Rolf sehr seriös rüber, hatte einen guten Job bei Bosch bekommen, und auf den ersten Blick hätte man ihn für einen Spießer halten können. Aber Morlock hatte auf ihn etwa denselben Effekt wie Harry auf Colin. Er hatte einen enormen Einfluss auf ihn. Frank fraß ihm aus der Hand.«

»Sie hielten also schwarze Messen auf Friedhöfen ab«, nahm Verena den Faden wieder auf. »Und weiter?«

»Ich dachte, das wäre eine Phase, die vorübergeht, aber ich hatte mich geirrt. Bald hielten sie die Friedhofsmessen mit ein paar toten Tieren und geklauten Kirchenkerzen für Kinderkram und schlossen sich einer richtigen satanischen Sekte an, wie Rolf sagte. Das war ungefähr zu der Zeit, als er Dark Devil gründete – der Bandname kommt ja nicht von ungefähr – und auch den Keyboarder für die Sekte warb.«

»Meinen Sie Adrian Strobl?«

»Genau den. Der brachte eines Tages seine Freundin mit in die Clique. Ein verwöhntes Mädchen aus reichem Hause. Ich hab mich immer gefragt, was die an dem abgewrackten Musiker gefressen hatte, der von seinen mickrigen Gagen kaum die Miete für seine Dachwohnung bezahlen konnte. Vielleicht war es eine Art Rebellion gegen die heile Welt, die ihre Eltern für sie vorgesehen hatten. Ich bin nicht sicher, aber ich glaube, sie hatte keine Ahnung von seinem delikaten Hobby. Vielleicht hatte er vor, sie später in diese satanischen Kreise einzuführen, aber so weit kam es nicht.«

»Hatten Sie jemals einen direkten Einblick in diese Szene?«, fragte Verena.

»Ja, hatte ich. Rolf ging ziemlich geschickt vor. Erzählte von grenzenloser Freiheit, in der Moral nicht existiert. Von Crowleys Credo ›Tue, was du willst, soll sein das ganze Gesetz.‹ Von sexuellen Ausschweifungen, von denen man in einer normalen Beziehung nicht zu träumen wagt. Was soll ich sagen, ich war jung und experimentierfreudig.« Er lächelte beschämt, bevor er weitersprach.

»Musiker sind keine Engel. Ich will gar nicht abstreiten, dass auch ich Groupies abgeschleppt habe, das gehört in diesen Kreisen fast zum guten Ton. Deshalb war ich – sagen wir mal – moralisch nicht so gefestigt, wie es vielleicht Menschen in bürgerlichen Berufen sind. Und als Rolf mich einlud, mir eine dieser Messen anzusehen, siegte meine Neugier. Natürlich weiß ich heute, dass er versucht hatte, mich zu werben. Mit Frischfleisch, wie er sagte. Na ja, ich wollte mir das einfach mal ansehen.«

»Aber Sie haben sich nicht werben lassen«, resümierte Verena. »Warum nicht?«

Sie sah, wie Stoffers um Worte rang.

»Was ich da sah, möchte ich nicht näher beschreiben«, sagte er schließlich. Er blickte auf seine Hände, die in seinem Schoß lagen.

»Was meinen Sie?« Verena befürchtete, ziemlich genau zu wissen, was er meinte.

»Sie nahmen keine Tiere mehr – jetzt nahmen sie Kinder. Kleine Mädchen, um sie in Zeremonien, die den Charakter von Orgien hatten, Satan zu weihen. Im Namen des Teufels wurden sie auf Opfertische gelegt, verletzt und vergewaltigt. Es fällt mir wirklich schwer, darüber zu sprechen.« Er verstummte.

»Wo hatten sie die Kinder denn her?«, fragte Verena mit trockenem Mund. »Man kann doch nicht einfach zu einem Kindergarten gehen und sich ein paar kleine Mädchen ausleihen!«

»Das ist ja das Teuflische an der Sache«, sagte Stoffers leise. »Es waren ihre eigenen Kinder.«

Kinder der Sekte sind Kinder Satans. Die Gemeinschaft erhebt Anspruch auf sie. Verena erinnerte sich an die Worte Jan Webers. Wenn sie es damals noch nicht hatte glauben wollen – spätestens jetzt musste sie der Tatsache ins Auge sehen, dass es viel schlimmere Dinge auf dieser Welt gab, als selbst sie in ihrem langjährigen Job bei der Mordkommission sich hatte vorstellen können. Sie schaute zu Katz, der aussah, als ob er körperliche Schmerzen litt. Er war es auch, der jetzt das Wort übernahm, um auf ein Thema zurückzugreifen, von dem sie vorhin abgekommen waren.

»Sie sagten vorhin, es kam nicht so weit, dass Strobl seine Freundin in die Sekte holte. Warum nicht?«

Stoffers war sichtlich froh über den Themenwechsel.

»Als unser Keyboarder mit Ursula ankam, war sie völlig vernarrt in ihn. Aber die Begeisterung hielt nicht lange vor. Ziemlich schnell wandte sie sich Lohmann zu. Klar, er konnte ihr einen ganz anderen finanziellen Hintergrund und damit ein luxuriöseres Leben bieten als das Zigeunerleben, das sie mit Adi geführt hätte. Ein Leben, wie sie es gewöhnt war.«

»Adi?« Verena saß plötzlich kerzengerade.

»Ja, sagte ich doch. Ursula Lohmann war mit ihm zusammen, bevor sie Franks Freundin wurde.«

»Adi«, wiederholte Verena mit einem Blick zu Katz, der nur schwachsinnig grinste. Wie konnte sie nur so lange auf der Leitung gestanden haben?

»Jedenfalls war Adi natürlich sauer«, sprach Stoffers weiter, der ihre Erschütterung nicht zu bemerken schien. »Zumal Frank sich plötzlich nur noch um Ursula kümmerte und kein Interesse mehr an diesen Teufelsritualen zeigte. Und als sich herausstellte, dass sie schwanger war, zog er sich komplett zurück. Er wollte weder mit der Band noch mit der Sekte noch mit unserem Freundeskreis etwas zu tun haben. Was die Jünger Satans natürlich nicht amüsierte, denn …«

»Die Kinder der Mitglieder gehören der Sekte«, ergänzte Verena. Schlagartig begriff sie, weshalb Lohmann seine Tochter in diesen goldenen Käfig gesperrt und von der Außenwelt abgeschottet hatte. Warum er so vehement dagegen gewesen war, dass Sina zu diesem Konzert ging. Er hatte in ständiger Angst gelebt, dass Morlock, Strobl und die anderen Anspruch auf das Mädchen erheben würden. Aber wie war es Strobl gelungen, das Kind für Klavierstunden zu gewinnen? Je länger sie darüber nachdachte, desto sicherer wurde sie, dass Lohmann tatsächlich völlig ahnungslos war, wen Ursula als den Klavierlehrer ihrer Tochter engagiert hatte.

»Haben Sie Selina Lohmann jemals kennengelernt?«

»Einmal hab ich sie gesehen, als sie bei ihrem Vater war. Sie war ein süßes Kind. Adi war mächtig stolz auf seine Tochter.«

»Seine Tochter?«, echote Verena. Sie glaubte, sich verhört zu haben. Oder Stoffers hatte sich versprochen. Vielleicht war er der deutschen Sprache doch nicht so mächtig, wie es zunächst den Anschein hatte. Nachdem sie ihn sekundenlang angestarrt hatte, merkte sie, dass ihr Mund offen stand. Er lächelte.

»Sie haben schon richtig verstanden. Adi ist Selinas Vater. Ursula ist fast durchgedreht, als sie merkte, dass sie von ihm schwanger war, als sie schon mit Frank zusammenlebte. Also hat sie mit Adi einen Deal vereinbart.«

»Sie hat die Kleine regelmäßig zu ihm gebracht, damit er ihr Klavierstunden geben konnte«, sagte Verena. »So hat er doch noch sein Spielzeug bekommen, das Lohmann ihm weggenommen hatte.«

»Er hat natürlich nie darüber gesprochen, wie dieser Klavierunterricht aussah«, sagte Stoffers. »Aber man kann es sich vorstellen, wenn man weiß, dass das Mädchen ein Sektenkind war und was mit Sektenkindern passierte.«

Ja, Verena hatte eine sehr klare Vorstellung von diesem Klavierunterricht. So klar, dass sie es sich gar nicht vorstellen wollte. Sorinas »Hoppe, hoppe Reiter« klang ihr noch in den Ohren. Und endlich ergab alles einen schrecklichen, unvorstellbaren Sinn.

»Hat Lohmann je erfahren, dass er nicht Sinas leiblicher Vater ist?«, fragte sie.

»Das kann ich natürlich nicht beschwören«, entgegnete Stoffers. »Von Ursula mit Sicherheit nicht. Wenn überhaupt, dann muss es ihm jemand anderes gesteckt haben. Aber ich kann mir nicht vorstellen, dass Ursula damit hausieren ging.«

»Was genau hat Strobl Ihnen denn erzählt?«

»Dass er Selinas Vater ist. Und dass er Ursula damit erpresst, es Lohmann zu verraten, wenn sie ihm nicht regelmäßigen Kontakt zu seiner Tochter ermöglicht. Und dass er ihr Klavier beibringen will, damit sie wenigstens etwas von ihrem wirklichen Vater lernt.«

»Der Kontakt muss aber abgebrochen sein, als Selina nicht mehr zum Klavierunterricht wollte«, sagte Verena nachdenklich. »Glauben Sie, das hat er einfach so hingenommen?«

Stoffers zuckte die Schultern. »Keine Ahnung. Er hat sein Mütchen an ihr gekühlt, solange sie klein war. Vielleicht hat er, als sie älter wurde, das Interesse an ihr verloren.«

Hat er sicher nicht, dachte Verena. Er muss gefeiert haben, als seine Tochter alt genug war und Lola zum Dark-Devil-Groupie wurde. Und er muss ziemlich angepisst gewesen sein, als Rolf sie an diesem Abend abschleppte.

»Mister Stoffers«, sagte Katz eindringlich. »Wissen Sie noch, wo sich dieses Sektenquartier befand? Es ist wirklich wichtig. Vielleicht halten sie ihre Messen ja immer noch dort ab.«

Stoffers lächelte entschuldigend. »Die haben ein ziemliches Geheimnis draus gemacht. Ich war ja als Newbie nicht vertrauenswürdig, man hat mich mit verbundenen Augen dorthin gefahren. Wirklich wahr, so albern es klingt. Frank hat aber später mal erwähnt, dass es nördlich von Stuttgart ist, irgendwo hinter Ludwigsburg.«

Nachdem Stoffers gegangen war, versuchte Verena Messmer telefonisch zu erreichen, aber er ging nicht ran. So tippte sie eine kurze E-Mail, in der sie ihm die Identifizierung und die Personalien Strobls mitteilte. Sie hängte die Datei des Vernehmungsprotokolls an und schickte die Nachricht ab. Dann schloss sie das Mailprogramm und drehte sich zu Katz um.

»Was sagst du nun?«

»Er lügt natürlich. Stoffers hat nicht mal eben so eine Stippvisite bei dieser Sekte abgehalten. Er muss dabei gewesen sein. Ich kann mir beim besten Willen nicht vorstellen, dass man in so einem streng geheimen Verein Schnupperstunden nehmen kann, um mal eben abzuchecken, ob das was für einen wäre.«

Verena nickte. »Und irgendwann wurde es ihm zu heiß und er hat sich ausgeklinkt. Genauso wie Lohmann. Vielleicht, als er seine Frau kennenlernte. Sie ist ja Deutsche, vermutlich war das der Anlass für seinen Ausstieg aus der Band und bei den Satanisten.«

»Richtig. Aus diesem Grund wird er auch Deutschland verlassen haben. Deshalb auch der Zeugenschutz. Die Geheimhaltung seiner Wohnadresse. Dem geht der Arsch auf Grundeis.«

»Dass er überhaupt freiwillig ausgesagt hat, grenzt an ein

Wunder«, sagte Verena. »Vielleicht fühlte er sich solidarisch mit Lohmann, der auch der Familie wegen die Sekte verlassen hat.«

»Aus welchem Grund auch immer«, sagte Katz, »ich bin sicher, dass er ruhiger schläft, wenn er seine Exkollegen für die nächsten Jahrzehnte hinter Schloss und Riegel weiß. Aber dass wir bei Adi nicht auf Strobl gekommen sind, kann ich einfach nicht glauben.«

»Was ich vor allem nicht glauben kann, ist, dass Sina Strobls Tochter ist«, entgegnete Verena. »Ob Lohmann davon wusste?«

»Mit Sicherheit nicht. Ursula hat sich Strobls Schweigen erkauft, indem sie ihm das Kind überließ. Wie bei Rumpelstilzchen: Heute back ich, morgen brau ich, übermorgen hol ich mir dem Bosch-Titan sein Kind.«

Verena war jetzt nicht danach, auf seinen Märchenzitate-Tick einzugehen.

»Ob sie gewusst hat, was er mit ihr macht? Die Kleine hat doch sicher versucht, sich ihrer Mutter anzuvertrauen.«

»Wahrscheinlich wollte sie es gar nicht wissen. Weil dann ihr ganzes Leben zusammengebrochen wäre. Ihre falsche heile Welt wäre aufgeflogen, das konnte sie nicht riskieren.«

Katz lief im Büro auf und ab und massierte sich die Nasenwurzel. »Aber weißt du, was ich nicht verstehe? Dass er seinen vermeintlichen Anspruch auf das Kind einfach aufgegeben hat, als das Mädchen nicht mehr zum Klavierunterricht wollte. Wenn danach noch Kontakt bestanden hätte, dann hätte jemand von Sinas Leuten sich doch an ihn erinnern müssen! Ich meine, dass man so was als Vierjährige verdrängt, ist verständlich. Es kann also keinen Kontakt mehr gegeben haben, bis Sina oder wer auch immer Groupie der Band wurde. Oder sie lügen uns aus irgendeinem Grund die Hucke voll.«

Verena starrte einige Sekunden lang schweigend vor sich hin, bevor sie plötzlich die Einwohnermeldedatenbank öffnete und Strobls Namen in das Suchfeld tippte.

»Was hast du vor?«, fragte Katz, der hinter sie getreten war. »Wir wissen doch, wo er wohnt.«

»Richtig«, pflichtete Verena ihm bei. »Aber wir wissen nicht, wie lange er dort schon gemeldet ist und wo er vorher gewohnt hat.«

»Natürlich!« Katz schlug mit der flachen Hand auf die Tischplatte. »Es hat, wie es scheint, seinen Grund, dass du die Beförderung vor mir bekommen hast. Da wäre ich jetzt so schnell nicht draufgekommen. Was sagt die Meldehistorie?«

»Hier haben wir's. Er wohnte bis 2002 in der Burgstallstraße in Stuttgart-Süd. Dann verließ er Stuttgart und war bis vor drei Jahren in Heilbronn gemeldet – bei einer Sandra Wedekind in der Heidelberger Straße.« Sie schaute triumphierend zu Katz auf. »Das ist der Grund, warum der Kontakt abbrach. Er hatte einfach eine Freundin außerhalb, die sicher nichts von Sina wusste. Da konnte er sich nicht regelmäßig fortschleichen, um seine Tochter zu sehen.«

»Vielleicht hatte er ja auch dort einen guten Ersatz für sie«, sagte Katz langsam.

Er drehte den Monitor ein Stück zu sich und las weiter. »Immerhin war er fast neun Jahre dort gemeldet und ist 2011 wieder ausgezogen, etwa ein Jahr, bevor Morlock ermordet wurde. Er ging zurück nach Stuttgart, in die Wohnung, in der er heute noch lebt.«

»Zu diesem Zeitpunkt war Sina schon Fan der Band und wurde schnell zum Groupie. Das wird ihn gefreut haben. Ob er seine Tochter gleich erkannt hat?«

»Wie auch immer, sie haben ihn offenbar nicht erkannt.

Sinas Leute waren zu klein, als der Kontakt abbrach.« Katz loggte sich ins Internet ein und öffnete Klicktel.

»Was hast du vor?«, fragte Verena.

»Ich dachte, ich schaue einfach mal, ob diese Sandra Wedekind im Telefonbuch steht.«

Verena hatte schon den Hörer in der Hand und ließ sich von Katz die Nummer diktieren. Mit angehaltenem Atem lauschte sie dem Freizeichen, bis sich schließlich eine Frauenstimme meldete.

»Wedekind?«

Verena schaltete den Lautsprecher an, damit Katz mithören konnte.

»Sander, Kripo Stuttgart. Guten Tag, Frau Wedekind. Ich rufe an, weil ich Sie als Zeugin in einem Ermittlungsverfahren brauche.«

»Als Zeugin? Worum geht es denn?«

»Um einen Herrn Adrian Strobl.« Verena hörte, wie die Frau am anderen Ende hörbar die Luft einsog.

»Aber ich habe ihn seit mehr als drei Jahren nicht mehr gesehen. Was hat er denn angestellt?«

»Das würde ich Ihnen gern in einem persönlichen Gespräch erklären«, sagte Verena ausweichend. »Es ist kein Thema fürs Telefon. Im Moment würde ich nur gern wissen, warum er bei Ihnen ausgezogen ist.«

Sandra Wedekind zögerte einen Augenblick. »Ich habe ihn rausgeschmissen«, sagte sie schließlich.

»Darf ich fragen, warum?«

Ein erneutes Zögern, diesmal etwas länger.

»Das ist auch kein Thema fürs Telefon. Kommen Sie vorbei, ich bin wochentags ab sechzehn Uhr zu Hause.«

»In Ordnung.« Verena machte sich eine Notiz und tauschte

einen angespannten Blick mit Katz. »Nur eine letzte Frage noch, Frau Wedekind. Haben Sie Kinder?«

Diesmal schien das Schweigen eine gefühlte Ewigkeit anzudauern, und als Sandra Wedekind antwortete, war ihre Stimme spröde und kaum hörbar.

»Ja«, sagte sie. »Eine Tochter.«

Sie fanden das Team versammelt im Besprechungsraum, wo die Kollegen sich um die Schüssel mit den Schokoriegeln scharten. Außerdem stand ein Korb mit süßen Stückle und einige Bäckertüten mit Laugenbrezeln auf dem Tisch.

Stimmengewirr erfüllte den Raum, Stuhlbeine scharrten über den Boden und der Kaffeeautomat machte wie immer einen Höllenlärm. Verena fühlte sich wie auf einem Rummelplatz.

»Was ist denn hier los?«, schrie sie gegen das Mahlwerk der Maschine an.

»Wir feiern die erfolgreiche Suche nach dem richtigen Schließfach«, brüllte Scholl zurück und warf ein Stück Zucker in seinen Becher. »Willst du auch einen Kaffee?«

Verena schüttelte den Kopf und holte sich eine Flasche Apfelschorle aus dem Kühlschrank. Sie nutzte den Tumult, um Thea beiseitezunehmen, die an der Spüle ihre Tasse auswusch.

»Wie ist die Lage?«

Thea zuckte die Schultern. »Er benimmt sich wie immer, lässt sich absolut nichts anmerken. Nur manchmal starrt er mit glasigen Augen ins Leere, aber ich kann nur raten, was in ihm vorgeht.«

»Raten bringt dich nicht weiter, du musst mit ihm reden.«

»Versuch ich ja, aber immer wenn ich damit anfangen will, ist in meinem Kopf ein Vakuum.« Die letzten Worte flüsterte sie, weil Scholl sich zu ihnen gesellte.

»Was ist los Verena, willst du gar nicht wissen, was wir entdeckt haben?«

»Klar will ich. Sobald man hier wieder sein eigenes Wort verstehen kann. Wer war denn der Glückliche, der es gefunden hat?«

»Thea und ich natürlich!« Scholl blickte Beifall heischend in die Runde. »Deshalb geben wir auch die Brezeln aus. Die süßen Stückle sind von Walter, der wollte auch was dazutun.«

»Na ja, ich war nicht ganz unbeteiligt«, lenkte Ströbele bescheiden ein. »Ich habe über die Finanzermittlung Lohmanns Hausbank ausfindig gemacht. Natürlich hatte er dort auch das Schließfach. Thea und Snape mussten dann nur noch hinfahren und es ausräumen.«

Sie machten es spannend, und das war auch legitim. Solche Momente kostete man aus. Wenn man nach tagelangen, mühevollen Ermittlungen, bei denen man Spuren verfolgte, die oft genug ins Leere führten, endlich einen Treffer landete, wollte man diesen Augenblick genießen. Verena tat ihnen den Gefallen, die von allen erwartete Frage schließlich zu stellen.

»Und, was war nun drin? Wertpapiere? Goldbarren? Ein Testament?«

»Ein Brief, in dem er den Tathergang beschreibt«, antwortete Joost. »Und der Ausschnitt einer Landkarte mit einer Wegbeschreibung zu einem ziemlich abgelegenen Gehöft zwischen Freiberg und Benningen. Zudem ein Grundriss des Gebäudes. Außerdem eine Plastiktüte mit einem faustgroßen Stein darin. Man sieht deutliche Blutantragungen und Haare daran.«

»Dann war er es tatsächlich.« Verena atmete auf. Eine bessere Entlastung für Sina hätte sie sich kaum wünschen können.

»Der Stein ist schon unterwegs ins Labor«, sagte Joost. »Aber ich denke, wir können davon ausgehen, dass wir Lohmanns

DNA daran finden. Die Proben der Musiker sind im Abgleich mit den Spuren aus der Gartenlaube übrigens negativ. Die der Roadcrew stehen noch aus, aber ich glaube, die können wir vergessen. Was hat denn eure Vernehmung des Zeugen Stoffers ergeben?«

»Nehmt am besten eure Tassen und setzt euch hin, damit euch die Neuigkeit nicht aus den Schuhen haut«, sagte Verena und wartete, bis alle am Tisch Platz genommen hatten. »Laut neuester Zeugenaussage ist Adrian Strobl Sinas leiblicher Vater, und Frank Lohmann hatte offenbar die ganze Zeit keine Ahnung davon.« Dann brachte sie die fassungslosen Kollegen auf den neuesten Stand der Ermittlungen.

»Adrian Strobl hat auf ganz eigene Weise seinen Anspruch auf Sina geltend gemacht«, schloss sie ihren Bericht. »Er hat Ursula Lohmann erpresst, damit sie ihm das Kind regelmäßig für sogenannte Klavierstunden vorbeibringt. Sinas Mutter wollte um jeden Preis vermeiden, dass ihr Mann erfährt, wer Sinas leiblicher Vater ist. Sie hat ihr Kind im Tausch gegen Strobls Schweigen verkauft.«

Und so war Ursula Lohmann zur Mittäterin geworden. Ob wissentlich oder unwissentlich, spielte für Verena keine Rolle. Eine Mutter, die ihr Kind aufmerksam beobachtet, die ihm zuhört und es ernst nimmt, kann nicht über Jahre hinweg die Augen vor dem verschließen, was ihm passiert. Und es musste Signale gegeben haben. Hilferufe, die ungehört verhallten, weil sie die Existenz dieser Frau bedroht hatten, der Wohlstand und materielle Sicherheit offenbar über das Wohl ihres Kindes gegangen waren. Verena mochte sich gar nicht vorstellen, wie hilflos sich dieses kleine Mädchen in Sina gefühlt haben musste.

Betroffene Gesichter und betretenes Schweigen waren die Reaktion auf Verenas Bericht. Sie sah fest zusammengepresste

Lippen und unberührte Kaffeetassen, deren Inhalt kalt geworden war und niemanden mehr interessierte. Ströbele schüttelte unablässig den Kopf. Scholl massierte den Buckel auf seiner Nase. Thea war kreidebleich und wischte sich verstohlen eine Träne aus dem Augenwinkel.

»Nun bist du dran«, wandte sich Verena an ihren Chef. »Was hat Lohmann in seinem Geständnisbrief geschrieben?«

»Du liest ihn am besten in Ruhe selbst«, sagte Joost und reichte ihr den Umschlag. »Kopiere ihn und nimm ihn zu den Akten. Die anderen kennen ihn schon, ich habe ihn vorgelesen, während ihr Stoffers vernommen habt.«

Scholl räusperte sich, als müsse er sich vergewissern, dass seine Stimme wieder einsatzbereit war. »Wenigstens hat Triberg jetzt sein umfassendes schriftliches und von Hand unterzeichnetes Geständnis«, sagte er.

»Und wir haben die genaue Lage des Sektenhauptquartiers.« Katz schob Verena den Landkartenausschnitt des Gebiets oberhalb von Ludwigsburg zu, der am Tisch gerade die Runde machte. »Sehr interessant, wenn man bedenkt, dass man auf dem Weg dorthin durch Ludwigsburg kommt«, fuhr er fort. »Da es schwer vorstellbar ist, dass in dieser Gegend noch mehr satanische Sekten ihr Unwesen treiben, können wir wohl davon ausgehen, dass diese Leute auch für den Tod Henriette Mehringers verantwortlich sind.« Er erzählte kurz von der Schlange über der Sternkreuzung, die das Mädchen durch das Schiebedach des VW-Busses gesehen hatte.

Verena nickte. »Offenbar fielen beide Mädchen derselben Sekte zum Opfer. Und sowohl Morlock als auch Strobl glaubten, ein Anrecht auf sie zu haben. Keiner weiß, wie viele Kinder und Jugendliche noch in ihrer Gewalt sind. Wir müssen etwas gegen diese Sekte unternehmen.«

»Unsere Dienststelle ist dafür nicht zuständig«, erinnerte sie Joost. »Das ist nicht unser Fall. Schau dir den Lageplan an. Dieses Anwesen liegt zwischen Freiberg und Benningen. Mitten in der Pampa. Das gehört zum Bereich der Kripo Ludwigsburg.«

»Ich weiß«, sagte Verena. »Und ich bin wirklich sehr, sehr froh darüber, dass wir da nicht selbst reinmüssen. Wir werden ihnen ein Ersuchen schicken.«

Zurück in ihrem Büro sank Verena auf ihren Stuhl und starrte minutenlang auf Lohmanns Brief in ihrer Hand, bevor sie wagte, die dicht beschriebenen Seiten auseinanderzufalten. Der Brief war von Hand geschrieben, mit steilen, energischen Buchstaben, und Verena brauchte eine Weile, bis sie sich an die Schrift gewöhnt hatte und flüssig lesen konnte. Die ersten Seiten las sie hastig. Sie schilderten seinen Weg in die Sekte etwa so, wie sie es schon von Morlocks Eltern und Stoffers gehört hatte. Die Beschreibungen satanischer Messen und ritueller Gewalt an Kindern überflog sie, weil sie nicht die Kraft hatte, sich den Bildern zu stellen, die sich unweigerlich in ihrem Kopf festgesetzt hätten. Erst als sie zu der Stelle kam, an der er berichtete, wie er nach der Geburt seiner Tochter der Sekte den Rücken kehrte, begann sie aufmerksam zu lesen.

Als ich wenige Tage nach Selinas Geburt – Ursula war noch mit ihr im Krankenhaus – eine Glückwunschkarte zur Geburt von Satans Braut bekam, verstand ich sie als die Drohung, die es auch war. Zum ersten Mal im Leben hatte ich das Bedürfnis, einen Menschen zu beschützen. Zum ersten Mal im Leben bekam ich den Anflug einer Ahnung, wie wehrlos und unschuldig all die Kinder waren, die wir in unseren Ritualen missbraucht hatten. Für diese Erkennt-

nis musste ich erst selbst Vater werden. Musste erst wirklich lieben lernen. Denn in der Liebe ist kein Platz für Egoismus, Macht und grenzenlose Freiheit. Plötzlich war da ein nie gekanntes Gefühl der Verantwortung. Und ein Bedürfnis, das was man liebt, zu behüten.

Ich habe diese Karte ignoriert und habe sie auch nicht zur Polizei gebracht, wohl wissend, dass ein Verrat das Todesurteil für mich und meine Familie wäre. Ich distanzierte mich von der Sekte und von allem, wofür sie stand. Fortan lebte ich in ständiger Angst. Ich wusste, dass ich unter Beobachtung stand, denn diese Leute können es nicht riskieren, enttarnt zu werden. Zudem wusste ich, dass sie glaubten, ein Anrecht auf mein Kind zu haben. Als Selina klein war, hütete ich sie wie einen Schatz. Spielen durfte sie nur in unserem Garten, Freunde hatte sie kaum. Das tat mir leid, aber es war notwendig, um sie zu schützen.

Wir verbrachten viel Zeit miteinander. Vielleicht hatte ich zunächst das Bedürfnis, ihr die Freunde zu ersetzen, auf die sie durch meine Schuld verzichten musste. Unsere Beziehung wurde mit jedem Tag enger, im selben Maße, wie ich mich weiter von meiner Frau entfernte, näherte ich mich meiner Tochter an. Ursula fand irgendwann keinen Zugang mehr zu uns, weder zu mir noch zu unserem Kind. Damals beschloss sie, die Hunde zu kaufen, wahrscheinlich weil sie sich nach Zuwendung sehnte, die sie von uns nicht bekam. Bald war unsere kleine Familie in zwei Lager gespalten: Vater und Tochter auf der einen Seite, Mutter und Hunde auf der anderen. Ich konnte es nicht verhindern. Meine Vergangenheit und die unterschwellige Gefahr, die von ihr ausging, konnte ich nicht mit Ursula teilen. Ich durfte ihr nichts von meiner Angst erzählen, die mich manche Nacht im Traum heimsuchte und mich schweißgebadet aus dem Schlaf riss.

Als Selina älter war, wurde ich ruhiger. Ich hatte seit Jahren nichts von der Sekte gehört und die Erinnerung an meine Vergangenheit schien wie ein böser Traum. Man wird nachlässig, wenn man sich sicher fühlt. Denn natürlich holte mich meine Vergangenheit ein, nämlich an dem Tag, als meine Tochter Fan dieser verfluchten Metal-Band wurde.

Auf einem Poster in ihrem Zimmer sah ich ihn zum ersten Mal wieder und erkannte ihn sofort. Sein Anblick und die Tatsache, dass meine Tochter ihn vergötterte, zogen mir den Boden unter den Füßen weg. Erst recht als sie eines Tages beschloss, zu diesem gottverdammten Konzert in der Schleyerhalle zu gehen.

Ich wollte es ihr verbieten, aber sie suchte Hilfe bei meiner Frau. Ursula schien überglücklich, dass unser Kind sich endlich einmal mit einer Bitte an sie wandte, und setzte ihren Wunsch durch. Bis zum Abend dieses Konzerts versuchte ich alles, um das drohende Unheil abzuwenden. Erfolglos. Zum ersten Mal in ihrem Leben hatte meine Tochter sich mit meiner Frau verbündet. Kurz bevor sie ging, stand sie in ihrem Zimmer vor dem Spiegel, schminkte sich und sang dabei lauthals Lieder dieser verfluchten Band. Sie war in Hochstimmung. Ich war in heller Panik.

Noch in der Tür versuchte ich sie aufzuhalten, doch Ursula hielt mich fest und Selina rannte zum Bus. Nach einem heftigen Streit mit meiner Frau beschloss ich, Selina nachzufahren. Ich wusste, dass sie nach dem Konzert unbedingt zum Bühnenausgang wollte, um Autogramme zu holen. Ich wusste auch, dass Rolf nur auf eine Gelegenheit wartete, es mir heimzuzahlen, sich zu nehmen, wovon er dachte, dass es ihm zustünde – mein Kind. Ich wollte sie abholen, bevor es zum Schlimmsten kommen würde, aber ich kam zu spät.

Sie sind quasi an mir vorbeigefahren, Morlock mit seinem fetten Daimler und meiner Tochter auf dem Beifahrersitz. Natürlich fuhr ich ihnen nach, bis Kaltental hinunter. Ich hatte eine Scheißangst. Ich sah sie in die Kleingartenanlage einbiegen, folgte ihnen, habe aber ihre Spur verloren. Lediglich sein Auto habe ich gefunden. Es parkte am Dachswaldweg, aber es war leer. Offenbar war er mit meinem Kind bereits in einer der zahlreichen Gartenlauben verschwunden. Aber in welcher? Ich kannte mich hier nicht aus und hatte nicht die geringste Ahnung, welche der Hütten Morlocks Eltern gehörte. Ich stellte den Wagen an einer Wegbiegung ab und blieb unentschlossen hinter dem Steuer sitzen. Überlegte, was ich tun konnte, aber mir wollte nichts einfallen. Nach Hause konnte ich einfach nicht. Nicht mit dem Wissen, dass Selina in Morlocks Händen war.

Ich weiß nicht, wie lange ich dort so gesessen hatte, als ich plötzlich mein Kind sah. Sie kam halb nackt auf mich zugerannt, aus der Gartenanlage heraus, Morlock war ihr dicht auf den Fersen. Kurze Zeit war ich wie erstarrt, schaffte es nicht, die Autotür zu öffnen. Genau so lange, bis er sie erreicht hatte und sie zu Boden riss. Ich sprang aus dem Auto und rannte auf sie zu. Ich glaube, er hat es gar nicht mitbekommen, so beschäftigt war er mit meinem Mädchen. Meinem Mädchen, von dem er glaubte, er habe ein Anrecht auf sie!

Ich kann nicht beschreiben, was in diesen Sekunden in mir vorging. Bis heute weiß ich nicht, welches Gefühl das beherrschende war: die Rachlust angesichts dessen, was er meinem Kind antat, oder die Abscheu mir selbst gegenüber, weil ich in meinem Bemühen, Selina zu beschützen, versagt hatte.

Der Stein lag direkt vor mir, als hätte Gott ihn für mich dort hingelegt. Man hört auf zu denken in so einem Moment. Man ist nur noch Hand, die greift, Muskel, der hebt und Arm, der wirft. Da gibt es kein Hirn, das denkt. Ich weiß nicht mal mit Sicherheit, ob ich den Stein geworfen oder damit zugeschlagen habe. Fakt ist, dass Rolf plötzlich tot war. Er lag da, voller Blut, und rührte sich nicht. Er musste tot sein, ich wusste es einfach, weil es folgerichtig, weil es gerecht war.

Ich nahm mein Mädchen und trug es zum Auto. Ich wollte einfach nur noch weg und alles vergessen, was in dieser Nacht passiert war.

Auf der Rückfahrt regnete es. Der Regen klatschte gegen die Windschutzscheibe, dass die Scheibenwischer ihn kaum schafften. Selina lag im Fond zusammengekauert und weinte wie ein kleines Kind. Ich hatte sie beschützen wollen und bin selbst zum Täter geworden.

Vielleicht kann man seinem Schicksal nicht entgehen. In dem Versuch, meine Tochter von diesen Menschen fernzuhalten, habe ich sie ihnen vielleicht gerade in die Arme getrieben. Das Letzte, was ich in meinem verpfuschten Leben noch tun kann, ist künftiges Leid unschuldiger Kinder zu verhindern.

Ich lege diesem Brief einen Lageplan des Sektenhauptquartiers bei. Initiationsrituale finden jeden Monat bei Vollmond statt. Das ist die beste Gelegenheit, sie auf frischer Tat zu ertappen. Schützen Sie die Kinder, die künftigen Opfer dieser Sekte. Führen Sie die Menschen, die diese Bezeichnung nicht mehr verdienen, ihrer gerechten Strafe zu. Für meine eigene Strafe sorge ich selbst. Ich kann nicht ungeschehen machen, was ich getan habe. Weder das Vergehen an den unschuldigen Kindern bei satanischen Ritualen, noch den Mord an Rolf Morlock, der den Tod jedoch zweifellos verdient hat.

Lassen Sie mein Kind frei und legen Sie diesen Teufeln das Handwerk!

Leben Sie wohl,
Frank Lohmann

Verena konnte später nicht mehr sagen, wie lange sie dagesessen und ins Leere gestarrt hatte, ohne bewusst etwas wahrzunehmen. Am liebsten hätte sie das Denken eingestellt und ihr Hirn in den Urlaub geschickt. Genau das hatte sie jetzt vor, doch vorher musste sie noch etwas erledigen.

Sie öffnete ein neues Dokument und tippte ein Anschreiben für die Ludwigsburger Kollegen. Ein Blick auf den Tischkalender sagte ihr, dass in wenigen Tagen Vollmond war. Bis dahin würden die Unterlagen bei der zuständigen Dienststelle sein. Sie fühlte sich wie ein Zombie, als sie das Schreiben und Kopien von Lohmanns Brief und Stoffers Vernehmungsprotokoll zusammen mit dem Lageplan in einen Umschlag schob, den sie an die Kripo Ludwigsburg adressierte. Sicherheitshalber schickte sie den Vorgang vorab elektronisch nach Ludwigsburg.

In diesem Moment brach alles über sie herein. Die Schilderungen der Grausamkeiten, die sie in den letzten Tagen erfahren und bis zu diesem Moment erfolgreich von sich ferngehalten hatte, in der Befürchtung, nicht mehr funktionieren zu können, wenn sie sich auf die Bilder in ihrem Kopf einließ. Sie sah nackte Kinder auf Opfertischen, die längst schon keine Tränen mehr hatten, weil tief in ihrem Inneren jemand anderes für sie weinte. Sie sah Männer in schwarzen Kapuzenmänteln, sich an kleinen Mädchen vergehend, die blicklos ins Leere starrten, weil ihre Seelen bei diesen Ritualen nicht mehr anwesend waren. Sie sah brennende Altarkerzen vor schwarz verhangenen Wänden, umgedrehte Kreuze und Ströme von Blut und anderen Körperflüssigkeiten. Und über alldem den Kodex Aleister Crowleys: »Tue, was du willst, soll sein das ganze Gesetz.«

Verena atmete flach, weil diese Bilderflut ihr die Luft abschnürte. Sie hatte nur noch das Bedürfnis, heimzufahren und die Tür hinter sich zu schließen, heiß zu duschen und den heutigen Tag von sich abzuspülen. Wie in Trance packte sie ihre Sachen, schloss ihr Büro ab und warf den Umschlag mit dem Ersuchen an die Kripo Ludwigsburg bei der Poststelle ein. Die Tränen kamen erst, als sie an der Haltestelle auf die U15 wartete.

Eine halbe Stunde später schloss sie die Wohnungstür hinter sich so heftig, als könnte sie damit die gesamte restliche Welt aussperren, hing den Schlüssel und ihre Jacke auf und schleuderte die Schuhe von den Füßen. Mona war noch immer bei Fabio. Sie würde erst morgen zurückkommen. Verena vermisste ihre Tochter; sie hätte jetzt gerne jemanden zum Reden gehabt. Nicht über den Fall, schon gar nicht über das Grauen, das damit zusammenhing, sondern über irgendetwas anderes – ganz egal was – Hauptsache, es würde sie ablenken.

Als sie frisch geduscht, in ihre Lieblingsdecke gekuschelt und mit einer Tüte Popcorn auf dem Schoß auf dem Sofa saß und sich durch die Kanäle zappte, um endlich auf andere Gedanken zu kommen, klingelte es an der Wohnungstür.

Verena zuckte zusammen. Eben hatte sie sich noch jemanden zum Reden gewünscht, doch jetzt zögerte sie. Sie hatte nicht viele Freunde, Fabio rief sie immer auf dem Handy an, bevor er kam und Mona hatte einen Schlüssel. Ob Hannah zu dieser späten Stunde noch unangekündigt vorbeischaute? Sie glaubte es eher nicht. Und wenn es Terzenbach war, der sich mal wieder nicht an ihre Abmachung hielt? Das wäre der Albtraum schlechthin! Was sollte sie ihm sagen? Am besten bliebe sie hier sitzen und täte so, als hätte sie nichts gehört.

Es klingelte erneut. Diesmal länger und drängender. Verena erhob sich lautlos. Das mit dem Ignorieren musste sie wohl noch üben.

Auf Strümpfen schlich sie zur Tür und spähte durch den

Spion. Die Linse verzerrte das Gesicht wie ein Fischauge, doch sie erkannte das Mädchen sofort und riss die Tür auf.

»Sina? Wie kommst du denn hierher?«

»Nicht Sina, ich bin Rambo. Wo Sie wohnen, hat Lola mir verraten.«

Verenas Gesicht war ein einziges Fragezeichen.

»Sie ist Terzenbach gefolgt, als der bei Ihnen war.« Als müsse das als Erklärung genügen fügte er hinzu: »Kann ich reinkommen?«

Wie ferngesteuert trat Verena zur Seite. Für eine Antwort war sie zu perplex. Lola hatte sie ausspioniert? Der BND war so gerissen wie eine Krabbelgruppe, verglichen mit einer multiplen Persönlichkeit.

Sie führte Rambo ins Wohnzimmer und bot ihm einen Platz an. Wohlig seufzend ließ er sich auf die Couch fallen und schlug die Beine übereinander. Jetzt merkte sie deutlich, dass sie nicht Sina vor sich hatte. Die Körpersprache war eine völlig andere.

»Wenn Lola dir verraten hat, dass sie Terzenbach gefolgt ist, scheint sie ja inzwischen ganz gut zu kooperieren, oder?« Verena war mulmig bei dem Gedanken, dass zumindest Lola und Rambo wussten, dass Terzenbach abends bei ihr zu Hause gewesen war. Aber er schien nichts daran zu finden, sondern zuckte nur die Achseln.

»Bleibt ihr ja nichts anderes übrig. Jetzt, wo wir eh schon wissen, dass sie ihm ständig nachgelaufen ist.«

Der Stich in Verenas Magen war kurz aber heftig. Auch davon hatte Terzenbach ihr nichts erzählt.

»Kann ich dir einen Tee anbieten? – Ach nein«, berichtigte sie sich sofort. »Der schmeckt dir ja nicht. Sina war die, die gerne Tee trinkt, ja?«

»Das war Maria. Aber egal. Ich möchte nichts, wirklich.«

Verena setzte sich ihm gegenüber. Es ließ sich nicht länger aufschieben.

»Wie geht es Sina?«

Rambo verzog das Gesicht.

»War ganz schön heftig für sie zu erfahren, dass ihr Vater tot ist, der sie vor einem notgeilen Rockstar beschützt hat.«

Ihr Vater, dachte Verena. Ach Gott, wenn sie wüssten …

»Wo ist Sina jetzt?«

»Sie ruht sich aus. In ihrem Baumhaus. Sie will niemanden sehen, hat die Strickleiter hochgezogen.«

»Das Baumhaus«, Verena konnte es immer noch nicht ganz nachvollziehen, »das existiert nur in eurem Kopf?«

»Ja. Jeder hat seinen sicheren Ort innendrin. Wenn Sie wollen, befindet er sich im Kopf. Wissenschaftler würden sagen, im Gehirn. Henriette sagte immer, der sichere Ort befindet sich im Herzen.«

Verena nickte. Sie griff nach der Popcorntüte und bot Rambo davon an, doch er schüttelte den Kopf. Sie stellte die Tüte vor ihm auf den Couchtisch.

»Warum bist du gekommen?«, fragte sie.

»Maria wollte gern mit Ihnen sprechen. Sie hat sich an etwas erinnert und so lange genervt, bis wir zur Bahn gegangen sind. Dann musste aber doch ich bei Ihnen klingeln, weil sie sich auf einmal nicht mehr getraut hat.« Rambo grinste und nahm sich nun doch ein Popcorn, drehte es aber zwischen den Fingern, ohne es zu essen. Vielleicht war gar nicht er es gewesen, der es genommen hatte, dachte Verena. Vielleicht hatte ein Kind an ihm vorbeigegriffen, als er einen Augenblick abwesend war. Offenbar lag sie damit richtig, denn Rambo schaute plötzlich verwundert auf das weiße Klümpchen in seiner Hand und steckte es nach kurzem Zögern in den Mund. Dann senkte er den Blick und faltete die Hände im Schoß. Als er ihn wieder hob, war sein Gesicht weich und die Augen hell, und Verena erkannte die winzigen Sommersprossen um die Nase herum.

»Guten Abend«, sagte die leise, weiche Stimme, die sie schon von der Vernehmung her kannte. »Ich möchte mich noch mal entschuldigen, dass ich die Befragung abgebrochen habe, aber ich konnte einfach nicht mehr.«

»Kein Problem«, sagte Verena. »Es war für euch alle eine schwierige Situation. Mach dir keine Sorgen, Maria.«

»Ich wusste damals noch nicht genau, warum ich so aufgelöst war. Es war nicht nur deshalb, weil Sorina plötzlich durchkam. Es war, weil ich mich erinnerte. Zuerst ganz diffus, wie an einen Traum. Erst später begriff ich, dass dieser Traum real war. Und dann wusste ich auch wieder die Einzelheiten.«

»Welche Einzelheiten?«

»Ich saß in einem Kleiderschrank. Ich muss viele Male dort gesessen haben. Es war der Schrank im Haus meines Klavierlehrers.«

»Woraus schließt du das?«

»Weil ich wusste, was mich erwartet. Ich wusste, dass es etwas Schreckliches war. Und ich war starr vor Angst, wenn ich seine Schritte hörte. Er fand mich jedes Mal. Er war sehr freundlich und nannte mich Schokohäschen, weil er mir zu meiner ersten Unterrichtsstunde, das war um die Osterzeit herum, einen Schokoladenhasen geschenkt hatte, über den ich mich sehr gefreut habe. Immer wenn er Schokohäschen zu mir sagte, brach meine Erinnerung ab. Ich wusste gar nicht, warum ich so viel Angst hatte, aber ich glaube, dass es Sorinas Angst war, die ich spürte, weil sie gleich übernehmen musste.«

»Warum hast du dich in diesem Schrank versteckt?« Verena fiel das Sprechen schwer, sie schluckte und trank einen Schluck Tee, aber der Kloß in ihrem Hals blieb.

»Wir haben nur ganz kurz Klavier gespielt. Vielleicht eine halbe Stunde, oder so, obwohl ich viel länger bei ihm war. Dann sagte er immer, dass wir es uns jetzt gemütlich machen. Er nahm mich auf den Schoß und griff in mein Höschen, zwischen meine Beine. Er sagte, wir wollen jetzt spielen. Doktor spielen. Ich wollte das nicht und bin ausgerissen, aber er war immer schneller als ich. Bis Speedy kam und für mich rannte. Sie hat es einmal bis ganz nach oben zum Dachboden geschafft, nur um festzustellen, dass es dort nicht weiterging. Seitdem rannte sie nur noch bis zum Obergeschoss, weil dort dieser Kleiderschrank stand. In dem hab ich mich dann versteckt.«

»Aber er hat dich natürlich gefunden.« Verena sehnte sich nach einem Cognac, aber sie hatte nichts Stärkeres als Rotwein im Haus.

»Er hat mir einen Vorsprung gelassen und fing dann an, mich zu suchen. Ich glaube, das war eine Art Spiel für ihn, und er hat das genauso genossen, wie ich es gefürchtet habe. Ich wusste jedes Mal, dass er mich finden wird.«

»Und dann?«, fragte Verena atemlos.

»Dann öffnete er die Schranktür und sagte: ›Da bist du ja, mein Schokohäschen.‹ Und dann wurde es dunkel und ich war weg. Als Nächstes erinnere ich mich erst wieder daran, dass meine Mutter mich abholte.«

»Hast du ihr gesagt, was er mit dir macht? Dass er dir ins Höschen griff und Doktor spielen wollte?«

Maria nickte. »Ja, aber sie sagte, das würde ich mir nur ausdenken und ich solle es am besten vergessen. Und nie mit jemandem darüber reden, schon gar nicht mit Papa, weil der mich dann nicht mehr lieb hätte, wenn ich solche Lügen erzählte. Von da an sind wir aber nach jeder Klavierstunde in die Kirche gegangen. Meine Mutter hat immer eine Kerze angezündet und etwas Geld in den Opferstock geworfen, und ich habe mir die Engel und die Jungfrau Maria mit dem Christuskind angesehen. Dabei wurde ich immer ganz ruhig. Weil sie so rein und unschuldig war und so liebevoll aussah. Ich habe mir vorgestellt, so im Arm gehalten zu werden, wie die Madonna das Christuskind hielt. Währenddessen weinte ununterbrochen dieses andere Kind in meinem Kopf. Ich habe dann gebetet, bis es still war. Inzwischen weiß ich, dass ich die ganze Zeit Sorina gehört habe.«

Unter dem Vorwand, frischen Tee kochen zu wollen, über den sich Maria sicher freuen würde, war Verena in die Küche gegangen. Sie musste nachdenken, obwohl ihr schon der Kopf zu platzen drohte. Sina und ihre Leute konnten nicht wissen, dass nicht Lohmann ihr leiblicher Vater war, sondern der Mann, der sie jahrelang missbraucht und gequält hatte. Nach allem, was sie inzwischen begriffen hatte, durften sie das vorerst auch nicht erfahren. Dafür war das System, besonders jetzt nach Lohmanns Suizid, zu instabil. Es war Hannahs Aufgabe, sie ganz allmählich an den Punkt zu führen, wo sie die Wahrheit würden verkraften können.

Sie war fassungslos über das Verhalten der Mutter. Es gehörte schon eine ordentliche Portion Ignoranz dazu, die Hilferufe der eigenen Tochter so abzuschmettern. Andererseits begriff sie nun, warum Ursula Lohmann das Kind zum Schweigen verdonnert hatte: Hätte sie anders gehandelt, wäre ihre Affäre mit Strobl aufgeflogen, und zudem die Tatsache, dass sie Lohmann ein Kuckucksei ins Nest gelegt hatte. In diesem Moment verstand sie auch, warum Ursula Lohmann ihrer Tochter die Besuche bei der Band nicht untersagt, ja sie geradezu gefördert hatte. Sie musste dafür Sorge tragen, dass Sina Kontakt zu ihrem leiblichen Vater hatte, um ihre Schuld zu begleichen und Strobls Verschwiegenheit sicherzustellen. War es Zufall gewesen, dass das Mädchen Fan dieser Band wurde? Oder hatte Strobl schon vor vielen Jahren darauf hingearbeitet, durch Konditionierung des täterloyalen Anteils seines Kindes, der Lola hieß?

Als sie mit der Teekanne in der Hand ins Wohnzimmer zurückkam, war Maria verschwunden. Stattdessen saß dort wieder Rambo. Sie erkannte ihn an den dunklen Augen, die wie Kohlestücke funkelten. Na gut, dann würde sie den Tee eben allein trinken.

»Seit wann ist eigentlich Lola mit von der Partie?«, fragte sie. »Kam sie erst, als das mit der Band aktuell wurde? Oder ist sie schon länger dabei?«

Verena beobachtete, wie Rambo gedankenverloren ein Popcorn zwischen den Fingern zerkrümelte.

»Sie war schon vor mir da«, sagte er schließlich. »Keine Ahnung, seit wann genau. Maria sagt, sie hätte manchmal gehört, wie jemand in ihrem Kopf kicherte und sie neckte, ohne zu kapieren, wer das ist. Sie wollte es auch nicht wissen. Sie hatte Angst vor ihr.«

»Ihr mögt Lola nicht besonders, oder?«

Rambo zuckte die Schultern. »Ist das ein Wunder? Sie baut doch nur Bockmist! Klar sind wir sauer, dass sie uns die ganze Suppe eingebrockt hat, die wir jetzt auslöffeln müssen. Und als ob sie es einfach nicht kapieren will, geht sie immer noch zu dieser verdammten Band! Das Poster hat sie mit Tapetenleim an die Wand geklebt, damit wir es nicht abreißen können. Wann immer die irgendwo in der Nähe spielen, folgt sie ihnen, wie ein Kind dem Rattenfänger. Als wäre sie drauf programmiert zu kommen, wenn sie pfeifen. Wir kriegen sie einfach nicht in den Griff!«

»Sina war niemals Dark-Devil-Fan, stimmt's?«, fragte Verena. »Es war Lola, die das Poster aufgehängt hat, zu den Konzerten ging und die Musiker anhimmelte. Ihr anderen hattet gar nichts damit zu tun?«

Verena sah, wie Rambo nickte. Und begriff in aller Klarheit, warum Sina selbst sich nicht einmal an Rolf Morlocks Namen erinnern konnte, genauso wenig wie an das Konzert in der Schleyerhalle. Natürlich auch nicht an den Klavierunterricht, in dem Strobl seiner Tochter alles beibrachte, nur nicht Klavierspielen. Sie hatte daran niemals teilgenommen. Deshalb war der Missbrauch in früher Kindheit für sie auch nicht wirklich von Interesse, weil er sie nicht betraf. Es war Selina, die die erste Gewalt erfuhr und an deren Stelle Maria trat. Als ihre Mutter deren Hilferufe ignorierte, kam Sorina hinzu. Sie hat den Part übernommen und sich in ihr Schicksal gefügt. Erst nachdem der Klavierunterricht aufgehört hatte, weil Strobl aus Stuttgart verschwunden war, wurde Sina geboren, frei von allen quälenden Erinnerungen. Und all die Jahre hatte Rambo wie ein Schutzschild zwischen ihr und dem Missbrauch gestanden, bis ein unbedachter Schnitzer von Lola eine Lawine ins Rollen brachte, welcher der beste Schutzschild nicht standhalten konnte.

Kaum hatte Verena die Tür hinter Rambo geschlossen, als das Telefon klingelte. Gedankenverloren nahm sie ab.

»Starbucks ist um einen Stammkunden reicher!«

Kein Zweifel, es war Harald, aber er klang nicht so fröhlich, wie sie es von ihm gewöhnt war.

»Du warst aber schnell!«

»Na ja, ich hatte es versprochen. Und das Labor hatte heute noch Kapazitäten.«

»Hast du etwa wegen mir Überstunden gemacht?«

»Nein, ich bin nicht mehr im Dienst. Aber da du sagtest, es sei privat, dachte ich, ich warte damit lieber, bis du zu Hause bist.«

Das ergab Sinn. Verena hielt den Hörer so fest umklammert, dass ihre Finger schmerzten.

»Nun spann mich nicht länger auf die Folter!«

Nach einer kurzen Pause hörte sie, wie Koch seinen Kaffeebecher absetzte.

»Du zuerst: Verrätst du mir, wo du dieses Teufelszeug aufgetrieben hast?«

Himmel, machte der es wieder spannend!

»Nun sag schon, was es ist! Rauschgift?«

Koch räusperte sich vernehmlich.

»Wenn du den Rausch weglässt, bist du ganz nah dran.«

Verena ließ sich in ihren Sessel sinken. Sie wollte etwas sagen, merkte aber, dass ihr die Luft dazu fehlte.

»Gift?«, stieß sie schließlich hervor.

»Exakt. Aconitin. Das Pulver ist die gemahlene Wurzel vom Blauen Eisenhut. Wenige Gramm davon reichen, um einen Menschen umzubringen.«

Verena vergaß zu atmen. Da war nichts, was sie hätte sagen können. Ihr Herzschlag dröhnte in ihren Ohren und hämmerte gegen ihre Schläfen. Ihr war plötzlich entsetzlich schlecht. Ihr Hirn lief auf Hochtouren, aber die Synapsen weigerten sich ineinanderzugreifen.

»Verena, bist du noch da?«

»Ja, gerade so«, krächzte sie.

»Das Zeug ist hochtoxisch. Ich hoffe, du weißt, dass du ein Ermittlungsverfahren einleiten musst, wenn es noch keins gibt.«

»Ich weiß, Harald, aber das ist nicht so leicht zu bewerkstelligen.«

Sie hörte ein kurzes Aufstöhnen am anderen Ende der Leitung.

»Hast du das Zeug geklaut?«

»Nennen wir es unrechtmäßig beschlagnahmt. Aber es gibt da noch einige andere Schwierigkeiten, die ich dir jetzt unmöglich erklären kann.« Sie malte sich die Konsequenzen aus, wenn sie dieses Beweismittel in das Verfahren einbringen würde. Dass sie ohne Durchsuchungsbeschluss etwas aus Terzenbachs Auto entwendet hatte, war nicht das einzige Problem. Vor allem würde sie zugeben müssen, außerhalb ihrer Dienstzeit in seinem Auto gesessen zu haben. Nicht auszudenken, wenn Joost das erfahren würde. Sie konnte es drehen und wenden, wie sie wollte – sie saß in der Falle.

»Überrascht dich das Ergebnis?«

Sie wollte ja sagen, aber da wurde ihr klar, dass das nicht stimmte. Es überraschte sie keineswegs. Plötzlich fiel jedes Puzzlestück an seinen Platz. Und jedes einzelne machte laut und vernehmlich: klonk! Direkt auf ihrer Schädeldecke.

Manchmal sieht man die Dinge, die man lange Zeit nicht wahrhaben wollte, so klar, als hätte einem jemand ruckartig einen Schleier vom Gesicht gezogen. Warum war sie nicht früher darauf gekommen? Die Antwort lag nahe: Sie hatte sich die Wahrheit in ihren schlimmsten Träumen nicht vorstellen wollen.

Verena fühlte sich seltsam betäubt. Sie wollte nicht weiterdenken, aber ihr Hirn tat es wie von selbst, ganz ohne ihr Zutun. Hatte sie jemals hinterfragt, warum Terzenbach sich so für sie interessierte? Für eine Frau mittleren Alters mit breiten Hüften und Falten um den Mund, wo er doch massenhaft Zwanzigjährige haben konnte? Das Picknick auf der Schlossplatzwiese war seine Idee gewesen. Konnte das alles Berechnung gewesen sein? Um später anonym bei Joost anzurufen und sie zu kompromittieren? War ihre ganze Beziehung eine Lüge gewesen und hatte nur dem Zweck gedient, sie zu kontrollieren und schlimmstenfalls zu manipulieren?

»Verena? Bist du noch da?« Koch holte sie mit seiner Frage in die Gegenwart zurück.

»Entschuldige, Harald, ich war nur in Gedanken. Was hattest du gesagt?«

»Ich hab gefragt, ob dich das Ergebnis überrascht.«

»Nein«, antwortete Verena. »Nein, es überrascht mich nicht. Und das mit Starbucks geht klar. Danke für deine Hilfe.«

Nachdem sie aufgelegt hatte, starrte sie einige Minuten lang wie betäubt vor sich hin. Sie rief sich jede Begegnung mit Terzenbach ins Gedächtnis. Sie suchte nach Hinweisen, die sie hätte sehen können, wenn sie nicht so verblendet gewesen wäre. Zwang sich, jedes seiner Worte aus einer anderen Perspektive zu betrachten als der einer verliebten hormongesteuerten Frau auf Sexentzug. Schließlich wankte sie zum Schreibtisch und fuhr den Rechner hoch.

Die Google-Bildersuche spuckte eine Unmenge an Fotos aus, Schnappschüsse von Konzerten ebenso wie professionelle Aufnahmen aus einem Fotostudio. Sie suchte ein paar Bilder älteren Datums heraus. Bei einem Solobild von Terzenbach, das ihn mit freiem Oberkörper in einer engen Lederhose zeigte, hielt sie inne. Sie zoomte das Foto auf Bildschirmgröße, bis sie fast die einzelnen Pixel erkennen konnte. Das Foto musste mindestens fünf Jahre alt sein, die Fältchen um seine Augen fehlten und sein Haar zeigte noch keine Spur von Grau. Und da sah sie es. Verenas Herz war schneller als ihr Hirn, es setzte einfach für ein paar Schläge aus, bevor es zögernd weiterstolperte. Sie legte instinktiv die Hand darauf, ohne den Blick vom Bildschirm zu wenden. Obwohl sie es fast erwartet hatte, traf es sie wie ein

Schlag ins Gesicht. Der Mauszeiger auf dem Bildschirm zitterte, als sie das Foto abspeicherte. Ein langsam wirkendes Gift tröpfelte in ihr Bewusstsein, legte zuerst ihr Denkvermögen lahm, machte Arme und Beine bewegungsunfähig und lähmte schließlich ihre Atmung, bis ihr schwindlig wurde. Sie stemmte sich an der Tischkante hoch und wankte ins Bad. Sank vor der Toilettenschüssel auf die Knie und schaffte gerade noch, sich die Haare aus dem Gesicht zu halten, bevor sie sich die Seele aus dem Leib kotzte.

Verena konnte später nicht mehr sagen, wie lange sie dort gekniet und in das Spülwasser des Klobeckens gestarrt hatte. Als sie sich schließlich aufraffte, um sich den Mund auszuspülen, starrte sie aus dem Spiegel über dem Waschbecken ein verhärmtes Gesicht mit tiefen Schatten unter den Augen an. Brauen, die viel zu lange nicht gezupft worden waren. Eine Stirn, auf die feine Linien eine Landkarte ihres bald fünf Jahrzehnte währenden Lebens zeichneten. War es ihrer langen Abstinenz in Liebesangelegenheiten, vielleicht einer Art Torschlusspanik zuzurechnen, dass sie so verblendet gewesen war?

Mit beiden Händen schaufelte sie sich Wasser ins Gesicht und fühlte sich etwas besser. Sie würde sich jetzt eine Schlaftablette gönnen und zeitig ins Bett gehen. Nachdenken konnte sie auch morgen noch, heute war sie definitiv nicht mehr in der Lage dazu.

Verena ging langsam zum Rechner zurück und fuhr ihn herunter. Gerade als sie den Monitor ausschalten wollte, klingelte es an der Wohnungstür.

Einen Moment lang spielte sie mit dem Gedanken, nicht aufzumachen, sie fühlte sich jetzt einfach nicht mehr in der Lage, Besuch zu empfangen. Aber vielleicht war es Rambo, der irgendetwas vergessen hatte, oder Maria, die ihr noch etwas sagen wollte. Sie würde es kurz machen, sie an der Tür abfertigen und dann in Ruhe heulen gehen. Verena hakte die Kette aus und öffnete.

Draußen stand Terzenbach.

»Ich hab bei dir Licht gesehen und kann einfach nicht mehr warten, Verena. Hab den ganzen Tag an dich denken müssen. Wir müssen ja nicht über den Fall reden. Lass mich rein. Bitte!«

Als Verena für das Drogendezernat gearbeitet hatte – Mona war damals noch ganz klein gewesen –, war sie bei einem Einsatz angeschossen worden. Zunächst hatte sie gar nicht bewusst registriert, dass sie getroffen worden war. Sie hatte sich über das Summen in ihren Ohren gewundert und darüber, dass sie auf einmal alles verschwommen sah, dass ihre Haut kribbelte und die Welt um sie herum plötzlich unwirklich schien. Erst als sie an sich heruntergesehen und das Blut bemerkt hatte, das in Strömen an ihrem Bein hinablief, hatten ihre Knie nachgegeben. Ein Kollege hatte sie aufgefangen, während ein anderer den Schützen entwaffnet hatte.

Hier war niemand, der sie auffangen konnte. Verena taumelte in die Wohnung zurück, gefolgt von Terzenbach, der das wohl als Einladung verstand. Auch, dass sie kein Wort herausbrachte und ihn nur mit brennenden Augen ansah, verstand er wohl als Einladung. Er schob die Tür mit dem Fuß hinter sich zu, stellte eine Flasche Barolo auf den Garderobentisch und nahm Verena in die Arme. Sie wehrte sich nicht. Er küsste sie. Auch das ließ sie geschehen, weil die Befehle, die ihr Gehirn schrie, nicht mehr in ihrem Körper ankamen. So musste es sein, wenn man vom Hals abwärts gelähmt war. Sie spürte nicht, wie er sie auszog, sah nur, wie die Kleidungsstücke auf den Boden fielen und wollte fragen, ob er das unter Reden verstehen würde, aber kein Wort kam über ihre Lippen. Ihr war klar, dass sie unter Schock stehen musste, weil das, was ihr Verstand ihr befahl, und das, was ihr Körper zuließ, nicht das Geringste miteinander zu tun hatten. Sie hatte das Gefühl, über sich zu schweben, als er sie hochnahm und zum Bett trug, als hätte er eine Schlenkerpuppe im Arm. Ihren Körper fühlte sie erst wieder, als er über ihr war und in sie eindrang. Er roch nach Tabak, ein wenig Schweiß und dem Rasierwasser, das ihr schon beim letzten Mal die Sinne geraubt hatte. Der Flashback war so gewaltig, dass sie vor ihrem eigenen heftigen Keuchen erschrak.

»Ich will, dass du mich fesselst«, flüsterte sie.

Seine Augen blitzten auf, überrascht und animalisch zugleich. »Ich habe leider nichts dabei. Du vielleicht?«

Sie versuchte ein kokettes Lächeln.

»Rein zufällig habe ich immer ein paar Handschellen im Nachttisch.« Mit ausgestrecktem Arm griff sie hinter sich und zog die Schublade ihres Nachtschränkchens auf, tastete blind, während der Herzschlag in ihren Ohren dröhnte, bis sie das Gesuchte zwischen ihren Fingern spürte. Mit einem Ruck zog sie die Hand zurück und streichelte Terzenbach mit dem kalten Metall über die Wange.

»So, und jetzt runter von mir!« Hoffentlich war er verwirrt genug, dass er das Zittern ihrer Stimme nicht bemerkte.

»Was zur Hölle …«

»Für den Fall, dass du mich nicht verstanden hast, ich sagte runter von mir!«

Er gehorchte. Glitt aus ihr heraus und kroch rückwärts über das Fußende ihres Bettes, drückte sich an die Front ihres Kleiderschranks. Über den Lauf ihrer Pistole hinweg sah sie, wie ihr Held schrumpfte. In jeder Hinsicht. Wie erbärmlich er plötzlich aussah, so nackt und verwirrt und ein ganzes Stück kleiner als sie ihn in Erinnerung hatte. Wahrscheinlich weil der Sockel weggebrochen war, den sie während der letzten Tage unter ihm gebaut hatte.

Verena konnte wieder atmen. Sie stand auf, immer noch die Waffe auf ihn gerichtet.

»Und jetzt raus aus meiner Wohnung!«

»Darf ich mich vorher noch anziehen? Verena, im Ernst, was soll der Scheiß?« Schockiert blickte Terzenbach zwischen ihr und dem Lauf ihrer Walther hin und her, während er hastig in seine Hose stieg. »Findest du nicht, dass du mir eine Erklärung schuldest?«

»Du hast mich angelogen. Ich hoffe, das reicht als Erklärung.«

»Ich weiß nicht, was du meinst.« Er war im Hosenbein hängen geblieben und hüpfte, das Gleichgewicht suchend, auf einem Fuß in Richtung Schlafzimmertür. Verena folgte ihm mit vorgehaltener Pistole.

»Ich meine die Brandnarbe an deinem Arm, die keine ist. Da, wo du das Tattoo hast entfernen lassen. Das Siegel des Baphomet.« Sie sah ihm an, dass er verstand.

»Ich habe nichts entfernen lassen. Ich hab dir doch gesagt, dass ich mich an einem Bühnenscheinwerfer verbrannt habe!«

»Wie auch immer, das Tattoo war da. Ich habe es mit eigenen Augen auf einem alten Foto gesehen.«

»Es war eine Jugendsünde, verdammt noch mal. Ich hatte damals gar keine Ahnung, was es bedeutet, habe es für den gehörnten Gott Pan gehalten.«

»Den Fruchtbarkeitsgott«, erwiderte Verena zynisch.

»Ja, er war auch für sein Flötenspiel berühmt und dafür, dass er ständig den Nymphen nachstellte.« An seinem vorsichtigen Lächeln sah sie, dass er sie necken wollte, doch seine Ironie war heute an sie verschwendet.

»Es ist vor allem das Siegel der Church of Satan«, zischte sie.

»Das wusste ich damals gar nicht. Wir haben es nicht in diesem Sinne verwendet. Es war eine Zeit lang in der Metal-Szene einfach angesagt, verstehst du? Wir waren jung und naiv und fanden es cool.« Inzwischen hatten sie den Flur erreicht.

»Warum hast du mich angelogen? Wenn es eine harmlose Jugendsünde war, hättest du es zugeben können.«

»Du hast mich ja nicht mal danach gefragt! Wir haben rumgeflachst über die Hilflosigkeit der Männer in Haushaltsdingen. Da kam mir diese Narbe einfach gelegen, um mein Unvermögen im Bügeln zu demonstrieren.« Er ließ den Lauf der Walther nicht aus den Augen und wich bis zur Wohnungstür zurück. »Mein Gott, es war ein Witz!«

»Ein Scheiß-Witz!« Verena konnte nicht glauben, dass sie es vor wenigen Tagen noch originell gefunden hatte. »Als ich nachgehakt habe, hast du mir die Geschichte von dem heißen Bühnenscheinwerfer aufgebunden. Warum hast du mir nicht die Wahrheit gesagt?«

»Nachdem du mich stundenlang über satanische Botschaften im Backward Masking ausgequetscht hast, wäre das vielleicht nicht so gut angekommen.«

Nein, das wäre es tatsächlich nicht. In diesem Fall hätte sie den Zusammenhang viel früher gesehen und wäre gar nicht erst auf seine Avancen hereingefallen.

»Fast hättest du mich überzeugt, wenn da nicht noch etwas anderes wäre.«

»Noch etwas? Was denn jetzt noch?« Terzenbach stand nun mit dem Rücken zur Tür, Verenas Pistole nur eine Handlänge von seinem Gesicht entfernt.

»Du fährst hochgiftige Substanzen in deinem Auto spazieren.« Sie sah, wie es hinter seiner Stirn arbeitete. Er wich einen Schritt zur Seite, doch der Pistolenlauf folgte ihm.

»Du hast mein Handschuhfach durchsucht? Verena, das ist harmloser Dope! Willst du mich wegen dem bisschen Hasch wirklich erschießen?«

»Ich würde gern sehen, wie du das rauchst. Es ist gemahlene Eisenhutwurzel, die enthält Aconitin, und zwar nicht nur ein bisschen.«

»Du bist paranoid, Verena! Woher willst du das wissen?«

»Ich habe es untersuchen lassen.«

»Du bluffst. Du kannst nichts untersuchen lassen, das du auf illegale Weise sichergestellt hast, nicht ohne Beschluss und nicht in so kurzer Zeit. Man würde fragen, wie du daran gekommen bist. Und du bist zu klug, das preiszugeben. Du kennst die Konsequenzen.« Er versuchte ein Lächeln, während er das Hemd zuknöpfte. Schief zuknöpfte. Die rechte Seite war länger als die linke, aber er schien es nicht zu merken.

»Du warst am Morgen nach unserer gemeinsamen Nacht an meinem Schreibtisch und hast mein Handy nach meiner Nummer durchsucht, das hast du selbst zugegeben, als du mich angerufen hast. Dort lag auch meine To-do-Liste, auf der ich unter anderem notiert hatte, worüber ich mit Lohmann sprechen wollte. Du hattest Angst, dass ich die falschen Fragen stellen und etwas von ihm erfahren könnte, nicht wahr? Etwas, das auf keinen Fall ans Licht kommen durfte. Also musstest du ihm einen Warnschuss verpassen, den er versteht.«

Sie hatten an diesem Morgen gemeinsam das Haus verlassen, er hatte sie ein Stück mitgenommen und gesagt, dass er noch etwas erledigen müsse. Jetzt wusste sie auch, was.

»Verena, was immer du dir da zusammenreimst, das stimmt so einfach nicht!«

Mag sein, dachte Verena. Vielleicht lag sie knapp daneben. Möglicherweise war der Auftrag auch von Strobl gekommen, der geglaubt hatte, Ursula hätte das mit dem Klavierunterricht ausgeplaudert, aber das war nun auch schon egal, und Strobls Namen wollte sie hier nicht ins Spiel bringen.

»Dann hast du natürlich auch nichts mit dem anonymen Anrufer zu tun, der uns beide auf der Schlossplatzwiese beim Picknick gesehen haben will, nicht wahr?«

»Das sagte ich bereits.«

»Wie seltsam, dass dieser Spanner so ein Interesse daran hatte, mich in Schwierigkeiten zu bringen. Sogar einen Kuss hat er dazugedichtet.«

»Ich weiß nicht, wovon du da redest!«

»Ich rede davon, dass du meine Gefühle die ganze Zeit missbraucht und manipuliert hast«, schrie Verena und bemerkte erschrocken, dass die Waffe in ihrer Hand zitterte. »Ich hab es nur nicht sehen wollen. Hab mir eingeredet, dass nicht du hinter dem anonymen Anruf steckst. Ich hab mir auch eingeredet, dass du nichts mit diesem satanischen Scheiß, in den Morlock verwickelt war, zu tun hast. Aber dass das kein Aconitin ist, was du im Handschuhfach herumfährst – und das kurz nachdem Lohmanns Hunde genau damit vergiftet wurden –, das kann ich mir beim besten Willen nicht mehr einreden!«

»Verena, ich kann das erklären.« Terzenbach schlüpfte in seine Schuhe, und er tat gut daran.

»Ich bin gespannt.« Sie fasste die Walther mit beiden Händen, um das Zittern zu unterdrücken.

»Ich hab dir doch gesagt, dass ich mich um das Haus meiner Eltern kümmern muss. Die haben eine Schneckenplage im Garten und ...«

Beinahe hätte sie gelacht.

»Sind das Zwanzig-Kilo-Monsterschnecken? Mit dem Zeug in dieser Tüte kann man Menschen töten.«

»Du glaubst mir nicht.«

»Nein. Ich glaube eher, dass ihr mit dem Gift eure Opfertiere tötet. Und die Hunde von Zeugen, denen ihr einen Warnschuss verpassen wollt.« Verena schob ihn mit vorgehaltener Knarre zur Tür hinaus.

»Beweise es mir!« Sein Grinsen war breit und überlegen. Er wusste von ihr, dass sie sich keinen Regelverstoß mehr leisten konnte, wenn sie ihren Job behalten wollte, und dass sie niemals auch nur ein Wort über diesen Abend verlieren würde. Eine klassische Pattsituation, auf die er sehr klug hingearbeitet hatte. Ihr wurde übel bei dem Gedanken, wie berechnend er vorgegangen war.

Das werde ich. Bei Gott, das werde ich! Es war ein Versprechen, das sie sich selbst gab, auch wenn sie zur Ausführung die Hilfe der Ludwigsburger Kollegen brauchen würde. Sie schloss die Tür hinter ihm, hängte die Kette ein und lehnte sich völlig erschöpft gegen das Türblatt. Hörte wie er die Treppe hinunterlief, mit festen Schritten, zu denen sie im Moment nicht mehr fähig war. Erst jetzt wurde ihr bewusst, dass sie noch immer splitterfasernackt war.

Sie legte die Walther auf den Garderobenschrank, ging ins Bad und drehte die Dusche auf. Das heiße Wasser ließ sie ihren Körper wieder spüren. Sie schrubbte sich, bis die Haut rot und wund war, und stellte sich vor, nicht nur seinen Geruch und seine Berührungen, sondern auch die Erinnerung an ihn von sich abzuwaschen.

Jede schlimme Erfahrung birgt auch etwas Gutes in sich, hatte die schicksalsgläubige Thea einmal gesagt. Während sie sich abtrocknete, überlegte Verena, welche positive Erkenntnis sie aus diesem Fiasko mit Terzenbach gewinnen könnte. Zumindest wusste sie jetzt, dass sie noch imstande war, sich zu verlieben –

eine Fähigkeit, die sie im Laufe der letzten Jahre schon verloren geglaubt hatte. Vielleicht war es ihr ja noch einmal vergönnt, und dann mit dem Richtigen.

In ein Badetuch gewickelt holte sie ihre Pistole und ging mit ihr in den kleinen Abstellraum neben der Küche, wo ihr Safe stand. Sie drehte die Zahlenkombination auf das Geburtsdatum von Eros Ramazzotti, nahm das Magazin aus dem Tresor und schob es in die Pistole, bis es einrastete. Zum Teufel mit den Dienstvorschriften! Heute Nacht fühlte sie sich mit der geladenen Waffe in Griffweite einfach sicherer. Sie brachte die Walther ins Schlafzimmer zurück und legte sie in das Schubfach ihres Nachtschränkchens. Auf dem Rückweg nahm sie die Baroloflasche vom Flurschrank und stellte sie in den Mülleimer. Mit einer alten Diddl-Maus von Mona im Arm setzte sie sich in ihren Wohnzimmersessel und wartete darauf, dass das Zittern nachließ.

Verena konnte sich nicht erinnern, wie lange sie dort gesessen hatte, als das Telefon klingelte.

Messmer war dran.

»Wir haben heute Abend bei Strobl durchsucht«, sagte er nur.

Wie gut es tat, seine Stimme zu hören! Verena war völlig egal, was er erzählte, wichtig war ihr in diesem Moment nur, dass sie mit einem Menschen sprechen konnte, der sie wieder in die Normalität zurückholen konnte.

»Wie habt ihr denn so schnell den Beschluss bekommen?«, war das Erste, was ihr einfiel, um zu testen, ob ihre Stimme hielt.

Messmer schien ihr nichts anzumerken, oder er war so darauf fixiert sich mitzuteilen, dass er nicht darauf achtete, dass Verena nicht ganz die Alte war.

»Vielleicht deshalb, weil der Staatsanwalt in unserem Missbrauchsverfahren nicht Triberg heißt«, lachte er. »Wichtig ist, was wir gefunden haben.«

Sie konnte förmlich hören, wie er auf ihre Frage wartete.

»Was denn?«, fragte sie pflichtschuldig. Ihre Stimme hielt immer noch.

»Zunächst einmal sein Handy. Wir haben mehrere SMS gefunden, die er an eine Mobilnummer geschickt hat, die auch auf ihn zugelassen ist, in denen er seine Tochter mit Lola ansprach und ihr die Konzerttermine seiner Band durchgab. Ich bin sicher, dass wir das Handy bei Sina finden werden, auch wenn sie selbst wahrscheinlich gar nichts von seiner Existenz weiß. Außerdem hat er Trophäen zurückbehalten. Locken von blondem Kinderhaar. Kleine rosafarbene Rüschenslips, die er mit Sicherheit nicht gewaschen hat. Die sind schon unterwegs zum KTI, um sie mit Sinas DNA abzugleichen. Und Strobl ist unterwegs nach Stammheim, der Richter hat nicht lange gefackelt und die U-Haft erlassen.«

»Ich frage mich, ob Lohmann es gewusst hat«, überlegte Verena laut.

»Was denn?«

»Dass Strobl Sinas leiblicher Vater ist. Und dass er sie die ganze Zeit missbraucht hat. Vielleicht hat er es erst vor Kurzem erfahren, von wem auch immer. Die Erkenntnis, dass er Sina nicht beschützen konnte und Morlocks Tod folglich umsonst gewesen war, muss ein Schlag für ihn gewesen sein. Vielleicht war das der wirkliche Auslöser für seinen Suizid.«

»Wir können ihn nicht mehr fragen«, sagte Messmer. »So tragisch es für Lohmann ist, wichtig ist für uns, dass wir Strobl erwischt haben und er nach all den Jahren endlich aus dem Verkehr gezogen ist.«

»Ja, das ist … das ist …« Das Wort wunderbar brachte sie heute einfach nicht mehr über die Lippen. »Das ist der Hammer!«

»Apropos der Hammer«, Messmer zögerte einen Augenblick. »Da ist noch etwas, das ich dir sagen wollte.«

»Noch besser als Strobls Inhaftierung?«

»Wie mans nimmt«, sagte Messmer. »Thea ist schwanger.«

»Oh!«, entfuhr es Verena. Endlich fühlte sie, wie die Starre von ihr abfiel. Die Wirklichkeit hatte sie wieder. Wie sollte sie reagieren? Überraschung vortäuschen? Zugeben, dass sie es schon gewusst hatte, kam nicht infrage. Lügen aber auch nicht. Also sagte sie erst mal gar nichts.

»Was sagst du jetzt?« Es war ja klar, dass die Frage kommen musste.

»Herzlichen Glückwunsch«, stammelte sie. Sofort biss sie sich auf die Lippen. »Und wie regelt ihr es nun?«

»Theas Mutter wird wieder nach Stuttgart ziehen und sich eine Wohnung in unserer Nähe suchen. Sie sagt, wenn sie ihre Tochter schon nicht selbst großziehen konnte, will sie das wenigstens bei ihrem Enkel nicht versäumen.«

Verena lächelte. Auf diese Lösung des Problems war sie noch gar nicht gekommen.

»Freust du dich?«, fragte sie zaghaft. »Auf das Kind, meine ich, nicht auf die Schwiegermutter.«

»Ich weiß nicht so genau«, kam es ebenso zaghaft zurück. »Einerseits schon. Andererseits hab ich auch tierische Angst. Klingt vielleicht komisch, weil ich doch immer so ein bisschen machomäßig rüberkomme.«

Verena hob eine Augenbraue, was Messmer freilich nicht sehen konnte.

»Ein bisschen?«

Messmer ging nicht darauf ein. »Du weißt, dass ich Thea liebe und deshalb …«

»… willst du sie nicht mit einem Baby teilen, hab ich recht?«

»Du bist immer so grausam direkt!«

»Ich benenne nur die Tatsachen.«

Messmer seufzte. »Ach, weißt du, ich hab's auch nicht leicht. Ich hatte schon Mühe, mich gegen den Kater zu behaupten. Wie soll das erst werden, wenn ein Baby da ist? Das kann ich nicht so einfach aus dem Bett schmeißen und vor die Tür setzen!«

»Untersteh dich«, rief Verena und beide lachten.

»Ich hab keine Ahnung, wie wir das hinkriegen«, sagte Messmer. »Aber wer weiß schon, was die Zukunft bringt? Eigentlich weiß ich nur eins ganz genau: Dass ich dieses Kind mit aller Kraft und allem was ich habe, beschützen werde.«

dpa. Mit einem großen Polizeiaufgebot und unter Beteiligung eines Sondereinsatzkommandos stürmte die Kriminalpolizei Ludwigsburg in der vergangenen Nacht einen augenscheinlich verlassenen Bauernhof in der Nähe von Freiberg, der, wie Ermittlungen ergaben, den Eltern des bekannten Rockmusikers Uwe T. *(Dark Devil)* gehört. Im Zuge dieses Einsatzes verhaftete die Polizei zweiunddreißig Mitglieder einer satanischen Sekte, die im Keller des Gebäudes eine schwarze Messe abhielten. Unter ihnen die Eigentümer und deren Sohn sowie mehrere Mitglieder aus dessen Band, die schon vor Jahren wegen angeblich versteckter satanischer Botschaften in ihren Songs in die Schlagzeilen geraten waren. Ein vor zwei Jahren aufgefundener bislang unbekannter Leichnam aus einer Gartenanlage im Stuttgarter Stadtteil Kaltental wurde kürzlich als ein anderes ehemaliges Mitglied derselben Band identifiziert.

Acht an der Messe beteiligte, augenscheinlich schwerst traumatisierte Kinder im Alter zwischen drei und sieben Jahren, gegen deren Eltern Haftbefehl erlassen wurde, werden derzeit von Seelsorgern betreut und anschließend dem Jugendamt übergeben.

Die Ermittlungen dauern an.

Danke

Kein Buchcover der Welt ist groß genug, dass neben dem Namen der Autorin noch die der Helfer im Hintergrund darauf Platz finden würden, so sehr sie es auch verdient hätten. Zum Glück gibt es dafür Danksagungen.

Wie immer danke ich an erster Stelle meinen Kollegen vom Dezernat für Tötungsdelikte und Todesermittlungen beim Polizeipräsidium Stuttgart – für eure Geduld, mir immer wieder neue Details zur Ermittlungsarbeit notfalls auch noch mal zu erklären, ohne dabei genervt zu sein (oder zumindest ohne es zu zeigen).

KHK' in Jana Lukaschek vom Stuttgarter Dezernat für Betäubungsmittelkriminalität für die »Drogenberatung« in Sachen »Welches Kraut könnte man dem Augenschein nach am ehesten mit der gemahlenen Wurzel des Blauen Eisenhuts verwechseln?« Du hast 'nen Cocktail im Besitos bei mir gut!

Meinen Testleserinnen Susi und Andrea für die hilfreichen Tipps und die konstruktive Kritik (vielleicht sollte ich euch zur Cocktailrunde dazuholen. Wird bestimmt lustig).

Dem Delia-Facebook-Stammtisch für die schnellste Recherchehilfe der Welt. Ich bin sicher, nirgendwo finden Autoren auf die unmöglichsten Fragen so prompte Antworten. Ihr seid Klassen besser als jede Suchmaschine im Netz! (Und in jedem Fall viel witziger!)

Meiner Agentin Bettina Querfurth, die das Abenteuer ein zweites Mal mit mir wagte, dafür, dass sie immer noch an mich glaubt und stets die Ruhe bewahrt, auch wenn meine Nerven schon blank liegen.

Meiner Lektorin Anna Baubin, die in dem zunächst sehr wirren und später sehr bunten Manuskript nie den Überblick verlor, für ihre Geduld mit einer manchmal etwas eigensinnigen Autorin.

Ein herzliches Dankeschön den finalen Korrekturlesern im Deadline-Stress: meiner Tochter Jasmin (du solltest wirklich Lektorin werden!) und ihrem Freund Satu sowie meinem Stiefsohn Tobi. Ihr seid Spitze! (Satu, deine Kommentare waren druckreif, deine Schüler werden mal viel Spaß mit dir haben! Und Tobi, über dein beängstigendes Fachwissen zum Unterschied zwischen Pumpgun und Maschinengewehr müssen wir uns noch mal in Ruhe unterhalten.)

Ein besonderer Dank geht an Iris und Christian Coppes, alias Adaria und Zumsel, die seit nunmehr zwölf Jahren mit ihrem Internetforum »Multicorner« Betroffenen und deren Angehörigen eine Plattform für Austausch und Selbsthilfe bieten. Die dazugehörigen Info-Seiten gleichen Namens haben mir bei meinen Recherchen wertvolle Dienste geleistet.

Und herzlichen Dank den Usern, die dieses Forum am Leben halten, und die mir nach anfänglicher verständlicher Skepsis schließlich ihr Vertrauen schenkten. Ich hoffe, es ist mir gelungen, glaubhaft darzustellen, dass Multis keine gefährlichen Irren mit magischen Kräften sind, vor denen man sich fürchten muss *Zwinker zu *Wolkenreiter**. Ebenso hoffe ich, ihr verzeiht mir, dass ich mir die dramaturgische Freiheit erlaubt habe, in »meinem« Multiforum Beiträge öffentlich lesbar zu machen, die in der wirklichen »Multicorner« niemals öffentlich lesbar wären.

Aber ohne diesen Nachruf hätte Verena niemals den Zusammenhang zwischen Henriette und Sina herstellen können.

Zum Schluss eine sehr tiefe Verbeugung und ganz herzlichen Dank – wenn es eine Steigerungsform von Danke gäbe, würde ich die verwenden – an *Mischas Chaos* für die unschätzbare Hilfe während der ersten Überarbeitung. Dankissimo für die unzähligen E-Mails und für das längste Telefongespräch meines Lebens. Ohne eure kompetente fachliche und freundschaftliche Hilfe hätte ich ein sehr mulmiges Gefühl, dieses Buch in die Welt zu entlassen. Um ehrlich zu sein, wenn ich euch nicht kennen würde, hätte ich dieses Buch gar nicht erst geschrieben.

Petra Hammesfahr macht aus den dunklen Seiten des Lebens Hochspannung

Petra Hammesfahr, *An einem Tag im November*
ISBN 978-3-453-35882-9 · Auch als E-Book

An einem Nachmittag im November verschwindet die fünfjährige Emilie Brenner spurlos. Die Nachbarn sahen sie noch mit ihrem neuen Fahrrad, wenig später scheint sie wie vom Erdboden verschluckt. Ein Albtraum für die Eltern, die eine Vermisstenanzeige allerdings viel zu spät aufgeben. Und für Kommissar Klinkhammer, der aus bitterer Erfahrung weiß: Jede Minute zählt. Noch ahnt er nicht, dass seit Monaten in der Nachbarschaft Dinge geschehen, die an jenem Tag im November unweigerlich zur Katastrophe führen.

Leseprobe unter diana-verlag.de
Besuchen Sie uns auch auf herzenszeilen.de

DIANA